MINGUO TONGSU XIAOSHUO
DIANCANG WENKU

解语花

民国通俗小说典藏文库·冯玉奇卷

冯玉奇◎著

中国文史出版社

图书在版编目（CIP）数据

解语花／冯玉奇著. — 北京：中国文史出版社，
2018.3

（民国通俗小说典藏文库·冯玉奇卷）

ISBN 978 - 7 - 5205 - 0047 - 0

Ⅰ．①解… Ⅱ．①冯… Ⅲ．①长篇小说 – 中国 – 现代
Ⅳ．①I246.5

中国版本图书馆 CIP 数据核字（2018）第 010294 号

点　　校：张　颖

责任编辑：蔡晓欧

出版发行：**中国文史出版社**

社　　址：北京市西城区太平桥大街 23 号　邮编：100811

电　　话：010 – 66173572　66168268　66192736（发行部）

传　　真：010 – 66192703

印　　装：廊坊市海涛印刷有限公司

经　　销：全国新华书店

开　　本：720×1020　1/16

印　　张：26.5　　　字数：425 千字

版　　次：2018 年 8 月第 1 版

印　　次：2018 年 8 月第 1 次印刷

定　　价：69.80 元

目　录

解　语　花

1

花石姻缘

三续解语花

解　语　花

第一回

落拓青衫悲深歇浦
飘零红粉义薄云天

汽笛不断地在浦江里"呜呜"地响着，远近的人家，都在睡梦里惊醒。正值晓风拂面，一轮红日，渐渐由浦东上升。晨鸡引长着颈项，高唱道："有轮舶儿进口了，神圣的劳工们，快来工作呀！"一时间码头上声浪嘈杂，闹成一片。

有一个西装的少年，独自立在江边，仿佛等着人的模样：时而翘首远望，时而登高闲眺，好像等来船非常焦急的神气。其实那来船，离着码头，还着实远着哩。这时正长夏天气，马路上一株一株的树儿，都绿叶婆娑，布满着浓荫。东西的树下，立着一个汉子，看他年纪不过二十左右，虽衣履不整，但丰神奕奕，满面露着英俊的气概。忽听得他倚着大树，引吭高歌道："三山门外夸擒虎，五丈原头说卧龙。时移世换都是梦，试看那大江东去，浪淘尽多少英雄。"其声悲壮洪亮，闻者无不为之动容，意殆燕赵人欤。

这时码头上的工人都围拢了来，大家指点着道："这史呆子，怎的今天又发呆啦？"那西装少年一见众人，你也叫他史呆子，他也叫他史呆子，以为他一定是姓史的无疑了。此时史呆子忽又高唱道："美人香草埋荒土，举首唯见云和月。耳畔潮水正悲鸣，浪涛急。贫穷境，暗自泣，忧伤感，何时减。对苍天抚膺长啸，往事不堪回首说，心中怅惘向谁泄？"他唱到此处，不觉泪随声下，遂停止不唱下去。众人到此，都一哄而散，有的说唱得真不错，有的说这人一定有心病。旁边那个西装少年，也看得呆了起来，不禁暗自叫道："有这等事，真使人可悲。"那少年也晓得这史呆子，一定是个伤心的人了，意欲向他问讯，可是说时迟那时快，那来船，早已碰了码头。

来船名叫"大鹏号"，船身非常的庞大。那少年正呆呆地望着人丛里，忽听得耳边有娇滴滴的声音呼他道："兰哥，我在这儿呀！"那少年循声而往，回身正与一个女郎打过照面，便叫了一声"霞妹"，笑道："你这挈盒快递给我好了，我等你好久，你一路上都好吗？你此刻若再不来，我就要急煞了。我外面已有汽车备着，我们上车去吧。"说着遂挽了她的手臂，并肩走着。那女郎闻说，满红着脸，遂亦低声道："兰哥，多谢你，你此时若不在这儿，我亦正要急坏了呢。"说罢大家笑着上车。

作者趁此报告那少年与女郎的姓氏：原来那人姓高名梦兰，钱塘人；女郎姓秋名霞，与梦兰为姨表兄妹，且属同乡。是日秋霞由美国华盛顿大学毕业回国，梦兰特地相接。两人均已大学毕业。秋霞此次来申，欲与梦兰订百年良缘。所以此时，两人心中都非常的愉快。

梦兰对秋霞道："上星期我接到你的电报，我是天天盼望着你，哪知这天也真作怪，偏偏慢慢儿地过去，好容易到了今天，我是早晨五点钟就起来的，一到码头上，真是冰冷水清。幸而遇到了这个史呆子，听他唱了《大江东去》，又听他唱《满江红》，消消遣。我瞧他准是一个伤心人，可惜没问问他往日的历史。"

秋霞听他说了一大篇，倒弄得不明白了，因笑道："兰哥，你在说什么呀？我可有些儿听不懂，什么叫史呆子？史呆子又是怎样的一个人呢？"

梦兰自己也好笑起来道："无怪妹妹听不懂了。"因告诉她说："你的船不曾到码头的时候，有一个少年汉子，形似小工模样，大家都叫他史呆子长，史呆子短，他是不是姓史的，我现在还不知道哩。我见他衣衫虽不全，而品貌堂堂，又俊秀又英武，实在不像是个小工。"

两人谈谈说说，那汽车早已到霞飞路又一村，两人下车进内。秋霞见过姨妈。一面安好了行李，一面用过点心。梦兰道："霞妹，难得今儿天气晴朗，我到此才放下心。我是天天记挂着妹妹，不晓得妹妹心里怎样？"说着眼瞧着秋霞，待她回复。秋霞见他这样，那脸上一阵阵的红云，直透过两耳。幸喜室中并无别人，因亦低声向他道："我昨晚在船上，还梦着与哥哥握手呢，可是醒来时，那握着的手，仍是自己的。"说着又嫣然一笑。梦兰见她两道水盈盈的秋波，仿佛含有无限羞忸似的，直瞧着自己。因亦笑道："真难为了妹妹，此刻你想出去玩吗？"秋霞道："谢谢你，我懒得很，不想出去。你为了我今天早晨也起得很早，想也倦了，请大家休息一下吧。"梦兰道："也好，今天准不出去了，明天请妹妹瞧戏好吗？"秋霞含笑点头。两人遂携手到上房阿母那边去了。

读者诸君，试猜这史呆子，真是姓史的吗？并不，工人们因他时而狂歌，时而怒骂，终日痴痴癫癫，大有书呆子的气味，所以大家戏叫他一声史呆子，久而久之，史呆子便成他固定的名字，他的真姓名，倒反而埋没了。其实他姓石，因性沉默寡言，所以命名不言，字可人。父名季屏，为河北著名商人。黄河水灾时，季屏全家遭难，可人因正在燕京中学，幸而免灾。可人遭此奇祸，不特产业荡然，脑经亦受刺激，为生活所迫，不得不与故乡的山河作别，只身南下。初以为上海人文荟萃，必有出路可想，不料到了上海，人地生疏，举目无亲，川资有限，早已告竭，不得已以中学生资格，致以苦力自赡，天天做码头小工的生活。可人的身世可怜，可人的环境更可怜。

一天可人正在江边凭栏闲眺，忽闻歌声悠扬，自江面远远送来，如怨如慕，如泣如诉，好像有无限的冤抑，难以告人。幽咽处，如午夜的啼鹃；沉痛处，又似天半的唳鹤。一时十分地同情，乃不禁为之叹道："何哀怨得深刻，而令人酸鼻。"因遂循声而往，循铁栏前进，但见江面漂一叶小舟，舟尾坐一女郎，荡桨迈进，且进且歌。歌声即自女郎口中出，歌道：

"滴不尽思亲血泪抛红豆，开不完春柳春花满画楼；睡不稳纱窗风雨黄昏后，忘不了新愁与旧愁。咽不下玉粒金波，噎满喉。展不开的眉头，听不明的更漏，呀！恰便是遮不住的青山隐隐，流不断的绿水悠悠。"

可人不待那女郎唱完，那一副热泪，便早已扑簌簌地湿透了胸襟，暗暗地自语道："同是天涯沦落人，相逢何必曾相识。"说罢又想，这女郎既这样的怨愁，我必当问她明白，尽力地相劝，方尽人类互助的义务。

此时那女郎已将小舟傍岸，跑上铁栏，与可人站的地方，不相多远。可人仔细一瞧，不料来的不是别人，乃是自己邻居羊吾七，因忙迎上前去问道："七妹，今天你的爸爸为什么不见啦？"可人问了一句，只见吾七便双泪直流道："我的爸爸病已有三天了，家里柴米一些儿都没有，我想把这件破袄换几个钱回去，烧一碗薄粥，给老人家润润喉咙，也许那病是有转机的。"可人把她手中的破袄接来一瞧，只见前后补缀了十多块，这倒不要说起，那棉布的硬，比水门汀还要硬了十倍，典当里固然不要，就是卖给收旧货的，也不到三五个铜子呢。因对吾七道："七妹，你不要哭，不要急，有我呢。今天我的运气很好，已赚有一元四角钱了，此刻我就和你一同回去，瞧瞧你的爸。"一面说，一面跳下船去。

吾七把缆解脱，一个推，一个扳，不消一刻，那船已到达浦东。好在离家不远，只要数十步的路程。两人刚要进门，忽听她爸一阵的咳嗽声，非常厉害，两人慌忙走近他的床边，只见他两眼一翻，几乎要死去的模样。可人忙将水壶里的水，斟了一杯，给他润一润喉咙，吾七又不住地把她爸胸背轻轻抚摩着，方得渐渐平复。可人见屋里，灶是冷的，锅是空的，炉子下的柴一根儿都没有，一种凄惨的形状，真令人目不忍睹。可人因遂又急急地出外，先买柴二角、籴米五角，再买青菜二百文，除用去的钱，尚多六角一百文，都交给吾七道："这钱请七妹收下，暂作零星用途。如不够的话，我明天再给你。"吾七欲待不收，可人却早已飞步到自己家里去了。

　　可人因恐吾七不肯收他余下来的钱，所以特地赶快几步，不料天下事欲速则不达，因他赶快的缘故，那左足的裤脚，便被篱笆钩住。因此一钩，那裤便钩破了一大块，这样的前露后出，简直是不能再穿。可是可人就没有第二条裤子来调换，这便如何好呢？因此，可人独对孤灯，呆呆地坐了半天。正在为难的时候，突见窗外隐隐如如乎有人在窥探，可人眼快，便开门出来，见是吾七，因忙道："七妹，里面坐，你爸怎样了？"吾七道："石大哥，真对不起你，我爸爸喝了粥后，现在睡得很好，此刻我已烧好一锅子的饭，我想请你大家胡乱吃一口。"可人道："我已吃过了，七妹，你自己用吧。"吾七道："石大哥，你别诳人了，我瞧你呆呆地已坐了好半天，哪里又用过饭呢？你别客气了，你如要客气的话，我只好将你买来的米和柴连煮成的饭，统统都奉还你了。"可人被她这样一说，倒左右为难了，意欲到她家去，但裤子破得这个样儿，又怎好见人呢？因不觉红了脸忸怩地答道："七妹，谢谢你，我真的不想吃饭呀。"吾七不依，拉了他手，一定要他去，可人拗她不过，只得跟她一同前去。

　　这晚月光很明，吾七因可人在后走得很慢，遂回过头去，向可人一瞧，忽然"哟"的一声，叫起来道："大哥，你……你腿上怎么有这许多的血呀？你不痛吗？"说着十分惊慌的样子。可人起先倒是一些儿不觉得痛，被她一说，低头一瞧，那腿上果然有一大块血渍，并且隐隐地作起痛来。因对她说道："这不要紧，我自己走路不小心，刚才被竹篱刺破的，我一些儿也不觉得痛。"说着两人已到了家里。

　　吾七盛了饭，可人道了谢，吾七瞅他一眼道："石大哥，这菜饭都是你自己买的，你还这样客气，我就更不好意思了。"可人因不再客气。两人随便用过饭，吾七又去端了一盆水，把一块干净的手巾递给可人，叫他拭去腿上的血渍，遂仍回家去。

过一会儿，吾七却又来敲门，可人问道："谁呀？"吾七答道："是我，石大哥，你快开门。"可人一面开门，一面问道："你爸醒了没有？"吾七道："我爸还睡得很甜呢。"可人见吾七手里拿了一条旧裤，向自己笑道："石大哥，这是我爸爸的一条旧裤子，你如不嫌它龌龊，请你暂时换上，把你那条钩破的裤子交给我，让我替你去洗净了，再补一补，你想可好吗？"

可人一听，心中十分感激，因为这时他坐在桌旁，呆呆地正在想这裤子的念头：明天一早就要到码头去做工，补的衣服穿在身上，倒也没有什么的，破了这样一大块的裤子，穿在身上，被人见了，到底有些儿不好意思。而且就是叫缝穷的去补，也得脱下来给她，若是穿在身上叫人去补，这又是哪里说起呢？正在没法可想，而且口里也没有说出，她心里却早已一齐明白了，便把她爸的裤子借给我换，你想，她是何等雪亮的一个妙人呢？难道她真的是我可人心坎里的一个灵魂儿吗？可人这样想着，吾七早将裤子放在床上，自己便躲到门外去了。没有一会儿，听可人叫了一声"七妹"，吾七便又走了进来。可人连连地向她谢道："妹妹，真难为你想得到，我就不同你客气了。"吾七听了，忽红晕了脸儿，嫣然一笑道："大哥，早些儿睡吧。"说着便拿了裤，匆匆地回去了。

从此以后，吾七便认可人为世上最热心、最有侠肠的男子。可人认吾七也为最能体贴、最具聪敏的女子。两人惺惺相惜，心心相印，都只为一些儿情根，便种出了那欢苗爱叶。

欲知后事如何，且待下回分解。

第二回

莺燕俦结成同心伴
鸳鸯裤认出解语花

可人代吾七籴米，又代她买柴，这不是个推食食我的意思吗？吾七以爸爸的裤子借给可人，也是个解衣衣我的模型。这样的秋风风人、夏雨雨人，真是一对血心儿女的行为，令人又敬又爱。

那夜吾七从可人那边拿了破裤回来，便连忙找出针线，欲将那破裤立刻补好，可是找来找去，终找不出一块同裤一样颜色的青布来，只好把一块淡黄色的布姑且补了上去。等到补好了一看，自己忍不住笑起来，原来那裤破的地方正是左脚，和自己穿的一条裤破的地方补的布一样是淡黄色，不过自己乃是右脚。若将两条裤并在一起，左右分开，好像是一对，再也巧不过了。但是事已如此，也就只好由它去了。次日，将裤洗净，便即忙送还可人。可人一见，连忙称谢。

近几天来工作很忙，可人每日的收入，总有一元几角，除自己日用外，已积有五元几角钱，因将五元钱又借给吾七，叫她请医生诊治她爸爸的病。吾七的爸爸本无大病，今休息了数天，早已痊愈，兼之家中有了柴米，心里更觉宽慰，那病好得快了。

一天吾七爸爸的旧主人，因要到外埠去，有两张公园派司送给吾七，说是到公园里去玩，是不要出钱的。吾七欢喜得了不得，意欲叫可人一同去玩，可人当然赞成。这天下午，海关大自鸣钟敲过了四点，外滩公园里游客，便纷纷地逐队进去，可人与吾七也同众人一道前进。那看园的巡捕，见他两人的形状，意欲出而阻止，但是他们都有场券，亦只好由他们入内。

初夏的天气要算四月里最长，傍晚四点钟后，差不多尚有四个钟点可以游玩，所以一般仕女，都在这个时候下总动员令，一齐出发。外滩银行商号林立，车马来去不绝，更是热闹。可人吾七两人并肩缓缓地在园中踱了一圈，凉风拂拂，真觉无限适意。

这时在他们面前，也有一对游侣，男的西装革履，女的更十足摩登，两人携手偕行，也慢慢地踱着，一时全园游人，对于这两对情侣，个个都注目起来。前面一对，这样时髦；后面一对，又这样的奇形怪状。在众人的意思，倒并不是稀罕这对摩登的情侣，最令人可笑的，却是后面可人和吾七的一对鸳鸯裤儿，真是全上海见所未见的奇观了。你道他们穿的裤是怎样？原来可人穿的，就是吾七替他在左脚补上一块黄布的一条；而吾七所穿的，恰又是用黄布补在右足的一条，两人同时并走，好像一对鸳鸯。一时见者，无不对他们哄然一笑。注意的人愈多，哄然的人，自然亦更多了，全园的游人，差不多都大笑起来。

那时，前面一对西装男女，倒弄得莫名其妙了，以为众人都是向他们开玩笑，便回过头来，见可人吾七这样子，自己也忍不住失笑起来。但仔细一看，这人好像非常的面熟，突然间想着了，连忙向他旁边的女子道："霞妹，你快瞧，这人就是我以前对你说的史呆子呀！"这女侣被他一说，也回过头去，特别地向他们注意，细细地打量了一回，忽然也"哟"的一声，指着吾七道："咦！你可不就是语花妹妹吗？我们好多年不见了，你怎的弄得这个样儿了呀？"

吾七被她一叫，不禁心中一怔，面上突然现出朵朵桃花。这时旁边围着的人，无不暗暗叫奇，说这样美丽的女子，为什么要这样打扮。有的说这女子眉不画而翠，唇不点而红，眼若秋波，面如芍药，真是天然的美人，只可惜衣衫穿得这样的褴褛，这到底什么缘故呢？最难堪的是有一种人议论着道："这一对乡下夫妻，为什么要穿了一对鸳鸯裤子到公园里来游行呢？"你想，这两句话，刺入可人吾七的耳内，是多么害羞，又多么难受呢。

这时那西装少年已拉了可人，那女郎亦已拉着吾七，四人走到僻静的树荫下，大家坐下。吾七向女郎道："你可不就是大井巷的秋霞姊姊吗？"秋霞道："正是，你还认识我吗？"吾七道："你如不叫我，我是再也认不得姊姊了，因为姊姊从前瘦怯，现在脸儿丰腴了许多，身子也胖了，况且又不是在杭城地方，我一时哪里想得到是你呢。"说着遂又把可人向她介绍道，"这位是石可人先生，乃河北人氏。因黄河的水灾，全家淹死，他因在燕京中学，不曾罹难。现在我们同在一处邻居，每日早出晚归，苦力自度。他真是一个热心的好人。"这时梦兰秋霞方才明白，史呆子原来叫石可人。秋霞因亦把梦兰向吾七介绍道："这位是高梦兰先生，是我的表兄。"又向梦兰道："这位是解语花女士，是我中学里的同学。"一时四人大家又客气了几句。梦兰因园中人多，不便说话，因向他们道："我们到外面水上饭店去坐一会儿吧，那边既清静又凉爽，比较这里好得多哩。"于是大家出了公园。

水上饭店即在公园旁边，四人遂登楼坐定。梦兰叫侍者做上两杯柠檬茶、两杯咖啡、四客云腿吐司，侍者答应下去。梦兰因向可人问道："石兄，你到上海有几年了？"可人道："我是前年冬天才来的。初意欲在教育界、新闻界谋些事干，后因世面不好，兼之上海人浮于事，说起谋事，比登天还难，所以只好佣工度日。古人说：红颜薄命，文士多穷。这年头儿像我这样，哪里还说得到什么什么，但求自己能够勉强温饱，那就是了。"梦兰听了，长吁了一声道："石兄的话固然不错，可是石兄的生活实在太艰苦了一些，我们终得想个法子改进石兄的职业才好呢。"可人忙道："这就拜托兰兄了。"

这时侍者送上茶并吐司，梦兰把两杯柠檬茶递给吾七与秋霞，自己和可人喝了一杯咖啡茶。

这时可人心中只是暗暗纳闷，心想方才秋女士介绍七妹的时候，为什么要说解语花女士呢？现在又见她两人交头接耳絮絮地说着，旁人一些也听不出，好像十分惊异又十分秘密的样子，这内中一定有原因。过一会儿回去，我倒要向七妹探听探听，究竟是怎么的一回事。

梦兰见可人呆呆地坐着出神，秋霞和吾七却喁喁地谈个不休，因亦对可人道："石兄年少英俊，前程正是远大，须勇往，万不可灰心。古来多少英杰，都是从艰苦中出来，你看韩信受胯下之辱，樊哙为屠狗之辈，那不是个先例吗？况且孟子亦曾说道：天将降大任于斯人也，必先苦其心志，劳其筋骨，饿其体肤，空乏其身，行拂乱其所为，增益其所不能。他写英雄埋没的时候，亦真可谓形容得淋漓尽致了。"

可人一面听他说，一面向他点头，最后也向梦兰道："多承梦兰兄慰劝，可人哪里敢当。"两人谈谈，倒也意投。因坐已多时，大家约定下星期日再在这里聚首。梦兰付去了账，四人遂出了水上饭店，各自别去。临行秋霞再三叮嘱吾七，下星期勿要失约，吾七答应，遂仍同可人摆渡返浦。

这时已暮烟四起，万家灯火了，待到家里，吾七爸早已等候他们回来吃饭。可人笑道："多谢大叔，小侄可吃现成饭了。"吾七爸道："哪儿话，都是自己人，客气什么。"盖吾七的爸对可人，早已心有所属，另眼看待了。饭后，吾七又去告诉她爸今天游园情形，并会到了一个多年不见的同学，她说还要介绍我到学校里去教书呢。她爸听了，非常欢喜。大家又说了一会儿，可人遂回到自己屋去。

过了一会儿，忽见吾七又来了，可人忙让坐。两人默默相对了一会儿，都不说话，因为这时大家又想起日间公园里，被众人纷纷议论着，一番窘辱的情形，回想起来，真觉无限感伤，而又觉说不出的难为情。大家都低了头，好一会儿，倒是可人先开口道："七妹，你为什么不说话呀？"吾七听了，抬起头来，向可人一瞟笑道："你自己也不说，倒来问我哩。"说着又"哧"的一声笑起来。可人也笑了，因问道："那秋女士介绍你，为什么说你是解语花女士，你却也一些儿不反对，这是怎么一回事呀？你可能说给我听听吗？"吾七听了，忽然面罩重霜，若有非常的隐秘被他窥破似的，既而又装出很平常的样子，淡淡地道："这个嘛，你这样聪敏的人，难道还听不懂吗？解语花的一半就是羊吾七，羊吾七的整个，便是解语花。解语花等于羊吾七，羊吾七难道不是解语花吗？因为你是个血性的男儿，所以我便对你说，要不然，我哪肯给你知道哩。"

可人原也是绝顶聪敏的人，今天倒被她说的难到了，她说解语花等于羊吾七，又说羊吾七就是解语花的一半。他想了一会儿，又把手指在空中画了几画，才觉得果然不错。正想再要问她为什么要改羊吾七时，只见她的脸上，忽起了一股杀气，两眼隐隐含有无限的沉痛，真所谓艳若桃李，冷若冰霜。可人心中存了一种畏惧的心，又存了一种爱怜的心，哪里再敢紧逼着问她呢？因立起身来，牵过她的手儿，重新在凳上一同坐下，很柔和地问道："七妹，我的好妹妹，我的身世是非常的痛苦，你是知道的。妹妹的身世，依我的目光看来，实在有比我痛苦的地方，但妹妹不肯说，别人哪里会知道呢？妹妹倘然不以我为外人，能够彻底地告诉我，我如果有可以帮助妹妹的地方，无论到汤里火里去，我若不同妹妹一道去，我便不是一个顶天立地的丈夫，将来总不得好死……"

吾七听到这里，早已两泪直流，一面忙把纤手向他嘴上一扪，不许他再说下去，一面垂泪道："哥哥平日待我的情分，我是并非木石，哪里会一些不知道呢？难道我还看哥哥当作外人吗？因为这事情关系重大，诚恐一有漏泄，不但有误大事，那不孝的罪，更万死莫赎的了。"

可人听了，顿时变了面色，吃惊道："呀！有这样大的冤抑吗？"

见她又说道："我的父亲叫解鼎，号则三，我妈王氏，原系钱塘人，与秋霞同里。我爸是个新闻记者，因为触犯了省垣的贪官污吏，竟然从此结果了他的生命。其时我适毕业中学，我妈恐尚有连累，遂和我当夜即逃到此间，改易姓名，羊吾七三字，就是解语花的化名。"吾七说到这里，又深深地叹了一口气，掉下泪道，"可怜，我的厄运真是多哩！不料我妈因悲伤过甚，到上海还只三月，便即呕血身亡，那时我举目无亲，真是呼天天不应、呼地地无灵了。幸吾左邻的王老爹，慈善和祥，他是划船为生，自愿出资，料理我妈身后的事。他又没有儿女，我因就认他为父，即是我现在的爸爸。"吾七说到这里停了一停。

可人道："原来如此，妹妹原是姓解名语花，吾七乃是一半的化名。"

语花又道："我现在为了自身的利害关系，所以不得不隐姓埋名，唤作羊吾七，却将解语花三字摒弃。我对此事，非常秘密，请哥哥以后还是叫我吾七吧。"

可人道："这我理会得。"说着又把手帕替她拭去了泪，又道，"妹妹，你不要悲伤了，这事只能慢慢儿想法，万不可性急，欲速则不达，这是一定的道理。"

吾七点了点头。两人又谈了一会儿，可人因要叫她不要伤心，所以常说笑话。吾七果然给他引得笑起来，便站起来，轻轻拍他一下，眼珠向他一瞟，便逃着出去了。

欲知后事如何，且听下回分解。

第三回

海上欢逢管与鲍
戏中竟有假当真

可人见她这样，也忍不住好笑，正要前去关门，预备睡觉，忽见吾七又走进来笑道："大哥，我还没和你请晚安呢，咱们明儿见吧。"说着向他摇了摇手，便回身笑着走了。

可人想不到她又回转来说这一句话，不觉暗自笑着，说了一声"这孩子淘气"，心里头愈觉她的可爱了。这晚睡在床上，东思西想，一夜不曾合眼。

吾七回到家里，一见她爸，早已沉沉睡着，她亦遂灭灯安息。突见自己的一条裤子，便即想起日中在公园里闲人说她的话，什么鸳鸯裤啦，什么乡下夫妻啦，一时顿又面红耳赤，害羞起来。心想莫非和他真有姻缘之分吗？一时又自己骂自己说道："语花，你大仇未报，你的心又想到哪里去了？你爱他，他难道也一定爱你吗？你别胡思乱想了，早些儿睡吧。"她便沉沉地睡去了。

且说那晚秋霞梦兰回到家里，晚饭后，秋霞向梦兰说道："我这个同学，她的身世真可怜极了，她的父亲叫解则三，原是一个名记者。她比我小三年，算来今年也有二十一岁。她从小就很聪敏，曾记得她六岁的时候，她爸爸拿烟卷，她便擦火柴；她爸爸拿茶杯，她便捧热水壶。她爸爸说这妮子，能以眉听以目语，真是吾家的一朵解语花。后来她与我同学，每月考时，不是她第一，便是我第一，所以我们两人格外莫逆。曾记得毕业的那一年，不知为了什么，一夕之间，她们全家的人都不见了，我还是今天碰到她，才知道有此一桩大冤枉呢。你道她爸爸哪里去了？是没有宣布罪状地被杀了。她妈妈是逃到上海后，急煞得吐血死了。你想她的身世可怜吗？现在为了这事，已改名为羊吾七，就是将解语花三字一半隐去的意思。"

梦兰听了，"哦"了一声道："怪不得你们鬼鬼祟祟地谈了好半天，现在她既然这样的苦恼，你该给她想个什么办法呢？"

秋霞道："我想你有一个知友夏一心，现在虹口办有一心女子中学附属小学，你何不向他设法谋一个教员位置，暂时度日。"

梦兰笑道："你不说我倒忘了，我正有事要找一心呢。"

次日午后，梦兰到一心中学回来，秋霞见他满面含笑地道："霞妹，幸不辱命。真正可巧，他附属小学里，有一个姓余的教员，前天辞职到南京去，现在正少一个级任，你想可巧不巧？只可惜薪水不大，只有二十元一月。"

秋霞道："虽则二十元一月并不算多，不强似抛头露面、终年作划桨的生活吗？那么怎样地通知她呢？"

梦兰道："这容易得很，但是石可人又怎样地给他想个法子呢？"

两人正磋商的时候，外面忽报有客来了，梦兰忙到会客室一见，原来是中华新报的经理莫潮白，因便让坐。潮白见了梦兰，即开口道："巧得很，梦兄没有出去。我找你，请你代我找寻一位编辑，下星期一定要的，否则真是戏房里住锣鼓了。"

梦兰一想，天下事，哪有这样凑巧，我正在想代可人设法，谁知他倒自己上门来请了，因问道："你预备出多少的薪水呢？"

潮白道："薪水不大，只有二十元一月。"

梦兰道："笑话了，二十元洋钱，想请一个编辑，上海滩上恐怕办不到吧？"

潮白道："我请的并不是总编辑。"

梦兰道："你能出三十元一月，我倒可以替你去说说，他是燕京中学毕业，对于国学很有根底。"

潮白道："我遵命是了，不过下星期一定要来办事的。"

梦兰道："那当然，你明天准定来听回话好了。"

潮白答应，遂便辞去。梦兰遂进内告诉秋霞，两人自是欢喜。梦兰把手表一瞧道："现在还只有三点钟，我就先到大坂码头找可人去。"说着便立刻叫阿二把汽车开来。

到了大坂码头，梦兰在人丛中找了五分钟的时光，果见可人正在扛货进栈，待他出来，便连忙上前叫住了他。可人一见梦兰，便怏怏地走来，梦兰拉住他道："石兄，我有话对你说，请你明天午后二时叫七小姐一同

14

到水上饭店来，因为有一个一心女中附属小学里，要请一位级任教员，问她愿不愿意去干。还有你亦有一个位置，乃系中华新报编辑，月薪只有三十元，你如愿意的话，下星期就要到馆办公的。"

可人听他说完，还当自己在梦中，连忙摸摸自己的头，再咳嗽了一声，面红耳赤地对他道："你是高先生吗？你是兰兄吗？"梦兰见他这样，忍不住笑道："正是，你愿不愿意呢？"可人喜得跳起来道："那真真好极了，还有什么不愿意的吗？请你代我做主答应好了，薪水就是少些，也不妨的。"

梦兰得了他的回话，遂同他握手，当即又各自分别回去。第二天，潮白先来听回音，梦兰遂告诉他，自己介绍的朋友，是姓石名不言，字可人，准于下星期日陪他一同来馆。潮白不胜欢喜，再三称谢而去。秋霞梦兰因下午要出去，吩咐中饭早一些，先叫阿二把汽车早预备好。饭后略事休息，不到二时，便即先开到国货公司。

秋霞代吾七购了三四件布的、绸的旗袍料和裤料；梦兰亦代可人购了两件袍料、两件小衫裤料。匆匆上车，开到外滩下车，但见公园门外，站着两人，男的正是可人，女的便是吾七。四人忙着招呼，大家一齐上了水上饭店，叫侍者做四杯咖啡、四碟夹心蛋糕。

吾七握着秋霞的手道："多蒙姊姊美意，妹子得重睹天日，真是感激得很。"秋霞笑道："我和妹妹是知己的好友，你说这话，不使我惭愧吗？我刻已代妹妹购得几件衣料，请你瞧瞧，可还中意吗？"说时把一包衣料送到她的面前，又在皮夹里取出十元钞票，交与吾七，一面又附耳向她说了几句话。

吾七见她这样的深情厚谊，事事又想得这样的周到，真是使自己感激不尽了，因道："姊姊这样热心，真不知叫我怎样报答才好。"

此时梦兰亦早已将钞票十元并衣料交与可人道："唯恐石兄来不及置办，所以代为先买来，请你不要客气，你若讲客气，那彼此便觉不是真心的知己了。"可人被他说得无言可说，只有默默地向他感谢。此时侍者送上茶点大家用过，遂约定下星期日，由可人伴吾七一同到霞飞路又一邨高公馆，再由梦兰秋霞两人，陪他们先到中华新报馆，后到一心女子中学。四人遂出了水上饭店，握手告别。

吾七到了家里，先向爸爸告知，一面将钞洋五元，递给爸爸，作为家用。可人吾七同到村上王裁缝处，叫他缝旗袍一件、小衫裤一套。可人也叫他缝哔叽单衫一件、小衫裤一套，统限星期六要取的。王裁缝答应，赶紧去做。

两人一路回家，一路暗想，梦兰秋霞这样仗义好友，将来怎样地谢谢他们呢？吾七道："我们若要谢，他们也断断不要交我们为朋友了。"可人道："对了，他们这样有肝胆的朋友，恐怕出了钱，也买不到的，真所谓可遇不可求了。"

光阴迅速，一星期已到，可人吾七各穿新衣，渡江乘四路电车，到霞飞路又一邨高公馆。此时还只有八点钟，梦兰是向来起得很早，秋霞尚未起身。梦兰一面招待他们在会客室里坐下，一面进内喊秋霞道："霞妹，你快起来，可人兄和七小姐已经来了。"秋霞伸出玉臂，伸了一个懒腰，把纤手揉揉眼睛，看了一下表道："还只有八点十分，他们倒来得早呢。"一面起身，一面洗脸，出来和大家一同用过点心。

时正八点三刻，阿二汽车早已等着，四人坐上汽车，先到爱多亚路中华新报馆。梦兰陪了可人进去，见了莫潮白，彼此自有一番客套的话。坐了片刻，梦兰即告辞，潮白可人同送到门外，梦兰和可人又说了几句，可人和吾七也叮嘱了一回，遂大家握手别去。

梦兰叫阿二开到一心中学，不消一刻，早已到校。大家一同进去，见了校长张冠群女士，梦兰递过羊吾七名片，并替大家介绍，彼此谈了许久。冠群道："羊先生所担任的，是六年级，今年本学期要毕业的级任，一切多要费心。这里校内备有床铺，如不要住在校内，亦可听便。"吾七道："一切多承指教，不胜心感。"冠群道："彼此以后都是同事，可别客气。"遂又介绍校内同事：一年级级任周子文，二年级徐梅琴，三年级王者香，四年级张纫素，五年级梅友竹；又助教三人：吕文华、张自齐、费辛木，一共九人，都一一见过。

从此吾七便住在校中，秋霞和梦兰遂亦告别回去，并约下星期日，再来相候。吾七答应，又连道了谢，送他们上了汽车，才回进校去。

流光飞一般地过去，可人在报馆任职，不觉已有一月多了。他因办的事，都在夜间，日中非常闲暇，他早已加入体育会中，每日早晨五时起身，即赴西门体育场。自七时起，至九时止，练习拳击等术完毕，仍照常回馆办公。他加入时系第二十八班、第十三名队员，教授的人很有经验，两星期后，已得到不少武艺上的知识，自己觉得很有兴味。

吾七每逢星期必来看望可人，又时常同去看望梦兰秋霞，秋霞亦同了梦兰可人，到吾七校中去玩，所以大家都不十分寂寞。吾七每月所得薪水，除给她爸爸十元外，余均存储，不敢浪用。近日因本级毕业在即，预备假期时，开个恳亲会，会里有许多节目，都要预备练习，所以格外忙碌。

一天，梦兰和秋霞各接到一心女中来函一封，拆开来一看，只见上面写道：

> 本月二十日本校附属小学，行毕业礼，特请大驾光临。无任翘盼，此颂，台安。
>
> 上海一心女子中学启

当时秋霞看后，忽见信封中又落下一张节目单来，因忙拾起，见上面写：

上海一心女子中学恳亲会节目：
一、开会
二、行毕业礼
三、演讲
四、余兴
五、游艺
六、钢琴独奏
七、单人舞
八、对唱
九、童子孝亲（独幕剧）
十、毕业歌
十一、无罪草
十二、解语花（话剧）

秋霞看了，对梦兰道："上星期日，我到她校里去，她说她正在排演校长冠群所编的话剧《解语花》。吾七她自己还充了一个主角呢。"梦兰道："怎的这话剧也会叫解语花呢？不知其中的内容，是怎样的一回事呢？"秋霞道："她早已完全说给我知道了，现在我说给你听吧。这剧本共分四幕：第一幕一个老母、一个儿子、一个媳妇，儿子叫黄中兴，媳妇叫解语花。儿子出门去了，婆媳两人送着。第二幕一个巡丁、一个禁烟委员，说她婆婆是个烟民，捉了去，解语花一同跟去。第三幕委员说你们为什么要吸烟，她媳妇说，我的婆婆是不吸烟的，委员便喝道：'你不肯调验，交两百元交保，要不然，你也扣留在这里。'第四幕解语花厉声骂委员，委员调戏解语花，解语花便将委员刺死。"

梦兰道："这情节虽短，倒非常的紧张。"秋霞道："听说内中对话词句，都十分刚强，不过在第一幕解语花送丈夫出门时候，却又无限的温柔缠绵。而且，吾七的国语又极流利，这剧本演起来，一定使看的观众十分满意。"梦兰高兴道："到了那天，我们一块儿去吧。"

隔了两天，开会的日子到了，吃了午饭，秋霞梦兰便驱车前往。到了门口，正遇可人，大家遂一齐进内。只见会场布置得非常庄严堂皇，有女学生们维持秩序，张冠群和几位教员亲自招待来宾，非常周到。二点敲后即开会行毕业礼，以下便逐条地做下去，直演到解语花的一幕。

果然是羊吾七扮的主角，演到第四幕，只听吾七戟指厉声骂道："我把你这贪财贪色的王八蛋，只知鱼肉乡民，不知奉公守法，今天我解语花要为大众除害，不把你这狗贼刺死，你也不知厉害！"说罢，拿起案上雪亮的小刀，便猛然向委员刺去。那委员就是梅友竹扮的，见她说话时，脸色已经铁青，这时又见来势凶猛，便向左一避。说时迟，那时快，吾七的刀尖早已真个地刺入友竹肩膀上了，计深一寸宽八分许，鲜血直喷，那时友竹吾七同时晕倒在地。场下来宾实不知者，都喝了一声彩，还说这表演，实在是太认真了。那时幕后学生，大声喊张先生道："不得了，羊先生和梅先生真的死了！"一时秩序大乱，幸亏场中的学生都来维持，梦兰秋霞可人三人心中明白，可是也急得没了主意。还是梦兰清醒一些，赶快叫他的汽车来，将她两人送往同仁医院里去。

欲知两人死活如何，且听下回分解。

第四回

冤沉沉碧血回肠断
水淋淋冰肌玉骨亲

梦兰的汽车直达医院，经医生诊察后，说梅友竹系受惊过甚，不过轻微受伤，没有什么大要紧，只消过两天就没有事了。倒是羊吾七，她是神经受了重大的刺激，兼之痰迷心窍，一时不能出院，因为她的病实在很不轻。一面医生将她两人诊察完毕，各施针药，梅友竹果然清醒，问她也不大觉痛苦，唯吾七的精神，昏沉得不得了。

可人对梦兰道："我想今晚在这里伴她一夜，但报馆里，可否托兰兄转托一人。"梦兰道："不错，你在这里陪着，我们也就放心多了，报馆里事，我会前去代理，你不用担心。"说着遂和秋霞出院回去。

这时房内除看护外，只有可人一人，可人便坐在床边，观她动静，好一会儿，忽听吾七口中喃喃道："我的爸爸，爸爸呀！你到哪里去了？"说着便坐了起来，一见可人，就当他是爸爸了，两手将可人身子紧紧抱住道："哎呀，原来爸爸在这里，寻得我好苦呀！"说着便非常的亲热。一时抬起头来，两眼发光逼着可人，恨恨地向他一推道："你、你是哪里来的野男子！冒认我的爸爸！"说着便要伸手打去，哪知力气一些没有，早又倒在床上。可人见她这个样子，心中非常悲伤，恐她的神经错乱到底，从此不能复原，那不是成为一个废人了吗？可人想到此，眼泪早滚滚而下。

这时医生又来诊视，给她喝了一杯药水，果然又安静了许多。那时已是午夜十二时了，可人坐在床边，只不敢睡，瞧着吾七可爱的脸庞，星眼微微闭着，两颊红得像苹果，两条细长淡淡的蛾眉，微微蹙着，樱唇边露着一丝笑容，真像一幅美人春睡图。可人呆呆地瞧着，也忘记了疲倦，心中只是暗暗祈祷着，但愿这一觉醒来便清醒了。

过了一会儿，又见她悠悠地醒来，似乎很疲倦的样子，可人因低低地道："七妹，你此时觉得怎样了？精神好一些了吗？"吾七一听可人叫她，仿佛有觉悟的神气，想了一想，便慢慢地道："咦！你可不是石大哥吗？我们为什么都在这里，这里又是什么地方呢？"可人见她说话很不错，一时心中非常的喜欢，因慢慢地告诉她道："因为你病了，秋霞姊姊同梦兰兄才送你到这里来，这里是医院呀！有我在旁边陪着妹妹，妹妹安心静养好了。"她听了这话后，又似乎知道，又似乎不晓得，也没有回答，便仍沉沉地睡去了。直到天将发白的时候，她又从梦中哭醒，只听她哭道："妈呀！可怜呀！我的妈你为什么抛弃了你苦命的女儿去了！"

那夜，可人非但一夜不曾合眼，而且听她一会儿哭妈，一会儿哭爸，所说的都是心病话。心病非心药不医，可是现在又打从哪里去找她爸爸妈妈去呢？难道她从此不会好了吗？这……这叫我怎么办呢？可人想到此，忍不住又眼泪直流。

次日，不到八点钟，秋霞便先来了，见了可人，便叫道："石先生，七妹妹她现在怎样了？"可人便将夜间的情形一一告诉了她。秋霞听了，也甚担忧，一会儿梦兰亦来了，大家商量她病，这明明是一种心病，但是用什么法子，可以把她的脑经恢复转来呢？和医生商量，医生说，最要紧是静养，别和她多说话。

如是一会儿清醒了些，一会儿又昏沉了些，足足已有三四天过去了，吾七仍是这样子，倒是那梅友竹的创口，已经痊愈了。这次秋霞正在医院，见了友竹，大家问了好，秋霞拉了她手道："这次吾七真的将你刺伤了，我们也非常的抱歉，幸喜姊姊已好了。"友竹道："大家都是朋友，医生说她神经受了重大的刺激，又不是她故意喜欢如此的，她自己也不知怎样一回事呢，我怎能好怪她？但你们的交情，究竟比我深一些，不晓得她的刺激，到底为着什么事？"

秋霞道："大概她的家庭，从前她父母在时，亦曾遭过剧中一样的冤枉，或者还要厉害些，所以她触动心事，便真的欲将你报仇了。"

友竹听了，也不禁好笑起来，想了一会儿，因对秋霞道："这样我倒有法子可以医她的病了。俗话说，解铃还须系铃人，这样吧，我想我仍旧扮起那委员的样子来，脸上却照平常的样子，敷着些粉，睡在此地，肩上仍流着血，叫她来看我，我自有法子叫她心回了转来。"

秋霞听了，拍手笑道："姊姊这法子，真好极了。如果真医好了七妹的病，姊姊不是她的重生父母了吗？"

友竹忙道："言重，言重，这也朋友应尽的义务呀！"

秋霞十分欢喜，忙把这事告诉可人梦兰，大家都十分赞成，一面叫友竹改扮起来，一面叫吾七去房里去望她。这时可人梦兰均在外面，房中只秋霞一人，扶着吾七到友竹床边。吾七一见友竹肩上流着鲜血，她想了想，停了一会儿才说道："你不是梅大姊吗？"友竹道："正是。"吾七又道："你为什么肩上流着许多血呀？"友竹道："我是因为校里开会，我来演剧的呀！你来演剧吗？"吾七想了一会儿道："我记得我也来演剧的呀！"友竹道："不错，妹妹演的就是那用刀来刺我的主角呀！"吾七道："那么这血是我给你刺出来的吗？"友竹道："不是妹妹，还有谁呢？"吾七听了，便把手轻轻地抚她的伤处，似乎十分抱歉的样子。友竹又道："我和妹妹演剧，原是假的呀，妹妹为什么却认起真来了？"

秋霞看她神志已清醒了许多，因扶她一同坐下道："七妹，那天若不是梅姊姊把头一让，你的刀，不是真的刺在她的喉咙里了吗？真好危险呀！"吾七听秋霞说后，心中方才慢慢地明白起来，她说道："那时不晓得什么缘故，我心里会糊里糊涂，自己也不知道怎的，会给姊姊刺出血来了，我现在也不大明白呢。"

友竹道："我和你一同到医院已有五天了，我的伤已将平复无恙，你的病今天觉得怎样了？"吾七道："我也觉得没有什么病，只不过精神疲乏得很，心里很闷，又觉得非常对不起姊姊。"友竹道："我已好了，你还想它做什么呢？"

这时可人梦兰亦进来，吾七见了都招呼了。可人见她已完全清醒，几乎把眼泪也欢喜出来了。到此大家都劝她心里不要多想，请她回到房去，再静静休养几天，我们大家可出院了。吾七非常的抱歉，非常的感激，因回到房中。医生给她喝些药水，又给她吃了半杯牛奶，叫她静静睡着。

忽忽已过三天，她的病已好了八九，那时校里早已放暑假了，秋霞把吾七接到梦兰家里，大家做伴，梅友竹亦回家去了。她两人住院一切医费，共计五十一元六角，梦兰要代为付去，冠群一定不肯，说这是学校的事，只要人好了，这些医费尽管付学校的账好了。自后吾七便在高家住了一月余，其中常和秋霞可人梦兰同去游玩着，倒不觉暑天的酷热了。

看看又将近开学的日子了，吾七先到浦东去看她的爸爸，倒颇清健，心中很是安慰。她同秋霞说，欲于开校时，先到校去，以便可以整理一切，秋霞亦很赞成。

时光如驶，早又是帘卷西风、菊绽东篱的时候了，一天潮白对可人道："石先生，我因汉口分馆的总编辑，现在因病辞职，鄙意欲请先生去接办，月薪百元，未知先生能帮兄弟的忙吗？"可人道："体育会里有一个李教官，和我很相得，他因娘病了，这几天托我代理几天，我必须同他说明后，方可动身。"潮白道："那么我明天听你回音好了。"

次日，可人见李教官说明自己要到汉口去，李教官亦很赞成，"你到汉口后，我们再通信吧。"可人心想到汉口去，薪水加了，自是欢喜，但上海有许多朋友，都要分别，又不胜悲伤，尤其是七妹，同我将来不也要好多日子不能见面了吗？想起来真舍不得去，意欲明天回绝他。到了明天，便先到一心中学去见吾七。

吾七见了可人便笑迎出来，可人遂把自己要到汉口去的话告诉了吾七，并说道："我的意思，欲回绝了他，因为日后我和妹妹是不能时常见面了。"吾七听了，想了一会儿道："丈夫四海为家，安可恋恋作儿女姿态呢？"说着又拉了他手温柔地道，"况且汉口亦近在咫尺，一则我们可以时常通信，二则寒假时我亦能来看你的。"可人道："我实在舍不得妹妹呢。"吾七"噗"地一笑道："别英雄气短、儿女情长了，好哥哥，你只管放心去好了。"可人经她一说，便预备准定去了。

一面别了吾七，一面又到梦兰那里去辞别。秋霞道："那你和七妹说过没有？"可人道："已告诉她过了，她亦赞成的。"秋霞道："你预备什么时候启程？"可人道："我想阴历九月初一日。"梦兰道："那么我们准定约吾七一声，大家在初一那天中午，到陶乐春与可人兄践行，请你早一些儿到。"可人道："这样又劳兰兄费神，如何使得？"梦兰笑道："你终是这一套客气，以后快改了去吧。"说得三人都笑了。

到了初一那天，可人吾七秋霞梦兰四人，临时又加入一个潮白，梦兰道："我们一起只有五个人，原桌头菜，恐吃不了，我们还是另外地点菜，来得实惠。"大家都赞成。梦兰遂取过纸来，写了一会儿，再让大家点几样。大家见他点的是：奶油菜心、红烧鱼头、辣子鸡丁、干烧鲫鱼、生菜鸡丝，外加北京填鸭一只。潮白笑道："兰兄点的很不错，就是这样得了，多点了，不也是瞎糟蹋吗？单这几样恐也吃不了呢。"一时便将菜单交给侍者。少停酒菜都上来，他们都不大喜欢喝酒，所以只用了一壶酒，便即用饭。饭毕还不到两点钟，潮白有事，便先握手别去，梦兰等乃送可人下船。可人坐的，乃系报馆给他订好的官舱房间，一时大家又谈了一会儿，无非是到了汉口，即先来一信等语。

河梁惜别，四人都有些恋恋不舍的样子，尤其吾七，眼眶儿一红一红，又恐被别人看见，那时心中真似刀割。送君千里终有别，乃忍泪叫了一声大哥道："你路上千万要保重身体呀！"可人亦道："七妹，你自己也要留心保重才是。"斯时遂各握手别去。

　　上海走汉口的船，须四天路程，方可达到。开船后可人一路上看去，那长江的金山、焦山、小姑山，沿途的风景，真所谓"江南江北一般同，偏是离人恨重"。过了九江，那船便离汉口快快地近了。

　　这天可人在舱内，只听船上人道："好一天的大雾呀！怪不得这时候还没有碰码头呢。"可人心想，这船大概是已到了汉口的了。过了一会儿，那一轮骄日，照耀着长江，好像万道金光，那弥天的大雾，被阳光一照，已逐渐消散。

　　这时船已碰码头，客人都纷纷上岸。此时大菜间内，有一豆蔻梢头的女郎，可人见她身穿蝶花绉的旗袍，脚丫穿高跟革履，两袖齐肩，露出玉雪可爱的双臂，发烫作水波纹式，后面随着一个婢子样的女孩，貌也秀丽，手提一只小皮箱，似乎要上岸的样子。可人因报馆说好有人来接，现在尚未到来，所以立在舱口候着。只见那女郎慢慢走下岸去，不料刚走到楼梯口头，突然间高跟鞋向地上钉着的铁条一扳，站立不住，向前一冲，那婢子要待拉住，哪里来得及，只听"嘭"的一声，便失足跌下江心去了。那婢子急得一面哭，一面大声喊救人。可人目睹一个可爱的女郎跌下江去，怎能忍心不救？遂连忙脱卸长衫，跳下水去，把那女郎从水中一把抱起。

　　凉秋天气，衣服单薄，众人见他俩人从水中出来，水淋淋的怪难看，好像没有穿了衣服一般，大家都代他们叫了一声羞。此时女郎口中已喝了许多的水，两眼紧闭，脸色灰白，早已不省人事。可人遂把她抱到大菜间内，一面将沙发椅子放倒地下，一面将女郎身体伏在沙发上，又用两手向她的胸口下腹竭力推拿。过了一会儿，那女郎口中果然吐出许多水来。可人叫婢子给那女郎喝了一杯白兰地，又叫她把她小姐的湿衣换了，一面自己回到舱里，亦将衣服换过。仍到大菜间，见女郎早已醒来，她一见可人，直羞得两腮通红，便低声叫婢子道："红豆，你也该给一杯白兰地，送与这位先生喝呀！"可人道："我可不消，请问小姐现在觉得怎样了？刚才有没有受了惊吓？"那女郎嗫嚅着道："多谢你，我现在已好得多了。"

　　那女郎究系何人，且待下回再详。

第五回

醉翁目的非在酒
儿女心肠只为他

原来那女郎姓江名剑青，父名江上峰，原来是湖北警备司令。那日剑青因由九江返汉，不料肇此灭顶大祸，幸遇可人自幼即好游泳，颇识水性，把她从江心中救起。

那剑青回到公馆见了她妈，便"哇"的一声哭了起来。小婢红豆便絮絮地告诉，说小姐跌下江去，若没有那位先生奋勇地跳下水去，把小姐救起，恐怕小姐与太太此刻是断断不能再见面了。那江太太见她女儿这样伤心，心里早已一吓，红豆的话，哪里还听得清楚，什么小姐跌下水去哩，那位先生跳下水去了，因急急地问道："红豆你快说得清楚些，小姐到底是给谁欺侮了？这还了得！"

红豆见江太太误会了，倒先发了脾气，因忙又详细告诉道："因为小姐高跟鞋滑了跌，从扶梯口，身子一仰，跌下江心去，幸亏官舱里一位先生，连忙也跳下水去，把小姐身子轻轻地抱起来。那时小姐一些都不知道，后来那位先生把小姐身子伏在沙发上，小姐口里吐出许多黄水来，才慢慢地醒过来，那时婢子吓得连话都说不出了。"

剑青听她说完，早又放声大哭道："妈呀！我真好难为情呀！叫一个陌生的男子，把我着肉地抱起来，这还算是怎么的一回事呢？我是愈想愈羞，再也不想做人了！譬如跌在水里死了！"说着在她妈怀中，又哭个不休。

江太太这才明白，因抚着她的发道："儿呀！这也叫没法呀！儿也得想开了一些，他这男子也不是喜欢亲儿的肌肤，他倒是个见义勇为的好青年呢。我们须得谢谢他才是。"

红豆听了，在皮匣内取出一张名片来，递给江太太道："这位先生叫石可人，是河北籍，汉口《中华新报》总编辑。"江太太接来一看道：

24

"呀！原来这是个新闻界中的人呢。儿呀，你不要哭，明天我叫你爸爸把他请了来，问问他家中一切情形，倘然是相宜的话，就此结成一个亲眷，倒也好的。"剑青被她妈妈这样一说，愈觉难为情了，只好一言不发回到房里去。江太太一面又请医生来，给她诊视。

剑青自那日起一连水泄了数次，始渐渐平复。

再说可人到了馆里，见了营业主任莫老四，当即递过潮白托带的一信。老四看过了后，即对可人道："家叔来信说石大叔初次到汉，如有需要一切，都叫小侄侍候，请你不要客气。"可人道："说哪里话，全仗指教。"一面写信到上海，吾七、梦兰、潮白处，每人各一封。

一宵易过，次日《中华新报》出版，登有新闻一则，题目是"勇青年入水救小姐"，下面道："昨由沪驶汉江华轮，因江面大雾弥天，碰码头已有十点钟，一时乘客争先登岸。时大菜间内，有某机关小姐，携带一婢，娉娉婷婷而出，行到步梯，不知如何，突然跌入江心。幸官舱内有一青年见了，当即奋不顾身，跃入江心，把小姐轻轻地救起，闻已得庆再生云。"可人见了，暗暗地捏了一把汗，想幸而未曾说出姓名，否则救了人，倒恐又要惹出别种是非来了。

自这报纸一登后，虽未载出是哪一个机关，而汉口的人，却早已三三两两地都传说是江小姐无疑了。剑青看了这条新闻，愈哭得泪人儿样的，差不多连茶饭都不想吃了。江太太没有第二个办法，只好把女儿的情状一一告诉她的爸。原来江上峰生平只有一个女儿，不消说，是爱得像掌上明珠，平日间她如果说要天上的月亮，他都要坐了飞机去想法子的，你想，此刻哪有不依的道理？

过了一天，那《中华新报》的编辑处，突然由收发处送进来一信，外写"石可人先生启"，可人打开一看，原来是一张请客条，只见上写道：

即午治酌候。
光。

江上峰订。席设本司令部。即日。

可人见了，不胜骇异，这司令部与我素不相识，怎的倒请起我的客来了？便拿了这信条，连忙到莫老四那里去问道："你知道司令部与本报馆向来有没有来往？"老四想了一会儿道："没有的，你问这干吗？"可人把请客条递给他笑道："你瞧，这究竟是什么玩意儿呢？"老四瞧了，也莫名其妙，仍旧给可人道："不要管它，大叔去也不妨。"

可人踌躇不决，看看将近午时，可人坐在编辑室里，倒似乎多了一件心事，心想去还是不去呢？果然第二次催请的条子也飞进来，而且同时电话又来了。可人接了电话，只听那边有人问道："你们这儿是中华新报馆吗？"可人答道："正是，你们是哪儿？"那边又道："我们是司令部，今天司令请你们石先生吃饭，请他早一些儿来，我们司令专诚地等着呢。"可人没有回答，那边早已摇断。

可人还是有些疑惑不定，倒还是编辑室里的茶役道："石先生，我昨天就听见外面他们有许多人在说，是江司令的小姐，被中华报馆里一位石先生救起了，江司令的太太同小姐一定要请石先生吃饭，谢谢他救命之恩呢。现在此事闹得全汉口都知道了，你们难道还一些儿没听见吗？"可人被他一说，始恍然大悟，那日自己所救的，恐怕是真的江小姐了，懊悔当时不曾问一声，现在别人家既然这样诚心，再三相请，且不去管它，去了再说。遂忙去换了新的长衫，便套车前往。

到了司令部，便将名片递了进去，里面却有护兵接应，同了可人曲曲折折转了几个弯，才见一埭甬道，中间一座花厅，厅旁植有芭蕉梧桐。穿过花厅，从后面游廊走去，但见前面一排三间上房，窗下列着无数菊花。窗的前面，小小一个院落，引水凿池，叠石为山，随山起伏，有亭有台，虽则小小结构，倒也颇具丘壑。到了上房，护兵却止步，里面便有一个小厮、一个小环出来，引可人到东面耳房坐定，但见木台上摆着八盆精美糖果，胆瓶内插着鲜花，满室生香，异常幽静，好像别有境地。

少停小环即扶老太太出，后随玉立婷婷的一少女，正是江剑青。可人见了，连忙起立行礼，并问过了安。江太太和剑青一面还礼，一面让座。江太太把可人细细打量一回，觉得真是年少英俊，心里十分喜欢，因道："小女幸蒙先生搭救，得庆更生，先生大德实令人深铭五内，老身不知应怎样补报哩。"

正说着，那江司令亦从后面套房出来，可人连忙起身侍立，请了安，江上峰亦拱手还礼，大家又让座。上峰道："前日若没有世兄，小女险遭灭顶，不晓得世兄为什么也坐了这只船呢？真是好极了！"说着哈哈大笑，一面又再三称谢。可人见他说话十分豪爽，晓得他也是一个胸无城府的人，因答道：“小侄自幼即好游泳，见小姐落水，哪有不救的道理？而且见义勇为，人类有互助的义务呢。”这时小厮端上香茗，红豆也把糖果搬到可人旁边的几上，江老太太叫请随意用些，大家又闲谈一会儿。

此时中央小船厅上已摆酒席，大家便让可人入席。上峰上坐，可人坐在东首，江太太和剑青坐在西面，小厮执壶侍立。上峰道：“石世兄能喝酒吗？”可人道：“稍会一些儿。”上峰叫拿大杯来，小厮替可人满斟了一杯。

这时江太太也问道：“石先生，你到汉口有几年了？”

可人道：“还是那日第一次到。”

江太太道：“那么从前是在什么地方？”

可人剥了一粒杏仁放在嘴里道：“在上海我是住过三年的。”

江太太道：“你府上老太爷老太太都好吗？”

可人见她提起父母，这是最能使自己伤心的，因叹了一声，感伤地道：“在黄河水灾时，已全家死在汹涌的洪水中了，因此我中学毕业，也没读大学，漂流到外面来了。”

江太太道：“你在上海干什么事儿呢？”

可人道：“经友人介绍，到中华新报馆当编辑，此次才调到汉口来的。”

江太太道：“你老太太既已去世多年，你没有订过婚吗？”

可人摇头道：“还不曾。”

江太太又道：“你在南边地方，有没有别的亲戚朋友啊？”

可人见她问得如此详细，心里好笑，因道：“在上海朋友有几个，都是学界中人，且今年我曾经加入体育会，那教拳术的一个李先生，同我非常的莫逆。”

上峰听了道：“那李先生吗，是不是叫纪林，广东人？”

可人道：“真是他。”

上峰道：“这人同我倒也曾同事三月。”说着又催可人喝酒，笑道，“我们现在且慢谈话，先喝酒要紧，别菜凉了。”

可人道：“酒已喝很多了，恐不能再喝。”

上峰便叫人盛饭，这剑青在旁听了可人的话，心里无限快乐，脸上时露笑容，兼之喝了酒后，更是红润可爱。

大家饭毕，又到东面房间闲坐，仆人重新泡上好茶，递上烟卷。上峰向可人望了一会儿道："我瞧世兄年少英俊，一表人才，何不到我这里来服务？将来前程远大，乘风破浪，哪里有限止呢？现在报馆主笔，虽然是为民喉舌，但埋没英雄，未免可惜。"

可人经他一说，觉得颇有道理，所以连连点头称是。

上峰又道："我现在意欲把你派在本部当一个稽查职司，月俸一百二十元，报馆里亦可兼当主笔，亦无大碍。不知你的意思怎样，愿不愿意吗？"

可人忙道："老伯说哪里话来？老伯有命，哪敢违背？但可人才疏学浅，诚恐有负所委。"

江太太亦道："石先生，你不要谦辞了。"

那时剑青早已从里面拿了一个稽查徽章，交与她爸爸，上峰亲自递给可人，可人忙起身接了。上峰道："你们多谈一会儿，我有事先走了。"江太太待他走后，便引着可人剑青到庭中道："你们且到这里来玩玩。"

那时，剑青在前，可人在中，江太太在后，三人拾级到假山上去。步到一个茅亭，江太太坐在亭中笑道："老了，到底不济事了，我这里休息一会儿，你们上去吧。"剑青笑道："妈妈，那你等着吧。"说着在前又上了几级，但见一片平台，前有石栏，旁有石凳，两人乃同坐凳上。大家呆呆望了一会儿，剑青"咮"地一笑道："石大哥，那日我若不跌到江里去，也不会碰到了大哥，大哥若不乘那船来汉，或者来汉不是那日，也不会碰到了我。你是第一次到汉，我是第一次失足，不先不后，真是巧极了！好像天故意叫大哥来救我般的。"她说完了后，仔细一想，觉得自己说话太粗心了，那失足两字，对于女子，实在不大好听，一时不觉又面红起来。

可人听她叫自己大哥，仿佛与七妹对我一样称呼，心中非常地感触，因亦随便答道："对呀，小姐的话真不错。"

剑青又道："爸爸委你的稽查，它的权限很大，与平常的机关不同，即警察局也一样要受节制，你不可小觑了它呢。你此后若无事，可以到此常来谈天，我爸爸妈妈都非常喜欢你呢。"

可人笑道："小姐要是不嫌我，我一定常来玩耍的。"

剑青听了，眼睛向他一瞟，笑了笑。这时红豆手提果盒，到山上来，把果盒放在大理石桌上，向他们笑道："少爷，请用一些儿吧。"说着立在小姐旁边。剑青又道："我在南边读书时，每逢星期或课余，常到郊外驰马，所以对于骑术略有经验；至于游泳，毫无一些智识，现欲跟大哥练

28

习，未知大哥肯赐教吗?"

可人道:"北人原是好骑射的多，要求熟谙水性，实无一二，因此的缘故，我就避其易，而习其难，所以对于游泳则练习成熟，而对于骑术则反而退化了。今小姐既精于骑术，我们正好互相指导，想小姐也赞成吗?"

这时剑青已剥好许多松子糖、胡桃糖、咖啡糖，送到可人面前笑道:"酒后解渴，这是最好也没有了。"可人忙接过来笑道:"小姐这样客气，我真不敢当。"说着含笑就食，颇觉津津有味。

两人又谈了一会儿，剑青又陪他往北面小径向下行去，仿佛一洞，待到出外，那洞口果有"云壑"二字。云壑外有小石桥一条，过桥但闻水声潺潺，仰面一观，其水由上飞奔而下，好像飞阁流丹，命名云壑，意殆指此。再行数步，有石笋三枝，直立道旁，即已绕到院的中心。时江太太早已立在小船厅门外笑道:"你们不再多玩一会儿吗?"说着大家仍到东面耳房，小厮已搬出冬菇鸡面三碗，大家用些。时已四点将近，可人推说有事，始告别去，小厮说外面有车候着，剑青乃步送到走廊为止，再三叮嘱明日再来，可人答应，两人遂握手别去。

到了馆中，各埠函电邮件早已堆积如山，可人一一理过。晚饭后，欲待写信与吾七，告诉自己近日状况，突然间觉两眼昏花，不能动弹。时正风雨骤至，秋意萧瑟，欲知可人究属如何，且待下回分解。

第六回

春色横眉群雁排字
秋江试浴一马双驮

可人因为多喝了几杯酒，初尚不觉得，后因坐在车上，被风一吹，饭后又理了许多事，所以便觉头脑昏涨，睡在床上，又不能成寐。幸喜室中有菊花两盆，一股清香，沁入心脾，那酒便渐渐醒来。耿耿秋夜，因又起身，对菊赋七律一首，一面又写信给七妹，并将诗也附去。此时，壁上已鸣钟十二下，欲待收拾去睡，奈耳边只听风雨闷人，叫他如何睡得着呢？他想起七妹唱的："睡不稳纱窗风雨黄昏后，忘不了新愁与旧愁。"今宵我真的亲历其境了。一时又想起以前七妹断炊时的苦恼，与今日山珍海味的豪爽，大有天与渊的分别，真觉又无限的感慨。待他沉沉地睡去，那东方早已鱼肚白了。

到了次日十点，他还没有醒来，忽然茶役阿根进来叫醒他道："石先生，外面有个少年军官要求见你呢，快起来吧。"可人揉了揉眼睛道："几点钟了？"阿根笑道："已经十点敲过了。"

可人想今天怎的这样好睡？一面起身，一面因又问道："你知道这少年军官是谁？名片有没有？"阿根道："名片没有，他说是江司令家来的，快叫石先生出来，自然知道了，我请他在编辑室里坐着。"

可人忙洗漱完毕，走出卧室，心想一定是江小姐又派人来叫我了。到了编辑室，果见一少年军官坐在沙发上，可人忙走向前去笑道："这位可是江公馆来的？请问贵姓？"那少年军官抬起头来，"扑哧"地一笑道："我姓江啦，你这位编辑先生，真是好大的架子。"可人仔细一瞧，不觉"啊哟"一声笑道："原来就是江小姐，你怎的今天戎装打扮了？我可真的不认识了，真是一位巾帼男儿的模样。叫你好等，对不起，对不起。"说着忙握了她手。剑青笑道："还问我贵姓啦，你难道还不知我姓什么吗？"说得两人又笑了一阵。

此时阿根端上茶来，剑青道："你今天有没有兴趣，我们到郊外试马去？"可人道："很好，小姐有兴，当然奉陪。"阿根又端上粤菜馆的虾仁草菇汤面两碗，可人请剑青亦用些，大家好走路，剑青也不客气，吃了一半。可人到了房里，重新换去长衫，穿了便装，一同到外面，早有江公馆的家人，携着两匹马过来，一白一黄，白马剑青自己骑，黄马留着可人骑。剑青吩咐家人道："你们不用侍候，回去吧，老太太问起，只说和石少爷试马玩去了。"家人连连答应。

两人并马徐徐而行，离市稍远，路亦广阔，正是练习骑马的好地方。两人在马上谈谈笑笑，再行三里，只见江的两岸，芦苇瑟瑟，白萍红蓼，相映成趣。抬头一看，但见碧云片片，天空中正有鸿雁一群，排成一个人字，咿呀飞过。剑青笑道："大哥，那鸿雁正同你打招呼，你为什么不向它点点头呀？"可人道："你哪知不是向你小姐打招呼哩。"剑青味味笑道："它写了一个人字，不是明明同你招呼的凭据吗？"可人一想，果然不错，因亦笑道："小姐真正聪明，请恕我的不是吧。"剑青瞅他一眼道："我最不喜欢听的是叫我小姐，请你以后叫我剑青吧，我也率性地叫你可人，你可怎样？"可人道："好是好的，我看你只管叫我可人，我还是叫你剑妹可好？"剑青道："这样，我也只好叫你可哥了。"两人说着，一时脸上都泛起两朵红云。

停了一会儿，剑青又道："可哥，我们现在且试一试鞭，看前面都是平坦大路了。"可人道："好的。"两人遂各加一鞭，那马便泼喇喇飞一般地驰去，但见八蹄奔腾，咬尾追逐。约跑十里光景，所过处，唯见滚滚黄沙，复不见人。

此刻剑青方始将缰绳勒住，把马头慢慢掉转过来。可人见她掉转了头，因把自己那马，亦徐徐收住，只觉得两股坐久生痛，胸背汗流如注。看剑青时，她却并不作喘流汗，只不过面如芙蓉，愈见娇艳，不觉得喝了一声彩道："好一个女将军，真是花木兰再世，令人佩服！"

剑青嫣然一笑，两人跳下马背，把马牵着走了几匝，乃拴在树荫底下，把鞍上皮包一个解下，打开来，都是牛奶、面包、奶油、橘酱、糖果等各种食品，陈列了一地。两人便盘膝坐在地上，各抢着面包，揩了奶油橘酱，我递着你，你递着我相让，哪知两人只管客气，可人把面包上的奶油都揩到剑青臂上了。可人因忙取出手帕，向她臂上慢慢地拭着，只见剑青的玉臂，滑腻如脂，好像如出水嫩藕，玉雪可爱，不觉看得呆了，心想：她那玉臂，真丰若有余，柔弱无骨，可惜不长在我七妹身上，如若长在七妹身上的话，将来或还有一摸的艳福呢。

可人呆呆地想着，也就忘记了吃面包，剑青看他只是瞧着自己的臂膀出神，不觉"哧哧"笑了起来。可人这才觉得了，不禁红了脸，剑青笑道："可哥，你为什么不吃面包，尽管揩我臂上的油干什么啦？过一会儿洗吧。"剑青这句话原是无心，在可人听来，颇觉有意，语带双敲，所以更觉难为情了，那面包是愈加吃不下了。剑青却不觉得，又把一块大的面包，揩了许多的橘酱奶油递给可人道："我已吃了不少，这一块是留给你吃的，你吃了后，我们还有好地方玩呢。"可人遂接过吃。

剑青指着对江道："那面就是汉阳，民初黄克强汉阳一役，民军真死得不少呢。"说着又指着那面江心道，"可哥，你看这一条横的支江，不是一个天然的游泳池吗？既没有船只进出，又没有人迹往来，我们那边游泳去，你赞成吗？"

可人道："浴衣哪里去找呢？"

剑青笑道："只要你赞成，我来给你好了。"说着又在皮包里取出浴衣一件，交给可人道，"那面有一间破屋，不是可以去换浴衣吗？我的浴衣来时早已穿在里面了。"

可人道："你真的喜欢学游泳吗？"

剑青道："我自那日吃了一次亏，我就誓必学会了它方甘心呢。"

可人笑了笑，便先到破屋，换了浴衣，仍回到树边，对剑青笑道："妹要学习游泳，一些儿也不难，但须记牢青蛙入水的姿势，必先昂首，两手向前拨水，两足向后拨水，一屈一伸，动作不停，自然浮在水面上，往来如意了。"

剑青听了颇觉心领神会，非常高兴，乃亦将外衣卸去，忽又向可人道："可哥，你说的游泳这法子固然不错，不过这是口头上的理论，事实上一时要学会就难了，我终觉有些儿胆怯。"

可人道："妹妹这话不错，那么我慢慢儿扶着你学吧。"

说着两人便携手下水，在浅滩上游着，来去四五次后，剑青才渐渐胆大了，慢慢由浅入深，游到离岸一丈多远。剑青游在前面，可人紧紧跟在后面，不时地把手去捏着她的小腿。在可人，因唯恐她有失，随时可以援她；在剑青，却以为可人是有意嬉弄她。后来两人拉手并游着，剑青道："游泳有这样的快乐，我当初一些儿都不知道，今天真破题儿第一遭快乐了。可哥，你看我们现在像什么呀？"

可人道："大则像鲸鱼，小则像鸳鸯，你爱像什么就什么好了。诗人说'风流好似鱼游水，才过东来又向西'，我倒喜欢像鱼雷，可以在水里出风头。"

剑青笑道："像得好新鲜，可哥，我问你，关关雎鸠，在河之洲，这两句诗是怎么讲的？它注解里说：关雎是水鸟，你想我们像关雎对吗？"

可人道："像关雎下面的两句。"

剑青道："下面吗？窈窕淑女，君子好逑。大概这君子又可作梁上君子解的，要不然，那窃玉偷香的工作，为什么多是那君子干的呢？"

可人听她话里有因，暗暗纳闷，以为剑青又在骂他。时大家又咯咯地笑起来。

可人道："剑妹，你这嘴真厉害，好像含着一把剑，动一动，就要刺痛人，你的解释也真好，又新鲜，又特别。"

说着两人又狂笑一阵，泼着水相嬉。

可人又道："我们还是研究水底游行吧。"

剑青笑道："可哥又要作弄我了，我可不会游。"

可人道："我告诉你，水底游行，须要口眼紧闭，认定方向，这完全神经作用，如到达目的，便由水底出来，并无别的秘诀。"

剑青道："这倒且慢些学吧，我水面游泳也没学会呢。"

可人笑道："我挟着你，试一试好吗？"

剑青道："如我喝饱了水，我可不依你的。"

可人笑着把她身子一抱，汩到岸边，由水底钻出。两人跳上堤来，剑青深深地呼吸了一口气，笑道："要命的，险些又把我闷死了。"说得可人忍不住笑起来。剑青瞅他一眼道："我原说可哥要作弄我。"可人忙赔不是道："不过妹妹既要学游泳，这个当然也要学会的。"

说着两人到了破屋，先给剑青换好衣服，跑到树下，取出水瓶，吸了几口。此时可人亦已到来，见剑青已骑在马背，但闻马蹄嗒嗒，早已离一丈多远了，只听她叫道："可哥，你随后快来呀！"不消一刻，那马早已绝尘而去。

可人连忙将马缰解下，跨上马背，欲将前面的马追上，连连加了两鞭。不料那马性一发，不可抑制，它不向前跑，随即落荒而走，且前蹄又格外向上直跳，可人欲把缰绳勒住，谁知竟不由人，接连地耸了几耸，那

33

可人便被它耸了下来。幸马镫不曾扣紧，尚不致被它拖去，不然恐头破血流，早已脑浆迸裂了。

时剑青频频回头望可人，终不见他到来，心里十分焦急，知道一定惹了祸，乃急回马追寻。只见荒田中，有无数的马蹄足迹，知道可人的马，必已落荒逃了，不知可人还仍在马上，还是已跌下地了。心里不觉急得不得了，赶快追踪前往。忽听有人叫道："剑妹，我在这里。"剑青回头一瞧，见可人已跌入在荆棘中了，即连忙下马，把他扶起，但见他膝盖下已跌破一个大洞，血流如注，头面腰胸都幸没受伤。剑青忙又打开皮包，拿出伤药，先给可人吞下，后将药水棉花把伤口洗净，再把油膏涂上，用绷带扎好。一面轻轻将可人抱起，驮在自己的马上，问道："哥哥，你觉得痛吗？"可人笑道："有剑妹这样好医生，哪里还觉得痛呢？"剑青瞟他一眼道："跌得这样子，还说笑话哩，回去吧。"

这时可人的头伏在她的肩上，剑青不敢疾驰，只好按辔徐行。可人伏在肩上，但闻一股馥郁的香气，从剑青的身上散出来，非兰非麝，沁人心脾，好像遍体皆悦。心想这种香气是名处女香，在十八九的女子，她容貌无论怎样，她那香气终归是有的，这话倒不错吧。可人心里细细地领略着香味，哪里还想到膝盖上的痛苦呢？时值炊烟四起，一鞭残照，剑青颇嫌其缓，可人则唯恐其速，幸剑青易钗而弁，否则一男一女驮在马上，路人见了，不又要当作新闻谈了吗？

剑青道："那日我跌入水去，你救我可谓投我以桃。"

可人道："那么我今日跌下马来，你救我亦可算是报之以李了。"

剑青道："非报也。"

可人道："那么是永以为好也。"

剑青笑道："对啦，我愿哥哥言而有信。"

二人在马上谈谈笑笑，早已到了市镇。剑青道："我看你还是到我那里去怎样？"可人道："还是送我回去吧，这一些儿伤打什么紧。"剑青见他不肯，遂送他到报馆，嘱他小心静养。馆中副编辑李一民，见可人负伤而回，因亦劝他安心养息，馆中一切事，都由他自己来负责代理好了，可人十分感激。

次日剑青又亲自来替他换去药膏，重新扎好绷带。可人有这样一个看护来服侍，不但不以为受伤是祸事，竟一变为乐事了。

不说可人受伤，且说上海一心女中的羊吾七，这天正值星期，欲到秋霞那边去，忽见绿衣使者，送来汉镇一函，知道可人有信来了，连忙拆开一看，只见写道：

　　七妹，我到汉已有数天了，前信匆匆，现在再把详细情形告诉您。我那日到汉，适值一天大雾，那船碰到码头便延了些，乘客多争先上岸。时大菜间，有一豆蔻女郎，携着婢子，亦正要登岸，不知怎样一挤，便跌入江心去了，那时我便跳下去，把她救起。过了两天，湖北警备司令部，送来请客条一纸，请我前去赴宴，我以为素无交情，不便前往，经他再三电话催促，只得前往。不料跌入江心中的女郎，即是江司令的女儿，她因感我深恩，故而设宴相款，并委我为本部稽查，俸金百廿元。我因今日由她家里回来，多喝了一些儿酒，兼值风雨闷人，想起我妹，不胜惆怅，乃对菊七律一首，一并奉上，妹读之，不知作何感想？梦兄霞姊好否？代为问安。近来妹精神如何？眠食照常否？念甚，念甚。风便念我渴想。祝您健康。

可人
十月二日夜

　　重九怀感，癸酉秋，可人时客汉皋。

　　满城风雨暮秋天，
　　背井离乡又一年。
　　愁日苦多欢日少，
　　静中学佛醉中仙。
　　黄花更比人还瘦，
　　青眼犹留我自怜。
　　欲向衡山高处望，
　　天涯游子泪涟涟。

　　吾七读罢了信，念完了诗，心中又快乐，又安慰，又怀疑，又不放心。她想：他又得了一个兼差，非常地安慰。又想：这女郎既感他的深恩，难免不时相往来，日久情深，便发生了别的问题，又谁料想得到呢？因此颇觉怀疑不安。其实吾七与可人也没有订过婚，谁又能管得了谁呢？不过两人情意深厚，在读者的心里，仿佛已把他们成为一对配偶了，若要她怀疑不安，真亦是瞎费心思，所谓吹皱一池春水，干卿何事？吾七有知，不当哑然失笑吗？当时吾七既欲到秋霞那里去，又欲复他的回信，而且还要和他的新诗，到底哪一件先做好呢？到后来，反而一件都没有做，呆呆地坐在校里，变成了一个胸有心事的人了。虽非落花时节，但闲愁万种，无语怨东风，吾七则早已到此地步了。

欲知后事如何，且待下回分解。

第七回

倩影传来疑窦起
好诗和到恶意猜

问君一夜愁多少，恰似春潮夜夜添。茫茫的前途，渺渺的余怀，值此秋雨秋风，以吾七工愁善病的人，再当此漫漫的长夜，那心潮起伏，自更觉梦魂为劳了，所以壁上的钟虽已"当当"敲了九下，而吾七则终不能起床。时有人报告友竹，说羊先生病得很沉重。友竹忙匆匆地走来，见吾七两颊微红，额角发烧，因问道："你怎么会病啦?"吾七只说受了一些寒，原不要紧的，并央她代上一课，友竹答应前去。

那么吾七的病，到底是怎样起的呢? 原来她有三个原因：第一父母的大仇未报；第二形单影只，孑然一身；第三意中人不在身边，心中事乃无人可以告诉。有这三个原因，都是她起病的重要成分。幸她平日待人很和气，同事有假，她给人代课，也不知多多少少，所以此番病了，众人也都非常情愿地替她代课，她一连地病了二十多天，对于功课一层，一些也不生问题。秋霞梦兰因重阳前，赴杭参观全浙文献展览会，现在都不在上海，所以近日吾七更觉得孤家寡人了。

再说到可人，他因不见吾七的回信，而他第三封信则又到来。信中说他与江小姐同到郊外试马，因为溜缰，险些儿伤了性命，幸得小姐相救，现已日见痊愈云。此信发出后，仍没有回信，他因接连又来了三四封，大致说：七妹，你为什么不给我一封回信，你气我吗? 你病了吗? 可是吾七依旧不作回复。

大凡一个人，对于情爱是顶顶利害的，所以孔子说"未见好德如好色"，孟子说"食色，性也"，又说"人少则慕少艾"。可见男女之间，既发生了情爱，当然是不容有第三者参加其间的。可人给吾七的信，第二封说是我救了江小姐，第三封说是江小姐救了我，这两封信，分明是两把尖刀。况且爱情这件东西，好比如眼睛，本来是极小气的东西，眼睛里不能容纳纤微的灰沙，爱情里岂能容纳大大的一个人吗？所以"江小姐"三字，吾七是断断不愿听、不愿见、更不愿提起的。吾七既然仇视了这三个字，而可人偏每封信上喜欢有这三个字，所以你越说，她便越不给你回信，愈趋愈远，但可人又哪里晓得呢？

其实女子爱你到了一个极点，便成了一个字——妒，妒实为女子的美德，不妒的女子，她的爱必不专一；爱不专一的女子，为男子者，又何必重视她呢？现在吾七对可人，讲他俩的爱，实已达到了沸点，今忽来了一个江小姐，那这爱必要起了个裂痕，这是一定的道理。吾七的病，也就这裂痕造成的。

这天晚上，吾七倚在床上，见友竹进来，坐在她的床沿旁，对吾七道："我和你合摄的一影，前几天早已送来，你瞧瞧，那个立的姿势还好吗？像不像你的……"吾七一面接过，一面瞅她一眼，笑道："你再信着嘴胡说，我可不依你。"友竹哧哧笑道："我不说是了，妹妹又要恼我了。"说着偎着吾七的脸儿，引得吾七忍不住笑起来道："好不害羞，这个样儿敢是你被人经过了吗？"友竹啐她一口笑道："你这妮子，倒是真的信口胡说了。"两人又笑了一阵，看着照相，果然拍得十分好。友竹道："这里有两张，全都给你吧，你今天觉得怎样了？"吾七道："也不觉得什么，只是心里烦闷。"友竹正想说话，忽见她枕边一纸诗稿，因取过来一瞧，但见字甚潦草，上面写道：

> 癸酉秋，余卧病二十天，前后计得可人来信五通，并重九感
> 怀七律一首，余依韵和之：
> 　　含冤莫白恨连天，
> 　　沧海横流又五年。
> 　　蝴蝶多情原是幻，
> 　　鸳鸯解语不羡仙。
> 　　眼哭见骨难为泪，
> 　　心死成灰有孰怜？
> 　　薄病又添风雨夕，
> 　　萧萧落叶梦如烟。

友竹看了轻轻叹了一声，对吾七道："你在病中还要作这些，真是何

苦来呢？况积劳所以致疾，而久阴郁以伤身，难道还不晓得吗？"吾七听了，拉了友竹的手，十分感激地道："姊姊金玉良言，妹自当深铭五内。"

从此以后，吾七的病，便渐渐好起来。她想：可人因不见我的回信，便接连来了五封信，他对我的情谊，实在是并不算坏，我原自多心，疑他与江小姐的交情，怎样的深，怎样的厚，假使他们果然是深厚的话，我又不是可人家里的什么人，我哪里可以干涉他呢？她这样地一想，自然是心平气和，所以复可人一信，并告诉他卧病的缘故，一面又将友竹合摄的小影一页，一并寄给可人。

可人自发了六七封的信后，等了几天，竟一个字都没有回了来，心里真是愁闷非常，这天好容易接到了吾七的回信，好似得到了宝贝一般。他未拆之前，先将吾七的信，亲亲蜜蜜地接了一个吻，然后赶忙拆开，只见一页照片，先由函内坠下，他便先看了看。但见照片上，系吾七与一西装美少年，合摄在公园喷水池旁边，那少年立在池右，吾七侧坐在石栏上，两人均面带笑容，似非常的得意。可人反复看了许久，自己问自己道："咦！这是她的什么人呢？我为什么一面也不曾见过他。"因又把照片反转一看，只见题有许多小楷，可人便即念道："可哥惠存。"另有一行写的是："吾友梅君，字松涛，与余为莫逆交。富情感，年二十，已毕业东吴专门学校法科。家有老母，无他兄弟。性嗜音乐，平日辄共余研究，至午夜犹孜孜不倦。癸西重九，携手半淞园，作登高游，因合摄此影，以志纪念。妹吾七谨识。"

可人看完，心中不知是酸是辣，因恨恨地道："你不给我的回信倒也罢了，今天又寄上这样的照片，分明是故意气我，是什么的道理？我又没有得罪你，你竟这样使我难堪！"说罢，不觉又深深叹了一口气道："以七妹这样温柔和平，一旦负心，又这样的快，那其他的女子，自更不必说了。"遂又将她和的诗读了一遍，读到"蝴蝶多情原是幻"，可人心想，这不是明明说我从前与她的交情，原是幻的吗？"鸳鸯解语不羡仙"这一句，又分明说到现在，她同姓梅的要好上去了。可人看了又想，想了又看，真是越想越气，越气越想，忍不住脱口骂道："好一个负心的女子！"遂把她的复信展开来，看里面说的究竟是什么，因念道：

　　　　可哥，您的来信，先后五通，妹均已收到了。与您别后到
　　今，妹无时不想念您的好处。自从接到您的第二封信，不知何

故，妹的胸中，便起了无数块垒，郁闷异常，次日便头目昏眩，恹恹病有廿余天。每次接到一函，无不想握笔作答，奈心绪恶劣，好像乱丝一团，以至迟迟未复，有劳盼望，殊实多多抱歉。幸您近日得新交，灯前对酌，月下谈心，或则双马并驰，或则扁舟容与，想质陋如妹，置之九霄云外，当亦不得为过。附上和诗一首，读之当悉妹的苦衷，奉小影一页，试一猜合摄的梅君为何人？诸希原谅，还祈珍摄。

妹吾七倚枕谨覆
十月二十九日

可人看后，默无一语，心想：她这等行为，倒还叫人家原谅呢，唉！情场变幻，其速于不测风云。前人说，欲除烦恼须学佛，各有因缘莫羡人，唉！我又何必苦苦地羡人呢。想着，遂将信掷过一边，便亦绝对不作复信了。

阅者诸君，你晓得吾七寄照相的用意吗？她因气不过可人与江小姐的得意忘形，所以将友竹与她合摄男装一影寄给他，使他知道，你既有了江小姐，我也有了一个顾影翩翩的梅郎了。一以试探他见信后怎样的举动，二也聊以报复报复。不料可人果中她计，把她的和诗、来信，并照相题跋，每句里面，都起了阵阵的疑云，一时也愈想愈气，对付方法，他也只有将吾七的信，置之不理不复。谁知吾七倒天天等他的回信呢。

光阴如电，一瞬过了月余，看看寒假将近，那时吾七的心中，十分焦急，向可人索取回信的信件，好像雪片般地飞来。你想，此时可人心中，正是爱一变至于妒，妒一变至于醋的当儿，哪里还有心情向你答一句话吗？流光如矢，寒假已过，早又开学期近，吾七对可人消息，好像石沉大海，吾七遂也再不想他的回信了。

立春，雨水，惊蛰，春分，春的季节，差不多已到了清明，那时日长如年，花气袭人，绿柳绕黄，草长莺飞，嬉春的仕女踏青归来，都说校里又放春假了。这天吾七独凭楼窗，忽见燕子双双，向绿柳中好像穿梭般地飞来，顿感陌头柳色，因作长相思一曲，以寄可人，并附一函：

昔年杨柳黄，与君渡浦江。

今年杨柳绿，君行汉江曲。

昔年复今年，相思盈春烟。

春烟散作雨，君心不我知。

望君上高楼，杨柳满陌头。

君身如柳絮，漂泊难留住；

侬心如柳丝，缠绵只想思。

思君渺无极，彷徨泪沾衣。

身欲为车轮，随君逐风尘；

身欲化兰桨，与君共飘荡。

飘荡不还家，侬心乱如麻。

麻棼犹可理，思君何日已？

　　哥哥，不通音信，已有六个月了，难道您终不给我一个回信了吗？妹开罪于哥的地方，妹到今朝还不晓得。现在春假已近，妹决计定本月廿十八日，前来汉江，与哥一判衷肠，一释误会。哥见妹面，还怪妹否？先奉长相思一曲，聊以代诉寸衷，哥而有知，其当谅我。此祝健康。

　　　　　　　　　　　　　　　　　妹吾七上

　　　　　　　　　　　　　　　　　三月廿六日

　　此信于三月廿六发出，廿九日起即放春假，吾七想二十八日夜间动身赴汉。她的意思，以为可人接到此信后，可以到轮埠来接她，见面后，先告诉他的这样，再告诉他的那样，他听了后，将一切误会，自然涣然冰释。想到这里，自然满心欢喜。

　　次日，她整理了一只小提箱，忽见友竹进来道："呀！妹妹要到哪里去游春了？"吾七回过身来道："姊姊来得正好，我正要去找你，我明天下午要到汉口去一次。"友竹是聪明人，知道近日吾七和可人有些儿恼气的事情，这次去，当然亦为了此事。遂也不便问，因道："那你预备去几日回来？"吾七想了一会儿道："开课前我就来校的。"友竹道："很好，我这次春假，不想回家，想在校中谱几阕曲子。"吾七笑道："等我回来，让我瞧吧。"说着忽又道，"姊姊，你的一套西装借给我吧，这次我单身到汉，路上诸多不便，想穿了西装而去。"友竹笑道："很好，我去取来。"说着

41

便到房中，将西装取出，交与吾七笑道，"妹妹，你穿只管穿，别在路上遇着了一位摩登女郎，她见你这个翩翩的西装美少年，假使与你谈起爱情来，你怎么办呢?"说得吾七忍不住哧哧地笑起来，忽又叹道："姊姊，你终喜欢取笑人。"友竹也笑了。

　　到了廿八日，友竹送吾七登轮，约定开课时大家再会，遂握手而别。欲知吾七与可人会面情形，且待下回分解。

第八回

羊吾七寻郎逢情敌
江剑青对友起醋心

船行四日，早已到汉，吾七盼望可人来接，盼了许久，仍是只影不见。船上的人差不多都已纷纷上岸，吾七心想，不要再等了，只好雇车前往。

到了中华报馆，由茶役引到编辑室，只见里面出来一个少年，吾七先递上名片，说是找可人先生，并又请教他姓名。那少年说是李一民，向吾七望了一会儿道："石先生恰于前天动身，到上海了。"吾七听了，不觉一怔，忙问道："他是为什么去的，知道吗？"一民道："因为上海总馆里有事，打电报来叫去的。请问羊先生是哪里来的？"吾七道："我是从上海特地来找他的，因有要事面谈。"一民道："这真太不凑巧了，他此番前去，说不定哪天可以回来。先生只好在此地旅馆暂住数天，一面写信，由本馆代你复到上海，问明石先生究竟何日可以来汉，或先生在汉等他，或先生回到上海见他。"

吾七见他所说颇有理由，也只好如此，因又问道："我于廿六日曾有信通知他，此信不知石先生接到否？"一民道："此信是不是上海一心女中寄来的？"吾七道："不错。"一民道："这信昨日才到，他是前天动身，他是实在没有接到。"吾七想："怪不得，这便如何是好呢？"两手搓了搓，显出踌躇的样子。一民道："那么羊先生请在这里先休息一会儿吧。"

正在这时，忽见外面进来一个女郎，一见一民，便同他点头开口道："老李，可人到哪里去了？"一民道："他前天乘车到上海总馆去了。"那女郎道："他为什么没有同我说起呢？"

一民道："他曾打过好几个电话，都说小姐不在公馆，后来他托我，叫我代他说一声。"说着又指吾七道，"这位羊先生也是来找可人的，他是从上海来的呢。"

吾七被他一说，遂和她点头，心想这大概就是江小姐了，本当早要辞去，今见过了她，自己正要探听她的消息，现在正是个好机会，遂同她一道进了里面。茶役送上两杯茶来，那时女郎坐在写字台旁边的转椅上，忽见玻璃台板内，映有上海一心女子中学来的来信一件，她便把它拿出，对一民道："老李，可人这封信让我拿去转寄给他吧。"说着便把信藏在皮夹内。吾七见了，因向她招呼道："请问女士贵姓啦？"那女郎道："姓江。"说着又向皮夹内取出名片，吾七接过一看，见是江剑青，山东潍县。吾七亦回了一片，剑青看是羊吾言三字。

这时吾七又起立对剑青致敬道："原来这位就是江小姐吗？久仰久仰。"

剑青见她如乎熟悉的样子，因亦问道："羊先生哪里会过了？"

吾七道："不，我因家姊时常说起小姐非常好义，故而久仰得很。"

剑青有些奇怪道："请问令姊是哪一位？"

吾七道："家姊前有一函致可人兄，方才小姐取去的上海一心女子中学教员羊吾七寄来一信就是。"

剑青一听，想这内中必有一种纠葛，我倒要侦探侦探。一面又对吾七道："羊先生此番是特地来找可人兄吗？"

吾七道："不错，特地而来，不晤而返，真是不巧得很。"

剑青道："羊先生现住在哪个旅馆里？"

吾七道："我从轮埠直到此地，尚没有去找定。"

剑青道："离此很近有个汉滨旅馆，很清洁，你此刻若去，我可给你介绍付账，可打九折。"

吾七道："这是再好也没有了，但有劳小姐，实在很对不起。"

一时两人遂向一民告别而去，不到二十步路，那汉滨旅馆便早到了。侍者一见江小姐，便即招呼，伴到二楼单人房间，但见室内一床一橱、一小圆桌、三张沙发，一切用具，都系西式，果然清洁无尘。两人便在百灵小圆桌边坐下，侍者早泡上一壶雨前茶，向两人各斟一杯。两人坐着望了一会儿，都是你想侦探我，我想侦探你，各有各人的心思，各人都自己明白，外人又哪里能知道呢？

因为吾七穿的是西装，所以剑青一些也不知道她是个女人，还当真的是吾七的弟弟，因又道："羊先生和可人兄是什么的亲戚？"

吾七道："说要紧不要紧，说不要紧，也许是要紧的。"

剑青又道："你找他有什么要紧事呢？"

吾七见她问得紧，亦遂将计就计地道："你小姐如能帮忙，方敢说；若是不能帮忙，我也不便说。"

剑青见她这样说，知道其中有许多隐情，我且答应他，叫他说出来听听，他姊姊和可人到底是什么关系。亦因含笑点头道："说哪里话，尽我的力，我是一准能帮忙的，你且说吧。"

吾七道："家姊吾七与可人兄，一向感情颇好，虽未正式订婚，仿佛已有啮臂之盟。乃去年小春时节，家姊曾有函致他，并小照一页，又可人寄给家姊七律诗一首，家姊依韵和之。此信到今，已有六月，家姊寄给他信在六月中，不下二三十封，乃他一封不复，信息杳然。当初可人兄写信给家姊，每月必十余通，现在六个月不通一信，家姊以为人心不测，薄幸抛弃。但此事尚小，所虑的，倘然他在外面设有疾病，或被人暗杀等情，则家姊远隔异地，一无知晓，心中又怎能安呢？为此命小弟前来，亲自相访，究属如何，以明真相。今既到此，已知他安然无恙，心中已放心不少，但他不复一信，内中必有遗弃的意思。小弟不能久住，恳请江小姐，待可人兄来汉，代家姊向他问明，请可人兄明白作一复信，则彼此疑心自可解决。想小姐济弱扶倾，自当竭力帮忙。"

剑青听他说完，脸上亦现愤愤不平的样子，暗暗叹了一口气，心想你原来是这样的一个人吗？一面又对吾七道："吾言兄，你回去对令姊说，待可人来汉，我亲自叫他写信，写好了信，其信由我代为寄出，那你终可以放心了。"

吾七忙答道："小姐如此热心，小弟真感激不尽。"

此时，剑青两眼呆呆向吾七望了许久，但觉他面如敷粉，唇若涂朱，英俊中带着妩媚的态度，掷果潘郎，尤恐减三分。剑青心中暗想，其弟如此，其姊之美丽，自不待言了。不说剑青想着，吾七也将她细细打量着，见她眉如春山，眼若秋波，修短合度，浓纤得中，且谈吐流利，举止大方，尤为女界中杰出人才，怪不得可人对她念念不忘。一时两人颇觉惺惺相惜的神气。

好一会儿，剑青又道："羊先生在这儿，大概有几天可以耽搁？"

吾七道："可人兄在此，弟当然小驻几天，现在他既然不在这里，一等有船开上海，就马上要走的，不过我走后，这个事都要拜托小姐。"

剑青满口答应，又问她上海通信地址。吾七道："就在一心女子中

45

学。"正在这时，忽见侍者进来问道："两位吃饭，还是怎样？"剑青一看手表已十二点钟过了，因向吾七道："我们还是外面去，舒服一些儿。"吾七道："小弟初到这里，一些都不晓得此地性质，我想还是去叫几样菜来，请小姐就在此胡乱用一些儿，既可以谈天，又觉得清静许多。"剑青道："吾言兄喜欢这样也好。"因叫侍者到隔壁醉乐居，代叫清炖凤爪、红烧乌鱼、鸡汁山瑞、冷拌鸡丝四样。剑青又道："这广东馆子的菜，味儿倒颇可口，吾言兄可吃得来？"吾七笑道："小弟什么菜都吃得，小姐会不会喝酒？"剑青道："我倒忘了，吾言兄能喝多少？""量很浅，没有多少能喝，小姐大概量很宏吧？"剑青笑道："也不见得，我瞧这样吧，叫他去拿一瓶葡萄酒来，吃不了，晚上仍可喝的。"吾七道："很好，就这样吧。"

一时酒菜都来，两人浅酌低斟，颇觉意投。剑青问道："吾言兄青春几许了？现在是否求学？"吾七道："虚度廿一，现在复旦大学两年级。小姐芳龄多少？现在也在求学吧？"剑青答道："二十岁，去年在湖北第三中学毕业，本拟入大学，因家母不允远行，现在家中研究化学。"吾七道："老太爷是从哪里升到这里来的？"剑青道："家父由从浙江调粤，现从粤调此地。"吾七听了，灵机一动，因又问道："小弟亦是浙江人，老太爷的官印，可是单名一个'政'字？"剑青道："正是，号乃上峰。"吾七听她说完，突然一惊，顿时面上失色，由红转白，由白转青，双手战栗，把筷子也掉了下去。剑青忙问怎样，吾七推说酒醉，但觉头昏目眩，两手也不能做主了。

剑青忙把她扶在沙发上，一面叫茶房收去残肴，一面取出钞洋五十元，交他拿到账房去了，说是羊先生的房饭金，一切都归江公馆算。茶房答应下去，又泡上好茶，斟了数杯。剑青亲自拿了一杯，递到吾七的口边说："吾言兄，快喝一些儿，那酒便可以解去的。"吾七方才听她替自己先付房金五十元，又见她这样的殷勤招呼，真觉她是个天下少有的好人，心中也颇感激。剑青又道："吾言兄，令姊的事，究属如何，我现在有立刻解决的办法，你要办吗？"吾七一听，因道："请问小姐，用怎样的方法呢？"剑青道："这个方法是极简便，就是立刻打电报给他，说吾言兄在这儿立候，问其对令姊何以六个月不通一信，叫他立刻电复，这你不就可以马上明白了吗？"

吾七听了，心中一想，这可不对，她如真的打电报去问他，可人倒回答说并没有这个羊吾言的，那不是立刻就揭破了吗？因道："承小姐代为着想，这方法万不可用，一则迢遥不便，二则感情恐要伤得更厉害了。小弟的意思，还是让我打电报给家姊，叫家姊就近去问，不是好多了吗？那么我也可以早日返沪了。"剑青一听，拍手笑道："这个法子果然不错，怎的起先我们都想不到呢？"说着又把茶杯递给吾七道，"你现在觉得好些了吗？"吾七见她这样温柔多情，也不由起了爱怜之心，忙接过道："多谢小姐，今天倒叫小姐受累了。"剑青道："你到我们家乡来，我应当稍尽地主之谊，将来我如到你那里去时，你也能客气招待我啦。"说着又嫣然一笑道，"好了，你静静躺一会儿，你的房饭金，我已替你付好，请你千万不要客气，我有些儿事先走了。"说着方才作别回去。吾七站起来送到房门口，再三被她拦住，说她酒醉，切勿吹风，且休息一会儿，自然清醒了。

诸君，你道吾七是真的酒醉了吗？原来枪毙解则三的仇人正是江姓名政，他那时在杭州，系军政部戒严总司令。今天无意中，居然被吾七侦到了仇人，你想她怎不要惊异失色呢？但以一个弱女子，既手无寸铁，而又处此军政戒备极严的地方，若要说报仇两字，真是谈何容易？万一事机不密，仇未报，而自己身先被捉了去，那岂不是更糟了吗？此时吾七对于可人的事，倒已置之度外了，脑里心里所想的，是怎样才能够去报仇呢？一时便在房中，只是来回地踱着圈子，想来想去，只恨可人没有在这儿，可人若在，他也许可以帮我的忙。可是转念一想，觉得又不对，可人既同他女儿这样要好，哪里还肯帮我的忙呢？他要是能帮我的忙的话，也不至于六个月没有信了。想到这里，又觉伤心，现在进退两难，又怎么办好呢？吾七一圈一圈地踱着，也数不清了有多少圈，两手只是互相地搓着，一时又怪自己太性急，否则可人到了上海，或许也会来看我，即使不来，那梦兰那里，他终要去的。我还是快快赶回上海去，恳求秋霞姊姊向他转说，看他究竟如何对我。吾七主意打定，一面忙叫茶房进来，问他道："到上海去的船，明天有没有？"那茶房道："今天夜里十二点倒有一只，是东洋公司开出，今天不走，大约要过三四天才有呢。"

吾七想了一想，又自己问自己道："那江小姐不是将自己寄给可人的一封信拿去了吗，倘然她到家里，私自拆开一看，那信中并没有说起命弟吾言前来的话，明明是吾七自己来找他，明天江小姐，她倒来向自己根究起来，这便怎样地回答呢？"想到此，便决定今夜动身，托霞姊转恳可人，但只要他的稽查勋章和护号，都借给我，我便有报仇的机会了。便叫茶房把账算清，说起我今夜动身要回上海，江小姐所放存洋五十元，仍请还她便了。说罢，又另给酒资一元，那茶房连连答应。

欲知报仇如何，且待下回分解。

第九回

一心校获睹真面目
藏春坞戏开假辩论

可人因上海总馆中，开股东会，要编制决算书、营业状况报告书，所以潮白来电报，请可人来上海一趟，并嘱他沿京汉路，转沪宁路火车来申。他因离开上海已有半年多了，与梦兰等好久不见，这次来上海，心中非常高兴。坐在车中，一面回忆当初，吾七等在陶乐春替自己践行，以及送我到船上，吾七眼眶一红一红的神气，一时都涌上脑海中来。再想到现在，同吾七不通音信，已有六月光景，自己也觉得太过分了。况她与自己，原没有订过婚约，即使她和姓梅的要好，我也没法去管她，这是她的自由呀。转而想想，觉得自己也许是太多心了，七妹和自己的交谊，非比别人，我们是同过患难的，她和姓梅的，或许是没有什么关系的，你不见她后来接连地，不是又来了二十多封信吗？不知为什么，自己竟这样地忍心，不给她一回复呢？自己实在觉得太不应该了。这次到了上海，便决计先到七妹那里去。汽笛"呜呜"地长鸣了一声，那车身已驶进了上海的北站。可人此来上海，带来许多汉口的特产，装了两大竹篮，预备送送几位朋友。下车后便即坐汽车，先到中华新报馆，把行李卸下，一面见过潮白，把公事一一接过头，办理妥当。然后提了一只挈匣，立刻雇车到一心女子中学去了。

到了一心女中，里面静悄悄的一无声息，心上不觉一吓，连忙找了一个校役，问羊先生在这里吗？校役道："现在校中放春假，先生大半都家去了，只有一个梅先生在这儿。"可人这才明白，心想七妹或许被秋霞邀到她家去玩了，正想回身走出，忽见教务室内走出一个女子来，校役就道："这位就是梅先生，你问她是了。"

可人正欲开口，见那女子先问道："这位可不是石先生吗？"可人一听，倒是一怔，忙答道："正是，请问梅女士台甫，你怎的认识我的？"友竹一面让他进内，一面命人倒茶，一面答道："友竹，一字松涛。石先生真是贵人多忘，去年暑假，我和吾七妹妹演解语花一剧时，后来在医院里，不是见过一面吗？"可人一想忙道："不错，梅女士记性真好，你是不是东吴专门法律科毕业的？"友竹道："正是。"可人又道："梅女士，你是没有兄弟的吗？"友竹道："我家中只有一个老母。"可人道："你是非常喜欢音乐的吗？"友竹见他问得这样详细，因问道："石先生为什么知道这般的详尽？"可人笑道："我从你同羊先生合摄一页小影里知道的，这小影是去年重九半淞园摄的，对吗？"友竹点头道："正是。"可人每问一句，友竹每答一句正是，可人的心中就觉难过一阵，到后来几乎要滴下泪来。

忽然友竹又向可人问道："石先生，吾七妹妹你可有会到吗？"可人一听她提起吾七，因忙道："她到哪里去了？"友竹道："她因你自从去年十月里到现在，一向信息不通，她恐你在外有不测事情，她放心不下，已亲自到汉口看你了。可怜她天天盼望着你的来信，不晓得你为什么好像石沉大海一般。她为了你，不晓得淌了多少次数的眼泪哩。我们全校同事，共有九人，要算我们两人最要好，她有话，都对我说，她因从来不出大门，唯恐孤身女子行路不便，她还借我一套西装，扮了男子才敢去呢。"

友竹说一句，可人便骂一声自己不好，直至听她说完，友竹见他真个淌下一滴泪来，友竹心里明白，他们两人起先一定是种误会，现在方始觉悟了。你想情的魔人，怕不怕呢？可人乃向挈匣内取出纸包一大个，递给友竹，托她转给吾七，友竹答应。

可人始匆匆作别，到梦兰那里去，不料梦兰秋霞自去岁杭州回来，住了两个月，因柳绿桃红，他们又到六桥三竹玩了。可人只得将送他的土产礼物，摆在他的家里，并名片一纸，便匆匆回到报馆去。他心想梦兰不晤，倒也罢了，七妹不在上海，这倒出乎意料。

那夜可人睡在床上，心想七妹对我，真可谓情重意厚了，我这样地拒绝她，她怎不要伤心呢？我真的要变成一个负心人了。她现在到汉口去，又空跑了一趟，她一路上心里，不知又将怎样地难过呢。一时泪湿枕函，暗暗地泣了半夜。

到了次日，即开股东会期，当晚忽接汉口馆中来电，又嘱可人即日来汉。他想，我不如早日到汉口去，或许七妹还等在那边，也未可知，那不是仍可见面吗？主意想定，即当夜把公事办妥完毕，乃辞了潮白，又连夜返汉。天下事，有这样的凑巧，可人到汉，吾七又正返沪。时春假已满，吾七见了友竹，友竹即递过可人送她的纸包一个，打开一看，里面吃的用的都有，还有化妆品、书籍，连玩具也有。友竹笑道："好呀，他把你当作小孩子看待了。"吾七见可人仍来望自己，还送这许多东西来，心里也甚安慰，忍不住笑了。

友竹又告诉她道："这位石先生真有些奇怪，他见了我，似乎非常地疑心，问我名字，又问我是不是东吴专科毕业啦，什么有没有兄弟啦，什么是否喜欢音乐啦，说了一大套。我见他知道这样详细，因问他怎样晓得，他说是你送他一页小影里看出来的。后来我又说妹妹对你怎样好，你为什么到现在一封信都不给她呢？妹妹已到汉口亲自去找你了。他听了后，似乎要哭的样子，他说也知道是自己的不是，但已来不及懊悔了。"友竹说到这里，停了一停，拉了吾七的手又道，"你怎能把我和你合摄的一页小影寄给他呢？我们原是拍着玩的，他见了我这西贝少年，怎不要大闹醋风波呢？我问妹妹，到底还有什么用意呢？"

吾七听了，叹了一口气，遂又把他遇到了一个江小姐的话告诉了她。友竹听了道："所以彼此猜疑心思，是最能误会的，有的常常误会到底。我劝妹妹也切勿疑心他，他如真有心于江小姐的话，他在每封信上还肯告诉你吗？这真因为他和妹妹的情义，所谓已到了山高水深的时候，所以是无话不谈了。"

吾七听了很是感激，当夜吾七又到中华新报馆去找可人，说是前两天已赶往汉口去了，因为汉口有电报来催他。吾七一路回来，又泣得像泪人儿一样，心里又猜疑着，这电报不知是不是江小姐打来的？将来不晓得又会不会闹出别的问题来。

且说可人到了汉口，一民便告诉他道："江小姐说你到了后，立刻打个电话给她。"可人一面点头，一面忙问道："我走后有个西装少年来看过我吗？"一民道："你动身后第二天，有一个羊吾言先生来看你，他说是从上海特地来的。这天正巧江小姐也来看你，她们两人见面后，说了一席，便一同出去。还有一心女子中学一信，也是江小姐取去，她说由她转寄给你，这信还是你动身后一天来的。"可人道："你知道羊吾言现在耽搁哪里？"一民道："这我不晓得，所以你先打电话给江小姐，她或许知道的。"一民说毕，可人便又向他道谢。

此时馆中正开午饭，饭后，可人在编辑室坐着，心想七妹怎的又改名吾言了？她和江小姐见后，不知谈些什么话呢……正在猜想，忽听电话铃响，可人忙握听筒，一听声音正是江小姐的。她道："今天有上海班船到，你们这里石先生来了吗？"可人道："你是剑妹吗？我正是可人。今天才到，我此刻就来。"说着便放下听筒，便驱车前往。

到了司令部，门警见是石稽查，便向他立正，可人穿过甬道花厅，由卍字栏杆走廊进去，只见剑青已立在那边等着。一日不见，如三秋兮，而况不止一日，好像久别重逢，有千言万语要说的神气，可是又说不出一句，两人站了许久。时正杨柳如絮，庭心红花绿叶，与剑青粉面相映，更觉娇艳无比。剑青道："空中气闷得很，我们到藏春坞那边去坐吧。"说着两人携手，由花径穿到后面，因那面盖有两间小阁，面对庭心，四围植有碧桃，时正含苞怒放，人坐其中，外面不能窥见，好像藏在花里一样，故名"藏春坞"。

剑青择其僻静，可以细细谈心，阁上悬有一额，题"会心处"三字，旁有杏板硬对一副，联曰："访石云先足""坐花香上衣"，这是集麓山碑上的字。可人坐定，红豆便携着江西景德镇白底蓝花精巧的茶壶一把、茶杯两只，泡了洞庭湖碧螺春，并果盒一盘，放在桌上笑道："少爷小姐请用些儿茶吧。"说着便走下阁去。可人笑道："那么妹妹这两天也好吗？"剑青笑道："饭倒很吃得，只是夜里睡不着。因为你去了后，便有人来告你一状，说你负心薄幸，恶意抛弃。原告羊吾七，见证羊吾言，你须从实招来，如有半句虚语，你看簿鞭侍候！"

可人一听，晓得东窗的案发了，因亦笑嘻嘻地道："我道是哪一桩的案子，原来是羊吾七的遗弃涉讼吗？那根本上先已错了。遗弃系婚姻成立的罪名，一来未订婚，二来未结婚，哪里来的遗弃？本案应予驳回，不定她诬告的罪名，已是她的侥幸了。"

剑青驳道："你不要嘴硬，虽然没有订婚，那负心两字，难道也赖得过吗？"可人道："拿凭据来。"剑青听了，便将吾七寄来的信，并长相思一曲，掷与可人。

可人这信，并未看过，遂先瞧了一遍，对剑青道："照此看来，你法官先有拆人私信的罪名。即使凭此一言，亦不过批她'事出有因，查无实据'八个字好了，你道对吗？"

剑青又追问道："既然事出有因，有因必有果，你且把她怎样的起因招上来。"

可人道："起因由误会，误会由照相。"

剑青道："照相便怎样？"

可人道："照相系男女合影。"

剑青听了，又逼近驳道："你与她一未订约，二未结婚，她虽有那男女合影，与你有什么相干？"

可人道："本不与我相干，因此我便不和她再通一信，难道不通一信，倒与她有相干吗？"

剑青见驳不过他，因又问道："那吾七究竟是怎样的一个人呢？"

可人道："她来信中说，已到了汉口，难道你还没有看见她吗？"

剑青道："来的是她弟弟吾言。"

可人道："她的弟弟，现在哪里？"

剑青道："早又返申去了。"

可人道："真的吗？那你这个法官，也被她瞒过了。"

剑青道："你说的什么？"

可人笑道："你想一想，既然是她的弟弟，为何信上没有说起呢？"

剑青心中细细一想，这话真是不错，那天我本有些儿疑心，想来这吾言就是吾七吧。若不然，为什么她的行动终带着婀娜柔美的模样，真的我被她瞒过了。我原疑心世上没有这样的美男子，倒是对的。一时她又恨起吾七来，因又问可人道："那么你现在对于吾七，到底给她信，还是不给她信呢？"

可人道："我看法官面上，意欲给她一信，如法官嫌少的话，我当每天给她一信。那她的状纸，终可说是胜诉了。"

说到此，剑青笑了，可人也笑了。剑青道："本案人证未齐，真相难明，待下庭改期再审。"

可人道："请问法官，今天开的是刑庭，还是民庭？"

剑青道："不是刑庭，也不是民庭，是叫作家庭侦查庭。"

可人笑道："随妹妹吧，妹妹喜怎样就怎样好了。"

剑青叫红豆开窗上来，一时电炬通明，窗开处香风拂拂。

可人道："李白春夜宴桃李园，他说'古人秉烛夜游，良有以也'，我想李白这人，在当时一定是很漂亮的人物，若生在今日，既有不夜的电灯，一些儿用不着秉烛，那跳舞场里，恐怕夜夜就有他的足迹了。"

时又说得剑青哧哧笑起来。饭后，因馆中有事，便约明日再见，辞别剑青而去。

到了馆中，诸事完毕，便提笔写信给吾七。过了两天，上海方面吾七便接到一封航空快信，拿来一看，知是可人由汉口寄来，一时心中无上快慰。

欲知来信中如何说法，且待下回再详。

第十回

甘露寺入赘话先主
滕王阁借题试可人

七妹爱鉴：

　　您的一切苦衷，已由松涛女士详细告我，都已一一知道了。梅君松涛究系何人，我不该不先写信给您问一声，以致误会到底，使妹抱病奔波，我实负心。乃妹不以我为薄幸，又复月寄数函，妹的情义，天无其高，妹的度量，海无其深。长相思一曲，缠绵悱恻，虽铁石人读之，亦当流泪动心。嗟夫，爱欲海中，精卫有未填之海；离恨天上，女娲多难补之天，谁实为之，我知罪矣，而后当日寄一函，以赎前愆。妹和诗中有云'眼枯见骨难为泪，心死成灰有孰怜'，伤心人宜有是想，但以聪敏如妹，事事多蒙原谅，今已顽石点头，尤望眼未枯、心勿死，是为至祷，并祝康健。

　　　　　　　　　　　　石可人负荆拜书
　　　　　　　　　民国二十二年四月十五日夜

　　吾七读完可人的信，觉得一句一字，都从她的心坎里剔爬而出，一时快乐得反而淌起泪来。正在这时，友竹进来，吾七把信递给她瞧，友竹看了后道："这个大误会，说起来原是妹妹的不是，我早说你不该寄给他这照片，既寄给他了，也不该在照片后面题了许多赞美我的字句。他看了这毫不相干的题词，怎不疑心到妹妹和我有什么恋爱问题呢？"说到这里，两人忍不住"哧哧"地笑起来，吾七道："天下本无事，庸人自扰之，今天我方才知道这句话不错了。我若不把这照片寄给他，哪里有这许多枝节生出来呢？"

吾七当晚亦作一信复可人，信甚简单，只写了两三行道：

哥哥：

　　您的信收到了。妹的心迹，哥哥既已知道，哥的苦衷，妹子也已明白，此后虽海枯石烂，妹也自当天长地久耳。

民国二十二年四月十七日
您的七妹书于灯下，并祝前途无量，康健幸福。

　　此信接到后，自是欢喜，从此以后，可人每晚用中文打字机，真的一天一封信，寄给吾七。如有间断，第二天信去，必申明事由，天天由航空寄到上海，并附中华新报一份。所以，吾七对于汉口司令部里的消息，倒也颇觉灵通，吾七对可人的误会，早已谅解。吾七对江政的大仇，到底怎样报呢？

　　报仇的事何等重大！岂得与平常的事一样，人人都可以商量？当然须要万分秘密。故吾七对可人天天寄来汉口报一份，实在是求之不得。她看了汉报，那汉口的军、政、商、学各界消息都了如指掌，她最注意最留心的，系江司令消息，急事缓处，吾七又哪里急得起来呢？

　　光阴如箭，日月如梭，早又是红了樱桃，绿了芭蕉，绣到鸳鸯浑无语，困人天气日初长。闺中儿女，值此漫漫的长昼，最容易引起无限的情思。吾七身在上海，心在汉口；剑青身处深闺，梦绕可人，两地少女，一样心情。吾七唯恐可人被剑青夺去，剑青又唯恐可人被吾七夺去，所以可人每得吾七复信，有"终不愿你有了江小姐，幸勿以薄命人为念"等语，虽经可人再三声明，而吾七终在似信不信之间；至于剑青，则每一见可人，便问你的爱人吾七，近日有无信来，有无诗到。可人处此左右交攻的地位，每每两不讨好，一些儿都轻重不得，真是难为煞可人。

　　这天正是五月一日，为世界劳动纪念节，报馆工人均休息。可人无事，剑青来电约可人，欲渡江同游黄鹤楼，并坐汽艇巡视长江。凉风拂拂，不消片刻，早到楼上。但见气象巍峨，俯视江流，浩浩荡荡，洵是洋洋大观。可人凭栏远眺，因思六朝时候，每以长江为天险，今者南北一家，长江已无所用，它仅仅是一条专供交通所用的水道罢了。当下可人对着滚滚不尽的江水，胸中又发生了许多的感慨，他觉得父母的死于水灾、自己孤苦伶仃，虽然现已丰衣足食，但也很是凄凉，因念着李后主的词道：

独自莫凭栏，无限江山，别时容易见时难。流水落花春去也，天上人间。

剑青回头见可人脸上兀带泪痕，因把自己的手帕给他擦干了，柔声问道："怎么啦？好好儿的又伤起心来了。"

可人道："我想起了身世，心中的悲哀便油然而生，故而不禁泪落。"

剑青因逗他开怀，故意笑问道："可哥，那黄鹤楼在京剧上，说是先主在东吴招亲，被周郎软禁的地方，何以《三国志》上查起来，只有甘露寺，并没有黄鹤楼的？这是什么缘故呢？可哥，你说得出吗？"

可人回转头来，想了一想道："这倒不曾考据，想甘露寺和黄鹤楼，都在东吴地界，或许后人因以误会了。"

剑青想了想笑道："这且别说了，我再问可哥，那王勃《滕王阁序》据说系都督阎公欲显他女婿的才能，所以他大宴宾客，叫他女婿作赋。不料有不识相的王勃，他偏老实不客气地抢着作，那阎公便着人在王勃背后看着，嘱他得句即报。待报到'落霞与孤鹜齐飞，秋水共长天一色'，阎公便叹为天才，王勃因此得名。可哥，你想这两句文，到底好不好呢？"

可人道："所有长江的景物，都被他说完了，哪有不好的道理吗？"

剑青道："我爸爸前日欲在黄鹤楼中，挂上一副长的对联，也要把长江的景物说在里面，意欲请可哥代撰，不晓得你能够答应吗？"

可人道："只要不嫌我丑，有什么不答应呢？"因想了想，便拿出自来水笔，先写个草稿给剑青看道：

窗开五月六月寒，
人在冰湖中酌酒。
帘卷千山万山碧，
寒从图画里敲诗。

剑青看了，拍手叫绝道："即景写情，把凭栏远眺的都收在眼底，真的王勃后的绝作。"

可人笑道："这样的谬赞，不使我难为情吗？"

剑青道："一些儿也不难为情，恐怕都督阎公，还要想你做女婿呢。"她说了后，自己倒先羞了起来，两颊不禁绯红。可人被她这样似真似假地打趣着，虽明知她是试探自己的意思，但自己怎好表示我爱你、我不爱你的态度呢？所以无论她怎样地说，什么招亲啦、相婿啦，他都装作一个呆若木鸡的不知道。剑青见探他不出一些儿口风，心里又急又羞，低垂了头，只是默默无语。可人见了，心里正是说不出的苦，因站起来拉过她手笑道："妹妹，我们到襟江楼去吃些点心吧。"两人遂携手同去。

原来那襟江楼系近来最新式的川菜馆，楼分三层，下为商场，中为茶室，上为分间厅式。剑青和可人跑到三楼，即有女招待者前来招待，到一间醉月厅里。但见里面俱用紫檀桌椅桌榻，炕榻几上已摆着摇头电风扇，因日中的时候，有些人便喜欢用它的缘故。侍者的制服，都是一式，蓝底白边镶滚，胸口左首编有号码。那制服后面，又有两条白色长带，作交叉形，拖下来，飘飘欲仙，好像舞台上唱《梅花镇》的李凤姐。时人名她们为茶花，一般有寡人癖的旅客，都日夜追逐其中，故生意异常发达。这天招待可人剑青的系一号，名叫小梅，为个中翘楚，她进来先问可人喝什么茶。可人说道："泡一壶菊花，一壶水仙。"小梅又道："用些儿什么点心？"可人向剑青道："妹妹点吧。"剑青取过纸条，写鸡丝虾饺、火腿烧麦，各一客。小梅答应走了下去，不多时候，茶点全都送上来，一会儿来拧手巾，一会儿又来泡开水，招待得非常的殷勤。剑青笑道："你瞧这般招待，好像蛱蝶穿花似的，说话又温柔伶俐，真是讨人欢喜，无怪男子们都要沉醉其中了。"

可人听了笑道："那也瞧个人的个性而说，怎可一概而论呢？我就第一个先不喜欢。"

剑青道："你嘴里尽说不喜欢，你心里或许是特别的喜欢，谁又不是你肚里的蛔虫，哪里能证明得出呢？"剑青说着，两眼盈盈地瞧着可人。因为平日可人在剑青提吾七时，可人每说不喜欢她，所以此刻剑青故意借题来说他，其实她是指点他很爱吾七的，所谓话里有因，除却个中人，外人哪里又能听得懂呢？

可人听了，笑了笑，却不说什么。剑青见他不语，一时忽又想起吾七那天同自己在汉滨旅馆里，相对喝着葡萄酒，饮到半酣的时候，只见她面如芙蓉，娇滴滴的风姿，吹弹可破的脸蛋儿，真是柔美媚了极点，要说是可人爱她，凡是有眼珠的人，恐怕没有一个是不喜欢的呢。想到这里，觉得自己将来一定是失败的，心中有无限的酸楚，那眼泪便暗暗地垂了下来。可人忽见这样，心里也一阵地难过，因低声道："妹妹，你怎么啦，好好儿又伤心了？"剑青听了，不知怎的，心里更觉悲伤，眼泪更滚滚而下，忙又把手掩了脸儿，轻声道："没有什么，我自己也不知道，眼泪要落下来，我又没法阻止它。"

可人哪有不知她哭的原因，但是自己怎能立刻表示爱她呢？见她好似带雨梨花，更觉楚楚可怜，心想我既不能忘了七妹，又不能抛弃剑妹，这叫我如何是好呢？因只得先安慰她道："剑妹，你的心，我是早已知道了，我的心，剑妹难道还不明白吗？"剑青拭泪道："又怎么不明白，多早晚天天给我一封信呢？"可人一怔道："那是因她喜欢看汉报，我便附着几个字，也是有的。剑妹，你怎的又多心了呢？"剑青把嘴一噘道："我多什么心呢？别人家模样好、性情好，谁又比得上呢？反正只怪自己命……"说到这里，那喉间早已哽咽住，眼泪又扑簌簌地掉下来。可人听了也眼眶一红，黯然无语。

原来这几天，剑青同可人天天一道伴着，无非是探听可人对于吾七究属情感如何，对于自己，那情感的热度，升降又是怎样。不晓得她早也探，晚也探，依旧一些儿也没有影响，真是沉闷得不得了。

人到无聊的当口，没有法想，只有诉诸眼泪，一种是穷途潦倒，一种是情场失意，前的是阮籍派，后的是黛玉派。阮籍派，多半是名士，黛玉派，大概是美人。可人哭黄鹤楼，剑青哭襟江楼，两人的哭遂相同，两人的心事自各别。此时茶花小梅又进来，一见他们，一个呆呆坐着，一个伏案泣着，那明明是斗嘴喝醋的工作，小梅也只好退到门外，重新拧上手巾，放在桌上。可人取过，亲自替剑青拭去了泪道："妹妹，你快别哭了，被人家见了，像什么呢？一切都是我不好，你不要伤心了，妹妹要怎样，我都可以依你。"说着又捧着她的粉颊，偎着自己的脸儿，又说道，"好妹妹，你放心，我终不会忘你的。你再要哭，我的心也被你哭碎了。"

剑青经他这样的软求，一面躲着他，抬起头来，一面把手指在他脸颊上一划，嫣然一笑道："好不害羞呀！"可人见她颊上泪痕犹在，却又在笑了，心里更觉她的可爱，想去捉住她的手。剑青早跑到面汤台旁，重新把脸洗过，匀上脂粉，一面用纸点了几样菜，按铃交给侍者。

此时房中早已上了灯。不多一会儿，菜都来了，可人问道："这叫什么?"剑青道:"这叫油沸鸳鸯。"可人听了,心中不乐得很,那鸳鸯怎么可以油沸呢?不太煞风景吗?第二样菜,叫炸鹧鸪,可人心里又是一惊。第三样叫红烧狮子头,第四样菜,是仿广式的龙虎斗。可人听了这几样菜,心中暗暗纳闷,口里只得笑道:"今天的菜,真别致极了,怎的龙虎狮子,都被我们吃了?"说得剑青又笑了起来。

饭毕,侍者送上菜账单,共计廿八元一角,剑青遂付去,又另赏给侍者洋两元。侍者道了谢,重又拧上手巾。剑青道:"不用了。"两人遂匆匆地回去。诸君记着,凡事必有预兆,今天的菜,都由剑青所点,没有一样是吉利的,不料过了几天,便都应了起来,两人的缘分也尽了。两人的聚餐,便成为最后一次的纪念了。

欲知后事如何,且看下回分解。

第十一回

茜纱窗下我本无缘
黄土垄中卿何薄命

剑青自那日和可人在襟江楼别后，因外感风邪，内伤积忧，次日即觉头晕目眩，恹恹地病了起来。红豆见她两颊发烧，眼睛微闭，直到钟鸣十下，还不见她起床，因慌忙来告诉江太太。江太太听了，急得什么似的，一面派人立刻请医，一面亲自走到剑青床边来。这时剑青已经醒来，江太太伸手摸她的两额道："儿呀，你怎的又会病了？"剑青本独自在暗地里淌泪，见了妈妈，因强作笑容道："妈妈，你别急，大概受一些儿感冒，不要紧的。"

一会儿医生来，诊过脉，开了方子。可人得了这消息，亦连忙前来看她。剑青见了可人，心中终觉无限伤心，拉了他手，只是流泪。可人心里亦十分难过，安慰她道："妹妹，你别伤心了，静静地养息几天，自然好的。"剑青叹了一声道："此病也许不会……"说到此，眼泪早又簌簌滚下来。可人含泪道："妹妹，你怎的说出这话来，医生不是说不要紧的吗？"剑青道："我……这……"可人见她三五次都是欲语还停，心中哪有不知道？心想她竟这样痴心地对我，我哪能忍心抛她？但七妹又将怎样好呢？唉！我只有终身不娶，以报她们的深情了。但眼前，只好安慰道："妹妹，你放心吧！只要妹妹好了，我都能答应妹妹的。"

自此忽忽已过十日，剑青本无大碍，喝了药后，风寒都已散去，病自痊愈。只不过身子懒洋洋的，懒得起床，虽经可人天天来安慰她，她终有些儿将信将疑，又恐可人骗她，但心中忧闷自渐渐减去，喝药也很高兴，并不像以前要推却不喝。江太太见了，当然无限欢喜，以为医生的医道实是不错。诸位猜想，江剑青的病果然是药喝好的吗？这就错了，所谓心病还得心药医，若没有可人天天来安慰她，恐怕一辈子也不能好哩。

这天下午，剑青倚在床上看书，红豆正在煎药，只见可人笑着进来道："好香！好香！"红豆站起来笑道："石少爷，你来了，小姐念你有好半天了。"说着忙去倒茶。

可人在剑青床沿上坐下道："妹妹你可大好了？"

剑青放下书本道："你多早晚来的？"

可人道："有些时候了，你爸那里谈了一会儿。"

剑青道："说些什么呢？"

可人笑道："没有什么，他说剑妹这样多病，要替她配一门亲事，冲冲喜呢。"

剑青听了，红晕了脸儿，"嗯"了一声，缠着可人不依。

可人忙笑道："打嘴，打嘴，谁叫你又瞎说妹妹了？"说着果然把手去打自己的嘴。剑青见了，忍不住又"哧"地笑了。

可人道："这样闷人的天气，妹妹还看书？快别看了，回头又闷出病来，还是我再说些笑话，给妹妹解闷吧。"

剑青扣着两耳笑道："我不要听，你说的终没好话儿的。"

这时红豆已端上药来，说道："小姐喝药了，已凉过一遍了。"

剑青正待接过，可人早端了道："让我先尝尝，烫不烫嘴呀。"说着果然喝了一口。红豆见了抹嘴笑道："石少爷，你不怕苦吗？"可人道："没有，那药有些儿甜呢，妹妹，你可以喝了。"说着亲自端给剑青。剑青向他瞟了一眼，便大口地喝下去。红豆听他说甜的，又见小姐真的像喝糖茶似的，红豆到底孩子气，笑着问道："小姐，这药真甜吗？"剑青听了瞅她一眼道："别胡说了，快拿漱口水来。"红豆忙端上开水，让剑青漱了口，向可人笑道："石少爷诳人，小姐真的上他当了。"说得两人忍不住又好笑起来。这天剑青心里真高兴极了，可人连自己喝的药也要喝上两口，真可谓是甘苦与共了。

一夜正在午夜二时，江政公事已毕，来看女儿。红豆方侍候剑青服药，忽隐隐闻着枪声，继而枪声渐近渐密。江政和剑青甚觉惊异，方欲派人出外调查，突然间，枪声已达司令部，只闻一片人声，有一卫兵急急自外奔入，仓皇道："兵变了，司令请速暂避！"正在彷徨，"噼啪"之声，早到眼前，仰面即有一弹飞来。剑青一见，知已大祸临头，乃急忙起床，以身护父，向后潜逃。不料横路又飞出一弹，正中江政心口，其弹由背心飞出，江政即倒在地上，但见心口，其血汩汩而出。此时，卫队长领卫兵百余，方由外入内保护，见司令已倒在地上，队长即命卫兵在庭前排开，

62

以身挡住来弹，保护司令家属。剑青守在她爸身旁，知父已不救，乃放声大哭。此时，红豆扶江太太亦至，见司令已死，小姐满身是血，满面是泪，乃亦同声大哭。

时枪声已停，一兵来报，说大军闻警，即派二十八团前来包围，叛兵众寡不敌，早已缴械。此时已闹得全市皆知，有的尚在逃难，谣言纷纷不一。

可人因这夜电稿特多，也尚未睡，闻警后，知有变，遂即配枪往司令部。正遇守卫兵，因时在黑夜，双方误会都开枪，可人虽中数枪，俱在足趾小腿，后经他兵对说都是自己人，快不要开枪，到相持已达半小时了。可人匆匆入内，只见满庭卫兵尸体，心中别别一跳，想剑妹不知怎样了？

慌忙到了里面，一见司令已薨，便抱头大哭。剑青一见可人，哭声愈纵。大家哭了一会儿，可人见剑青满身是血，因道："剑妹，你有伤没有？"剑青抬头见可人也满身是血，也忙道："我没有，可哥，你受伤了没有？"可人道："我也没有。"红豆在旁道："少爷和小姐都有伤呢，小姐你的胁下有一个洞，还有血流出呢，还有腿上也有一个洞；少爷的小腿上，不也有血流出吗？足上连皮鞋也打穿了呢。"原来两人一见江政死，伤心到了极点，自己虽受伤，也不觉得痛苦了。

此时天已大明，可人剑青因把江政的遗体移到小船厅上，一面叫人收拾花厅，由小船厅移到花厅大殓。此时军医已来，检视剑青可人伤痕，谓可人甚轻，而剑青右胁骨间，恐尚有弹嵌在里面，必须住院剖验检视，方免危险。可人听了立刻叫车送剑青到医院，一面又要料理明日大殓的事情，一面又扶江太太进内，劝慰了一番。江太太道："石少爷，你别管我，你自己也赶快到医院去呀！"可人答应，坐了汽车到医院，见剑青正睡在解剖床上，医生把药水滴入棉花里，又把棉花覆在剑青的鼻子上。不消二分钟，看护已将衣服解开，只见右胁第三条骨上，嵌有子弹一粒，血作紫色。因今天流血过多，如要把弹钳出，须要将第三骨解断，恐手术上时候太长，病人要当不住，定明日上午施行手术。今且打补血针三枚，使她精神可以好些，遂把药水棉花扎好，衣服扣上。左腿上的伤口，无甚要紧，只须敷以伤药。剑青由看护抬到头等病房，可人足趾小腿亦裹了药棉。

夜间可人红豆均来做伴，江太太本也要来，可人说剑青伤口不妨事的，叫她安心，因未来。次日军警各界，都来作福，大事已毕，将灵柩停在花厅，定期发表。此时政府已委李凤飞接任警备司令，这个消息，传到各地，上海各报，早已详细登载。这天吾七翻报，便见登着大字道：

湖北兵变，江司令阵亡。

湖北兵变，由警备司令江上峰亲自督队弹压，不幸中流弹阵亡，政府方面，闻已任命李凤飞接替云。

又一通讯社云：

五月十六日夜二时，湖北兵变，已由二十八团派兵包围，其余军官，如石总稽查、卫队长等，均有重伤云。

吾七见了后，心中真说不出什么滋味，想上峰阵亡，虽非死于报仇，但他也有今日，自是大快我心。继又想到可人亦受重伤，现在生死未卜，那心中又好像刀割一样，她便同友竹商量，决定当夜往汉一行。

吾七到汉口那天，正是上峰出丧，她也无心去看，急忙到中华报馆一问。李一民说，可人昨日起伤口又肿了，今在体仁医院医治。吾七听了，便告别出来，到院一见可人，不觉拥抱痛哭。可人吾七自从分手以后，已有一年多不曾见面，反觉没有话可说。吾七拭泪道："我见了报后，到今还没合过眼，可哥，你现在到底怎样了？"可人抚着她手道："我一些儿不要紧，倒是隔壁的江小姐，伤势很危险呢。"吾七忙道："怎么她也受伤了吗？"可人流泪道："恐她已不能救了。"吾七见可人两眼肿得像胡桃般大，因摸着他道："可哥，你也别太伤心了，你看你自己的眼睛，怎么肿得这样厉害呢？这也是少睡多哭的缘故。你不要急，她大概也不要紧的。"

此时忽听隔壁医生在商议道："今天热度又是一百二十度，危险已达极点，只有添冰减少热度，或有万一希望。"可人听了，因携着吾七到隔室来，但见剑青睡在床上，一些儿不省人事，脸上红润润的，眼睛紧闭，头上压有冰包，红豆坐在床沿垂泪。吾七见她病到如此地步，虽与其父不共戴天，但仇人已死，况前时剑青招待殷勤，代付旅食，何等慷慨。这时回想起来，心中一阵酸楚，也不禁滚滚掉下泪来。医生叫不要惊动她，可人吾七只得仍退回自己房中。吾七见可人伤势果然甚轻，心中亦放心不少。

这晚吾七伴可人在病房，两人喁喁谈着，刚在初更十分，忽见红豆进

64

来道:"少爷,我看小姐病势十分沉重,今夜最好请少爷,大家做伴,因我胆小,实在有些吓。"可人道:"你放心,你不说我亦来的。"说着三人又同到剑青床边。又过了一会儿,看看壁上钟,正指十二点,见剑青忽悠悠地醒来,神志如乎很清,见了可人吾七,同坐在自己的床前椅上,好像很奇怪地问道:"可哥,这位姊姊是谁呀?"可人站起来道:"她便是羊吾七女士。因见报上说剑妹受伤,特地来望你的。"剑青听了,头微微一点,眼珠在长睫毛里一转,仿佛是谢谢她的意思。又呆呆望了可人一会儿,勉强挣扎伸出手来,拉着可人的手道:"我的伤,恐怕是不会好了,哥与妹的缘分,恐怕也是完了。想当初妹坠江的时候,多蒙哥哥救我,妹满望以身报哥哥大德,现在看来,恐怕也是不能的了。妹死后,万望哥哥不要伤心,想妹与哥哥只有这一些缘分。"说到这里,泪如雨下。可人伏在床边,两手捧了她手,在自己脸上亲着,已是泣不成声,剑青的手上,也沾满了泪痕。吾七红豆,也都止不住流眼泪。剑青以眼望吾七,吾七会意,也走近床边,她又握着吾七的手道:"姊姊,你今天来得正好,姊姊,你要晓得,我与哥哥,原是纯洁的爱,妹的身体,并没一些儿污点。妹死后愿姊姊善事哥哥,妹的心慰,妹的目也瞑了。"说着又淌下泪来。吾七听了,亦忍不住哭道:"妹妹,你快不要说这些话,你安心静养要紧啦。"此时红豆递过来一杯开水,让剑青喝了一口,剑青垂泪又对可人道:"我的妈年已近六十了,我死后,望哥哥看妹妹素日的情分,代为照顾。"

可人听了,心似刀割,泪似泉涌。时剑青的脸色,一会儿像白纸,一会儿红似火炭,嘴里不住地噎气,两眼只对着可人吾七瞧个不休。可人见此光景,心中更有说不出的伤心,因忍泪道:"妹妹,你还有什么话,只管说吧……"可人说到此,喉间早已哽咽住。剑青含泪默无一语,眼睁睁地瞧着可人。可人想了许久,忽然又好像会过意来似的,忙将自己的衣服解开,取出翡翠雕就的花瓣两朵,将花朵分开,取了一朵,递给剑青道:"剑妹,这是我父传我的一件宝贝,名叫解语花,一式两朵。我今将这一朵佩在妹妹的身上,作为我与妹订婚的信物,自今以后,妹妹便是我的未婚妻子了。"

剑青听他说完,脸上似有笑容。可人乃把她内衣轻轻解开,将花佩在胸口,将衣又轻轻扣好。当时两人脸偎着脸,接了一个长吻,剑青脸上微微地露着笑容,在这欣慰的笑中,剑青是便悠悠地长逝了。可人不觉失声痛哭,吾七劝道:"可哥,你且别哭,先要料理妹妹后事要紧。"

红豆忙与医生说知，一面将遗体车送中国殡仪馆，一面报江太太。待江太太到殡仪馆，早已哭得死去活来。可人一面含泪劝慰江太太，一面料理丧事。

第二日，先将剑青伤口用药水洗涤干净，再将内衣外褂换好，又将翡翠解语花一朵，扣在内衣里，对准了胸口。又将面目用新式化妆完毕，把她睡在中间，请老太太亲自看过。

可人见她两眼微闭，脸色如生，好像睡着一般，想起她在日，从前待我许多种种好处，今竟死于非命，此后再往何处去找她来谈心呢？唉！这真是红颜薄命，使我白裣恨长了。想到此，眼泪早又滚滚而下。吾七亦落泪不止。时可人因一切均已舒齐，遂将剑青遗体殓入棺内。盖棺后，又对遗像挥泪献花，将棺送往司令公葬地，离坟五尺葬下，坟前植碑一块，题曰：

"故未婚妻江剑青女士墓　　夫石不言拜题"，时又想起痴珠的《台城路》词："吊新碑如玉，孤坟如斗，三尺桐棺，一杯麦饭，料得芳心不朽。离怀各有。尽洒泪堕春前，魂销秋后。"

此时天已薄暮，吾七见可人痴痴癫癫，对此新坟，念念有词，大有恋恋不忍舍去的意思，因劝他道："时已不早了，你也该歇歇去，我们同去吧。"可人道："'青衫应有泪，黄土终无声'，她已在黄土垄中了。剑妹啊，我们本来是没有缘的。"吾七叹道："'良缘自古浑是梦，好事由来不到头'，这是千古一例的，当与伤心人同声一哭哩。"暮鸦咿呀，以倦飞而知还，可人吾七只得离了墓地，驱车回江公馆，力劝江太太一番，待江太太睡去，又叮嘱红豆几句，方和吾七到汉滨旅馆安置。

欲知后事如何，且看下回分解。

第十二回

情殷殷我爱如意石
意绵绵初圆解语花

可人吾七到了旅馆，可人道："二楼太闹，我们住三楼吧，好清静一些儿。"吾七答应。两人到了三楼，开了一间双人房间，又见房内铺有两床，一横一直，靠窗口的是张半床，可人便先在半床上坐下道："妹妹你睡在大床上吧，可以适意一些儿。"吾七道："半床让我睡吧，哥哥，你已有好多天不曾好好儿睡了。"可人早就脱了衣服，在床上躺下道："妹妹，你别客气了，你不也有好多天没好好儿睡了吗？"吾七道："那你这时别睡，不想用些稀饭吗？"可人道："我这时心里很不受用，妹妹，你独自吃吧。"吾七知道他心中仍在想着剑青，遂也不去理他，自己略用稀饭，见可人已呼呼鼾声大作，这时自己也真疲倦极了，便就灭灯安息。两人这夜真睡得香甜无比。

次日可人先醒，因轻轻起来，走到吾七的床前。此时正榴花吐艳的季节，只见吾七身穿月白软缎的单衫，酥胸微露，香汗如珠，美人的睡态，真令人意也消得。可人恐她受风，乃轻轻地将纱被给她盖上，只闻她吹气如兰，一股香气，慢慢地吹到可人的鼻子里，好像饮百花的花露，也没有这样的愉快。可人忽又想起，和剑青驮在马上，亦曾闻有一股香味，觉得和现在闻到的，两相比起来，仿佛剑青的香浓而郁，吾七的香清而幽，各有各的妙处，自非个中人不能辨得出。

可人呆呆地想着，吾七却已醒来，一见可人呆呆地立在自己的面前，不觉嫣然一笑道："可哥，你不再多睡一会儿干吗？"可人忙笑道："我给七妹盖被，倒反把七妹吵醒了，真对不起。"吾七便倚在床栏上，望着可人只"哧哧"地笑。可人见她掀着酒窝儿，这般的高兴，因在床沿坐下，握着她手笑道："你老是望着我笑干吗？"说着把手去呵她痒，吾七哧哧笑道："可哥，你再胡闹，我恼了。"可人忙道："谁敢胡闹妹妹呢？我们正

67

经地谈谈吧。"

两人遂又把别后相思，唧唧喁喁地谈了好半天。吾七见可人忽把昨儿剩下的一朵翡翠解语花，又取下拿在手里，向吾七望了一会儿，意似启口欲说，而又迟迟未说的样子。吾七因道："你不把它佩在身上，却持在手里，这干什么啦？"

可人很诚恳地道："我的意思，欲把它送给妹妹，但又恐妹妹多心，所以不敢冒昧呀。"吾七听了不语。可人因又解释道："并非我不把它先给妹妹，实因剑青昨天弥留的时候，她一心不死，只是恋着我，我若不先给了她，我见她这个可怜的样子，心中实比刀割还要难过呢。妹妹，你终该明白，原谅我吧。"

吾七道："她原是因你救了她，欲报你的大德，也是做女子的一片痴心，乃半途里月缺花残，她又哪里能知道哩！可哥答应她一个未婚妻的名义作为最后的安慰，妹实非常地赞成，这样便要多心，那多心的事，更不是要多了吗？"

可人见说，便双手捧着花，递给吾七道："不是妹妹这样的解语，又哪一个配得上这一朵解语花呢？"说着笑嘻嘻地要叫吾七收下。吾七听他这样说，不觉把眉儿一扬，眼珠儿一转，颊上的笑窝又印了出来，心中的快乐，真是难以形容，便羞答答地把它收下。一面也把身上解下一方玲珑剔透的胭脂如意石来，亦双手奉给可人，轻轻地道："聊以报哥哥的盛意。"说着一时又红了脸，低垂了头。可人一见此石，仿佛比玉还要润泽，其上有纽贯以穗，红若胭脂，无一些瑕疵，其下刊有"如意"两篆。可人喜欢到了极点，把如意石连连吻了两吻，笑着道："这一花一石，结成百年的佳偶，真可谓花石姻缘了。妹妹，你想对吗？"可人说着又去拉吾七的手。吾七抬起头来，眼珠向他一瞟，嫣然地笑了笑，微微地点头。这时两人心房里的跳跃，清晰可闻。两人默默了许久，吾七忽又道："可哥，你知道杀我爸的仇人是谁？就是这个江上峰啦！他如果不死，妹子亦必要手刃了他！非欲得而不甘心呢，如今他死得早，倒便宜了他！"

可人"哦"了一声道："原来这个仇，还是他在湖北广东以前，在浙江任上结来的。怨仇亦解不亦结，妹妹说便宜了他，一样是一个死，难道也有便宜不便宜的吗？"吾七被他一说，怨也消了，气也平了。可人又道："妹妹，我从今以后叫你语花妹妹了，你这半边的姓名不是可以恢复了吗？"吾七听了，把头点了点。

此时已红日满窗，语花便起身洗漱，可人叫茶役向醉乐居定了十六元菜一桌，限十二点钟送到。语花听了，忙问到："可哥，你要了这菜什么用？"可人道："过一会儿我和你说。"语花心猜，难道可人就此要想合卺吗？那不会的。那么作为订婚的意思吗？也不像。一时终想不出他的什么用意。可人见她呆呆的只是思索着，因笑道："语花妹妹，今天是你的大好日，我须得贺贺你！你难道还不解得吗？"正说着，茶役来说，菜已送到了。可人便叫他拿上来，房中摆方桌一张，把菜陈在桌上，点起香烛，一面对语花道："这菜是对天遥祭妹妹的老伯和伯母的，说是仇人已死，怨恨已灭，女儿今日恢复姓名了。"

　　语花到此，方才明白他的用意，一面祭过爷娘，一面又谢了可人。可人也向上拜了四拜，奠过纸帛，两人方对坐浅酌。茶役把菜收去，可人叫他分作两席，留一半到晚上，又叫他将菜重新热过，一样一样上来。这一餐，二人吃得真知心着意，满怀快乐。

　　酒到半酣，两人用过稀饭，微觉疲倦，乃并头横靠枕上，又细细地谈一会儿心。可人道："警备司令，现已换李凤飞，明天起，我将稽查职司辞去，因他们难免要安置私人，还不是早些辞去爽气吗？"语花道："这倒不错的，况且你已任了报馆主笔，每天已经够忙了，身体也要紧呀！"可人笑道："妹妹这样体谅我，我不知怎样报答妹妹呢。"说着两人又相对微笑，此时语花因数夜未睡，兼之酒后，愈觉软绵绵的好睡，便将头慢慢地靠在可人的怀里星眼微敞。可人见她好像羔羊一团，只觉得一阵阵的花气、香喷喷的酒气，沁入心脾，熏得人格外欲醉了，那笼烟的芍药、带雨的海棠，又哪里比得上语花此时的娇媚呢？可人喜欢极了，便把鼻子闻在她的颈上，嗅个不休。

　　语花一觉醒来，见自己的头，靠在可人的怀里，两人正交颈而卧，直羞得两颊通红。可人笑道："妹妹睡得好适意呀！"语花忙坐起来，也哧哧笑道："怎的今天这样的疲倦啦，可哥，你可有被我累痛了没有？"可人笑道："哪里哪里，你看那香气，给我熏得醉了，好像喝了葡萄酒……"语花听到这里，啐他一口，轻轻地打他一下，便逃下床去了。夏日虽长，早已是上灯时分了，语花往浴室，兰汤浴罢，又到镜台前重新洗脸匀粉。

　　茶役已把晚餐摆开，两人稍喝了一些酒，便即用饭。饭后两人颇觉精神气爽，可人吸了一支烟卷，同语花在沙发上并肩坐着。语花道："想起当初艰难的时候，哥哥真可谓吃得苦中苦了。"可人道："我的苦，真的已经吃足了，但不知什么时候，方可以做一个人上人呢？"说着用眼望语花，好像等她回答的样子。语花道："妹唯愿与哥哥长日相对，别的都不喜欢，我现在想送你一副对子，虽是成句，倒很贴切呢。"可人道："你且说来我听。"语花念道："尽日相对唯此石，长年可乐莫如书。"说着又笑道，"这一副的对妙就妙在这个书字，因为当初别人都叫你书呆子，你想一个书字，一个石字，可不是贴切吗？"

可人见语花取笑起自己来，因亦笑道："我亦有一副对子，也是成句，也是十分贴切的。"语花道："哥哥如说得不好，妹妹可不依的。"可人念着道："'花如解语还多事，石不能言最可人。'这副对不是将你我的名字，都嵌在里面了吗？而且你的名字在上联，我的名字在下联，妹妹在上，哥哥在下，那不是更有意思、更有趣味吗？"

语花瞟他一眼道："我早晓得你没有好话的。"说着暗暗将手在可人腿上拧了一把，一面又把纤指在可人心口一点。

可人又道："我心非石，不可'钻'也！你怎的钻起我的心来了？"

语花笑着又把他手拉过来，只觉得他手清凉异常，不像夏夜炙手可热的样子，因不觉笑道："今夕何夕，见此'凉'人。"说着又咯咯地笑个不止。

可人听了，把手呵她的腰肢笑道："子兮子兮，如此良人何？"

语花嗔道："大家只准说，不准动手的，动手的人，罚他跪！"

可人道："哪里找陈季常去呢？"

语花忍不住又笑起来，停了一会儿，可人又道："妹妹，你既名叫解语花，你可晓得百花里面哪几种色香最上？哪几种品格最高？"

语花道："这哪里数得尽呢？牡丹为国色天香，当然是花中之王；桂子乃云外飘香；兰为王者之香；梅浮暗香。妹数得出的这几种也算上的了。莲号君子，菊称隐士，水仙为岁朝清供，傲骨的梅花、忘忧的萱花，都是最高的清品，其他如桃、李、樱、杏、芙蓉、芍药、玫瑰、紫薇、辛夷、木槿虽都是有色有香，但其品当然是差了一层了。"

可人道："妹妹说的很是，但百花里面，独独海棠有色无香，人都代为可惜，而我却非常爱它，我尤爱咏它的一句诗是：'玉簪刺破海棠花，紫薇花对紫薇郎。'这两句诗，不是将来与妹妹燕尔合欢时的绝妙写真吗？"

语花听说，并不含嗔，只频频以手羞可人道："你真是一块顽石，这么大的年纪，还说得出这种话呢。"

两人说说笑笑，又近午夜时分，语花道："夜深了，我们睡吧。"

可人道："叫我睡到哪里去呢？"

语花笑道："咦！你昨晚怎样睡的？今夜哥哥如喜欢睡在上面，那妹妹就睡在下面好了。"可人一听，拍手呵呵笑了起来，语花自己一想，也觉不对，红了脸忙重新说一遍道："今夜哥哥如喜欢睡在上面的床上，那妹妹就睡在下面的半床好了，不是这样说，哥哥，你笑我干吗？"

可人笑道："我不是笑你的，妹妹又多什么心呢？"

这时语花把床上纱被折叠好了，两条玉臂向上伸了伸，又把纤手在嘴上按着打了一个呵欠，向可人道："真的时已不早，哥哥好睡了。"

可人听了，一面脱衣，一面又笑道："妹妹，你不要心急，我马上就睡好了。"语花啐他一口，赌着气，遂绝对不作一声了。

次日早晨醒来，已日上三竿了，可人起身，见语花也已醒了，仰面躺在床上，两条嫩藕般的玉臂枕在颈项上，因笑道："妹妹，多早晚醒的？"语花不语。可人忙道："怎么啦？妹妹生气吗？"语花噘起小嘴道："谁叫你昨晚只管取笑我，我不高兴和你说话了！"可人"啊哟"笑道："妹妹还记在心上吗？饶我一次吧，好妹妹，我再也不敢了！"语花听了，连连把手指在脸上划着羞他，又把身子回到床里面去。可人急得连连说着妹妹长，妹妹短，一面拉着她手，要她回转头来。语花缠得没法，便回转脸来嫣然一笑道："得啦！我还要睡一睡呢。"可人笑着这才急急又到江公馆去。

只见江太太的侄儿江葆青，已从原籍赶到，江太太便要携着红豆同葆青一同返原籍去。可人不好阻挡，只得送她一程，挥泪各别。可人遂又向司令部辞职，已照批准。并蒙给予养伤费洋二百元，这倒出乎可人意料，大概是新司令买服人心的手段了。

可人自得语花来汉，所有的忧郁愁怀，统统都被语花解去，可人不可一日无语花，语花也不能一日离可人了。那时候报馆里，又有一个求之不得的机会来了，你道是什么？原来潮白又欲将可人调回上海去当总编辑，月薪二百元。可人和语花得此消息真乐得手舞足蹈起来，便决定三日后，同语花一同启程回上海去。

次日，备了祭品果盒鲜花，和语花坐车同往剑青的墓地，将祭品陈在司令公上峰墓前，果盒鲜花献在剑青的墓上，可人早已滚滚泪下，放声痛哭起来，语花也哭，可人哭声愈纵，语花哭声也益高。这两人虽同时一样哭，但有两样的心事，可人是真心哭剑妹，语花是一见上峰的坟，便想起自己的爸爸，不禁悲从中来，也放声大哭。一个哭情人，一个哭父亲。可人见她这样伤心，以为她也是哭剑妹，哪里晓得她是借他人的酒杯，浇自己的块垒呢！

待回到旅馆，可人对于语花，自更加亲热恩爱，因为她样样能顺从可人的心意，而且又有这样大的度量。三天已过，可人遂辞别李一民和莫老四，动身回上海。

可人语花携手归来，先去看望梦兰秋霞，他们亦早由杭返沪。四人见面，大家各述别后诸事，知可人仍调回上海，以后又可常时聚首，心中都很快乐。

一天，秋霞同语花谈起她和梦兰已参加下月集团结婚，语花听了，心里一动，待秋霞走后，便把这消息告知可人。可人道："我想我们亦同时加入，不知妹妹心里怎样？"语花很大方地道："哥哥喜欢加入便加入好了，妹是无有不赞成的。"

次日两人遂同往市府登记，语花家长为王老爹，时亦同去，但见他精神清癯，笑逐颜开。迨到吉期，梦兰、秋霞，可人、语花，两对璧人，均由市长证婚，行礼如仪。礼毕回家，两家亲友济济满堂，都说天下有情人，都成了眷属。

那时候可人的新房，也租在又一邨，以便大家可以照应的意思。酒阑灯熄，宾客大都散去，语花家只留友竹与校中几个同事在客堂里抹雀牌，可人语花则早已洞房春暖，并蒂花开。友竹等一见新房中的电灯已熄，知新人正寻好梦，乃蹑足门外窃听，初无声息，后隐隐闻语花道："哥哥，你今儿不是做了个人上人吗？"只听两人又一阵咻咻的笑声，友竹听了后，大家仍继续他们雀战工作。

明日没人时，友竹笑嘻嘻地对语花道："哥哥，你今儿不是也做了个人上人吗？"语花一听，亦笑嘻嘻地拉着她的手，到新房里，给了她许多喜果。诸君您想，友竹这人可乖不乖呢？

欲知后事如何，且看下回分解。

第十三回

月夜兜风情如火热
饮冰伴浴病入伤寒

　　"哥哥，你今儿不是已做了个人上人吗？"这句话原本是可人语花新婚的初夜，语花对可人爱极欲狂的时候一种戏谑的话儿。曾记得当初，可人与语花在汉口同住在汉滨旅馆的时候，语花对可人说："哥哥到现在真可谓吃得苦中苦了。"可人笑道："我的苦倒真的吃得不少了，但不晓得什么时候方可以做一个人上人呢？"说着目不转睛地待语花回答。语花直到结婚那夜，在枕上轻轻地对可人说了这一句。这原本是他们夫妻得意时的一句谑语，却不料被友竹窃听了去，次日便当敲诈的资料。语花会意，便给她许许多多的喜果。这倒并不打紧，不料因此一语，却又引出多多少少的事情来，在可人语花当时，又哪里晓得哩？

　　友竹得到了喜果，便匆匆地回家。原来友竹于去年寒假，早与她的情人柳子萱结婚了。子萱家私二百万，父母因他是独子，爱如珍珠，名虽中学毕业，却又不到大学去，但生性又非常的聪颖，可惜他专在女色上面用功夫。自与友竹结婚后，第一个月倒还住在家里，到了第二个月，便又到外面什么姊姊妹妹那里去了。友竹也曾劝过数次，但他表面上则又非常温驯，涎着脸向友竹亲热地叫着姊姊，所以友竹倒也不好硬劝，只得软做。

　　这天友竹回去，直等他到夜深十二点，还不见他回来，友竹只好轻轻把门掩上，独自睡了。待到一觉醒来，好像有人睡在外面，和自己并着头，友竹心知子萱回来，因故意不睬他，自己转了一个身。子萱早捧过她的脸来笑道："姊姊，你怎的不等我，自己独自就睡了？"友竹冷冷笑一声道："自己到这时候才回来，还说我不等你，我直到十二点钟方才睡呢。"子萱道："我日间早已来过，因见你不在家，我想你也许今晚在石家再宿一夜，所以我觉得寂寞，又到戏院去了。"友竹道："看戏？别诳人了吧！不知又在哪一个亲妹妹家里呢！我不知道你为什么今天倒不宿一夜来呢。"

子萱笑道："好姊姊，你别冤人了！我有你这样美丽的一个姊姊，还想什么呢？"说着把友竹的粉颊吻了两下。友竹嗔道："别涎脸了。"子萱笑道："姊姊又生气了，我们谈谈吧，石家的新娘可美丽吗？客人多吗？"友竹道："客人不多，若说语花妹妹的容貌，这是我们校里有名的皇后，无论她的身材，她的肌肤，都是再好也没有的了。"

子萱听说有这样美丽的女子，心中早已一动，嘴上却故意道："我不信，难道真的还有比姊姊美丽的人吗？"说着便温柔地去宽友竹的衬衣，友竹也正在半推半就的时候，子萱忽听她道："哦，原来这句话，是这样的。"子萱听了不懂道："姊姊，你说什么呀？"友竹笑着，便把在石家吃酒，夜半旁听之事说了，并道："只听语花妹妹说了这句话，我当时倒也说不出什么意思，第二天还敲了不少的喜果，现在我想起来，她这一句话，正同我们现在一个样儿呢。"说着两人都哧哧地笑起来。在友竹说说，原是无心，在子萱听了，却颇属有意。

到了次日，子萱便央求友竹，介绍他到石家看新人去，约定友竹先去，自己随后便来。子萱平日在外胡调，其唯一的好友，便是莫潮白，即《中华新报》经理，当时他就约了潮白同去。潮白自经理《中华新报》，迄今已有十年，一帆风顺，倒也赚有几百万，所以他同子萱两人，天天花天酒地外，还兼玩明星、跳舞场，小家碧玉，见一个，欢喜一个。现在子萱约他同去，又有子萱的夫人做介绍，当然高兴前去。

两人到了又一邨，按了门上电铃，女仆开门时，楼窗口探着一个头来，正是友竹，一见子萱，便连忙下楼，引导了两人上楼，一见语花，便彼此介绍。一时女仆献茶，又捧出水果糕点各四盆。子萱一心一意只觉语花之美，欲比她为桃李，则桃李嫌其轻薄；欲比她为梅花，梅花输其清瘦；欲比她为海棠，海棠无其香；欲比她为水仙，水仙无其艳。真个是杨柳其腰，芙蓉其面，娉娉婷婷，仿佛仙子临波，一时看得子萱赞无可赞，呆若木鸡。

潮白请他吸烟，他也一些儿没有听见，友竹看他好像失了灵魂一般，便对他说道："莫先生请你吸烟哩！"子萱这才觉得自己同潮白是在又一邨，并不在琴心家、小芙蓉家吃酒呢。这倒不能失礼，因对语花道："久闻女士才高咏絮，想燕尔新婚，定必赋有不少的定情诗，今天我们须要索阅一二，万望女士勿吝赐教！"

语花道："谬承褒奖，实深惭愧，自春季一病，此调久已不弹，试一

74

问友竹姊姊，便可知道了，非最有负盛命。"

潮白道："鄙人闻可人兄说，早知女士多才多艺，今晚不愿以佳作见示，俗人敢请一奏钢琴，清歌妙曲，鄙人亦得洗耳恭听。"

子萱听了，亦拍手赞成，语花知不能再辞，只得笑道："弹得不好，请不要见笑。"子萱连说哪里话，语花遂走近钢琴边坐下，手捺拍子，与友竹合唱春之花一曲以飨嘉宾。歌声既作，只觉琴声悠扬，好像登瑶台，临仙宇，与九天群仙合奏霓裳的一般，乐得两人手舞足蹈，不知所云。

这时，可人亦已回家，一见子萱，因两人系初会，自有一番寒暄。当晚两人便在可人家晚餐，潮白量宏，子萱高兴，这餐晚饭，直吃到十点以后，尤只见女仆提壶煨酒，实则醉翁之意，却并不是在乎酒呢。饭后，子萱不肯走，潮白亦不舍得去，与可人说长道短，可人因是经理，自不得不格外敷衍。看看时钟已十二点了，实在不能再坐下去，友竹因催子萱回去，子萱同潮白便三人合上一辆汽车，先送潮白到同孚路后，才开回自己家里去。

子萱未见语花以前，觉得友竹的容貌，虽非倾国倾城，已够得上称一声沉鱼落雁，今一见语花，觉得语花的美丽样样在友竹之上，他就一心思念语花，念念不忘，他的痴心妄想，差不多要成为刻骨相思的了。

这天正是海上闻人顾星波六十大庆，上自国府要人，下至军警商学各界，无不前来祝贺，且有堂会，梅、程、荀、尚四大名旦，一齐均来拜寿，预斯盛会，真是盛极一时。顾府来宾，均各佩戴徽章，称觞三天。子萱亦派有职司，他乘此机会便叫友竹邀语花一同前去观剧，语花因留了一张字条，吩咐娘姨道："少爷回来，我和友竹姊姊去瞧戏了。"娘姨连连答应，两人遂坐了汽车前去。不料一到寿堂，但见人山人海，寿酒固无座位，看戏亦无立足，后来勉勉强强地抢着两个位置，子萱便叫友竹语花先且坐下。看到四大名旦，合唱《四五花洞》时，已一点零五分，台上原是功力悉敌，台外的客人则早已心力交瘁了。因看戏的人，挤得水泄不通，时方炎夏，来宾无不汗流如浆。子萱不得已，乃同友竹语花坐车先去消夜，再赴大东旅社，开大房间一间。

因此时三人，实非洗澡不可。友竹道："请妹妹先洗一个浴吧。"语花道："我在外面兜了风，此刻倒又好了些，还是请姊姊先洗吧。"友竹道："这又何必客气呢？"两人你推着我，我推着你。子萱笑道："你们洗浴也有这许多的客气吗？还是让我先来洗吧。你们在阳台上吹吹风，我叫他们去拿些汽水、冰淇淋、啤酒来给你们喝好吗?"友竹道:"很好。"一面又问语花道,"妹妹喜欢冰牛奶、冰莲子,叫他也拿三客来。"侍者答应。语花友竹坐在阳台外面乘凉,果然凉风拂拂,暑气半消,一时叫的冰牛奶等,均已送来,友竹让语花饮着冰牛奶,再饮汽水,又吃冰淇淋,吃的时候,果然凉快无比。

子萱洗浴出来,催着语花去洗,语花笑对友竹道:"姊姊,我就先洗了。"友竹道:"原本是不要客气的。"语花遂关了浴室门,洗了不到十分钟,忽觉肚腹隐隐作痛起来,乃急草草出外。待友竹进去,语花坐在沙发上,腹痛更加厉害,一时面色灰白,四肢冰凉。子萱见她这个样子,心中好不着急。正在危急的时候,哪里还顾得许多,一面把痧药水滴杯中,和了少许开水,灌到语花的口内。那时语花牙关紧闭,哪里还灌得进去,一面慌忙将语花人中扣紧,牙关用筷撬开,终算略为灌入少许,但亦无济于事,乃揿铃叫茶房请西医。茶房说:"隔壁二八六号,住有陆雪樵医师,是从德国医科大学回来的,是很著名的西医……"子萱不等他说完,急忙忙地道:"这是最好也没有了。快快地请他过来吧!"

此时友竹也洗好了浴,知语花的病,实因多喝了几杯冰淇淋而起的。这几天她正在新婚头上,饮了冰食,再去洗浴,把浴室里的热气一闷,她当不住了,所以成这个痧症。友竹因道:"医生请了没有?说起来是我们的不好,我们不去叫她看戏,哪里有这场病呢?"子萱道:"正是我的不是,觉得很抱歉……"正说着,西医已到。

诊治后,知已夹阴伤寒,西医虽无这个名目,但亦有这个症候。雪樵立刻替语花打了一针,一面从皮包中拿出丸药六粒,嘱过一点钟吞两粒,又拿出药膏一盒,是摊在药水棉花上,再贴到病人的肚脐上。

这时语花脸色略见红润,仿佛已悠悠醒来的神气,一见友竹伏在她的身上,正在贴肚脐眼上的膏药,旁边立着两个男人,一个不知姓名,一个就是子萱,都目不转睛地望着自己,觉得自己的情形,酥胸半露,腰脐亦露在外面。子萱窥她雪白粉嫩的肌肉,白里显出红来的样子,横陈在沙发上面,任我参观,倘能真个销魂,修得到这个艳福,不是三生有幸吗?正在我见犹怜、想入非非的当儿,友竹已将药膏贴好,将她的衣裤亦整理舒齐。语花这一羞,真觉娇面含羞,无地自容了。一面又谢友竹。

雪樵嘱一整夜不要吃别的东西,只好吃一些牛奶,切忌冷的,子萱一一答应,送出门外。友竹子萱遂扶语花到床上去躺,友竹扶着语花两手,子萱夹住她的腰背，把娇柔无力弱不禁风的语花扶到床上，但见她已是香汗盈盈，四肢已和。子萱摸着她的臂膀，又大胆摸着她的两颊，觉得柔软滑腻，芬芳醉人，因说道："有汗了，不要紧哩。"语花虽含羞万分，但又不能不感激他夫妻的情谊。子萱让她睡下道："好好地躺一会儿吧。"说着自己也开了两瓶啤酒，和了汽水，正在欲饮的时候，忽被友竹见了，便连忙立起身来，抢着夺了玻璃瓶，一面说道："你这人真一些儿不晓得，方才西医不是说过了吗，语花妹妹的病，乃是夹阴……"说到这里，把伤寒两字忙又缩住，瞟他一眼又道，"你现在若再喝汽水啤酒，不是明明地寻死吗？"说得子萱闭口无语，心想她的心，倒是真细极了，我们昨晚不是也……吗？一面因对友竹笑道："那么喝没有冰过的啤酒，不和汽水在内，那终不要紧了。"友竹道："也要少喝一些儿。"一面叫茶房换过没有冰过的啤酒。

子萱一面喝着，一面道："今天这位寿公公，真是全上海没有再阔的人了，你瞧他寿台上挂的寿联，前清的遗老，临时的执政，什么上将啦、主席啦，哪一个没有或派人代表，或亲身前来。想他当初不曾得意的时候，不是也像我们一样的人，不是也同我们一样的吃过苦中苦吗？正是俗话说得好，吃了苦中苦，方为人上人呢。"

时语花睡在床上，听他夫妻俩谈天，听了这两句话，心中未免一动，心想友竹这人，她一定和子萱无话不谈的了，一时又觉羞上加羞。此时东方已白，晓风吹来，虽在盛夏，亦觉砭人肌骨。友竹因把落地玻璃窗轻轻关上，坐在沙发上，闭目养神。子萱喝完啤酒，亦在沙发上躺着休息，心想语花这样天生美丽，真是人间少，天上有，可人与她结了婚，可谓是艳福今生修到了，我与她恨不相逢在未嫁的前头，亦可谓是春风无处不相思了。

欲知语花病体如何，且待下回再详。

第十四回

钻石赠来三五明月夜
白银飞去一片卖花声

大凡一个人，静极必定思动，动极必定思静，饱暖则思淫欲，饥寒便起了盗心，这是一定不易的道理。子萱既非上智，亦不是下愚，人同此性，当然不能例外，而况目之于色也有同美矣！不见可欲其心不乱，这个意思，就是我佛所谓：无眼耳鼻舌心意，无色声香味触法。

又曰：色即是空，空即是色。它劝人深省觉悟的意思，真可谓是暮鼓晨钟了。哪里晓得世上的人，喜欢到苦海里去的人多，要登彼岸的人少，即似现在子萱，既好色似命，又挥金如土，初尚在愁城里度日，继则沉沦到苦海中去了。

他怎的会到苦海里去呢？因为他自见了语花以后，觉得天下的妇人，一个个都及不来她的美。这样美丽的人儿，若不能与她共枕一梦，真是虚度一世，他想至此，便常叫友竹邀语花来玩。就是他请她一同去瞧戏，原本转的不是好念，想女人家大半都好虚荣，我只要能够接近她，我最多的是金钱，我终不惜金钱地做去，她难道还爱惜她的身体吗？那晚间大东旅馆，便是博望坡军事初用兵，不料语花霎时间肚疼起来，他欲以利诱她的手段，便不能继续做下去。但虽不能真个魂销，到底窥着她的酥胸，瞅着她的双乳，隐隐地露着，好像栗发的两粒。又瞧着她的脐上脐下的白肉，又细又嫩，又摸着她的臂膀，又摸着她的两颊。子萱的收获亦可谓慰情聊胜于无了。子萱既这样地窥着，瞅着，瞧着，摸着，怎不又我见犹怜呢？

再说那晚可人回家，不见语花，因问娘姨道："少奶呢？"娘姨一面拧手巾倒茶，一面在梳妆台小抽屉里，拿出一张字条，交给可人道："少奶和柳家少奶一同出去了，这留着一张字条，是给少爷的。"可人接过一见，知道语花同友竹是赴顾星波做寿的盛会去，但好的戏，都在下半夜，恐怕她们今夜一宵不能归呢。果然时钟打了一点二点，还不见语花回来，因自

78

已上床去睡。睡到东方发白，差不多已八九点钟了，可人醒来，仍不见语花回来，他真有些儿想不通了。正在着急，忽听门铃一响，子萱已着人送信来，可人接过一看，见写道："尊夫人现在大东三楼二八五号房间，略为有些不适意，请足下即来一视。石先生台鉴。"

可人得信，赶紧前往，一见语花睡在床上。子萱同友竹也横在沙发上打盹，一见可人，便将昨晚情形，详详细细说了一遍，又道："我们因为汗下如雨非洗一个澡不可，所以到这里来，不料弄出这岔子来，真的意想不到，我们真对不起你的夫人。"可人忙道："都是自己要好朋友，还说这等客气话吗？我到现在还不曾谢谢你们请西医呢。"子萱道："我想过一会儿，这个陆医生仍旧请他来诊视一回，到底怎样，大家也可放心。"说着便叫茶房去喊三客虾仁冬菇面来，大家当了早点，一面又叫茶房去叫陆医生。语花此时醒来，见可人也在这里，心中甚安，因道："你多早晚来的？"可人坐在床沿，抚着她手道："有些时候了，妹妹身子素来很弱，饮食终得小心些儿，幸喜陆医生瞧过，不要紧的，我才放心。"可人说着又恐语花多心，因道："妹妹，你也安心好了。"

语花见可人这样说，心里又安慰，又感激，因也抚着他手，点头道："倒叫哥哥又跑了一趟。"两人相敬如宾地说着。那陆医生提了皮包已来，大家点头，他问病人服药后情形怎样，友竹道："倒很安静。"陆医生听了，遂又拿了听筒，在她胸前东听听，西听听，说是很好，只消再服几粒药丸，再换几个药膏，便没有事了。一面便拿出药丸，交与友竹。友竹便端了一杯开水，给语花吞下去，脐上的膏药，亦仍由友竹换好。语花便千姊姊万姊姊地谢个不停。子萱当即取出钞洋三十元，送与陆雪樵，作为医药费，他便收下，放在皮夹内，握手别去。可人见子萱这样的豪爽，友竹又这样的细心，真是感激不尽。子萱道："我看今天我们大家再在这里过了一夜，待明天病体好些出去，你想怎样？"可人道："这几天家里也很热，这里多住几天，是再好也没有了。"子萱一听，正中下怀，自此以后，可人中饭后到报馆料理一切，十二时回大东去。

过了两天，语花病也愈了，子萱乘可人不在，常伴着语花友竹东玩玩，西玩玩，商场首饰部里有光头好的钻戒啦、翡翠锅头啦，如她们说好的，便都给她们买下来，一样两件，一件给友竹，一件给语花。语花不肯收受，子萱便道："今天我到花纱布市场赚进十万，在金子交易所又赚进二十万，这些首饰好比是他们蚀本的人送给你的，并不是我送你的。你若不收，反正我蚀了去，这钱也是没有的。"友竹听了，又附耳向语花道："子萱这人，平日很是浪费，妹妹同我若不把他给你的东西收下，将来这东西也许要送给不相识的人去。这是一个最坏的脾气，我看妹妹还是收的好，大家不要推来推去了。"语花听她说的真个有这样的事，便也把它收下来了。

不到一星期，子萱买首饰，买衣料，买好玩的物件，统计下来，约计用去三万元光景。百乐门，大光明，大沪花园，日逐有他们三人的足迹，有时可人也一同去。久而久之，用钱固然不当一桩事，倘有一夜不到外面去白相，好像是有应做的公事不曾做似的，大家心里就觉不快活，这叫作习俗移人。语花友竹既享受这朝朝寒食、夜夜元宵的快乐，自然而然的日间非睡到午后两点不肯起来，夜里非到天明不肯回旅馆。但是金钱有限，精神亦有限，你喜欢度着浪漫的生活，它偏不许你度下去，这便怎了呢？

这天子萱从外面回来，说今天是花纱交割的日期。他因听朋友议论，说是全上海棉花的存货，与做多头的筹码相轧，实已超过现货数目甚属巨大，万一交割时，交不出货来，那价格一定又要飞涨，这赚钱真是稳而又稳，他便和朋友合做多头五万包。不料各厂家一听棉花逐步高涨，而纱价反在花价之下，照此看来，若将现存的棉花纺纱，反不若先将棉花卖去，即可立刻获利，又可省去纺织成本。所以今天交割，各厂家一齐出来，现货反而拥挤，花价一时大跌特跌，差不多跌了十多元。做多头的人，都面面相觑，赚钱固然谈不到，蚀了本，一面还要垫银子、收现货、做押款，忙了一天星斗，蚀得两泪迸流。

子萱这笔交易，也要蚀到六七十万，推子萱所以亏本的缘故，虽一半由他的静极思动，但一半实由他挥金如土，他的所以挥金似土，便是为诱惑语花的张本。他的意思，欲以金钱来征服语花，以便遂他的淫欲。不料语花这个人，她本性生成是个威武所不能屈、富贵所不能淫的女子，她对于子萱，实大半碍着友竹的交情，所以在大东旅社同住了一星期，子萱每于友竹不在的时候，他便用尽心机，百般地诱惑语花，语花却一面敷衍，一面拒绝，并不稍假辞色。大凡一个女人，越是想不到手的，越是想要，女色的魔力真伟大极了。子萱因不能得到语花的青睐，心中万分地忧煎，兼之营业失败，情绪愈加恶劣，终日长吁短叹，痴痴癫癫地逢人便道："这样美丽的人，真是我见犹怜。"

此时可人语花回家，亦有一星期多了，友竹见子萱这个样子，心中亦非常忧愁，每见了他，终温顺地安慰他。子萱自知也对不住友竹，所以握着她的手，流泪道："姊姊，我对不住你，我的病怕不会好了，姊姊待我的情分，只有来生报答吧。"友竹听了，忍不住哭道："好好儿的，又说这些话，这又何苦来呢？蚀了这些钱也算不了什么，身体最要紧呀！"子萱摇头叹道："你哪里知道呀！"友竹心里早明白，他是为了语花而病的，但这叫自己怎样安慰他呢？心想这人真痴心得可怜，但转而想想，又觉得他的可恨，我和他结婚以后，自己也算得体贴他、温顺他，可是他一些不想平日夫妻的情义，为了一个人家的女人，竟生起这样的病来，万一他真个……他就忍心丢下我吗？友竹想到这里，满肚的委屈和哀怨，便就呜呜咽咽哭了起来。

子萱被她一哭，心里也伤心起来，想起友竹平日的行为，也算是最好没有了。自己虽然每每终夜不归，第二日见了她，她终没有半句怨语和自己闹气，常常还温颜悦色地安慰我，我常赞自己有这样一个贤妇，但是为什么我……想到这里，更觉对不住她，偎着她的脸儿只是流泪。友竹道："你也想得明白一些儿吧，你如万一有了不测……老天爷也不忍心呢！老太太也是上了年纪的人，就是你这一点骨血了。再说我，虽不想你干官儿享富贵，但也不至于命苦到这样地步。"友竹说了又哭，子萱只得安慰她道："好姊姊别哭了，不要紧的，哪里就会死了吗？"友竹听他说一"死"字，心里更觉伤心。子萱见她这样，也流泪不止。

友竹见子萱病日见沉重，请医问卜，喝药好像喝水一般，一些儿没有效力，心里又烦闷又悲伤，所以有时常到语花那里去诉苦，说起子萱的痴状，友竹忍不住哭泣，语花也陪着落眼泪。因子萱的娘，非常溺爱儿子，子萱在外种种荒荡的行为，他娘虽也知道，但终没半句话说他的不是。友竹见这情形，心想现在虽没有把家产全数耗去，但照此下去，今天标金亏本，明天公债拆蚀，能有多少财力，怎经他月月亏蚀呢？一旦到了破产的时候，那不是大家要做饿殍了吗？倒不似语花妹妹嫁一个可人，你看他们俩多么恩爱，多么依心，大家服务社会，各人自食其力，也因此，所以子萱虽多财，她决计不肯将教职辞去。

这天友竹又急急地跑来，语花见她面灰色白，心中似有无限愁苦，眉头紧紧地蹙着，因上前问道："姊姊，你怎么了？"友竹呜咽着道："子萱完了！"语花听了，心中不胜骇异，因又急急地问道："那你为什么还跑出来呢？"友竹道："我特地来请妹妹的，妹妹，你快同我一道走一趟吧！"

语花因情不可却，只好同她看望子萱去。子萱家住张园旧址，自造五楼五底洋房，外面有一个花园，题曰：柳氏别墅，空气十分清新。车行并不多时，早已到了静安寺路，里面仆人一听外面喇叭声音，便出来开门，汽车便直到里面。下车步入正厅，只见西厢房立有五十余岁的一位老太太，友竹介绍一声，语花知道就是子萱的妈，便上前向她问好。大家入内坐定，柳太太道："难得姑娘降临敝舍，我儿今有生望了！"说着又连连叫道，"姑娘，你不晓得我儿病中，日日夜夜的只念着姑娘哩！姑娘，你肯可怜他前来与他谈谈，他的病自当减轻，想姑娘正是我家的生佛一般，老身当天天地焚香供养呢！"

　　语花听了，心想：他病了，我又不是医生，她说要同他谈谈，她儿子的病，就便能减轻的，这等话真来得兀突，又好笑，又不明白，这叫我怎样地答复呢？因对友竹道："姊姊，老妈妈的话好难懂！姊姊，你快说，你快快地说给我听呀！"友竹见她这样急法，因道："因为子萱自前时营业失败，便得了这一个心怔的病，病中时常提起妹妹名字，妹妹今来了，也许他的病有了转机呢！妹妹，请你不要多心，凡事看在我的面上。"

　　此时子萱睡在床上，觉得有人谈话，他便转身向外，语花见他面色苍白，比较前时清瘦了许多，满脸呈现憔悴的颜色，满腹有难言的隐痛。语花到此，想起平时子萱为人，心中亦为之恻然，一时又替友竹着想，觉得友竹的身世亦大可怜，觉子萱的病态，更难怪是我见犹怜。

　　欲知子萱病情究属如何，且看下回再详。

第十五回

刻骨相思移花接竹
伤心落泪似是而非

这时语花已移坐在子萱床前一把小沙发上，只听子萱喃喃说道："可人呀，你真是一个名副其实的可人儿，哪知你的夫人，更可人呢！"说着又道，"解语花姊姊呀，你怎的一些也不解我的语呀？你好狠心的人儿，我便死了，不是你也仍不解我的心吗？"语花听他满口胡言，一味痴话，这叫我怎么办呢？一时深悔前时不该受他的许多饰物，现在人家病得这个样儿，虽铁石心肠的人儿见了，大家也当想想法子，况我和友竹的交情，着实不薄呢！友竹因对子萱道："语花妹妹已在这儿了，你有什么话说，不是可以对她说了吗？"

子萱一见语花，则又呆呆的不语，过了一会儿，又只管对着她流泪，好像有千言万语要对她说的样子，却又怕当着友竹难为情，想要说又说不出口的模样。这叫语花真可为难了，既不好温柔地安慰他，又不能冰冷地拒绝他，深感他的一片痴情，也只好对着他垂泪罢了。

大家静静地淌了一会儿泪，只听子萱又说道："姊姊，休了吧，一个是使君有妇，一个已是罗敷有夫，若说没有前缘，今生偏又遇着她；若说有前缘，为什么不相逢在未嫁？"友竹语花见他一会儿笑，一会儿哭，真的要变成一个疯子了，心中都好不难过。

不知心腹事，但听口中言，他不是明明地想着语花吗？这是何等样的事情，又怎好与语花说明，求语花给他一些儿安慰呢？即使语花肯给他安慰的话，友竹恐也不十分赞成吧，那么大家只有看他病，看他病到膏肓也就完结了。子萱的病，友竹是早已晓得了，语花亦已晓得了八九，他妈也晓得了一二，此外只有他自己晓得。

语花既已知道他的病根，当然能够医好了他，但他这个病，非比别样的病，可以用药石来医治的。他那是一种心病，心病的里头，又是一种单恋的相思病，医师虽有卢扁的技术，也难觅得这种的灵方，只有语花肯牺牲色相，满足他的欲望，他的病自然霍然而愈。不需一些草根树皮的。然而这事，你想可难不难呢？语花又不是一个胸无主宰的，张郎也好、李郎也好的女子，这样地逼下去，子萱语花，不是终须死了一个才太平吗？

然而语花这人，又是多情人热肠人，她的心里想着，以为既然如此，终要想出一个两全其美的办法来，使子萱的病，能慢慢地好起来，大家都得过安闲的日子，这是何等的快活呢。一时计上心来，只见她脸上，现出朵朵的桃花色彩来。

这时语花在柳家已来了一日，看看天色已晚，早已上灯时分，子萱的卧室前面，一排玻窗，挂着白底挖花的窗帘，其外又挂着细竹湘帘，室中灯罩或用绝薄绸，或用纱，但都系淡绿色紫色的，以避热光。卧室后小小一间，摆有红木大理石春凳一条，壁上挂有仕女屏幅，由后间转弯，便可通隔壁房间。语花呆呆想了一会儿，又向友竹望了许久，忽站起来，拉了友竹的手，走到后间，对她道："姊姊，医生看了没有？你打算怎样办呢？"

友竹叹了一声道："医生有什么用呢？这人真痴得可怜，叫我有什么法想，我已很对不起妹妹了，现在只有看他完了……"友竹说到这里，早又淌起泪来。语花见了友竹可怜，忍不住心酸，因忍着心，在友竹耳边低声道："我为了和姊姊的交情，不忍目睹姊姊的可怜，我有一个移花接竹的办法，姊姊，你看可对？但是可一万不可再的，倘若姊姊以为不好，我便回家去了，我亦是爱莫能助，姊姊终该明白的。"

友竹道："亏你妹妹想出这个拔赵旗、易汉帜的妙计来，我们且来试试，若能治好了他病，妹妹真是他的重生父母了。"

语花淌泪道："姊姊但你要明白，我不是可怜他，我实在是可怜姊姊，而想出此法。"

友竹道："我知道妹妹的苦心，我不知怎样才能算报答妹妹呢？"

两人说着，仍回到前房。友竹对子萱道："你此刻肚里有觉得饿了吗？我给你拿了牛奶来，还有鸡子要不要吃些？"

子萱道："我今儿见了语花姊姊同你，两人秀色亦已餐饱了，哪里还会饿呢？"

友竹听了，真是又好气，又好笑，又可怜，又伤心，想他病得这个样子，还是说出这等话来，真是色中魔王了。因低声对他道："今晚我已劝语花妹妹在这宿一夜，你想好吗？"

子萱听了一呆道："真的吗？阿弥陀佛！这是最好也没有了。"

友竹又对他附耳轻轻地说了一阵，子萱初似不信，友竹道："我已再三地恳求妹妹，她说只不过答应一次，下次是断断不为例的，且附有一个小小条件，说是室中灯火，统统要熄去，因我们家里人多，万一泄露，她怎对得住可人呢？"

友竹说一句，子萱答应一句，友竹递给他牛奶，他也喝了，鸡子他也吃了。他满心的欢喜，病早已好了一大半，把友竹的粉颊捧着吻了两下，千姊姊、万姊姊地谢个不休，友竹嗔他一声，他才放手。

过一会儿钟已鸣十下，友竹语花同坐在床前，子萱拉着语花的手，细细地把玩，向她笑道："姊姊的手，多么的白嫩，多么的滑腻呀！真可爱！"说着甜甜的接了一个吻，回视语花，见她低垂了头，娇羞不胜，子萱愈加爱怜起来。友竹站起来道："我熄火去，早一些儿睡觉吧。"

语花听了，更羞得脸颊通红，子萱乐得心花怒放。室中灯既熄去，外面虽有星月，但为竹帘所遮，室中的黑暗，哪里分辨得出五指呢？此时子萱早已把语花的头颈慢慢事倒，口中叫道："姊姊，你真是菩萨的化身，施我一滴杨枝水，救鲲生一条微命，我更怎样地谢你才好呢？"说着捧着她脸又吻了一下道，"姊姊，你怎么一言不发呀？你恨我吗？姊姊，你真是一个息夫人了！"这时子萱心中的快乐，好比饮琼浆玉露，也不能譬喻的。

过了一会儿，子萱觉得语花似要起来的样子，微闻窗外友竹轻声说道："妹妹，你要什么？你要浼身吗？"说时友竹的脚步已进来了，此时室中的电灯已亮，子萱只见语花尚坐在床沿，扣衣襟上的纽儿，两颊红晕，殊不胜羞涩地对友竹道："好，你们俩通同一气地来欺负我！"说着便哭了起来。子萱见了无限地怜惜，友竹亦竭力地赔不是，语花方收泪道："今晚我须回去，过几天再来望你们。"子萱也只好依她。

阅者诸君，不要被语花瞒过了，其实在电灯一暗的时候，语花早已换了一个友竹了。语花的手臂给子萱吻了一个香味，倒是真的，这真所谓小温存，领略人间一刻春，医好了心头病，从此以后，子萱的病就没有了，只不过有时对友竹说：语花的肌肤怎样光滑，腰肢又怎样的细软，友竹听他赞不绝口，颇觉暗暗好笑，心想你何曾真与她睡过，只不过哄哄你这孩子罢了。

语花当晚回去，坐在车中，暗想天底下真有这样的痴人，真是痴得可怜，只知崇拜肉欲，一些儿不晓得高尚纯洁的爱，今天我被他缠得真七倒八颠，仔细想来，还不是色的害人吗？但今天我所行的计策，亦真是权宜之计，可一万不可再，虽于我是没有什么，但我的名誉，确系为他而牺牲了。万一他将此事在外面播扬开来，送到可人的耳鼓里，那我不是有口难分吗？想到这里，不觉又伤心起来，眼泪扑簌簌地落了下来，一直泣到了家门。汽车夫见语花暗暗啜泣地回去，心中颇是怀疑，想她一定受了委屈。因上次他曾见过某姓的女儿，也被主人软禁在家，后来还送她家五千元钱，方才把这件风流案消去呢，现在莫非也是这个老案吗？但我主人有的是钱，关我们什么事呢？

车夫胡乱地想着，车已到又一邨，语花跳下车来，见有一人正在敲门，走近一看，正是可人。可人一见语花面带泪痕，便忙问道："妹妹，你是哪里回来？"此时车夫尤在门外将汽车掉头，语花勉强含笑道："从友竹那边来的，可哥，你也刚回来吗？"说着两人携手登楼，娘姨早端上洗脸水，泡上茶来。可人问道："子萱的病怎样了？"语花道："差一些儿了。"可人又道："那么友竹好吗？"语花道："她倒很好。"可人道："我看他们家虽富有，实在太以浪费了，好像一只船，没有好的把舵人，倘然偶着了风浪，真危险得很！"语花道："可不是吗！别人家倒很替他们担心，他们自己却一些儿不觉得呢。"两人谈谈笑笑，都也睡去。

一宿已过，次日早晨醒来，可人突见语花首饰盒内，多了不少的珍贵饰品，仔细一瞧，但见黄豆大的钻戒一只，镶蓝宝石的戒指两只，还有翡翠镯头、翡翠的表坠、红宝石别针、珍珠环子，赤金鸡心链子……可人看了，不胜奇怪，暗想这许多的东西，她都是从哪里来的呢？因问语花道："妹妹，你这首饰盒内这许多珍品，是从哪里来的？"此时语花尚睡眼惺忪，一听问及这首饰，便在床上坐起道："吾本想早告诉哥哥的，因为这些无关紧要的，也就忘了。"遂便把前日在大东，同友竹子萱一道参观首饰部，统由子萱买了送我的，我再三推让不收，友竹道"他这两天公债赚了不少的银子，这一些儿算什么？作为小东道好了"。可人听这话后，沉了一会儿，脸似不悦，随后便冷笑了一声道："天底下若没有代价，恐怕是没有这样好人吧？"说着也不再追究，便悻悻地出门去了。

语花看可人的神气，仿佛是很疑心，并且很生气的样子，这便怎么好呢？若不将这事解释明白，恐怕两人的情感便生了一层障碍，说不定爱情就此破裂，这是何等危险的一个焦点呀！想到此，又自悔当时拒绝得不坚决，坐在床上便又隐隐啜泣起来。曾记得上回书中，可人为了梅友竹一张照片，几乎与语花决裂，今语花为了柳子萱送了几件首饰，恐怕可人又要发生重大的嫌疑和误会了呢！一梅一柳好像专和语花可人两人做对的样子，造化弄人，作书的，又怎样能知道呢？

再说可人到了馆中，想起昨晚语花回来，面带泪痕，自己问她的话，她仿佛有些支吾的样子，想此事和首饰必有重大关系。现在没有得到她的证据，自然不好说话，我自今天起，无论如何，必须将她证据侦探出来，那时还怕她不屈服吗？可人一个人，闷坐在写字台前，稿也不阅，信也不看，越想越像，越想越气，好像已得到了语花同子萱不规矩的证据一般。馆中同事，见他这个样子，都以为今天稿件必有疑难的问题发生了，谁知他心中另有烦恼呢？

是晚可人不到十点，便即匆匆回家，语花忙笑着迎上来，给他脱去长褂，一面绞手巾，给他揩汗，又喊着女仆给他倒水洗澡，可人都一声儿不言。语花见他这个样儿，心中更觉烦闷，他们两人自结婚后，可人每晚回来，终是有说有笑，只有今晚，满脸的不高兴。语花欲找些资料同他谈谈，但一时也竟找不出有什么话好谈，又恐愈说愈糟，还是大家不开口的好。可人见语花也一句话都没有了，那心中的疑云，更觉阵阵地起来，好像有人在对他道："子萱哪有这样的好人？凭空里送给她这许多的饰物，他不是痴了吗？他有钱，不好去玩妓女、玩舞女去吗？他当然是有意思的，他当然是得到代价的！"想到这里，觉得心头一股怒气，便按捺不住，将台子上的茶杯一拍，大声骂将起来！

欲知后事如何，再待下回再详！

第十六回

没奈何一瓶毒药
莫须有千古奇冤

壁上时鸣钟当当的，正敲了十下，梦兰秋霞正浴后披了纱衫，开了阳台，坐在窗口的藤椅上，对着天空的皓月，口中含了卷烟，颇自在地纳着凉。四围万籁寂然，忽听东面厢房楼上，突然有拍台子的声音，随后便有女子泣声，夹着男子说话声，这声音好像可人和语花。秋霞便欲过去相劝，梦兰拉住她道："你慢过去，别人家夫妻闹嘴，是常有的事，你过去相劝，他们反都不好意思了，还是不去的好。"秋霞被他一阻，便又侧耳静听，只闻可人道："好个不要脸的女子！快给我自裁了吧！"秋霞听了多时，知非常的闹嘴，梦兰也有些急了，两人遂趿了拖鞋，急急地敲门进去。

可人一见梦兰，便忙让座，秋霞见了语花，便在她身边坐下，拍着她肩道："妹妹，你俩好端端的，为了何事便这样地闹起来？人家听了，不晓得的，不是怪难听的吗？"语花听了秋霞的话，遂拉了她手，便将友竹夫妻送给她饰物的事，详详细细地诉了一遍。梦兰听了因对可人道："可兄，你这人真是聪敏而又懵懂了，并不是我来责备你，这个事，并不是子萱个人私自赠与语花妹妹的，乃是子萱当着他夫人送给的。子萱如果有别的用意，他夫人当然不会同意的。现在他夫人友竹，确是你们俩所争点上的一个有力证据，请她过来问一声，如没有旁的事，可人，你还得谢谢他呢。"

可人听他的话，也很有理，遂亦不再多闹，但心里仍有郁郁不乐的神气。秋霞既劝语花，又劝可人道："你们两人的结合，乃是经过多少年辛酸，尝过多少甘苦，好不容易得来的，哪里可以轻轻便便就吵了起来？以后大家都要和气，即有小小的争端，亦要你让着我，我让着你，学古人相敬如宾的样子，那自然有画眉的快乐了。"

秋霞这几句话，把两人说得闭口无言，可人便对秋霞道："敬谢霞姊的金玉良言，现在我已自悔孟浪。"一面又对语花道，"请妹妹也别计气了吧！"梦兰秋霞见可人收篷得很快，心中自然非常的欢喜。这时女仆捧上一盘西瓜上来，大家吃了些，遂各自回房，可人语花都送到房门口，大家各道了晚安，才回房。

次日十点钟左右，可人仍然照常往报馆办事。语花尚未起来，忽听步梯有皮鞋"嗒嗒"的声音上来，到了楼梯口，问女仆道："少奶奶起来了没有？"语花一听声音，正是友竹，因便喊道："姊姊，可人已出去了，你请进来吧！"说着忙起床盥洗，友竹道："你这妮子，越弄越懒了。"说了这一句，又连连地谢她前日的妙计。

语花听后，眼圈一红，仿佛似要泣下的样子。友竹道："我亦晓得你实在出于不得已，乃行此下策，想起来不要说妹妹难为情，我也是很觉不好意思呢。"

语花道："一个女子嫁了男人，便有这等麻烦的事情生出来，若没有男人的话，不是可以省了许多的烦闷吗？现在一般青年都喜欢抱独身主义，大概是很有见地的了。"

友竹笑道："个个人都抱独身主义，那人类不是要消灭了吗？妹妹，你也说得太消极了。"

语花听了叹道："并不是我消极，你不晓得我昨天晚上也几乎被可人逼死了呢！后来幸秋霞姊姊和梦兰兄两人前来解劝，方得无事，你想可不要人灰心吗？"

友竹忙问道："又为了什么事呀？"

语花便告诉她："全为了首饰的事，今日如果姊姊不来，恐也要来请你做一个证人呢。"

友竹道："这是可人也太多心了，我来给你证明吧，你放心好了。"说着又拍拍语花的肩道，"全是为了我们，叫妹妹受了许多委屈，真对不起你。我现在还有些事，此刻便要走了，到了晚上，你可打电话叫可人早些回家来晚餐，我亦一道来叨扰晚餐，一面代为证明，你想怎样？"

语花道："这样很好，你别失信。"友竹连连点头，遂匆匆别去。

夕阳渐渐地向西下去，归鸦点点飞集树林，语花已打电话给可人，说家里有客请即来晚餐，可人搁下电话听筒，即刻动身，入门一见友竹，便各问了好。少停大家坐在庭心晚餐，因是夜天气异常郁闷，好像有雷雨的样子，蜻蜓千百成群飞来飞去，友竹道："刻据语花妹妹说起首饰……"以下尚未说下去，突然有人揿铃，女仆开门，见一人递进便条一纸，说请你们快快儿去。女仆拿了进来，可人接过，放在桌上，三人遂一同看来条，只见写道：

> 语花姊姊，此刻我已开好了沧州饭店十二号，请即驾临。因该处地僻人静，避着较为相宜，见字速来为盼。切切。

三人看毕俱各面面相觑，可人一面逼着语花打电话到沧州饭店十二号，究系何人来叫的，到底是不是子萱。语花这一惊，真吓得手足无措，友竹亦吓得目瞪口呆。时三人便同到电话旁边，语花拨动号码，听到对面道："是沧州饭店，找谁？"语花道："请接十二号房间。"过了一会儿，语花问道："你是谁？我是解语花。"只听对面很清爽地答道："我是子萱，你是姊姊吗？请快过来。"语花听到这里，全身发抖，便身不由主地跌下地去，友竹亦面无人色。可人见此光景，气不可耐，便跑到隔壁，拉了梦兰秋霞，说明此事，愤愤地道："看来子萱同语花果有暧昧的行为，恐友竹亦都知道的，不然为什么要她也这样地惊慌呢？唉！人心真不可测了！"

梦兰看了子萱的字条，心中筹思了一下，便同秋霞可人一同跑过来，见友竹正喊语花，一面以手扶着她，到沙发上躺下。秋霞即忙端过开水，友竹把开水给她喝了一口，语花的面色才渐渐转和。梦兰因详详细细地问友竹，子萱给语花的首饰，究竟是怎样一回事，友竹开口便道："妹妹哪里肯受，经我费了几许唇舌，她方才勉强收的，早知可人这样多心，这倒是害了妹妹了！"说着停了一停又道，"今日因天气格外炎热，我们早晨起来，便想约妹妹到沧州饭店避暑去，因它日间有冷气，那气候便与外间不同，我唯恐妹妹不肯去，所以我亲自特地来相约。不晓得方欲告诉首饰的事，子萱那纸条也又来了，可人心存猜疑，当然要误会的。现在可人既不愿妹妹出去，那也没有什么要紧，但终要兰兄和霞姊两位劝劝他，把疑团释去，那妹子的心才敢安呢。"

秋霞梦兰听了道："不错，梅大姊这句话，足可以把疑团释去，可人，也别误会了。"可人静静地听她说话，她说得头头是道，一些没有破绽，自己实又无言可驳，只是呆呆地坐着。语花听友竹如此说法，真佩服她口才伶俐，转机灵敏，这几句话，全是为我解脱许多嫌疑，心中感激万分。

可人虽无话说，心中无论如何，终难释然。友竹一面又劝慰了两人一番，切勿反目，一面便即告辞。

梦兰道："好了，好了，大家吃饭吧，不要再多疑了，少年夫妻吵着嘴玩是有的，也没像你们吵得这样厉害的。你们大家想想过去的事吧，语花妹妹是不是这一种的人？"语花听了梦兰这几句话，心里无限酸楚，想可人真还不如一梦兰，不觉又掉下泪来。两人既然都心存芥蒂，大家都一声不响，也不用饭，倒弄得梦兰秋霞为难了。此时可人口虽不言，心中却在前后地想着，他想子萱条子来的时候，友竹为什么不先说是来约语花的，这是一可疑；打电话的时候，语花为什么把身子跌倒去？这是二可疑。总之，她们鬼蜮的伎俩，藏头露尾，实在令人可恼，因便对梦兰道："兰兄霞姊，真对不住你们，为了我们的事，害你们亦没有好好儿地吃饭，现在没有事了，请你们放心吧。"秋霞见他这样说，因道："那么你们别恼了，我们吃了晚饭，再来谈吧。"可人待他们走后，便亦披衣到外面去了，语花见他出去，又不好阻他，也只好自己心中悲伤罢了。

这可人不曾回家，语花又嘤嘤地泣了一夜。次日外面递来一信，语花因拆开一看，那泪便夺眶而出，乃含泪念道：

语花：

　　你有了亮晶晶的钻石，便忘了胭脂红的如意石了；你有了碧绿绿的翠锅，便忘了翡翠玉的解语花了；你有了多金银的柳子萱，便忘了长贫贱的石可人了。你忘得真痛快！你忘得好干净！现在我也不同你说什么了，你既然是爱上了他，我也很可以成全你的志愿。自今日始，任凭你给他做个外室也好，跟他同居也好，但是又一邨的住宅，限你于三日内迁出，所有你的衣服，一概拿去，唯解语花一朵，须要见还，此后伯劳飞燕，各自东西，勿劳过虑。浮生本是一梦，以前种种，譬如都在梦里，今日大梦已觉，回忆梦境，仿佛犹身在浦江欸乃中，那为欢不已多多吗？祝你前途幸福。

可人
民国二十二年七月二十八日

语花念完了后，泪如雨下，想这次误会，实非口头可以挽回。思前想后，无限辛酸，一时想寻一个解决的途径，终想不出来，心里觉得四面都是黑暗的大海，实在是没有一条生路可走。这时她也身不由主地站起来，往门外走去，她也没想到到哪里去，只管一步两步地往前走着，后来她抬起头来，见已是走到一家华大药房门前了。她心里一想，这药房楼上，是住着自己学校的同事费辛木，因便到她处去坐坐，一面托辛木到药房里去买一瓶安神药水，说是可人夜间失眠所用。她得了药水，她念头便转到那一条的路上去了，遂即辞别辛木，回到家里。

那晚因天气异常炎热，秋霞因语花闷闷不乐，遂约语花到大光明去看电影，直到一点钟才回家，因她两人曾到雪国去消夜，所以格外迟些。秋霞问：可人和你，后来又闹过嘴吗？语花笑着说没有。秋霞见她今夜仍是谈笑如常，而且十分兴奋，握了啤酒杯子，连说："难得的，和姊姊多喝几杯吧！"秋霞心里也很高兴，因笑道："可人脾气不好，妹妹有些地方，就让他一步吧。"语花连连说是。

语花回去，一面洛浴洗身，看看钟已二时，甚觉倦乏。正欲去睡，忽在梳妆台上发现一物，正是一瓶安神药水，她想我不在此时服下，更待何时？忽又转念一想，不对，不对，我还得写两封信哩。因走到写字台旁坐下，乃即提笔立书，只见写道：

可哥：

　　妹接到您尖刀似的来信，妹真不能不死了！但妹虽死，妹的心是非常的坦白，妹死后，妹的灵魂，可以见石氏的祖先，并没有一些惭怍。因妹的死，实含千古不白的冤。妹为哥不释而死，虽有百口，难以分辩，妹不能剖心见示。妹而不死，是哥的疑窦，终不能释；疑不释，哥心终不快，重苦哥矣！与其妹生，而重苦吾哥，使哥郁郁不乐，耻见社会，何如死妹一人，以明心迹，而释疑窦之为快耶！妹非不欲与哥践白头盟约，妹为哥前途计，乃不得不出此，哥其谅我。解语花一朵，谨以奉还。友竹姊姊知妹极深，妹死后，可详细问之，当知妹的心，实可鉴天地鬼神而无愧，临死哓哓，尤望勿嫌是幸，并祝百福。

妹语花绝笔

七月二十九日夜三时

又致友竹一信并钿盒一支、饰单一纸。

友竹姊姊呀，妹与姊从此永诀矣！前蒙馈赠钻石等饰物，今特原璧奉赵，姊睹此物，尤见妹一样的。妹身清白，妹心无愧，莫须有三字，为千古不白之冤，妹心实痛如刀割。不多说了，妹死后，谅姊当为妹竭力洗雪此冤，来生会吧。祝姊康宁。

妹语花和血书
七月二十九日三时十五分

语花把信写完已是三点二十分钟，夏夜很短，再过一个钟点，差不多天已大亮。语花把信自己又读了一遍，泪珠滚滚而下，回忆当初，愈觉悲伤，看看钟已指三点半了，因长叹一声道："去吧，别留恋了。"遂将安神水一瓶，用水冲服下去，并换了一身簇新的旗袍，端端正正地睡在床上。钿盒一支、信两封，均陈列在梳妆台上。

未知语花死活如何，且待下回分解。

第十七回

看竹坐花春生满堂
登山涉水悔忏佛门

室中电风轧轧不停地开着，人们犹挥汗呼热，楼中间横着一张台子，分坐着两个少年、一个中年、一个少妇。两旁列着桌儿各一，几上摆着茄力克一听、雪茄烟四支、玻璃杯各两支，满贮柠檬水、果子露。只见朝南的少妇，喊着"碰"的一声，便把那手中的牌摊了下来，三人见她门前并没有一牌落地，不晓得她到底是怎样的牌，大家都注意着她。到一见了她的牌，大家不觉把舌头伸了出来，缩不回去，又不约而同地"哟哟"两声。原来这少妇，便是秋霞，两个青年，一个不消说是梦兰，一个是梦兰的弟弟梦莲，还有一个中年，就是潮白。

夏夜苦短又苦热，那夜秋霞约了语花从大光明出来，再到雪国吃了消夜，回到家里，只见他们三人赤了脚，立在阳台上，正谈得兴高采烈。一见秋霞，大家都说："好极啦！搭子齐了！"叫娘姨快快拉台子。

秋霞道："你们倒有兴，现在是什么时候了，还打牌哩！你也得瞧瞧你们手上的表呀，我可不高兴了。"

潮白笑道："别人说不打，倒还不要紧，兰嫂子说是不打，我们可不依！难道只许嫂子陪哥哥，不许嫂子陪我们客人吗？"

秋霞道："你们喜欢打牌，也得征求人家的同意呀！现在我看我们弟弟的面上，给你们打八圈吧！"

说着便到里面去脱了旗袍，换上绉衫，一面揸了身。到她来时，他们三人，已坐待好久了，潮白道："怎的这许多时候？怕输钱吗？"秋霞啐他一口笑道："你别胡说，你们都已预备好钞票了吗？让我一齐来给你们收下来，明天我来做一个东道吧。"说着便坐下来。又恰巧是她的东风家，大家又道："留心敲庄吧！"秋霞笑道："你们有本领的，只管来敲。"

静静地打了六圈，大家不分胜负，到第七圈的头上，正是潮白的西风，又挨着秋霞的东风家。秋霞把牌竖起来，只见东风三张、南风三张、北风三张、西风两张、一索两张、龙一张，秋霞看得呆了，尽管把牌看了又看，也不把牌打出去。那第二家便是梦兰，等得不耐烦了道："你第一张的牌，都这样难打吗？要不要我来给你做一个参谋？"秋霞被他一催，方觉得是自己的东风家，应先发一张牌的，她方好拿牌，因把一张龙发了出去。大家见了又道："这又奇了，看了半天，倒发出一张龙来了。"

此时潮白在第三家，手上恰巧三张龙，便忙喊道："碰碰！"梦兰笑道："你别吓人吧，谅你一张也拿不出。"说着自己只管把牌拿进去。潮白道："你别急！"说着去拿杠上的一张牌。梦兰拦住他道："你拿错了，怎的拿杠上的牌呢？"潮白听了，不服道："我有了三张龙，难道不许我开杠吗？"说着把里面三张龙摊下来。梦兰见他果然有的，因忙把取进的牌仍拿出来，笑道："这人不知什么时候偷进的。"梦莲也笑道："这可要敲嫂子的头了。"潮白哈哈地得意笑道："我老莫颜色怎样？"

秋霞催道："别得意了，快丢牌呀！"潮白笑着杠了龙，又在连面排了一回牌，拿了一张，捏在手里道："这一张牌，真有些儿舍不得打，可是没法，我双番都不要了！"说着把一张西风便打了出来。秋霞一见西风，真是喜出望外，急忙连喊道："碰碰……"梦兰笑道："倒有些像打乒乓式子呢。"秋霞早把牌和了下来。

他们打的牌，是最新式的无奇不有，十元底，一元道道的二四，拉和说明，没有限制的。现在且把付牌的道头算一算，东风一番、西风圈一番、索子一番、四喜一番、全大么一番、三暗克一番、门前清一番、对对一番、共计八番，算来有九千七百廿八和。每人应解洋三百八十九元二角，加和炮九元，共解三百九十八元二角。

秋霞这一副牌，要赢进洋一千一百九十四元六角，秋霞笑得嘴也合不拢来，指着潮白道："老莫，你看谁的颜色厉害？"梦兰两人都抱怨潮白第一张不该打西风，潮白笑道："别人家和四喜，不大吉利，我想嫂子还是少算一番龙。"秋霞道："这可不信，我情愿看你哭三夜，也得叫你解足的。"

正在嘻嘻哈哈热闹的时候，忽听下面擂鼓似的敲门，倒把四人一吓。抬头往窗外一瞧，天色早已大明，壁上的钟已指七点半了。此时忽见下面跑上一个娘姨来，口中连连道："少爷，少奶奶，我们的少奶奶不好了，快快请少爷少奶奶过去瞧瞧！啊呀！少爷，我真吓得来！"说着，看她样子，如乎要哭的神气。梦兰秋霞等四人，见她说得这样的气急败坏，大家便把竹牌推拢，都到隔壁去。

秋霞走得最快，一到楼上，只见语花口流白沫，面无人色，身上穿了簇新的旗袍，足上已穿着鞋子，她便把手摸她的胸口，觉得绵软火热，连连叫她数声，并不答应。此时三人亦已上来，梦兰首先见梳妆台上的安神药水空瓶，又见没有封口的信两封，一封外面写着"亲爱的可哥如面"，一封写是"友竹吾姊收察"，外附钿盒一支。梦兰秋霞一看，知语花确已自杀，一面叫阿二快备汽车，一面把语花送到宝隆医院。潮白一面打电话给可人，秋霞又一面打电话给友竹。

秋霞送语花到了医院，经医生诊察，据说幸而发觉得早，因她服药水的时候，系是饱肚，所有药水，现时尚渗在食物内，未曾全化，故其毒素亦未曾全数流入血液，现尚有三分可救。秋霞只给她灌入不少的水，灌得语花胃内实在膨胀不过，但听她"呀"的一声，吐了不少的水来。一面又灌，一面又吐，经过一个钟点，语花也疲了，毒也吐尽了。

再说可人接到潮白电话，一听语花自杀了，本欲不来，仔细一想，觉得还是来看个究竟，因便急急地回到家里。只见里面静悄悄的，一无声息，心里甚是奇怪，进了房中，一见语花的遗书，真是滴滴是泪，点点是血，心里也软了不少。又见她给友竹一函，并还给首饰一盒，一面把这信连同首饰叫车夫立刻送到柳公馆去，一面又问娘姨少奶奶现在哪里。娘姨道："高家少奶奶已陪了到宝隆医院去。"可人一听，方欲出门，忽见友竹进来，一见可人，即问道："妹妹呢？妹妹为什么要自杀啦？"可人道："我们到宝隆医院去吧。"

说着两人遂同坐汽车，赶往医院。只见黑魆魆的满房是人，梦兰和莫潮白，正在批评可人的不是，太以拗执多疑，以致弄出这场祸事。此时秋霞方把语花抱起，靠在床栏杆上，突见语花袋内又落下一信，大家一见，原来就是可人最后写给她的一封信。梦兰看了，顿足道："胡闹，胡闹，可人这几天真有些儿昏了，这信好像是休书了，这从哪里话说起呢？"潮白也说可人太不应该了。秋霞见了此信，又见语花这个模样，心里无限酸楚，早已簌簌地淌着泪。

可人在后面站着，听了许久，一时良心发现，想起以前种种的事，语花待自己的好处，也忍不住泪流满面，却一声儿不响。友竹早已从人群中挤进去，大家见了她，都告诉她情形。友竹道："我已到过妹妹的家，此刻同可人一道来。"梦兰听了，回头见可人，果站在后面，尚在啜泣，因走过去道："可兄，真好危险呀！现在大约不要紧了。我真不知道，你们会闹到这样地步，你现在终可信任语花了吧？"可人叹了一声，低头无语，殊有惭愧之色，梦兰也就不说什么了，因又道："你来了，正好，我们都一夜未睡，这时要回去休息一刻，午后再来，请你和友竹姊姊陪着她吧。"友竹答应。秋霞和友竹说了一阵，站起来拭去了泪痕，向可人道："现在我把妹妹交给你了，以后你再给她受气，我可不依的，你真也太……"梦兰接道："可人现在明白了，大约不会再闹什么。"可人抬起头来，就送他们出院，又道了谢。

回身进了房里，见语花已醒过来，和友竹正在说话，友竹道："妹妹，好端端的，为什么又闹起来呢？"语花看了可人一眼，不答什么，把方才梦兰看过的信，递给她瞧。友竹瞧了，觉得可人真是直逼得她无路可走，当然只有自杀，一时伤心到极，那眼泪好似断线的珍珠一样，点点滴滴地落满纸上，直把信笺湿透了一大块。哭了一会儿，因对语花道："这真是我害妹妹了，妹妹倘有不测，叫我又怎样对得住妹妹呢？"

此时友竹语花都哭得像泪人儿一样，语花又声声口口地道："这样的狠心肠，我当初却一些儿都不知道，我现在不是同着豺狼住在一起吗？他是天天有啮人的心肠，我今天不给他吞下去，那明天不是他仍要想吃的吗？我不如早死一天，好一天。"说着又哭，可人听了语花的话，真懊悔到万分，也只有陪着淌眼泪。

不说三人在院对泣，再说那车夫听了可人吩咐，急忙送到柳公馆，恰巧友竹来可人家，同去看语花，这时未回。子萱在家，正躺在床上喝牛奶，仆人拿上首饰盒和一封信，说是石家着人送来的，那人要张回片。子萱听了，一面给他一张名片，一面便即忙打开一看，见是自己送语花的首饰盒子，暗想怎的退回来了？忙又看信。子萱看了信后，心中别别乱跳，对了语花的绝命书，痛哭一番，口中喃喃说道："你的死，是死于饰物，我害了你。前日我在沧州饭店，如不给你一纸催命符，你的死还没有这样的快。现在你既死于非命，照法律讲，可人应得起诉，我虽不杀伯仁，但我自有重大的嫌疑，说不定把讼事拖累下去，一年半载，羁押交保，结果徒刑，还是一个免不了。但照道德上讲，我应得到案自首自白，以减少眼前的罪孽，不过这桩案子，本是疑案，我倘到案自首，那不是更污她死后的清白吗？她既死了，对于她更有什么好处呢？我想我还是从此以后，改过自新，遁入空门，做一个佛门弟子，天天给她忏悔，也许我佛慈悲，鉴我苦衷，把她的灵魂超度出来，出九幽而登九天，那样我的罪孽，或许可减轻了一些。"

想到这里，便毅然地看破红尘，芒鞋竹笠，便想立刻出门远去。既又回思一想，自己妻子友竹，已有四月身孕，将来生产，不知是男是女，我倒不能不留几句话给她，叫她好好儿地养身。遂忙起身，伏案疾草一书，只见他写道：

友竹：

　　我已知我的罪孽，我今决定忏悔去，我自知不肖，重苦妹矣！我去后，妹勿悲，妹已有孕四个月，乞善自保重，将来能把此孩抚育成人，妹的大德，哪里还感谢得尽吗？我今去了，十年后行再相见也。祝你珍摄。

子萱留字
民国二十二年八月一日

信外又歪歪斜斜地写成几句偈语道：花容月貌，我心则醉。得陇望蜀，我心实贪。陷子于死，我心粉碎。返魂乏术，我心何安？花既萎枯，竹勿憔悴。行兮行兮，登泰岱兮，浮沧海兮，愿从子以忏悔。

子萱把这信连同语花送来的遗书、饰盒，拿了一条洁白的帕儿，包在一起，放在抽屉里，一面带了些零用银钱，便匆匆不告而别。到底是哪里去了呢？作者亦无从知晓。

那日下午四时左右，秋霞梦兰，又都来院中，知语花已过危险时期，大家都安心回去，嘱可人陪她多住几天，可人答应。友竹也直到夜间十时，方和语花可人作别回去，到了家里，便叫仆人上来问道："石家车夫早晨送来的信，并首饰盒一只，你少爷藏到哪里去了，可知道吗？"女仆道："少爷收到来信后，看了一会儿，便哭了一会儿，又在案上坐了一会儿，后来又握着笔写了一会儿，写好了后，便把这信连同盒子，放在抽屉里。我看他在房中又踱了一会儿，过后他就跑出去了，他没有关照我们，我们也没问少爷是到哪里去了。"

友竹听了，便忙把抽屉打开，果见一方手帕，包着手盒一只、信两封，语花信外，又加了子萱一信。因先把语花来信瞧了一遍，心中非常伤感，现在她虽属未死，但设身处地，实在令人无限悲痛，不觉淌下一滴泪来。遂又把子萱的信读了一遍，友竹的眼泪，早更汩汩地掉了下来，后来她想哭也无益，还是给婆婆去说一声倒是真的，因便匆匆地走到上房去告诉。

子萱的妈得到这个消息，便也大哭起来。友竹被柳老太一哭，自己倒反而不好悲伤了，只得忍泪劝她婆婆一会儿，一面打发仆人四处找寻，一面又着人到潮白公馆里，托他设法寻觅。那夜友竹，又一夜不曾睡觉，一波未平，一波又起，正是天有不测风云，人有旦夕祸福。

欲知子萱失踪，究属如何，且看下回分解。

第十八回

破镜难圆人重别
波平又起事多秋

语花可人住院已有三天，语花身体已渐渐复原如常，医生说可以出院回家休养去了，可人乃打电话叫汽车，回来对语花道："妹妹，我已叫好了汽车，请妹妹今天回去，好好儿休养吧。"语花听了，眉毛儿紧蹙，流泪含嗔道："谁是你的妹妹？我已迁出又一邨了，我是要跟人同居的，我不愿再跟你了，你现在到底又是我的谁呀？"说得可人也伤心落泪，深觉前时这信，实在令人难受，现在只好央求她，说几句赔不是的话，一面又连喊着："妹妹，这都是我的不是，我实在是气糊涂了，自己也不知道怎的会写出这等话来，现在终要妹妹顾念向日的情义，原谅我吧！"说着又向语花深深一揖。

语花冷笑一声道："哼，向日的情义，知道情义的人，就会写出这封信来了？你的话，我是已句句地听你了；你的解语花一朵，我也放在抽屉内还你了；你说伯劳飞燕，各自东西，我现在是决计不回去了，你怎的又要来干涉我吗？"说着，即转身向外出去，自讨街车，坐到一心校去了。

可人无计可施，知一时难以挽回，只得叹了一声，回到家里，心想这事只有央求秋霞前去说情，或许还有希望。

再说语花到了校里，校佣张妈迎着笑道："解先生，你怎的今天来了？开校还早哩。"语花点点头道："我有些儿事呢。"说着在自己案头上坐下。呆了一会儿，只见张妈拿进一份报来，笑道："翻一会儿报解闷儿吧。"语花接过，翻了几张，翻到第四张的时候，只见告白一则，上面有"子萱我儿鉴"五个大字，心里不觉别别一跳，暗想子萱为什么……难道出走了吗？因忙瞧下去道：

你昨日不别而行，家中留有一书，说是要登山浮海，皈依佛

100

门。想我只有你一滴骨血，我年已有半百有余，百病丛生，风烛残年，朝夕堪虞；汝妻身已有孕，日夜啼哭，设有差错，我儿上何以对祖先，下何以对老母及妻子？见报盼速回家，以慰悬念。医院中的姑娘，已庆再生，儿的嫌疑，完全尽释，万望勿再耿耿。

母柳林氏白

　　语花瞧完，心想：子萱出走，乃自因我自杀而起，假如真的皈依佛门，或流连不返，使友竹夫妻不能团聚，子萱母子不能见面，这不又是我连累她们了吗？想到这里，心中又感触，又抱歉，转面又想，我今已得此消息，不再前去安慰她，我的心又怎的能安呢？想罢，便驱车往柳氏别墅。

　　入门后，但觉鸦雀无声，园中的景物，好像非常的凄惨，这也许是语花的心理吧。步入大厅，见友竹的婢子春红，手捧一瓶刚摘下的鲜花，拿进里面去，一见了语花，忙上前道："我们的少奶在这儿，石少奶请随我往这儿来吧。"

　　语花因跟她转了一个弯，只见朝东洋房，一排三间，窗明几净，友竹独坐在沙发上，嘤嘤地啜泣，柳老太睡在床上。友竹见语花，便含泪叫了一声妹妹，语花也叫了一声姊姊。友竹让她坐下，语花拉了她的手道："这事又是我害着姊姊的了。"

　　友竹道："那晚我从院中回家，问起子萱，他们说少爷写了许多字，在房中踱了几转，便匆匆地跑出去了。我把抽屉开了，见妹妹给我的信外，又多着子萱一信。"说着便把子萱的信递给她瞧。

　　语花瞧到"得陇望蜀，我心实贪。陷子于死，我心粉碎"，不禁眼泪簌簌落下，想他不是明明地抱怨自己，不该前日有移花接竹的一桩事吗？他实在是一个痴心、滥用其情的人，谁知他又误会了，现在他要出家忏悔去，其心可原，其迹可悲。但友竹姊姊，不是害了她一生幸福吗？唉！这我又何以对得住好友呢？一面又想子萱的心，语多隐约，这信万不可给可人看，可人看了，一定又要多心，弄得大家不清净，因对友竹道："姊姊，子萱的信，请你别给可人看，恐他又要多心。"

　　友竹道："这我理会得，你现在可大好了？我因子萱的事，婆婆又终

101

日哭泣，所以我也不曾再去看望妹妹。妹妹，子萱出走，你怎知道呢？"

语花道："我是今天出院的，可人要陪我回家，我和他说，我是再也不回去了，就独自到一心学校去，后来我看了报，才知道的。"

友竹道："我前天真没有一处不寻到，潮白和子萱，平日很好，我曾托他代为寻觅，不料他到南京参观全国童子军大检阅去了。我实在没法，妈又连日饮食不进，晚上梦中也叫着子萱的名字，所以我只得登报了。"说着，又淌下泪来，忽然又拍着语花的肩道："妹妹，可人既然明白过来了，你也就别老闹意见了，今天他陪你回家，你为什么又说这话呢？他心中不也难受吗？"

语花流泪道："他这样算难受，我比他更难受呢！我是决定不再回……"语花说到这里，叹了一声，泪似雨下。

两人你劝我，我劝你，劝慰了好半天，好像泥佛劝土佛，劝到后来，大家又泪落满脸。过了一会儿，语花欲辞去，友竹问道："这时妹妹到哪里去？"语花道："到校里去，我想在校里暂时住几天再说。我多蒙诸位姊姊，把我残生救了回来，我早决定同可人脱离了，况且也不是我的意思，全是他自己给我信内，说得很明白的。"

友竹道："凡事得休便休，妹妹，你也得想想，可人虽然是错，但他既已屈服知罪，妹妹也得原谅他。"

语花道："原谅他？他不问有无此事，就写出这样决裂的信来，做出这样狠心的事来，还有什么可原谅呢？我早知道有今天一日，也不该……"语花说到这里，又哭了起来。友竹也被她引得又哭了，因握着她手道："这又何苦来呢，最好妹妹能听我话，回到又一邨去。万一妹妹不肯去，我劝妹妹暂时住在我这儿，大家又不寂寞，亦可解闷，妹妹倘有心爱姊姊的话，妹妹必不肯舍姊姊一人别去的。"

语花听她这样说，心想现在子萱又失踪，行止不明，我若住在这儿，固然没有嫌疑，而且又可以给友竹做伴，因便答应下来。友竹见她肯住在一道，心中自是喜欢。

再说可人经语花拒绝后，因惆怅地回到又一邨，见了梦兰秋霞，先谢了他们相救的盛情，并说若不是同兰兄住在一起，怕语花早已与世长别了。梦兰道："这都是你逼得她如此呀！所以我说你太盲从一些。"秋霞道："现在妹妹呢？她仍在院中吗？"

可人叹了一声，停了一会儿道："今日语花出院了，我要陪她回来，她决计地不肯，我想这事，只有劳兰兄霞姊去劝劝她，倘得回心转意，弟实感恩不尽。"

秋霞见他这副可怜的样儿，忍不住抿嘴笑道："现在语花妹妹到哪里去了？你可知道吗？"

可人道："我听她自己叫车到校里去了。"

梦兰道："那我们就到校里去劝她吧，她如不肯，我叫她到我家来暂时住几天，慢慢地再劝她，过了几天，她气也平了，想起以前两人种种的恩情，也就回过心来了。可兄，你想怎样？"梦兰说着，自己也笑了。

可人道："那是再好也没有了！只不过又叫两位费神，小弟实在抱歉得很。"

秋霞道："前天就恨得语花妹妹，最好立刻死去，现在又最好叫语花妹妹立刻回来，我也替妹妹气呢。"

可人听了，向她深深一揖道："我早知自己错了，霞姊代妹妹抱不平，真是不错，我先向姊姊赔不是吧。"

秋霞笑道："向我赔不是有什么用？我过一会儿把妹妹找来，你要向妹妹磕个头才依呢。"说得梦兰可人都笑了。梦兰道："那么我们此刻就去吧。"秋霞道："我看可人还是不要同去，等在这儿。"可人连连答应。

不料梦兰秋霞到了一心校一问，女佣张妈道："解先生来是来过的，但是只坐了十分钟，又匆匆地出去了。"秋霞道："她到哪里去知道吗？"校役道："那倒不晓得。"两人听了，心里倒又着急起来，不要她到哪里去，又去自杀了，这叫我们到哪里去找呢？因回车又往各旅馆去探听，问了半天，仍无下落。

可人在又一邨，也等得非常焦急，看看天色已晚，听得门外喇叭"呜呜"两声，知梦兰回来，因慌忙步出门外。只见秋霞香汗盈盈，梦兰面色仓皇，一见可人，便即说道："真不得了，我们各旅馆都已找遍，只是不见她的影子，她到底到哪里去了呢？"可人急道："学校里她不在吗？"梦兰道："校役说来是来的，坐不到十分钟又走的。"可人这一急，急得面无人色，不住地长吁短叹，差不多又要掉下泪来，这时可人心中，好像油煎一般的了。

看看已四天过去了，语花的情影，仍是一些儿无踪迹可找，可人每天神思恍惚、若有所失的样子，梦兰秋霞亦颇忧愁。这天可人到馆，突接昆山来的长途电话，说是潮白由南京到苏州下车，坐了自备汽车，开到青阳港地面时，突被暴徒开枪狙击，业已身亡，保镖两人，均受重伤，嘱上海速即派人来昆山，前来接应云。可人日来方焦急万分，骤然又聆此凶耗，心中烦闷，几至手足无措，一面乃忙请庶务钱君，嘱他速派茶役、栈司、工人等七人，分乘两辆汽车，直放昆山，再另放太平车一部，预备潮白遗体，到上海万国殡仪馆大殓；一面又关照上海莫公馆，叫他们陈设礼堂，预备亲友吊唁。

诸事分派已毕，那晚可人仍独自回寓，向来回家，都由语花笑脸相迎，殷勤招呼，现在室迩人遥，存亡未卜，孤灯独对，愈觉凄凉。意欲瞧书消愁，谁知心意阑珊，真是孤枕不成来好梦，单楼谁为覆轻裾。可人触景生情，因提笔填《菩萨蛮》两阕：

其一云：淡烟深锁小庭院，丝丝雨洗花如霰。罗幔透微寒，宵深怯倚栏。残灯筛碧影，摇曳浑无定。倚枕梦回时，断肠应自知。

其二云：玉楼遥夜箫声起，碧城十二凉于水。花影逗窗前，梦回残月天。悠悠今夜怨，寂寞无人见。愁煞五更风，灯花隔泪红。

填罢了词，可人又想语花这人，到底有没有还在人世，若已不在了，我也应该给她治丧，俾在天的灵魂，也不至于漂泊无依。此时可人正百无聊赖，因又对灯卜牙牌神数，占得一卦，为中平，中下，数曰：

终日江干守钓竿，水寒饵尽叹无鱼。

耐心十日滩头坐，获得金鳞愿不虚。

断曰：失而复得，不用忧疑。

可人瞧了，细细推敲，觉一二句，正是说我现在情形，似颇相合。三四句仿佛指未来而言，"耐心十日"，莫非要我等她十日吗？愿不虚这句，想日后终尚有圆满日子。想到这里，心中殊又稍慰，便沉沉地睡去了。

次日醒来，但见本埠各报，均载有潮白被刺消息，其标题为"《中华新报》经理莫潮白，在青阳港被暴徒狙击毙命"，详志：

家庭小史：潮白，余杭人，字寄奴，家有大妇韩氏，素不相睦；二夫人戚氏，山塘人，生一子，名小白，年已十八，毕业中学，潮白爱如掌珠。此次挈同戚氏、小白游历金陵，参观全国童子军大检阅典礼，并观美人鱼杨丽瑛表演女子游泳，暨谒明陵，游秦淮河，六日游毕返沪。因戚氏欲苏州下车，往山塘母家一走，遂打长途电话到上海，嘱开自备汽车，往苏州相接。莫氏经营该报，已有十余年历史，素性悭吝，未免结怨宵小，且拥有多金，千有余万，所以欲得而甘心。闻其汽车由苏州开出，即有人紧随其后。过唯亭昆山，将近青阳港，迎面忽来一汽车，两车相遇，莫车稍停，暴徒五六人，即由该车跃出，开枪围击。莫车中有保镖两人，一见来势凶猛，乃亦开枪围击。潮白挈子落单，向荒田逃命，其子小白，亦出枪回击，辛因为暴徒众多，不敌，中枪毙命，小白亦受伤。保镖一死一重伤，戚氏未伤。闻此次狙击，实颇有组织云。

可人阅后，方知详细，时馆中人说，潮白遗体，今晨亦到上海了，将来大殓出殡，又有一番热闹。欲知后事如何，且待下回再详。

第十九回

死出风头仪仗满路
生奔地角血泪千行

流光如矢，忽忽又是八月十日，为一心女校开学的日期，语花已别了友竹，到校授课去。友竹因子萱失踪，兼之有了身孕，柳老太无论如何，不许她再去教书，她自己因心中烦闷，终日地以泪洗面，当然亦无心再去教书。只不过语花在校里，倒是少了一个知己的伴侣了。

这天秋霞对梦兰道："今天是一心女校开学的日子，我们倒可以去瞧瞧，倘然语花在校里，也说不定。"梦兰道："不错，左右没有事，我和你一道去怎样？"秋霞道："很好。"一面遂吩咐阿二备车，两人跳上汽车，阿二便开着出去。但见马路上行人，拥挤得水泄不通，都说是快来看大出丧呀！梦兰一想，对秋霞道："对啦，今天是潮白出殡的日期，早晨我已去吊过一趟，真是排场得很阔，你要不要瞧去吧？"

秋霞道："上海最没意思的，就是这大出丧，种种无益的举动，旗伞顶马，和尚道士，军乐吹打，你想哪一样不是劳命伤财呀！这等鬼混的排场，不晓得到底安着什么心肝，真所谓是死出风头，离本题实在太远了。"

梦兰道："骂得够了。可不是吗？单单今天的丧费，据说要花了十几万，若把这笔费用，办一个小工厂，那社会上的一般贫民，倒受惠着实不少哩！我想子萱失踪，潮白又遭了暗杀，语花迄今生死未明，人事的变幻，好像秋天的云霞，倏忽没有一定，又好像江里的波涛，一波未平，一波又起。旧日朋友，像晨星的散去，想起来真令人好不寒心呢。"

秋霞道："潮白子萱，虽都拥着多金，都一些儿不会利用，只晓得自己享受，所以弄出岔子来了。他如果明白了财聚则民散、财散则民聚的道理，便断断没有狙击的事情发生了，大家都要保护他还来不及哩。"

两人在车厢中谈谈说说，早已到了一心女校，进内一问，果见语花坐在案桌上瞧书，还没有上课，见了他们，便迎上来拉了秋霞的手，让她到会客室坐下。秋霞道："妹妹，你这几天到底在什么地方呀？我们到处都找了，只瞧不见你的影儿，倒累可人天天为你淌眼泪呢。"

语花道："我因子萱失踪，见了报后，我就去看友竹，友竹便留我在她家住几天，倒累姊姊担心，真对不起得很。"

秋霞听了，顿足道："啊哟，原来你在友竹那里，我们真也昏了，为什么单单友竹那里，没有去问一声。"

梦兰道："今天若再找不到你，那可人真要当你自尽，又要为你治丧成服了！"

梦兰说了，秋霞啐他一口道："别胡说了，不怕妹妹恼吗？"说着自己也又笑了，语花听了，也对他微笑。

秋霞见语花脸儿虽清瘦了些，可是两颊的酒窝，笑时一掀一掀，更是可爱。梦兰看此光景，觉得语花现在虽恨着可人，但过几天后，愤恨平复，再叫可人负荆请罪，那么夫妻两人，当然和好如初了，现在自己也不用一定要劝她回又一邨去，只要她在校，好好地在上课，大家心中便就放心了，因向秋霞丢了一个眼色。秋霞见语花有说有笑，心中会意，也就不再提起可人的事了，遂问友竹现在怎样了。语花道："真难说，她现在校中已辞职了，每日在家哭哭啼啼，我见了她心中也难受。"

秋霞乘机道："那妹妹不要寂寞了吗？以后妹妹如果欢喜和姊姊做伴，可以到我家里来住的。"

语花笑道："承姊姊情，我一定来住的。"说时上课铃已敲，秋霞梦兰乃告别，约定星期日来家谈天，语花答应，送到校门口而回。

梦兰的车，开到西藏路口，但见潮白的出殡，正在迎过，一对对仪仗对锣，挽对冲风，什么孤儿院啦、什么报业同人啦、学堂团体啦、慈善团体啦，无不应有尽有。自始至终，差不多要费了四个钟头，才得迎完。梦兰见路不通行，只得回车转公馆马路回去。

可人连日因在莫公馆帮助料理丧事，忙了差不多有四五天，近来他听得新经理须得经过股东会决定，仿佛殊有改组，内部办事人员、会稽、总编辑，或都要更动。可人早已探听明白，后任总编辑为叶小鸿，心想将来被他们来分歧，何不自己先行辞职，从此以后，可人预备脱离了中华新报馆。这天他坐在家里，便先写了一封辞职的草稿信，另又端端正正地抄了一封，看了一遍，放在玻璃台板下。自己回身便躺在床上，用手在自己头上轻轻拍了一下，他心里想着，语花至今仍无音信，自己又失了业，可见祸不单行的一句话，真是不错。

中流浩浩谁援楫，前途茫茫欲问天。可人正在无聊万分，独自叹息，忽见梦兰进来，因忙起身让座。梦兰道："怎的？你有些不适意吗？"

可人道："没有，你才回来吗？"说着又叫娘姨倒茶。

梦兰道："我特来报喜信的，前天语花我们已碰到过了，她在校里仍好好儿来上课呢！你想，这可不奇吗？我和秋霞什么地方都找过，只没有到友竹那里去问一声。原来前几天，她被友竹留在家里，住了好几天呢。因为子萱失了踪，友竹亦天天地哭泣。"

可人道："子萱为什么失踪了呢？"

梦兰道："子萱失踪，系为接到了语花的一封信和首饰盒一只，他只晓得语花已死，是为了自己送她的一些饰物而起，他心中万分地抱歉，他想做人实在乏味得很，所以他毅然地出家云游去了。"

可人前日的脑筋真紊乱得不可收拾，对于外界的事情，差不多一些儿都不知道，现在所得语花在友竹那边，心中顿时一喜，又听得子萱为她失踪，心中不觉又一悲。梦兰见他呆呆地一些不响，心中亦有些纳闷，过了一会儿，见可人轻轻叹了一声，说道："我已脱离了中华新报馆了，不知此后的生活，又怎样地度着呢！"

梦兰见他精神越发颓唐，意志也越发消极，因劝他道："大丈夫什么事都可做，哪有什么稀罕呢？"

可人经他一说，心中倒稍觉宽慰，因想语花既在一心，我倒要去望望她，便对梦兰道："我想这时去看她，你想怎样？"

梦兰道："她大约星期日到我家来，你喜欢先去一趟也好，如懒得走，星期日会面也不晚哩！"

可人心想，梦兰明明是叫我不去的好，因也答道："我的意思也还是不去的好。"

此时梦兰家里的娘姨来喊，说少爷，家里有客哩，梦兰乃别去。可人待他走后，独坐写字桌旁，想梦兰阻我别去看语花，那语花一定仍恨我，恐怕见了面，越加伤感情，恨自己一时之错，以致弄到这个情形，这并不是语花无情，实我自己的不该呀！可人想到这里，泪下似雨，忽又想起子萱，他拥有百万家产，竟会看破红尘，出家云游去了。自己呢，眼前这样烦恼的境况，语花不肯原谅我，且又失了业，我何不步他的后尘，虽不似他去进佛门，我亦当远走高飞，过四海为家的生活。可人想到无聊已极，遂决定这主意。一时又想，语花我终得再给她一信，以表明我的心迹。便抽出一张信笺，忍心把自己的手指咬破，点点的鲜血洒了满纸，遂写了一封很是委婉的血书。可人写了看，看了又读，读了又叹气，想着和语花以前种种的温柔生活，泪珠更簌簌地滚了下来。

再说友竹自语花到校，举目无可告诉的人，伴我寝者，只有一盏孤灯，万斛幽怨，积想成幻，因幻便成梦。所以友竹每晚，不是梦见子萱着了袈裟，立在山上，便是梦见子萱，浮在海面，被大风卷到波心，每每大声叫喊一惊而醒，但回忆梦境，历历如绘，仿佛其身犹亲见子萱沉到海里去。这都是心有挂碍，所以梦想颠倒。友竹因为夜间，噩梦非常的多，所以未曾入夜，心中便畏惧起来，因她怕做噩梦，所以连睡都有些不高兴了。她要除去这梦寐，心中就不时想起语花，很想语花到她家里来做伴，既可除去梦寐，又可免去寂寞，想到此，便又匆匆地到一心女子学校，来找语花。

见了语花，便叫一声妹妹。语花道："和姊姊别了几天，因校中很忙，没来望望你，老太太好吗？"

友竹道："老太太身体倒还好，只是天天想子萱，还有我夜间噩梦非常的多，合眼即见子萱，不是见他从山顶上跌下来，便是见他翻在大海里，醒来终是一身冷汗，心中非常地害怕。最好请妹妹到我家里去住，和我做伴，天天可叫车子接送你，千万请妹妹答应了！"

语花见她说得这样苦恼，也只好答应下来。两人正在谈着，忽见校役送来一信，语花拆开一看，只见满幅洒满了鲜红的血渍，见写着道：

语花妹妹爱鉴：

我以一时错误，陷妹妹于死，妹以千古奇冤，愤不欲生，妹心痛矣，孰知我心比妹心更痛！妹心坦白，妹身纯洁，我都已尽知，我之疑早释，妹之冤早白，我恨不立刻剖心以谢妹耳！妹不我谅，妹身纵庆更生，妹心仍是灰死，则我亦无如妹何矣！叹身世之茫茫，感来日之悠悠，破镜难圆，分钗莫合，我既不能一死谢妹，我唯有成为亡命之徒耳。嗟嗟！天地虽阔，我嫌其窄，日月虽长，我嫌其短，我自离故乡以来，迄今已四年余矣！我以妹故，恋恋不忍舍去，致先人坟墓，久失祭扫，我亦自知罪矣！呜呼！天不怜人，神不悯我，红愁绿怨，集于吾身，别矣！语花，幸毋以薄幸人为念也！妹体素孱弱，尤望加餐珍摄，计此书达妹眼帘，想我身早已游乎山巅水涯矣！临颖怀思，不书欲言。

负罪人石可人沥血拜言

八月十二日

语花友竹两人，同时把可人来信看完，觉字里行间，饱含着无限血泪，虽铁石人看了，亦当挥同情的眼泪，时两人你瞧着我，我瞧着你，都说不出一句话来。语花意欲阻可人不去，但回想前日自己对他说"我是要跟子萱同居去，我不愿再跟你了"这两句话，现在想起来，觉得自己也有许多的不是，使得可人十分的难受，此刻要把这两句话收回来，又怎能掉得转头呢？

正在懊悔的时候，听友竹道："我早说过了，可人既然知罪了，妹妹也别太过分了，现在到这地步，可不是妹妹逼他吗？"

语花被她一抱怨，心里更觉伤心，早已滚滚掉下泪来。友竹也眼眶儿一红，因拍着她肩道："我看这样吧，妹妹是不好意思同可人去说，且待姊姊先去劝他。他如肯听，我先劝他暂时缓行，然后由妹妹自己切实地给他说，嘱他打消这个主意，万万不可步子萱的后尘。因子萱既已一误在前，可人又哪可再误在后呢？况姊姊自子萱走后，所有的银钱，甚感乏人管理，照我的意思，最好妹妹也辞去了教职，我们大家组织一个小范围的银行，一则可以运用子萱的现款，二则我们可以服务社会，妹妹，你想姊姊这个的意思可好吗？"

语花听她说完，十分赞同，因又道："姊姊，我看可人的信内，他说此信到日，恐他早已游乎山巅水涯了。照此看来，他一定抱着远行的决心，恐怕快要走了，事不宜迟，请姊姊最好就此去吧。"

友竹被她一提醒，果然不错，遂立刻急急别去，上车叫阿三快开到又一邨。汽车直达又一邨，叩门入内，只见女仆王妈出来道："柳少奶，我家少奶不在家，她有许多天没回家了。"友竹听了，忍不住好笑，因忙道："我不是找你们少奶，少爷在家里吗？"王妈道："少爷也不在家。"友竹听了，心里一急，也不去问她了，自管直奔楼上去。只见桌上书籍凌乱，梳妆台上摆着语花可人的结婚照片，亦七颠八倒地歪着，满眼凄凉，令人好不难过。遂又走到写字台旁，见案上压着八行笺一幅，拿来一看，乃是可

110

人前日填的《菩萨蛮》两阙，友竹读道：

> 花影逗窗前，梦回残月天。
> 悠悠今夜怨，寂寞无人见。
> 愁煞五更风，灯花隔泪红。

那眼泪便扑簌簌地落了下来，因友竹感到子萱的失踪，自己的身世，渺茫得可怜，正与可人一样的伤心哩！此时友竹心想，我若等在这里吧，不知他何时绕回来，若不等他吧，又到哪里去找他呢？正在踌躇不能决，忽又发现玻璃台板下，可人向中华新报馆的辞职草稿一纸，友竹方知可人要想远走高飞的意旨，实在是很坚决的了。这便怎样呢？这时王妈端上茶来，友竹急急问道："你少爷出去时，关照你是到哪里去的？"王妈摇头道："少爷还是昨夜八时出去的。也没关照，直到这时还没回来过。"友竹一听，这一急非同小可，心想那他真的已经脱离了本埠了吗？这怎么办？我不如叫语花妹妹大家来吧？想着，也不回答，也不喝茶，急急地又到一心中学去。

欲知可人是否真的已经远行，且看下回再详。

第二十回

巧中巧日组银公司
错里错夜奔石头城

读者诸君，曾记得那日梦兰来告诉可人说语花仍在校中好好儿教书的时候吗？梦兰不是被她的姨娘喊了去，说是家里有客。原来这个客人，不是别人，正是潮白儿子小白差来的一个书记，说是小白请兰叔到大中华四楼二五六号房间，有要事面谈。梦兰一想他新近丧父，有什么事要同我相商呢？一面想着，一面便同来人，坐车到中华四楼。

那书记伴他到了二五六号，遂自辞去。梦兰推门进去，见小白素衣素鞋。小白见了梦兰慌忙让座，口称兰叔，一面又连连作揖，谢前日吊丧。梦兰坐下遂问道："你臂上的伤痕现在怎么样了？"

小白亲自替他倒了一杯茶，一面答道："我是跳下车时的一些微伤，不要紧的。"说着自己也坐下倒了一杯，又道，"先父在日，与我叔最是知己，先父一生积蓄，现在均分存各银行，照小侄的意思，觉得不大妥当，意欲将该现款，提出二百五十万，在上海办一个远东银公司，内分信托部、银行部、地产部、国际汇兑部、保险部、建设贷款部六种，共计一千万。先收五百万，发起人认股三百万，小侄认二百五十万，尚有五十万，意欲请吾叔认足了，其余二百万，即日登报招股。倘蒙兰叔赞同，侄亦即借此地，作为筹备谈话地点，一面聘请秘书起稿拟定公司章程、公司组织法、招股简章、办事细则。"

梦兰听了心中暗想：看不出这个小白，倒是潮白的一个跨灶的儿子呢。因对他道："我侄有此大志，办事又想得这样的周到，我自当竭力地帮忙，所以秘书的一席，我想就聘了石可人，不是很相宜的吗？"

小白道："很好，任凭兰叔调度就是了。"说着一手看表，已三点敲过，遂叫侍者做伊府面一盆，聊以充饥。小白又道："兰叔晚上有闲吗？最好晚上兰叔约可兄，再到此地作一度谈话，即进行筹备工作，我已准备这里暂包一个月。如晚上宴了，即可留宿，这几天天气又热，这里有冷气，谈话工作很是相宜。"

梦兰这几天晚上，也正苦于没有事做，夜夜上跳舞场也乏味了，所以十分高兴，连连答应。小白又连说叫兰叔辛苦，说要汽车送他回去，梦兰道："我车亦在外面，你可不用客气。"两人才各自散去。

梦兰回去不到家里，先去看可人。可人正把写给语花的一封血书，丢了回来，在房中整理着一只小皮箱，一手拿了一张语花小影，兀是流着泪。梦兰上前叫道："可兄，咦，你怎的理起箱子来了？"

可人一见梦兰，慌忙收束泪痕，回转身来让座。梦兰笑道："我不是对你说过吗？别愁，终有事可做的。"遂又把莫小白要办的远东银公司，资本一千万，要请你为秘书起稿章程、简章、规则等事，并约晚上八时，和他同到大中华四楼去谈话之事说了。

可人听了，心里倒又欢喜起来。但转而一想，自己虽仍有了职业，可是第一要紧，还是语花能回心转意，倘若语花从此和我破裂了，我虽做了南面王，亦有什么趣味呢？梦兰见他呆呆地坐着，听了这个消息，也并无快乐的样子，又见床上放着一只皮箱，开着盖，里面都是可人的衣服，旁边还有语花的一张小影，倒也弄得不明白了。想了一会儿，忽若有所悟，因忙问道："可兄，你难道要到什么地方去不成？"

可人道："语花的脾气我是知道的，她平日虽然待无论什么人，都是十分温柔的，可是她的意志是很强的，当初她说：'我不愿跟你了，我要跟人……'"可人说到这里，叹了一声道，"也许是没有希望了，我觉得做人乏味，很想到外面去跑跑。"

梦兰听了，这才明白，因忙道："可兄，你快别痴想了，你难道也要看子萱的样子吗？一个人在气愤头上，当然是什么话都说出来了，我知道语花也一定在后悔呢，那天我见了她，已一些儿没有恨你的意思了，今晚你先同我去谈筹备的事吧，过几天一定叫你俩人仍和好如初，我可以保险的。"

可人被他这样一说，心里果然把出走的意思，有些打消了。梦兰叫他饭后来看他，可以一同去，切勿失约，可人只得答应了。

这晚可人梦兰和小白谈得很晚，没有回家，一连为了筹备公司事宜，忙碌了三四天。第三天就是语花接到此信，先叫友竹来望可人，不曾遇到，而且又见了可人向中华新报馆辞职的信，以为可人已经动身北上了，慌忙告诉语花。语花得此消息，急得双泪直流，当晚便同友竹再到可人那里，诘问王妈，又问不出什么消息，两人当时又到梦兰家里。可巧秋霞梦兰都不在家，这一急，真是非同小可，乃与友竹相商，只好向校中告假，乘车追了上去，如能在南京相遇，便把可人追了回来，那不是很好吗？友竹不好拦阻，唯祝途中小心，随时通信，便送她到车站而别。

其实语花在火车中，可人仍在上海大中华四楼，和梦兰等正在筹备银公司的事情呢。车行好似长蛇，一忽儿到了苏州，一忽儿已过无锡。过了常州，便是丹阳镇江，那南京就好像在眼前了。语花坐在车中，一路只是暗暗啜泣，心中只念着可人，无奈轧轧的机声，很匀净地送到耳鼓里，好像催眠曲般的，把满车的乘客，都送到梦乡里去，只有语花，睁着眼，一会儿想可人，究竟南京有没有下车；一会儿想子萱，他到底往哪里去；一会儿想友竹，可怜她已经有了身孕，子萱却丢着她走了，我怎么能对得住友竹；一会儿又想起自己的爷娘，竟这般早的没了，若自己有爷娘的话，也何至跋涉长途，要自己去寻他？即使夫妻俩有什么争执，爷娘也早已来调解好了，更何至于决裂到这个地步呢？想来想去，无一不是伤心的资料。愈是伤心，那思潮愈不平起来，诗思亦跟着上来了。诗三百，都是劳人思妇的作居多，语花此时，便口占《长途行》一诗，以写其忧：

儿女情何长，英雄气何短，愿言思君子，君意不我满。
君行抑何速，妾行抑何缓，朝为长征客，日暮宿孤馆。
不见画眉人，花容照水懒，绿窗分破镜，失却同心伴。
同心伴，情款款，情款款兮不见君，回肠十二寸寸断。

时车已抵南京，乘客都纷纷地下车，语花亦随着众人出站，找一个旅馆住下。次日，便到雨花台、紫金山各处寻觅可人。你想偌大的一个南京城，哪里找得出可人呢？况且可人根本就不在南京。语花找了一天，一些儿没有消息，只好仍回旅馆，又哭了半天，一面又把自己已到南京，一路情形，并长途旅行一事，写信给秋霞，里面并附友竹一函，嘱她代为送给友竹。

次日，又往玄武湖去找寻可人，但见湖滨旁边有一群孩子，跟着一个和尚，嘻嘻哈哈笑他。语花见那和尚，头戴竹笠，身穿百衲，足踏芒鞋，手中持一云板，一步一敲，口内逢人便道："你们不要偷人家的老婆，偷人家的老婆，是要变作猪，给人杀了吃的。"倘如逢到了女的，他便道："不要同男人㲚姘头，㲚姘头，是要到十八层地狱里去的。"

孩子们见他痴痴癫癫的样子，都跟着后面，和他开玩笑，这时有一个旁人道："这个和尚，来了不多几天，他天天到热闹的地方去，逢人便说这两句话，大概有些儿神经病的。"还有一个笑道："我想这个人的老婆，一定跟了人跑了，所以他发了痴，便出家了。"

语花听了，也暗暗称奇。此时那和尚正迎面走来，口中念念有词，语花抬头，仔细一瞧，不禁"啊呀"一声，原来这和尚，不是别人，正是子萱。当时语花见了，便失声叫道："子萱，你好，害得人家好找呀！你的妈妈，你的友竹，都天天盼望你回去呢！"

子萱听了，也向语花一看，不料不看尤可，他一见语花，道是语花的冤魂现形。他也不听语花说的什么，便口口声声地叫道："姊姊，我已立下四十八愿，超度你的冤魂呢。"只说了一句，便吓得面无人色，立刻掉转头，拔脚便跑。他一口气，便跑二三里路，语花哪里追得上？看看已不见了他的影子，只好叹了一口气，慢慢地踱回来，心想子萱一定误会了，当自己是已死的人了，所以吓得魂不附体，这叫我怎么办呢？那时湖上游人，都纷纷地议论着，一面又打量着语花，只见语花身穿一件元色乔其纱的旗袍，足踏平跟黑漆皮鞋，面上略带丝丝泪痕，看上去不像是本地人，婀娜处仿佛临风柳条，柔媚处又好似带雨梨花。

这时旁边有一樵夫走过，见语花这样，遂说道："这位姑娘，你要赶着这个和尚干吗？这个和尚我倒很认识他，他是这里城东北清凉寺云禅大法师的新近剃度的门徒。他家里很有钱，他因心中受了极大的刺激，决意出家修行，他曾跪在法师面前，立誓苦修三年、坐关静养三年，再朝五岳面壁三年。"

语花听他说得这样详细，因问道："你怎的全知道吗？"

樵夫道："清凉寺有山十几爿，山上的柴料，天天我去采伐，挑到寺里去，寺里情形，差不多我都知道。"

语花道："这个人因我同他是亲戚，他家里尚有老母很盼望着他呢！"

樵夫道："这样他就不该出家了。"说着大家都叹息着散去。

语花回到旅馆，便立刻打电报给友竹，叫她见字速来，因子萱的人，已有着落。

再说上海的友竹，自语花走后，心绪甚觉不宁，她想我本欲叫语花来

115

做伴，不料她倒反而往南京找可人去了，但不知可人能不能找到。正在想时，忽见仆人上来道："少奶，石家少爷来了。"友竹听了一怔道："谁？你看错了吧！"女仆还没回答，却果见可人匆匆地跑了进来，友竹见了，不觉"哟哟"的两声，忙问道："你不是离家出走了吗？"

可人道："我有这个意思，奈为远东银公司所羁，连日同梦兰在大中华议事，以致一时不能成行。"

友竹听了顿足道："这可糟了，我同语花妹妹，寻了你好几天都找不着你，兰兄霞姊处去找，他们恰巧也不在家，后来又见你的辞职信，以为你一定已动身远行了，妹妹已亲自寻你去了！"

可人忙道："这些我已经全知道了，她已到了南京，写信给秋霞，里面附了你一封信，我替你带来了。"说着，从衣袋取出，交给友竹。

友竹接过，看了一遍，向可人道："那你现在打算怎样？"

可人道："我想今夜动身到南京，去寻语花。"

两人正说着，只见春红手持电报一封，急急地上来道："少奶，南京有电报来了。"友竹接了，又向可人道："莫不是语花打来的？"

可人忙给她译了，说是语花嘱友竹立刻动身，到南京去，因子萱已有下落了。友竹一听，心中不免一喜，两人相约，准今晚夜车同行。

友竹一面收拾应用衣物，装一挈匣，匆匆到站。时可人已先在，车票都已买好，两人遂登车，走到二等车厢，觉得尚清静。可人把她挈匣，拿到车厢上面，两人对面坐下，望了一会儿，可人因道："人到中年哀乐多，我们也算不了中年的人，怎的我们的哀乐，倒反比中年的人来得多呢？即是现在，我们两人同车而行，究竟为着何来？心中不还是觉得哀吗？"

友竹道："倒也不是。"

可人道："那么是觉得乐了？"

友竹摇头道："也说不出。"

可人道："我与你，真是一样的同病，一样的可怜。"

友竹道："可不是吗？我心中只觉甜酸苦辣，样样都有。想起来，做人真是烦恼的多，快乐的少了。"

可人道："欲除烦恼须学佛，各有姻缘莫羡人，这话真是不错。还有愁日苦多欢日少，静中学佛醉中仙……"

友竹道："大家不要多说这伤感的话了，倒叫人心灰意懒。我现在有一个对子，是眼前现成的白话对，请你对一对，你须要对得满意些，大家解解闷儿。"

可人笑道："友竹姊姊倒有趣，请你快快说出来，请我对吧。"友竹道："你不要见笑，我是瞎说说的。"可人道："不要客气了。"友竹笑了笑，因道："同车同行又同病，同病相怜，同心人不见。"可人一想，这个对，倒出得很好，一连有了五个"同"字，把俩人的心事，都活描出来。

时两人默默地想了一会儿，可人乃叫道："姊姊，我对出了，你一定是很满意的，可是明天你到了南京，须得做个东道。"友竹道："你如对得好，不要说一个东道，十个东道也行！对得不好，你可要重重地罚呢！"可人笑道："你听仔细：'合抱合作到合浦，合浦珠还，合欢酒共斟'。"友竹点头道："对得不错，但你这个'抱'字，不是太俗一些儿了吗？我给你改一个'意'字，你想怎样？"可人听了，拍手道："好得多，你改得真有力，不愧乎女学士哩！"友竹笑道："我们到了南京，唯愿语花妹妹同子萱，都似你所说的，合浦珠还，那便是同心人相见、合欢酒共斟了。"俩人谈谈说说，已过午夜时分，要知友竹能否把子萱找回来，且看下回分解。

第二十一回

有夫妻名不团圆聚
无人我相作如是观

离城东北十里许，有流水一湾，两旁遍植桃李桑柘，鸡鸣犬吠相闻，村中居民，大半务农，距村一里，有水潺潺地流出，是名：白石涧。再前行，便得一山，山南麓，古木参天，翠柏苍松，横亘道旁，人行其下，但闻松涛如潮，万籁俱寂，二三飞禽，上下时相鸣答，时有一声清磬，由林中穿越而过，飞度耳际，令人万念俱消。抬头远望，唯见白云片片，遮没山腰，云间隐隐露着一角琉瓦，其下一堵红墙，高仅及肩，墙后一片翠竹，临风摇曳，遍满山野。人到此，好像入清凉世界，凡尘俗气，一洗而空，这是什么所在呢？原来这就是南京的清凉山，山半有寺，即名清凉寺。

此时有一少年，携着靓装少妇两人，行其下，只见一堵极广阔的甬道，全用红石铺出，每间隔五块，铺以青石一方，石上錾有莲花一朵，步步数去，计有莲花石一百二十块。远远瞧去，寺的山门，方现人眼帘。甬道行尽，有石碑坊一座，额曰"大好霚山"四字，其旁两石柱，柱上一刻着"松风水月，未足比其清华"；另一刻着"仙露明珠，讵能方其朗润，系圣教序"的句子。

进牌坊，即有一池，名"阿耨池"，四围有石栏；对池一墙，墙上题"八功德水"四个大字；池水东端，有石级十余步，再上便是山门，直竖红底金字"清凉寺"。正中的大雄宝殿，气象巍峨，殿中全用朱红雕漆，殿柱的粗，大可两人合抱，工程浩大，可想而知。

时那少年和两少妇步入知客室，即有一僧前来招待。三人递过名片，知客僧一看，即向那少年道："请石居士里面坐。"并又向两个少妇道，"解女士，梅女士，请这里来，小僧引导了。"

原来可人和友竹到了南京，先急去找语花。语花见了友竹，便把自己怎样到玄武湖去找可人，怎样遇见子萱，又怎样听樵夫说明，才知道子萱在清凉寺里出家，详详细细地说了一遍。方欲揿铃叫茶役倒茶，忽见室外又进来一人，语花一瞧，不觉目瞪口呆，心中不胜惊讶，原来这人，就是可人。因为两人跳下车时，可人忽然肚疼起来，遂叫友竹先行，自己随后便到。当时语花见了可人，便"哟哟"地叫起来。可人不见语花，差不多已有十余日，此时见了，真是欢喜得了不得，忙着走上一步，握着语花纤手笑道："妹妹，我找得你好苦呀！"语花听了，莫名其妙，想我在南京，一连找了两日，明明是我找得你好苦，怎的说你找得我好苦呢？

友竹见语花仍是一句不语，知道她还不明白，因又将怎样的误会说明，语花方才明白，和可人呆呆地望了一会儿。两人到此，又想起以前种种，大家都有不是，现在既把误会解释明白，那旧日的爱情，脑海中又一幕一幕地表演出来，表演到压末，两人仍流了不少的眼泪，用以代表作此番误会的说明书。他们一对，倒真的合浦还珠了。

次日，三人便一同地找子萱去。且说这时知客僧陪了三人，穿过水陆堂，到达一个花木丛密的月洞门，入内有小小三间客厅，厅前植有桂花两株，厅外有栏，凭栏远眺，但见阡陌纵横，火车经过，蜿蜒好似长蛇。三人到此，方知寺在山半，故能瞭一切。

一时知客僧请可人等三人到厅内献茶，并道："远客降临，寒寺实多简慢。"

可人道："好说，请问大师，宝刹有位云禅大法师，前日新剃度一个门徒，俗名叫子萱，敢问此人，现在可在这儿吗？"

知客僧道："柳子萱吗？哦……有有，他的法名已改作子虚了，曾对我师立誓苦修三年，今已出门游行，说不定三五日回来一趟，或半月一月回来也难说。居士看他，必有缘故，敢问其详。"

可人指着友竹道："这位便是子萱的夫人，因奉他母亲之命，特地找他回去。缘他老母，年衰多病，日夜思念儿子，双目几乎失明。为此恳请大师，转求大法师，嘱他早早回家，以便骨肉完聚，万望大师，慈悲为怀，曷胜顶礼。"

知客僧听了道："我师禅门清规，一不收不孝之人，二不收犯法之徒，子虚既有老母在堂，自应终养天年，待我禀告我师，嘱他立刻回家便了。"

三人见知客僧说话清朗，且颇明大理，心中自各欢喜，可人遂取出钞洋五元，作为茶资，拱手道谢。知客僧亦合十相送。临别时，约过了三天，再来听信，三人遂打从原路，慢慢地踱去。

友竹心想，子萱虽确在南京，又不在寺中，这茫茫大地，叫我又到哪里去找呢？恐欲合浦还珠，等于海底捞针罢了，想到这里，又不觉掉下泪来。语花见她这样，心中也一阵酸楚，眼眶儿一红，也淌下一滴泪来。可人劝道："子萱既有了下落，当然他也逃不了，而且大师也已答应了，想他也不会说谎的。"时三人便匆匆地回馆。

过了三天，又急急到清凉寺去听信，一见知客僧，他便连忙让座，一面由房中取出一信来，交给可人道："我大师业已嘱咐子虚回家去了，这封信是子虚留给他夫人的。"可人见信面写着"柳夫人收拆"，因便递给友竹。因不便久坐，大家随即告辞回去。友竹因急欲看子萱的信，便坐在阿耨池畔一条石凳上面，可人语花立在两旁，三人一同看到：

友竹贤妻：

你要晓得，我佛说：无我相，无人相，无众生相，无寿者相，无法相，无非法相。这几句话，你可懂得吗？我为你再解释一下，即佛的意思是说：无色相，无空相，无过去相，无现在相，无未来相是也。我的解释，你懂了吗？你不懂，我再为你注明，即世法所说，凡事都有前缘，缘尽则散，不论母子夫妻，都是一样的，聚到为母子，散则即非母子，有缘则为夫妻，缘尽则非夫妻，我与你的夫妻，只有此缘。你今比欲强聚，便非缘法。且人生百年，等于白驹过隙，久与暂，无非时间的问题，天下无不散的宴席，久不必喜，暂不必悲。由俗人观之，有久有暂，有母子，有夫妻；由我佛观之，人天色相俱空，更何来母子夫妻，更何争泡影的久暂。我佛说，作如是观，你现在终可以明白了。

柳子虚合十

友竹把信反复地看了好几遍，可人语花同时亦随她瞧着，瞧到后来，友竹在阿耨池畔，站起来"啊哟"一声喊道："我明白了！我明白了！"说着，便把信放在袋内，向外而行，可人语花也忙随着下去。到了牌坊下，友竹又停止了步，抬头一瞧，只见牌坊下两条石柱，向里面的，也刻着一对，友竹念道："此处颇瞻圆妙相，到来俱是吉祥人。"一手的苏字，俊逸豪放，友竹瞧后，口中说道："既然是佛说无我相，怎的这里又说是圆妙

120

相呢？既然是色相俱空，为什么这里又说是吉祥人呢？真不通极了，我替他改了吧。"说着又念道，"此处颇瞻无我相，到来俱是吉祥空"说罢，又哈哈大笑起来。

可人语花见她这样状态，心里十分伤心，默默无语。友竹又回头来道："妹妹，我改得怎样？"语花道："佛字，本来是弗人两个字合拼起来，仿佛是人以外的，另有一类东西。"说得友竹又笑起来，可人道："佛学是一种哲学，所说的经，看似深奥，实在亦极平易，不过人自不乏学罢了。"友竹道："你看子萱的信，与和尚的话，显见矛盾得很，和尚说他已经回家去了，你看他的信，是很决绝地不回去，他是深中了佛毒真正弗是人了。现在我也明白了，我们回去了，不要再坐他的当，明天大家回上海去是正经。"

语花道："子萱前后好像是两个人，怎么连母子夫妻，都要作如是观呢？"

可人道："你不要说，他别来不多几天，已深得三昧，语语颇合禅理。他所说的出世法，根本与入世法不同，所以你们听了，便格外不相入了。"

三人说说谈谈，车早到旅馆。大家进内，友竹意欲整理行李，语花道："我打电报给姊姊，为的是找子萱回去，今一天找不到，我们是一天不回去的。"

可人道："是非找到他不可。"

友竹道："我为找他而来，今没有找到，哪里肯空回的道理？不过照他的来信看来，明明说是虽见了面，亦是不肯回去的。他说无过去相，他已明明不承认从前他与我的爱情了；他说无现在相，他已明明说，他现在和我早已没有夫妻的缘分了。现在都已无缘，未来的更不要说起，所以我从实际上来看，我们虽长期地找他，恐怕也是徒然的。"

语花道："姊姊的话，我看也不尽然，大凡一个人，有了性，便有情，佛以慈悲为怀，普度众生，原是世上的第一有情人，子萱的信，不是称你为贤妻吗？他又不是说，你现在终可以明白了吗？我从这第一句和末一句着想，觉得他对你，丝毫没有不承认夫妻，而且还是很多情呢，若如说他没有情的话，他又何必一而再、再而三地解释着，要你懂着他的话呢？你想可对？我看还是再等几天找找他吧。"

可人道："不错，我们只要能见到他面，就不怕他了，无论如何，我非拖他回去不可。"

友竹心中此时亦正委决不下，想到伤心处，又默默地淌了一会儿泪，语花也叹着气。此时虽新秋天气，奈残暑未退，日中秋阳烈烈，友竹因站起来道："妹妹，我去后间洗一个浴，你们谈一会儿。"说着便走到后间浴室里去。

语花和可人，两人望了一会儿，可人心中，忽又想起来牙牌数上"耐心十日滩头坐，获得金鳞愿不虚"的两句，似恍然若有所悟，不觉脱口笑道："这诗句好灵验呀！"语花倒不明白了，因问道："你说的什么呀？"可人道："前十几日，我因找你不着，心里实闷得慌，夜里对灯问卜，得此句子，现在算来，恰是十日，你想灵吗？而且他说金鳞，系谐'金陵'两个字，说获得的地方，是在金陵，这不是更奇吗？又说这个'愿不虚'三字，恐怕系指着子萱而言，子萱不是已改名为子虚了吗？愿不虚，不是说虚此一行，不见得他愿意回去的，结果终归是空虚的吗？"

语花被他说得活灵活现，心中倒也半信半疑，一面想可人子萱，都是为她一人，可人好像失心似的，子萱则实行出家去了。一面又想友竹，此后的身世，真是可怜得无处申诉，尤其在此，徒增她的悲观，不如趁早地回去，另寻旁的消遣，忧郁牢愁，所以友竹再要主张回上海去，她也并不反对了。

次早，三人便决计一同乘车返沪，可人购了三张车票，替语花友竹两只挈匣提着。上了车厢，友竹心中甚觉烦闷，见了可人语花一对，心中更觉伤心，忽又想起出来的时候，同可人出对的事来，因向语花道："妹妹，言为心声，真是一些儿不会错的。我和可人出来时，曾出一个对，给可人对，我出的是'同病相怜，同心人不见'，他对的是'合浦还珠，合欢酒共斟'，我说人不见，今子萱不返，果然的是人不见了；他说酒共斟，今妹妹同归，不是真的合欢酒共斟了吗？"

可人道："'同病相怜'的上面，还有'同车同行又同病'的一句，'合浦还珠'的上面，也对有'合意合作到合浦'的一句哩。"

这时三人，语花可人心中当然快乐，因他俩人的得意，愈显出友竹一个人的不快乐，因友竹的不快乐，他俩人虽然得意，一路上也不好意思过于欢喜。语花绝不和可人作谈一句，只和友竹絮絮地谈些旁的事，引逗友竹高兴。友竹有时也笑了，但想想伤心处，又淌眼泪，语花也陪着落泪。可人也索性不去理她们，自管自地打瞌盹，友竹见语花这样，心里亦很感激。要知他们三人，到上海后的情形，且看下回分解。

第二十二回

防老无儿悲从中起
承欢有女笑逐颜开

汽笛不住地长鸣着，火车已经停在上海北站了。三人遂出站，可人叫了一辆出租汽车。让友竹语花先坐了进去，然后自己关上车门，叫先到柳氏别墅。

到了柳氏别墅，早有仆人前来伺候。柳太太闻说少奶回来，以为子萱也同来了，满怀高兴，扶着拐杖，便在门口迎着了，待不见子萱，心里先是一怔，又见友竹愁眉苦脸，更是一惊，忙问道："子萱没回来吗?"三人先请了老太太安。友竹又扶她进了里面坐定，乃含泪道："子萱我们并不见面，但其人在清凉寺里。"友竹一面告诉，一面已泣不成声。说到他决计不肯回来时，早已泪流满脸，语花可人，立在一旁，亦无言语可以安慰。

只见她婆媳俩人，抱头痛哭不已。可人本来预备送友竹到家，自己和语花，也回到又一邨去，今见这个情形，心中十分不忍。语花也已满颊泪痕，乃向可人轻声道："你先回去吧，我再等一会儿，劝劝她们，万不能脱身，我明晚准定回家的。"可人会意，因笑了笑，点头遂匆匆别去。

时空中空气十分凄凉，差不多一些没有生气，春红忙端上脸水，给太太少奶揩脸。语花因道："老太太和姊姊，你们也不要多伤心了，我想子萱，从小娇养，生活优异。现在沐雨栉风，天天在外步行，这等苦修，恐怕他也难持久。况他平日对老太太，亦极有孝心，但愿他早日觉悟，早早回家才好呢。"

柳太太道："姑娘，你的话不错。我只有他一个儿子，他又没有别个姊妹，他也不是什么小孩子，他也应该想想我从前养他的一番苦心呀!唉!他竟这样地忍心丢了我了。姑娘，你想，怎能叫我不痛心呢?"说着，又眼泪鼻涕地大哭起来。过了一会儿，听她又断断续续地说道："我要是

123

有姑娘这样的一个女儿，丢了这不肖孩子，我倒也罢了。姑娘，你能不能给我做一个干女儿，喊我一声妈妈，将来老身百年之后，有一个女儿在身边，那我虽瞑目地下，也就笑口常开了。"

友竹听他婆婆要语花做女儿，这是再好也没有的事了，因向语花叫了一声"姑娘"，微笑道："你快快答应了我的婆婆吧！"语花见她俩人，一吹一唱，这样热心地喜欢自己，自己若不答应，不是瞧她不起，可不是不成抬举了吗？因忙向柳太太面前跪下，亲亲蜜蜜地叫了一声"妈妈"，道："女儿就此拜见了！"说着，又恭恭敬敬地拜了八拜。柳太太慌忙扶起，才微笑道："孩儿，少礼。"

语花一面又拜见嫂嫂，友竹亦回拜姑娘。柳太太叫家中一应人等，都来向语花见礼，大家都口称"大小姐"，这时室中三人，都含泪而笑，方觉得略有勃勃的生气，

当晚又叫厨房，特备盛筵，为大小姐洗尘，直闹到钟鸣十一下，友竹乃携着语花，向柳太太请了晚安，回到房里去，卸了残妆，春红又泡上两杯柠檬茶，才退出房去。友竹道："姑娘，瞌睡了吧？"语花笑着点头，两人遂宽衣同睡一床，抵足而谈。友竹道："我们这里空房多，人又少，平时实在很寂寞，我想姑娘最好把教职辞去，同姑爷搬到这里来住。我将房屋划一部分给你，平日吃饭，叫厨子多开一桌，送到姑娘那边去，倘姑娘临时喜欢一道吃，也可随时做主，这样又自由，又不寂寞。再我前日给你说的，小范围的银行，我们也可以着手进行了。"

语花听一句，答应一句，过一会儿，向友竹道："多承嫂嫂美意，我心中非常的感激。我想明天一早，我先回到又一邨，将嫂嫂的意思，给可人说明，一面也得备了酒席，叫可人先来祭祖，并拜见岳母。这也是大端的道理，我想是断断不可省的。"

友竹听了忙道："姑娘说得正是。"

两人谈谈说说，也就睡去。第二天，友竹便叫阿三，开汽车送语花回又一邨去。语花跳下车来，揿了门铃，心想我离开此地，差不多已十余天了，多承友竹为我沉冤洗雪，乃得破镜重圆。今柳老太又认我为女，这样的多情美意，真令我无可报答。此时女仆王妈把门开了，一见少奶，便忙笑道："少奶，你回来了！"说着，又连喊道，"少爷，少奶回来了！"早见楼窗口探出两个头来，一个是梦兰，一个便是可人。

语花便匆匆上楼，和梦兰握手问好，梦兰道："友竹现在怎样了？"语

花叹了一声道："她也真命苦!"说着，便又把昨日柳老太太和友竹，怎样伤心啼哭，后来又怎样地要自己给她做干女儿，友竹又说叫自己教职辞去，大家办一个银行……梦兰听到这里，便跳起来拍手笑道："这好极了，我们现在正在组织银公司，那银公司里面，本有银行部，我们定资本一千万元。友竹既喜欢办银行，何不劝她加入银公司，将来选举时，说不定还有董事可当选呢。"

可人道："这倒也好，我们正在招股呢，公司里也已聘我为秘书长了。"

梦兰道："友竹倘欲加入，请先来填认股书，因公司早晚便要开创立会呢。"

语花道："好的，我去问问她愿不愿意。"

梦兰点头，坐了一会儿，因有别的事，便即辞去。梦兰走后，可人站起，拉着语花的手，同在沙发上坐着，把自己的内衣解开，取下翡翠解语花一朵，仍双手奉与语花，叫了一声"妹妹"。语花低头不语，可人一面把语花衣纽扣开，仍给她拴在贴身的衣襟上，柔声地道："妹妹，你千万别再生气了，今天我预备着，给妹妹处罚，妹妹要骂要打，我只不敢响一声儿，"

语花一声儿不语，停了一会儿，才把纤指，在他脸儿上一划，啐了一口笑道："好不害羞，脸儿也不要了?"

可人听了，涎着脸，两手把语花身子一抱，纳入怀里。语花急道："你怎的这……快别胡闹了，青天白日，别人见了，算什么的。"

可人笑道："我们在自己房中，那要什么紧? 好妹妹，我差不多半月没有和妹妹谈话了，真想煞我了。"说着要去吻她的脸。

语花一面躲着，一面心里一急，忽然脸向门外喊道："秋霞姊姊，你……"

可人一听，面红耳赤，连忙放下语花，回头一瞧，并没有秋霞。语花早已站起，逃到床边，伏在梳妆台上，咯咯笑个不住。可人也过去，拉着她手笑道："妹妹，你真诳得好像，被你吓了一跳，我这可不依你了!"

语花抬起头来，眉毛儿一扬，眼珠在长睫毛里转着，颊上的笑窝又掀了起来，脱了手，轻轻打了他一下，又含嗔，又笑道："可哥，你再胡闹，我可恼了!"

可人见了她这一副又娇媚又天真的美态，早笑起来道："我被妹妹骂也骂过了，打也打过了，现在终可不生气了？"

语花被他缠不过，因瞟他一眼笑道："好了，我和你正经地说话，你再胡说，我可真恼了。"说着把小嘴一噘。

可人忙道："谁敢和妹妹胡说呢，妹妹，你快说，我好好儿听着呢。"

语花听他这样说，忍不住又好笑起来，因把手帕抹了一下嘴道："我已答应了友竹，今日叫你到柳家祭祖，并去拜见岳母，你愿意吗？"

可人听了，把手向嘴里去呵气，要向语花肋窝里去胳肢，一面笑道："妹妹，这可你不该了，你这算什么话，问我愿意吗？妹妹认了一份母家，我欢喜还来不及，难道我还不愿意去吗？你这问的该不该？妹妹，你自己想想。"

语花听了，仔细一想，也觉自己说话太厉害一些，因握了他手，告饶笑道："好哥哥，妹妹说错了话，做错了事，全要哥哥原谅我的，饶我一次吧。"

可人听她话里有因，知她心中还有一些儿气，但这实在是自己太多心，险些儿害了她性命，她心中怎不要恨呢？因只得放了手，笑道："好了，我们换了衣服，就此去吧。"

语花既说出了，倒又懊悔起来，因连忙站起，在厨内拣出可人的长袍马褂，亲自替可人换上了。可人连说谢谢妹妹，语花忍不住又笑起来，自己也换了新衣，同坐汽车，先到大三元定菜一席，嘱他午刻送到柳氏别墅。

再说友竹送语花走后，便即吩咐上下人等，说道过一会儿，新姑爷上门，大家须要小心侍候。一面又叫收拾大厅，把簇新大红的绣花铺垫换上，花瓶内亦满插着新鲜各种花朵，香艳夺目。左右红木琴桌两张，一张摆着一盆佛手，一张摆着一盆北瓜，其余陈设，都属古色古香，幽雅宜人。正中悬着玉堂富贵图一幅，旁列一对，为何子贞亲笔，对是："明月出天涯，众星列河汉。"笔意在颜柳之间，真是不愧名家。红木搁几上，左面列着一架雕花座钟，右面一只古铜花瓶，当中一只景泰蓝的香炉，炉中满架着檀香，一缕缕的青烟，袅着玉堂富贵图前，更觉满室生香。友竹看看，也很满觉意。

忽听门外汽车喇叭两响，那别墅大门早已开了，只见汽车直驶进院子，在大厅前石阶旁停下。早有众仆人迎了下去，把汽车门拉开，扶着可人下车，春红也早把语花扶出，口中连喊着"大小姐，新姑爷"。两人遂步入正厅。

友竹早已笑着迎出来，小环也已把柳太太扶出来，可人一见，忙行了一个全礼，叫了一声"岳母"。老太太见可人穿着蓝袍黑裤，更觉仪表非凡，心中一喜，那口便笑得合不拢来，一面连说，不要多礼。时可人语花，和友竹对立着，行了一个鞠躬礼，乃始各自归座。一会儿众仆也上前向新姑爷和小姐叩头，可人语花把带来的赏封交给春红，嘱她按名分赏，一面燕窝茶献过，又献上银耳茶，第三次方是清茶。

这时厅上已燃着大红龙凤喜烛，大三元的菜也已送来，先祭祖，后再拜见，一时喜气洋洋，热闹得个个面带笑容。一会儿厅上酒席已设，老太太上坐，可人首席，语花友竹并坐着，春红持壶侍立，大家开怀畅聚。柳太太把桌上的菜，每一盘都把它夹上几筷子，送到语花的面前，语花桌上，差不多陈列着一台子的菜了。柳老太太笑道："我今天有个女儿了，我心里比任何什么都快乐呢!"说着又哈哈地笑着。语花听了，又亲热地叫着妈喝酒，说着，满满替她斟上一杯，柳太太乐得望着语花只是笑着，端了酒杯，竟一饮而干。平日柳老太只有三五杯的酒量，今天竟喝到了七八杯，尚不觉得醉哩，真所谓酒落快肠千杯少了。

一时饭毕，大家扶老太到上房，柳老太歪在床上躺着，一会儿叫泡上好茶，一会儿又叫拿上水果来，说大小姐、新姑爷喝了酒，口渴了。友竹笑道："茶和水果早拿上了，老太太要不喝口儿?"说着，端了茶，让柳老太喝了一口。语花也把蜜橘拿了一只，剥了皮，亲自送到她口边道："妈，你吃一些儿。"柳老太听了，握着她手笑道："好孩子，我吃，你和新姑爷也吃些儿。"语花答应。大家见她略有倦意，便嘱小环，坐在春凳上伺候着。

三人又到友竹房中去坐，今天友竹房中，另装着四盆西点、四盆水果，又果盘一盒，摆着五颜六色的糖果，友竹一面递着香烟给可人，可人接烟吸着，连连道谢。

时语花拉着友竹的手，并坐在沙发上，一面便将梦兰办远东银公司事，详细和友竹说明，并劝她加入，既免另起炉灶，又可当选董事，又指着可人道："他已任公司秘书长职了。"

可人亦道："嫂子如有意参加，我明天可送公司草章一份，并承认股书一份，你意欲承多少股，便填多少股好了。"

友竹道："梦兰兄既认五十万元，我意也跟他认五十万元，你看怎样?"

可人道:"很好,我看这公司办起来,只要办事人热心认真,断无不赚钱的道理。"

友竹点头,因又道:"我昨日和姑娘已说过,意欲你们两人搬到这里来住,不知姑爷心中可愿意?"

可人忙道:"既承嫂子美意,哪有不愿意的道理?准定月内,搬来同居,只是又叫嫂子为我们操心,真对不起!"

友竹笑道:"我们也成一家人了,姑爷就太客气了。"

三人谈谈笑笑,不觉又到傍晚时分,那夜间的酒菜,是定在聚丰园川菜馆,因中上大三元是广东菜,厚味的居多,吃的人又少,实在很费,所以夜里换川菜馆,掉掉口味,也许可以吃一些儿。柳老太自下午三点钟睡起,直到五点多才醒,此刻又精神饱满。友竹见她也真高兴得非凡,因亦大家凑趣,使老人家欢喜,酒席摆定,仍照旧依次坐下。

友竹握酒壶在手,向可人语花道:"中午的菜,是姑爷和姑奶奶请老太太的,夜里的酒,是老太太回请新姑爷和姑奶奶的,现在我替老太太筛酒敬客,请新姑爷姑奶奶多饮几杯。切勿嫌恶菜蔬淡薄,不肯多喝杯儿,那就使我代表的,没有一些儿面子了!"说着,满满地替可人语花各斟一杯。众人听她,说了一大套的老太太啦、姑爷啦、姑奶奶啦,再加上她那一副又滑稽又可爱的脸儿,大家都给她说得笑起来,尤其老太太,更乐得来,只喊我儿喝酒。这时友竹又要新姑爷和姑奶奶猜拳行令,语花红着双颊,瞅她一眼,不肯依她,友竹道:"老太太喜欢看你们呢!"

语花见柳老太果然笑嘻嘻地望着自己,因只得含羞和可人猜了一会儿拳,一会友竹也加入。酒到半酣,看看时已不早,大家便用些儿稀饭,席散,随意闲坐。仆人泡上好茶,再谈笑一会儿,老太太便催着送客,友竹道:"我的好太太,你怎的这样疼姑爷姑奶奶啦!这般早,就要送他们回去了。"

这里阿三把汽车早已侍候,友竹对语花轻轻笑道:"姑奶奶,此刻我已替你们斟了合欢酒了,今夜三星在户,正好合欢去,不要虚度着一刻千金吧。"语花听了,啐她一口,要去拧友竹的嘴,那友竹早已笑着逃进去了,欲知后事如何,且看下回分解。

第二十三回

鱼水欢良宵花解语
含怡乐此日竹无忧

可人自经语花自杀后，那晚回去，一路上自非常小心地侍候着，到了又一邨，便亲手扶语花下车，自己先去按铃敲门，回头又不住喊着道："妹妹，当心走好。"大凡少年夫妻，多一番磨折，便增加一番阅历，同时更加深一层爱情。可人与语花，由误会而猜疑，由猜疑而决裂，甚至自杀，各趋极端，几乎离婚。今日已由反目而和好，再加柳老太认女认婿，何等热闹，何等风光！想当初他两人集体结婚，也不曾有过这样的兴味，就这因为两家，都没有了家长和女太太，所以感到非常的寂寞。现在既有了一个慈祥和气的岳母，又增了一个知心着意的舅嫂，所以格外觉得趣味浓厚了。

芙蓉暖帐，虽然序属三秋，实已远胜春宵一刻，那时两人反目之后，更兼久别，现在破镜重圆，真是说不尽的缠绵，话不完的旖旎，枕上风流无限，被底春兴更浓，似胶似漆，难解难分，只羡鸳鸯不羡仙，好像为二人此时写照了。枕边一会儿谈怎样地搬家，一会又说怎样地代友竹认股，遥遥的长夜，他们喁喁唧唧地谈到天明，犹说是秋夜的流光，怎么这般的短促呀！你想可不笑煞了人吗？

次日，两人直睡至十二时方醒来，两人细想昨夜的欢情，都不禁面现红晕，脉脉含情不语，久之语花方说道："时已不早了，你再睡一忽儿，我先起身吧，怕有客来呢。"

可人不依，挽着她的玉臂不肯放，笑道："好妹妹，再伴我睡一会儿吧。"

语花把手指在他额上轻轻一点，说道："你真个是不怕羞的人了！"

可人笑着想去吻她的颊，语花早已脱身逃下床去了，回视可人，见他还在连连招手哩！欢娱嫌夜短，寂寞恨更长，可人正苦夜眠不足，那步梯上，果有一阵笑语声，嘻嘻哈哈地上来。语花连忙披上旗袍，出房一瞧，正是秋霞和梦兰，因忙让里面坐。秋霞向语花望了一眼笑道："好一个懒丫头，太阳已有三丈的高了，还这样发蓬蓬地陪着窝心呢，不要羞死人吗？"

语花红了脸忙道："哪里话？我早起来了。"

秋霞听了，"扑哧"一笑道："唔，我可不信，你瞧你自己颊上的印子吧，红溜溜的还留着不少的残粉，脸还不曾洗哩！"

语花不时以目看可人，可人连忙起来，招呼梦兰，笑道："昨夜陪了柳太太多喝了几杯酒，以致今日失眠了，真对不起！"

梦兰连连笑道："哪里话！哪里话！可兄不是太客气了，我们来吵醒你们的好梦，倒真的对不起呢！"

语花见他们两人，你一句、我一句地打趣着，真是又得意，又含羞，一面忙喊王妈倒茶，一面又张罗着午饭。梦兰道："我们自登报招股，昨天要算最多了。"

可人道："昨天一起认多少？"

梦兰道："昨天有个华侨沐森，独认三百万，外加零认差不多已四百万，算来一千万，将近满额哩！"

可人道："友竹昨天说她也认五十万，今日午后，我陪她到筹备处来填写认股书。"

梦兰点头道："这样很好，你下午来，筹备处还有些儿事呢，我们这个创立会，大概双十节，便可开了。"

这里两人谈着，语花和秋霞在沙发上坐着，喁喁地也在谈得有味呢。这时梦兰家中张妈来喊道："少爷少奶吃饭了！"梦兰秋霞便站起来，语花道："这里便饭了。"秋霞笑道："这样近，我们客气什么？"大家说了一声宴息会儿，语花送到门口，才回到楼上。

可人见了语花，又一连地打了两三个呵欠，口中自语道："怎的今天这样的疲乏，我实在没有好好儿地睡呢，妹妹，你觉得怎样？"

语花听了，也不回答，只是抿着嘴笑。此时王妈已经把饭开上来，语花因给他倒了一玻璃高脚杯的葡萄酒，自己也倒了半杯陪着他，一面向他瞟了一眼，含羞说道："我给你提提神吧！"

可人喝到口边，果觉芬芳触鼻，清香可口，红的颜色，映着白的杯子，对着知趣的人儿，心中洋洋，其乐融融。见语花饮了酒后，面带微酡，不胜娇怯，心中快乐，认为得未曾有，那时可人真尝尽温柔乡的滋味了。

语花见他老瞧着自己，也忍不住笑道："哥哥，你瞧我脸上有什么？脏吗？"

可人见她眉毛儿一扬，颊上的酒窝又掀了起来，这一分儿得意的模样，也笑道："没有，没有，妹妹这时的脸儿，芙蓉也得减色三分，哪里有脏呢！"

语花听了，瞅他一眼，笑道："这么大了，你这块顽石，不知几时才肯点头呢。"

两人饭毕，大家横在床上，靠了一会儿，两人轻轻儿唱了一会儿歌曲，又笑了一会儿。可人一瞧手表，已指两点钟，因和语花起来。王妈又端上脸水，语花重新理妆，换了衣服，和可人坐车到柳氏别墅去，邀同友竹到大中华四楼筹备处。只见小白梦兰都已先在，见了可人等都让坐，友竹填毕认股书，由股务处出掣收据一纸，只见写道：

> 股东梅友竹认股五千股，计资本银五十万元，合给收据为证，俟开创立会后，再行换给正式股票，此证。

民国二十三年九月一日

远东银公司筹备处

主任：莫 鼐 副主任：高梦兰

小白交给了友竹，这时会计科来报告主任，说今日止，已认足股本，计银元七百五十万，股份七万五千股。小白听了，笑对梦兰道："我初意想分两次收足，现在看来，可以一次收足了，到底上海地方，为精华荟萃之区，只要有人发起，什么企业，都可以立时募集。"

梦兰道："那倒也不尽然，若没有贤侄这样素有资望的人发起，恐怕就不见得有这样的踊跃吧！"

小白道："也全仗老叔的擘画呢。"

说罢都各大笑。时可人因尚有事议决，语花友竹便辞别出来，小白梦兰十分客气，送到电梯才回。语花友竹出了大中华，车夫阿三开到门前，两人跳上，便开回柳氏别墅去。两人一跨进门，只见春红在院子中叫道：

"好了，好了，我们少奶奶大小姐都来了，你快不要吵了！"友竹一听春红的话，不晓得又为着何事，抬头一瞧，只见门房中立着一位少女，年纪不过十八九岁，怀中抱着一个孩子，已有八九个月的光景。一瞧孩子的面貌，可把友竹吓得呆了，见他方面大耳，鼻如隆准，两眼微微地闭着，但眼眶亦非常的饱满，尤其是两颊，深深地印有酒窝。眉毛松松散散，也不浓，也不淡，真是个玉雪的婴儿，与子萱的面目，竟分毫无异。

此时语花友竹又细细地打量那个少女，见她穿着一件灰青哔叽旗袍，足穿黑漆平跟皮鞋，面目白皙，口如樱桃的小小一颗，两颊亦深深印有两个酒窝，眉细如柳，手尖如笋，虽非十分美人，亦是楚楚可怜。看过去，倒也不是十分下流人物，这样的美秀而文，恐怕还是个知识分子呢。

此时春红早跑到友竹的身边，友竹因问道："这个女人，抱了孩子，到这里来干什么啦？"

春红道："她说是找我们的少爷，我说少爷不在家，她不相信，说我是诳她，她便哭哭啼啼骂起少爷来。我说，叫她这时别吵，待我们少奶回来，你问她去，正在说着，少奶便来了。"

友竹听了，又向那少女望了一回，心中早已猜到九分，因亦不说什么，便携着语花的手，往内走去。到了自己房内，春红拧过手巾，先给大小姐，再给少奶奶，又去泡上好茶，友竹才对语花说道："外面这个少女，姑娘，你可晓得她，干什么来的？"

语花道："我亦正要问嫂子哩，嫂子倒先来问我了。"

友竹道："我亦不知道她究竟是怎样，不过我心里猜，她一定是子萱……"说到这里，停了一停，又道，"现在你想，我要不要叫她进来问问她，如问她后，会不会生出别的问题了？"

语花道："我见了这孩子，我便想着了子萱，因他的面貌，实在和子萱一式无二。"

友竹被她一说，心中愈舍不得他，一时想着了子萱，忍不住叹了一声，掉下泪来，因喊春红赶快把女子叫进来。没有一会儿，那女子便随着春红进来。见她满颊丝丝泪痕，不肯把头抬起来，友竹问道："这位姑娘，你姓什么叫什么？找我家的少爷干吗？"

那少女起初尚含羞般地不说，友竹追问一遍，她才哭泪道："姓李名葵秋，现年十九岁了，曾在英明女校读书。去年春假里，观电影时，遇见这里少爷，他便百般地诱感，说他还未结过婚，只怪自己意志薄弱，给他同居三个月，便有了身孕，这个孩子，还是今年一月里养的。不料养下这孩子，他便绝迹地不来了。"说到这里，便嘤嘤地哭泣起来。

友竹道："难道你家里没有爷娘吗？"

葵秋又道："爷早没的，娘又是个多病的人。"

友竹语花同时问道："难道这里少爷不来了，他不多给你钱吗？"

葵秋道："同居的时候他给我一百元钱一月，后来养了孩子，他给我五百元钱。他说自己要到杭州去一星期，他又不说明不来的话，现在差不多九个多月了，他竟一次没来。已欠了三个月房钱，日逐的用度，都要向人借着，我现在找他，也没什么意思，只要问他当初怎样对我说的？我现在把孩子交给他，我就是死了，也甘心的。"说着，对了友竹语花又哭个不休。

语花被她哭到伤心的地方，自己本是善感的人，兼之想起自己以前许多苦处，也不禁陪她流起泪来。友竹想起子萱，心里也一酸，眼眶儿也红了。春红站在旁边，见少奶小姐都也要淌下泪来，因走近那少女身边，把孩子抱过，抱给友竹。友竹接了，只见孩子也满颊泪痕，原来这泪痕，都是那女子的泪，滴在这孩子的面上。孩子给泪水滴醒了，便也"哇"的一声哭起来，其声音又洪亮得非凡。友竹回头以目视语花，叫她同看，两人越看越像，友竹对语花道："怎样？"

语花道："看她那样子，真可怜！"

友竹道："我意思把这孩子留下，多给她几百块钱，你意思怎样？"

语花想了一想道："这不好的，不如把她娘儿俩一起留这儿，你不听她说吗，她是把孩子交给了子萱，她是安心去死的呢。我想她也是人家好好的一个女孩儿，我们这里又不多她一人吃饭，留在这里，这孩子也多一个人照应哩。"

友竹听到这一句，满心欢喜，点了点头，向葵秋道："你方才不是说念过书吗？这里少爷，八月初失了踪，登了一星期的报，怎的你没有见到吗？"

葵秋听了，知子萱是真的失了踪，便又呜咽哭起来。

友竹见了，便又说道："你也不用多哭了，现在我听大小姐的话，暂时且把你留在这里，你也替这少爷养了孩子，当然算这里人了，不过还问你自己愿不愿意。倘不愿意，你把孩子留在这里，我可以多给些钱，随你……"

葵秋听到这里，淌泪道："我已跟了这里少爷，我死也是少爷的人，我还有不愿意的吗？"

友竹听她这样说，心里也替她惋惜，因又逼问一句道："这里少爷回不回来，现在也说不定，回来当然最好，将来倘若不回来了，你能不能一辈子守着呢？"

葵秋道："我终身替子萱把这孩子抚养成人。"

友竹见她说得果决，因道："那你把租的房子去退了，所有家具，统统卖了去还债。"一面又叫春红到里面去取钞洋二百元。葵秋听她话后，略抬起头来，窥着友竹，觉得她虽是声色俱厉地叱着，但也并无什么恶意，便深深地谢了谢。春红把钱拿出，交给葵秋，葵秋接过遂匆匆地去了。

友竹语花，便抱了孩子，到老太太的房里来，口中又连连地喊道："我的好太太，你的孙子官儿来了。"

这时柳老太太方中觉醒来，坐在房内正吸着水烟，一见友竹语花，抱了一个孙子，十分的白胖，因道："这是谁家的孩子？怎的说是我孙子官儿呢？"

友竹早抱到柳老太太怀里，柳老太太放了水烟，语花替她戴上眼镜，笑道："妈，你细细瞧瞧吧！"

柳老太一瞧，不觉"哟"的一声叫起来道："这个孩子，为什么这么样像萱儿呀？我要真有这样一个孙子，那就好了！"

友竹笑道："老太太，这孩子真个是子萱养的。"说着，因把方才事又说了一遍，并道，"我喜欢这孩子，已把她娘儿俩留在这里住了，过一会儿，他娘也就来的，老太太，你想好吗？"

柳老太道："她是哪儿人？有多大年纪了？"

友竹道："听说是本地人，十九岁了。"

老太太笑道："这是最好也没有了。我没有了儿子，天可怜的，倒送了一个孙儿来，虽然是小了些，但我见了他，就好像见了子萱一样的了。可是也得祭祭祖，叫他娘儿俩拜了祖先，自今以后，是算柳家的人了。"

友竹便叫春红去吩咐厨房备酒菜祭祖，等葵秋到来，大厅上已点着大红烛，语花叫她拜了祖先，后拜柳老太。柳老太见了葵秋，倒也很是可怜，因道："倒是苦了你这孩子了，都是我儿的不是。"说着一面又叫她拜见友竹，说这是你的大奶奶，又叫她拜见语花，说这是姑奶奶。葵秋才知道这两人是姑嫂，因见了礼。

柳老太道："我的姑奶奶，你快帮这孩子取一个吉利的名儿吧！"

语花因问以前有取过名儿没有，葵秋说是还没有，语花想了想道："萱能忘忧，他的爸爸既名子萱，我便替他取一个无忧吧。我愿他无忧无虑地长大起来，做一个东亚的主人翁，他的小名就叫亚儿了，老太太，你想可好吗？"

柳老太太笑道："你这姑母是再聪敏也没有了！侄儿这名字取得好极了！"

大家见柳太太高兴，便都凑趣说笑话，一时柳氏别墅里，又热闹起来，家下人等，都向老太太贺喜，说老太太今天又添了一个孩儿了。柳老太更加喜欢，每人又发赏封。友竹又叫大家来叩见二奶奶，大家都口称二奶奶，一一见过。友竹吩咐春红，又替葵秋也向他们代发了赏封，家下人等个个笑口时开。这时忽听院子中汽车"呜"的一声，仆人们都又兴冲冲地叫道："亚儿的姑爷来了！"

可人到了大厅，只见满厅是人，倒弄得莫名其妙，语花乃把前事说了一遍，可人方才明白，便忙向柳老太道贺。友竹抱了亚儿过来笑道："我们亚儿拜见姑爷了！"

可人笑着接过，也抱了一回。友竹笑道："姑爷见过了，我们亚儿见面钱是要的，姑爷别赖了呢！"说得满厅的人都大笑起来。

可人笑道："有有，你别急呢。"说着一面吩咐阿三立刻去打金链子锁片。语花又把亚儿抱起，大家都抢着抱。

这时葵秋又捧过茶来道："姑爷，请用茶。"

可人见她甚觉斯文幽静，心中也很怜惜，因忙道了谢。一时厅上已上灯火，摆好了席，大家入坐，葵秋下首相陪，持壶把盏。语花接过酒壶笑道："嫂嫂，你昨晚说，今夜三星在户，要替我斟一杯合欢酒，我想今儿倒真个是三星在户，福禄寿星了。我先要斟你一杯和合酒，预祝哥哥早日返家，与嫂嫂和合般地快乐；再要敬妈妈一杯寿星酒，祝老人家福寿无疆，含饴弄孙！"

说得众人都高兴起来，大家都各干一杯，柳老太道："明日你俩也该搬家来了，明儿晚上我又有喜酒喝了，这几天我真行老运了，口福着实不浅呢！"

时语花又抱过亚儿，逗笑一回，只见他"呀呀"已在学说话的样子。

135

老太太见了，又非常高兴，过了一会儿，又道："萱儿肯快快地回来，聚在一起，那我的老怀，不是更高兴十倍吗?"

这时春红走来说，楼上西首房间，已替二奶奶收拾好了。友竹点头，一面叫她们可以盛饭了。大家饭毕，可人语花告辞回去，料理搬家的事情。友竹笑道："那是该早些回去，我不留你们了。"和葵秋在院子里送他们上了汽车。

欲知后事如何，且看下回分解。

第二十四回

三夫人欢行开幕礼
双十节共醉陶乐春

可人语花，并坐车内，大家商量着明天搬家的事情，他们原是小家庭，没有几多家具，只消一辆搬场汽车，便可舒齐。语花道："明天叫阿三去相帮一趟，不是完了吗？"

可人道："对了。"因回头向阿三道，"你明天上午十点开车前来，来帮着整理整理。"阿三连连答应。两人下车，阿三开车回去，王妈前来开门，两人上楼，因今晚都喝了几杯酒，大家疲乏，遂忙解衣就寝，一宿无话。

翌晨，语花起身，和王妈把细软什物，整理停妥，一面又到秋霞处去告辞。秋霞决计要送他们上车，语花不肯，正在推让，搬场汽车已来，阿三汽车也到，遂把什物装置舒齐。搬场汽车上叫了王妈坐了去，到那面可以照顾。这里梦兰秋霞又叫可人语花到家喝杯茶儿，阿三仍把自己汽车接可人语花坐了去，和秋霞梦兰乃握手而别，并坚约晚上，到柳氏别墅便酌。秋霞笑道："我一准来贺喜的。"

汽车到了大门，又听见那面放了不少的鞭炮，表示欢迎。友竹葵秋都立在甬道上，一见语花，都喊着："姑娘，恭喜你！"一面携着她的手，陪到西首的三间洋房，见收拾得纤尘全无，庭心摆着八盆菊花，时虽秋残，犹有傲霜的花瓣。

可人叫阿三把西首的一间，作为卧房，东首作为书房，中间作为客室，所有钢琴、无线电、书橱、书架统摆在书房内。一时安置已毕，可人语花，心愿合意，因这三间洋房，与友竹那边，并不夹杂，其间有堵矮围墙相隔，中间有扇月洞门，分开两个院子。且那边还另有一门通马路的，平时出入各不相扰，尽可自由，只此一点，是最合心意了。

这时春红走来叫道："姑爷、姑奶奶、大奶奶、二奶奶，老太太叫你们吃饭了！"

大家见她叫了一大套，忍不住都笑起来，友竹道："这孩子，倒也有趣。"

大家随了一哄到东面友竹那边去，柳老太太在饭室等着，语花忙道："妈妈，叫你好等了！"

柳老太太笑道："不妨事，我的好孩子！你今天可乏力了，吃好了饭，快去休息一会儿吧。"因又问可人道，"姑爷，你瞧瞧那边住着还舒齐吗？"

可人忙道："再好也没有了！我们做小辈的没有什么孝顺老太太，倒叫老人家日日替我们操心，我们真过意不去。"

友竹笑道："老太太这样疼姑爷姑奶奶，我瞧着也不服气呢！"

说得大家又笑了一阵，柳老太太笑道："我的好媳妇，我是日日地疼你，我只疼了一次姑奶奶，你就气不过了。"

说着，大家又笑。见老太太快乐，大家都敬酒，凑趣说笑话。饭毕，大家又伴老太太到语花那里去瞧一遍，什么地方少了一件什么，哪里缺了一样什么，老太太吩咐一一配上。可人语花心里感激得了不得，真比自己亲娘还好。柳老太道："你们没乏力，不妨玩雀牌吧！晚上不是高家和你校里同事都要来吗？你们就好让他们晚上大家热闹些！"

友竹道："老太太想得不错，那么老太太也来吧！"

柳老太道："我要去歪歪儿，晚上精神好些。"

大家遂送到上房，才回到厅里。春红早把桌子抬开，可人语花友竹葵秋坐下来，打到傍晚时分，梦兰秋霞都来道喜过一会儿，校中王者香、徐梅琴、张纫素、周子文等都来了，大家招呼过，友竹叫他们坐了一桌。梅琴因不喜欢打牌，便由秋霞来，语花叫人端上果盘。正在这时，忽听汽车"呜呜"一响，已在院子中停止，大家回过头去，见车中跳下一人，西装革履，鼻架晶镜，并携手杖。车上有保镖两人，一个立车前，一个紧随后面。梦兰可人一见，不是别人，正是小白。可人忙迎上去，握手道："有劳大架，蓬荜生辉！"

小白笑道："可兄，你好呀！怎的你乔迁新居，也不通知一声，若不是兰叔通知我，我还不知道哩！今儿得罚你三大杯了！"

可人道："我因今日匆匆不便，改天本当邀请的！"

这时友竹语花也来招呼了，梦兰道："她们玩牌，伴女客，我们书房去谈吧！"

可人道:"不错!"

遂请小白进书室,谈起银公司事,梦兰道:"昨天有一个山东人,叫江葆青,来填了一万股的股份。闻说此人是前湖北警备司令的继承侄子,因山东地面不靖,他便奉母来上海做寓公,见银公司营业可靠,他便投资一百万元!"

可人听他说完,心想此人,莫非就是江剑青的嗣兄吗?一时又想起剑妹的死,差不多将要周年,想了过去的种种,心里不觉又感触起来。这时仆人又排上酒点,只见八只冷盆、八只热炒,外加伊府面一锅,友竹语花进来笑道:"请用些儿,晚饭还要好一会儿呢!"

小白道:"那么请二位一同来吃些。"

说着,可人遂请梦兰上座,小白首席,可人右席,友竹语花横陪坐,可人回头道:"她们牌打完没有?"

语花道:"还有三圈,好在她们不喝酒,一面打牌,一面吃面。梅琴我叫她进来,她说里面有生客,不好意思,她在外面吃些,和老太太谈谈天。"

小白道:"公司里只剩二万五千股股子,现在被姓江的认去了一万股,所余的只有一万五千股,我想明天登报结束。这一万五千股,我们大家分认了吧!不要再被别人认了去,实在很可惜的。"

梦兰道:"那么我替秋霞认五千股吧!"

小白道:"我也替可人认五千股。"

友竹一听,他们又认了五千股,她心本好强的,因亦道:"我也替我们姑奶奶认五千股,那不是大家公平交易吗?"

大家都高兴十分,梦兰又道:"我替秋霞认五千股的股份,你们懂得这个意思吗?"

小白道:"我很懂得,大凡一个大公司内部董事的产生,关系股权很重要,五千股的股权,当然有当选资格,若一万股,也不过一个资格。现在一万股,化为两个股东,那不是有两个股东可以当选吗?"

大家听了方才明白这个的意思,因为当选的大家都是自己人,那事情就好办得多了,若大家意见不相合的,聚在一起,恐怕每开一次会议,就有许多的反对,你想可不恼人吗?

大家刚吃过酒点,那边牌已打完,大厅里已摆夜酒了。这时又来了可人几个朋友,大家招呼,正在厅上,分东西两席,东席男宾,西席女宾。

一时大家入席，行令的行令，猜拳的猜拳，吃得杯盘狼藉，觥筹交错，大家尽欢而散。

从此语花友竹葵秋三人，朝夕研究文学，或捺琴，或弈棋，倒也非常有趣。时友竹身孕，已有五个多月了，腹部便渐渐隆起，当初有吞酸的病儿，现在早没有了，胃纳也很强。语花葵秋都说，孩子的背，朝在外面，是一个男孩子的胎呢。

光阴瞬速，看看已近双十节的国庆日，语花友竹接到远东银公司开幕的柬帖一个，内名片两张，抽出来，见第一张写道：

十月十日为远东银公司行开幕礼，特请柳夫人梅友竹女士、高夫人秋霞女士行揭幕剪彩典礼恭迓石夫人解语花女士，鱼轩祗颂，文安。

远东银公司董事会拜订

友竹听了笑道："我可不高兴，还是叫葵秋妹妹代吧。"语花笑道："你怕大了肚子不好看吗？"友竹笑道："正是呢。"语花摇头道："你现在这样，别人不知道的，真还看不出有孕呢，那又打什么紧？别人诚意请你，你倒推卸了。"友竹笑道："不管他，去吧！"说着，又看另一张名片，上面写道：

远东银公司

董事长	冰 淼		副董事长	莫 霈
地产部长	梅友竹		国际汇兑部长	秋 霞
银行部长	高梦兰		建设贷款部长	石可人
保险部长	解语花		信托部长	江葆青

谨鞠躬

尚有董事会全体董事十六人、监察五人，以及各部职员，因不认识的多数，也不备载了。

到了开幕的那天，秋霞先来约语花友竹，三人打扮得雍容华贵，花枝招展，同坐一辆汽车，到了门口。原来远东银公司，是爱利士洋行的旧址，为十二层楼的洋房，屋外门面，以及里面各部办事处，早已装修得焕然一新。只见大门上交叉着党国旗两面，门捕指挥来宾汽车停在东面空地上，屋顶上扎满了柏树圈儿，和红绿灯泡，一直到底下，气象非常宏伟。入口便是来宾签名处，大厅里由商会童军维持秩序，大厅中间台上，悬着大红绣纱的幕帐，外面围着五色彩带。因开幕时尚早，三人遂乘电梯上楼参观，二楼是茶室，一切摆设，全是红木，还有古董书画陈列着。三楼起方是办事处，每一部分一楼，八楼以上，均是人家的写字间。友竹一看手表，已指二时，三人因忙乘梯下楼，果然正是摇铃。先由高夫人秋霞女士行剪彩礼，再由柳夫人、石夫人行揭幕礼，开幕。见台上一桌用雪白台布铺其上，靠壁悬总理遗像，两旁又是党国旗，台顶橡挂万国旗，台上全体职员，向总理像行三鞠躬礼，众宾也皆起立致敬。主席登台，为董事长冰淼，致开幕词毕，众宾鼓掌，欢声雷动。后请来宾演说，是商界领袖唐赛臣先生登了台，台下早拍了一阵掌。赛臣向台下望了望，然后很响亮地道："今日是中华民国的产生日，又是贵公司的开幕日，不特我们到此，前来庆祝，即全国的民众，也都在庆祝呢！鄙人谨祝贵公司前途的光明，与民国一样的永永无疆！"说罢，大家又一齐地拍了一阵掌，以后便是各界的领袖致颂词。

散会后用茶点，可人在董事室，见一位穿深灰西服，身体魁伟、皮肤微黑的少年，坐在沙发上看报，叫人遂也在旁边坐下。那少年忽抬起头来，和可人打个照面，两人都不觉一怔。望了一会儿，大家都"咦"了一声，不约而同地站了起来，那少年道："你你……可不是可人兄吗？"

可人道："正是，你不也就是葆青兄吗？"大家都笑起来，握了一回手，两人又坐下。

可人道："我在汉口和兄见面后，一别已差不多有一年了。上半月前，我听董事会说投股有一个姓江名葆青的，我就疑心是葆兄了，可是没有机会碰面，今天幸亏遇见了！老太太身体好？"

葆青道："倒很健康，我们到了上海，老太太就叫我到中华新报馆来找你，不料说你已辞职了，可兄现在可是这里任职？"

可人道："不错，我大约是任建设贷款一部里的。"

葆青道："老太太十分记挂你……"

可人忙道："我也常想着老太太，葆兄，现在的寓处是……"

葆青听了，忙在日记簿里撕了一页，用钢笔写了上海租界亚而培路江寓，可人也告诉他自己的地址，并说改天定来拜望老太太。其时两人提起结婚，葆青亦已娶了，同在上海住着。可人笑道："舅嫂是哪里人？"

葆青道："是我们同乡。"

可人道："很好，改天我还得再来闹一个洞房花烛呢。"

葆青忍不住笑道："咱们差不多已老夫老妻了……"

可人不等他说完，早已笑了起来。正在这时，友竹过来道："晚上定在哪里？"可人道："在陶乐春酒楼，你们七点钟到吧。"说着，一面又介绍葆青道，"这位也是我的舅嫂。"一面又把葆青也介绍了友竹。说起来，彼此都是至戚，两人客气几句，忽见语花匆匆走来道："嫂嫂，你在这里，累我好找。"可人一见，忙又笑着介绍了。语花一听是剑青的哥哥，因也忙改口叫了一声哥哥。葆青见语花和剑青正是生得一样美丽，自己失了一个妹妹，忽又补来了一个，真是高兴得了不得，因道："明天请你们三位准定过来，我们老太太见了，真高兴呢！"语花道："好的，明天一定来拜望妈妈。"

从此以后，可人又多了一个舅子，语花又添了一个母家了。语花在上海，本来是举目无亲，生活极其单调，现在平添了两个母家，今日到江家，明日到柳家。江太太又是再慈和也没有了，见了语花，真疼得比剑青还好。葆青的妻子赵秀云又是个十分热心十分爽气的人，和语花更是相得。想起从前环境，真是大不相同，其时浦东的王老爹，语花亦接在家内，日日地笑逐颜开，老怀当然是很快慰了。

当晚远东银公司在陶乐春酒家，大宴各界领袖，一时汽车一辆一辆停满门口，楼上楼下差不多已客满了，坐有七八十席，真所谓酒绿灯红，说不尽的宾从如云。人过其门，只听一心奉敬啦、全家福禄啦，一片闹拳喝酒的声调，直到了十二点钟，还没有停止，好像预祝公司的进步，也永永地没有限止呢！

花 石 姻 缘

续解语花

第一回

酒绿灯红慈亲双行泪
情深意蜜秋女一封书

  流光如矢，远东银公司自开幕以来，营业不觉已将三月。正是到了年关时节，照例结账。这天十二月三十一日，银公司各部里的职员，个个都忙得不得了，直到晚上十二时才把各部分账目结清。统计处编成了决算书，因为营业日子不多，各部盈余也不十分大，六部共计赚了三百余万。但多少总是赚的，所以各部部长接到了决算书后，大家心里都很兴奋，对于明年的营业，也就有相当的把握，公司的前途自然也很有希望。

  这时全体职员三百多人，知道本公司的决算书业已核准，大家心中就好像释了重负一样，在二楼茶室中，坐了三十多桌，每个人脸上都堆满了笑容，嘻嘻哈哈地吃着夜点心。有的说："今夜通宵营业，我们忙了半夜，回头上舞场去快活快活吧。"有的说："你倒还有精神去玩，早些回家睡吧，明天元旦不好玩吗？"大家谈着笑着，这当然是显现着每个人心中的愉快是到了极点，大家像已忘记了疲乏。

  这时在八楼董事室里也坐了六七个人，副董事长莫小白坐在写字桌旁翻阅着决算书，其余六个人就是各部部长，大家喝着茶。

  银行部长高梦兰吸了一口雪茄烟道："营业只有三个月，就赚了三百万，也不能说坏。"

  小白点头道："兰叔的话不错，明年的营业一定就很可观了。"说着把决算书理了一理，又望着大家笑了一笑，向地产部长梅友竹道："今天梅女士可累了吧？"小白这句话当然因为友竹是有孕的人，所以大家听了不免都一笑。

  友竹把手背在嘴上一按，微笑道："我就要走了。"

  小白道："大家饿了，我们到大菜间去吃些点心再走吧。"

  解语花摇头笑道："不吃了，我们老太太还等着我们呢。"

秋霞站起来道："我们也不饿。"

小白见大家都要走的模样，便也不强留，笑说道："那么我也走了。"说着，侍役早把各人大衣拿来，让大家穿上。

江葆青握了石可人的手道："可哥，我们老太太叫你和语花妹妹后天到我家来吃晚饭。"

可人点头道："我们一定来。"

语花也过来道："葆哥今晚一同到我家去吧。"

葆青笑道："今晚不去了，明天来贺妹妹的年。"

语花眼珠一转道："这哪里敢当，我们该先向妈去贺年才是。"

说着，大家乘了电梯下楼，各人的汽车夫早把汽车开过来，小白和葆青各人跳上汽车先走了。

秋霞向语花道："你们就这样回去了吗？"

语花笑道："你们还打算哪里去玩不成？"

梦兰道："今晚舞场通宵营业，不去玩玩吗？"

可人心想，这两人真是有兴趣，因笑道："你们一对贤伉俪，真是快乐之神。"

秋霞道："谅你们也不会去玩了，那么明年会了。"说着，大家都不觉一笑，遂各跳上自己的汽车。

友竹的一辆便自开回柳氏别墅去了，门役把两扇铁门大开，汽车便直达大厅。三人跳下车来，只见大厅上灯烛辉煌，里面摆设焕然一新，紫檀椅上都换上了簇新大红的绣花铺垫。众仆妇早已迎了出来叫道："少奶、姑奶奶、姑爷都回来了！老太太等得多心焦呀！"

语花拉着友竹的手笑道："可不是？"

友竹道："老太太没有睡吗？"

说时，只见丫鬟春红出来道："我一听知道少奶回来了，快让我来扶着少奶。"说得大家都笑了。

友竹笑道："这妮子，我大了……难道连路都不会走了吗？"

大家听了又笑起来。众人到了上房，李葵秋抱了亚儿，已于房门口候着，笑道："今天大奶奶和姑奶奶可辛苦了。"

语花走上来，捧了亚儿脸颊吻了两下笑道："亚儿，一整天不见了，快让姑妈抱。"

亚儿笑嘻嘻地呀呀呀学着话，两只小手便扑了过去，语花抱在怀里，又连连香他脸儿，逗得亚儿咯咯笑个不停。到了房里，见老太太歪在炕上吸水烟，大家上前请了安，老太太向友竹道："你怎的也这样晚来？身体乏了力可怎么办？告几天假也不要紧。"

友竹笑道："我没有乏力，今夜公司结年账，这时回来还算早呢。老太太怎的不睡？"

柳太太笑道："今夜我要大家吃一餐。"说着，向春红道，"你可以叫他们摆席了。"

春红道："就在上房里？还到小客厅去？"

柳太太道："就在上房里吧。温暖些。"说着，见大家只逗着亚儿玩，因笑道，"姑奶奶，姑爷，也和我大家想想法子，怎的让我一个人干急？"

语花听了，忙抱了亚儿过来笑道："亚儿，你快替祖母想法子呀！怎的老是笑嘻嘻的？"说得满屋子人都大笑起来。

可人过来道："就在上房里好了，我们做下辈的没有孝敬老太太，倒叫老太太操心。"

柳太太笑道："姑爷，你别这样说，办事办到这样晚回来，也该饿了，这边果盒里先去吃些干点心吧！"可人连连点头。

语花笑道："妈不要操心了，我们亚儿叫祖母了，亚儿，快叫一声祖母，小手让祖母香一香。"

亚儿听了，果然把小手伸了过去，柳太太握着他，放在鼻上吻着笑道："小宝贝，好香呀！姑爷快拿粒糖来，让我的宝宝吃。"

可人忙在果盒内拿了一块松子桂圆糖，在亚儿面前引他。亚儿伸了小手来拿，可人拿得高一些，亚儿拿不到，两只小脚在语花膝盖上乱蹬，嘴里呀呀地叫着。语花笑道："你瞧，他多么急！你别作弄他了。"

可人笑着便把糖交给了亚儿，语花也在亚儿苹果似的脸颊上，又吻着香。

友竹也过来道："亚儿，快快把糖给妈妈吃吧！"说着，两手拍了拍。亚儿把糖塞进嘴里，两手扑过去要她抱，友竹笑道："糖不给妈吃，倒要抱了。"

语花笑道："你大妈妈的肚里，有了小弟弟，怎能抱得动你？"

亚儿却呀呀地吵着，两手伸开了一定要友竹抱，语花轻轻拍他一下屁股笑道："到底是妈好了，姑妈就不要了。"

友竹笑着，忙接了过来道："快给妈香脸。"亚儿便把小脸颊凑上去。

友竹见他乖得可爱，连连闻着香，教他叫自己一声妈妈，亚儿正在学话，而且天性又聪明，果然也学着会叫几声妈，把友竹快乐得了不得。

葵秋见友竹凸着肚子抱着，已经吃力，再加亚儿跳着吵着笑着，一声一声，友竹差不多要喘了气，因过来抱去笑道："你把大妈妈要累死了。"

一个家庭中，有了一个孩子，就会热闹起来，本来柳家总是冷清清的，现在多了亚儿一个人，就热闹了不少，一会儿姑妈抱，一会儿姑爷抱，一会儿大妈抱，一会儿祖母抱，真是使大家都忙个不了。柳老太太坐在旁边瞧着，脸上的笑痕就没有平复过。

这时仆妇们已经在房中小圆桌上摆了席，酒也烫了上来，柳太太道："姑爷，别客气，大家请坐吧。"

语花友竹早来扶柳太太坐了上位，可人、语花坐了客位，友竹和葵秋坐下首。葵秋一手抱了亚儿，一手握酒壶。友竹接过道："二奶奶你抱了孩子，还能斟酒吗？我来吧。"

语花早站起抢过笑道："嫂子凸了肚子，多吃力，还是我来吧。"

友竹道："没有这话，哪可叫姑奶奶斟酒？"

葵秋道："把亚儿给春红抱，还是我来。"

春红走过来要抱时，亚儿便哇的一声哭了，语花急道："你们这客气什么？这儿都是自己人，谁都可以斟酒，妈你说是吗？"

柳太太见孙子官儿哭了，心里就舍不得，因点头道："姑奶奶这话不错，秋儿，你就不要客气了。"说着，又连连喊亚儿不要哭，你妈仍抱着你呢，一面又假骂春红快走开，亚儿不要你抱。

葵秋忙逗他玩，偏亚儿只是哭，柳太太道："好好儿的，十分高兴，又给你们弄哭了。亚儿小宝贝，不要哭，你妈是不好，怎可以叫你不在一桌子上吃呢？"

友竹见葵秋也要挨了骂，因抱过亚儿笑道："好宝贝，乖心肝，不要哭，祖母要发怒了呢。"亚儿听了这话，把小手在脸上乱擦，果然不哭了。

可人拿过一只蜜橘，放在亚儿面前。亚儿两手捧着，带了眼泪嘻嘻地又笑了。柳太太笑道："到底姑爷好，把亚儿逗得笑了。"

语花向友竹、葵秋望了一眼，三人都哧地笑了起来。语花握了酒壶笑道："被亚儿一哭，我竟忘记斟酒了。"说着，向柳太太满斟一杯道，"妈妈你喝了这杯酒，明年抱小孩子。"柳太太笑得连连点头。

语花又向友竹去斟，友竹把手拦住道："请先给姑爷斟了呀！这儿也没有什么难为情的!"

语花笑道:"嫂子,你也别打趣我了,咱们差不多已成了老夫老妻了。"这几句话,说得哄堂大笑起来,亚儿也咯咯大笑。

柳太太笑道:"姑奶奶这话有趣,你头发白了吗?怎的连老夫老妻都说出来了?"

语花微红了脸,笑着又先替可人斟满了,又替友竹、葵秋也斟了。葵秋在友竹怀中把亚儿抱了过去。

可人举杯道:"那么大家满干一杯。"

于是各人都饮干了。柳太太又连连叫大家吃菜。

友竹把语花手中酒壶拿来道:"我也敬老太太一杯。"说着,替柳太太斟满了,笑道,"老太太喝干了这杯,明年一定可以抱外孙官儿了。"

柳太太听了这话,笑得嘴也合不拢来道:"真的吗?姑奶奶,你别瞒着我呢。"

语花红了脸笑道:"妈,你信她胡说。"

柳太太笑道:"我问姑爷,姑奶奶可有喜了吗?"

可人听了,笑着摇头道:"这我不知道,问她自己好了。"

语花瞅他一眼,啐了一口,倒引得大家又都大笑起来。

友竹笑道:"既然是老夫老妻,还怕羞呢。"

柳太太又笑了,亚儿见大家笑,便也拍着小手笑,小脸上还露出两个小酒窝来。葵秋把筷子浸了酒,让亚儿吃,亚儿吃得津津有味,一点儿不怕醉。

柳太太望了他许久,忽然若有所思,笑道:这小东西,真怪像他的爸,吃了酒一些也不怕醉。"说到这里,忽又叹了一声道,"唉!今晚如果我萱儿也在这儿,这我老怀是多么高兴,这一点真是老身生平最大的缺憾。"柳太太说着,大有凄然落泪的模样。

大家突然听了这话,友竹和葵秋脸上一时也立即收起笑容,两人呆呆地望着亚儿,眼皮儿一红,也几乎要掉下泪来。本来满室生春,大家嬉笑着,被柳太太一句话,室中寂静得连壁上钟走的声音都听得出来。语花可人两人也面面相觑,这拿什么话来安慰好呢?倒是亚儿这孩子,依然笑嘻嘻的,把小手去捧他妈的脸,呀呀地吵着。语花因叫春红拧手巾,让老太太、大奶奶、二奶奶擦脸。这时柳太太只望着亚儿,觉得亚儿的活泼可爱,心里就愈想着子萱了,愈想着子萱了,那心中的一股心酸便直冲上来，眼眶子里的两包热泪也就忍不住簌簌地淌下来。友竹葵秋见老太太哭了，自己的眼泪本来早已忍不住，这时也就滚了下来。况且眼瞧了语花一对少年夫妻，他们是多么恩爱，想着他们夫妻团圆的快乐，更衬托自己独守闺房的孤单，心中的悲哀，就像潮水样的涌上来。葵秋是哭得更伤心，友竹也变成了泪人儿一般。语花一瞧，心想这可糟了，大家索性哭起来了，这怎样收场呢？眼睛就只管看着可人，可人两手不住地搓着，也显见是没有法子。亚儿本来是嘻嘻哈哈地笑着，这时见到大家都静悄悄的，而且葵秋的眼泪一滴一滴地淌在亚儿的颊上，他那滴溜乌圆的眼珠也就呆了起来，呆到后来也就哇的一声哭了起来。柳太太见孩子官儿也哭了，自己倒收束了泪痕，把盆上一只苹果拿过去，还叫着亚儿。

语花见了就忙站起来接了，交在亚儿手中，一面哄着他不要哭，一面轻声对葵秋道："二奶奶，你也别伤心了。"

葵秋只得也收束泪痕，逗亚儿玩。亚儿一手拿了苹果，一手拿了蜜橘，倒又笑了起来，大家看见孩子这样有趣，也不禁破涕为笑了。

可人见老太太有了笑脸，于是站起来握着酒壶道："大家都敬过老太太，我还不曾呢，老太太也赏我一个脸吧！"说着，斟满了一杯。

柳太太本来就不愿再喝，但姑爷这样说法，倒叫自己不能推却，只得强作笑颜道："姑爷好说，我祝福姑爷开年抱胖儿子吧！"

大家见老太太没有什么了，怎敢再露出伤心样子，友竹也就凑趣笑道："姑爷抱胖儿子，老太太可以抱胖外孙儿，就是我也可以抱胖外甥儿了。"这几句话总算把大家又回过笑脸来，但是心中总觉得有些不自在。

柳太太先站起道："姑爷、姑奶奶多喝几杯，我要歪歪儿了。"

语花听了，忙站起来，扶着她到床边道："妈请自便吧。"

春红又拧上手巾，友竹亲自端了一杯茶来给老太太。

柳太太道："你们仍去喝酒呀。"

大家答应着，却坐在床边仍没有走。

语花道："我们也不喝了，时也不早了。"说着，叫春红吩咐他们来撤席。

这一餐本来大家高高兴兴的，最后倒弄得不欢而散，这时老太太像要睡了，便叫大家散去，众人便道了晚安，各自回房。

语花可人到了自己房中，王妈早迎出来，替他们大衣都去挂了，又泡上了茶。可人在沙发上一躺，随手拿过一本书翻着。语花坐在镜台前，对镜托着下巴呆了一会儿，忽又回过头来，向可人道："今晚的事，我们瞧了心里也难过。"说着，轻轻叹了一声。

可人听了把书合上，丢在一旁，望着语花道："这也是没有法想的事。"说着，呆了一会儿又摇头道，"我真想不到像子萱这样的人，会毅然地出家了。"

语花低头无语。

可人望着对面壁炉上融融的火，也只是出神，忽然想着了什么似的，叫了一声妹妹，道："现在子萱不是人在清凉寺里吗？"

语花被他突然地问了这样一句，便抬起头来道："你不是一同去过了吗？"

可人点头道："我说子萱既然仍在南京，何不叫葵秋写一封信去，也许子萱接到了葵秋的信，有回心转意的希望。"

语花听了这话灵机一动，觉得实在也是个极好的办法，便笑起来道："你想得是，我和友竹去商量看。"

可人见她这样急促样子，便站起道："那么你这时去吧。"

语花见可人这样说，就匆匆地到东院子友竹卧房里来。

只见友竹坐在床边，呆呆地淌泪，春红正在拧手巾，见了语花便叫道："少奶，姑奶奶来了。"友竹一听，便站起身来，一见语花那泪愈加滚了下来。语花上前握了她手，眼皮儿一红，也陪着淌下泪来。

春红见姑奶奶来了，以为总可以劝劝少奶，哪知一句话也没有，两人相对哭泣。因走上前来，各拧了一把手巾道："姑奶奶，你劝劝少奶奶呢，怎的也陪了淌泪啦？"

语花一听，才醒过来似的，心里想想也觉得自己真糊涂了，便擦了眼泪道："嫂子，刚才我和可人想了个法子，也许子萱有回来的希望。"

友竹听了这话，拉她在沙发上坐下，急急问道："有什么办法呢？"

语花便把可人的意思告诉了一遍，友竹一想，也觉得不错，虽然觉得这件事让葵秋去成了功，心里有些不情愿，但要子萱回来，除了葵秋写信，或者有些希望，第二个人又有什么用呢？因叫春红快把二奶奶去请来。没有一会儿葵秋来了，友竹忙问亚儿呢？

葵秋道："春红领着呢。"

语花便把写信给子萱的话说了，葵秋一听，心里也高兴起来。友竹叫她先打个草稿，然后三人斟酌一会儿，葵秋便在写字台旁坐下，抽过信笺，语花替她打开墨盒，没有一会儿，葵秋便写好了。语花友竹一同看了两遍。

友竹问怎样？语花道："子萱现在这人实在是无情无义，要用情义两字感化他恐怕是不足以劝他的心，现在只有用孝慈两字去责备他，说他上有老母，下有弱儿，我佛是慈悲的，岂要不孝不慈的人做信徒？"

葵秋友竹听了都点头道："姑奶奶的话不错。"

葵秋便站起来，让语花坐下，语花握笔遂在下面略略修改一下便站起来，把信笺摊在桌上。友竹葵秋一同过来，大家见她改道：

子萱：

　　您在南京清凉寺皈依佛门真好自在呀！您难道真不忆人世尚有我薄命人李葵秋了吗？您不忆我薄命人，您亦曾忆您的一滴骨血黄口乳儿吗？您犹忆月上柳梢人约黄昏，情蜜蜜，意绵绵，那时您和我肩弯臂儿，同游大光明戏院，您对我不是亲口说的："葵秋，我绝不负汝，汝万勿犹疑，汝的老母、汝的腹内一块肉，均由我负完全责任，汝勿多言。谅我经济力，尚能解决汝一切困难，我恨不能把我的一颗心，挖出来给汝一瞧。"嗟乎！子萱，这几句话想您虽健忘亦绝不至完全忆不起来。迨后小儿出世，您给我洋五百元，作为逐月的开支，孰知您从此以后就好比石沉大海，遽尔一去不回。葵秋本一弱女子，上有多病的老母，下有待哺的婴儿，支撑门户，再需多金，盼君速来，若大旱之望云霓，一月不来釜断炊；二月不来灶断薪；三月不来家中典制俱空。而房主人催索欠租，尤令人不能一日居，葵秋处此，日夕以泪洗面，泪尽而继之呼天不应，入地无门，深夜自思，每欲悬梁自尽，以偿夙债。所恨白发老母、黄口孺子，一旦瞑目相抛，于心实所不忍，不得已蓬首垢面，怀抱婴儿，捐弃一切羞耻，登门亲自觅君。幸遇慈悲夫人，问我颠末，怜我艰苦，告我以汝之行踪，留我以暂过残冬。

　　今汝堂上老母以及汝贤惠夫人，日日相对作楚囚泣，葵秋以泪眼相伴，更有何能力相劝。窃思我佛，以孝慈为怀，汝今弃母抛儿，既愧乎孝，更愧乎慈。嗟夫！子萱，汝纵不念尔我的儿女情长，汝当也回忆高堂的养育恩深。子萱，子萱，佛门中难道竟有无母的信徒吗？此信到后，万望迅速返驾，回头是岸，以一慰倚阁老母的痴心，庶葵秋母子，亦得重睹天日，则葵秋虽死，孽缘自解，此心方觉了无遗憾。书不尽言，知我罪我，唯君所择。不胜迫切待命之至。

薄命人李葵秋泣书
一月二日

　　大家看了，友竹道："后面一段姑奶奶改得有力，子萱如果再不醒悟，真正不是人了。"

　　语花道："这样写不知会责得他太重吗？"

　　友竹葵秋同声道："一些不重，照子萱这种行为，实在用得着不情、不义、不孝、不慈八个字了。"俩人说着，脸上都显出无限怨恨的模样。

　　语花道："元旦不能寄，只有二日寄出了。"

　　正说时，忽见春红抱了亚儿进来，亚儿呀呀哭着吵妈抱，葵秋忙去接过。语花一见钟已三点左右，便笑着吻了亚儿一会儿香，向两人说声明儿见，就走了。

　　友竹忙叫春红伴了去，见亚儿小手揉着眼睛，很有倦意，便道："二奶奶也自己去安睡吧，这信你明儿誊清好了。"

　　葵秋答应，抱了亚儿便自回房中去。友竹等她们走后，遂卸了晚妆，披上了睡衣，在床边坐下，呆呆地想：子萱接到了这信，不知果然能回心转意吗？要是他仍置之不理，这怎么办呢？思前想后总觉无限伤心。

　　正在这时，春红进来道："少奶奶，好好儿的别又伤心了，睡了吧，不要冻坏身子了。"说着便来服侍友竹睡下。友竹躺在床上，哪里就能合眼，直到钟敲五下，东方天空中渐发鱼肚白了，才倦极蒙眬睡去。便觉身在森林中徘徊，如乎心里想找一件什么似的。忽然迎面来一人，头戴竹笠，身穿百衲，足踏芒鞋，手中持一云板，向自己身边走过。友竹一见不觉喜极，上前一把拖住道："呀！子萱，你寻得我好苦呀！老太太天天为你痛哭，今天无论如何，你要跟我回去了。"友竹这样急地说着，子萱却一语不发，望着她只是痴痴地笑。友竹急道："你纵然不念我夫妻之情，也该想想堂上白发的老母，更何况我自己身怀六甲，你也可怜那无知的小生命，你就真忍心抛弃了吗？"子萱却仍然微笑不语。友竹哭道："好哥

153

哥，你随我回去吧。"正在这时，忽然来了一只斑斓白额的猛虎，把子萱衔了就跑，友竹狠命地"呀"了一声，便就大哭起来，突然间回视子萱，好像缩成小孩一般。

未知性命究竟如何，且看下回分解。

第二回

不孝不慈流浪遭痛骂
无挂无碍生死不相关

友竹这一声大喊，倒把自己喊醒了，已是吓得一身冷汗，心中犹忐忑跳跃不停。细细回忆梦境，则历历如绘。心想子萱被虎咬去，一定是凶多吉少，不觉暗暗又淌下泪来。但仔细一想，子萱初失踪时，我不是夜夜也要做许多噩梦吗？这大概是心有挂念，所以梦想颠倒，这又岂能信以为真呢？

友竹正在自解，忽见春红进来笑道："少奶奶还没有起来？姑爷和姑奶奶已到来贺年了。"

友竹揉着眼睛道："几点钟了？"

春红道："已十二点多了。"

友竹便起来洗脸、漱口。

只见语花进来笑道："嫂子还睡着吗？"

友竹忙笑道："早起来了，姑奶奶，恭喜，恭喜。"

语花哧哧笑道："嫂子还来这一套。"

友竹笑着，牵了她手道："我们到老太太那里去吧。"

两人到了上房，见柳太太歪在炕上和可人闲谈着，葵秋抱了亚儿坐在沙发上玩小汽车，友竹先向可人贺了年，又向老太太请安。

葵秋抱了亚儿站起来，向友竹笑道："亚儿，快向大妈妈贺年吧。"

亚儿两只小手抱在一起，向友竹拜了两拜。

友竹忙抱在怀里，吻了一个香，笑道："我的乖宝贝，向姑妈贺了年没有？"

语花握了他小手道："早已贺过了。亚儿来，快让姑妈香手。"说着把他小手放在鼻上，又吻了两下。

友竹道："爷爷起来了没有，我们亚儿拜年去。"

语花笑道："我爸吗？恐怕没有起来吧。"

友竹笑道："没有起来，我们亚儿就去吵爷爷起来吧。"

柳太太笑道："你就去请伯伯到这儿用饭吧。"

友竹点头，抱了亚儿便到西院子去。

语花笑道："那我就陪嫂子过去吧。"

这时仆人已开了饭，没有一会儿，友竹抱了亚儿，语花扶了王老爹已过来了。大家便站起来相迎，柳老太笑道："我们全是自己人，伯伯不要客气。"说着又向语花笑道，"姑奶奶，你怎么站着？大家随意坐吧。"语花便扶王老爹坐下，葵秋也扶柳太太坐下。大家也挨次坐了。春红拿了两瓶葡萄酒，在旁边侍候。这一餐吃得很高兴，下午柳老太有兴趣，大家摸骨牌玩。

二日那天，可人和语花到江公馆去吃晚饭，回来已十二点了。第二天江葆青也来贺年，下午梦兰和秋霞也来了，他们两人是喜欢游玩的，约了语花可人友竹三人兴趣相陪。语花知道友竹为了子萱的事，心绪十分恶劣，所以在十点钟的时候，就和友竹可人一同回家了。

三天假期已过，第二天各机关都照常营业，银公司当然也是如此。可人语花友竹每天仍去办事。友竹因为给子萱的信，寄出已经数天，却没有得到回信。虽然身在办公室里，心里却时时惦记着子萱，做事都感不到兴趣，语花心里也是着急。如此过了将近半月，这信寄出以后，好像石沉大海，不但没有片纸，连只字都没有寄回来。

这天饭后，语花坐在部长室里，闲着无事，心想子萱消息仍然杳如黄鹤，友竹葵秋天天以泪洗面，自己瞧着也是难受，而且友竹近十月临盆，怎好再让她郁郁不乐呢？心里想着，就身不由主地出了部长室。

语花的保险部和友竹的地产部只隔了一楼，她是六楼，友竹在七楼，所以语花要到友竹那里去，是再便当也没有了。当语花推进部长室的门时，只见友竹写字台上摊了一本书，友竹坐在旁边，却并不是在看书，手托了下颚，眼睛呆呆地望着壁上挂着的镜框子，兀是出神。语花上前叫了一声嫂嫂，友竹抬头见是语花，便忙笑着让坐。语花遂在她对面转椅上坐下。

友竹把手帕在眼帘下擦了一擦，叹道："我看子萱是无论如何再不会回来了，你想，他要是心中有老娘、有妻子、有儿子的话，我们亲自到清凉寺找他的时候，他早就该回来了。"

语花道："你别急，再等几天也许有回音了。"

友竹摇头下泪道："当初他给我的一封信中，已说得明明白白了，他说缘尽则散，不论母子、夫妻，都是一样的。"

语花道："我不信，难道你们真的缘尽了吗？子萱不过一时受了迷，他接了这封信多少可以醒悟一些。再过几天，如果仍没有回信，我们再去一封。"

友竹道："他如真在清凉山倒也罢了，我担心他不知会不会遭了意外？"

语花一惊道："你这话从哪里说起？"

友竹道："去年三十一日夜，我梦见子萱被虎咬去了。"

语花哦了一声道："嫂子你也糊涂了？梦境中事，怎能认真？因为你惦记着子萱，所以有了这梦了，不是去年子萱初失踪时，你常有这些梦？"

友竹道："因为这次的梦是清清楚楚的。"

语花道："日有所思夜有所梦，这是没有什么稀奇的。嫂子，你别瞎猜疑了，我想子萱没有回信，也许他出外游行去了，这信一定没有接到，所以我们静静地再等几天吧。"

友竹叹了一声，眼泪不觉又淌下来。

语花劝慰她道："嫂子，你想明白些儿，积劳可以致疾，而久郁可以伤身。况且你又有了孕，身子最要保重。"

友竹点头道："我理会得。这几天也自觉头晕目眩。"

语花望着她道："你两颊瘦削多了，每天来去，也是累的，公司里可以告假了。"

友竹道："老太太早已说过，我因为这里事情也很忙，我想到了月底再说。"

语花道："这几天老太太没有什么？"

友竹道："她老人家反倒劝我不要悲伤。"

语花忙道："这才对了，你也要体贴老太太的一番苦心。"

语花劝慰了一会儿，已是到了办公时间，便回到下面去了。

如此匆匆过了一星期，柳太太已不许再让友竹到写字间来，友竹正因为得不着子萱的回信，心里烦闷，况且整天坐着，也是吃力，便向公司告了三个月的假。

这天正是星期日，大家闲在家里，可人有事找小白去了，语花遂到友竹的卧房里来，见友竹躺在床上，葵秋坐在床沿边，亚儿在友竹旁边趴着。见了语花，葵秋便站起来道："姑奶奶没有出去吗？"

语花点头。亚儿在床上坐起来，望着语花嘻嘻地笑，语花过去将他抱来笑道："亚儿，你在大妈妈的怀里做什么？"亚儿小手举着，说了一个'糖'字，便向语花嘴里塞进去。语花把头一偏，笑道："宝宝自己吃吧，还是让姑妈香个脸儿。"说着，吻了两下。

葵秋来抱去道："姑妈抱了怪重的，来，妈抱吧。"

亚儿听了要扑到葵秋的怀里去，语花便在床边坐下来道："嫂子，这几天胃口还好吗？"

友竹点头笑道："竟有些像闹荒的难民，实在可说吃不饱似的。"

语花噗的一笑道："肚里还有一个小东西也要吃，那是当然了。"大家不觉都笑起来。

谈说一会儿，不觉又说到子萱身上，友竹摇头道："我也不想他回来了，这封信已去了一月多了，依然像石沉大海，我们好像是呆子，抬了头望天空，想月亮掉下来。你想哪有这个日子呢？"

葵秋道："子萱既然是在南京，我想亲自去一次，只要见了他面，我拖也拖了他回来。"

语花道："这没有用，你们去年早已去过了，他不肯和你见面就最凶了。我想，再写一封信去，里面附上一张老太太的小影和一张亚儿的小影，这一封信，要写得更厉害些。"说着又在友竹耳边低低说了几句。

友竹点头道："姑奶奶说得是。"说着又向葵秋道，"二奶奶，你把亚儿交给我，你再去写一封，只管写得厉害，简直要和他拼命打官司好了。"

葵秋是个聪敏的女子，听了这话，早已理会了，便道："我早就想过了。"

语花便把亚儿抱来，放在床上，拉了葵秋的手，在写字桌边坐下，向她耳边又轻轻说了一阵。葵秋微红了脸儿，点头道："我知道，我心中的怨气要好好地出一出呢。"说着便眼皮儿一红又要掉下泪来。

语花替她想想，真是可怜，便轻轻拍她一下肩道："我们总要想法把子萱叫回来才肯罢休，二奶奶，你快写吧。"说着，遂又到床边来，逗着亚儿玩。和友竹又谈了一会儿，只见葵秋手中拿了四五张信笺过来，语花问道："写好了吗？"

葵秋道："姑奶奶和大奶奶瞧瞧怎样？"

语花接过，友竹坐了起来，两人一同瞧道：

子萱良人：

我自一月二日给您的信，至今已一月多了，并不曾接着您复我的片纸只字，您难道没有收到吗？啊！我晓得了，你一定是憎我的言语冒犯，恨我的寡情薄义，故而拒绝到这个样子。要知葵秋对君实在并没有寡情，也并没有薄义，不过为环境所迫，措辞未免愤激一些。

佛门首重因果，欲知前世因，今生受者是。欲知来世果，今生作者是。葵秋本一好人家的女儿，洁身自好，持躬清白，自那年邂逅君子，甘言诱我，多金惑我，以意志未定的弱女子安得不坠其术中？而后孽缘一结，孽障便即坠地，此一重风流公案，是谁种的因？是谁结的果？凭心自问，君尚有推诿的余地吗？君今置身事外，抛弱女孤儿于九霄云外，君其亦曾思结合之初，对葵秋是何等热情，对葵秋是何等满意。不曰‘妹妹，我爱你，我必爱你到底’，便曰‘妹妹，我弃你，我必不得好死’。言犹在耳，爱已忘心。要知破人贞操于前，遗弃终身于后，是等行为，不特皈依佛门者所不为，即荒唐无行者亦所不屑。葵秋在天之南，君今在地之北，葵秋纵舌焦唇闭，百般呼应，而君之不闻不问，依然如故。人世的法网可逃，而冥冥中的阿鼻，刀山地狱，恐正为若辈所设耳！

君之遗孽出世，已有周岁，命名无忧，祖母爱若掌珠，呀呀学语，已能呼娘索爷。每当葵秋含泪悲啼，见了，虽能令人忘忧，但因儿思父，更不能不怀念君子，是以每睹儿面，时思君来。结果不特不足以解愁，反令葵秋增无限的愁怨。嗟夫！子萱，人孰无心，能不怅然？今附上祖母抱无忧合摄小照一页，照上无忧的容貌很见活泼，而祖母的面目则愈见憔悴，因无忧不知是无父的弃儿，而祖母则无时不心痛是无儿的老媪也。

悠悠苍天，曷其有极，人之无良，可胜叹耶！嗟夫！子萱，君睹此照，其亦翻然归来，一视老母，一聚家庭之乐乎？孰为寡情，孰为薄义，负心人其有以语我来，此后君其来，君其不来，葵秋也不敢再作妄想，葵秋唯期来世与君再剖衷肠耳。孽子无忧，能否抚养长大，继续柳氏宗祧，恕葵秋不负责任，垂死之人，语无伦次，唯期鉴察。

薄命人李葵秋最后泣血再拜
二月九日

语花友竹念完了这一封信，都默然无语。友竹这才完全明白葵秋和子萱的结合，是罪在子萱，她在这信中，虽是显出十分的愤怒，句句都责骂子萱寡情薄义，但依然写得委婉动人，葵秋的用情也不能说不苦了。回头见葵秋脸颊尚带丝丝泪痕，如乎一面写信，一面哭过模样，友竹是和葵秋同样的地位，想起以前自己和子萱的爱情时期以及新婚时期，这是多么的甜蜜，现在自己十月临盆，却不能有子萱在旁边，这又是多么的酸苦，一面同情葵秋，一面可怜自己，那两眶子的眼泪，早已滚了下来。

语花瞧了这信，呆呆地出神，觉得这信中每一句每一字里真是无数血泪混合为写成，虽铁石心肠的人见了，也不能不伤心落泪。友竹的身世可怜，孰知葵秋的身世，比友竹更可怜，这就眼皮儿一红滚滚掉下泪来。

葵秋自从进了柳家，那满肚的哀怨，正是没有人可以告诉，今天在纸上能尽量地发泄出来，心中又是痛快又是伤心，这时见友竹语花也都淌泪，自己更忍不住呜咽起来。亚儿见大妈妈淌泪，姑妈落眼泪，妈妈又哭了，他也就哇的一声大哭起来。这一哭倒把外面春红吓得连忙进来，见了这个情景，知道大家又在想少爷了，因忙去拧手巾，让大家擦，向友竹道："奶奶，你怎好再伤心呢？哭坏了身子，可怎么办？老太太知道了心里不是更难受吗？"说着又向语花道，"姑奶奶，快劝劝吧，也别陪着淌泪了。"

葵秋因又哄亚儿不要哭，友竹遂在抽屉里拿出一张柳太太和亚儿合影小照。葵秋又把亚儿交给语花，接了信笺小照，自己又呆呆瞧了一遍，忽然把手指在嘴里狠命一咬，指头上的鲜血便直冒出来。葵秋把血洒了满纸，那泪又掉了下来，一面转身到写字桌边，封好了口。

友竹叫春红把信拿出去，叫他们用双挂号去寄了。这时老太太房中周妈来道："老太太说姑奶奶来了这许多时候，怎不到老太太房中去谈谈？语花笑着说道："老太太又寂寞了，亚儿来，我们伴老太太去吧。"说着去抱了亚儿，遂到上房里去。

160

匆匆又过了一个星期之多，子萱仍旧没有回信。柳太太因为媳妇将要分娩，也不再提起使友竹伤心的话了。友竹见老太太高兴，也不能十分显出愁眉苦脸的样子，而且语花一回家，就在她床边百般安慰，所以她索性把子萱这人抛过了一边，一心一意地等待着小生命下地来。只有葵秋每值更深夜静的时候，独自对灯暗泣，心想：子萱不回来，友竹又将要分娩，虽然目前她们都对我很好，但恐怕是为了亚儿的关系，如果往后友竹也产了一个男儿，不知她们又将怎样对待我呢？人心难测，子萱如此，更何况友竹？想到这里，悲痛欲绝，真是寸寸肠断。迍想到无聊已极，恨不得一死，以了此生，但回头瞥见床上的亚儿，苹果般的小脸，尚含着活泼的笑容，痴痴地睡着，心里又怎能忍心丢得下呢？那泪便又像断线的珍珠一般落了下来。呆呆地望了一会儿，忽然站起到床边，身子俯下去把脸儿去偎着亚儿小脸。亚儿被她弄醒，小手揉着眼睛，叫了一声妈妈，葵秋把亚儿抱起，纳入怀里，发狂似的亲了一会儿。亚儿见娘面颊是泪，遂用小手捧着娘的脸，乌圆眼珠呆望着娘，连叫着妈妈。葵秋愈见亚儿聪敏可爱，心中就愈是悲痛酸楚，但孩子怎能明白娘心中的哀怨呢？见娘不理睬，也就哇的一声哭了，葵秋只得又含泪哄着他睡。葵秋日夜以泪洗面，容颜是不能不憔悴下来，语花见了，有时亦劝慰她几句。

这天晚上，语花和可人正在酣梦中，忽然有人急促地敲门道："姑奶奶，姑奶奶。"语花首先惊醒，连忙问道："你是谁呀？"门外急急地道："我是春红，我少奶奶肚疼多时了，老太太请你快过去。"语花一听，知道友竹已要临盆，忙答道："我立刻就来，你先去吧。"说着一面推醒可人，一面披衣下床，穿上鞋子道："友竹已临盆了，你随后亦来。"说着便急急地走了。可人揉了一下眼睛，因为子萱不在，她们家中没有一个男人支持，自己是不能不过去的，因也立刻披衣下床，走到东院子去。

只见老太太在厅上，向祖宗敬香叩头，默默地祈祷一会儿，可人忙道："医生请了没有？"柳太太道："我们是早在人和医院定好的，刚才姑奶奶已打电话去，想不一会儿医生就来了。"正说着，语花匆匆出来道："医生来了没有？"柳太太听了忙问怎样了。语花道："没有怎样，疼得很厉害。"可人道："我再去打电话。"一会儿来道，"医生已出医院了。"这时春红又来道："医生没有来吗？"柳太太见她脸色很慌张，急得颤抖起来，一面急问怎样，春红也不回答，拉了语花就进去了。可人是从来不曾经过这种事的，见了这样，心里也急了起来。

正在这时，院子外汽车喇叭一响，跳下一个美国妇人，后面跟着两个看护。可人说声来了，便已迎了出去，和美国妇人用英语说了几句。这时见葵秋奔出来道："来了吗？"柳太太忙道："来了。"遂叫葵秋陪医生到房中去。这时柳太太和可人心中好像放心了一些。柳太太叫仆人在院子里放了一张琴桌，朝天供香，也亲自叩了头。可人坐在厅上，默默地也在祝她早早养下来。两人静静地等着喜信儿，哪知等了一个多钟点，依然不看见出来报喜，柳太太急得又叩头不已。可人心中也像热锅上蚂蚁一样，在厅上团团地打转，心想，自己又不能进去瞧瞧，究竟里面不知怎样了，语花又不出来告诉。柳太太也在一旁干着急，想和姑爷说说，但姑爷又哪里懂得这些事。两人正在各自着急，忽见语花神色仓皇，匆匆奔出来，柳太太急忙问道："姑奶奶，究竟……怎样了？"语花勉强镇静了态度，微笑道："老太太放心，医生说时候还没有到，不要紧的。"柳太太又道："友竹……人，怎样？"语花道："没有什么，你老人家只管放心是了。"说着又急急走进去。

可人一听，知道不对，遂跟着语花进去，到了走廊下，便拉住她道："妹妹，究竟要不要紧？"语花低低道："医生说交骨没有开，恐怕很危险。"说到这里，连忙停止，又道，"你别和老太太去说。"可人还听不懂，忙问什么是交骨。语花瞅他一眼，推他道："你别问了。"说着，便又走进友竹房中去。可人知道友竹一定难产了，心中忐忑，也就拼命乱跳，在友竹房外听着。只听友竹发出呻吟的声音，这声音显出万分的痛苦，好像要昏厥模样，心里也不觉一阵急如一阵。一面又怕老太太也走进来，便忙又回到厅上，只见柳太太仍在上香，一面叩头，一面念佛。柳太太见了可人，又忙问怎样了，可人也只得说不要紧，一面在厅上不住来回地踱着。

看看天快亮了，还没有生产下来，柳太太也不管忌讳了，要亲自到产房中去瞧。正巧语花又走出来，向柳太太道："妈妈，你别着急，要是不要紧的，不过时候久一些儿，医生说要不要到医院里去产吗？"

柳太太知道一定十分危险了，急得没有主意，连话都说不出来。还是可人道："我看医院里不要去了，恐怕产母要更受到惊吓，你只叫医生不能走是了。"语花也正在失了魂似的，听了这话觉得不错，一面叫柳太太可以不必进来，一面又急急到友竹房中去。柳太太几乎急得淌下泪来，忙又向观音大士面前，连连叩头，许下了许多的愿。

这时天已大亮，可人因这几天银公司营业大忙，有许多事都要接洽不能不去，况且自己在这也没有什么用，瞧了心里反而难受，不如不见也就罢了。语花当然是不能去了，所以可人忙回到自己房中去洗漱，心中想着产孩子这样难法，实在是可怕极了。

这天可人在银公司里虽然身体在办公室中，心中却也时时惦记着。一敲过五点钟后，就立刻跳上汽车，回到柳氏别墅里来。一进门就问舅奶奶产下了不曾？哪知厅中一个仆人都没有，心中不觉一阵乱跳，便忙先到上房，见柳太太也不在，里面也没有人，知道柳太太也在友竹房中了，心里急着也就不管什么，匆匆到友竹房中去。

只见里面满屋子全是人，可人方才知道孩子已经生产下来，心中也就宽了一宽。既然已经走了进来，也就不必再退出去，只见满桌子上弹着钳子、药水、棉花、小刀……两个看护正在收拾。可人知道已用过了手术，那个美国妇人摇头向柳太太操着生硬的中国话笑道："好危险呀！恭喜你，老太太，大人小孩都好。"柳太太别的话也说不出，只会连连念了两声佛。可人回头见床上友竹，脸白如纸，经过了一日一夜的挣扎，把两眼已凹了进去，心里也很感触。语花过来道："你回来了，我真吓煞。"柳太太见了可人，亦道："姑爷，你怎的也进来了？"可人笑道："我没有关系。"

这时医生要走了，可人语花便送了出来，柳太太也随着出来，叫阿三汽车送了去。语花又向医生再三道谢，医生嘱咐不要和产母多说话，三天后再来诊视。

大家又回进里面。友竹如乎十分疲乏，闭眼养神，大家也不惊动她。因为刚才只管看大人，也不顾小孩是男是女，语花这时便问葵秋，葵秋是始终不曾离开房中，而且她是最注意，便笑道："是一个小千金。"柳太太道："只要大人平安，男也好，女也好，姑奶奶真辛苦你了。大家也该去休息一会儿了。"

语花理了云发笑道："老太太，你也去休息吧。"正说时，葵秋道："老太太，奶奶叫你呢。"柳太太便走近床边，友竹道："老太太，你累了，快去休息吧。"柳太太笑道："好孩子，只要你无事，我累要什么紧，你别胡思乱想，好好静养吧。"友竹听了这话，也不知怎的，眼眶子里早涌上两滴眼泪来。柳太太便叫仆妇周妈、张妈在旁侍候，其余的都去休息。语花葵秋扶老太太到了上房，才各自回房去了。

可人正等语花吃晚饭，语花草草用完了饭，可人道："这样生产，真是危险了。"语花听了轻轻叹了一口气道："做女人的就是苦在这一点，如果男子再不肯体贴，怎能不使人心灰呢?"语花这句话，表面上如乎是说子萱，其实就在说可人。可人听了，也就无话可答，语花望他一眼，便打了一个呵欠，先自睡了。

如此匆匆过了数天，医生也已来诊视过两次，说产母很是健康，谅不要紧了。大家听了自是欢喜。语花每日回家必到那里去望一次，这天到了她房中，见春红正在服侍她喝童子鸡汁，见了语花便笑道："姑奶奶回来了。"语花在床边坐下道："嫂子奶水还多吗?"友竹道："倒多得很。姑奶奶你替这小东西取个名儿吧。"语花想了一会儿道："她是二月十七日生的吗?"友竹道："是的，你想取什么好?"语花忽然有了一个感想，便笑道："有了，有了，叫作椿来吧，想她小千金一下地，她的爸爸就可以回来了。"

友竹见她又提起子萱，便恨恨地道："我为了他几乎送了命，他还去做什么短命和尚，我也真不想他再回来了。"说着又落下泪来。

语花道："好好儿的，我倒又引你伤心了，快别说这些了，你说这名字取得好吗?"

友竹点头道："好的，就叫她椿来吧。"说着，抱起这孩子，叫了两声椿来。

语花接过抱着，望了一会儿笑道："这孩子的眼睛像子萱，鼻子和嘴都像嫂子，两颊的酒窝倒像亚儿呢。"说得友竹噗的一声笑了。这时葵秋抱了亚儿也来了，语花叫亚儿叫椿来妹妹，亚儿学不像，只呀呀地叫了两声，倒引得大家又笑了一阵。

不多一会儿，已经是上灯时候。老太太派张妈叫大家吃饭去。这晚友竹对了椿来，只是呆呆地望了一回，想起语花日中的话，心中本来就恨着子萱，这时倒又爱了起来。如果子萱这时也在房中，两人抱着孩子，玩着笑着，这是多么美满的一个家庭呢，想着心中不觉荡漾了一下。一时又想，我何不把这次难产，如何危险，如何艰苦，以致几乎送了性命写些给子萱知道，也好叫他知道我已替他养下了孩子。因叫周妈拿纸笔过来，刚要提笔写时，那孩子却哇哇地哭了起来。

不知友竹有写给子萱信没有? 且看下回分解。

第三回

茫茫无所归佛门被逐
切切依闾盼阖宅腾欢

　　子萱自从友竹到南京清凉寺前去找他，经友竹复了一信，说是我与你的夫妻缘分已尽于此，你也不必再要我来强聚，况人生百年，好比幻电泡影，有的长久些，有的短促些，若能想得明白些的话，长久的不必欢喜，短促的不必悲伤。正是人天色相皆空，一例地作如是观好了。他写了这一封信，他以为是已经很透澈，已经很明白，想友竹接到他的信，一定很能明白他不回来的宗旨，成全他出家的志愿，所以在子萱的心里，是非常的痛快，至于友竹心中一切的苦楚，他都也不管了。

　　第二天的早晨，他便依然负了行囊，披了袈裟，自管自地云游山东道上去了。栉风沐雨，披星戴月，如是者，行有一月，不觉已到东岳泰山，正是巍巍嵯峨，洋洋大观。山从腰际起，云向脚底生。奇峰当面疑无路，回过头来又一峰。看不完的山花野草，听不尽的流水鸣泉。一声清磬，万虑俱寂。

　　山的南麓有一个云林草庵，子萱便息足其中。住持名不尘，湖南人，知子萱从南京清凉寺来，道号子虚，招待亦颇殷勤。子萱游山玩水，从此便在庵中耽搁下来。

　　一日，正是鸟语花香、草长莺飞、天气渐渐和暖的时候，子萱忽然想起东海浴日的奇观，他便于五鼓起身，独自跑到南天门的日观峰来，只觉云气合露，草地尽湿，一息时候，百衲衣上，亦觉潮润如雨。子虚乃拣山腰一块干净石上坐下，眼望东海，水天相接，少焉只见一片红光，由海面浮动荡漾，波浪涌起，高处犹如小山，浪水愈勇，照得波心尽赤。移时，海面始涌出半轮红日，大如火球，半浸水中，半出海面，好像把这个太阳在海中洗浴的一般。又过了一会儿，那太阳便慢慢地凌空而起，离海面约有一丈多高，这时波光回映，好像万道金光，灿烂夺目，叹为奇观。那蔚

165

蓝的天空，也由紫霞而变为旭红。

子萱越看越奇，不知不觉便慢慢地跟着太阳跑上山去，看看走上一个山峰，又到了一个山峰，一直奔上一个最高的山峰，把身立在这山峰的顶上，远望东海，云气弥漫，好像有海市蜃楼，隐隐出现。子萱看得呆了起来，不禁呀的一声叫道："海到无边天是岸，山登极顶我为峰。这两句话，真是我此刻的现象了。"

时又俯身下瞰，只是群山拱立，万壑争流；海滨渔舟，山脚茅屋，均有缕缕炊烟，横亘在山的下层，正在徘徊欲下的时候，那山中一声声的钟声，又向耳际送来。子萱一闻钟声，不知怎样陡的心中一惊，那周身肌肉突然地跳动起来，肉跳心惊，一时心中便觉很不自在，同时有无限烦恼，陡上心头。子萱便双手合十，念了数声弥陀，竭力欲把烦恼压住，可是道高一丈，魔高十丈，一时终难制止。这时便一面寻路下山，一面脑海中忽儿涌现着友竹向他纠缠，友竹去了，语花又好像向他来说，语花去了，葵秋抱了一个小孩又来向着他诉苦，葵秋去了，又有从前一班妓女舞女向他缠个不休。如此缠来缠去，几乎把他回庵的路径都走错了。幸云林草庵离山不远，庵中蓄有黄犬一头，见子萱一人，彳亍山上，它便摇着尾巴直奔子萱。子萱一见，方知草庵已在面前，便跟同黄犬绕道庵中来。迨回到禅房，早已午饭时分，子萱不特不饿，反而奄奄地病了起来。子萱是一个出家人，他又没有动什么凡心，为什么会入魔呢？

原来当子萱心惊肉跳的时候，正是友竹第三封信到南京的一天，葵秋接连地来了两封信，友竹分娩后，也来了一信。子萱其时正朝东岳，所以一些都不知道，现在突然地心惊肉跳起来，这便是叫心血来潮。他家中的老母妻子，终日啼啼哭哭，这样地记挂着他，到底是个母子，气血相关，那为人子的云游在外，焉有不牵连着的道理呢？

子萱病了数天，觉得庵中厌烦，那日身子已健，便向庵中告辞，一面谢过不尘，即日下山。乘车仍还南京来，一到清凉寺，众僧见他有数月不曾见面，都来问讯，内中一僧，向子萱叫道："子虚师，你来得正好，你上海现有要紧信三封寄来，现在都存在知客师那里。你快去瞧吧。"子萱见说，谢过那人，便到知客室来，知客僧道："子虚师，你是从哪里云游回来的？我们一别已有半载，光阴过得真好快呀！"

知客说时，一面把壁上信插中葵秋、友竹的三封信递给子虚，又道："这是上海寄来的，有两封信差不多已搁了两月了。"子萱一面道谢，一面接过，也不分先后，便把友竹的一信，拿到外面一间禅室，靠着窗口便拆开来细看，只见信上写道：

不孝不慈、无情无义的子萱良人，你只知有佛，不知有母，试问你身从何来？家中自有堂前佛，何必灵山见世尊？你难道这两句话都不晓得吗？我现在也不和你多说了，我只问你，你对于李葵秋的事，到底是怎样的一回事？据葵秋说，她有一个孩子是你养的，是不是你所养，你也没有对我说过，我也不知道。老太太因为这个孩子白胖得可爱，又因为葵秋的身世狼狈得可怜，母子吃用无着，已把她暂时留在家里。但葵秋到底是算什么人？她孩子又算是个什么？这事实在非问你不能明白，你如果一句话都没有，那葵秋这人，当然算不来柳氏家属的一人，至于孩子，更不必说起了。依法律讲，你与葵秋，既然发生关系，但并没有经过法律上合法的手续，那葵秋的身份，当然不能确定。身份不能确定的人所生的孩子，名为私生子，私生子未经其父认知，对于家庭一切权利义务均不发生任何效力。所以私生子必须其父认知后其继承权，方才有效。现在葵秋的身份尚属悬宕，那孩子的继承权，根本上先不成立。我今于二月十七日也产下一个女儿，祖母命名椿来，是尤望你回来的意思。我产这个女儿，腹痛了一日一夜，几乎性命不保，若是因此丧身，岂不被汝所害？现在总算托天平安。我本不写信给你，因你去岁出走时，曾留下一信，嘱我好好地抚育，故而顺笔告知。目下所亟待解决的，就是葵秋的一桩事。你若是承认的，我把她母子留下来，你若是不承认的，我便把她母子驱逐出去。因为她来了我家，也有五个月多了，漠不相关的人焉能在家长留？留不留唯君是命。来不来亦唯君是听，不多说了，免得你的惹厌。

你说是没有缘分的人梅友竹述
三月七日

子萱把来信看完，又从头反复地瞧了一遍，便长长地叹了一声，一面把信收起，一面又把葵秋的第一封信拆开来看。迨读到"我佛以孝慈为怀，汝今弃母抛儿，既愧乎孝，又愧乎慈"，直读到"子萱，子萱，佛门中难道竟有无母的信徒吗？"直把子萱问得闭口无言，心中好不难过，顿时脸色由青转白，心房跳动不已，汗流浃背，泪流满面。心想：怪不得友竹骂我不孝不慈，照此看来，真是与葵秋一鼻孔出气，我且把她第二封信瞧了后再说。子萱正在拆开信口的时候，但见信中忽然落下一张照片，子萱便忙拾起来一瞧，只见照片中坐一白发老媪，膝上抱一个周岁的孩子。子萱一见，觉得并不认识，正在思索葵秋为什么寄这个照片，到底是她的什么人，便把照片又细细地推敲起来。只见那孩子眉清目秀，颊上露出两个笑窝，仿佛和自己的容貌很有几分相像。再把老媪仔细一认，不觉长叹一声，深自说异。原来那老媪正是自己的老娘，他便眼泪像泉水样涌了上来，自语着道："娘呀，你怎样瘦成了这个样子？儿不孝，儿不见娘，也不过半年多的分别，娘老了，娘的两眼凹，娘的面色枯，娘的两鬓白，娘的两颊削，憔悴到此，儿心实痛。"子萱一面说，一面哭，一面又把她信纸抽出来，含泪细瞧。只见上半封所说都是些责备他不应该遗弃的话，到后说是附上照片一页，照上无忧的容貌，颇见活泼，而祖母的面目，则愈见憔悴。因无忧不知是无父的弃儿，而祖母则无时不心痛是无儿的老媪也。悠悠苍天，曷其有极！子萱读到这里，只觉得心中一阵剧痛，那两目便觉昏花，一时立足不住，两手一颤，只听砰的一声，子萱的身子便向后倒下。

知客及众僧不知何事，都向外间禅室奔来，一见子萱倒在地上，不省人事。一面把他扶起，地上又见满地信纸信封，又有一张照片，众人心中明白子萱的晕去，必是家庭里出了什么大事。知客把地上信纸整理一过，仔细一瞧，方知子萱家中果尚有老母，且行止又这样的不检，虽然他已是受了刺激，但抛弃老母，诱奸闺女，不特有玷清规，实属污秽佛门，因此便把这事，详细禀明云禅方丈。云禅听了，为之不悦道："佛门清规，一不收不孝之徒，二不收不法之辈。照尔所说，子虚正合不孝不法，着即逐出山门，毋得逗留。"方丈一声令下，知客和众僧便把子萱拉的拉，扯的扯，立时赶到山门外去，子萱被众僧所迫，身不由主，转眼已逐到山门阿耨池畔。

子萱一面把照片和三封信纸收藏在袋内，一面便把身子暂作在阿耨池畔的石栏上，心中静思今日被师所逐，我已不容于佛门，若再回家，更无面目见老母。左思右想，倒不如舍身阿耨池中，岂不爽快？子萱想罢，一手将袈裟一撩，便纵身向池中跃入。说时迟那时快，其时众僧，多未散去，内中一人，见子萱撩衣，欲投入池内，早抢步上前把子萱两手一提。那人力大，子萱早给他提到地上来，只听那人道："我早知道你有此一着，想你七尺昂藏，既不能全孝于家庭，又不能修道于佛地。要知佛光广被，普渡众生，无地无佛，即是无人不可成佛。只要洗心革面，力改前非，五湖四海何处不好安身？何地不好证果？我劝你现在姑且回家，以尽孝养，一俟老母终天，尔我再来相见，未为迟也，尔意云何？其速醒悟，免坠枉死城中，真是万仞不回，悔之晚矣。"子萱听他所说，句句打在心坎，急欲找他稽首叩谢，那人早已不见，只见余众，尤指指点点，向己嘲笑，子萱知留此无益，便向众僧合十，向外步行而去。

"无地无佛，无人不可成佛"，子萱把这两句话记在心头，口中又时时喃喃地念着，别人听了，总当他是念阿弥陀佛。他一路念，他一路走。这时心中，也已决定回家一视老母，胡乱且在旅馆里住了一宵，次日便乘车到上海来。

当子萱开来南京的那一天，友竹在家坐蓐也有二十多天。一夜语花坐在友竹房中，友竹正在哺椿来的乳，语花便逗着椿来笑道："椿来，椿来，你的爸爸明天就要回来了，你这个囡唔，真是佛菩萨保佑来的。你不来，你的爸爸也不来，你来了，你的爸爸也来了。"

春红在旁听了，也笑道："我的椿来小姐，你为什么不早些儿来呀？你早一些儿来，不是我们的少爷也好早一些儿来了吗？"

友竹听语花春红两人说着玩，因亦插嘴道："他如果真的来了，我也一定把他打出去。你们想，自从他离开家庭，老太太登报呀，我们同姑奶奶、姑爷都亲身到南京去找他，他不特见都不见。我们八九月的工夫，家中连一封信都没有。你们现在还要提起他，真是痴心妄想，白日里说梦话了。"

语花道："嫂子，你也不要这样说，倘然明天子萱真的来了，你便怎样讲？"

友竹道："哼，我便请你吃满汉全席。"

语花笑道："满汉全席，倒也不消。总之，请我们鱼翅席就是了。"

三人说说笑笑倒也把时间消磨过去，友竹欲留语花再谈一会儿，语花道："时候不早了，你也该休息了，明天再会，大家等着吃鱼翅席吧！"说着，便嘻嘻哈哈笑着出去了。

太阳从窗帘中渐渐地透进来，庭中杏花一株，正开得灿烂满树，有三四只喜鹊儿飞到枝头上喳喳地叫数声，一会儿把杏花衔在嘴里，又飞到檐前的瓦上，喳喳地又叫了一会儿。那时把室中的主人叫醒了，只听床上友竹叫道："春红，什么时候到了？红日满窗，还这样好睡？懒丫头，快给我起来打脸水去。"

这时的友竹，虽然在蓐中，但身子不用奔波，睡在床上，天天地静养着，那两颊的肌肉倒反而丰腴起来，身体也比前强健得许多。其时忽然有一个小丫头秋白，从外面急急奔来，口中不住地叫道："少奶奶，外面有一个和尚，要进来见你呢。"

友竹一听和尚两字，乃平生最可恶的东西，便对秋白道："你快给我赶他出去，不许他进来，门房间里是死人，怎的一些儿都不管吗？"

秋白一听少奶这样说，便一转身又急急地向外跑去，不料恰与春红正撞了一个满怀，把春红手中捧着的一盆脸水洒了一地一身。春红见她这个样子，又好气又好笑，因便骂道："你要紧什么？亲家等着你呀？"秋白见自己闯祸，心中一急，口中更说不出话来，只说得半句道："外……面有个和尚等着我哩。"

春红一听更是气上加气，啐她一口，喝住道："你还不停步，你昏了吗？索性连和尚等你都说出来了。"秋白见春红骂她，更加着急，面红耳赤地说道："真的有一个和尚，少奶还叫我打他出去，你不信和我一道去瞧好了。"春红正欲把脸盆放下，突见小庭外，果然有一个和尚，头戴斗笠，身穿百衲，手持佛珠，竟向里面慢慢踱进来。春红看那和尚走路样子，好像和我家少爷一样，心想，这莫非是我家少爷真的回家了吗？因即赶忙走近一步，把那和尚的面目细细一认，春红不瞧犹可，瞧了不禁大叫起来道："真的，真的，我家大少爷回来了。"

秋白见春红叫和尚为大少爷，一时也真弄得莫名奇妙，秋白虽不认识大少爷，但平日常听老太太说起大少爷是在南京出家，因此她便抢着春红前头奔到上房里，向老太太跟前去报喜，说是大少爷回来了。柳太太一听是子萱回来，这一喜，直把她靠在床上的身体，直跳了起来。一面便向秋白急急地问道："大少爷真回来了吗？在哪里？在哪里？"秋白道："大少爷和春红姊姊后面就来了。"说时，春红在前面，子萱在后，两人已到上房。这时子萱已把头上斗笠除下，一见老太太，便即跪倒床前，把头倚在柳老太的膝下，口叫妈妈，不孝儿在此叩头请罪。柳太太一见子萱，面目黎黑，和平日在家时的丰姿真是大不相同，一时心中无限酸痛，柳老太泪便簌簌滚下来。

子萱只听得柳太太叫了一声儿呀，那喉音便哽咽着，说不下去，母子二人便即抱头痛哭。各有伤心，一时都说不出话来。一会儿老太太把手抚摸着子萱顶门，见一排三个，两排共有六个香洞，知系僧人受戒的疤痕，又见他身衣百衲，已是垢腻不堪，一面便叫春红把大少爷旧日的衣服取来，先叫子萱洗浴换过衣衫，脱卸百衲。子萱因系老太太所命，不敢有违，便站起来。

忽觉身旁有人向自己扶着，回头一瞧，并非别个，却是李葵秋。只见她容颜比往日清瘦许多，这时颊上满沾泪痕，真觉楚楚可怜，想起旧情，也不觉抱头痛哭。葵秋这时见了子萱，好像婴儿见了慈母一样，心中的委屈，真有千言万语要诉说，但一时哪里说得出来，在呜咽声中，只说了一句道："你害得我好苦。"便都又痛哭起来。

这时春红早已把小衣小衫外袄外裤统统取来，见少爷和二奶奶这样情形，心里替大少奶倒有些不服气。秋白已拧上手巾，给老太太、大少爷、二奶奶擦脸。柳太太见春红已把衣衫拿来，便又叫她陪子萱同到浴室里去。春红替他清洗浴盆，放满了水，然后掩上了浴室门，回头便到友竹房里来。友竹此时已知子萱回来，便问春红道："他见了老太太，有什么话？"春红走近床边道："少爷见了老太太，只叫了一声妈，便跪倒在地上，老太太也只叫了一声儿呀，两人便抱头痛哭起来。"说着又笑道，"倒是二奶奶，见大少爷跪着吃力，便亲自扶少爷起身，一面眼泪鼻涕地哭着，一面骂少爷害得她好苦。少爷见她可怜，和她也抱着痛哭，二奶奶显出柔情蜜意，亲热得来。我说在老太太面前，就不应该这样，要亲热也该到房中去，真叫人见了肉麻。"

友竹听了，笑骂道："这妮子，你管她呢。"友竹口中虽这样说着，心中便觉不悦，想了一会儿便对春红道，"待少爷洗好了浴，你给我陪他到房里来。"春红答应了一声，便到外面侍候去。

春红到了浴室的外间，不料秋白早已先在，一见春红，秋白便笑嘻嘻地叫道："春红姊，少爷来了，我们可真热闹了，老太太说，我们要好好儿地侍候，说不定还有赏封可领呢！"春红听了咻的一声笑道："你倒想。"两人正在说话，子萱已经浴罢出来，秋白一见，便叫道："大少爷，我陪你到二奶奶房里去坐一息吧。"说着便把子萱的衣袖一扯，好像唯恐子萱不肯去的样子。春红见了，便向秋白把眼一瞪，说道："你要紧什么？我们大奶奶的房里，大少爷还不曾去哩。"子萱见两人似要争执的模样，便对两人道："你们都不要急，我还得先向老太太上房去坐会儿哩。"说着便又自到上房里去。秋白见春红也邀不去大少爷，她便扮个鬼脸羞她，幸春红没看见，否则两人恐怕又要闹起来了。

柳太太见子萱已换过服装，便命子萱坐在身边，开口便即叫道："儿呀，我自从你不别而去，我等第二天便就登报找你。可怜你的妻子，日夜向各亲友处找你，真奔走得脚跟起泡，谁知你竟一无信息，你的出走到底是为了什么？为了语花服毒吗？语花现在已给我做寄名女儿了。我是幸而有这个女儿把我的愁怀解去了不少，我若没有这个女儿，天天来给我解个闷儿，儿呀，恐怕我的老命为了你早已想也想死了，今日哪里能再和我儿见面吗？"

子萱听语花没有死，而且已经给我妈做了义女，一时心中又惊异又欣慰，因急问柳太太道："妈，语花姊姊没有死，那么现在她人在哪里呢？"柳太太道："儿不要急，我告诉你，他们夫妻俩现在都已搬到这里，住在西院子里。我因为你不在，家中人少屋多，颇感寂寞，故而叫他们夫妻住在一起，一则彼此都有照应，二则免得孤零零的怪冷静。自从他们夫妻俩来了后，和儿媳一同又办了一个银公司，可人和语花便天天到公司办事，夜间没有事，他们都过来这里谈天。儿呀，我现在问你，你到了南京，究竟住在什么地方？上次姑爷、姑奶奶和儿媳，他们三人都亲自到南京什么寺院……来找你，你怎的连面都不见，害得他三人都白白空跑了一趟。儿呀，你想这不是要急死老娘吗？"

子萱听了，心想，原来这次友竹来找我，是友竹和语花、可人一同来的。这就又想起那天玄武湖自己和语花相遇，她还叫应我，自己还道她的冤魂出现，倒吓得急急逃去，想来真是惭愧死人。这时又见柳太太这样说，便也劝解她道："妈，儿这一次的出家，乃是儿的命中注定，因为有人给儿看八字，说儿年四十岁那年，流年不利，定遭横祸，若要解免，非出家禳解不可。因此儿便往南京清凉寺中，暂时寄身，得能消灾延寿，留得儿身在世，则上可以报答亲恩，下亦可以见妻子一面，以视身遭横祸，死于非命，则剃度佛门，不是好得多吗？"

柳太太一听，把头点了一点，一面握着子萱的手，说道："儿呀，你的出家原来是为了此，那你为什么不早一些儿和娘说呢？"

子萱含泪说道："儿唯恐妈不答应呀，儿的灾星说起来现在还尚未退呢，所以这次儿来家一趟，是望望娘亲身体，儿想在三日内，仍往朝南海普陀。"

柳太太一听子萱三日内，又要起身出外，心中一急，口中只喊着儿的一字，霎时两眼一翻，身子便往后倒下去。

未知柳太太生死如何，且瞧下回分解。

第四回

劝子早回头舌焦唇敝
见娘长含泪意懒心灰

那时众仆妇一见老太太突然跌倒，个个都觉得非常的惊吓，连忙向前扶的扶，喊的喊，敲背的敲背，捶腿的捶腿，一时闹成一片。幸而老太太没有多少时光，只听得她喉间嚯的一声，吐出一口痰来。子萱见老太太的面色已转红润，心中虽然略见宽慰，但此时懊悔自己刚才不该说这些话，也已来不及了。

柳太太把子萱的手紧紧地握着，两目瞪瞪地视着，半晌口中乃有气无力地对子萱道："我儿你若真的要到南海普陀去，我一定和你一道去。"

子萱听了便忙道："妈，儿不去了，妈千万不要急，妈如果急出病来，叫孩儿怎好做人呢？"

老太太到此，方才脸上现出笑容，便徐徐对子萱道："儿呀，你只要说这一句话，能依娘的心，不再到外面去，只要肯住在家中，儿要怎样我都可以依你的。"

子萱听了便暂时顺从柳老太太道："妈，你放心好了，不过儿今已是受戒的僧人了，头顶上的六个香孔便是要六根清净，五蕴皆空。佛门中第一是戒色，第二是戒杀，妈只要许我不破这两个戒，儿便在妈的房中住下，日夜侍奉母亲吃斋念佛。妈呀，念佛的好处是说不尽的，佛法无边，没有一个地方见不到佛，即是没有一个人成不来佛。佛好比是一个天上的月亮，无论什么地方，或是南方，或是北方，或是东方，或是西方，那四面八方的人，只要一抬头，这个光明的月亮便在各个人的头上，不晓得的人以为月亮是一千个一万个，其实月亮还不是只有一个？现在讲到佛，也是这个样子，只要人能够念一声佛，那佛就在你的眼前。妈，你想，念佛的好处还能够说得尽吗？"

子萱正在说时，春红从外面进来道："太太，我们今天中饭是开到上

174

房来，还是开到厅上去？"

柳太太听了心中一想：子萱若立刻叫他开荤，他又说佛门嗜素，是戒杀心，恐怕一定办不到，我还是叫厨房里备几样素菜，暂时依他，将后可以随机应变，慢慢地再说。便对春红道："你叫厨下备几样素菜，把饭开到上房里来好了。"

春红出去吩咐，只见葵秋手抱着亚儿进来，柳太太一见，便笑嘻嘻地对子萱道："儿呀，你瞧瞧这个孩子，我看他笑起来的神气，真是和你抱在手的时候一模一样。你瞧，好玩不好玩？"说着便向葵秋手里把亚儿抱过来。亚儿身体重，抱到老太太的膝上，便嘻嘻地跳上两跳，老太太给他一跳，有些儿抱不住，她便急急地喊着亚儿道："好孩子，你爸来了，快叫你爸爸抱去。"说时便把亚儿送到子萱怀里来。

子萱接在手里，一面细细瞧他一会儿，一面又向柳太太谢罪道："孩儿不孝，在外私生这个孩子，多蒙老人家爱我，并不责备孩儿，又把这个孩子留养在家，天高地厚，孩儿实不胜感激。"

柳太太一听，便又指着葵秋向子萱道："儿呀，他的娘也是好人家的女儿，你既和她生有此儿，若再把她弃了，不特于自己良心上说不过去，就是佛门中，恐怕也没有这个办法吧？"

葵秋听了便以目视子萱。子萱听了这几句话直把他说得来泪流满颊，惶恐得抬不起头来。

一会儿老太太又叫子萱道："儿呀，父在观其志，父殁观其行。三年无改于父之道，可谓孝矣。又曰，'身体发肤受之父母，不敢毁伤。'今汝摩顶放踵，以利天下，效墨氏的行为，恐怕也非以孝养父母的道理吧？我虽是这样说，但话又要说回来，我也并不是说佛的不好，佛以慈悲为怀，渡人一切苦厄，原来是西方的圣人，但有母有妻有儿女的人，念佛只管念佛，信仰只管信仰，实无一定出家的必要。要知佛实是一个最聪敏最大智慧的人，他在印度地方，眼见迦比罗国，连年战争不息，杀人如麻，他想这样的杀戮下去，那人类不是要被战争两字灭绝了吗？因此他便想出一种方法来，说是好杀戮的人下一世这人必要坠入阿鼻地狱，受尽种种苦恼。当时人民听了此话，一半是人心厌乱，一半是信仰佛法，所以一时便把战争息了下来。你想佛法以非武力而制止战争，完全以慈悲两字感化于人，慈悲即是讲道德。战争无非是强权，道德所以济法律的穷，佛教所以补政治的不及，其纳人于善，实异途而同归。我今并不是厌恶汝的信佛，我实不赞成汝的做和尚，要知做和尚出了家，便没有妻子，没有儿女，倘若我们中国四万万的人民个个都像你一样的出了家，那我国的人民不是个个都要灭子灭孙吗？那时候的世界，还成个什么世界呢？"老太太说了这一大套的话，来解释给子萱听，这时口也干了，舌也燥了，腹也饿了，幸春红已把中饭开来，柳太太便叫子萱葵秋一同坐在自己身旁，且吃了饭，大家再谈。

春红因把子萱手里的亚儿抱来，柳太太一面用饭，一面便对子萱又道："儿呀，你今也不要三心两意了，你的妻子在上月二十七日也生下一个女儿，你现在是一个有妻孥的人，诗云：宜尔室家，乐儿妻孥，哪里还能再谈得到出家两字呢？"

子萱含泪道："妈，儿今既已出了家，若背叛佛门，重还了俗，佛门的叛徒何异国内的汉奸？这是断断使不得的。"

柳太太听了，又气又恼，便道："儿和我谈了半天，你只管要出家，我只不许你出家，谈来谈去，总是合不拢头，我看你吃好了饭，还是快去瞧瞧你的妻子去，她盼着你恐怕眼都要望穿了呢！"

这时秋白已拧上手巾，给大家擦脸，周妈来收拾了去，春红把亚儿交给葵秋，一面倒茶给老太太，一面又倒了一杯白开水给少爷。子萱坐了片刻，便和春红同到友竹那边来。在子萱的意思还想和老太太说，把亚儿留下，再请老太太把葵秋认了女儿，日后给葵秋另许人家，嫁了出去，但老太太已是说葵秋是柳氏家属的人了，并且再三开导，婉转劝谕自己不许出家，子萱这话自然是不敢再开口了。

思君十二时，问君知不知？君今不我知，妾心已成痴！友竹此时早已成了这个样子。子萱见友竹卧房已到，因便问春红道："你奶奶生下孩子，今已二十余天了吗？"春红道："不错，再过三天，便好弥月了。"子萱道："我便坐在这楼中间，你对奶奶去说，少爷在这里问候了。"

友竹这两天早已起床，在房中行走，一听子萱和春红在外间说话，心中又欢喜又气恼，喜的是昨夜语花说子萱今日可以回来了，那今天果然真的回来了，心中是有说不出的喜悦；恼的是他对于葵秋倒也这样多情，对于我连我的房中都不肯进来，想起来心中是不免有些气愤。因不待春红进来报告，便自己走到外间来。一见子萱，这时已穿了一见哔叽长夹衫，头顶光秃秃的，还有六个香洞，想起以前，子萱这样爱美，眼前竟成了这个模样，心中这时无限悲伤，因对子萱道："欢喜的人见了面，大家哭也哭得出，没有缘分的人见了面，连房间门都不愿踏进了。"说罢，两泪盈盈，已不禁扑簌簌地掉了下来。

子萱不见友竹也有半载多了，这时见她脸颊比前清瘦了许多，且又带了眼泪，好像雨后梨花，更觉楚楚可怜，听她话里有因，很想找些言语去安慰她，但一时却又想不出什么话来。呆了半晌，子萱方才说道："阿弥陀佛，姊姊，你恨我，还不曾消吗？你不要气，我说给你听，我自知罪孽，我忏悔去，我给姊姊消灾殃，我给姊姊保安康。"

友竹道："我有什么罪孽？我有什么灾殃？谁要你去忏悔？你真来做梦了。你和语花妹妹的事，你哪里沾染着她的身体呢？左右不过骗骗你这个小孩子罢了！原来是假的呀，那晚电灯一暗，睡在床上的，还不仍是一个我吗？你真也想得发痴了，你道真的是语花吗？我现在和你说明了吧，你可以不要再发痴了。"

子萱道："假的原是假的，我早已知道，你难道还只今日晓得吗？世间万般都是假，就是我与你的夫妻，也何尝不是假的呢？有一天无常到了，那就万事全休，尔为尔，我为我，一张臭皮囊还有什么人要看。只恨世人都是以假当真，哭哭啼啼妄自费心，我现在有一个好的比喻，想姊姊听了自然能够明白。姊姊，你不见那舞台上的作戏吗？一到台上，一个扮丈夫，一个扮妻子，长亭送别，抱头痛哭，直哭得来千般绮旎，万般恩爱；一到台下，扮妻的不认得丈夫，扮夫的也不认得妻子，台上的恩爱，早已一笔勾销。眼前的景象，我好比是已在台下，你却还是在台上，一个要唱戏，一个不要唱戏，你想，这哪里还能说得明白呢？"

友竹听他说出这个比喻来，真是又气又笑，想他竟然入迷到这个地步！不到一年工夫，完全变了一个人了。便恨道："你倒想得这样明白！这个戏你不喜欢唱下去，那你当时就不该登台，现在你既然已登上了台，我倒偏要你和我唱下去。你上有老母，下有儿女，而且正在壮年有为的时候，不思为国效力，努力奋斗，那天地何必生汝一个人，社会也何必有汝一个人。我和你一别半载，谁知你竟退化腐败到这个样子，令人真是失望！我现在劝你快把出家的念头打消，努力更求新生命，为社会谋幸福，为国家争光荣，这样才不愧为轰轰烈烈大丈夫。"

友竹说了这许多的话，以为子萱总可以醒悟一些了，哪知子萱却把双手合十，眼观鼻，鼻观心，低头不语，好像自己的话，他一些不曾听见模样。友竹见他这样执迷不悟，口出说着，心中也颇觉踌躇不安，不知怎样是好，便对春红说道："你把房中下首的一张铜床去收拾给大少爷息息去，我还有好多话要和大少爷说哩！"

春红答应着便走进房去，友竹便起身叫子萱到房里去息息。子萱道："姊姊，我自知万分对不住你，这个事我已和妈说过，我们僧人是断断不能破戒的。"

友竹道："我破你什么戒？上海居士林立，信佛的人也很多，他们在家个个都有妻子，我与你乃是夫妻，夫妻应有室家之好，难道信佛的人，就可以把夫妻的伦常都灭绝了吗？况且佛门中所谓色戒，这个色乃是指夫妻而外偷偷摸摸不正当的而言，并不是对于正当的夫妻而言，若正当的夫妻，便谓之正色。圣人谓君子不犯二色，犯二色便非正当，不特为佛门所戒，也为法律所不允许。现在既没有所谓戒，更哪里有所谓破呢？你只顾往房里息息去，是绝不碍佛门戒律的。"

这时春红已把床铺收拾清洁，友竹便喊她去倒两杯牛奶，拿一碟鸡蛋糕来，说大少爷和我都有些饿了。子萱听了，便对友竹道："我腹中并不饥饿，还是请姊姊自己用吧。"

友竹道："你说佛门中须戒杀，我所以并不叫你吃肉，这个牛奶鸡蛋，并没有经过杀的手续，你也不吃，那不是你也太迂执了吗？"

春红见少爷一定不吃牛奶蛋糕，便向友竹道："少奶，我们房中有炖好的咖啡和净素的饼干，要不要我去拿些来？"

友竹点了头，春红便又去装了一盒饼干，做了两杯咖啡茶，送到子萱面前。子萱见是洁净的，便向友竹道谢，吃了一片饼干，喝了一口咖啡。子萱恐怕友竹再叫他到房中去坐，便站起道："姊姊，我要往老太太那里去坐一会儿了。"

正在这时，秋白忽然走来道："少爷，要不要到二奶奶房中去坐一会儿？"

友竹见了秋白，便道："我前时写给你的信中，问你的话，你现在对老太太说，亚儿你既承认是你所生，那葵秋当然是柳氏家属的一人了，你现在既不喜欢在我的房中住下，我便允许你到葵秋那里去住。"

子萱听了，便向友竹一揖道："多谢姊姊美意，但我已和老太太说过，在上房陪伴老太太，姊姊的话恕我不能从命。"

友竹见他说来说去，仍是这个模样，我这许多劝他的话，好像耳边风一般，心里真是十分难受，便也不再和他多说，叹了一声，扶着春红回房中去。

这里子萱便跟着秋白到葵秋房中来。葵秋一见子萱，便早迎上来拉了他手絮絮地缠着道："老太太和你说的话，你多少听些儿，我问你到底为什么要出家？你既然要出家，你当初和我说什么来？现在已有了孩子，你就这样的抛弃了，不是你明明要害我吗？"葵秋说到这里，已是盈盈欲泣。

子萱道："我也自知罪孽，所以出家了。我也替妹妹想过，妹妹这样年轻，住在这里也不对，我想叫老太太认你做女儿，把你的终身另配一个人家，将来彼此可作母女往来。这样不特你的终身有靠，那我多少也可减少些罪孽，不知你意下如何？"

葵秋一听这话，突然柳眉倒竖，娇面含嗔，向子萱答道："人无信不立，你的信到哪里去了？烈女不事二夫，我乃有夫有子的人，为什么要再去嫁人？你把我看作什么样人？我情愿死在你的面前，再不愿另去嫁人！你说得出这等话儿，只要你能对得人住好了。"葵秋说着，已是呜咽起来。

子萱听了哪里还敢再说，只好双手合十，念他的号了。

再说那时友竹因子萱虽已回家，可是再三劝不醒他，只好打电话给语花，叫她早一些儿回来，说子萱是真的回来了。语花一听，便回答一句我马上就来，便忙把听筒搁起，匆匆来告诉可人道："友竹来电话，说子萱果已回来，叫我们早一些回去。"

可人道："这几天也没有什么大事，我们早一些儿走也不妨。"说着两人便坐车匆匆回家。

语花对可人笑道："我先向嫂子讨鱼翅席吃去，你随后慢慢地来好了。"语花说着，便三脚两步地到友竹房里来。友竹坐在房中，只听语花自外笑着嚷进来道："嫂子，怎样讲？鱼翅席可定了没有？"话还不曾说完，人已到了房中。

只见友竹正在喂椿来的乳，一见语花，也并不说什么。语花窥其意，似有万千愁绪无处告诉的模样，因便挨近友竹身边坐下来，向友竹耳际问道："嫂子，子萱既已回来了，你为什么还是这样不高兴呢？"

友竹道："姑奶奶，你还这般高兴要讨鱼翅席，他连牛奶鸡蛋糕都不肯吃哩！"说着便把子萱已来了半天，老太太怎样地劝他，子萱怎样地不答应，因此我气愤极了，便又怎样地责他，后来又怎样地劝他，无奈他总执迷不悟，现在虽已改了装束，可是仍要吃素，而且不肯住在我和葵秋的房里。听他对老太太说，他还想于三日内动身，往朝南海普陀，老太太听了几乎昏厥过去。"姑奶奶你想，他今这个样子，叫我有什么法子留得住他呢？"

语花听了，方才明白子萱人虽已回来，可是仍要出家，这便如何是好呢？语花想到没法可施，便不觉把身子站起来，向室中来回地打着圈子，两手不住地搓着。这时可人也已进来，大家又把子萱不肯留下来的话告诉一遍，叫可人大家想个法子，最好把子萱留在家里，叫他觉悟过来，打消出家的念头。

可人道："我想他远道而来，若匆匆地便又出去，这是绝不会的。今天已来不及了，明天待我备一席酒，替他洗尘，让我好好地劝解他一回，若能回心转意，实为家庭的幸运了。"

语花道："现在我们且去看看他怎样？"

可人道："很好！"

两人便到葵秋的房中来，葵秋抱着亚儿，早迎着叫道："姑爷、姑奶奶，快请坐。"

子萱也站起相让，可人道："我们现在已变成至亲了，大家不要客气了。萱哥今天才回来吗？"

子萱如乎很觉不好意思模样，点头说是。

语花道："哥哥，别来已经半年多了，嫂嫂是天天地记挂着你，我瞧哥哥的脸儿，倒并没有什么，只是黑一些儿，大概是风尘劳苦的缘故吧。"

可人道："你哥哥既然风尘劳苦，我们应该要给他洗尘要紧呀。"

子萱道："尘外人更有什么尘可洗？只是有劳二位，哪里敢当。"

可人道："什么叫尘外？什么叫尘里？就是为了萱哥要跳出红尘，累得老太太哭倒尘埃，几乎断绝红尘。萱哥，你须看老太太的分上，以后还是随俗和光，再不要提起这些话了，使老太太听了伤心。"

子萱道："哥哥的话有理，劣弟不肖，实曾惭愧。"

语花道："我们昨天晚上在嫂子房中，都对椿来说笑话，说椿来你来了，你的爸爸也来了，你为什么不早一些儿来呢？嫂子听了却还说我们白日里说梦话呢！不想今天哥哥果然回来了，那嫂子还输我一席鱼翅席的东道呢。"

葵秋道："姑奶奶，你这鱼翅席是不好给大奶奶赖的。"

语花道："那个当然。我们还要借花献佛给哥哥大家吃呢。"

可人道："你能够叫你哥哥吃一筷，我也准定照样地输你一席鱼翅席。"

语花葵秋都道："你不要赖。"

大家正说得起劲，秋白忽来报道："老太太来了。"

老太太因为子萱好多时候不来，心里又记挂起来，先到友竹那里，知道在这里，便叫春红扶着走来了。这时房中，黑压压的满屋子全是人，好不热闹。秋白忙又倒茶，大家又上前请安。春红把亚儿抱来，亚儿把小手合拢，向柳太太拜了两拜，口中又呀呀地喊着，柳太太道："亚儿，你快向你爸拜拜吧，央求你爸再不要出家了。"

亚儿听了便面对着子萱拜了两拜。可人笑道："萱哥，你看见了吗？有这样一个好儿子，还出什么家呢？"

子萱微笑不语。语花在春红手中抱来，吻了两个香，笑道："亚儿真乖，你把爸爸留住了，你祖母更喜欢你了。"

亚儿听了便呀呀地喊着，还笑个不停。众人见他好玩，个个都喜欢逗着他玩。

看看又到了上灯时分，柳太太道："今天怎的黑得这样快？秋白，你快给我开了灯。"

秋白听了，便忙把前后电灯统统开亮。

柳太太道："难得我儿今日回来，姑爷、姑奶奶，你们大家陪陪他，晚上到我的上房一道用饭去。"

语花道："我们因为今天来不及，明天晚上，我们也要请哥哥赏光吃一餐饭呢。"

柳太太笑道："都是自己人，有什么客气，我最不赞成我儿还只是吃斋不开荤啦！"

语花道："妈，你只管放心，哥哥明天一定开荤了。"

子萱却只不说话，大家又带说带劝地解释了一回，上房里周妈来请大家用饭去，大家便扶了柳太太到上房里。

语花扶着柳太太上座，可人子萱坐在东首，语花葵秋坐在西首。语花握着酒壶，便向老太太斟了一杯，再向子萱面前也满斟了一杯道："哥哥，今日回来，妈妈是多么的快乐！哥哥，你应该陪着妈妈多喝一杯。"说着又向可人斟了一杯道："今晚你也得多喝上几杯，陪着哥哥大家乐一乐。"

子萱听了又把双手合十，念了一声弥陀道："多谢妹妹盛意，这个酒恕劣兄不能奉陪，还是请妹妹和可哥代我陪妈妈吧。"

可人语花听了都道:"这酒有什么要紧?难道也算是荤的吗?"

可人一手把杯擎着,一面又对子萱道:"萱哥,你的志愿,我也很赞成,只不过你是高堂有母的人,百善孝为先,侍奉高堂,必须颐养天年,能得老人家对你笑一笑,何异见了山门口的弥勒佛。老人家虽然是怒你,也是个怒目的金刚,老人家在一日,总要听老人家的命,顺老人家的心;老人家如不在了,然后方敢自由,现在妈妈是这样的对你说,你应该总须顺顺她的心才是呢。"

子萱听了,又把双手合十,对可人道:"今儿妈妈已特许孩儿睡在这里不破戒了,可哥,这是要请你格外地原谅我的。"

老太太道:"姑爷,他说来说去还是这几句话吗?我们还是自己喝吧。"说着,便先干了一杯。

语花道:"那么哥哥你随意用些素菜吧,我们不和你客气了。"

葵秋见子萱仍是这样的不悟,心中真是万分难过,可是总说不出口来。今天子萱回家了,母子、夫妻团聚,本来是极快乐的一回事,现在一因子萱不肯开荤,二因子萱一心仍要出家,所以各人心中,都转着念头,怎样可使子萱不出家?个个都有说不出的苦处,应该是满脸笑容,现在却变成了苦脸愁面,真是何苦来呢?

那时子萱已草草把饭用完,漱了口坐在一旁,手持佛珠,眼观鼻,鼻观心,盘膝做他的功课。老太太见了真是敢怒不敢言,心中很觉愤怒,便也无心用饭。语花可人欲寻言语安慰老太太,但一时哪里找得出,只好把亚儿抱过来,给老太太逗笑。柳太太虽是恨着子萱,但一见亚儿这孩子,脸上不觉又显出笑容来。亚儿的名真不愧为无忧两字。

可人见子萱已把功课做完,便对他道:"明儿晚上,请萱哥尝一尝功德林的素斋,你千万要赏个脸儿。"

子萱忙道:"罪过,罪过,又要姑爷费心了。"

可人和语花实在也无话可劝,大家呆坐了一回,便向老太太道了晚安,回西院子去。

那晚子萱便睡在老太太的房内,葵秋虽百般劝他,他总决意地拒绝。

柳太太道:"照理我儿应和二奶奶回房去,但今日途中劳顿,便暂时睡在这里,且待大奶奶弥月了后,我意欲择日祭祖,叫我儿明白还俗,共乐天伦,我儿你意下如何?"

子萱默然不语,葵秋自然勿好多说话,只得抱了亚儿和秋白一同回房去。

子萱待葵秋去后，心中静思一会儿，想我欲把念佛的好处劝劝母亲，目前不特不要听我，反叫我不要出家；我欲把人生世上一些都是空虚的话点醒这友竹，不料友竹反劝我积极地力某新生命；我欲把葵秋嫁去，了我一桩心事，不料葵秋倒反欲死在我的面前。这样的纠缠下去，总无了结的一日，我还是偷偷地出去，仍返我的本愿。

子萱坐在这里，正在这样呆呆地想，那边可人语花坐在自己房中，也正在磋商着，用怎样的方法才能把子萱留住。

可人道："子萱这人，现在既然这样的专心信佛，我们若要空言留住他，当然是万万不能。现在非另寻他法儿，叫他决计走不离身，然后再用母子之情、夫妇之情去感化他，或者尚有几分希望。"

语花道："但究竟用什么法儿好呢？"

可人想了许久，吸了一支烟卷，忽然在语花耳边说道："这样，这样，他便不能脱身了，不过苦了老太太，真是一个苦肉计。"

语花听了，不住点头，脸含笑容道："我想也只有这个办法，此外是绝没有第二条计策了。现在事不宜迟，明天我先和友竹去说明，我便照这样办去。"

两人商量已毕，遂含笑就寝。

一宿易过，第二朝起来，语花便先到友竹房来，坐在床边，向友竹附耳说了多时，只听友竹叫道："好极了，好极了！如果能把子萱留住，我不晓得怎样的礼物来谢谢姑奶奶好呢？！

不知语花说的是哪条计策，且待下回分解。

第五回

孽缘未了前尘等一梦
烦恼又来苦忆几成痴

柳子萱从南京回到家里，经过柳太太几次三番的劝导，又经过梅友竹板起面孔的硬劝、陪了笑脸的软劝，在经过李葵秋的以死相劝，侧面的又有解语花、石可人从旁婉劝，无奈子萱对于柳太太正面的劝，他不受；友竹和葵秋反面的劝，他也不受；语花和可人侧面的劝，他当然是更不受了。

柳太太欲择日祭祖，正式给子萱还俗，子萱却在暗自打算，欲偷偷地不告出走。双方处绝对地位，行文到此处，正是山穷水尽，哪里还编得下去。阅者不要心急，且看下文的柳暗花明，自然是又有妙笔出来了。

那日可人请子萱吃饭，特地到功德林定了一桌全素鱼翅席，语花道："我们前几天到葆青那边吃饭回来，现在还没有回过席，我想晚上叫葆青和秀云一道来陪子萱，多添了两个客人，座上也觉得热闹不少，你的意思怎样？"

可人道："这是再好也没有了，我哪有不赞成，不过还得妹妹亲自去走一趟，不然恐怕他不肯来呢。"

语花道："我一到公司里，先打电话给秀云，叫她四点敲过等在家里，我自去陪她到家来，你一面就和葆青先回来。你想，这样不是省事了吗？"

可人道："妹妹想得很周到，我们便就这样好了。"

两人说着，遂即同车前往银公司。可人一到办公室瞧壁上钟，正指在九点五分，他便把桌上的对讲电话拨动，接到耳边一听，只听那边说道："信托部，你们哪里？"

可人道："建设部，请你们部长说话。"

那人道："我正是江葆青，你是谁？"

可人道："葆青兄，我是可人，今儿晚上舍间请一个敝亲吃饭，菜是用功德林的素菜，我想请你和尊夫人一同来做个陪客，不知可能赏光？"

葆青道："是今天晚上还是明天晚上？"

可人道："是今天晚上。"

葆青道："这可真是太不凑巧了，今晚上恰巧我做主人，请一个海外归来的华侨林竹山在大中华吃饭。恐时间匆促，恕我不能奉陪了，贱内秀云我叫她一准前来好了。"

可人笑道："请客不到，变成虚邀了。哈哈！"

葆青忙道："哪里话，我自己没有口福。"

说着，大家说声再会，电话便挂断了。可人把部中的公事阅了一遍，批了一会儿，看看已将十二点了，可人便到语花那边来，对语花说道："葆青晚上自己要做主人，恐不能脱身前来，他说秀云准来奉陪，你现在电话已打了没有？"

语花道："早打去了，她说四点钟敲过，她先到永安商场买些物件，随后便到家来，叫我也不要去陪她了。"

可人道："秀云这人倒是很直爽，这样是再好也没有了。"

正说时，葆青也走进室中来了，两人一见，忙让坐。葆青道："多承宠招，自恨朵颐福薄，实在对不起，只好内子代表了。"

可人道："自己人有什么要紧，改天不是一样地可以聚餐吗？"

语花道："正是，哥哥有事，只管自便，我们还客气什么呢？"

三人谈了一会儿，才各自回办公室去了。一到四点敲过，可人语花便即同车回宅，途中又把怎样的能将子萱留下来，使他不能脱身的方法仔细地磋商一下。语花既到家里，便喊女仆王妈小林等，把客厅收拾清洁，茶杯茶托，统统预备舒齐，晚上客人到了，大家一切都要小心侍候，又叫小林装了四盘糖果、四盘水果，小林答应去装。

没有一会儿，只听院子里喇叭一响，甬道外已开进一辆汽车来。语花忙迎了出去，只见车中跳下一个花枝招展的少妇来，后面随着一个雏鬟，语花仔细一瞧，正是秀云，便忙喊道："嫂嫂，快请里面坐。"

秀云笑道："我可没有失信吧？现在正是四点一刻。"

可人一听秀云已到，也连忙迎出来相接。那雏鬟见了可人，便即喊道："姑爷、姑奶奶多好，我们的老太太叫红豆问好，说姑爷、姑奶奶这几天为什么没有到我们那里去玩？老太太很是记挂着呢！"

可人一见红豆，心中突然又想起剑青，一时怅触旧情，反倒连一句话都说不上来，还是语花向秀云问妈妈这几天可好？气喘怎样了？脚气痛怎样了？晚上一夜要醒几次？细细地问了一大套。此时王妈已把香茗送上，一面拧手巾，小林又把糖果、水果搬上来。

秀云道："姑奶奶，你方才电话中，说是请一个客，就是这里柳家的大少爷，我且问你，这位大少爷就是友竹姊姊的那个呀？"

语花道："怪不得嫂子不晓得，他就是友竹的丈夫，去年往南京出家，现在方才回来。去年我和友竹可人，也曾到南京清凉寺去找寻他，可是他不肯和我们见面。今年一月里，葵秋友竹又一连地写了三封信去，现在他虽是回来了，可是他不肯开荤，一心地仍要出家，这里的老太太和友竹都气愤得连饭都吃不下，所以晚上的菜，是用功德林的素席。"

秀云道："这柳家大少爷叫什么名字呢？"

语花道："就是我前时对你说过的柳子萱呀。"

秀云道："不知道他为什么要出家呢？"

语花道："可不是？年纪这样轻，家里有老娘有妻子，而且又不愁用，不愁吃，倒要看破红尘去出家呢？"

秀云道："这样说来，真也难怪柳家的老太太和友竹姊姊不想吃饭了。那么姑奶奶，你为什也不劝劝子萱呢？"

语花道："我的好嫂子，我还有什么不劝到呢？他连老太太的话都不要听了，你想别人还有什么力量能够劝得醒他吗？"

秀云道："这也奇怪，他和友竹姊姊结婚，也没有几年呀，平日不知他们感情怎样？"

语花道："是呀，结婚还不到二年哩，平日感情，也不见得什么坏，不知他受了什么刺激？竟立志要出家。"

两人说说谈谈，不觉已到上灯时分，此时内外电灯都已开得雪亮，功德林的素菜也已送来，客厅上的台面也已摆好。只见用的是西洋高脚玻璃盆，装着四盆水果。再一式的四个镶盘，一样地有火腿镶白鸡、芦笋镶鲍鱼、熏鸭镶肉松，还有一盘碧绿绿的芹菜镶着红红的萝卜丝，不过都是用豆腐皮在素油里煎成做出来的，看起来，真和荤菜是一式。

这时语花和秀云在外面谈天，可人与红豆也在书房间内细细地谈着，谈到剑青在日许多义义，可人红豆都不觉淌下泪来，正是前尘若梦，不堪回首。

红豆劝道："姑爷也别伤心了，总是我家小姐福薄……"说到这里，那自己的泪倒又掉下来了。可人也流泪不止，便又问这位大奶奶待你好吗？红豆道："奶奶人很爽气，待我倒很好。"

两人正说时，忽听语花在外面叫道："可人，可人。"

可人便忙收束泪痕，匆匆出去。语花道："时已不早了，我想老太太方面还得你自己去催请一声。"

可人方欲动步，忽听外面报道："老太太、大少爷、二奶奶、小宝宝统统都来了。"

语花可人一听，连忙相接，秀云亦在会客厅门前迎候。一会儿，只见语花已扶着柳太太进来，秀云连忙请了安。柳太太便即扶住道："都是自己人，舅奶奶不要多礼，我们近客倒不如你们远客来得早，反叫舅奶奶等候好久了。"说着，便向里走去。

秀云见老太太的后面是可人，可人的后面跟着一个少年，明眸皓齿，眉秀而文，右手腕上缠一圈佛珠，虽然是面目黝黑，但风流倜傥，正不减宋玉当年，秀云心想，这人莫非就是子萱吗？正欲上前招呼，忽见子萱正在注视自己面目，秀云见他微笑时，两颊竟掀起笑窝，自己好像非常的面熟，但一时却想不起来。

正在这个时候，那人竟向自己咦咦地响起来。只听他说道："你不是笑云妹妹吗？怎的你会在这里？我和你整整有八个年头没有见面了。有缘千里来相会，无缘对面难相逢。这话真有意思。今日我们可谓有缘了。"秀云听他的声音，察他的笑貌，一时也越看越像，便也不禁叫道："呦！你原来是寿朋哥，我只晓得我的姑奶奶说柳家的大少爷就是柳子萱，我哪里知道这柳子萱就是你这柳寿朋呢？寿朋哥，你为什么把寿朋两字改为子萱了呀？你难道是真的出了家吗？这是哪里说起，你难道把前时的一句话竟当真了吗？唉！这可不得了，我怎能对得……"说到这里，脸儿便渐渐红了起来，好像心中十分难受模样。子萱摇头微笑道："不是，不是，你错了。你到青岛之后，什么时候又回上海的？"他们两人这样的说着，倒把旁边的柳太太、可人、语花、葵秋等不胜诧异起来。大家都呆呆地望着，倒是子萱先向柳太太说明道："妈！这位就是我从前同文中学的同学。"大家听了，方才有些明白。语花笑道："这事巧得很，想不到你们倒是老同学。哥哥大概还不知道吧，她现在已是可人江家的舅嫂了。"子萱哦了一声，微笑不语。

这时春红、红豆都已捧了茶托，请老太太、大少爷、江奶奶、二奶奶、姑爷、姑奶奶入席用茶。语花因扶柳太太坐在上首,柳太太道:"姑奶奶,你的爸爸也请他一道来吧。"可人一听,便忙到上房把王老爹请出来。大家见了礼,可人一面又请子萱坐首席,子萱不肯,要让王老爹。王老爹道:"今日是我们姑爷做主人,大少爷乃是宾客,宾客岂可坐在下首。"说着,他便自在第二位上先坐下,其次是可人,那面第一位当然是秀云,第二位是葵秋,其次是语花,再下便是春红抱着亚儿,满满坐了一桌。这时席上,除了柳太太不十分注意,语花、葵秋、可人各人心中却都还在暗暗地细想,子萱和秀云到底是怎么的一回事。语花是最细心,觉得刚才两人说话情形,其中一定另有什么问题。因就把他们的谈话细细推敲起来。子萱一见秀云,便称呼妹妹,秀云也直呼为哥哥,可见他们两人以前在校中的交情,一定是不薄。秀云说:"你难道把前时的一句话便当了真吗?"这一句话中,里面是包括了许多以前的事情,想他们同学时候,一定也曾有过海誓山盟。但子萱听了,为什么却连说不是呢?这倒使人又不解起来。语花想了一会儿,又忖起子萱的一句话:"你到青岛之后什么时候回上海的?"心里如乎有些明白过来。秀云本来是南方人,葆青是北方人,他们怎能结合呢?大概秀云迁到青岛后,和子萱隔绝了,信息渐渐不通,两人交情当然慢慢淡下来。后来在山东便嫁了葆青。我想子萱和秀云在从前热恋的时候,曾经有过这一句话,所以秀云说:你难道真的出了家吗?又说:"我怎能对得……"下面当然是"住你"两字。语花想到这里,把两人刚才没头没脑的几句话,稍许想得有些儿头绪了,回头看葵秋和可人,还是呆呆地坐着,再看秀云,她两颊红晕,眼儿只是盯住子萱,好像和子萱有许多的话要说。子萱却看也不去看她一眼,一手数着一粒粒的佛珠,好像又在打坐。

席上显着寂寞,王老爹见大家不说话,因开口对子萱道:"大少爷,我还不曾恭喜你大奶奶是添了一位千金了。"这时王妈、小林,各人捧了一把酒壶,已挨次地把酒筛好,大家便举杯在手,向可人、语花道谢。语花道:"吃还不曾吃,哪里就用得着谢,我们这位哥哥,今天真是请他喝一杯淡水了。"

可人道:"今天这菜,说起名目来,有全鸭,有全鱼,其实都是素做的,萱哥,你酒既不喝,这菜请你放胆地吃好了。"

子萱笑着点头。王老爹道:"大少爷真是好福气,上有老母,下有儿子,又有女儿,有娇妻有美妾,有良田有洋房,这样的清福不会享,还要想修到西天佛国成佛去，那不是人心不足蛇吞象吗？大少爷，我说一句不中听的话，请你还是把这个念头丢下，及早回头享享现成的清福吧！"

柳太太听了，不住点头，子萱却道："多承伯伯指教，可奈贫僧实在享不来这等清福。"

柳太太和葵秋见他如此不悟，心中真是气愤得了不得，可人语花是早知空口不能劝醒他，所以绝对不和子萱再说要他不出家，只是连请大家吃菜。

秀云听子萱的话，知他出家的念头很坚决，这为了什么呢？想起来大半当然是为了我，情场失意的人，是最难以劝解的，子萱现在这个模样，不是明明是个情场失意吗？秀云想到此，哪里还有心思吃菜，把八年前一幕一幕的甜蜜生活都回想起来，真是悔不该嫁与葆青，但这岂是自己情愿的呢？现在他果然出了家，我心中怎能对得他住，秀云只是呆呆地想着。

这时热菜都已上来，如豆苗炒笋片、青果炒鸡丁，甜的有银耳有燕菜。点心有水晶馒头、千层糕、油炸吐司、冬菇玉带面。语花向秀云道："嫂子，你别客气，吃些吧。"秀云这才醒过来似的，忙点头。大家都说别有风味，一样有一样的滋味，老太太也很赞成。等到全鸭全鱼上来，大家差不多都已吃饱，此时大家懒懒的不想吃饭，柳太太先就到东面房里息息去，众人见老太太有些儿力乏，大家也就是散一散。

语花因拉了秀云手道："嫂子，我们上西首书房去坐一会儿吧，那边清净一些。"说着，两人在里面坐定。王妈端上茶，语花道："后天是我们椿来小姐弥月，嫂子如有兴趣仍就请过来热闹热闹。"

秀云道："就是后一天吗？这是我一定要来道喜的。"

语花是有心人，因笑道："嫂子还有一个名儿叫笑云吗？"

秀云道："我的爸爸叫云程，所以家里人从小都叫我小云，后来我到学校里，因为这小字不好看，便改为笑云了。"

语花点头。一面又道："子萱又叫寿朋，这个名儿我们倒还不晓得哩，嫂子你们从小就是同学吗？"

秀云道："子萱和我是同级的，课堂里又坐在一排上，他的学名便叫寿朋。那时他方十六岁，我比他小一年，现在算起来，整整地有八个年头没有见面了。我是晓得他叫寿朋，并不晓得他又叫子萱，姑奶奶，你想这个光阴过得快不快吗？"

语花正欲再问，忽听可人叫道："语花，你陪嫂子出来吃饭，现在又

189

有一只很好的素一品来了。"

两人便走出客厅来，语花道："妈呢？"

可人道："老太太说菜吃饱了。"

语花道："那么你叫二奶奶来用一些儿。"一面又叫子萱。子萱正在盘膝打坐，做他日常功课，说也饱了。王老爹也已吃不下，语花、秀云、葵秋、可人便略用一些儿稀饭。小林拧上手巾，王妈又端上云南普洱茶，可人叫把席面撤了，摆上鸭梨蜜橘，让大家解渴。

秀云又抱了亚儿玩了一会儿，见了亚儿，心里又有许多感触，很想找子萱说话，却碍着葵秋、老太太等众人在前，而且子萱也正在独自打坐。语花因葵秋在前，也不好再问秀云，大家只说了一些别的。秀云见时已不早了，便向老太太、葵秋、语花等众人告别。这时子萱却也送着出来，说声妹妹慢去，便自回身进内。秀云要待回说一句，已来不及，只得携了红豆跳上汽车，语花再三叫她后天再来，秀云答应。

语花可人直等汽车开出大门，才回到自己房里来，语花道："今晚没有请秋霞梦兰一道来，我怎忘了，直到此刻我方才想起，否则席上何至于这样冷清呢？"

可人道："我也会想不起来。"

这时子萱见可人进来，便也要告辞，和老太太回上房去，可人道："请再多坐一会儿不好吗？"

子萱道："已经给我扰了许多时候了。"说着一面又向语花道，"这秀云妹妹，现在也给你做了嫂子了，我记得我们同学的时候，她真是一个天真烂漫的孩子呢。"

语花道："哥哥今日和她相会，也可称为他乡遇故知了，你如要喜欢和她谈谈，她后天不是仍要来的吗？"

子萱微笑不语。这时老太太也扶着春红出来，后面跟着葵秋抱了亚儿，语花道："妈妈不再坐一会儿吗？"柳太太笑道："姑奶奶也该息息了。"于是两人送他们出了院子。

柳太太回上房去，必要经过友竹的卧房，柳太太道："我们倒去瞧瞧椿来。"春红便扶着她到房里，子萱却在房门口站住。

友竹见了老太太，忙站起来道："今儿这功德林素菜好吗？"

柳太太在炕上坐下道："菜是很好，我只是不愿意吃。本来很好可以吃荤菜的。"

190

友竹知道她又在恨子萱，便也不敢说什么。轻轻问葵秋道："人呢？"葵秋向房门口努嘴，友竹便叫春红端把椅子出去。柳太太道："还给他坐呢，谁叫他不进来？"大家见老太太生气模样，都不敢作声，友竹亲自倒了一杯茶，柳太太便道："椿来醒了吗？"友竹道："才吃了奶，还不曾醒。"柳太太道："日子过得真好快，后天这小宝宝便要弥月了。"友竹道："我听姑奶奶说，公司里的朋友还想到了那天大家打公份来闹一闹呢。"老太太笑道："这也是他们的一个心，不过我们家里倒也得预备预备才行呢。"说着，又回头向房门口子萱道，"我儿，你想，这样不是家里一定要有个人支持才行吗？"子萱因为老太太已经不高兴过，这时哪敢再违拗，只好答应了一个是。老太太便道："椿来没有醒，我也不多坐了，你也早些儿息吧。"说着，站起身来，又对葵秋道，"你和亚儿也可以回房了，他是仍要跟我一道去的。"葵秋道："我把亚儿给他睡了来吧。"柳太太道："亚儿睡了，你也不要来了。"因为葵秋的房，离老太太东风上房也有不少的路，所以叫她不要再来，柳太太的爱惜儿女，真可谓无微不至了，友竹便站起相送。

春红扶柳太太到了上房，子萱见老太太颇有倦意，便叫春红服侍睡下，自己却盘膝坐在靠窗口的榻炕上面，手持佛珠，口宣佛号。忽然想起前时阿耨池畔，自己正欲舍身池内，突然间来了一人，把自己提上岸来，救了残生，并且说道："汝要知佛光广被，普渡众生，无地无佛，即是无人不可成佛。只要洗心革面，力改前非，那五湖四海何处不好安身？何地不好证果？"这几句话，子萱越想越有意思，觉得真是不错。当时我欲向他稽首，那人却忽然不见，及今想来，这救我的人一定是佛的化身了。我今一到家里，若便把我佛告我的话忘了，不特此便身坠孽海，恐怕还要万仞不能复呢！子萱想到了此，把一心出家的念头，更加坚决无比了。

一时忽又想起今晚席上，秀云问我的话：你难道真的出了家吗？你把前时的一句话果然便认了真吗？那我又怎能对得住你呢？子萱想到这里，恍惚他的身子便在同文中学的校园里。时正方春三月，子萱立在桃花的底下，枝头好鸟，歌唱不息，那一树碧桃正开得灿烂如锦，子萱舞蹈其下，口中还唱着道："天上夭桃盛，云中杏蕊多。好妹妹，我爱你脸儿嫩，好像吹弹得破，我爱你颊儿红，好像两只苹果，那么你得喊我一声哥哥。"子萱正唱得高兴，忽见前面草地上，有一个盈盈十五的女郎，肩上披着短发，左右分作两绺，缀着两个粉红色的蝴蝶结。身上穿着白纺绸的衬衫，下穿元色短裙，裸着双足，穿着白色跑鞋，只见她一跳一跳地走来，跳一步，那发上的结儿，便摇一下。子萱正看得出神，那女郎已跑到子萱的面前，嘴里喊道："寿朋哥，你为什么把我丢下，独自在这里快乐呀？"

子萱忙将她一把抱住，同坐在草地上面，口里不住喊道："我的秀云妹妹，我的好妹妹，我想校里除出妹妹之外，哪里还找得出像妹妹这样美丽的人才呀？"秀云听了噘着小嘴，哼了一声，推开他，瞟他一眼笑道："寿朋哥，你不要骗我了，你昨儿不是说，杏仙比我更美丽吗？"

子萱一听她这样说，便急了起来，便把秀云的脸儿紧偎着自己道："妹妹，你不要多心。你如要多心，我可以赌咒给你听，我是真心地爱着妹妹，我一定要和妹妹永远地聚在一处，我如果不能把妹妹娶了回去，我便出家做和尚。"

秀云见他这样的说法，便把眉毛儿一扬，眼珠在长睫毛里一转，望着子萱只管笑，直把她笑得短发一颠一颠的，小嘴儿合不拢来。

两人正在快乐得意的时候，突然见西北角上起了一片红光，随后便是一阵狂风，卷地扑面地扫将过来，只吓得两人缩作一团。那风又把满树的花朵卷起来，吹得两人身上都是花瓣。子萱正在不胜惆怅惋惜之时，那耳边又听得一声响亮，子萱睁眼一瞧，哪里有桃花？哪里有秀云？自己不仍是好好地坐在榻上。此时室中除了柳太太鼻鼾声和壁上的滴答钟声外，四顾寂寂，子萱便把心神安定一些，不作妄想，慢慢地收摄了一会儿，果然觉得脑海中清了不少，心猿意马的念头，也渐渐地铲除了。

到此子萱方才明白，出家人的心是不可妄动的，心一动，便要走魔，坠落证果，争此须臾，真是危险极了。一会儿子萱又回忆梦境，忽然若有所悟，口中又喃喃地念道："纵然是万紫千红，但一霎那花也落了，人也没有了，变成四大皆空。"子萱念罢，又深深地叹了一口气道，"色即是空，空即是色。无眼耳鼻舌身意，无声色香味触法，人生忧忧，还不是一场大梦吗？"

当子萱入梦的时候，正是秀云回家坐在房里，一面等着葆青，一面想着子萱。她想：子萱到底是为什么出了家？他现在有妻有妾，不是一个很美满的家庭吗？他出家，他一定有说不出的苦衷。我和他自幼同学，青梅竹马，真是两小无猜。有一天，他在校园里乘凉，我见了他，他便挽了我臂儿，一同坐在树荫下，我冷不防被他将我的手臂咬了一口，我因为疼痛，便哭了起来。他便偎了我脸，笑着赔不是道："我亲爱的妹妹，这个是叫啮臂盟心呀！好妹妹，我永不忘了你，你忍了痛吧。"直到现在，我臂上尚有两个齿痕留着。谁知那年大祸临头了，我妈妈殁了，我便只得中途辍学，爸爸又要带我到青岛去。我记得我把这消息告诉子萱时，他竟目定口呆地跌落在地，我抱着他连连叫喊，他许久哇的一声哭出来，把我抱紧了道："妹妹，你不能离开我，你为什么要到这样远的地方去？"当时我也大哭起来，但是一个弱小的女孩子，有什么办法呢？只得说大家常常通信。后来我到青岛，五六年来没有得到他的信息，但我一直仍记惦着他。哪知爸爸给我硬许到江家去，现在寿朋果然为了我，竟真的出家了，那我怎对得他住呢？想到这里，自己的泪便落了下来，心中又呆呆地想：这真奇怪，寿朋竟会真的出家了。忖了一会儿，忽然脱口叫道："你真的出家了吗？"这时秀云心中受了刺激，几乎痴了起来。

那晚葆青回来，秀云没头没脑地便问了他这一句，直把葆青问得目定口呆，幸有红豆在旁告诉道："大少爷，今儿姑奶奶请的客人，便是柳家的大少爷。柳家的大少爷，便是姑爷的大舅子，现在是从南京出家回来。大家劝他还俗，他竟决意不肯，现在我们奶奶在说的就是这样一桩事情呀。"葆青听了，方才明白。但葆青今晚由大中华来，心中也非常的烦恼，他烦恼的是什么事呢？原来他所请的客人林竹山，吃好了饭方由葆青送他上汽车，不料有匪徒数人，跳上车厢，把手枪对准车夫，便把林竹山绑了去，你想葆青不是要无故地烦恼吗？所以对于秀云的话，也没有去注意，自去躺在床上睡了。

未知秀云受了刺激后，真的有发了痴没有？且看下回分解。

第六回

细语喁喁可医心头病
喜气溢溢大开汤饼筵

葆青在床上躺了一会儿，却不见秀云来睡，便微靠起身子叫道："云妹，你怎的还不睡啦？"秀云从沙发上站起，走到床边坐下，呆呆地望着葆青不语。葆青心想：平日我回得家来，她总笑脸相迎，今日大概因为自己先没有睬她，所以她不高兴了。因去握了她的柔荑，笑道："云妹，你怪我没有理你？你生气了吗？"说着，又笑道，"我真该死，因为林竹山被人绑了，我一肚子的烦闷，所以也懒得说话，一进门就倒在床上睡了。云妹，你多早晚回来的？"

秀云懒懒地道："我也才回来一会儿。"说着，便就脱衣就寝。葆青见她这样，便拥抱了她身子道："你有没有觉得怎样？"秀云摇头道："我没有什么！"葆青道："大约乏力了吧？早些儿睡吧。"说着，遂伸手去熄灭了电灯。

曙光一线，从黑沉沉的长夜里破晓了，东方的朝阳，呈现出美丽的彩霞，枝头小鸟，已在歌唱动听的晨曲，室中的秀云和葆青，却仍是甜蜜地睡着，除了轻微的鼻鼾声，此外是静悄悄的。

正在这个时候，忽听"呀"的一声惊叫，倒把葆青从睡梦中惊醒，只听旁边的秀云，还呜呜地哭着。葆青便忙推着她身子叫道："妹妹，你醒醒！你梦魇了。"秀云却突然把葆青抱住，喃喃地自己边哭边说道："你真的出……"说到这里，微睁开星眼，见自己怀中抱着的是葆青，便呆住了，但喉间兀是哽咽不息，好像万分伤心模样。

葆青笑道："云妹梦见了什么？竟怎的这样害怕？"

秀云叹了一声，放开了手，忽又勉强笑道："我真吓煞。"说着，把头去藏在葆青胸前，又道，"我觉得有些儿头疼。"

葆青忙用手心去按在她的额角，说道："果然有些儿烫手，怪不得昨夜你这样不高兴模样，想是受了感冒了。"说着，便将她脸儿捧起。见她两颊红得厉害，眼角旁还含了一滴泪水，葆青吃了一惊，偎着她道："怎样了？"

秀云不语，葆青急道："你说呀，哪一处不舒服，也好叫人请医诊视。"

秀云道："凉不要紧的，让我好好儿地再睡一会儿好了。"

葆青道："那么我起来了。"说着披着衣下床，把被儿替她塞紧，又抚着她的头颊一会儿。秀云道："你放心，不要紧的。"

这时红豆已端了脸水进来，葆青洗漱完毕，问红豆老太太起来没有。红豆道："才醒来。"说着，便又去冲牛奶、装饼干。葆青走近床前，低低问道："云妹有饿吗？要不要喝些牛奶？"秀云摇头道："我不想喝，你自己吃好了。"葆青心中很是不乐，一面自己吃过早点，一面又在房中踱着，看看钟已九点，葆青仍还不曾到公司去。

秀云见他这样不安模样，心中也是感动，因道："葆哥，你怎还不到公司里去？"

葆青在床边坐下道："我想去请个医生，替妹妹瞧一瞧，今天不去公司了。"

秀云伸出手来，和他握住道："医生我不要瞧，反正瞧了，我药也不吃的。一些儿感冒，凉不妨事，你只管自己到公司去，我睡了半天，也就好了。"

葆青听了，又摸着她头额，想了一会儿道："你既然不要给医生瞧，那么等我下午回来再说，这时好好儿地养息着吧。"

秀云道："你见了老太太，别说我不舒服，不然又要急坏了。"

葆青道："我理会得。"说着又安慰了几句，一面吩咐红豆小心服侍，一面遂到上房里来。向江太太请了安，才坐车到银公司去。

刚在写字台边坐定，只见语花推进门来道："葆哥，你请客的林竹山怎的昨夜被绑了吗？"

葆青忙让坐道："妹妹怎样知道？"

语花笑道："今天各报都有登载，我怎不知道？"

葆青道："这事真太凑巧，我对于竹山真是抱歉得很。"

语花道："这也没法，葆哥又哪里知道呢"

葆青道："你嫂子昨晚从你府上回来，大概受了些感冒……"

语花忙道："真的吗？不知要不要紧？你怎不请个医生替她瞧瞧呢？"

葆青道："我早说过了，你嫂子还是带着孩子气，说药吃不了，不叫我去请。"

语花道："那么葆哥，下午该早些儿回去才是。"

葆青点头，问可人来了吗。

语花道："来了，建设部今天忙得很。"

说了一会儿，遂回到自己办公室去，呆呆地想：秀云突然会生了病，这好像和昨天的事有些儿关系，我倒好好地要去探问探问，秀云和子萱在从前，究竟有一段什么事？看起来秀云对于子萱的出家，好像是十分抱歉模样，想下午我倒去瞧瞧她，便忙把文件批了一会儿。

到了午后，语花见部里没有什么事了，遂先到信托部。见葆青正在忙着，语花道："葆哥，你这时能回家去吧？"

葆青道："这时怎能走呢？"

语花道："我没有事，先瞧嫂子去了。"

葆青道："那再好没有了，我大概四点钟回来。妹妹你别就走，我回头和可人一同来，你们吃了晚饭走好了。"

语花答应，一面又去关照可人，一面遂急驱车往江公馆去。

红豆早迎出来叫道："姑奶奶，姑爷不曾一道来吗？"

语花点头道："你奶奶现在怎样了？"

红豆道："才醒来一会儿，姑奶奶请里面坐吧。"

语花遂自到秀云房中来，见秀云躺在床上，云发蓬松，一条手臂撩出在被外，两眼向天花板望着出神。语花上前叫了一声嫂子，秀云回头见是语花，不禁脸含笑容道："呀！姑奶奶，我真想不到你这时会来。"

语花在床边坐下道："我听葆哥说，嫂子昨夜回家，有些儿不舒服，所以我来望你了，你现在可好些儿了吗？"

秀云握住她手道："真对不起，又叫姑奶奶操心了，我只受了些感冒，谅不要紧的"。

语花又摸着她额角道："这时热倒退了，嫂子中午吃些儿什么？"

秀云道："喝了一小盅的小米粥。"

正说时，红豆已端上茶来，又问奶奶饿了没有。秀云摇头道："我这时不想吃。红豆，你向老太太去告诉一声，说我已没有什么了，免得老人家又担心。"红豆答应去了。

这时秀云拉了语花的手，呆呆地望着，好像欲言还停，有什么话要和自己说似的。语花心中一动，便就轻轻问道："嫂子，你恕我冒昧，我看昨天嫂子对于子萱的出家，好像有许多的感触，不知……"语花说到此，停了一停。秀云听了，红晕了脸儿，叹了一声道："我和姑奶奶情如姊妹，我现在就告诉你，过去生命中一件最得意而又最伤心的事。"

　　语花听了，吃了一惊，脸上显得寂静。秀云慢慢地坐起，倚在床栏旁，低低地说道："我本来是武林人，因为一向是住在上海的缘故，所以除了每年清明跟父亲回去扫墓一次，此外不常去的。我和寿朋在光明小学里就是同级读书，大概因为性情相投的缘故，我对于他，是觉得特别的好感。他呢，更是妹妹、妹妹叫得亲热，这原因我知道大半是为了各人的家中都没有一个姊妹兄弟。小学毕业了，我们是不忍就这样的分离，就暗暗地商量，大家去考同文中学。在同文中学读了三年，因为一年一年岁数的加多，在四面所得到的知识，所以我们两个天真无知的纯洁心，也由稚气的小孩时代，而一变为略懂人事的青年时代了。当然我们有了六七年相聚的历史，在各人心底中，早认为是一刻不能离的伴侣了。但不幸的事，就在那年接踵地来了，我的妈妈因时疫而殁了，同时我爸爸因职业上的关系，要迁居到青岛去。你想，我得了这个消息，我小小的心灵是感到痛苦极了。我记得当我告诉寿朋这个消息的时候，他竟立刻急得昏了过去。但是在那时的我，只不过是一个十五岁的女孩子，又有什么力量来违抗爸呢？那日我俩是整整地哭了一天，在无可奈何中，我俩是亲蜜地接了一个吻，从此就分手了。我跟爸爸到了青岛之后，立刻就写信去，在半年的中间，我们虽不能够相见，却也能在书信中得些安慰。但是第二年的春天起，在四个月中，我曾写了五六十封信去，可是却得不到他的信息了，好像石沉大海，杳如黄鹤。那时我因此生了一场大病，几乎送了性命。"

　　语花听到这里，忙问道："嫂子，那么你现在可知道到底是为了什么呢？"

　　秀云道："我到现在还不明白呢，如此六七年来，我心中把这事也就淡了下来。那时我爸爸已娶了续弦，并且不知怎的就认识了你的葆哥，在那晚爸回来的时候笑着告诉我说已把了我配给葆青了，我当时忽又忆起了七年前的种种事了，我知道寿朋他绝不会忘我的，所以我极力地反对。"

　　语花插嘴道："嫂子，你这也太痴心了，他既六七年不通信息，他当然是把你忘了。"

秀云叹道："可是我一些也不痴心，寿朋他现在不是已真的出家了吗？"

语花吃了一惊道："你们从前难道曾经有这话吗？"

秀云眼皮儿一红，把右臂的衣袖向上一撩，对语花道："不但有这话，你瞧，他还……"

语花忙看时，见她白嫩的臂上，留着两个齿痕，心中明白，却默然不语。

秀云已淌下泪来道："他曾说我如果不娶妹妹回去，我一定出家做和尚去。那天在校园中，他忽又在我臂上咬了一口，说道：'这叫啮臂盟心，妹妹，你放心，我永远忘不了你'。"秀云说到这里，喉间已经咽住。

语花听到这里，心中方才完全明白，暗想：这事真正是自己意想不到，子萱出家的起因我只道他是为了我的自杀，但哪知秀云却承认是完全为了她自己，照事情来看，秀云的想头，也不能说她错，但子萱这人，实在是太古怪了。因安慰她道："嫂子，你别伤心，我想这是你误会了我萱哥的意思了，萱哥今日的出家，绝不是为了嫂子，从前的事，恐怕是另有别的问题吧。"

秀云拭了泪痕道："昨晚王伯伯说，寿朋有娇妻美妾，有良田洋房，还愁哪一样不如意呢？现在竟会出了家，不为了我还有哪个？"说到此，又叹了一声道，"当初我是极不情愿嫁给你葆哥，但是逃不过专制家庭的罗网，既然到了江家，凭心自问，你葆哥确实待我不错，而尤其老太太慈爱动人，叫我怎能任心吵闹是非呢？但现在你的朋哥，竟真的会出了家，叫我心中又怎能对得住他？姑奶奶，你替我想想，怎不要伤心呢？"

语花听了，想了许久道："嫂子，你也不必难受，子萱这人现在出家的心依然是坚决得了不得，老太太和友竹姊姊苦口婆心的劝解以及我和可人的解释，他是好像耳边风一样，害得友竹、葵秋时常痛哭。我也不管子萱的出家，是否为了嫂子，不过嫂子既然不忍心看着他出家，那么明天嫂子不妨去劝劝他，如果嫂子劝醒了的话，那我的友竹姊姊不知要怎样感激你哩。"

秀云听了这一些话，细细一想，觉得这也不错，便道："也只有这个办法……唉！想起过去的事情，真是做了一个春天的大梦。"

语花道："这叫作五百年前定婚姻，你是该配我的葆哥，和我的萱哥只是有小时候七八年的缘分罢了。不过对于我却是不成什么问题，因为你无论嫁给萱哥和葆哥，一样的总是我的嫂子……"说到这里，不觉哧哧笑起来了。

秀云也不禁嫣然笑道："姑奶奶你说话就真有趣。"

语花又正色道："说句迷信的话，大凡一件事是早已注定好的，就是萱哥他决计不肯听人话，要出家去，那也是注定好的。嫂子也不要过于为他伤了心，在我想他的出家，并不是为了嫂子，要是他果然为了你的话，他先就不该去娶友竹了。不过我们彼此都是友竹的知己，替友竹的终身着想，我们应该是设法去劝阻子萱的。嫂子你要想明白些儿，你和葆哥现在是个很美满的家庭，切勿因了这些，而又去引出不幸的事情来。我的心是直率，口是快的，嫂子倒不要见怪。"

秀云听了心中着实感激，便紧紧握着她手道："但我总觉得对不住他。"

语花道："这也不能说嫂子负了萱哥，因为他是娶了妻后出家的，而且又是他不给你信。好了，这些话也不必再谈了，明天椿来小姐弥月，嫂子来吧，顺便劝劝他，他如果不醒悟，也不关嫂子的事了。"

秀云被她劝解了许多话，心中倒也明白过来。她本无大病，这时也就好了许多。

语花笑道："我明天来接你吧。"

秀云道："这可不必了，怎好又劳姑奶奶的驾。"

语花笑着拍拍她肩道："你大概明白了吧。"

秀云红晕了两颊，拉了语花，又捧了她的脸儿，自己嘴在她耳边低声道："这事还请姑奶奶替我保守秘密，除了姑奶奶，没有一个知道呢。"

语花噗地一笑，点头道："这我理会得。"说着便站起道，"我来了许多时候，还不曾去见老太太呢。"便遂到上房里去。

秀云又细细地想了一会儿，觉得语花的话不错，心中也就愈觉语花这人的可爱。

正在这时，忽听一阵皮鞋声从外面响进来，秀云回头一看，见是葆青回来了，后面还跟着可人。秀云便忙把露在被外面的手臂藏进在被窝里去，葆青走近床边道："云妹好些儿了吗?"

秀云把头略一点道："我已很好了。"说着又向可人道，"姑爷，你姑奶奶在老太太的房中呢。"

可人也过来问道："昨天好好儿从我们那里回来，怎的会病了?"

秀云眼珠在长睫毛里一转，微笑道："也没有什么大病，倒叫姑爷也来了。"

正说着，语花笑着嚷进来道："葆哥，嫂子的病给我医好了，你将怎样谢谢我呢？"

这一句话，除了秀云知道其中有因，葆青和可人只当语花在说笑话。葆青便笑道："这是多谢妹妹。今儿晚上，我有一只好菜备着，就请妹妹吃吧。"

秀云却连连瞅着语花，语花又忍不住咻咻地笑起来。

这时红豆又端上茶来，葆青道："椿来小姐明天弥月了，公司里同人是已大打好公份，我们也随有一份子。不过另外再备些什么礼好呢？妹妹，你们可预备好了吗？"

语花回头向可人道："前天你去定的东西怎么样了？"

可人道："我已吩咐他们了，送回我家中去了。"

语花道："我们备了一个赤金项圈和一顶紫金冠。"

葆青笑道："我正是个门外汉，不知送什么好呢？"

秀云笑道："这些你别费心，我上午已派人送去了。"

葆青忙道："真的吗？妹妹做事真快了。"

语花笑道："葆哥真也喜欢多虑，要等你想到，我的嫂子早已办好了。"

葆青笑道："我真是个糊涂人，倒亏了你嫂子能干。"

秀云瞅他一眼笑道："倒不要你称赞，只要你酒少喝几杯是了。"

说得可人语花笑个不停。

语花道："葆哥，现在常喝酒吗？"

葆青道："哪里常喝，你嫂子是不喜欢这酒的，所以最好别人家也一滴不饮了。"

可人因为和江太太也有许久不见，所以便到上房里去，语花在后面也随着进去。这里葆青又温柔地摸着秀云额角，低低笑道："妹妹，你病着还操心，我心里是多么的爱你呀！"

秀云因为刚才语花说"你和葆哥是个很美满的家庭"，这时又见他这样柔情蜜意，体贴自己，想起自己和他结婚以来，平日心中对他的冷淡，这时倒反伤心起来，便紧握了他手，淌下泪来。

这倒使葆青吃惊不小，忙问道："妹妹，你又怎样了？"

秀云望着他带泪笑道："没有什么，葆哥，我很感激着你。"

葆青突然听到了这话，心中感到的愉快，真是到了极点，叫了一声云妹，便低下头去，在她的嘴唇上吻住了。

正在这时，忽然室中的灯光亮了起来，葆青忙离开了床边，却见红豆端了小米粥进来道："大少爷，好到上房用晚饭去了，老太太和姑爷等着你哩。"葆青听了，便急急地到上房里去了。

这晚可人语花两人回家，时候已经九点左右了，语花便把定来的赤金项圈和紫金冠亲自送到友竹房去。只见友竹还不曾睡，春红抱着椿来走着。友竹见语花手拿两只精美盒子进来，便笑问道："姑奶奶，你拿的什么呀？"

语花道："是给椿来宝宝的。"

友竹忙道："姑奶奶，我们自己人，这实可省却的，今天还有江家秀云姊姊，也送来一件大红缎褓褓、一件蜜色缎的褓褓，还有一副金钏臂，这真太客气了。"

语花道："这是人家给宝宝的一些心，要你做妈的尽管客气什么？"

说得春红也笑了。

语花便拿出紫金冠让椿来戴上，恰恰合适，不大也不小。友竹笑道："倒是这小东西，帽子也有戴，衣服也有穿了。椿来，快快谢谢姑妈吧。"语花抱过椿来笑道："还是给姑妈吻个香吧。唔，小宝贝，奶花真香呀！"

友竹便把金项圈叫春红去藏了，一面向语花道："姑奶奶，明天公司中这许多同事来了，缺乏人招待怎么办呢？"

语花听了，笑道："我正想来告诉嫂子，这些你可别愁，我们都已经议定了，招待由各科主任自己负责，因为有些同事虽在一个公司做事，却还不认识呢，所以由他们各科主任招待，那不是便利多了吗？并且已委梦兰做总裁，他已在杏花楼订好酒筵四十席，大家公份又请好了万家班剧团。中午一餐，可人是早替你在鸿运楼定好了。"

友竹道："真辛苦了姑爷姑奶奶，我不知怎样谢谢你们才好。"

语花道："嫂子又说什么客气话。"

友竹轻轻叹了一声道："本来这些事全该子萱来主持，现在他好像百事不管，做了一个安闲人，那还有什么说呢？"

语花道："他现在仍是在老太太房中睡吗？"

友竹道："今天晚上说还有些不舒服了，我想这一定是深夜打坐受了感冒。你想，还出什么断命家呢？"

正说时，车夫阿三站在外面道："奶奶，院子里的五色满天帐篷全部舒齐了，东首舞台也搭好了。"

友竹在屋里道："那你打发他们去吧，明天你们早些起来，大厅里和各个房间都收拾清洁些。"

阿三答应几个是便走了。

语花道："第一，明天好在是星期日，所以大家也都格外觉得有劲儿。"

友竹笑了一笑道："这也碰得巧。"说着，忽又道，"这儿要开销的账房你已找好人没有？"

语花道："是可人找好了，就是统计处里的徐舟平，他对于这些是很内行的，明天一早他就会到这里来。"两人又谈说了一会儿，语花方才回到房里去睡。

次日语花可人起身，已经九时，两人匆匆到东院子里去。只见大厅、客厅、厢房各个房子里，早已装齐了小灯泡，其中还点缀着五彩电灯，盘出花朵来。语花先到上房里去，可人在大厅上见过各科主任，只见他们胸前都别着一朵鲜花，下面一条彩带，书着"招待员"三字，见了可人，都来招呼。可人道："你们倒早，徐舟平来了吗？"这问了一声，只见账房里舟平出来道："石先生，我七点钟就到了。"可人笑道："今天辛苦你们了。"大家连说分内之事。

这时可人见大厅上焕然一新，当中挂了一幅大红缎绣花的麻姑晋爵；搁几中间放着一只大银鼎，可人上前一看，知是莫小白送的；右首一盆翡翠万年青，左首一柄白玉如意，这是董事长冰森送的，都用紫檀香木座盘，玻璃匣子罩着；桌上大红寿烛一对，上供寿桃寿糕等物。

可人正在看着，忽见友竹过来道："姑爷，你干事情有派好没有？"

可人道："我已派定十个，如果忙不过来的话，临时我再拉几个好了。"

友竹点头道："今天一切都叫姑爷辛苦费心，我也不客气了。"

可人道："本来不用客气。"便又问了子萱今天出来见客吗？

友竹道："他睡在床上装病，其实我看他怕应酬罢了。"

正说时，忽见春红来叫道："奶奶，姑奶奶找你呢。"友竹便匆匆地走了。

可人见这时贺客渐渐多了，几个招待也忙个不亦乐乎，因为贺客找不到主人，只好都向可人贺喜。可人心想：舅嫂的小孩儿弥月，怎都向我贺喜？那未免有些好笑。但客人的一些俗套，这也难怪他们，便也只好糊里糊涂地应酬了一会儿。

这时忽见一辆汽车在庭前停下，招待员都上前去迎，只见跳下来一个少年。可人一见正是梦兰，便忙上前来握手说道："霞姐不曾一同来吗？"

梦兰笑道："她随后就来，我正在接洽回来呢。"

可人笑道："万家班剧团你不是说昨天已接洽了吗？"

梦兰笑道："万家班只能唱到下午四时止，我今天又请了一堂刘春山滑稽，可以延到晚上六时，就让朱宝霞姊妹俩登台，这样我想不是更热闹些吗？"

可人笑道："真辛苦你了。"

说时，招待员已递了雪茄烟，并燃了火。梦兰吸了一口，正想和可人说话，忽然耳际听到轰、轰、轰三个高响声，接着又是一阵锣鼓喧天，倒把两人突然吃了一惊。

不知究竟何事，且看下回分解。

第七回

高朋满座独缺一主
华灯初上突失娇儿

可人梦兰连忙回头向院子中一看，原来舞台上已经开锣上场。这时一班贺客都去瞧戏，梦兰便对可人道："子萱不是已回家了吗？我还不曾见过他呢，以前我在潮白家中，倒是常常见到他，现在别了将近一年，不知他的丰姿怎样了？"

可人道："这时我们要不要去见见他？我听说他有些儿不舒服，还不曾起床呢。"

梦兰点头道："很好。"

两人正欲动步，忽听喇叭呜的一声，可人回头，见是葆青，大家又连忙招呼了。

可人道："嫂子完全好了？"

葆青道："好了，她回头便来。"

说着三人便往上房里，见了柳太太、友竹便道了喜。可人便问子萱睡在哪里？

友竹道："让我去叫他起来。"

葆青拦住道："萱哥既睡着，我们进去好了。"

友竹道："哪来的话？这样待客，真太没有礼了。"

梦兰道："都是自己人，有什么客气的。我听哥哥说，萱哥有些儿不舒服呢。"

可人便叫春红伴他们进里间套房里去。语花拉住友竹道："就让他们吧。"友竹叹了一声，也只得罢了。

这时见秋白伴了一个服装华贵的妇人来，语花早迎上去笑道："呀！霞姐，快请坐。"秋霞含笑点头，一面和友竹握手道："足足有一个月不见了。恭喜你。"友竹便也忙笑着让座。秋霞又向柳太太道喜，柳太太道：

"高奶奶，你是好久不来了。"秋霞笑道："因为公司里事很忙，所以不能常来问候老太太。"

这时仆妇送上银耳茶，秋白把一盒东西交给友竹，说是高奶奶送的。友竹一看，知是赤金链子的大锁片一个，便向秋霞道："霞姊，你这实在太客气了。"

秋霞道："给椿来小姐长命富贵。"说着，又笑道，"小宝宝呢?"

语花道："才睡着，你瞧瞧我们的亚儿吧。"说着向葵秋手中抱来，教亚儿喊秋霞妈妈。秋霞见亚儿活波可爱，也抱了逗着他玩了一会儿。

这时赵秀云带了红豆也来了，大家忙又站起招呼，热闹了一回。秀云和秋霞是初会，免不得客气几句。语花又细细问秀云好了吗? 秀云握了她手笑道："已好多了，葆青来了没有?"语花向里面努嘴道："在看我们萱哥呢。"

正说时可人葆青梦兰已从套房出来，友竹忙又把秀云和梦兰介绍，大家又客气一回，在房中略坐片刻三人便回到大厅来。

这时贺客已到了大半，院子中的舞台上戏也正在做得热闹，三人也来瞧了一会儿，见是《行善得子》，下面是《桑园会》，再下来是《大闹嘉兴府》，做得十分有劲儿，贺客都连连叫好。这时徐舟平从账房里出来，向可人招手道："石先生，请你来一次。"可人便随他进去，舟平指着座纹银麻姑道："这是一心校送来的。不知有没有这几个人?"可人低头一看，见写着"周子文、王者香、徐梅琴、张纫素敬贺"等字，心中猛可记得，这是语花友竹从前在校中同事，便忙道："有的，你去放在大厅上好了。"

说着，便立刻去告诉友竹。友竹道："真难为了她们，不知怎样知道的?"

语花道："前星期我在南京路碰见周子文，是我告诉她的。"

友竹道："这样就好极了，我们不是正在缺少女客吗? 我这人也糊涂，竟会把她们忘了。姑爷，劳你驾叫阿三放一辆车去接她们吧。"

可人答应，便到账房间，叫舟平写了张字条，遂吩咐阿三到一心校去接。不到一刻，阿三早已把她们接来，个个都打扮得花枝招展。可人忙上前招呼，者香笑道："友竹姊呢?"可人道："都在上房间，请各位里面坐吧。"大家点头，便姗姗进去。

梦兰过来道："这几位女客是谁? 我颇觉面熟。"

可人笑道："这一心校的同事，你怎么忘了?"

梦兰哦了一声笑了："我真健忘了。她们现在仍在一心校服务吗？"

可人道："这些我倒也不甚详细。"

两人正说着，忽然葆青道："小白来了。"两人一听忙回头过去，只见从外面驶进两辆汽车，第一辆认得是小白的，车门一开，便先走出两个俄国保镖，接着跳下一个少年，正是小白。见他穿了一套簇新的西装礼服，可人葆青遂都迎出去，大家连忙招呼。梦兰也在庭前等候，小白脱下呢帽，踏上阶级向梦兰道："梦叔已来了吗？"

梦兰道："我来有一会儿了。"说着忽又向前走下来道，"冰先生也来了。"大家一听忙又回头过去，见后面一辆汽车停住，车前排着四个保镖，一个年约六十左右的老翁，左手握着司的克，右手拿着呢帽，头发雪白，戴金丝眼镜，三绺胡须已长到胸前，身穿马褂大袍，态度和蔼。

小白见果然是冰淼，便也忙笑道："咦，巧了，冰先生就在我后面一辆吗？"大家连忙迎上大厅，招待员早已接过呢帽和司的克，可人陪进一间小客厅，里面特设一席，葆青、小白、梦兰在旁相陪。可人又忙去告诉友竹，这时上房里可热闹了不少，她们都在说笑，可人便向友竹道："董事长冰先生也来了。"友竹一听，便和可人到小客厅来，冰淼和小白都向友竹道喜，友竹也忙笑着道谢。

这里仆人早已端上四盆糖果、四盆水果，敬茶敬烟。不多一会儿，又端上银耳茶、燕窝茶。冰淼坐了片刻，便即起身告辞，友竹忙道："冰先生既来了，便用了饭去。"冰淼道："抱歉得很，我尚有一些事。"友竹也不强留，招待员已送上呢帽、司的克，汽车早已经侍候，四个保镖紧随其后，大家送上汽车。

小白向友竹道："我听说萱叔已从南京回来了吗？"

友竹道："正是。他因有些儿贱恙，所以不能接客，很是抱歉。"

小白道："那我该去望望萱叔。"说着便和友竹同回到上房去。

这里可人等三个人又去瞧戏，台上在做《满床笏》，郭子仪七子八婿，正是做得十分热闹，接下来便《梅龙镇》《投军别窑》，万慧良的唱功着实不错，台下个个听得津津有味，葆青也不住叫好。

梦兰笑道："葆哥对于这一门一定是极内行的，我简直是个门外汉。"

葆青笑道："南方人和北方人就不同，你们说看戏，我们是听的，所以麒麟童只有在上海是盛极一时，在我们北方，就不十分欢迎。"

梦兰道："这话不错，上海的舞台，他们最注重布景，什么《西游记》

《封神榜》唱功是不大讲究的，但也恰恰配上海人的脾胃。"

可人笑道："我看兰哥在舞台里是难得光顾的。"

梦兰笑道："这你怎么知道？"

可人笑道："咦，你不是说自己是门外汉吗？我想你对于爵士音乐大概是念得很熟的。"

葆青也忍不住笑了，这时大厅上和院子里都已摆好了席，招待员已请众贺客入席，可人等三人也到大厅里来。只见厅上柳太太、秋霞、秀云、语花、子文、者香、纫素、梅琴、友竹和葵秋十个人已满座了一席，见了三人，友竹便起来笑道："你们就在这里谈天，一席吧。"梦兰道："小白呢？"友竹这才记得，他还在子萱房中谈天，便叫春红去请。

葆青道："我们这儿还坐不满，统计处里的陈也香、林斗南、范雪卿都叫他们来吧。"可人这才想起，忙到账房间，对舟平道："你也到我们这儿一席好了，还有雪卿、斗南、也香也都去找来。"舟平连连说好。这时小白已出来，大家让梦兰上坐，小白首席，葆青、可人其次，斗南、雪卿、也香、舟平也都来了，挨次坐下。

斗南握壶，向满座筛了一杯，笑道："各位应该多饮几杯，我是一个酒徒，今天非痛饮一醉不可。"大家知道斗南和雪卿酒量很好，葆青叫他们坐在一席无非欢喜大家热闹些。

这时院子里大厅中，只听一片猜拳声，"六六、三三"闹个不了。台上的戏正是《割发代首》，更是热闹。这一餐吃毕，时候已近两点，小白下午因另有别的事，所以亦告辞走了。友竹请秀云等仍往上房里坐，老太太问秋白大少爷用过饭没有？秋白道："刚才吃些儿稀粥，这时已起来了。"柳太太道："既然身子不好过，为什么又起来了？"秋白道："大少爷坐在床上打坐。"

柳太太也不再问，轻轻叹了一声，友竹劝道："老太太，你也别气他了，自己找些快乐吧。"语花便把椿来送到柳太太的怀内，柳太太见了椿来，便也笑着逗她玩了一会儿。这时子文、梅琴、者香、纫素也要告别，友竹忙拦住道："今天是星期日，你们都没有事，为什么急急要走了呢？晚饭无论如何要吃了去的，否则你们就瞧不起我了。"

语花道："大概你们都感到寂寞，我们还是到院子中瞧戏去吧。"

正说着，春红抱了亚儿进来笑道："外面刘春山滑稽上台了，奶奶们都要去瞧吗？姑爷已在台前摆好了位置。"

语花笑道："这样很好，子文姊姊，你们大家也别客气了。"梅琴等四人只得留下，友竹便扶了柳太太道："老太太也去瞧瞧，这里葵秋招呼秀云、秋霞。"

大家到了院子中，果见离台四五排，留着十个空位，招待员忙来招待坐下。这时台上，刘春山正在做怕老婆动作滑稽，言语发松，真是嚎天嚎地，引得台下个个捧腹大笑，秋霞、者香、语花等也笑得花枝乱颤。秀云向语花笑道："天下难道真有其人吗？"语花嗤地笑道："我的葆哥大概是这样的。"秀云啐了一口，自己也忍不住笑了。

又瞧了一会儿，秀云因内急，语花便叫秋白伴她到上房去。两人到了上房，这时房中已打扫清洁，里面一个人都没有，大概仆妇们也偷空去瞧戏了。秀云一面解手，一面问秋白道："你们的大少爷不知为了什么他一定要出家去？"

秋白站在一旁答道："这我也不十分知道，我到这里来的时候，我家大少爷已经在南京出家了。"说到这里，又笑起来道，"我记得那天大少爷回来了，我不认识他，还道这和尚好大胆子，竟直闯到奶奶房里来，后来春红姊姊一认，便连叫大少爷回来了，我站在一旁正是丈二和尚摸不着头脑呢。"

秀云见她还是一味的孩子气，想她如果知道的事她一定能都告诉我的，便又问道："那么你家少爷结婚不到二年，为什么又要娶一个二奶奶呢？"

秋白悄悄地道："这是春红姊姊告诉我的，因为我家大少爷从前在外面是十分喜欢白相女人，后来出了家，我们二奶奶抱了小少爷寻上门来，因为老太太见她可怜，又见亚儿像我们大少爷，所以把她留在家里了。"

秀云听了心想：这真是奇怪了，寿朋这人，原来是这样的无赖，亚儿是他的私生子，这样看来，他绝不会还想到我这个人的。但一时又想，他既然这样用情不专，暗恋女色，为什么现在他竟又会出家了呢？秀云这样一想，倒呆呆地出神了，忽听秋白嗤的一声笑道："我们大少爷真个是傻子，有这样美丽的大少奶奶，还有这样好看的二奶奶，他却尽管闹着要出家，江奶奶，你想这我们大少爷的脾气不是太古怪了吗？"

秀云听了，心想这孩子倒也人小心不小呢，便点点头微笑不语。解好了手，秋白伴她在盆内洗了手，秀云暗想，我这时趁着她们不在，何不去劝劝寿朋，而且把从前的事也好问个明白。便向秋白道："你喜欢看戏，只管自己去好了，那里太闷热，我要息一息养神哩。"秋白巴不得秀云这样说一声，便道："我听说江奶奶昨天有些儿不适意，这时大概乏了，休息一会儿也好。"说着，便头也不回连蹦带跳地跑出去了。

秀云遂悄悄地走进套房里去，向四周一瞧，却不见有子萱，心想他又到哪里去了？便从后面跨出小庭园，见里面一株高大的银杏树，旁边两座假山，沿墙角砌着几个花坛，植着牵牛花儿，微风吹着细藤瑟瑟作响；西首现出一个月洞门，里面是一片竹林，秀云想这里一定是屋子的后园了，自己倒不曾来过，不妨进去瞧瞧。遂走进月洞门。忽然迎面走来一人，正和自己撞个满怀。秀云冷不防被这一撞，早吓得呀了一声叫起来，幸喜来人把她扶住，叫了一声："秀云妹妹可撞疼了你没有？"秀云连忙仔细一看，不觉脱口笑道："呀，我道是谁呢？寿朋哥，你怎的走得这样的急匆匆呀？"子萱道："对不起得很，你没有在瞧戏吗？"秀云道："我正想找你说几句话。"说着抬头见那边一丛翠竹旁有一块大石，便拉了子萱的手到那边走去。

子萱心里别别跳着，但也不敢回拗她，只得跟了她走。两人在大石上坐了下来，秀云微红了脸望着子萱道："朋哥，我问你一句，你还记得八年前的事吗？"

子萱听了低头不语，秀云去拉过他手，说道："你现在的出家，是不是为了我？不过我之所以嫁江葆青完全是父亲的命令，我那年到了青岛，就写信给你，后来在第二年春天起，你为什么从此连一个字也不给我了呢？可见这并不是我负了你呀。"

子萱抬头笑道："我也不曾怨恨妹妹，我只觉得对不起妹妹。"

秀云道："那你的出家是完全为了我了？我怎能对得住你？而且更对不住友竹姊姊和老太太呀！"说到此，眼皮儿一红要淌下泪来。

子萱道："你别误会，过去的事我只当它是一个梦，一切再不要说起了，我现在的出家绝不是为了妹妹，妹妹你请放心好了。"

秀云道："现在我既嫁了别人，你也已娶了友竹，彼此都已重新做了一个人，我也没有对你不住处，你也没有对我不住，因你现在要出家了，我心中就想起了旧事，我就觉得对不住你了。"

子萱道："妹妹这话一些不错，大家都没有对不住谁，不过我现在出家是另有问题，绝不是为了妹妹呀！"

秀云道："那你为了什么？友竹姊姊待你多好，并已替你养了孩子，

209

你现在抛弃了她，不是害了她，间接地说是我害了她。所以你要出家，我的心始终感到不安，你既然说过去的事，只当是一个梦，那你就不应该出家了。"

子萱道："因为我现在瞧破了红尘，觉得人生的一切事太烦恼了，倒不如出了家来得清净多了。"

秀云听了，沉思半晌，忽然道："我不管你是不是为了人生烦恼而出家，总之在我心中是觉得对不住你，你如果再执拗的要出家，那我一定也跟着你做姑子去。"

子萱听了忙把手在她嘴上一扪，但忽又想到她现在是已罗敷有夫，我怎能可以再有这样亲热的动作，而且还和她坐在一处，那不是大大的失礼吗？便忙站起，微红了脸道："妹妹，你这又何苦来呢？你们不是一个很美满的家庭吗？"

秀云将他衣袖一拖，定叫他坐下道："你别忙，我还有许多的话要和你说呢，你这时倒要避嫌疑了，你想想八年前的事吧！抱着我，吻着我，并不是我现在对于你是太放浪了一些，你瞧瞧我臂上的齿痕还留着哩！老实说，你五六年来竟不给我一信，我的心中真是怨恨着你……"说到这里，忽然把身子倒在子萱的怀中呜咽起来。

子萱被她这样一来，全身的血液在每一个细胞中紧张起来，一颗心的跳跃真觉要从口腔内跳出来一样。听她说抱着我、吻着我这一句话，那脸上更是热辣辣起来。是的，八年前曾经有这样的事，我对不住她，我负情了她，我要去忏悔，忏悔我的罪恶，便扶起她来道："妹妹，你切不要这样，我已知自己的罪恶，是到不可赦的地步，你饶了我吧。"

秀云拭了泪道："只要你能不出家，我们大家各过新的生活，否则我一定也做姑子去！不过你既已知道，我和葆青是个美满的家庭，一旦我去做了姑子，葆青说不定也会发疯，那都是你破坏了我们，都是你所害我们的呀。"

子萱听了这话，直吓得汗流满颊，暗想，不要真的这样了，那我的罪恶不是更忏悔不完了吗？一时被她缠得神志也昏了，听她说她去做姑子，葆青会疯的，那么我出了家友竹难道不会疯吗？于是又想起老太太也要跟我去，葵秋甚至要死在我眼前，和友竹结婚时的甜蜜，和葵秋结识的热情，八年前和秀云的恩爱……这样的思潮在子萱的脑子中错综着，他觉得自己是不该出家了。但一忽之间，眼前忽然又见到了阿耨池畔救自己的僧

210

人，他对自己的一篇话，很清晰地还在耳际流动，他猛可醒悟了过来，便默默地念了几声弥陀佛，便向秀云道："你做姑子也好，葆青发疯也好，这些对于我，都没有关系，因为我已说过，我的出家绝不是为了你，如果葆青因你做姑子而发疯，这并不是我害他，完全是你害了他。妹妹，你休怪我出言冲撞，快不要自寻烦恼了，还是到外面去瞧瞧戏吧！就可以明白，人生在世，和舞台上有何两样？台上卿卿我我，一下台来，变成陌路，你要知道，我佛说要作如是观。"说着便向秀云合十，立起身来，头也不回地自到房里去。

秀云轻轻叹了一声，心想语花说他无情无义，真是不错，一面替友竹思想，也是伤心，便又掉下泪来。正在这时，忽见红豆匆匆地走来道："少奶原来在这里，倒累我找了大半天，姑奶奶叫少奶用点心了。"

秀云便站起来，扶着红豆道："我因为里面闷躁，在这里呼吸一些空气。"两人到了上房，见老太太、语花、友竹、秋霞等都在吃点心，见了秀云，便招呼她吃点心。秀云便在语花身旁坐下，吃了两只寿桃，仆妇们早拧上了手巾，让大家擦脸，又泡上好茶。

语花道："嫂子，刚才在哪里？"

秀云道："在后院闲散了一会儿，刘春山堂会完了吗？"

语花笑道："大概就要完了，我真被他笑饱了肚子，连点心也吃不下了。"

秋霞道："这些吃开口饭的人，本领真大！说出话来总是会引人发笑的。"

语花笑道："今天累得老太太也笑出眼泪来。"

柳太太笑道："可不是，这真能使人解去忧愁的。"

大家谈了一会儿，室中已是上了灯，只见可人走进来，友竹道："姑爷点心用了不曾？"可人笑道："吃过了，外面朱宝霞已经登台，各位要去瞧吗？"

语花道："做什么戏知道吗？"

可人道："是《狐狸缘》，这一剧戏，情节是十分的好。"

友竹道："很好，我们反正无事，请大家还是瞧戏去吧。"

于是众人遂到大厅上，只见厅上灯烛辉煌，院子里更是电灯通亮，照耀得如同白昼。朱宝霞的喉音唱得珠圆玉润，一般贺客连连喊好，柳太太道："不是叫作蹦蹦戏吗？"

语花道："是的，妈，你朱宝霞的戏看过吗？"

柳太太道："我又不常出外，哪里见过她的戏呢？我记得去年发历元旦，姑爷请我们去瞧的，这是谁呀？"

语花道："哦，这是白玉霜，她的戏多半是喜剧，唱功也是很好的。妈，你听了不妨批评批评，是谁唱得好？"

柳太太道："我是只会听听的，叫我批评，那我是不懂什么的。"

大家瞧了一会儿，时候已经八点左右，杏花楼的酒席早已摆好，招待员都来请贺客入席。柳太太等大家便在大厅上坐了一席。斗南、也香、舟平、雪卿也都来请梦兰、葆青、可人入席，可人道："我们人太少，没有兴趣。"

雪卿回头见第三科主任钟伯良和第四科主任胡叔坚正站在那边，便忙招手向他们道："喂！你们到我们这儿来吧。"两人一听，早笑着过来道："这儿有空吗？那再好没有了。"叔坚握了酒壶，便向梦兰、可人、葆青先斟了笑道："三位部长你们多喝几杯，我今天的酒实在喝得不少了。"斗南笑道："我知道你是一个酒仙，你不妨给我们打一个通庄。"叔坚把大拇指一伸，笑道："算数，就先从你起怎么样？"雪卿早把酒壶斟满了三杯，放在两人面前，他们早就七巧、八马地猜将起来，梦兰笑道："你们猜拳起劲，不要怪我们把菜吃完呢！"大家都笑了起来。叔坚行过了伯良，以下便轮到可人，他把两手抱了拳，向可人一拱笑道："石部长，让我几分。"可人笑道："不要客气。"叔坚道："那么放肆的。"两人便猜将起来。结果可人竟连输三拳，叔坚连说对不起。

大家正在兴高采烈，《狐狸缘》也正在做得最最热闹的时候，忽然见秋白从院子外急急地奔来，向柳太太、友竹报道："老太太、奶奶……亚儿和春红被一个人拖上一辆汽车……走了……"柳太太听了忙道："你说的什么话？说清楚一些儿。"葵秋也急了，连忙站起来道："亚儿呢？"秋白面无人色战战抖抖地道："春红抱了亚儿和我们在门外看热闹，忽然来了一辆汽车，便把春红拖上汽车，连小少爷也一同带去了。"大家听了这话，心中都大吃一惊，梦兰听得清楚，早离席过来问道："你看清楚汽车号码没有？"秋白呆了一会儿连连摇头。这时大家心中都猜疑不定，葆青道："我们自己汽车，去查一查，也许坐着去玩，也不一定。"友竹语花一想不错，便吩咐仆人去调查。

客人的连同自己汽车，都不少一辆，这时老太太便着急起来，不知哪个又说了一句道："这恐怕是绑票吧。"本来柳太太倒也不曾想到，这时一听，心中这一急，只觉喉间"嗹"的一声，一口痰塞了上来，两眼一翻，便昏了过去。语花连忙扶住，喊着"妈妈"，友竹叫人倒茶，葵秋已急得哭了出来，一时秩序大乱，众贺客都围了上来，台上的戏也早已中途息锣。

门外包探、巡捕都进来问询，梦兰连忙告知，探捕们都道："这些我们一些不曾注意。"一面报告捕房，一面向四方追踪。这时柳太太已经醒来，哭道："这是挖了我心头的肉了。"友竹、语花等都忙安慰，慢慢想法扶她到了上房，这时众贺客见主人家出了这样重大的事情，哪里有心思喝酒，都不欢而散，戏也收场了。

这时柳公馆门口，中西探捕二十余人，对于贺客，都严密抄搜，本来是兴高采烈，喜气洋洋，一时却变成了形势严重。

未知亚儿果系被人绑了没有？且看下回分解呢。

第八回

仁和当与麻姑晋爵
燕子窝破鸳鸯好梦

　　远东银公司为上海第一大企业，规模非常宏大，平日公司中向捕房雇用门捕八名，四名华籍，四名印籍，分日夜班轮流看守大门、旁门；又向捕房雇用暗探八名，亦分日夜，随时侦查公司中出入人等。名为防范盗匪，其实都是副董事长莫小白的主张，因为小白从他的父亲潮白被人暗杀了以后，他便随时具有戒心，所以公司里的探捕竟用了十六人之多，好像是一个军事机关，戒备严密，全上海可谓无出其右。试看小白每天早晨到公司，除了自己两名保镖不算外，只要汽车一到公司门口，即有四名暗探，向车前站班，两名印捕拉开车门，两名华捕便连忙接住，再由两名保镖，簇拥着伴到电梯，一名站在电梯门，一名跟入办公室的门外，好像不是这样，便有盗匪要在暗中算计他，把他绑了去的模样。你想一个人做了这个样子，虽然有财产，那人生的乐趣，恐怕也要减低不少。

　　江葆青是一个公司中的部长，那晚宴林竹山，不料竟把林竹山绑了去，林竹山虽非公司中的人员，那葆青正是公司中的职员，当然是有重大的关系，所以这一个绑案，一报到捕房，那捕房警务处的全体探员，自然是非常的注意，个个要想效力破案，各自分头暗缉。

　　现在单说公司里一个探员，名叫陈阿文，绰号呼啸蛇，他对于租界上的盗案、绑案，平日破在他心中的，也着实不少，所以他在捕房里，早已成了一个成绩很好的能员。此番对于林竹山的案子，他已用了不少的心思，每日在各乡村小茶馆里，竭力地查访。不料还没有三天，公司里梅友竹部长的公馆里，突然又发生小主人连同丫鬟春红一并绑了去的事情。盗匪这样的猖獗，捕房得悉之下，也深感遗憾，一面严斥探捕防范不力，一面督促所属，限日破获。因此大小探目，无不格外从事侦缉。

　　柳公馆里，自从那日亚儿被绑后，每日就有便衣侦探奉有捕房谕令前来调查，累得子萱自早直暮，一些儿没有空的工夫，不是陪着侦探详细报告情形，便是陪着柳太太再三声明绝不出走。

一日柳太太又哭哭啼啼地对子萱道："我现在已是六十相近的人了，一生只有你这一滴骨血，去年葵秋到我家里来说，亚儿是你亲养的，我是多么的喜欢，多么的快活！以为我今也有一个孙子了。谁知今年我儿才得回来，忽把我的亚儿绑了去，这好比割了我心头的一块肉还要难过。"柳太太说到这里，两行老泪又不禁扑簌簌地掉了满颊。

子萱见老太太哭了，一时感动着胸怀，那眼眶中的泪珠儿也不禁跟着滚了下来。

这时柳太太紧握了子萱的手又气喘吁吁地含泪说道："儿呀，从今以后儿若再不听从为娘的话，娘想起为人的没趣，娘只有死在儿的前头，那时你出家也好，不出家也好，为娘的也顾不了你许多了。"柳太太说罢，两眼模糊地直瞧着子萱，只是哭个不停。

谁知老年人一有了年纪是绝不能过于伤心的，伤心过了度，哪里还逃得过这一个病字吗？因此老太太便又昏厥了过去。这一回的昏厥比较上一回要厉害得多，一时众仆妇都纷纷去报告大奶奶、二奶奶、姑奶奶。等到友竹、葵秋、语花赶来，瞧见柳太太躺在床上，尚未醒来，子萱站在床前，双泪直流，隐隐啜泣着，一面连叫着"妈妈"。

友竹见了抢步上前道："还不快快拿开水来，给老太太口里灌下去！你呆着有什么用？"说着推开子萱，把柳太太抱在怀里。语花早已在怀中取出避瘟丹一粒，用牙齿咬了一块，急急地敲成了粉碎，这时葵秋已把温开水倒来，交给语花。友竹扼住老太太人中，葵秋拿筷拨开老太太的牙齿，语花遂把避瘟丹连同温开水向老太太口里一灌，只听"咯落"的一声，老太太一个寒噤，便悠悠地醒来了，口中还喊着："我儿，你要再出家，我的老命不要了。"友竹、语花、葵秋听了都纷纷泪下。

友竹道："老太太，你放心，我们一定不许子萱再出家去。"

语花用手向柳太太胸口轻轻揉着，见她两眼深凹，脸儿瘦得颧骨突出，暗想，累得老太太憔悴到如此模样，心中一股酸楚，流泪不止，便也哽咽着劝道："妈妈你切不要伤心，哥哥他一定再不会出家了，你老人家身子也要紧啊！"

友竹听了不觉向子萱哭道："都是为了你一个人，弄得家里一刻不得安闲！现在老太太是病了，亚儿是不见了，你还不快向老太太安慰着，难道你一定要急死了老太太你才称心了吗？"

葵秋一听，越是哭得厉害，想起亚儿不知下落，自己终身不知道怎样结局，越想越伤心，便把头向子萱撞去，口口声声地要问子萱讨还亚儿。

子萱被友竹几句话正急得满头大汗，不知怎样是好，这时又见葵秋如此光景，真是觉得烦恼已极，只恨自己不好，从前不该和葵秋结识，现在凭空又添了一头孽债，一面又去跪在柳太太面前，淌泪道："妈妈，孩儿该死，您老人家切勿伤心，孩儿再不出家了！"说到此，心中的志愿和孝道相并，痛苦已极，不觉放声哭了起来。

友竹、语花以为他醒悟了而伤心，岂知他心中另有苦衷呢？大家都陪着淌泪，正在难解难分时候，突见秋白匆匆奔来，向友竹道："奶奶，外面有一个人，说是银公司里来的，要找奶奶说话。"

语花听说是公司里来的人，不知又为着何事，便连忙嘱友竹把眼泪擦干，一面又把子萱扶起道："哥哥和二奶奶好好地陪伴着妈吧。"说着，便和友竹要到大厅上来。秋白忙喊道："奶奶和姑奶奶擦个脸去。"两人回头，秋白已递上两条手巾，友竹和语花就马马虎虎地揩了一揩，遂急忙到厅上来。

只见一个年纪三十五六的男子，身穿元色长袍，头戴鸭舌头帽子，见了友竹语花便忙把帽子脱下，很恭敬地鞠了一躬。友竹见那人很面熟，便问他道："你是公司里哪一个部分的？"

只听那个人答道："回部长的话，我是公司里捕房派来的暗探陈阿文。"

语花道："有什么事？"

阿文道："就是为这里府上的一桩案子，我已到四处竭力地探听，现在请部长答应我再详细地调查一下，那案子也许有些眉目。"

友竹暗吃了一惊，忙问道："你要调查什么？"

阿文道："府上共有多少男用人？多少女用人？平日间有无用人的朋友进出？最好把所有的用人都给我问一问。"

友竹道："这个容易。"回头便叫秋白道，"秋白，你把里面所有的男女用人，统统都去叫出来，说捕房里有人有话要问问他们，叫他们不要惊慌，并没有别的什么事。"说着又向语花道："我们在这里瞧着吧。"语花点头。

这时秋白已把汽车夫阿三，包车夫阿二，厨子阿耿，门房阿唐，打杂小眼睛，柳太太梳头的娘姨周妈，打扫大奶奶房中的张妈、王妈，洗衣服的江北人陈妈，小大姐阿珍、阿金、阿毛，统统叫到厅上来。阿文一数男用人五个，女用人七个，一共是十二个人，见他们都吓得呆若木鸡。

友竹道："你们别害怕，只问一问你们，是没有关系的。"

大家见奶奶这样说，才放下心来。

阿文先问阿耿道："你是哪里人？多少年纪？在这里当厨子有几年了？家里有什么人？是否住在这里？还住在外边？"

阿耿道："我是常熟人，今年三十八岁，到这里还只有一年多些儿。家中尚有八十三岁的祖母，父母也都在，妻子一个，孩子倒有五个，我的生活负担实在很重，他们都在乡下。"

阿文听他啰唆了一大套，连生活负担很重都说了出来，心中又好气又好笑。便瞪了他一眼，向他一挥手，阿耿吓得连忙退下。阿文又问阿三道："你在这儿开车已几年了？你家小少爷被绑的时候你在哪儿？"

阿三道："我开车已三年多了，那时我正在车中打瞌睡，并不曾知道。"

阿三问过，又问阿二、阿唐以及小眼睛，说小少爷绑去那天，你们哪一个亲眼瞧见的？大家都道："那天因公馆里有喜事，我们个人都有个人的事情，并不曾瞧见。"

阿文见问不出什么，心中颇觉纳闷，便又向女用人一个一个地问去。问到小大姐阿金时，她告诉道："那天我和春红、秋白一道在门外看热闹，不料来了一辆汽车，我们以为是客人到了，快快地避开，谁知那汽车开到我们的身旁也停住了，只见跳下两个穿短衣服的男子来，帽子戴得很低，遮拦脸儿，他们不问三七二十一的，便把春红拖上车去。春红力小，且又不曾防备，经他们一拖，叫喊也来不及，瞬儿的时光，那车子便开得影儿都没有了。那时我和秋白都非常奇怪，秋白便忙告诉大奶奶去，大家都说是绑票绑了小少爷，连春红都绑进在内了，秋白又听贺客们议论说，也许是来抢春红的，不觉连小少爷也抢进在内了。"

阿文听了心中一想，这个议论倒也有些可疑，便问秋白是谁。

语花便道："秋白是这里的婢女，秋白你走上去吧。"

秋白听了，只得走上前去。阿文一见，觉得她倒生得玲珑小巧，遂又问道："你知道春红平日有和别的男人结识吗？"

秋白摇头道："我们平日连公馆大门都不出一步，哪里去结识男人。"

217

阿文倒想不到被她碰了一个钉子，便又道："你看见那汽车是什么颜色？照会的号码是多少？跳下来的人有没有手枪？"

秋白道："他们落手很快，我们都看不明白，号码一时也不曾注意，汽车颜色是黑漆的，向东面开去的。"

阿文见问不出什么头绪，遂向友竹、语花告辞。

第二天的早晨，阿文又在柳公馆的大门外，大约离开两间门面，站在一株街树下，远远瞧着柳公馆里，到底有没有什么人进出。那时晨风拂拂，路上绝少行人，只见柳公馆的两扇铁门尚还紧紧地关着，大概约莫五分钟后，铁门旁的一扇旁门忽然"吱"的一声开了，里面探着一个头来，两眼向四周一溜，一会儿又把门闭上了。阿文见此光景，心想其中必有蹊跷，便把身子退后几步，但是两眼仍不雳地瞧着那扇旁门。不多一会儿，那旁门果然又开了，只见一个身穿深蓝士林布长衫的男子，手中挟着一包东西，急匆匆地出来，阿文在对面马路细细地瞧着过去，这人不是别个，正是昨天被自己盘问过的那个打杂的小眼睛！小眼睛走不了几步，便把头向后瞧一会儿，阿文见他三脚并作两步那样慌张又那样鬼祟的情形，便更加疑心，遂紧紧地盯在他后面。

那时远近的店门都还未开的多，小眼睛穿过一条马路，只见角落上有一小烟纸店，已经开了门，小眼睛便跑到店内，和老板点了点头，轻轻说了几句，一面便把挟在肋下的一包东西交给老板，随后便又走了出来。阿文要看他到底要往什么地方去，仍在后面跟着他走，后来走到雨楼茶馆，小眼睛便向楼上直跑，阿文也跑上楼来，见他坐在窗口的一桌上喝茶吃点心，阿文便也坐在楼梯口一张桌上泡了茶。

喝了一会儿，这时茶客渐渐多了，时候差不多也已有九点半钟光景，阿文见小眼睛起身下楼，他便忙付了茶资，又远远地盯着他。只见他仍旧跑到那家烟纸店去，一会儿又见他把刚才那个纸包挟在肋里出来，匆匆地跑有五六间门面，便是一家仁和典当，他便一直地进去。阿文便守在门口瞧着，只见他打开纸包，把一座白银的麻姑拿上去，柜内的朝奉把它细细打量了一回，便问他要当多少钱。小眼睛把两个手指一伸道："两百元。"朝奉道："这个东西到裘天宝银楼去新买也不过一百六十元，他们的做工虽是很好，现在到这里只好当旧银子算了，我给你当了一百元吧，你要再多当你就拿到别处去。"小眼睛听了没有法子，只好当给了他。阿文见他当票收了，钞票也拿了，他便跑进店来，拿出手铐，不问情由，便把小眼睛两手铐起来。小眼睛连钞票还没有藏好，见阿文向自己抓住，还道强盗抢劫，便想挣脱叫喊，不料阿文便是劈面一掌打去，直把小眼睛打得满口是血，一面拿出手枪冷笑一声道："好家伙，你还认识我吗？逃到哪里去？"小眼睛见了手枪，哪敢再强，听他这样说，便向他仔细一瞧，不觉大惊失色，吓得满身是汗，便把当票、钞票交给阿文，服服帖帖地给阿文带上了手铐。柜上的朝奉本来也吓得目定口呆，后来见这情形不像抢劫，知道这人是小贼心中才放了心。

这时阿文押着小眼睛出了典当，带了他到那家烟纸店去。烟纸店是开在四岔路的角嘴上，那时马路当中早已站有巡捕，阿文便把手一招，那巡捕见是呼啸蛇阿文，便忙跑了过来。阿文叫他带着小眼睛并把店门守住，不许放走一人，一面便握了手枪走进店里。老板见了以为是捞锡箔的赤佬来了，心想清早天亮怎么这样的不吉利，便赔了笑脸道："老兄，有话大家可以商量，敝号小本生意……"话还未完，阿文早大喝一声道："放你妈的屁，你满嘴里胡嚼什么？我问你，刚才那小贼为什么把纸包放在你这里，快陪我上楼去搜查。"说着，一把提了老板衣领。老板倒想不到他是一个探捕，反而吓得魂不附体。

天下事无巧不成书，原来这个老板，平日又是开燕子窝的，有时候再做些临时旅馆的生意，就是烟客当中有男有女相悦者，临时借他的楼上，作为幽会的地方，所以他的收入倒着实可观。现在为了早晨头柳公馆的小眼睛向他店内寄一个包裹，此刻竟引了一个探捕来，他心中这一慌，实在比刚才以为是强盗来了更要急得厉害，那身子便颤巍巍地抖了起来，心想：昨天晚上那张家的小妹和谢老六恰巧又在此地聚欢，此刻还不曾起身，所以我的烟灯烟枪不晓得他们有否给我藏好？倘然被他查了出来，那真是飞来的横祸，天晓得了。老板一面想，一面那两只脚好像患了软脚病，一步一步的哪里还挨得上去。

这时阿文的心中也正在想着，柳家的绑案说不定就在此地破获，也未可知，见老板不肯上前，便将枪口在他背上一触，那老板的两只脚便直跳起来，只好陪他上了楼。阿文也不暇用手敲房门，翘起脚来便是"砰砰"两脚，口中又大声喊道："快开门！快开门！"

这时房中，张小妹和谢老六正在甜甜蜜蜜地交颈而眠，一听外面这样声气，小妹便赶忙推开老六道："老六快快逃吧，一定是我丈夫得了风声，来捉奸来了！"谢老六一听这话，好像头上浇了一盆冷水，也不及穿衣连忙把小衫裤一披，赤了脚便向窗口跳到隔壁晒台，急急地逃走。说时迟那时快，这房门经不得阿文几脚踢，早已跌了下来，阿文奔进里面，只见小妹穿了一条短裤，上身一件马甲，连纽襻都还不曾扣上，胸前露出高高的奶峰来，站在床前只管发抖。阿文见楼窗已开，床前有男女鞋子两双，知男的已经逃走，自己想跳出楼窗外追去，但又恐女的再逃，因便回头向小妹大声喝道："好不要脸的贱货，你竟仍这样站着，为什么把男的放去？看老子捶你！"

小妹已经是吓得没有知觉，被他一喝，这才知道自己还不曾穿好衣服，一面连忙扣纽襻，披了旗袍，一面已是嘤嘤哭泣起来。阿文心想，若不把老板和小妹带到捕房里，哪里问得出口供，遂又大声喝道："好好！你们做的好事，还不快快跟我到捕房里去！"说着便把两人捉住。正要下楼的时候，阿文忽然瞥见梳妆台上有烟杆一枚，不觉灵机一动，一个经验告诉他，他又回身转去立刻把梳妆台的抽屉拉开，只见都是零碎的杂物，他遂把第二格抽屉拉开，也没有什么东西。迨把第三格的长抽屉拉开，只见下面还有一层，内中罗列着烟灯烟枪、烟盒烟膏满满的一格，阿文一见冷笑了一声，便把烟具拿出，回头向他喝道："我倒瞧不出你们还干这个买卖！"老板早吓得脸上红一层青一层，便即跪在地上，苦苦哀求，请不要到捕房里去，情愿罚钱了事。

阿文心想，烟案虽不要紧，但是牵连绑案，万难私行了结，便不准哀求，一面携同烟具一面扭着两人走下楼来。街捕见已破获烟案，遂押同小眼睛，大家到捕房里去销差。阿文一到捕房，且不把他们送进去，先带到另外一个房间，把小眼睛、老板和张小妹手铐松下，一面把房门闭紧，一面取出各种刑具，铁青着面孔，先向小眼睛大声喝道："我不问你偷主人的银器，我先问你绑主人的孩子你到底藏在哪儿？你们同党一共有几个人？快快从实招来！若有半句虚话，哼！老子就要你的狗命！"说到此，把环眼圆睁，那脸上一股杀气，好像要把人吞下去似的。

小眼睛既到此地，哪里还敢抵赖，只好从实招认道："我因赌输了钱，不得过门只好暂把主人的银器窃出当钱是实，至于我家小少爷被绑，我委实毫不知情。"

阿文把脚一蹬道："好大胆的狗头，这等花言巧语我不要听！你须快快招出，免得受苦！同这个老板、那个女人大家是否同党？"

小眼睛一听，早已双泪直流，向阿文颤抖着道："这个女人我不认识，老板大家是认识的。"

阿文道："好！既然认识，你们两人快把柳家的小少爷藏在什么地方好好地告诉我，我也不给你苦头吃。"

老板插嘴道："什么柳家的小少爷？我是一些儿都不知道。我因为小眼睛到我们店里不时地购买货物，彼此相识，我们是规规矩矩的。"

阿文听了冷笑道："哼！规规矩矩的人？做贼窝家，开燕子窝，我若不给你们一些厉害，想你们哪肯直说，你们这一批下贱的东西！"说着，便把手中皮鞭在木桌上"啪"地一甩，叫他们快快地把自己衣服剥下来。两人一面哭着，一面又不敢违拗，只好把衣服解开。阿文便自己动手，把他们衣服向下一拉，那长衫小衫便褪到地上。阿文又取出细麻绳一条，把两人的两手向背后反缚，狠狠地把绳一抽，只听两人好像杀猪般地叫起来。

说时迟那时快，阿文手中的皮鞭在两人的背上早已像雨点般地抽下来，两人大声呼饶，都说情愿招认，经阿文再三盘诘，他们却又说不出什么了。这时小妹站的地方正在两人的背后，只见两人背上一条红，一条青，差不多就要皮开肉绽，直把小妹吓得浑身乱抖，深悔自己不该背夫和别人通奸，倘然自己也被他这样抽起来，叫我怎样的好呢？小妹正在这样的想着，那阿文锐利的眼光，恶狠狠地已经移向小妹脸上来道："你见到了没有？你们都是通同一气的，我瞧你还是快些说出来吧！免得我来动手，和他们吃一样的苦头。"

小妹一听，两泪已扑簌簌地落下来，一面连忙跪倒地上，向阿文道："我家丈夫是工厂里当工头，厂里有个账房谢老六，不时地到我的家来，他便和我结识。昨天他诱我到这里，借老板的楼上相会，这是实在的话。至于柳家杨家的小少爷，我是一些儿都不晓得，就是这个人偷银器的，我也不认识他，我下次再不敢了，请你饶了我吧！"

阿文道："你的嘴倒实在紧得厉害，赖得这样的干净。"说着，便把手中皮鞭一扬。小妹吓得死去活来，便又呜咽着哭道："我是真的冤枉，你就是打死我我也只有几句话，你不信，你可以去问我的丈夫，我的丈夫名叫黄阿辛，在小沙渡日和纱厂做工。"

阿文见她这样说法，看她情形尚还实在，因此也不多难为她了，走上一步，把皮鞭的柄向她脸上一划道："好一个风流的妇人，倒也亏你说得出，我把你的脸皮撕下来吧！"张小妹羞得两颊绯红，抬不起头来。

阿文心中想，小眼睛既然胆敢做窃，当然不是个安分好人，他说绑票案他一些儿不晓得，我实在是很疑心，但现在又没有得到别的证据，只不过他偷了一具银器，也算不来是那绑主人的凭据。因此只好把他两人一个当窃贼、一个当烟案，送到警务处问过，转送法院照办。倒是运气了这个张小妹，阿文叫她以后不要这样，好好改过，张小妹自然是叩头不已，阿文遂放她回家去。

　　阿文今天忙了大半日，满望绑案破获就在他们手中，哪里晓得又扑了一个空，心中实在非常的纳闷。但既已这样办法，那柳公馆里倒也要去报告一声，以完手续。因此他便急急地跑到柳公馆。门房阿唐是认识他的，遂放他进来。这里仆妇早去通知奶奶，友竹便从上房出来。阿文很小心地道："这里公馆有一个小眼睛打杂，今儿早晨他窃了公馆里的白银麻姑献寿一具，在仁和当典质，现在已被我捉住，送到警务处，大约今天下午就要转送法院纠办，法院方面如来相传，请为接洽。"

　　友竹一听，呆了半晌，又"嘎"地响了一声，便回他道："晓得了。"一面回头向张妈道："你到那边书房间里去瞧瞧，有一座白银麻姑在不在？"一会儿张妈来道，"啊哟，奶奶，昨天我还看见在书橱里，今天却不见了！"阿文一听，知案已明了，便即告辞。

　　再说友竹自从绑案发生后，心中也日夜不宁，因为柳太太为了亚儿被绑，又虑子萱出家，现在已卧病在床，如是者已有三四天，饮食日渐减少。延医服药，都说老年人伤心过度，所开的药方也不过和中益气，解忧宽胸，但心病非心药不医，亚儿不见，虽然喝药调养，也未必见效。那时子萱要出家的话，自然不敢再说，和友竹、葵秋日夜在老太太房里陪着安慰。

　　那日友竹得了阿文的报告，果然见白银麻古失窃，心想这样不对，近日因老太太病了，家中无暇顾及竟出了这种事，以后倒要好好整顿一下呢。便又叫集众仆妇，把小眼睛打杂的事告诉一遍，并说小眼睛已解法院照办，以后大家小心。众仆妇只得唯唯称是。

　　这晚语花匆匆从公司回家，先到友竹房中，友竹忙起来相接。语花一见左右无人，便对友竹说道："今日早晨，我又去瞧过一趟，人是都好好的，你请放心好了，但老太太面前，到底和她说明了好，还是不说明好？不说明吧，万一忧愁到底，病起变化，这便如何是好？今天我听公司中说，绑去的林竹山还是这里老太太的一个远方内侄哩。因为他从小便在南洋，年份一久，所以大家便疏远开去，现在他绑去了后，这里又出了一案，好像是有连带关系似的，所以这两天的侦缉，实在是很严紧。"

友竹道："原来如此，我想只要子萱不闹着出家去，我们自然要把我们的计划告诉老太太知道，不过现在总得还要再挨几天，你看怎样？"

语花点头道："也好。"说着，两人便匆匆地各自走开。

阅者诸君，听语花和友竹所谈的话，一定是不能明了，她们所说，究属为着何事？当然是上回书中，要留着子萱使他不再出家的一个妙计。要知此计究是何计，且待下回分解。

第九回

假绑票解语花入狱
真破案呼啸蛇出头

呼啸蛇阿文自那日早晨，既破了一个窃案，又破了一个烟案，并且还破了一个奸案，可是总破不来那个绑案，所以他的心中虽然一喜，却总是沉闷得了不得。这日他一个人跑到南市半淞园附近去逛了一会儿，不觉腹中饥饿起来，他遂走进一家小酒店，叫烫了两碗酒，独个儿喝了起来。一碗一碗地正在喝得高兴头上，突然从外面走进一人，向他喊道："老文，你为什么一个人会在这里喝酒呀？"阿文回头一瞧，见是同伙的张根弟，便也叫道："老张，快来！我正缺少一个伴儿哩，来得正好，快请坐吧，我们再来谈天。"

根弟听了便在旁边的空位上坐下，堂倌添了一副杯筷，并添上两碗酒来，又向阿文问道："先生，要不要再添些酒菜？"阿文道："你们店里有的什么新鲜菜？"堂倌便笑嘻嘻地道："菜多得很，有白鸡乱刀、梅蛤摇钳、炒腰子、炒吨肝、炒虾仁、红烧头尾、青鱼肚，都是很新鲜的。"阿文见他一口气的好像背书一般说了一大套，便点了炒腰子、红烧头尾，外加白鸡和梅蛤共计四样，对堂倌道："等一息要添加再叫你好了。"堂倌答应去了，一会儿先把冷盆白鸡、梅蛤拿来，根弟道："老文，今朝请客，倒要你大破钞了。"阿文道："我就是这一张嘴最不好，想到要吃，我便不论价钱。现在我们两个人有了道伴，当然是更要喝得痛快些，那些小菜，也算不来请客，每天忙着公务，也该快乐一下，来来，喝酒吧！"说着，便大喝起来。

正是酒逢知己千杯少，其实那阿文倒并非逢了知己，实在要借着黄汤来消一消他胸中的忧闷哩。你一碗，我一碗，两人自从四点钟喝起，现在差不多有六点钟时候了，他两个还不肯罢休。吃到后来，阿文和根弟都已喝得七八分醉意，要知酒这样的东西好是它，坏也是它，根弟把酒喝在肚里，他忽然向阿文提议一桩玩意儿来，笑眯眯地道："这里不远一个土娼，名叫香菜根，讲得这香菜根的脸蛋儿，真同玫瑰花样的一朵，又好像小白菜样的一棵，雪白绝嫩，见了没有一个人是不爱她的。昨天我方才去打了一回牌，赢进五块大洋。老文，现在我们没有事，要不要我陪着你去玩玩？老文，你若见了她，哼！保管你一定会不想回去。"

阿文见他说得这样好看，心中也便活动起来，两人会去了账，遂出了店门，便不知不觉地踱了过去。两人醉眼迷糊，歪歪斜斜地走着，只见有一埭新造房子，都是单幢的石库门，一排的有十几个门头。根弟认清了号码，当即敲门进去，阿文随着根弟跑到了楼上，见楼梯口，便有母女两人站着相迎。女的身穿印花毛葛旗袍，足穿绣花白缎鞋子，容貌楚楚，眉目含情，看来只不过十六七年纪，阿文知道这人一定是香菜根了，因便对她一笑。这时却听根弟叫道："阿香，你和妈妈晚饭吃了没有？我们又要来打牌了，你的阿姨快些去叫来。"说时，大家已进了房中。香菜根见俩人满脸通红，便也笑嘻嘻道："你们是哪儿喝酒呀？哎呦！这酒气真好厉害！"根弟涎脸笑道："这酒气你嗅得香吗？我再给你闻一闻吧。"说着，便扑了过去，把身子去倚着香菜根，一只血盆似的臭嘴凑了上去，笑道："阿香的身材真漂亮呀！阿香的粉面真好香呀！"说着便捧住她的脸儿吻了一下。香菜根连忙躲开了道："一见了面，就这样子。别人见了要难为情呀！"说着把那双水汪汪勾人灵魂的眼儿向阿文溜了过来。根弟哈哈哈笑道："阿香你不要躲，你不喜欢我，我给你做媒，你瞧，我这个朋友人品漂亮不漂亮？"说着便指着阿文向她们母女介绍道："这位是陈先生，是我最要好的朋友。"又指着香菜根和她妈道："这位是香小姐，这位是香小姐的妈妈。"

阿香的妈道："陈先生和张先生，都是难得你们光降的，我们这小地方实在见客不来，阿香你快倒茶去呀。"

这时阿香已倒了一杯雨前茶捧到阿文面前，叫声陈先生请用茶，阿文把头一点，阿香又去倒了一杯袋袋花递给根弟面前，笑着道："老张，你请用这个吧。"根弟一见，便把阿香纤手拉过来，口中又含含糊糊地道："阿香，你不要客气。我们要打牌哩。"说着便把阿香又送到阿文的怀里去，道："阿文，你仔细地瞧瞧这个孩子，还长得不错吗？"

阿香早已趁势坐在阿文的膝盖上，一手勾了阿文的颈项，一手去拉他的手。阿文乐得心花怒放，将她抱住，吻了一下，阿香满颊粉红起来，半推半就。阿文见她面带羞答答的神气，心中倒也怜惜她，便问她道："阿香，你今年几岁了？有没有念过书？"

阿香道："十七岁了，小的时候曾念过两年书，后来因爸爸没了，便到厂里工作去。"

两人只管说着话，这时门外又跑进一个少妇来，只见她穿原色毛葛旗袍，鹅蛋的脸儿，又画着细细的两条眉毛，看过去徐娘半老，风韵犹存。根弟早走上前去拉住她手，在床边坐下道："阿嫂，你来得正好，昨夜头一张砍七索，给你和得惬意吗？我瞧你今夜头，越发打扮得出色了。"

少妇听根弟说着，便把嘴一撇道："你又要瞎三话四了！昨夜给你赢了五块大洋，今夜一定要你吐出来呢。"

阿香的妈道："你们真的要打牌，我把台子拖开来吧。"说着，遂把台布扎好，并且换了一张七十支光的电灯泡，又取出牌来，轻轻倒了出来，一面拣出东南西北四张牌，摆在桌上。

根弟见阿文和阿香还在谈着，便笑道："过一会儿被窝里不好说吗？"

两人这才一笑站起来，阿文道："我们都是自己人，不用调位了，老张和我坐在对面，你们也坐在对过好了。"

于是四人就此入局，还有一个是阿香的妈，讲好打十二圈，辰光如迟了，便在此歇夜。他们打的是十千底的铜板么半，阿文是客，大家便推他掷庄，他掷了一个九点，便是自己起庄，大家把牌竖起。阿香是坐在阿文和阿姨的一个桌角边，见阿文出春花坐着，在杠上杠了一张，恰巧又是东风暗杠，大家都说，第一副牌就这样大，真不得了。

根弟道："阿姨，你打牌小心些，注意他不要给他吃一张呢。"

阿文笑道："老张，你既然这样能够注意下家，你为什么不和阿姨调一位子呢？这副牌和下来四番，阿香是吗？"说着回头又和阿香搭讪。

阿香笑着点头道："陈先生一定要和的。"

这时阿姨正发了一张红中，阿文连喊"碰碰"，根弟又抱怨阿姨不该打红中，阿文格格笑道："你别发急，漂亮些我就不碰了。大家见他碰不出来，方才放心，一时又笑他这样的吓人真好做作。

后来又轮了三匝，阿姨突然又发出一张白板，阿文把牌一移，好像要和下来的神气，根弟"啊呀"一声，阿文笑着道："不要和了。"说着便要去抓牌。根弟早大喊道："慢些，你不和，我却要和呢。我当你捉白板麻雀呢。"阿香插嘴笑道："老张就真老实。"根弟把白板拿去，便发出一张三万来，笑道："这副牌一定我和了，等的这样好张子呢。"话还未完，阿姨早拍手拍脚地笑起来道："陈先生，真对不起你，第一副便要敲你的庄了。"说着，便把门前的牌摊下来，阿香早已喊道："清三番，二百二十四和。"三人一瞧，见九万一刻，一万一刻，嵌三万和到，算一算正是二百二十四和。阿文便问根弟你听的什么牌？根弟把眼一白道："我听得一四七万三张，难道会打错吗？"说着便把牌推下来给阿文看。阿文见他二二四五六万，还有五索一对，一四七万不听，倒听个呆对倒，便道："你打错了！听一四七万，应该打二万呀。"根弟自己仔细一瞧，也"啊呀"的一声响起来，阿文连喊触霉头，说打下去恐怕还是我庄家和的呢？根弟也大喊倒霉，说我们还要解你一百四十四和的庄家呢。两人各自抱怨，说个不停。

这样糊里糊涂地打了四圈，时候已经十点多了。阿香见两人到现在还酒气冲天，便到外面去买了一些甘蔗、香蕉给两人解渴醒酒，下面四圈总算打得好一些，和也不会和错了。否则两人不是吃错了牌，便是和错了张，正是闹个不休。到了压末四圈，时候已有二点多钟，大家说："迟也已经迟好了，索性大家吃些稀饭再打吧。"根弟一个赞成。四人吃好稀饭后，阿文老张的酒都已清醒。阿文心想，我下半天是到南市来访查这个案子的，怎的竟会到此地来打牌呢？仔细想来自己也不觉笑起来，因为还有两圈不曾打完，只好继续接下去。

此时夜籁人静，四周的声息异常的清晰，阿文的耳中忽听呀呀有小儿的一阵哭声，一会儿又有哄孩子的声音。阿文虽在打牌，心中却静静地听着，只听这个声音就在隔壁屋子里传送过来的。这时又听见一个女人说道："亚儿呀，你不要再哭了，明天我给你抱到妈妈那边去吧。"一会儿又听有个老人声音喊着道："春红，你睡着了吗？亚儿是想必饿了，你冲些牛奶和饼干给他吃吧。"

阿文听了春红两字，心中不觉暗暗称奇，心想柳家绑去的那个丫鬟名叫春红，这隔壁的女子也会叫作春红，这倒巧了，我倒要问问阿香看。便向阿香道："阿香，我问你，你们这隔壁住的什么人家？你晓得吗？"

阿香道："我们隔壁都是空屋子。"

阿文笑道："瞎说，空屋子里哪有女人和小囝说话和啼哭的声音。"

阿香听了哦了一声笑道："是我忘记了，本来两面都是空屋子，现在一面仍旧空着，一面已有一个人家搬进来。"

阿文道："这个人家姓什么？做什么生意？你知道吗？"

阿香又笑道："我又不做包打听，哪里晓得他家的姓名和他家的生意呢？"

阿文道："那么他们搬来有几个月了？"

阿香想了一会儿说道："他们搬来不多几天，恐怕连半个月还不到吧。我还记得他们搬来的那天，是一个女人抱着小孩，后来又来的一个老头子，女人和小孩还是坐着汽车来的。"

阿文道："是什么时候？"

阿香又笑道："你要问得这样细做什么啦？那天我刚巧吃好夜饭泡水去，就看见一辆汽车开来，那老头子就立在门口等着。老头子一见那女子便跑过来，向她耳边低低地说了几句，便把那女子接进里面去。汽车也便开去了。"

阿文一听，心中便有几分把握，再过了一会儿牌也完了，阿文输去两块钱，根弟赢了两元钱，阿姨和阿香的妈没有什么大进出。阿文又拿出五元钞票作为头钿，阿香笑眯眯地道："陈先生是输的，怎么倒还要出头钿呢？"

阿文道："这有什么要紧，我是喜欢输了出头钿，赢了我便不出头钿了。"

阿香笑道："陈先生，你这话是嘲笑老张了。"

根弟这时正和阿姨咬耳的说话，一些没有听见，阿香把嘴一努，阿文笑着喊道："老张，你们两个人这样要好，说话都不说大家听听，当心今夜头我来吵你们的好梦。"阿姨回过头来瞟他一眼，咻地笑了。

阿文道："老张，你们到底是怎么样？"

根弟笑道："你不要寻开心好吗？我们正经地说话呢。你和阿香就睡在前楼好了，我们也要到亭子间去睡觉了。"说着便拖了阿姨两人依偎着走了。

阿文见了，回头向阿香一笑，又打了一个哈欠道："昨夜没有好好儿睡，今晚又迟到这个样子，实在倦得不得了。"说着便不管三七二十一地跳上床去，向被里一钻。阿香的妈遂把房门关好，也自往后楼去睡。这里只剩阿香一人，她便坐在床沿旁，也不去也不睡。阿文因心里有要事，非向阿香探听不可，便去拉她的手儿，笑道："你为什么还不睡啦？"

阿香正在不好意思，巴不得他一催，她便脱了衣服也钻进被里来。阿

228

文把她一搂，温存了一会儿，一面笑着问道："隔壁的那女子你有日逐见面吗？她叫什么名字？"

阿香道："她一天到晚不下楼出外，哪里有见面的机会呢？只有昨天我到晒台上去晒衣，她因小囡哭得厉害，她也抱到晒台上来，哄着小囡玩了一会儿，我才见过她一面。"

阿文道："不知有多少年纪了？"

阿香笑道："也只有十六七岁模样，倒好福气，有了这么大的孩子了。"

阿文笑道："要不要我也替你养一个？"

阿香啐了他一口，便又哧地笑了。

阿文道："我想明天我们再在这里玩一天，不知你赞成吗？"

阿香道："只怕你不喜欢在这种龌龊地方玩，你如喜欢玩，这是请也请你不到，还说什么赞成不赞成呢？"

阿文心想：我皮匣中带有春红和她小少爷的照片，只要明天阿香领我到晒台上去见一见，这件案子不是稳稳地可以破获了吗？难道还怕她逃到天上去不成？想到这里，心里一阵欢喜，眼前也乐得寻寻开心，便把阿香搂得紧紧的，去寻他的好梦去了。

一宿易过，看看又到早晨九十点钟光景，他便拿出一元钞票叫她们买小菜，预备吃中饭。阿文睡在床上，正在盘算着如果真的是柳家绑案，那我须得怎样地把她先行救出？怎样再向警务处报告？阿文想到得意的时候，忽然把身子直跳了起来，倒把睡在身边阿香吓一跳，阿香便问他要什么。这时阿文耳中又隐隐地闻有小儿啼哭声音，他便催阿香起身，叫她到晒台上去瞧那隔壁女子有否出来。

阿香道："时候还早哩，谁高兴就起来了。"

阿文便把她抱起来，笑着央求道："好妹妹，起来吧。"

阿香哧哧笑道："我起来了。"

阿文一面自己披上衣服，只听隔壁晒台上果然有一个女子哄小孩声音，阿文等不及扣齐衣扣，他便独自急急跑到晒台，轻轻把门闩拨开，蹑手蹑脚走到晒台上。因单幢的房子，晒台只隔了一个五尺宽阔的见天，彼此见面真是近在咫尺。阿文到了台上，只见对面晒台一个十六七岁的少女抱着一个小孩，背面而立，阿文便轻轻地咳嗽一声，那女子果然回过头来。阿文不瞧犹可，一瞧了后突然地呆了一呆，原来那女子的容貌正和照片上丝毫无异。再瞧那小孩，容貌虽然略见瘦些，但照片或者摄已多时，亦未可知，因此阿文心生一计，便假装吐了一口痰，连忙走下晒台。

到了房里，见阿香正在梳洗，便央求阿香道："阿香，阿香，你快给我到晒台上去对那女子喊一声春红姊姊，她如果问你怎样认识，你只说我在柳公馆里曾经和姊姊碰到过，别的你都不要多说。"

阿香一听，便忙放下梳子，即到晒台上向那女子喊道："春红姊姊。"

那女子被阿香一喊，倒不觉呆了半晌，方才问道："呀！你是谁呀？怎么会认识我的？"

阿香笑道："我在柳公馆里碰到姊姊，姊姊难道忘了？"只说到这里，阿香便又走下晒台来。阿文在下听得明白，心中便欢喜非常，一面忙向阿香道谢，一面又和阿香到亭子间里来敲门。里面根弟和阿姨正睡得七荤八素，忽听砰砰地敲门，知时已不早，连忙披衣下床。只听阿文在外面喊道："这个时候还不起来，真好窝心呀。"

阿香也哈哈地笑。阿姨一听，亦不觉面孔红起来，根弟已开了门，还抱怨阿文起得太早。阿姨也已披了旗袍从床上跳下来，阿香"哧"地笑道："睡得好甜蜜呀。"

阿姨瞅她一眼，笑骂道："哦哟，谁像你和陈先生恩情好得来。"一面把隔夜的热水瓶倒出一盆面水，给根弟草草洗过。

阿香道："阿姨还是到我房去洗脸吧。"

阿文便走到根弟旁边，附耳低低说了一阵，根弟听了脸上现出笑容，不住地点头。这时阿香妈来叫吃点心，大家于是到了前楼，阿姨也已洗了脸。大家用过早点，谈笑了一会儿，根弟向阿文道："你等在这里，我去去就来。"阿文点头。

这里大家又闲谈了一会儿，看看已近十二点了，却不见根弟到来。阿文心中正在着急，忽听门外喇叭"呜"的一声，他知道根弟已到，便站起来道："我们因有公事，已来不及吃饭，改日再见。"说着，便即匆匆出门，阿香、阿姨也来不及留住，只得跟下来相送。只见门外停着一辆汽车，汽车上跳下两名警察、两名巡捕、一个三道头，还有一个却是根弟，手中都握着手枪。阿文一见，连忙上前和三道头说了几句，三道头遂叫巡捕把阿香隔壁的十六号前后门统统把守。

这时阿文也拨出手枪，领头敲门。没有多少时候，只见三道头、阿文、根弟等已押同一个老头子和一个抱领女孩的人出来，这女子正是早晨

230

晒台上瞧见的那个春红。只见她面色灰白，哭丧着脸，被阿文押上汽车，根弟亦将老头子拉进车厢，汽车便向北驶去。阿香和阿姨站在门口，这时正吓得不敢出声，这才知道阿文和根弟两人是个捕房里暗探，这时旁边有几个人道："是捉强盗吧?"又一个说道："不是，这明明是起出绑票的肉票。"

阿香见那边又有警察走来，便向阿姨衣角一拉，两人连忙关上大门进去了。原来刚才阿文和根弟附耳所说的闲话，便是叫他立刻报告捕房，照会公安局前来破获绑票机关，因万一泄露，肉票盗匪便要脱逃。现在他们已捉到捕房，转送法院检察官，法院得到这个案子，也不敢怠慢，一面立即开庭，一面通知柳公馆前来认领。

现在又要说到梅友竹和柳子萱了。子萱本打算椿来弥月后他就要动身到普陀去，哪知椿来弥月这天正在热闹头上，亚儿又突然会绑了去，因此老太太又一病缠身，友竹、葵秋在旁多哭着相劝。子萱近日正烦恼至极，要想走又走不脱，勉强地只好一天一天挨过去。友竹因公司假期未满，且老太太又卧病在床，所以时刻在柳太太身边陪着。

这天友竹葵秋都在上房里和柳太太闲谈，忽见秋白匆匆进来报道："奶奶，法院里有人来叫奶奶了。"

友竹一听，心中大吃一惊，连忙走到厅上来，只见传票员把传票递上道："这里绑去的孩子和丫鬟今已破获，其人已在法院，叫这里主事立刻前去认领。"

友竹一听，心中暗暗叫苦，只好在传票上签了一个字，一面答应当即前来，一面打发人去讫。友竹回到房中，顿足大喊糟了，想这事是不能相瞒，便走到上房里来。葵秋早迎上来道："奶奶，法院里有什么事啦?"

友竹叹了一声，便对老太太道："法院里来传说，亚儿和春红被绑已被捕房破获了。"

葵秋听了忙笑道："真的吗?"柳太太心中也不胜欢喜，口中便连连念佛。回视友竹，不但脸无笑容，却双泪盈盈，好像无限伤心，倒奇怪起来，忙问道："这样一个好消息，我儿怎的反而伤心了?"

友竹一听，含泪说道："亚儿的绑去乃是假的呀。"

柳太太听了便在床上坐起来，急急地问道："明明是真的，怎么说是假的呢?"

葵秋也弄得摸不着头脑，走上一步忙道："奶奶，这是哪里话呢?"

友竹顿足道："说来说去，总是子萱害人！我们因为子萱一心只想出

231

家，大家都劝不醒他，姑奶奶和我乃想出这个法子，把春红和亚儿另外住在南市，还有姑奶奶的爸爸王伯伯也一同住在那里，随时照顾着。我们的意思是要绊住子萱，使他不能脱身，从此可以回心转意，然后再向大家说明。现在却真的破了案，把春红和亚儿送到法院去，你想还是叫哪个去辩罪好呢？"说着不觉泪下如雨。

柳太太和葵秋至此方才明白友竹说的假绑票的话，一时两人也急得六神无主。葵秋忙叫秋白到后面套房去请子萱，柳太太一见子萱便道："都是为了你一个人，现在事已如此，你还不大家想个法儿。"

子萱没头没脑的听了母亲这几句话，呆得一句话都说不出来，葵秋便把亚儿被绑票并非真的，完全是因为你的出家，所以奶奶和姑奶奶才想出这个法子说与他听。子萱一听"呀"了一声道："这事怎能玩呢？"只说了一句，心想现在事情弄糟了，又要我想法子，但这是法律上的事，叫我有什么想法？便道："这事只好请姑奶奶自己到法院照实去说，或者能得到法官的原谅也未可知。"

友竹便忙束泪痕道："那么我也得去法院一次。"说着便叫阿三汽车侍候。

再说法院方面，早把王老爹详细问过，王老爹道："说什么绑票不绑票，我们都不晓得。我们乃是姑奶奶叫我们住在这里的，把亚儿孩子好好地看待，我们是安分的良民，并没有犯什么法。"

法官道："你姑奶奶叫什么名字？住在哪里？丈夫叫什么？在哪儿办事？"

王老爹道："姑奶奶叫解语花，姑爷叫石可人，住在静安寺路二十号，都在远东银公司办事。"

法官一听，把口供录过，一面出票，立拘解语花到案，一面把王老爹钉镣暂押，一面又把春红传上来问道："解语花、石可人这两个人你可认识吗？"

春红道："怎的不认识？一个是我们姑爷，一个是我们姑奶奶。"

法官又问道："王老爹你也认识吗？"

春红道："他是我们姑奶奶的爸爸。"

法官道："你们绑去在那里几天了？"

春红道："绑不绑我不知道，住在那边已有十二天了。"

法官道："除了王老爹外还有什么人到那边来过？"

春红道："没有别人，只有姑奶奶，她每隔一天总来看我们的。"

法官道："你知道她为什么叫你们住在那边？"

春红道："这我不知道，她也没有和我说，只叫我们暂时住几天。"

正在问时，忽见司法警察报道："解语花已到。"

法官便叫带上来，没有一会儿，只见一个美少妇走了进来，法官便向语花问道："你是不是解语花？"

语花点头道："是的。"

法官问道："你是哪里人？几岁了？所什么事？"

语花道："原籍杭州，现住上海，现年二十二岁，在远东银公司任职。"

法官道："丈夫叫什么？做什么事？"

语花道："叫石可人，和我同一间公司办事。"

法官道："柳子萱你认识吗？"

语花道："是亲戚。"

法官道："你把他的儿子绑在南市，有否同党？"

语花道："这事因子萱家有老母，子萱一心要出家，他的妻子梅友竹便和我相商，叫我把亚儿暂时住在别的地方，那子萱不见了亚儿，也许无心出家了。并不是绑他。也没有同党。"

这时法警又来报道："梅友竹到。"

法官遂传梅友竹问道："这个人你认识吗？"

友竹道："她是我的姑奶奶。"

法官道："她说亚儿是你叫她绑去住在南市，这事有吗？"

友竹道："并没有绑的事，因为我的丈夫子萱，不顾家有老母弱儿，一心只想出家。姑奶奶是我们至亲，我就和她磋商，欲把亚儿暂时藏匿，冀图子萱悔心，打消出家的念头，她乃是一片好意，并不是真的绑票。"

法官诘问道："既不是真的，为何前日登报悬赏缉拿绑匪？你们不来声明，难道也好儿戏吗？足见你们所供俱非事实，本案解语花不特有重大嫌疑，实为犯罪主体，着即收押；亚儿、春红着当事人梅友竹具结认领。"

一声退庭，友竹、语花早吓得面无人色，两人抱头痛哭。这时旁听位里走出三男一女来，正是可人、梦兰、葆青、秋霞，可人道："现在不是哭的时候，我去请律师办交保去。"秋霞也满颊是泪，拉住语花不放，这时法警已来催了。

未知交保能否办到？且待下回再详！

第十回

哭孙儿哭女儿魂归兜率
无人相无我相心证菩提

当时友竹拉了语花的手，流泪道："你放心，我们总得想法子，先将你交保了再说。"

语花亦含泪点头道："老太太可以不必和她说，恐怕她急得受不住。"

旁边法警见此情形，亦觉她绝不是绑匪，但是所逃不过的法律范围呀！众人见法警押着语花走了，不觉叹了一声。

梦兰道："可哥，我想我们公司里不是有两个常年法律顾问吗？一个是章如潮，曾经当过司法部长；一个是海百平，在上海方面也算是一个红律师，他对于捕房及法院方面极其兜得转，所以有交保案子，大概是请海百平的多。"

可人道："那么照你的意思，我就请他两个去辩吗？"

梦兰道："我想大家都是一个公司里人，当然他要出力些。"

秋霞、友竹都道："这话不错。"

葆青道："我们方才从律师休息室前走过，见里面有许多律师，也许他们在内也未可知。"

大家听了一齐道："我们快去见他们吧，迟了不要走了。"

可人对友竹道："你和霞姊去领状吧。"友竹答应。

这里三人到了律师休息室，见海百平刚刚下庭，制服尚未脱去，一见可人等众人便连忙出来招呼。海百平先开口道："尊夫人的事，真奇怪极了！大概你们事前没有好好考虑，这种事怎能玩的呢？"

可人哭丧着脸儿道："我正为了这事来和你商量，能否把语花暂时交保？"

百平听了皱了眉毛，沉思半晌，觉得这件案子很是棘手。这时章如潮也从第三庭退下来，一见葆青等众人，忙打过了招呼，梦兰便把可人请百平办理语花交保案子说明，如潮道："刑事交保也很多，不过这件案子太重大，恐怕要办起来看，可兄，你尊夫人究竟是怎样一回事呢？"

可人便把这事以假成真的话又说了一遍。

如潮摇头道："你们太糊涂了！现在事已如此，你们且到这里斜对面有一家一言亭番菜馆楼上去坐一会儿，我和海百平就立刻办去，停了一会儿，我们就到那边来看你们好了。"

可人听了一面道谢，一面请他们务必要竭力办成，大家遂匆匆作别。可人、梦兰、葆青方欲走出法院，门口忽见友竹已领好保状，和秋霞带了春红、亚儿出来。友竹便向可人急急地问道："交保办得怎样了？"

可人道："我们已委托章如潮、海百平两律师去办，他叫我们等在对面一言亭。"

友竹道："这样很好，我们大家去吧。"

可人道："我看你还是先把亚儿、春红送回家去再说，这时天也晚了，也好叫老太太放心。"

友竹一想不错，便先告辞众人，带了春红、亚儿跳上汽车回去。这里葆青、梦兰、秋霞、可人四人便到一言亭，可人自己倒也不饿，恐三人肚子饿，遂叫了几客大菜，略略用过。直等到八点钟了，还不见章、海两律师到来，大家都非常着急，尤其可人，好像热锅上蚂蚁一般，在室中踱来踱去，且时时叹气。好容易等到九点钟，才见如潮和百平匆匆走来，脸色很不好看。可人先吃了一惊，慌忙问可能成功？

海百平气喘吁吁地道："办不到！办不到！这种的案子万万不好移到法院里的，若在捕房里那就容易办了，现在真没有法想，只好等到明天判决下来再设法吧。"

如潮把手帕不时拭着额上的汗珠也道："我也曾向院长商量过，他说绑匪交保从来没有此先例，虽然她并非是真绑匪，但照春红和王老爹的口供证明，解语花实是个绑案的主犯，法律实不能容情。"

一时大家听了吓得目定口呆，你看我，我看你都一句话都说不出来，如潮忽又道："后来我再三恳求，有什么想法。院长想了许久道，只有把口供另外录过，完全归罪于王老爹一人，解语花的罪也许可以轻一些，至于解语花要完全无罪，这实在办不到。"

可人一听，慌忙道："这万万不可以！王老爹完全也是个冤枉的呀！语花自己恐也不答应。"

大家默了一会儿实在无计可思，章、海两律师因另有公事便即辞去，可人在沙发上懒洋洋地一坐，不觉泪下如雨，葆青、梦兰、秋霞也都长叹不息。可人又站起来道："累诸位等了许久时候，这事看来是没有办法的了，请大家回去吧。"

秋霞等只好安慰一番，说另行设法，遂都作别。可人站在一言亭门前，呆立了一会儿，这时忽见阿三汽车夫从对面过来叫道："姑爷，我家奶奶在法院里等着你。"

可人一听，便忙到了里面，只见一间房子里面，语花和友竹坐在床边暗暗流泪。见了可人，便忙站起问交保能否成功。可人叹着气摇头道："不能，不能。"因便把章、海两律师所说话告诉一遍，友竹道："我已和这里所长请商，他已答应另在这里让语花一个人住，至于王爸爸那边，一切吃用也都舒齐。"

可人见一只半铜床、一只小红木桌子、一只皮箱便道："这都是你家里拿来吗？"

友竹点头道："是的，姑爷，我想照你刚才那个院长所说，不也已明了这件案子是假的吗？不过所难逃的是法律两字。"

可人点头道："这个当然，否则以一个刑事犯的绑匪能允许你这样的自由？那所长肯负担这个重大的干系吗？"

友竹道："所以你放心，至于吃苦两字断断是不会的，只要我们有钱。但叫姑奶奶无辜受此冤狱，叫我们怎样对得住？还有王伯伯已有了这样年纪……唉……"说到此，已泪流满颊。

可人走上一步，将语花手握住哽咽道："这是我害了妹妹，我……妹妹，你……只管放心，无论如何，我终想法提起上诉。"

语花也哭道："我自己并不要紧，就是我的爸爸，苦了一生，到这样年纪还累他在到这里来，我正悔不该叫了我爸爸去照顾。唉……我怎样能对得住他老人家？"说到这里，把头倚在可人肩上，呜咽不止。

可人、友竹也泪如雨下，大家哭了一回，可人便道："我还去瞧瞧伯伯。"停了一会儿来道，"伯伯已经睡了，他倒说既然事已如此，叫妹妹不要伤心，想我爷俩儿甘苦与共，如果妹妹一个人受罪，倒反叫他心里更难受，不如两人在一块儿好多了。"

语花友竹听了这话，一阵酸楚，早又滚下泪来了。因时候不早，语花催两人回家，说椿来要吃奶，老太太要心急，可人、友竹只得出来。阿三开了车厢门，两人合坐一车。

可人道："老太太知道了没有？"

友竹道："老太太已知道了，我骗她说姑奶奶今夜交保可以回来，她才放心了。"说着又淌下泪恨道，"为了子萱，现在害得姑奶奶受此冤枉，我们怎样对得住她？又怎样对得住姑爷？我真是无颜再见人了。"

可人亦叹道："这不关嫂子的事，全是我一个人的不好，我活了这样的年纪，竟会糊涂到如此地步！"不说两人在车中一路自怨，一路淌泪。

再说柳太太见友竹带了亚儿、春红回来，连忙把亚儿纳入怀里，吻着他小脸笑道："我的好宝宝，你真想煞我了。"说着已累得气喘呼呼。

葵秋忙来抱去，亚儿见了娘亲，两手拍着小嘴，妈呀、妈呀地喊个不停。柳太太见友竹仍是愁眉不展，忽然若有所思，又急急地问道："姑爷和姑奶奶怎的还不回来？"

友竹凄然道："姑奶奶已被法院里传去了。"

柳太太一听，呀了一声道："难道姑奶奶犯罪了吗？啊！我忘了，还有王伯伯为什么也没有一同来？"

友竹见她神色突变，吓得连忙谎道："老太太你别急，他们暂时押在里面，姑爷已在请律师设法交保，我等一会儿还到法院里去一次，就可以和姑奶奶、王伯伯一同回来了。"

柳太太听了这话，脸色稍转，便道："你这话真的吗？"

友竹道："我怎敢欺骗老太太？"说到此，立刻回过头去，暗自拭泪。

葵秋见了也吃惊不小，知道这事姑奶奶一定已照发从事，便站起拉了友竹道："那么奶奶，你快吃饭去吧，想这时也已经饿了。"说着把亚儿交给春红，和友竹到了房中，友竹的泪早已滚滚而下。

葵秋眼眶儿一红道："奶奶，姑奶奶究竟是怎样了？"

友竹含泪便把语花被押的话说了一遍，并道："虽然姑爷在竭力设法请律师交保，我看恐怕难以成功，因为绑匪交保在法律上实无这个办法。我恨自己一时糊涂，想留住子萱，所以赞同了她的办法。唉！姑奶奶太热心了，现在害她受了此不白的冤枉，叫我怎么对得住她？"

葵秋听了也含泪满颊。

友竹道："我想预备两只床铺和日用东西，我立刻送去。今夜叫他们怎样安睡？他们一个这样娇弱，一个这样衰老，怎能受得了苦？"友竹的泪拭了又流，心里真悲伤极了。

葵秋道："奶奶先用了饭，我去预备床铺吧。"

友竹摇头道："我哪里还吃得下饭？"说着遂亲自吩咐仆人整理了两只床铺，一切应用东西，叫阿三装在汽车上，又嘱咐葵秋道："我不到上房去了，老太太问你，你回说伴姑奶奶去了，切不要将实情告诉她。"

葵秋含泪点头道："奶奶放心前去，我绝不会告诉她的，子萱这人实在毫无心肝，他知道这消息，不但一些没有表示歉意，却躲在套房里只是念佛。"

友竹一听，含嗔满脸道："啐！你还要提起他，我真不当他是人了，他出家也好，不出家也好，以后我绝不管他了！"说着长叹一声，不觉泪下如雨。

葵秋也不觉扑簌簌泪下，送友竹上了汽车。她站在厅前阶级上，仰首望天，只见一轮皓月放发出无限光辉，轻轻自叹道："月儿啊，月儿，你是团圆了，不知我葵秋尚有像你这样的一日吗？"说罢，不觉又泪如雨下。正欲回身进去，忽见阿唐送来一份夜报，葵秋遂在厅上站着，展开报纸瞧，只见上面登载着一行大黑字："远东银公司保险部长解语花，假绑票真破案，法律不容情，已照法从事。"葵秋知道已无挽回办法，心中一酸不觉又掉下泪来，便也不再瞧下去，把报纸折好，匆匆回上房去。

柳太太道："我儿，你奶奶饭吃好了没有？为什么不到我这里来？"

葵秋强作笑颜道："奶奶已用过饭，她因要紧伴姑奶奶去，所以不及和老太太说了。"

柳太太听了，憔悴的脸上皱起深深的笑纹道："我儿，你快把萱儿去叫来，我有话向他说呢。"

葵秋答应转身含泪进去。不多一会儿，子萱出来，向柳太太道："老太太有什么吩咐？"

柳太太把他拉着叫他在床边坐下，笑道："我儿，天下要再像姑奶奶这样热心的人，恐怕是再也找不出第二个了，她为了你要出家，换句话说，就是为了我和友竹、葵秋，她竟冒险想出这个法子，天可怜的！法官已原谅她了，现在亚儿已回来了，你的妹妹等会儿和友竹也可以回家了。啊！我这老怀是多么的高兴呀！"柳太太说到这里，已呵呵地笑了，又望着子萱道，"我问你，儿究竟还要出家吗？"

子萱自从此次回来，从不曾见柳太太有这样高兴过，今日见了娘的笑容，好像见了弥勒佛一般，哪敢还说一个不字呀。忙赔笑道："儿绝不离开娘的身边。"

葵秋听了两人的话，心中无限酸楚，眼眶儿一红，忙回过头去，暗暗拭泪。

柳太太道："娘老了，能有几年再在世上，但是可怜的两个儿媳，还有亚儿和椿来，她们都要靠着你呀!"说着又望着葵秋道，"你们别怪我太疼了姑奶奶，姑奶奶这一番的苦心，儿呀，你也要想想她的。"

子萱低头连连说是。葵秋内心痛苦已极，面部竭力镇静，勉强应是，但两眶热泪无论怎样禁不住它，便忙回身出去。在门口正撞着友竹、可人，友竹一见葵秋满颊是泪，倒吃了一惊，忙道："老太太怎样了?"

葵秋忙拭泪道："没有什么，奶奶你回来了。"

友竹道："老太太睡了吗?"

葵秋淌泪道："没有，和子萱在说话，她老人家今晚高兴极了，她等着姑奶奶呢。"

友竹和可人一听这话，不禁一呆，那泪又滚滚落下。葵秋已早知语花没有回来，便道："我看姑爷别进去了，奶奶只好圆个谎吧。"

可人点头道："我在外间坐一会儿好了。"

友竹、葵秋忙又收束泪痕，走了进去。柳太太一见友竹，便立刻笑道："我的姑奶奶呢? 她受了惊吓没有? 可怜她这样的身子，哪里受过这种的苦，快给娘来亲一亲吧。"

友竹勉强笑道："老太太，姑奶奶和姑爷因夜已深了，恐老太太已睡了，所以她们也回房去了。"

柳太太一听道："怎么? 我真想煞她了，你快来叫春红请来，我娘儿俩还有许多话呢。"

友竹笑道："老太太不是很疼姑奶奶吗? 她今天辛苦了，老太太明天再见她吧。"

柳太太听了，脸上突然变色道："你莫不是骗我吗? 想姑奶奶回来了，她一定先来瞧我的。"

友竹听了心中一慌，半晌方道："真的，老太太不信我叫二奶奶去请。"说着回头向葵秋丢过眼色，葵秋会意，转身出去。

没有一会儿，葵秋和可人进来，可人叫了一声老太太。老太太见了可人忙拉了他手笑道："姑爷，姑奶奶呢?"

可人道："妹妹已睡了，她因为乏力了，想明天再来请老太太的安。"

柳太太默了许久，向可人望了一会儿，又向友竹、葵秋望了一会儿，友竹道："已十一点了，老太太请安置吧。"

柳太太立起身子道："我看姑奶奶去，她为什么不来看我？"

众人听了大惊失色，友竹忙上前按住她道："老太太，你……外面风……大呢！"

柳太太见大家脸上如有泪痕，心里冷了一半，急急道："好好，你们都瞒着我，我的姑奶奶一定没有回来，她为我们……一定……在……吃苦……"说到这里，一阵咳嗽，猛咳出一口鲜血，人遂跌倒在床上。大家到此，都慌得手脚无措，一面倒茶一面淌泪，一面叫喊。老太太这一回的昏厥，厉害得很，友竹向子萱道："你想怎么办？你想……"子萱见老太太吐血，也是着慌，可人道："请医生去吧。"说着便即回身出去。

等可人把许云峰医师请来，老太太已醒来多时，口中连喊着"我苦命的儿呀"，又叫"王伯伯呀，你这样的年纪我怎能对得住你"？友竹、葵秋在一旁哭泣，见医师来了，便忙站起，请云峰诊视。

云峰见柳太太面白似纸，两眼深凹，嘴角白沫浮起，病象极其危险，遂用听筒在胸口一听，向可人道："老太太本来已是病体，再受了极大的刺激，我现在先打了两针，不过最要紧还是使她称心。"说着，又在皮包里拿出一瓶药水道，"今夜吃了这瓶药水，看明天如何。"可人答应，送云峰出来。

在大厅上，云峰在可人耳边轻轻地道："石先生，我们是至交，不能瞒你，柳太太的病实在是很危险。"

可人心中一跳，忙道："那么请陶轧脱许可有什么想法？"

云峰道："明天再说，你打电话我立刻就来的。"

可人答应，送云峰走后，赶忙到上房，见柳太太已入昏迷状态，因问药水喝了没有。友竹泣道："已喝了，但是现在却昏昏沉沉了。"可人便安慰道："大约也乏力了，看明天再说。"友竹便道："姑爷也辛苦了，你明天还要做事，先去安睡吧，这里有我们服侍。"可人便匆匆回房。

到了房中，对灯独坐许久，想语花能否无罪，老太太究竟病体如何，痛定思痛，不觉长叹泪下。第二天早晨，可人还在床上，忽听秋白的声音来道："姑爷，姑爷！老太太不好了，奶奶请姑爷快去！"可人一听，从床上跳起，也不及洗脸，急急到了上房，见友竹、葵秋头发蓬松，两眼红肿，想她们已一夜未睡，子萱站在床边垂泪，可人忙问老太太怎样？

友竹道："请姑爷快快请几个有名的西医吧，老太太是气喘了半夜了。"

可人走近床边一看，见柳太太愈加枯瘦得可怕，两眼已失了神，微微开着，口中呐呐叫着"我儿，你好苦呀"。可人早也眼泪长流，连忙转身出去。

自从上午六时起直到下午一时，可人请了十多个有名西医，除了打针外，也没有别的办法。友竹见可人往来奔走，连面都还不曾洗过，便道："姑爷，你饿了吧？先休息一会儿，吃些点心。"

可人两眼呆呆，摇头道："我一些不饿，你和二嫂自去吃些好了。"

友竹见可人如乎失神模样，那眼泪扑簌簌地又落下来道："多少吃些儿，饿坏了身子怎么好？你下午还要去瞧姑奶奶呀。"

可人点头道："三点钟开庭，我去一次，老太太的病西医既然无效，我看请中医吧。"

友竹道："这些我这里自会料理，你办姑奶奶的事也要紧。"

这时春红端上三杯牛奶、一盆鸡蛋糕。友竹、可人、葵秋胡乱吃了一些，子萱喝了一小盅稀粥。春红又抱着椿来过来，椿来呀呀哭着，友竹放下牛奶杯子，抱了椿来给她吃奶。友竹见了椿来，无限辛酸，那泪又掉了下来。可人又去请有名中医朱雪樵，一面自己到法院里去。没有一会儿，朱雪樵来了，替柳太太按过脉息，沉思半晌，开了方子，友竹又忙叫人撮药、煎药。

在忙的时候，光阴是过得特别的快，一忽儿已天黑了，可人仍没有回来。友竹向葵秋道："二奶奶和亚儿去睡一会儿吧。"

葵秋道："我也不要睡，奶奶倒是累了。"

友竹道："我也不要睡。"

这时又开上饭来，友竹道："我也吃不下，二奶奶要吃些好了。"

葵秋道："那么奶奶也稍许吃些儿吧。"

友竹只得吃了半盅，一面又吩咐把老太太的参汤拿来，友竹亲自端着，轻轻叫了一声，柳太太微睁开眼来道："儿呀！你回来啦？娘想苦了你。"

友竹忙含泪道："老太太，你喝些儿汤吧，姑奶奶已经回来了。"

柳太太勉强沾了一些唇，望着友竹道："苦命的孩子，你……"

友竹听了想起种种事，都觉伤心，那泪怎能忍得住不掉下来，便慢慢放倒床上，回转身来，暗暗啜泣。葵秋也流泪满颊。子萱却呆坐炕上，双手合十。

只见可人匆匆进来，神色很不好看，额上汗如珍珠，友竹便忙上前问道："怎样判决？"可人脱了帽子，叹了一声道："王伯伯处徒刑三年，语花七年。""年"字还未说出，那泪夺眶而出，友竹、葵秋都失声啜泣。

可人道："我已请章、海两律师提起不服上诉，但是希望恐怕是很少的吧。"说着，便又问老太太怎样。

友竹道："只是昏沉，朱医生已来诊视过，药也喝了，却仍不见效。"说着又拭泪道，"姑爷吃了饭没有？"

可人道："吃过了，语花一知道老太太病了，她痛哭不止……"说到这里，床上的柳太太忽然道："啊！我儿回来了？"可人忙走近床边，柳太太却又昏迷过去，大家伴着，不敢走开。

直到晚上十时敲过，老太太悠悠醒来，向大家望了一眼，嘴唇微微地一动，好像要说什么话似的。大家围了拢来，柳老太道："姑爷，我对不住你……"可人便上前道："老太太好好地养息，语花就可以出来的，你放心好了。"柳太太抚着他手好一会儿，又向友竹、葵秋道："你们切不要悲伤，好好替社会做些儿事业。"大家听了这话，都簌簌泪下。柳太太微笑道："不要伤心，抱亚儿和椿来过来。"春红、秋白早已抱近床边，柳太太要抬手摸亚儿的脸儿，但已不能够了，她已没有这样的气力，她叫了一声亚儿道："你叫我一声祖母吧。"亚儿呀呀地叫了两声，把小手去抚老太太的脸。柳太太笑道："我已有了孙儿、孙女，我虽死亦无恨了。"说到此，忽又淌下泪来道，"我所可惜的，是从此再不能瞧见我最亲爱的女儿了！"大家听了暗暗啜泣，友竹淌泪道："老太太，别说这样的话，姑奶奶明天就回来了。"

这时周妈又端上参汤，老太太摇头道："我自知已不能好了，人生五十非为夭，我今年近六十，人生之乐亦已享够了。"说着欲闭下眼来，忽又望着子萱道，"你自去年出家，我以为不能再见你了，今日能在我床边侍奉，我心亦满足了，我死后你能可怜两个儿媳，就别再想出家了。"

子萱含泪不语，友竹、葵秋泪更长流，可人亦挥泪不已。这时，柳太太两颊发赤，气喘更加厉害，喉间有痰一口，"嚯啰嚯啰"地响着，没有一刻停止。直到十一点敲过，只听老太太长叹一声，微启两眼瞧着子萱说道："有了女，没有儿，有了儿，没有女，我的命好苦！女儿啊！你从此就没有娘了。"说着只听她又"嗫啰嗫啰"地响起来。那时床前陪着的子萱、友竹、葵秋、可人都不作一声，静静地瞧着她，又过了一会儿，突闻室外有"嗫嗫"的两声，在深夜中，更觉得清晰，大家正不胜惊讶，回视老太太那喉间已没有声气，竟已撒手长逝了！

家人方欲号啕大哭，子萱便摇手阻止道："凡人临命终时，切不可放声痛哭，要知哭了不但无益，徒增死的人痛苦，最好大家念几声阿弥陀佛，那死者灵魂便可超升天界。"

友竹见老太太已死，子萱却还要说这些不要紧的话，真是又气又恼，心中一阵悲酸，不觉放声大哭，口呼："老太太呀，你真的弃了我们去了，此后一家的事，叫我们又怎样的安排？"众人又哭泣了一会儿，可人心中无限辛酸，一面劝子萱、友竹、葵秋暂时止哀，一面代为筹划后事。

友竹把老太太内衣重新换过，床上亦收拾清洁，又化了些锭帛。可人吩咐众仆把大厅安置床帐，此时天尚未明，子萱、友竹已把老太太遗体请到大厅上，报丧成殓，一阵忙乱，幸衣衾棺木，早日预备。

子萱自那日起，便向雪宝寺下院太虚法师那里请了四十九名高僧，在老太太平日住所的三间上房里供上四十九天佛，拜了四十九天忏，他自己也每日随着众僧天天礼拜。友竹心里虽然不喜欢他这样，但瞧在老太太的脸上，也不好过于阻止。

光阴如箭，看看到了终七之期，那四十九天佛事，亦已圆满。子萱便定在雪宝寺下院，为老太太开吊治丧，宴待宾客，菜用全素，友竹反对道："我们自己人是应该吃素的，那来宾当中，都是客客气气的，人为了你的老太太特地前来叩头，你倒叫人家吃素斋，这样不是怠慢来宾，于我们的心上哪里说得过去？"

子萱道："你真盲人，只知其一不知其二，我且问你，你们为什么要竭力替语花妹妹提起上诉，你们的心里不是要营救语花妹妹的一条生命吗？人为万物之一，人爱其生命，物难道不爱其生命吗？我为了老太太的治丧事便多杀生灵，大宴宾客，难道我们的心中还当是一个快乐的事吗？那许多生灵为着是犯什么罪，我们把它统统杀戮，你的心是安，我的心是不安！"

友竹听了倒也给他说得无话可答，也只好由他办去。

不说众宾前来吊孝，再说子萱自那日送殡安葬回来，心想：现在我的母亲是已终了养，我的大事一半已了，所忧虑不放心者只有葵秋母子，至于友竹母女，她在社会上早已能够自立，我也没有十分的不放心，因此他又一心一念要往朝南海去。

是日晚饭，虽和友竹葵秋一道吃着，可是心不在焉，哪里有心思用饭？这晚子萱仍在老太太的上房里住下，友竹、葵秋也各自回房。子萱照例打坐，恍惚间之间葵秋抱着亚儿进来，一见子萱便抱住痛哭，口里又不住地哭骂子萱害她终身，当初不该这样的和她热恋，现在把她母子弃如敝履，既不像僧又不像道，说着把子萱头颈抱住，一定要子萱到她的房里去。这时子萱好像一些没有气力，便身不由主地跟着她到房里，葵秋把房门关起，重敷脂粉，殷殷地款待。子萱见她好像带雨梨花的模样，想起旧日的爱情，心中不胜怜惜。正欲携手入帏，突见葵秋忽变为一条极大的蟒蛇，头大如斗，舌头口外，一伸一缩大有噬人之势。子萱恐怖已极，口中不觉大呼佛号，只见蟒蛇又不是蟒蛇，忽又变为前时阿耨池畔救他的僧人了。子萱连忙向他稽首，只见那僧低头含笑，冉冉升空，足下踏着莲花一朵，旁有无数白莲。子萱见这僧人，明明是个佛，便又向他跪下，只听那僧对子萱说道："子虚别来无恙？前在阿耨池畔，我对尔说，一矣老母终天，尔我再来相见，未为迟也！尔意云何，这话你现在还记得吗？"

子萱被他一问，顿觉头脑清醒，开眼一看，并没有葵秋母子，也没有大蟒蛇，更没有那僧人。回忆梦境，耳中又好像有人对他念道："无挂碍，又无有恐怖。"子萱恍然大悟，凡百幻境皆由心灵所造，只要一心清明，了无挂碍，哪里还有恐怖？你看朵朵莲花，不是普渡众生的佛座吗？因此他便立刻动身，走到门房，说有要事去看一个人，从此柳公馆里又没有子萱的踪迹了。

一宵易过，第二天中午饭的时光，友竹忽见可人匆匆奔来，手中拿了一封信，向友竹道："子萱已出走了，你知道吗？"友竹听了吃了一惊，忙道："姑爷你怎的知道？"可人便把信递给她，叹了一声道："这是子萱给我的信，这是语花的上诉判决。"说着，不觉又眼眶一红。友竹见他这样伤心，便忙先把信瞧道：

可哥，这两日为先母丧事累你终日奔波，无时休息，心中感激，没世不忘。我自南京回来，见语花妹子面有晦纹，我心中早知有今日的灾厄，谁料不到一月，竟遭此冤抑！冥冥中劫数，实非人力所能挽，闻兄设法营救，欲向最高法院再行上诉，此事扰

244

扰，徒劳无益，我劝兄不如中止，静待消息，灾满自当出来，我可断定绝不消七年，吉人天相，到时便知。我因老母终天，了无挂碍，愿竟我前志，往朝南海，家下望为转知，来日再见！专祝平安！

子萱稽首

六月十日

友竹瞧罢，把信掷在地下，愤愤地说道："他是有母没有妻子的人，还说他什么，我早已把他当作死去完了，但不知他是什么时候走的?"友竹虽这样地说，可是那两眼早已滚下泪来，再把语花的判决文展开一瞧，只见是"上诉驳回，维持原判"八个大字。友竹一看，心中愈加伤心，几乎把身子跌下地去，幸可人连忙扶住，叫她且回房去，大家再作打算。友竹摇头道："我闷极了。"说着便移步走向院子去，可人亦跟着下去。两人在一株树下站住，泪眼望着泪眼，一个是泥佛，一个是土佛。天下唯死别最为伤心，现在友竹、可人倒并不是死别，两个都是为生离。要知死别，那死的一方面已没有了知觉，若好端端的夫妻硬生生地被拆开两边，那其中的痛苦，实在要比死别更来得沉痛万倍呢！

俩人呆了许久，依然想不出特别的方法，只好再预备请章、海两律师向最高法院提起上诉。这时可人忽然想起前年作客汉皋，重九日感怀诗一律，其中有四句是：

"愁日苦多欢日少，静中学佛醉中仙。黄花更比人还瘦，青眼尤留我自惜。"

这诗是寄给语花的，后来语花也和他一首是：

"含冤莫白恨连天，沧海横流又五年。蝴蝶多情原是幻，鸳鸯解语不羡仙。眼枯见骨难为泪，心死成灰有孰怜？薄病又添风雨夕，萧萧落叶梦如烟。"

可人叹了一声，对友竹道："唉！言为心声，我和语花前时作的诗句，却不晓得现在都会应在子萱、语花、我和你四个人的身上，这也奇怪极了"。

友竹听了，不明白问道："你说的是什么诗句？怎会应在我们的身上？"

可人便又把诗句念了一遍，友竹道："是的，这首诗还是那年语花妹妹在病中作的呢，我是见过的。"

可人听提起前世种种，那泪又掉下来，便道："愁日苦多欢日少，这句不是说你我和语花的身世吗？静中学佛醉中仙，那明明是说子萱了；黄花更比人还瘦，这是单说你和语花两人；青眼尤留我自怜，则又是说你、我和语花三人了；说语花最切的要算'含冤莫白恨连天'这一句，说嫂子和萱哥最切的一句要算'蝴蝶多情原是幻'了，现在我是成为'眼枯见骨难为泪'了，你是成为'心死成灰有孰怜？'那两句不是都很贴切的吗？"

友竹听他说完，不禁呆了起来，叫道："呀！怎么你们的诗，竟都能晓得我们未来的事呀！"

两人正在说奇怪，忽见春红抱着椿来，秋白抱着亚儿匆匆地走来，手中亦拿了一信，向友竹道："奶奶，上房里少爷不在了，却留着一封信。"

友竹道："我已知道了。"说着，遂接过拆开和可人一同瞧道：

友竹、葵秋均览：

　　子萱不孝，侍奉无状，祸延高堂，以致不克终养，百罪莫赎，兹已终七殡葬，在天之灵差堪告慰。窃思友竹和萱，固义属夫妻，而葵秋与我亦系纯洁恋爱，夫妻有室家之好，恋爱应同心到底，萱非不自知也。第念人生空虚，光阴短促，论功名，草头着露说富贵，镜里看花，尘世忧攘，诸多烦恼。佛界寂静，自得至乐，浮生若梦，为欢几何？说什么夫妻名分，说什么恋爱滋味，种出那欢苗爱叶，无非是情根孽缘。我今欲斩情根，了孽缘，无人相，无我相；游五湖，朝四海。您许我也罢，您不许我也罢，我去了，您切莫留恋；我来了，您也不必欢喜。我本不是真，尔等原是假，假绑票，真多事，事已如此，何必着急？她今入狱，自受其灾，火烧鼠尾，自能出来，有缘的再相见，无缘的何必言，茫茫大地，碧海青天，牢记牢记！如是如是！

子萱稽首留言
六月九日

两人瞧完，友竹道："又是这种不痴不癫不关痛痒的话，'我本不是真，尔等原是假'，这算什么话？简直是放屁！他当和尚倒当起相面先生来了！什么火烧鼠尾，自能出来，他竟把姑奶奶比作耗子看待，更属岂有此理！"

可人道："这倒并不是这样解，他给我信，说语花面有晦纹，应受牢狱之灾，今写给你的信中，又说火烧鼠尾，自能出来，大概一定是说牢狱遭火灾，语花可以逃出来的意思，你想对吗？"

友竹"哼"了一声道："他又不是仙人，怎能够预先晓得？总之是骗人的话，姑爷你切切不要信他！这种信一些儿没有价值，若再信他，连我们都跟他发痴了！"说着，便把信交给秋白道，"你这信给二奶奶瞧去。"秋白答应拿去，友竹这时见春红抱着椿来，还站在一旁，便对可人附耳说道："我想姑爷自姑奶奶不在身边，一切起居必深感寂寞。"说时，把嘴一努，又手指着春红道，"这孩子，人倒还生得伶俐，我想明天叫她过来，早晚服侍姑爷，姑爷如不嫌弃，将来即使收房，亦无不可。"

可人起初不晓得她是说什么，今听友竹说出这个话来，不禁面红耳赤，匆匆跑回西院子去，只见他摇手对友竹道："多谢嫂子的美意，这是断断使不得！"友竹见他去了，不觉深深叹了一口气，一会儿想可人，一会儿想语花，一会儿又想着自己和葵秋，正是前途茫茫，不胜唏嘘！

三续解语花

开 场 白

　　《解语花》乃余处女作，亦余生平最得意作。初作该书，仅不过玩弄笔墨而已，内容如何，余却未尝顾及。讵意出版以来，洛阳纸贵，不胫而走，几致人手一篇，博得各界仕女之好评，此固余所意想不到之收获也。

　　友人走告谓余拙著《解语花》业经国华采用，搬上荧幕，电影新闻之各小报均有消息传出，余聆悉之下，深以为喜，遂趋前访问国华当局，关于该事件之消息是否确实？当由国华负责人张石川君与余接谈，渠谓《解语花》电影剧本系范烟桥君所编，内容情节则与拙著不同，并取范君所编之剧本，授余观阅。余见剧中人物之姓名，果然全非，致故事不同与否，余既非一目十行者，故一时不得而知，余至此不免乘兴而来，败兴而返。

　　余与范君曾有一面之缘，故未几彼即有函前来解释，并致歉意，然春明主人告余，谓彼曾托顾明道君向范君询问《解语花》剧本之真相，而范君所答，彼对《解语花》说部固未知其书，而冯玉奇无名之辈更未知其人也。余聆此消息，不禁为之哑然失笑，盖此公之外交手腕，诚所谓："见人讲人话，见鬼讲鬼话"耳！窃思吾侪文人，首重人格，鱼目混珠，以偷解语花三字，向观众作为号召，钓名沽誉，此种小人之行为，乃吾人所不取，且亦不值识者所一笑。

　　余避难沪滨，日与乱纸堆为伴，固不图名，亦不慕利，借酒杯浇块垒，吟风月舒怀抱，兴来时，讲些渔樵话，记些儿女账，他何求焉？今应本店主人家沂兄之请，嘱余将《解语花》一段未了之公案，做一圆满之结局，余笑而诺之，然圆满与否，余不敢做确实之断定。盖人世沧桑，变幻莫测，事固未能预料也，如《解语花》之电影剧本，读者诸君亦曾想到彼《解语花》者，乃另有大文豪所编著耶？兹值《三续解语花》付印之前，聊志数语，敬告读者，以明《解语花》电影之真相。爱好《解语花》说部之读者，对于《三续解语花》之故事如何，希请不吝赐教，是所至盼！

冯玉奇于海上先觉楼

第一章

痴可人病还相思债

是暮春的黄昏，冷雨淅淅沥沥地敲着玻璃窗子，发出了滴滴答答的声响，这声音触送到坐在那间斗形式局促地狱似黑暗的卧室的解语花的耳鼓，旧恨新愁一股脑儿全涌上心头。她含了满眶子辛酸的热泪，望着那一方格子的玻璃片上，斑斑点点的水珠已经沾染得模糊不清了。夜已进袭宇宙，玻璃片已呈现了灰青的颜色，解语花慢慢地从床边站起，移步到窗前，听着冷雨敲窗的音调，使她心头会感到无限的孤寂和凄凉。想着自己的一生，真是愁日苦多欢日少，自落娘胎至今，也只不过短短地度去了二十二个春秋，然而在这二十二年的生命中，确实已经尝到了甜酸苦辣的滋味。中学才毕业，父亲即遭不白之冤，在残暴恶势力下为大众而牺牲；好容易和母亲从故乡流亡到上海，是受尽了千辛万苦，万苦千辛。年老的母亲受不住环境一再的压迫，也终于丢下我长辞浊世；幸有邻居王老爹认我做女，才能渡过难关；后遇同学秋霞，方得重睹天日。就是和可人的结合，也不知经过多少的波折和磨难，方始有今天圆满的一日。但谁料得到呢？未及半载，我竟会到这儿来受铁窗的风味！回忆在银公司任部长之时，和可人同出同归，这是何等光荣快乐，今则身入囹圄，两地相思，又是何等悲哀凄凉！解语花想到这里不禁为之泪湿衣襟。

"姑奶奶，姑奶奶！"

解语花正在背人拭泪，暗自伤心，忽然听得一阵轻柔的呼声触送到耳里。遂连忙回过身子，伸手擦干了眼泪，因为铁栅子外面先亮了灯光，从黑暗处瞧出，自然格外的清楚，那是友竹的侍婢春红。春红手里擎着一只饭匣，静待法警给她开了铁栅的大锁，她便匆匆地挨身而入，又低声地叫道："姑奶奶，奶奶亲自烧了几样小菜，叫我送来，并且请姑奶奶千万别悲伤，保重身子，姑爷和奶奶还在竭力设法，终要使姑奶奶没有罪了才肯罢休哩。"

"多谢你奶奶为我操心，姑爷这几天身子好吗？"语花点了点头，见春红把饭匣放到桌上去，遂也跟到桌旁，因为想着可人有两天没来探望自己，所以向春红又悄声儿地探问。

春红开了饭匣子，正把菜碗端出来，突然被语花这样一问，心头倒是跳了跳，一时里却接不上口来。但她竭力又镇静了态度，抬起粉脸，秋波望她一眼，轻轻地答道："姑爷身子倒很健康，只不过银公司里公务太忙了，每天终要天黑才回来。本来今天姑爷原自己要来望你，因为要到律师那儿去接洽事务，所以只叫我带封信儿来。"说到这里，又转变话锋说道，"这里四碗菜，奶奶叫我拿给王伯伯吃的。"

语花这时别的都不注意，她听春红说可人有信叫她带来，遂急忙说道："那么这封信呢？你快拿出来给我瞧。"

春红见她性急得这个样儿，这就可见姑奶奶和姑爷平日感情的弥笃，想着姑奶奶这么娇弱的身体，平日吃得好，睡得好，如今竟住在这种凄惨的房间里，怎叫她不难受？所以心里也是很伤感，但表面还是平静了脸色，在袋内摸出一信，并一个纸包，交与语花，说道："这是姑爷叫我带来的五百元钞票，姑奶奶可以随时使用。"

语花很快的接过，把那包钞票却放在桌上，急急地先抽出信笺，展开来瞧。谁知室中尚未亮灯，语花只觉一片模糊，哪里瞧得明白？春红原是个聪明伶俐的姑娘，瞧语花抬首的意态，早已明白她的意思，遂走到铁栅旁边去，向法警婉和地道："谢谢你，给我们室中亮了灯光好吗？"

随了这一句话，不多一会儿，那电灯就明亮起来。因为灯罩是染满了灰尘，所以发射出来的光芒，也是特别的暗淡，照映着室内一床一桌一椅外，那还是自己家中搬来的，更显得寥落和凄惨。春红见语花急于瞧信，趁空遂先到王老爹那儿送菜去，说道："姑奶奶，我把这些菜先送到王伯伯那儿去了。"语花不暇回答，只唔了一声，她的明眸完全注意到信笺里去，只听语花低低地念道：

语花我的爱妻：

美满的家庭，万万也料不到会起这样平地来的风波！我累苦了妹妹，我害苦了妹妹，唉！可人的心里真有刀割般的痛啊！现在妹妹虽然是含冤入狱了，但我无论如何困难，甚至赴汤蹈火，我也必定设法替妹妹申雪。语花！你心里不要焦急，是非难逃公

253

论，千虚难抵一实。法律虽不能徇情，但王道不外乎人情。

语花！你不要伤心，我必定竭尽能力，给你去上诉。昨天我向海律师、章律师两位恳商，他们已允许我竭力地设法，用许多事实来证明这件假绑票的案子，并且还引用种种欧美的法律，务必要达到妹妹出狱为止。所以一切还望妹妹暂时忍耐艰苦，静待上诉胜利，将原判驳回，那么水落石出，妹妹也有拨云见日的一天了。

昨天听春红说你身子略有不适，我想这是你心里忧愁所致。妹妹，此后千万希望你放开胸怀，切不要再郁郁不快，暗自伤心，因为事到如此，徒然忧愁伤悲，不但丝毫无益，且亦有伤身体，这叫我的心里不是更增难受吗？

友竹姊姊和我自从妹妹受了冤屈以后，日则终日奔波，夜则漏夜相商，睡在床上，往往梦中喊醒，盖妹妹在那儿受苦，叫我又怎能忍心安闲地入睡呢？我只有默默地祈祷着，但愿吉人天相，妹妹的冤屈，必有申雪的一天。但话虽如此说，目前累你受苦，我心里终感到十分的抱歉！

一等上诉，开审有日，那时我再亲来通知，使你可以得到安慰。现在我托春红带上钞洋五百元，请妹妹收用，只要身子不受苦，对于金钱，请妹妹千万不要爱惜才好。

你的可人手启　即日

语花念毕这一封信，心里虽然十分安慰，但自己也不知道为什么缘故，只觉有股子悲酸，触入鼻端，忍不住泪珠儿又从眼角旁扑簌簌地滚下来。芳心暗想：可人真也可怜，既要办公，又要为我的事情而操心，晚上回家，本来终有我陪伴在旁，少年夫妇，情深意蜜，多么幸福，如今硬生生地把我们分离在两地，形单影只，他内心的悲痛，真不知到如何的地步呢？想到这里，心若刀割，捧了可人的信，不禁呜咽哭泣。语花泣了一会儿，忽然又想，真如可人所说，事到如此，哭亦无益。他既来信安慰我，我不是也应该写封回信去安慰他吗？语花这样一想，遂收束泪痕，坐到桌子旁去，取了一张白笺纸，用自来水钢笔簌簌写起来。

"姑奶奶，你这是写给姑爷的吗？"春红从隔壁王老爹那儿回来，见语花伏案疾书，遂低声儿地问她。

"是的。春红，你把这信交给姑爷，说我叫他也不用伤心，凡事都有天数，想我们并非作恶之徒，岂有如此悲惨的下场？"语花凑巧把信写好，遂把信笺折齐，也不用信封，就交给春红。春红明白她的意思，遂低声说道："我知道，一定叫姑爷别伤心的……"春红说到这里，几乎眼泪也要夺眶而出了，慌忙接过信笺，藏入袋内，把脸儿略别了转去。

"春红，老太太病儿好些了吗？叫你奶奶千万好好地安慰她才好。唉！妈年纪这么高了，为了留一个儿子别出家，可怜她也受了多少惊吓！那么现在你的少爷，终可以安安心心地在家里住下了。"语花把钢笔套上，慢慢地站起身子，望着春红窃窕的背影，接着又很关心地问，但说到后来，多少有些感触，忍不住叹了一口气。

这几句话听到春红的耳中，她无论如何再也熬不住流泪了，但理智告诉她，奶奶千叮万嘱，这个消息万万不能给姑奶奶知道，那么我又如何敢泄露呢？因此她忍痛忘去这伤心的事情，伸手在眼皮上揉擦了一下，回过身子，一面假意把地上的空饭匣拿起，遮掩自己的脸部是曾经流过泪的，一面回答道："老太太是好多的了，不过她心里很记挂姑奶奶罢了。说起少爷，他因为姑奶奶入狱，完全是为了他而起的，所以他再也不敢闹着出家了。"

"这样我才安慰，终算我这一下苦肉计还用得有价值，虽然我入狱了，我亦觉得快乐。"语花点了点头，她那清秀的粉脸，那个久不见掀起的笑窝儿，此刻又浅浅地显映出来了。

春红心头只觉无限的悲痛，她想流泪，她想哭，但她又哪里敢呢？要哭而不敢哭，这是一件最痛苦的事情，所以春红再也站不下去，她提了空饭匣，向语花投了一瞥哀怨的目光，说道："姑奶奶，我走了，明天再来望你吧！"

"春红，外面雨下得很大，你刚才坐车来的吗？"语花见她身子已跨出铁栅子外去，遂也靠近到铁栅旁来。春红回头去望，见法警又在上锁，语花手握铁档子，明眸里似乎含了晶莹莹的泪水，这情景是再悲惨也没有，春红的眼泪也大颗儿滚下颊上来，点头说道："刚才阿三送我来的，姑奶奶别为我操心，晚上早些休息。现在虽然暮春天气，晚上是很凉的，姑奶奶千万保重，免得老太太……心里记挂……"春红说到老太太三字的时候，她如何还说得下去，向语花一招手，便匆匆地走出去了。春红走出监狱大门之后，她掩着脸儿几乎哭出声音来。

　　天空像涂过墨一般的漆黑得可怕，没有明朗的星月在发光，从那盏暗淡的街灯光芒下，只见那千丝万缕的雨点，不停地洒洒地落着，夜静悄悄的，风凉飕飕的，四周是那样的寥寂。春红泪眼模糊地望着雨点纷纷的天空，只见那雨丝已凝结成一片了，她那哀感的心头，曾激起了一阵莫名的凄凉。

　　春红懒懒地跨上汽车，坐回到柳林别墅，三脚两步地走到奶奶梅友竹房中，只见友竹抱了椿来，坐在席梦思旁那盏精美的台灯边，正逗着椿来玩笑。遂把空饭匣放下，叫了一声奶奶。梅友竹回眸见了春红，遂急急地问道："姑奶奶在做什么？她身子好吗？"

　　"身子倒好，她在暗自伤心……奶奶！姑奶奶问我这两句话，我真被她问得眼泪忍不住要掉下来了。"春红走过来，低低地回答，眼皮儿有些红润。

　　"她问你哪两句话？"梅友竹脸色有些暗淡，身子已站着起来。

　　"姑奶奶先问姑爷身子好吗……我想这是因为姑爷有好多天没去望她，她心里就疑惑起来了……"春红说到这里，梅友竹早急急地又问道："那么你可曾告诉她？这……你是千万不可告诉她的。"

　　"当然了！我如何肯告诉呢？所以不得不撒一个谎，把她瞒住了。后来姑奶奶又问老太太病儿好些吗？少爷近来情形怎样了？我被她这两句话一问，我再也熬不住，泪水夺眶而出了……"春红说到这里的时候，她眼角旁早又展露了晶莹莹的一颗。

　　谁知友竹听了这两句话，她掩着脸儿已是哭出声音来。友竹这一哭，把隔壁二奶奶李葵秋惊动了，抱着亚儿也走过来，很惊慌地问道："奶奶，你别伤心了，身子也要紧呢！"

　　友竹叹了一声，泪如泉涌地说道："唉！可怜的姑奶奶！她的心里怎知道老太太是已不在人间了，你那不肖的子萱哥哥仍是云游四海去了呢……"说到这里，内心是惨痛到了极点，忍不住又呜咽啜泣不止。

　　李葵秋当初还不明白友竹是为什么伤心，今听了她这几句话，方才明白，一时心中也是无限沉痛。想不到一个翩翩风流的柳子萱，竟会变得那么快！这真是叫人做梦也想不到的事情，因此两行热泪，也已沾上了粉颊。

　　友竹、葵秋、春红三个人只管扑簌簌地哭泣着，亚儿和椿来两个小孩子当然是弄得莫名其妙，但他们也明白哭是一件不如意的事，四只乌圆小眼珠，在经过一度呆滞之后，突然哇的一声，也哭起来。

春红于是收束了泪痕，连忙把友竹怀中的椿来抱过，轻轻地拍着她的小背部，哄她不要哭。友竹道："那么你又怎样回答姑奶奶呢？"春红一撩眼皮，说道："连姑爷生病都不肯让她知道，更何况是这两件事了。我说老太太病好多了，少爷因为这次姑奶奶的入狱，完全是为了留他别出家而起的，所以少爷很抱歉，情愿不出家了。姑奶奶听我这两句谎话，心里高兴得了不得，说她这次苦肉计终算还不是白费心血……唉！其实我望着姑奶奶得意的笑容，我心中真痛得难受哩！"

友竹、葵秋听完春红这几句话，觉得语花真不愧是个血性中的人，一时既感动又伤心，忍不住眼泪更像雨点一般地落下来。

"大奶奶！二奶奶！晚饭开出了，快用饭去吧！"大家正在伤心，葵秋房中的丫鬟秋白匆匆地走来，向两人高声地嚷着，忽然瞥见了这个情景，倒是吃了一惊，呆呆地愕住了一会儿。

"你给姑爷的粥炖熟了吗？"友竹用手帕拭去了泪，回眸向秋白望了一眼。秋白这才点头道："炖熟了，要不此刻就盛一碗过去？"友竹道："去盛了来，把菜儿都放在饭匣内，回头我得去望望他，今晚的热度不知怎样了？"秋白答应一声，便一骨碌转身，奔向厨房间里去了。

"妹妹抱了亚儿，和春红都可以去吃饭了，我此刻也吃不下，先去望了姑爷再吃也不迟。"友竹待秋白走后，便向葵秋很低声地说。葵秋忙道："我们也不饿，等奶奶一块儿吃好了。"春红这时忽然记得一件事，忙在袋内摸出一封信来，交到友竹的手里，说道："这是姑奶奶给姑爷的信，奶奶等会儿交给姑爷好了。"

友竹见信笺并没有套着信封，遂展开了先瞧了一遍，只觉得一股子辛酸，陡上心头，那泪又滚落了两颊。这时秋白提了饭匣进来，说里面都舒齐了。友竹把信笺折好，藏入袋内，点头说道："那么你把风雨灯点着了，伴我一块儿过去吧！"

秋白答应了一声，遂拿火柴燃着了风雨灯，一面又取过一柄雨伞，交给友竹。葵秋和春红分抱了亚儿和椿来，跟着走到大厅。友竹抬头见天空雨已细小得多了，遂把伞放下，说道："雨已经停止了，伞不用了。"说着，身子已跨出厅外去。秋白抢上两步，叫道："大奶奶！你走好，地上稀湿哩！"

友竹见秋白提了饭匣和风雨灯，已走在自己的前面去，遂跟着她慢慢地走，两眼望着被风雨灯反映起的水门汀地上，显得闪亮亮怪明亮的，心里不免又想起自己这个冤家子萱来。光阴也不知怎样的在过去，一眨眼间，子萱离开家庭又有五六天光景了，在这五六天的日子中，他不知又寄宿在哪里呢？唉！想到这里，情不自禁地深深地叹了一口气。

穿过月亮形的门儿，步入另一院子，那边是可人和语花的住房，原是老太太在日，心里疼爱姑娘，所以把柳林别墅的一半，分给可人和语花居住。两人由走廊步进会客室，就见老妈子王妈从厨下走出来，见了友竹，便含笑叫道："舅奶奶，晚饭吃过吗？"

"你家少爷今天怎样了？"友竹对于她的问话，并不加以注意，自己先向她很焦急地问着。王妈道："少爷中饭也没有吃，刚才我问少爷有没有肚饿，他也摇头，我见他好像很昏沉的样子。"

"那么他一定是有热度了，陆医师开的药水和药片，你可曾按照时间给少爷吃啦？"友竹蹙了眉尖，心里当然很忧愁，一面问着，一面身子已向楼上走了。

王妈也没有回答，她似乎有些弄不清楚，只跟了友竹和秋白，一块儿都到楼上去。

室中是亮了一盏淡蓝色的灯泡，可人躺在床上，脸儿是向着床里的，仿佛睡着了的模样。友竹一脚跨进房中，就把手向后摇了摇，这是叫她们轻声儿的意思。她自己移步到床边，见床边的桌子上那瓶药水，还有大半瓶留着，一时那两条柳眉又紧紧地锁起来，回眸向王妈瞅了一眼，说道："王妈！你怎么不按照时间给少爷喝药水啊？"

王妈被友竹一问，似乎有些窘住了，脸儿红了红，低低地说道："舅奶奶早晨关照我，我原给少爷按照时间喝药水的，但是少爷不要喝，所以我也不敢强要他喝。"

友竹听她这样回答，不禁唉了一声，意欲埋怨她几句，但仔细一想：这种没有受过知识的妇人，本不会服侍什么病人的。我的初意，原想叫春红来伴可人，将来就给春红圆了房。因为语花判决七年，虽然设法上诉，但是否有效，实在还是一个问题。万一上诉驳回，那么在这遥长的七年中，叫可人孤零零的如何过下去？单拿现在病中而说，若没有一个知心着意的人来服侍，病人固然痛苦，而且还要误事呢！友竹这样想着，她便决心要把春红差遣过来了。

谁知这时候可人翻过身子来，瞥见了友竹，便叫道："嫂子，为了我的病，累你一趟一趟地跑着，真叫我心里不安。"

友竹回眸见他两颊发红，显然热势很盛，要想伸手去摸摸他的额角，又恐怕下人们多心，搬弄是非，自己终要避一些嫌疑，遂柔和地问道："姑爷，你别说这些话，反叫人听了难受。早晨医师倒说你热度退尽了，此刻怎么又热起来了？你想吃些什么吗？"

"可不是？那病就有些儿怪，热度时涨时退，我也不想吃什么……"可人凝眸望着友竹颦蹙翠眉的粉脸，他心中想起了语花，只觉悲酸万分，眼眶子里已贮了晶莹莹的泪水。可人盈盈泪下的神气，友竹当然是瞧得出的，一颗芳心，更是悲哀，遂走上一步，又低低地说道："王妈给你喝药水，你为什么不喝？我劝你千万别心灰，语花的事情不是都要你去办理吗？所以你是应该快快好起来，药水如何可以不喝呢？"友竹说到这里，回头又向王妈说道："清洁的羹匙拿一只来，我给姑爷先喝药水吧！"

可人对于友竹的关怀，那种真挚友爱的情意，心中自然颇为感激，同时想起她的身世，竟和自己一样可怜，不免轻轻叹了一声。忽然又问道："嫂子，春红可曾回来了没有？"友竹拿了羹匙，把药水倒入玻璃杯中去，冲了温开水，一面端到可人的嘴旁边去，一面微笑着："春红已经回来了，语花妹妹也有一封信带给你哩！你快喝了药水，我就拿给你瞧……"

"语花也有信给我吗？嫂子，你快先给我瞧了，再喝药水吧！"可人听了这话，内心仿佛得到了一种很深的安慰，脸上顿时显出一丝笑容来。

"姑爷，你别孩子气，这既带来信，早晚你终可以瞧到的，不是先喝药水要紧？你喝了，我马上取给你……"友竹见可人这种神情，心里又感伤又有趣，遂微含笑意，向他轻柔地说着，末了这两句话，友竹把他真是当作小孩子一般看待了。

"嫂子，其实那种药水有什么效力，还不是等于喝水一样吗？语花妹妹的信我瞧了，也许比喝药水更强一些。"可人有些得意忘形，但虽然这样说着，因为却不过友竹这一份情意，所以他略一抬头，终于把药水喝了下去，望着友竹说道，"叫嫂子服侍我喝药，那真叫我太感激了。"

友竹红晕了两颊，要想回答一句什么，可是却说不出来，把那方手帕给可人拭了嘴边的水渍，方才将怀中信笺取出，笑道："你不要性急，我就拿给你瞧吧！"说着，把信纸展开，摊在枕儿旁边。

可人一手托了头儿，遂急急地瞧着道：

可哥如见:

　　解读来书,并钞洋五百元,均已收悉。妹因凤具热肠,性素任侠,每致所谋不臧,自贻伊戚。今者身羁囹圄,又累哥哥为我奔走操心,虽云衔冤受屈,但所谋不善,究属咎由自取。妹不怨天,亦不尤人,只恨自己命苦,应受一番磨难,佛氏所谓:"我不入地狱,谁入地狱?"意殆即妹之谓欤!此际冷雨打窗,寒风砭骨,凄惨之声,时有所闻。妹蒙我哥代为上下打点,待遇尚称不恶。惟缧绁之中,本为非人生活,每当午夜漏残,风雨凄凄,羁人况味,徒唤奈何?咏"帘外芭蕉帘内人,分明叶上心头滴"之句,妹真将欲泣无从矣!初审虽已判决,上诉业已提出,哥之待妹,亦可谓极尽心力,妹之冤能白,命也;妹之冤不白,亦命也,白不白唯天所命,妹又何怨焉?妹念哥体非素强,今为妹故,体将日见憔悴,心将日见痛苦,是则妹心所念念不忘耳!哥请善自宽怀,勿为妹苦,勿为妹愁,如是则妹心自安,总有重睹天日之一朝也。手此奉奉,即请晚安!

妹语花自狱中书　即日

　　可人把语花的来信念道"妹念哥体非素强"之句,不禁声泪俱坠,泪珠儿在信笺上已沾湿了一大堆。友竹在旁瞧着,也是心酸,遂把那信笺取过折好,放在梳妆台的小抽屉内,低低地安慰他道:"姑爷,语花妹妹既然达人安命,你也别为她太伤心了。万一加重了你的病体,将来给语花知道了,她岂不是更要心痛了吗?"

　　"话虽如此说,但我想着语花信中这几句话,实不愧是我的一个知音。天下之最伤心事者,莫过于生离死别,而生离较死别尤甚,今我知语花虽然近在咫尺,但两地相离,与死别又有何异……"可人说到这里,再也说不下去,把头儿倒向枕上,泪如雨下,害得友竹、秋白、王妈都为之伤心泪落。

　　"姑爷,只要你病好起来,当然还可以请海律师设法,所以你千万别忧愁,好好儿地养息身子最要紧。"友竹拭了眼泪,又低声地劝慰着他。可人点了点头,却并没有作答,王妈拧上一把手巾,给可人擦脸,秋白亦

260

把饭匣内燕窝粥端出，放在桌上，说道："那么姑爷现在该用些儿粥了。"

"嫂子，你为我这样忙碌着，我心里真感到不安。"可人见秋白把菜和粥一碗一碗放向桌上，两眼脉脉地凝望着友竹，表示无限的歉意。

"语花妹妹为了我的子萱，竟遭了不白之冤，害得你服侍无人，我心中是多么的难受和不安！这些儿小事，你还放在嘴里，叫我听了反而伤感……"友竹听他那副多情的样子，心中不免又想起了丈夫子萱，他拆散自己的家庭不算，还要拆散他们一对恩爱的夫妇，为可人今后身世设想，真也凄凉极了。因此内心是激起无限的同情，秋波回瞟了他一眼，颊上又展现了珠子那么的一颗了。

可人听她这样说，同时又见她这样哀怨的神情，心里自然明白友竹固然替我伤心，而且亦为她自己而悲哀，遂劝慰她道："过去的事也别提了，我想凡事都有劫数，在劫数之内的，语花即使不为留子萱而想出假绑票以致犯罪，恐怕别的祸水也是免不了的。所谓塞翁失马，安知非福？也许不入狱以避灾难的话，有性命之危险谁又料得到呢？所以嫂子心中也不必抱歉，我瞧你近来也瘦削多了，若不想得达观一些，恐怕病魔也会趁势侵袭哩！"

友竹听可人这样安慰，芳心十分感激，遂拿了粥碗，意欲坐在床边，服侍可人吃粥，但仔细一想，我们虽然坦白，然舅嫂与姑夫之间，到底未便，因此想到春红这姑娘小巧伶俐，前来服侍可人，确实是非常地需要了。遂回头向秋白说道："你可以去吃饭了，等会儿叫春红来换我吧！"

秋白听了，答应一声，便悄悄地退出房去。友竹见王妈也不知在哪时候走出房去了，遂在床边坐下，扶可人起来，靠在床栏旁，微笑道："我服侍你吃好吗？"

友竹那温若贤妻的口吻，听到可人的耳里，心中当然有阵说不出的滋味，觉得像友竹那样贤德而美丽的女子，偏会嫁个一忽儿风流一忽儿学佛的柳子萱为妻，真也可怜。貌艳于花，命薄如纸，难道美貌的女子个个都是薄命的吗？可人越想越痴，所以对于友竹这一句话，却没有回答，两眼望着她清秀且幽静的粉脸，不禁呆呆地愣住了一会儿。

友竹问可人这一句话的时候，她的心中是并不会加以考虑过，现在被可人这一阵子的呆瞧，她猛可理会自己这句话确实是太显亲热一些儿了。莫非可人心中疑惑我有什么歪斜的作用吗？因为我是他的舅嫂，在姑夫的床边，其实也不能随便的乱坐呀！友竹心中有了这一层思忖，她那两颊顿热辣辣地绯红起来，把粥碗放在桌上，慢慢地站起了身子。

可人这才意识到自己的态度有些不对，所以使她难为情起来了，遂伸手很快地把她拉住。因为这举动是冷不防的，友竹站脚不住，竟在床沿旁又坐了起来，望着他惊讶地笑道："你这是做什么？"

可人被她问住了，两颊也一层一层地红了起来，慌忙放下了她的手，憨笑道："你为什么又站起来了？"友竹听他这样说，倒怔了一怔，笑道："那么我问你，你为什么不回答？我以为你是个爱避嫌疑的人，所以我倒不好意思过分给你关心了。"

"这是你误会了，因为我在想心事。其实我们也可说患难之交，而且都是具有真性情的人，根本用不到避什么嫌疑的。"可人方才明白自己的出神，引起了友竹心中的误会，遂平静了脸色，向她很正经地解释着。

"那么你在想什么心事呢？"友竹脸儿还是透现着红晕，秋波脉脉地瞟他一眼，嘴角边微露了一丝有趣的笑意。

"我想子萱和你，语花和我，是两对多么美满的夫妻。但是天心太酷，我们竟会遭造物的妒忌，使我们四人硬生生地拆散在两边，想起来不是叫我痴呆吗？到此我真羡慕梦兰与秋霞，他们真不知修了几世，才有今生那么的如意呢。"可人叹了一声，便悄悄地说出了这几句话，说到末了，眼角旁又映现了一颗晶莹的泪水。

友竹本来嘴角旁边还含了一丝笑意，听了可人的话，她的芳容又呈现淡白的颜色，凄惨地说道："唉！想吉人天相，语花与你早晚终有团圆的一天，只是我那苦命的人，怕今生是永远成个孤零零的人了……"友竹说到这里，无限伤心，陡上心头，两行热泪，早又扑簌簌地滚了下来。

可人想不到友竹较自己更悲伤，一时倒懊悔不该说这几句话去引逗她，遂收束了泪痕，说道："嫂子，事情是不能逆料的，说不定明天子萱回来了，那也未可知，所以我们从今以后，还是别太悲观了才好。"

友竹听了，芳心倒是一动，但叹了一声，又说道："子萱如此执迷不醒，要他再回了来，恐怕是梦想罢了。好的，我们别多伤心，因为伤心是没有益处的。姑爷，吃粥吧，冷了又要碍胃。"友竹擦了擦眼皮，把桌上的粥碗又端起来。

可人要叫友竹服侍自己吃粥，这到底有些不好意思，遂点点头，把粥碗从友竹手中接了过来。友竹当然也明白他心中的意思，遂把菜碗都移近到他的面前，说道："这菜都很素净清洁，你只管放胆吃好了。"可人笑着答应，把羹匙一口一口地送进嘴里去。两人静悄悄地坐着，彼此都默默地想了一回心事。

"姑爷，我现在跟你商量一件事，不知你能够答应我吗？"友竹待可人吃毕这碗粥，一面拿手巾给他擦嘴，一面笑盈盈地向他说着。

"嫂子，是什么事情？"可人抿着嘴儿，望着友竹的笑靥，不免感到有些儿惊异。

友竹笑道："你且别问，我先问你，你到底肯不肯答应呢？"

"这个，终要待你说出来了，我才可以说答应不答应呀，否则，是叫我无从答应的。"可人把面巾放在桌上，也向友竹微微地笑。

友竹点了点头，忽又显出很正经的神气，说道："自从语花妹妹入狱已来，你的起居一切，当然十分寂寞，不但寂寞，而且也诸多不便。虽然有王妈在这儿，但这种仆妇是只能干粗活儿的，单瞧吩咐她按时间给你喝药水一事，她尚且弄不清楚，那更何论其他的呢！所以你一定会感到十分的痛苦，尤其在病中的时候。现在我的意思，因为我房中的春红，今年也有十八岁了，容貌也生得不俗，做事也讨人喜欢，假使遣她来服侍姑爷，那比王妈终要好得多。姑爷认为春红还可以瞧得过去的话，将来不妨就收了房，因为语花妹妹能否出狱，到底还是一个问题。姑爷，我这意思，不知你肯赞同吗？"

可人听她说出这个话来，心头别别地乱跳，两颊泛现了一圆圈红晕，摇头说道："嫂子这份儿美意，我实在非常感激！但可人心中也有说不出来的苦衷，因为我和语花的结合，也是经过无数波折，方才成功，语花固然不能负可人，可人亦岂敢负语花？况且海律师已经答应我上诉了，将来语花出狱，若得知这事，我还能有脸儿见她吗？所以这个事情，万万不可以实行，还得请你原谅才好。"

友竹被可人这样一说，脸儿也浮现了玫瑰的色彩，很羞惭地呆住了一回，说道："姑爷，你切勿误会我这个意思，决不是离间你和语花的情感，因为我瞧你病中没有一个知心着意的人儿服侍，实在是很痛苦的。春红虽是丫头，却有大家风度，若叫她搬弄是非，这个我倒可以担保是不会的，至于语花妹妹，她是个大度多情的人，恐怕也不会见责吧！"

"话虽如此说，不过我终觉得心有未忍……"可人说完这两句话，泪水又淌了下来。友竹见可人这样神情，可知他们夫妇爱情之弥笃，一时也不好过分硬劝他，遂说道："那么收房之事，且别谈起，叫春红暂时来伺候你几天，那终不要紧的。"

"我想这也不必吧！一则，你有椿来这个孩子要她照料的；二则，春红是个成年的姑娘，我也觉得很不便。"可人摇了摇头，仍是婉言谢着。

"椿来不是还有奶妈会抱的吗？这个倒不成问题……"友竹说到这里，忽听一阵脚步声响上来，她遂不说下去。不到三分钟后，室外走进一个姑娘来，正是春红，她向友竹含笑叫道："奶奶，你不是叫秋白来喊我吗？"

"是的！你晚饭吃过没有？"友竹从床边站起来，回眸向她望了一眼。

"我吃过了，菜都重新热过，奶奶现在快回去吧！"春红点了点头，她的俏眼儿却向可人脸上掠过去，在她的意思，是看姑爷的病儿究竟好些了没有。不料可人的眼睛，也在望春红，四目相接，可人觉得春红年龄大了，果然也长得容光焕发，清秀动人。因为一个是有心人，一个是无心的，所以彼此这一望后，春红倒毫不介意，而可人先难为情起来，红着两颊，把脸儿低垂到胸前。

友竹也并没注意，她点了点头，向春红说道："姑爷病中没人好好儿地服侍，是非常的不便，所以我派你暂时过来服侍几天。晚上姑爷要茶要水，你得小心侍候，还有药水药片，都要按时给姑爷吞服，你知道吗？"

春红对于友竹这几句话似乎感到有些意外，虽然不好意思，但奶奶既有命令，自己当然不能违拗，遂说道："那么我的被铺此刻去搬过来吧！"

"不用了，回头我叫秋白送过来就是了。"友竹见春红毫不介意地答应了，因为自己曾经有过这一句话，所以望着可人笑了笑，说道："姑爷，我不过来了，明儿见吧！"说罢，她的身子已走出房门口去了。

可人本来要阻止的，但想不到春红会立刻答应下来，人家姑娘既已情愿了，那自己当然不好意思说你别来服侍的话了，所以他呆住着，始终没有开口。

春红待友竹走后，她便移走到梳妆台旁边，拿起药水瓶瞧了瞧，见写的每隔三小时服一格，遂回眸又向可人问道："姑爷，刚才你药水是几点钟喝的？"

"是七点半吧！"可人依然低了头回答，他连望春红一眼的勇气都没有。

"此刻八点半，那么再过两个小时，给姑爷喝药水。姑爷怎不躺下来？这样靠着不是很累吗？"春红放下药水瓶，望着可人又柔声儿地说着。

可人这回才抬起头来，望着春红圆润的脸庞，觉得有种处女特有的美丽，颊上那青春的红晕，比搽胭脂是鲜艳得多的，遂情不自禁地微笑道："我倒不累什么，只是晚上累你辛苦些了。"

春红听了这话，那两颊更透红晕一些，摇头笑道："也辛苦不了什么。只要姑爷病快快好起来，给姑奶奶赶紧设法能够出狱，我们即使辛苦一些也乐意的。"

可人对于春红这几句话，心里倒着实有些感动，暗想：这妮子平日一向不曾注意，谁料她果然和普通丫头不同，岂绣之精华，独寄托于女孩儿家的身上，若和语花做并蒂莲花，实亦不输于语花哩！遂笑道："承蒙你们都很关怀姑奶奶，我心里十分感激。刚才你去狱中，她不知可曾和你说起什么来？"

春红不敢完全告诉，把手摸索着桌沿边，沉吟了一会儿，说道："也没有说什么，姑奶奶只叫我向姑爷说，身体千万保重，别为她入狱而伤心过甚，否则，她心里很难过。我想姑爷是应该听从姑奶奶的话才对！"

可人点点头，他想，语花实在可称为天地古今第一多情女子。"唉！"他叹了一声，泪水又在眼角旁隐约展现。春红见他低头垂泪神情，亦觉伤感，遂安慰他道："姑奶奶这样好心肠的人，她决不会长此受苦到底的。姑爷，你不用伤心，不久的将来，你们终有团圆的日子……"

可人听了这话不免望了她一眼，春红似乎有些感觉到，她自己难为情起来，别转头去，故意把桌上碗筷收拾收拾。这时王妈上来了，春红趁此遂叫她把菜碗筷放入冰箱中去存着，王妈答应，遂自管拿着下去。

"姑爷，你躺下来吧！外面落着雨，晚上气候又凉了不少，冻冷了身子可不是玩的。"春红见他只管呆呆地坐着，身上又只穿了一件线衫，遂轻声儿地又催他睡下。

"不！我不冷，此刻吃了药后，精神倒还好。春红，那么姑奶奶还和你说些什么话呢？"可人把手擦了一下眼皮，他很想多知道一些关于语花的消息。

"别的没有什么话，姑爷，我瞧你脸儿红红的，热度一定没有退去，你还是躺下来吧！"春红也是个很痴情的姑娘，她觉得奶奶既然遣我过来服侍姑爷，那么我终得尽我的责任，不能让他病儿增加，只能减轻才是，所以她见可人不肯躺下，便走到床边来，伸手去扶他的身子。

不料正在这个时候，秋白抱了一叠被儿匆匆走进来，她见春红站在床边，把手去扶姑爷的身子，那种亲热的举动，映在她的眼帘，这就扑哧一声笑出来。春红倒是吃了一惊，急忙回头去望，谁知秋白还向她扮了一个有趣的鬼脸。

春红只装不见，绯红了两颊，迎上去接过被儿，一面问道："是奶奶叫你拿来的吗?"秋白瞅她一眼，笑道："奇怪！明知故问做什么？不是奶奶来关照我，我怎么晓得你今晚服侍姑爷睡呢?"秋白后面这句话未免有些妙语双关，她望着春红"哧哧"地笑。

春红是个聪明的姑娘，她当然是理会到的，背着可人，向秋白啐了一口。但不知有个怎样感觉，她把被儿已送到下首席梦思沙发上去了，那颗芳心的感觉，仿佛小鹿般地乱撞着。

"春红姊姊，奶奶叫我跟你说两句话……"秋白见她回过身子，遂向她招了招手，很认真地说着，同时身子已走到房门外去了。

"奶奶关照我什么话?"春红一面问，一面也跟着到外面来。秋白拉了她手，走到扶梯的栏杆旁，抵起了脚尖，把小嘴凑向她的耳边，低低地说道："奶奶说，你服侍姑爷，除要茶要水、喝药吃点心外，别的千万别服侍，不然姑奶奶回来，这事情不是要闹大了吗?"秋白说到这里，把春红身子一推，咯咯地一笑，身子早已骨碌地奔逃到楼下去了。

春红起初还道是什么正经话，所以尽管让她小嘴凑在耳边，服服帖帖地听她说话，及至听到末了，方才知道是她造了谎话，故意在取笑自己。一时红晕满颊，想要抓住打她偏又来不及了，因此只好恨恨地啐了一声，指着她奔远了的身子笑骂道："短命你这烂舌根的妮子！我明天不撕了你这张嘴，也决不罢休哩!"

秋白在楼下会客室中，仰了脸儿，笑道："是奶奶叫我关照你的，你明天撕奶奶的嘴好了。"春红从楼梯奔下几步，秋白却向前逃了几步，春红气得没了法儿，把身子俯着栏杆，恨恨地道："小鬼！你还胡嚼，我此刻就跟你到奶奶那儿去问个明白。"

"呸！你倒有脸儿向奶奶说得出这些话吗……"秋白噘了噘小嘴，又向她扮个鬼相，却是咯咯笑着奔出去了。春红暗想，"真的，我这话如何向奶奶告诉?"一时也忍不住笑出来。

"春红，奶奶跟你说些什么话?"可人见她垂了粉脸悄悄进来，遂低声儿地问她。

春红这回真被他问住了，一时不知所对，同时心儿跳跃的速度，也比往常更快三分之二的程度。幸而她的转变是很灵明的，当她抬头的当儿，这就有了主意，一撩眼皮，微笑道："奶奶说姑爷有病人儿，冷热更要给他小心。我瞧姑爷这样坐着，终不是个道理，时候已九点多了，你也该休息一会儿才是。"

可人听她这样深情关切，遂不忍拂她的意思，身子就躺了下来，春红伸手给他被儿塞塞拢，说声姑爷你睡一会儿吧！她便自管坐到席梦思上去，和衣睡了一会儿，心中想着秋白取笑的话，真是又恨又羞，但不到一会儿，她也蒙眬入睡了。

当春红睡着的时候，床上的可人，不知怎的，竟肚皮痛起来，而且痛得非常的厉害，可人忍熬不住，知道要大便了，一时深悔不听从春红的话，莫非刚才多坐了一会儿就着了冷吗？心中这样思想，身子已从床上坐起来，看沙发上的春红，闭眼正睡得浓，自己不便喊醒她，遂掀被跳下床来。正欲摸索到浴间内去，不料肚子里面的东西，已经迫不及待，可人还未跨步，只听"啪哧哧"的一阵连珠炮似的响声，可人"哦哟"两字还没喊出，那下面的米田共，已像黄河决口般地直倾泻出来了。

俏春红羞代解语花

春红虽然是闭眼假寐，但她神经是非常的机警，一举一动她都听得明白。可人"哦哟"了一声，把春红更惊得坐起身来，纤手抬到眼皮上，来回揉擦了两下，忽然瞥见可人站在床前，身子瑟瑟地发抖，这就急得走上来嚷道："姑爷，你起来拿什么东西？干吗不喊我一声呢？唉！"春红这口吻虽然是带着埋怨的成分，但究竟还掺合了一些怜惜的意思。

不料可人涨红了脸儿，却是回答不出一句话儿来。春红见他两道眉毛儿紧锁一处，手儿提着裤子，仿佛没法的样子，心中正在奇怪，突然她灵敏的嗅觉，鼻中闻到了一阵臭味。春红急向他下身一瞧，这才恍然大悟，一时失惊道："好好儿的怎么又泻起来了？我刚才连连地催姑爷躺下，你偏不听，如今一定是受了冷哩！那可怎么办？"

在春红这句那可怎么办的意思，就是自己到底是个年轻的姑娘，要给一个年轻的男子换下身的衣裤，这怎么好意思？但姑爷是个有病的人，他自己当然不会换污裤子，那么难道说看着他不管吗？春红在这样左右为难的情形之下，她两颊是红晕得好看，竟是泥塑木雕般地愕住了一会儿。

可人亦觉得这事情是陷入了尴尬的局面，而且经过一泻之后，四肢更加无力，头重脚轻，几乎站立不住。春红见他摇摇欲倒的神气，一颗芳心，也许被情感冲动得太厉害了缘故，所以她便鼓足了勇气，走上来扶了可人的身子，说道："姑爷，你别着急，我扶你到浴室里去，洗一洗清洁是了。"

可人到此，已没有了主意，遂不由自主地让春红扶进浴室中去。约莫五分钟后，春红匆匆地出来，拉开玻璃橱门，在里面抽屉内拣了一套雪白的府绸衫裤子，心中暗暗地想着：事情真正糟糕，否则，姑爷可以拿手巾自己揩擦，偏偏他没有一些气力。唉！事到如今，还有什么办法，我也管不得许多了。春红这样想着，眼前不免浮现了给可人揩擦粪渍的一幕，顿时全身发臊，两颊热辣辣地红起来。忽然又想别冻冷了他的身子哩！于是春红掩上橱门，身子又急急地奔入浴室里去了。

这回又过去了十分钟，春红这才扶着可人从浴室走出，给他躺在床上，把被儿好好地盖了。她那秋波羞涩地在可人颊上掠了一下，一骨碌转身，又到浴室中去了。说也奇怪，可人泻过以后，此刻躺在床上，似乎感到轻松了许多，而且额角上的热度，也全退尽了。他听着浴室中洒洒放水的声音，那是很显明的，春红还在给自己洗换下的脏裤子。

"唉！春红这样不避嫌疑尽心地服侍着我，那真不愧是解语花第二了呀！"可人因为心头感动得太厉害了的缘故，所以他情不自禁低低地说出了这两句话。但是他终觉有阵说不出所以然的感触，忍不住又叹了一声，想着春红到底是个女孩儿家，她情情愿愿地给我揩擦下身的粪渍，固然不嫌脏，而且也忘了羞，这样多情的姑娘，叫我可人怎不感动心头呢？因此他又想起友竹刚才的一句话来：这孩子容貌固然不俗，人儿也讨人欢喜，姑爷若不嫌她是个丫鬟，将来就不妨收了房……可人一颗心儿有些动摇，他觉得在这个情势之下，自己怎么还可以拒绝人家呢？不过在语花面前，叫我如何陈说？假绑票的主意，倒是我想出的，那么语花的入狱，换言之，亦是我害她的，如今背了语花，在这短期间内，我竟公然纳妾，我的良心怎么说得过去？虽然我的纳妾，原有说不出的苦衷，但这苦衷谁会了解？谁会原谅？所以纳妾这一件事，万万不可以！好在今晚的事情，除了我和春红外，是并没有第三个人知道，只不过我的心里，是很对不住春红罢了。

"姑爷，你此刻腹中觉得怎么样？"春红洗好裤子，摊在浴室中的水汀管子上，悄悄地走出来，只见可人两眼望着天花板呆呆地出神，仿佛在想什么心事般的，遂低声儿地问着他。可人回眸过来的时候，见春红已经站在床边了，两人四目相接，大家都有些难为情，遂忙答道："刚才痛得厉害，此刻却好了，而且我热度也全退了，我想这一泻也许是好的现象。"

春红听他这样说，心里很喜欢，扬着眉毛儿，微笑道："也许是的，因为姑爷这几天东奔西跑，吃食也没一定，未免积了食，如今泻了泻，倒是深通了呢！"可人听她说得很有道理，遂点了点头，明眸中含了感激的意思，脉脉地望她一回，说道："只是累苦了你，真叫我不知怎么样来报答你才好。"

春红想不到可人会对自己说出报答两字来，一颗芳心，在无限羞涩中，不免又掺和了无限的喜悦。因为自己是个姑娘，当然不好意思回答什么，红晕了娇颜，微微地一笑，却是垂下头儿来。可人见她娇羞万状的意态，更增加她妩媚的风韵，心中暗想：我这人真也痴得可怜，对一个丫鬟怎么说出报答两字来？假使是因为春红并不是自己家中的丫鬟，那么对一个女儿家说这样的话，叫她又怎么好意思回答我什么话呢？可人在这样思忖之下，遂忙补充着又道："春红，你现在该息息了。"

春红这才抬起美丽娇容，秋波盈盈地逗了他一瞥羞涩的目光，笑道："我倒不累什么，姑爷要吃些点心吗？"说到这里，忽然想起了一件事，她的视线又掠到那座意大利石的时钟上去，不禁"哟"了一声，说道，"已经十点三刻了，该死！已错过了一刻钟。姑爷，我先给你喝了药水好吗？"

可人点了点头，春红于是把药水倒了一格，服侍他喝下，又拿开水，给他过了嘴。可人道："春红，你的手该洗得清洁一些，因为那是容易传染的。"

春红听他这样说，以为自己的手还留有臭气，遂把手拿到自己鼻上闻了一会儿，觉得没有什么，这就眸珠一转，嫣然笑道："我用香肥皂擦过了好多次，怎么啦？姑爷还闻到脏气吗？"

"并不是，我想到了就这么关照你一声。"可人望着她娇憨的神情，摇了摇头。

"姑爷，我给你冲杯牛奶喝，你等一会儿……"春红被他瞧得难为情，遂转身匆匆到房外去了。

此刻王妈也睡了，春红便在冰箱里自己取了半磅牛奶，拿进房来，用火油炉炖热了，盛在玻璃杯中，端到床前放下，向可人说道："我扶你坐起来喝吧！"说着俯了身子，把手去抱他身子。

可人见春红的粉颊就凑在自己的脸旁，那一阵处女特有的细香，芬芳触鼻，未免令人感到可爱。春红把他扶起了后，就坐在床沿边，把牛奶杯子递到他的嘴旁去，说道："姑爷，你稍许喝一口试试，烫不烫嘴？"

这种体贴入微的举动，可人只有在语花那儿时常领略得到，现在语花入狱了，自己又会病起来，在这两重痛苦之下，居然也有一个像语花那样的春红来服侍自己，使自己病中确实减少了无限的苦楚，这岂不是老天爷可怜我遭遇的悲惨吗？单拿换裤子洗下身这一件事而说，春红实在已代语花尽了做妻子的责任了。唉！这叫我可人如何对得住春红？可人呆呆地想到这里，不禁深长地叹了一口气。

春红见可人并不喝牛奶，却是叹气，瞧他意态，若有无限抑郁的模样。遂柔声儿地劝道："姑爷，你是不是又为姑奶奶而伤心了？但姑奶奶虽在狱中，身子是很健康的，她叫姑爷别伤心，身体保重。在她心中是还不知道姑爷有着病，倘使姑爷不听从姑奶奶的话，姑奶奶知道你病的消息，可怜她又将怎么样地难受呢？"

可人听她这样安慰，心里更加感激，点了点头，情不自禁把她另一只手儿去握住了，说道："我听从姑奶奶的话，我也听从你的话，我决不自伤身子的。春红，你这样尽心地服侍我，实在待我太好了，叫我如何感激你才好……"说到这里，两眼望着春红的脸儿，默默地出神。

春红听他这样说，觉得姑爷真也有些痴得可怜，虽然很是羞涩，但也不免向他嫣然地一笑，说道："姑爷，你别说那些感激的话吧！牛奶冷了，快喝吧！"说着，颊上的红晕已是一层一层地浮了上来。

可人见她这个害羞的神情，当然不能过分地向她表示感激，遂放了她的纤手，去接过了玻璃杯子，凑在嘴边，一口一口地喝着。喝完了牛奶，春红拿手巾给他拭抹了嘴儿。可人这就闻到她的手儿果然还有一阵香肥皂的芬芳，心里不免荡漾了一下，但春红的纤手，很迅速地离开自己嘴边了。

"睡了吧！姑爷。"春红放了面巾，回眸又瞟了他一眼。可人于是躺下床来，春红给他盖好了被儿，纤手按在小嘴儿上，打了一个呵欠。可人道："你也睡吧！真的，够你累的了。"春红点点头，微微地一笑，遂离开床边，在席梦思的长沙发上躺着，侧了身子，怀中抱了那被儿的一角。

春红这回躺在沙发上，却再也不肯安静地睡去了，她那颗芳心中的思潮，是一起一伏地激流着。她觉得姑爷确实是个多情的人，他几次三番向我说感激的话，虽然我明白他心中是感动得太厉害的缘故，但叫我一个女孩儿家回答他什么好呢？他说不知怎样报答我才好，又说我也听从你的话，从这两句话中猜测，姑爷不是当我作姑奶奶一样看待了吗？想到这里，春红的两颊又会发烧起来，那颗芳心的跳跃，几乎要跳出口腔外来了。"别胡思乱想吧！姑爷和姑奶奶是对美满的夫妻，我终希望他们团圆才是。"春红虽然是低低地说着，但心里并不肯听从她的指挥，依然不停地思忖着：万一上诉失败，那么姑奶奶在狱中一定要过七年的生活，在这遥长七年的日子中，姑奶奶固然十分痛苦，就是姑爷当然也十分悲痛。虽然将来终有团聚的一天，但目前一切的起居饮食，谁来给姑爷料理呢？那么在不久之后，姑爷的生活必定会奢华起来。因为一个人在经过极度刺激之后，他的思想和行动必定会趋向于消极一方面，若果然这样，岂非误了姑爷光明的前途？窥测姑爷对待我的意思，似乎未免有情，假使我为姑爷和姑奶奶往后的团圆着想，我终可以答应给姑爷做个小妾，来尽我这七年中服侍并管束的责任，决不使姑爷走入堕落的境地。不过话虽这样说，姑奶奶的心中是否能够明白我这一片苦心呢？倘然她以为我离间他们夫妇感情的话，这我不是太受一些委屈了吗？春红想到这里，不免有些黯然的感觉，轻轻地叹了一声，遂不再想下去，自管沉沉地入睡了。

这晚春红当然没有好好儿地睡，在一点半、在四点半的时候，起来服侍可人喝药水。可人见她云发蓬松，睡眼惺忪，那种蒙眬的酣睡未足的意态，会令人感到楚楚可怜，所以喝毕药水的时候，向春红忙又说道："你快再去躺会儿，时候还只四点三刻哩！"

"再过一个钟点天也就亮了，我再睡也睡不着，姑爷肚子可曾饿了？我烧些麦片你吃好吗？"春红把纤手理着蓬松的云发，摇了摇头，秋波含情，脉脉地瞟了他一眼。

可人此刻肚子里咕噜咕噜的倒是正叫得怪响，遂点头笑道："寒热一退，不知怎么的，我就会想东西吃了。"春红乌圆眸珠一转，很高兴地说道："那就叫人喜欢，可怜你不是已经有整整三天不想东西吃了吗？病儿医好，荒食起来也很快的呢！"说着，忽然又感到难为情起来，因为这几句话到底显得太亲热一些了，粉脸上飞过了一阵红，便很快地走到五斗橱旁，在瓷罐子里取了麦片出来，给可人去烧点心吃。

在吃麦片的时候，可人望着春红的娇颜，微微地笑道："春红，我这次的病，可说完全是你给我医治好。到此我才相信一个男子，是少不了一个贤惠的女子来慰藉的。"春红听他说出这个话来，一颗芳心，真是又喜又羞，红晕了两颊，秋波逗给他一个妩媚的娇嗔，笑道："姑爷别说笑话了，我可不是大夫，怎么能医姑爷的病？"

"那倒并不是这样说，春红，在你未服侍我之前，我的心灵是空虚的，是飘渺的，晚上睡在床里，只觉得四周一切都是呈现着恐怖，我好像在森林中彷徨，我好像在歧途上徘徊。但自你服侍在我床边之后，我的心中仿佛得了充实的安慰，我觉得一切我都放心，所以昨夜我睡得很浓，此刻精神也非常好。你想，这些还不都是你赐给我的吗？"可人见她掀着小嘴儿，那种娇憨的意态，更令人感到可爱，遂抚摸着她的纤手，低声儿地诉说着。

春红这时一颗处女善感的心灵里，除了羞涩的成分之外，是只有喜悦的份儿。她觉得姑爷是这样地痴心爱着我，从这几句话中已经是很明显的了，她回答什么好呢？低了粉颊儿，默默地并不作声，连望着可人一眼的勇气都消失了。

"春红，你待我的情分，完全和我的语花一样，我也不敢说什么虚伪感谢的话，我想将来我终有机会可以报答你的深情……"可人见她低头不语，遂很真挚地又向她说出了这几句话。

"姑爷，我是听从奶奶的吩咐，来服侍姑爷的病，所以我是不敢偷一些儿懒的。因为我既负了服侍姑爷的使命，我得尽我的责任，至于昨晚上的事情，虽然我亦自觉太轻狂了一些。但这是不得已的事情，一时我也管不得许多，好在没有第三个人知道，姑爷也可以不必挂在心上。只要我们坦白无愧，春红虽是女子，倒是毫不介意。我唯一希望，就是姑爷病好，姑奶奶可以出狱，这我实在非常的快乐。"春红听他这样说，觉得他话中至少是含有些深刻的意思，这意思就是不敢负情于语花。"其实我也不情愿疏远你们夫妇的感情，昨夜自己所存的意思也还不是为了他们夫妇的好吗？"春红虽然这样的想，心中到底像掺和了一盆冰水似的冰了下来。不过她是个好胜的姑娘，所以立刻抬起头来，镇静了脸色，向可人很认真地回答着。

可人想不到春红回答得这样大方，一时心中除了感动之外，又觉十分的不安，望着她道："春红，你怎么反而说自己太轻狂的话呢？那叫我听了不是心中很难过吗？我觉得我所见到热心多情的女子，除了语花外，怕是只有你了。"

春红听他又说这些话，一时也猜不透他心中到底存着什么意思。不过他把我和姑奶奶并提在一起，至少他是很敬爱我的，不过这叫我一个女孩儿家实在回答不出什么是好，因此微微地一笑，仍是默不作声。两人相对凝望了一回，在各人心中虽然有千言万语要诉说，可是结果，大家一句也没有说。春红服侍他吃毕麦片，这回却没有经可人的催促，她自己先离开床边到沙发上去了。

早晨八点钟的时候了，友竹匆匆来望可人，那时春红已给可人洗过了脸，刷过了牙，人儿是比了昨天好得许多。友竹当然十分的欢喜，友竹自从产下椿来以后，对于远东银公司的职务，托给副部长管理，她自己每月只不过去了三四次，兼之这几个月来家里出了这许多不幸的事，所以益发没心思去顾及事务了。

可人想起昨夜春红每隔三小时服侍自己喝药的情形，她一定是没有好好儿地入睡，可见两人也已生出感情来了。心里暗暗地欢喜，遂叫春红回房去休息。

以昨夜春红睡眠时间统计起来，大概还不到五小时之久，春红一个年轻好睡的姑娘，自然是感到非常的倦怠。所以她回到自己房中的时候，那两眼就会闭了拢来，她自己想想，也觉得好笑，遂慌忙脱去旗袍，跳上床去。正欲躺下的时候，忽见秋白笑着走进来，向春红瞅了一眼，笑道："春红姊姊，你昨夜和姑爷到底在干什么？为什么白天里倒睡了呢？"说着，便笑得咯咯有声的直不起腰肢来。

"短命你这妮子！你再胡说八道地乱嚼，我不告诉奶奶来捶你一顿，你也不知我的厉害呢！"春红突然见了秋白，又听她这样说，一时真恨得什么似的，白了她一眼，恶狠狠地说着。

"好姊姊！我又不曾说你什么来，你又何苦这样大的火气？因为别人家终是晚上睡觉，如今你白天里睡觉，我见了奇怪，就这么问一声，难道便犯了法吗？"秋白扶着门框子，一只脚在门外，一只脚在门内，望着她嘻皮涎脸的，却是一味地只管淘气。

春红恨得把被儿掀开来，似乎欲跳下床来的样子，骂道："小鬼！我不捶你？"秋白咯咯地一笑，随手把门关上，砰的一声，她身子也逃得不知去向了。

春红这才又躺下床来，把被儿盖好，自己"扑哧"地笑了。这时她的脑海里思绪愈加纷繁起来，想这样想那样，但想到后来，她终于沉沉地睡着了。

待春红一觉醒转的时候，已经下午一点多了。她慌忙披衣起来，开了司必令走出房来，耳中只听"洒洒"之声，仿佛是入了机器间。抬头向窗外一望，雨下得正大，暗想：天怎么不曾晴了？遂走到友竹的房中，只见奶奶坐在写字台旁，埋首疾书。她听身后有脚步的声音，遂回眸来望。见是春红，便说道："你起来了，回头待雨小一些，你给我再到姑奶奶那儿去一次吧！"

春红点了点头，忽然瞥见奶奶脸上似有泪痕，一时皱了翠眉，轻轻地说道："奶奶，你自己身子也要紧，别老是伤心了，这封信又是写给谁的呀？"

"你不是说姑奶奶很记挂老太太吗？所以我写封信去安慰她……"友竹说到这里，喉间已经哽住，眼泪竟似雨一般地滚了下来。春红到此，亦觉悲酸已极，眼皮儿一红，泪水也夺眶而出。良久，方才叹了一声，说道："这事情也不能一辈子瞒着姑奶奶，往后姑奶奶自己终也得去望她一次。她见你戴孝的服饰，她不要问你的吗？假使你自己一直不去望她，姑奶奶心中岂不是也要生气的？"

"可以瞒住她，终是不让她知道的好。待到万不得已的时候，就再说吧！"友竹拭着泪水，低低地回答。春红拧上手巾，给她擦脸。友竹道："你此刻快吃饭去，想也饿了，姑爷那边，我暂时叫秋白侍候着。"春红答应，遂悄悄地到厨下去了。

友竹待春红走后，她便握着笔杆继续写信，因为这封信中内容都是虚构事实，不免涂改了好多处。友竹遂抽过信笺，重新誊清一遍。只见她写道：

语花妹妹芳鉴：

　　你为了挽留子萱不要出家，所以想出把亚儿暂时藏过，假说绑票劫去，使老太太可以拖住子萱。这办法虽好，不料竟因此累妹妹到狱中去受苦，我心中的抱歉，真不知如何是好！我原知单从嘴里说些虚伪的话，根本是不中用的。因为妹妹假使不和我情同手足的话，我知道妹妹也决不情愿替姊姊想出这个法子来的呀！

　　前天和可哥又到海律师事务所去接洽，据海律师告诉我们，上诉的状子，委任的状子，统已于今天早晨送到法院。大约一星期后，便可以批示审期。请你耐心静候，得能原判撤销，这不但妹妹心中安心，就是友竹在老太太的面前，亦可以安慰她啊！

　　老太太自从听得妹妹衔冤入狱，日夜只知啼哭。虽经友竹多方譬解，奈老太太痛女心切，心里的悲伤哪里能够消去呢？不但老太太如此，即是我嘴里在劝慰的人，又何尝不痛若刀割？

　　近日来老太太肝火更旺，所以家中大小，动没动的就要遭她的怒骂，谁不知道老太太是慈爱的？其所以转变性情，还不是为了伤心人别有怀抱吗？所幸病体已愈，食量亦佳，友竹至此，窃以为喜。妹妹得悉之下，当亦十分安慰吧！友竹想着妹妹的受怨受苦，都是为了子萱要出家所致，因此日日和他吵闹，他似乎也有些悔悟之意，忍气吞声，并不向我回嘴。使我家得能团聚天伦之乐，皆妹妹一人所赐也，安得不令人感激涕零呢？现在差春红送上单衣五件、夹衣五件，并妇女杂志十二册。望你统统查收，一切还希保重身体，是所至盼。专此，即请大安！

愚姊友竹拜上　即日

友竹写完了这封信，因为事实上与心中所说的完全相反，一时只觉无限悲酸，放下笔杆的时候，她的眼泪早忍不住又像雨点一般滚下来了。友竹把信笺套入信封，春红已匆匆饭毕走来。此刻雨又小了一些，春红遂整理了语花的衣服，藏在一只小提箱内，坐了阿三的汽车，又到狱中瞧语花去了。

这里友竹洗了一个脸，遂到可人的房中来。只见秋白正在倒茶给他喝，遂向秋白道："亚儿很吵，你这时去抱亚儿吧！"秋白答应，便匆匆地回到二奶奶房中去了。

"姑爷中饭吃多少？我瞧你精神好得多了。"友竹向可人瞧了一眼，脸上含了微微的笑。可人点了点头，把茶杯放在梳妆台上，说道："我全好了，明天大概就可以起床的。"

"那你未免也太性急了一些，病儿虽愈，但身子究竟还没十分复原，我想终该多休养几天才是。"友竹一面说着话，一面已在他床沿边坐了下来。

"嫂子，你晓得我病在床上是多么的痛苦！既不能去探望语花，又不能办理事务，心中的焦急，真仿佛在活地狱中受罪呢！所以我巴不得病儿一好，立刻就要起床了。"可人蹙起双眉，微微地叹了口气，表示他几天的病中，内心是怎样的苦闷。

"话虽如此说，但也不能十分的勉强，若没有完全复原，明儿又乏力了，那可怎样办？况且你心里要起床，事实上明天你也绝没有气力起床的。"友竹望着他清瘦的两颊，低低地说着，心里不免激起了一阵爱怜之意。

"可不是吗？天下的事情，最怕的就是力不从心。譬如语花的入狱，

276

我虽竭尽心力，欲救她无罪，但上诉有效与否，还是一个问题，岂不令人感到辛酸？"因了友竹这一句话，倒也触动了可人的心事，望着友竹清秀的粉脸，眼泪又在颊儿上显现了。

"唉！总而言之，是我们祸害了姑爷美满的家庭！子萱这不孝既气死了老太太，又抛了我的终身，这样还不够，他又硬生生拆散了你们……"友竹听可人这样说，在无限抱歉之余，又无限伤心，眼皮儿一红，那泪水早又像泉一般地涌上来了。

"这也不全是子萱的错，因为他也没有叫我们想出假绑票的事情来。我觉得错来错去终是我的错，因为这主意原是我和语花商量的。"可人见友竹雨打梨花般的粉颊，实在令人感到楚楚可怜，所以忙又劝慰着她。

"还不是他的错吗？假使他不闹着做和尚去，姑爷怎么会想出如此委曲求全的方法来？所以子萱实不啻是个害人精，国家有这种青年，是多么不幸！我命苦，竟会嫁给子萱。但姑爷和姑奶奶也何不幸而会遇到我友竹呢？这难道是前世结的冤孽吗……"友竹鼓着两腮，恨恨地骂着子萱，但说到末了，终觉十分悲酸，忍不住又为之泪湿衣襟。

"嫂子，你千万别这样说，叫我听了也难受……"可人深恐太伤了她的心，因为友竹今后的身世，等于一个寡妇一样了，她是个年轻的少妇呀！思想起来，怎不叫她肠断心碎，所以可人立刻又止了自己的悲哀，把枕旁的那方手帕，掷到友竹的怀里去。

友竹见可人多情若此，一颗芳心，更有说不出的感触。秋波脉脉地瞟他一眼，把手帕拭去了自己的眼泪，说道："我也不明白前生到底作过什么孽？所以今生才有这样的好日子过。"可人听她这样说，倒不禁破涕笑起来，说道："事情是说不定的，也许这次上诉胜利，语花安然出狱；而子萱悔悟过来，依然还俗归家，到那时候大家岂非有好日子过了吗？"

友竹哼了一声，却又叹道："语花妹妹出狱，当然是迟早终有希望的。至于要子萱回家，恐怕是在做梦想罢了！"说到这里不免又伤心泪落，但忽又很欣慰地道："但愿这次的上诉胜利，得能使姑爷夫妇团圆，我亦够快乐的了……"友竹说着，望了可人一眼，脸上挂了淡淡的笑，这笑在她本身而说，当然更增十二分的惨痛。

可人听她这样说，一时为她身世而着想，倒又暗暗地伤心了一回。

友竹对于春红的事，几次三番要向可人说出来，但想着可人和语花是对恩爱的夫妇，他现在一心一意等待上诉胜利，那么我又怎能说得出口？

在可人固然一时不肯答应，就是我也不忍劝他，因为我到底太对不住语花了。

两人呆呆地坐了一会儿，王妈进来报告道："少爷，江家的舅少爷和舅奶奶来望你了。"友竹一听，慌忙站起身子，对镜拭了拭眼皮。一会儿，只听皮鞋脚步一阵咯咯地响，见江葆青和秀云进来。他们一见可人躺在床上，都吃惊地问道："怎么姑爷不舒服吗？我以为这几天请假，终是为了办理上诉的手续，谁知竟病着了？大夫可曾瞧过了没有？"

可人见了两人，不免想起已死的剑青，心头更添了一层悲哀，但也不得不勉强含笑，一面招呼，一面答道："全仗子萱嫂子照料，如今终算完全好了。"秀云听了，回头握了友竹的手，说道："我们一些不知道，姊姊怎么不来个电话告诉我呢？"

"连日大雨，又忙着到海律师事务所去接洽事情，所以也忙糊涂了，老太太这几天身子可好？我也好久没来问候了。"友竹一面拉秀云到沙发上坐下，一面微蹙了眉尖回答着。秀云也频锁翠眉，低声道："老太太为了姑娘入狱，她老人家也日日愁眉不展，唉！好好儿的事情，变化起来真令人意想不到的。"

友竹听了，颇为伤心，眼皮一红，泪水又夺眶而出。秀云睹此情景，想起自己从前和子萱恋爱的经过，更是感伤，遂也凄然地说道："事到如此，徒然伤心也是无益。你近来真瘦了不少，自己身子也要紧，好在亚儿椿来都很活泼可爱，膝下承欢，尚不乏人，况且姊姊又是个才学很好的人，将来献身国家，为教育界而服务，人生亦自有乐趣……"

友竹听她这样劝慰，点了点头，说道："妹妹，你以为我因子萱出家而伤心吗？其实我把子萱这人真是恨到了极点，他出家也好，他死了也好，我根本和他没有夫妻的情义了。假使他有心肝的话，可怜老太太这样的苦求，我这样的责问，葵秋又这样的啼哭，他竟不闻不问，依然一心一意要做和尚去。你想，这人还能算人类中的一分子吗？他要如为国家出力去了，我倒还气得过他，偏他做出这种没智识的事情，真枉为学校中人了。妹妹，我现在伤心的是累姑爷姑娘这么一对恩爱的夫妇，硬生生地分开在两地，这叫我心中如何对得住他们……"友竹起初那说话的神情，是非常怨恨和愤激，说到语花身上的时候，她不免又伤心起来，拉了秀云纤手，泪水不断地从眼角旁淌下来。

秀云眼皮也有些湿润，深深地叹了一口气，说道："你也别太伤心了，

278

我们只希望上诉胜利，那么语花姑娘不是就可以出狱了吗？"友竹拭去了泪水，说道："可不是？我也这样日夜祈祷着哩。"这时王妈端上两杯玫瑰花茶，秀云回眸向床边望去，见葆青坐在床边，和可人也絮絮地说着话，遂向友竹又道："我瞧姑爷今天脸色倒还好。"友竹道："热度才昨夜退的呢……"刚说到这里，忽听有人在房外嚷进来，说道："可人怎么病了吗？"

众人忙回头向房门口望去，见进来的却是高梦兰，后面跟着的正是他夫人秋霞女士。友竹和秀云早已站起，向秋霞招呼，这里葆青也和梦兰握手。可人笑道："兰哥怎么知道我病着？"梦兰道："我和秋霞原来探听语花的消息，谁知到这里秋白告诉我们，说姑爷病着！"

王妈忙着又倒上茶，梦兰摸着可人的手，问了一会儿病情，又劝慰了一会儿。这里秋霞向秀云说道："正巧！江奶奶也会在这儿，你们上午来的吗？"秀云道："也是才来的呢！高奶奶近来倒发胖了。"秋霞笑道："你说我胖，其实我也瘦得多呢！"

这里秋霞和秀云又到可人床前，问了一回好。可人忙含笑道："为了我们的事，累大家都奔波辛苦，这叫我心中真感激。"秋霞俏眼儿瞟他一眼，笑道："可哥这话就客气得过分，你瞧这儿几个人，不是至戚，就是好朋友，哪还用说这些话吗？"

友竹见时候已经四点半了，遂悄悄地站起走出房外去，吩咐厨下烧了一盘虾仁伊府面，给大家吃点心。秀云、秋霞忙向友竹道："你这又何必客气，不是反累忙你吗？"友竹道："这是极便当的事，葆哥和兰哥也快坐下来吃吧，冷了就不好吃哩！"

葆青、梦兰问可人怎么样，可人忙道："油腻的我不敢吃，你们快自己去用吧！"于是两人走到桌边坐下，友竹在旁边相陪，回眸又问可人道："回头我叫秋白烧些麦片你吃好吗？"

可人点头说好。秋霞在吃过了一筷子面后，向友竹瞟了一眼，低声地说道："友竹姊姊，这事情我们是不能不想周到一些的。假使这次上诉再失败了，那么在这七年的日子中，一切起居饮食，可人若没有服侍的人，那到底怎么的办法呢？"友竹蹙起了眉尖，沉吟了一会儿，把头凑近到秋霞的耳旁，也轻声地说道："你所忧虑的，我何尝不想到？不过这事情也非常困难，我的意思，想把春红遣过来服侍可人，将来就不妨给她收了房。但这个意思也很难向可人说出口，因为我们究竟太对不住语花妹

279

妹了。"

秋霞听到这里，便把嘴儿也凑到友竹的耳旁，说道："你这个意思我倒很赞成，不过这是要等上诉判决下来再做道理的。能够胜利，当然再好没有，这事情也就不必谈了；万一失败的话，那么准定就这个样子办。春红这个孩子也生得怪讨人喜欢的，我想可人也未必会不答应的。虽然我们这个主意似乎有些对不住语花，但你不知道一个年轻的男子，肯不肯安静地过七年孤寂的生活呢？假使可人在外面浪漫荒唐起来，这不是更不好吗？所以春红的给可人做妾，其目的还是在管束他的行动。语花是个很明白的人，她也不会怪我们做错了事的，你说对不对？"

"你说得正合着我的意思，那么将来你还得向可人劝劝，因为一时里可人也许会不答应的。"友竹听秋霞这样说，点了点头，又凑过嘴去低低地说着。

秀云见两人交头接耳地说个不停，心中好生纳闷，遂扯了秋霞一下衣襟，问道："你们说的什么？"秋霞遂附着她耳朵，低低地告诉了一阵。秀云这才明白了，说道："我想也只好如此罢了。"葆青和梦兰见她们这份儿神秘的样子，倒不禁愕住了一会儿，笑道："说出来大家听听好吗？"秋霞抿嘴一笑，瞅他们一眼，说道："我们女人家的事情，你们用不着过问的，反正不说你们丑话是了！"大家听了，倒又忍俊不禁起来了。

吃毕了点心，大家又谈了一会儿，劝了一会儿，梦兰、葆青夫妇四个人方才作别辞去。友竹亲自用火油炉子煮了一碗麦片，给可人充饥。可人心中非常感动，握了她的手，说道："嫂子，你这样热心地侍候着我，我真感到不安的。"友竹听了微叹道："你别说这些话了吧！我和你是一样可怜的人，可怜的人若不再爱怜着可怜的人，那还说什么呢？"两人说着，自不免又淌了一会儿泪。

可人吃了麦片后五分钟，春红从狱中匆匆回来了。友竹忙问语花的情形。春红说姑奶奶很好，你们不用忧愁的。友竹因为很疲倦，遂嘱咐春红好生侍候着姑爷，她便自管回房休息去了。

"春红，你过来吧！"可人见友竹走后，便向她柔和地喊了一声。春红移着步子走到床边，乌圆的眸珠一转，低低地问道："你要喝杯茶吗？"可人摇了摇头，说道："姑奶奶可曾向你提起我吗？"春红摇头道："今天她没有提起姑爷，奶奶送去十二册妇女杂志，姑奶奶瞧了很高兴，她说如今有了伴儿了。"可人听了这话，只觉悲酸十分，却又淌下几点泪来。

这晚可人叫春红回去睡觉，说自己已完全好了，春红当然点头答应，便来告诉友竹。友竹知道可人不肯收纳春红做妾的意思，一时也没有办法，遂只好叫春红自去安睡。这里友竹想着可人对语花爱情的专一，若和子萱相较，真有天壤之别，但好事多磨，语花又受了这样的冤屈，可人和我今后的身世真是一样可怜。因此躺在被窝里，忍不住又暗暗地泣了一夜。

过了几天，可人的病体完全复原，遂照常起身，往银公司里去办事，下午抽空，便急急到狱中去探望语花。夫妇相见之下，自不免抱头哭泣了一回。语花两手扳住可人的肩膀，秋波向他脸儿脉脉地凝望了良久，柔声儿说道："可哥，你怎么有五六天不来瞧望我了？我问春红，春红终回答你事务太忙了，如今我瞧你瘦削的两颊，莫非你是病着吗？"

可人被语花这样一问，觉得语花真不愧是我的爱妻，这就猛地抱住她的脖子，偎着她粉脸，哽咽着泣道："我因为生恐妹妹担忧，所以叫春红瞒着你的。你想，事情无论忙到如何地步，我焉有不来看望妹妹的道理？唉！我害苦了妹妹，我想不到我俩结婚才不到两年，竟会遭到如此的惨变，怎不令人心痛呢……"

语花到此，方知可人真的病过了，当初自己原也猜到几分的，因此偎在可人的怀内，也淌泪说道："哥哥，你别说害我的话了，那叫我听了不是更伤心吗？好在你不是已经求海律师给我上诉了吗？也许天可怜我俩，会赦我无罪的。"

"但愿能够这样，真是谢天谢地。妹妹，你也千万别太伤心，因为你那么娇弱的身子，如何禁得住深切的痛伤呢？"可人点了点头，把手去拭她颊上的泪水，一面又柔情蜜意地劝慰着她。

两人亲热地抱了一回，方才一同在床边坐下。语花道："你在病中可怜是谁服侍的呢？"可人不敢说春红陪夜的话，因为怕语花多心，遂说道："白天里全亏友竹姊姊照料着我……"说到这里，顿了一顿，把语花的手温柔地抚摸着。

"老太太这几天可好？还有子萱他真的也悔悟了吗？"语花紧紧地偎着可人的身子，微仰了粉颊儿，向他又低低地问，她在丈夫的怀内，仿佛是得到了无限安慰。

不料可人听了这两句话，他的神色有些失常了，支支吾吾地竟回答不出一句话儿来，经过了良久之后，这才点头说道："是的……"语花原是个细心的女子，她见可人这个局促的神情，心里便有些疑惑起来，手儿扳着可人的肩胛，急急地问道："哥哥，我觉得你回答的话有些不对，莫非友竹姊姊家中又遭了什么意外的变故了吗？为什么友竹姊姊一直就没有来瞧望过我呢？哥哥，你得告诉我呀，瞒着我也没有什么用的，难道你可以一辈子也不给我知道的吗？"

可人听她这么说，早又淌下泪来，说道："妹妹，我告诉了你，你千万别伤心。老太太是早已死了，子萱也不别而走了……"语花骤然得到此消息，不觉大惊失色，说道："什么？老太太死了？她什么时候病死的……"

可人于是把柳老太因语花入狱所以郁郁成疾，虽经名医诊治，却是药石无效，终于与世长逝的话诉说了一遍，并又说道："子萱自柳老太死后，他亦留书出走，不知去向了。"语花听了呜咽着泣道："这么说来，我这番苦肉计，固然白费心血，而且反害死了一个慈祥的柳老太，那叫我不是太伤心了吗？"语花说到这里，心痛已极，倒在可人的怀中，哭得咽不成声。可人抚着她的背脊，也挥泪不已。

"友竹姊姊真也好生糊涂的，这样凶恶的信儿，为何不告诉我？照理，我不是也该戴孝了吗？"语花泣了一会儿，便坐起身子，纤手揉擦了一下眼皮，向可人低低地问着。可人叹道："友竹姊姊可怜她亦有不得已的苦衷呀！她生恐这消息给妹妹知道了，妹妹会更悲痛的，所以她叫春红再三地瞒着你。如今我告诉了妹妹，妹妹也不能过分悲痛。我想凡事都有一个劫数，徒然伤心，于死者亦是无益的了。"

"唉！友竹姊姊用心亦可谓良苦矣！她前天叫春红带来给我的信中，还说老太太健康如昔，子萱业已悔悟。我得悉之下，还深以为喜。讵料她所说的话，竟与事实全非，这谁想得到呢？柳老太虽为我的义母，但爱我之情，等于己出。我为妈留儿而出此下策，谁知妈为我竟恨留人间，思想起来，叫我怎能不心痛呢……"语花听了可人的话，呆呆地痴想多时，忽然长叹一声，说出了这几句话，忍不住又泪如雨下。两人含泪谈了多时，法警前来相催，可人虽有依恋之情，但亦不得不忍痛分手而别。

第二天是上诉开审的日子，友竹本当前去旁听的，不料早晨她也发热起来了，因此只好睡在床上，等待可人回来报告好消息。直到黄昏的时候，友竹还不见可人回家，心中真焦急得什么似的，遂向春红说道："姑爷到底可曾回家了没有？"春红道："我到隔壁去瞧瞧吧！照理，姑爷若回

282

来了，他不是终要来告诉奶奶的吗？"说着，她便匆匆走到隔壁院子里去了。

春红在楼下先遇见王妈，遂问她说道："姑爷回家了吗？"王妈把手向楼上一指，说道："才回来不多一会儿。"春红于是三脚两步奔上楼去，这当然是出乎意料的事情，春红一脚跨进房中，只见可人捧着语花的相，正在闷声儿地哭泣着。这把春红大吃一惊，连忙走上去，叫道："姑爷，你怎么啦？奶奶等你去告诉哩！姑奶奶到底有了救吗？"

可人猛可地见了春红，心里似乎有些不好意思，慌忙放下语花的相，收束了泪痕，回过头来，叹口气道："没有希望了，你瞧，这是上诉的判决。"说着，把桌上放着的判决文交到春红的手里去。春红展开来瞧，只是写着"上诉驳回，维持原判"八个大字。春红只觉得一股子辛酸，冲上鼻端，眼皮儿一红，那泪水便扑簌簌地掉下来了，说道："那么难道就没有办法救了吗？"

可人摇了摇头，泪也止不住淌下了两颊，说道："春红，奶奶病体怎么样？因为这是一个恶消息，所以我也不敢来告诉她，她听了不是要增加病体吗？"

"但是奶奶等姑爷回来告诉这件事情，真心急得似热锅上的蚂蚁一样哩！"春红抬上手去，揉擦着眼皮，低低地回答着。可人皱了双眉，说道："我想我不过去了，两人见了面，反而多伤心，还是你去告诉她一声，说事到如此，姑爷叫奶奶也不必做无所谓的伤心了。"春红听了，点头答应，把判决文放下，就匆匆回到友竹房中去。友竹得知了这个不幸的消息，她觉得前途是呈现了一片黑暗的色彩，伏在枕上呜呜咽咽地不禁又大哭了一场。

说也奇怪，友竹经过了大哭一场之后，次日病体倒好了起来，于是她勉强起床，一定要和可人同到狱中去探望语花，可人拗她不过，只得答应。

在狱中友竹和语花见面，两人不禁抱头痛哭，可人站在旁边，也是泪下如雨。友竹哭道："妹妹，叫我今生怎么有脸儿来见你？我不是害得你太苦了吗？"语花见友竹全身素缟，两颊瘦削，愈显得可怜的神情，遂反而收束泪水，安慰她道："姊姊，你别说这些话，七年的时间，也只不过一霎那的。想来是妹妹命中注定的劫数，岂能说是你害了我呢？倒是妈为了我竟郁郁成疾，以至于与世长辞，姊姊还瞒着我，叫我好生心痛啊！"

语花说到这里，不禁又泪下如雨。

友竹口里说不出什么话来是好，只管抽抽噎噎地哭泣。语花偶然摸着她的额角，觉得好生烫手的，遂惊讶地道："姊姊，你别哭啦！你的身上好像有热度哩！"可人听了，忙插嘴道："是的，昨天友竹姊姊还病着，她今天却一定要抱病前来望妹妹呢！"

"唉！姊姊！你那又何苦？语花身虽被羁，心自泰然，在昔文王因于羑里而演周易，妹虽不敢自比古人，但乐天知命，早已在复可人信中说得很明白的了。姊姊千万别为我太伤心，你身子既有不适，还是早些儿回家去吧！"语花听友竹抱病前来，一时也深为感动，遂把她扶到床边坐下，向她很真挚地劝解着。

友竹提着语花的纤手，泪眼模糊地望着语花海棠着雨般的娇容，说道："妹妹，你大概恨我这许多日子没有来望你吧？唉！其实我有不得已的苦衷。自从老太太殁后，我便戴了重孝，为了不肯使你过分感到伤心起见，所以这个不幸的消息是始终瞒着了你。但是我若来瞧望了你，你一定要问我戴谁的孝？因此我便不敢前来见你。现在事到这个地步，还瞒什么呢……"友竹说到这里，伏在语花的肩头上，忍不住又哭泣不止。

语花到此，反而不敢显出太伤心的样子，说道："姊姊，你别哭了，有病的人，身子还能这样糟蹋吗？"说着，又向可人道，"你快伴姊姊回去，事已如此，你也不必伤心，身子保重要紧，至于家中一切，当然姊姊会照顾你的，所以我倒也很是放心。"语花口里虽然这样说，心里却疼痛若割，说到"放心"二字，喉间是早已经哽咽住了。

可人和友竹悲悲切切地出了监狱，回到家中。友竹的病势忽然转剧，原来友竹今天抱病起床，因为是一心一意的缘故，所以仿佛没有病儿一样了，此刻到家，只觉得头昏目眩，两颊发烧，躺在床上，连呻吟的声音都没有了。

可人睹此情景，也只好忍住伤心，忙着又去请大夫，给她诊治。友竹这一病下去，竟拖了半个多月的日子，方才渐渐复原。她见可人双眼深凹，两颊瘦削，人儿简直变换了一个，一时觉得这样下去，终也不是个道理，因此把春红这件婚事又提上心头，意欲向他当面陈说，又觉难以启齿，而且也有种种不便。所以友竹便向可人写了一封信，里面说得非常委婉动听，要可人答应把春红留在身边作伴。可人接到这封信，虽然心为之怦然欲动，但仔细想着，实在不敢有负语花，所以那夜可人坐在灯下，思维再三，终于含泪提笔，写了一封回信，向她婉言谢绝。书毕，吩咐王妈送到友竹的房中去。

友竹那时已躺在床上了，春红抱着椿来，在灯下逗着她玩，见王妈进来，便问她什么事。王妈说少爷有信写给奶奶。友竹在蒙眬中听见，遂从床上坐起来，揉擦着眼皮，说道："你拿来给我，是不是为了银公司的事情？"友竹所以这样问一句，她是为了生恐春红起疑，因为对于这件事情，友竹是并不曾和春红告诉过。

王妈是莫名其妙的人，奶奶说什么就什么，所以笑道："大概是为了银公司的事情。"说着，把信交给友竹，她便挨近春红身子，向椿来小脸儿逗笑了一回，方才匆匆地道了晚安回去了。友竹亮了床头的那盏小台灯，把信笺展开，遂细细地瞧：

友竹姊姊芳鉴：

捧读兰言，并欲遣春红前来，一片深情，可人实到死难忘。维念可人生长北地，因避难南下，与语花萍水相逢，始以道义相交，继而意气相投，中间又经过无数波折，方得成就百年良缘。语花固不能一日无可人，可人亦不可一日无语花。今为正义挽留萱哥，遂不惜出此下策，现虽身陷囹圄，但求法律救济，尚不致完全无望，出狱迟早，仅不过时间问题。海律师今已允我抗告，且待终审了结，是非自不难明白也。姊欲以春红为我差遣则可，若欲以春红为我小星，可人实碍难从命。姊爱我至深，可人铭入心版，唯有俟诸异日再报我姊大德耳！书不尽言，言不尽意。

语花妹尚未释出，子萱哥又做云游，所剩者唯可人与吾姊，一样伤心人，同为无聊者。伤心人最忌做无聊之慰藉，盖愈慰藉，则愈觉无聊故也。恕不多及，诸维鉴宥！

弟石可人手启　即日

友竹瞧完这一封信，一时心里也说不出究竟是什么滋味，觉得可人真不愧是个至性的人，这样好的青年，实在不可多得。遂把信笺套入信封，吩咐春红把椿来抱与奶妈去，并且嘱咐她亦自去休息，她便躺了下来。想着可人心中那两句"一样伤心人，同为无聊者"的话，只觉得万分悲酸，陡上心头，两行热泪，早又湿透枕衣矣！

　　从此以后，友竹遂不再向可人提及春红的事情，不过时常差遣春红送些食物或送些书籍到可人那儿去。春红见可人时时伏案书写，泪水盈眶，无限悲苦的神情，心中亦甚爱怜，故也时常软语相劝。可人见春红多情若此，忆及病中服侍之情，更加情不自制，但一想到语花的深情密意，他到底把那颗摇荡的心，终于又平静下来。

　　流光如矢，一转眼间，残暑已退，新秋又届。语花入狱，屈指计算，不觉已有四月余矣！可人每日至狱中探望一次，友竹、秀云、秋霞等，亦时常前去瞧望，所以语花虽在狱中，倒也不觉其苦。

　　秋雨连绵，已经落了多天了，这日黄昏时候，天空顿时暮云四布，暴雨如注。可人从远东银公司走出，心想这样大雨，今天就别去望语花了，于是他坐了街车，便自回家来。真所谓天有不测风云，人有旦夕祸福，可人第二天早晨睡在床上，忽见春红拿了一张报纸，脸无人色地进来，说道："姑爷，不好了，昨夜十一时半，法院的监狱里突然失火，罪犯被火烧死者无数，脱逃者也无数，我们姑奶奶不知吉凶如何呢？"

第三章

心碎肠断音容宛在

这惊人的消息，仿佛是晴天中起了一个响亮的霹雳，可人"啊呀"了一声，身子已是从床上跳起来了，惊慌地问道："什么？特区法院的监狱失火了吗？那么语花和王老爹可曾逃出来了没有啦？"

春红不及回答，早见友竹脸色苍白地也从房门外走进来，说道："姑爷，你快起床了，我们此刻就去瞧望瞧望，但愿妹妹和王老爹平安无事，饱受一些虚惊吧！"

可人见友竹身上已披了一件雨衣，神情是非常的急促，一时也来不及说什么话，掀开被儿找袜子。因为心慌意乱的缘故，所以竟找不着脱下的袜子是放在什么地方。可人口中还连连说道："咦！我的袜子呢？我的袜子放到什么地方去啦？"

友竹见可人急糊涂了的样子，皱了眉尖，忙向春红说道："姑爷找不着袜子，你怎么呆住着？不给他代为找找吗？"

"姑爷，你到底把袜子昨夜脱下后放在哪儿的呀？"春红被奶奶这么一说心中不免也急了起来，她心里急的缘故，是因为姑爷连自己脱下的袜子都找不着，那么叫我又打什么地方去找好呢？所以她红晕了脸儿，向可人急急地问着。

可人当然是回答不出，假使他知道的话，还用这样好没头绪地乱找吗？因此望着春红的两颊，倒是愕住了一会儿。究竟还是春红有主意，她把乌圆的眸珠转了转，说道："这样吧，换双新的先穿了穿，那双换下的袜子回头让我慢慢儿地找是了。"

"不错，不错，那么你给我在大橱抽屉里拿一双吧！"可人听她这么一说心里很赞成，一面急急地说，一面把手指到玻璃大橱上去，心中可在暗想，一个人急糊涂了真也可怜，怎么连这一些主意都会想不出来呢？他忍不住深长地叹了一口气！

春红于是三脚两步地走到玻璃大橱前，拉开橱门，在一格小抽屉里拿了一双纱袜，因为是求快速的缘故，她把手儿一扬，就这么掷到可人的怀中去。当她回眸过去关橱门的时候，瞥见了木档子上挂着一件雨衣，于是立刻也拿了下来，放在沙发上。只见可人已穿上西服裤子，连领带都结得歪斜，急急披上外褂，伸手在沙发上撩过雨衣。春红在衣钩上早又给他取了呢帽，交到他手里。可人一面接过，一面向友竹望了一眼，说道："姊姊，那么我们快一块儿走吧！"

友竹呆呆地出神，她听了可人的话，方才从忖心事中恢复过原有的知觉来，遂点了点头，和可人已是像奔跑的样子一般走出房外了。

春红并没有送他们出来，她先给可人床上的被儿折叠舒齐，然后拿了一柄扫帚一面打扫房中的地板，一面给他找寻昨夜脱下的袜子，但是找来找去，却是找不到。心中暗想，姑爷这样人真也有趣，他把袜子放到哪儿去了呢？袜子可不是一枚绣花的针，怎么会没处找的呢？春红颦蹙了翠眉，雪白的牙齿，微咬着殷红的嘴唇皮子，呆呆地沉吟了一回。春红虽然聪敏，可是这回却再也想不出来了，她有些生气，似乎怨怪自己为什么这样笨。于是她坐在床沿边，把膀子撑在小五斗橱旁，纤手托了香腮，又呆住了一回。忽然耳中听得有表走动的声音，嘀嗒嘀嗒地作响，她忙回头去望，只见枕儿下有一条黄澄澄的金表链露着，心里暗想，姑爷真是急昏了，他把表也忘记带去了，遂把枕儿掀去，去拿取金表。谁知当她掀开枕儿的时候，她的明眸就瞥见枕底下放着一团灰色的东西，定睛仔细一瞧，这就忍不住揸着嘴儿"扑哧"的一声笑起来了。你道为什么？原来姑爷脱下的那双袜子，却是藏在枕儿的底下，你想，这叫春红如何意料得到呢？

春红于是一面把金表藏入梳妆台的小抽屉内去，一面拿了袜子到浴室中给他匆匆地洗出了，然后方才回身到自己那边房中去。二奶奶葵秋向春红问道："大奶奶和姑爷已经走了吗？"

"早走了，但愿姑奶奶平安无事才好。"春红低声地回答，她脸上笼罩了一层忧虑的愁容。

"可不是？姑奶奶的命运真也苦透了。"葵秋一撩眼皮，却是深深地叹了一口气。

"春红姊姊，奶奶有电话来了，叫你快去接电话。"俩人正在感慨地说着话，忽见秋白抱了亚儿匆匆地走来告诉着。

春红听了这个报告，不知怎的，她那一颗芳心会怦怦地似小鹿般地乱

288

撞起来，答应了一声哦，她的身子已向电话间奔了进去。拿了听筒，凑近耳朵的旁边，先急促问道："是奶奶吗？我是春红。"

"春红，我告诉你，你向二奶奶去说，叫她和你带了秋白、亚儿、椿来大家立刻就到这儿来吧……"友竹的话声，是更显得急促了一些。

春红听了奶奶这两句没头没脑的话，真是弄得莫名其妙，遂又急急地问道："奶奶，你此刻在什么地方？叫我们又到哪儿去？到底是为了什么事？姑奶奶没有受惊吧？"

"我此刻在大华殡仪馆……姑奶奶和王老爹可怜都已烧……死了……"友竹听她这样一问，心中暗想，我这人也太糊涂了，遂很快地又向她告诉着，但说到后面这一句话，她的喉间已经哽住了，显然她的话声是带有些颤抖的成分。

"哟！姑奶奶真的竟被火烧死了吗？"春红听了友竹的话，不禁失声地叫了起来，但友竹在那边早已挂断了听筒。春红于是把手儿也懒洋洋地放了下来，心中真有无限的悲酸，眼皮儿一红，泪水早已夺眶而出了。

"春红，奶奶跟你说些什么话呀？咦，怎么哭起来啦？"葵秋听友竹有电话来了，心里就猜到事情有些尴尬，所以也就跟着到电话间里。只见春红呆若木鸡似的并不走出来，而且还在暗暗地淌泪，这就大吃了一惊，很慌张地急急问她。

"姑奶奶被火烧死了……"春红抬起满颊是泪的脸儿，只有回答了一句话，她已是失声哭泣起来。

"什么？死了？难道真的被火烧死了吗？那么奶奶现在在哪儿呀？"葵秋以为有电话来，说不定姑奶奶和王老爹是受了伤，却万万也想不到会烧死了，一时也十分地伤心，一面急急地追问，一面也已淌下泪水来。

"奶奶在大华殡仪馆，想来他们已把姑奶奶和王老爹的尸体车去了。可怜姑爷目睹如此惨状，心中又不知将如何的悲痛呢……"春红拭着泪水，低低地说着，一面又道，"奶奶叫二奶奶带了小少爷和小姐和我们大家此刻就到殡仪馆去，那么我们立刻就去吧！"

"既然这样，阿三又不在家，你就打电话去喊一辆出差汽车来吧！"葵秋听了，点了点头，遂向春红这样地叮嘱了几句，她的身子先匆匆地走到外面来了，把这事告诉了秋白，叫秋白去将椿来的奶妈喊来。

待春红打电话把汽车叫到，这儿都已预备舒齐，于是葵秋、春红等一同走出大厅来，只见汽车已停在石阶级旁，天空的雨可落得不小，密密层层的仿佛倾泻下来的样子。各人的心头都滋长凄凉的意味，一个一个地跳上汽车，便直开到大华殡仪馆去了。

到了大华殡仪馆，葵秋、春红等急急步入大厅。只见友竹和可人挂着泪水在商量办理后事，大家在见面之下，不禁又为之失声痛哭起来。葵秋一面忙又问道："姑奶奶的遗容在哪儿？"

友竹遂告诉道："我和姑爷到了监狱，可是已经认不清楚哪一间是姑奶奶住的，哪一间是王老爹住的，因为烧得一片焦土，景象是悲惨极了。姑爷心痛已极，竟把身子也要蹿到火堆里去，幸亏有法警管着拦住，后来特别通融，方才允许派人到里面找寻尸骨。可怜王老爹已烧得焦头烂额，姑奶奶连尸身都没有，只烧剩了一些破烂的衣服……现在没有办法，只好叫殡仪馆里照着姑奶奶的小影化妆起来……"说到这里，再也说不下去，大家忍不住又呜咽哭泣不停。

葵秋遂先收束泪痕，向可人、友竹劝道："姑爷和奶奶且先止了哭，终是办理后事要紧。我瞧今天无论如何来不及大殓的了，因为各界朋友不是还没有去报丧吗？"

"报丧条子，派这儿侍役早已一一发出了，原写明明天下午四时入殓的。"可人听她这样问，遂也悄声儿地告诉着。

这时银公司的一班朋友，都已来帮忙办理事务。有的购材，有的买寿衣，以及一切应用的物件，无不纷纷地预备起来。这样直到下午黄昏将近，方才把一切都料理舒齐，殡仪馆也把两人尸身化妆完毕，给他们移陈到大厅。

可人、友竹等遂都上前去瞧，只见王老爹的脸儿被化妆之后，没有像以前那么焦头烂额的惨不忍睹了；语花的尸身原属假的，但脸儿化妆得非常酷肖，宛如生前一样。可人睹此情景，思前想后，不免悲从中来，放声大哭，把身子几乎要撞颠到语花的假尸旁边去了。友竹、春红见了，一面淌泪，一面把他拖拉到外面。可人因为有银公司的同事在着，所以也不好意思过分伤心，只好把悲痛的眼泪都咽到肚子里去。

报丧条子是上午发出的，所以此刻就有许多人家来送礼，花圈、花篮送来也不少。幸亏可人已请统计处主任李盛霖做总务，所以一切都有他办理，可人自然不用再管那些事了。

晚上，办事人都已作别回家，友竹劝可人道："姑爷，事情已到这个地步，你千万别过分伤心，而伤了自己的身子。你自早至晚，是一天没有好好儿地吃东西了，这样子恐怕又要生病的。我的意思，这儿有我和葵秋妹妹会照料的，你就叫春红陪着回去好好儿睡一夜，因为你明天是正要振作精神办事情哩！”

“不！我的精神很好，无论如何，我在语花的尸身旁终要陪一夜的。”可人摇了摇头，很坚决地说着，眼泪是像泉水一般地涌了上来。

“你此刻因为是把心儿坚定着，所以精神很好，落了一个夜，你恐怕身子就要受不住。姑爷，你千万终要听从我的话，别固执吧！唉！你若生病了，妹妹在天之灵，不是也要心不安了吗？”友竹见可人不答应，遂含了满眶子的眼泪，向他又委婉地劝着说。

“这是决不会的，姊姊，你只管放心是了。”可人把手帕拭着眼泪，只管不肯回家里去。

“姑爷，你今晚回家去睡畅了，明天可以来干事，我和奶奶也好休息休息，若三个人大家在一起落夜，明天就没有人办事了。我想你就听从奶奶的话，还是叫春红伴着回去吧！”葵秋见可人执意不允，遂在旁边也婉和地、插着嘴儿劝他。

“那么我的意思，还是你和奶奶回家去好好睡一夜，明天不是可以给我多帮忙一些吗？”可人虽经葵秋这样劝着，但是他还打定了主意不肯答应。

友竹、葵秋没有办法，遂也不去劝他了。春红遂向友竹悄悄地说道：“奶奶，我想你们这样陪一夜，是显得太冷静了一些了，何不叫几个尼姑来给姑奶奶念一夜经？那你们陪伴着不是热闹许多了吗？”

友竹听春红这样说，心中颇以为然，遂立刻打电话到观音庵，叫了几名师太，在大厅上念经。这样果然会忘记了时刻的过去，一忽儿已子夜十二时了，一忽儿已清晨两时了，大家睡魔都被叮叮咚咚的敲磬念经声带走了。友竹见可人两颊瘦削，泪水没有在他脸上干去过，心中非常惨痛，因对他说道：“姑爷，你到沙发上去躺一会儿也好，反正坐着不是也没有事情吗？”

“我不累，再过一会儿，天就可以发亮了，你们身子单弱，恐怕受不住，倒是可以躺一会儿了。”可人见友竹为自己这样关心着，心中实在非常感激，遂把泪眼脉脉地凝望着友竹，也向她们低低地说着。

友竹见可人终是不肯休息，当然是因为他内心太悲痛的缘故，但死者已矣，徒然悲痛，也是无益。他既不肯躺一会儿，恐怕此刻腹中一定是有些饿了，于是吩咐春红把备着的桂圆汤，盛一碗热的给可人充饥。可人此刻真有些饿了，遂拿了碗儿，就把桂圆汤吃了。

第二天一早，师太们都匆匆回去。办事人员早已都到齐了，殡仪馆的门口也扎起素彩。李盛霖向可人说道："幸亏今天晴了，事情就便利了许多。那两具棺材已经接洽舒齐，回头立刻就送来了。他说是楠木的，我瞧虽然不是真楠木，材料确实比普通的好得多，回头你可以瞧瞧，究竟怎么样？"

可人点头说好，正欲回答什么，忽听一阵女子的哭泣声触送到耳鼓，只见有两个女客一路哭着进来，可人定睛一瞧，正是秋霞和秀云。一时万分悲酸，早已被她们引逗得泪下如雨，抢步上前，和她们哭出声音来道："语花真的会被火烧死了……"

秋霞和赵秀云回答不出什么话来，只管呜咽啜泣着。这里友竹早已迎了出来，和她们一同走入素帷，三人围着语花和王老爹的尸身，忍不住又痛哭了一场。

春红和秋白早已拧上手巾，给她们擦干了颊上的眼泪。友竹问道："高先生和葆青哥没有一同来吗？"秋霞道："一同来的，他们今天行里也请了假哩！"

正说时，只见可人引梦兰和葆青也步入素帷来，他们颊上也沾了几点悲酸的眼泪，和友竹点头招呼。大家又瞻仰语花的遗容，只见眉不画而翠，唇不点而红，星眸微闭，长睫毛连成了一条线，仿佛熟睡了的样子，所可惜的，她是永远地不会醒了。

高梦兰呆望了良久，忽然叹了一口气，摇头说道："他们父女俩生生死死的苦了一场，到头来还是这样凄惨的结局，真令人意想不到……"说到这里，不免又掉下泪来。

友竹、秀云、秋霞等也被他说得泪湿衣襟，可人更加如醉如痴地木然呆立，仿佛欲昏厥的神气。秋霞眼尖，遂拉了梦兰的衣袖，又向他丢了一个眼色，梦兰会意，遂和葆青把可人又拉到外面去了。

秀云望了望语花的两颊，白里透红，宛若生前，遂向友竹悄悄地问道："嫂子，你瞧姑奶奶的脸儿，并没有一些落色，莫非已经化妆过了吗？"

友竹在未回答之前，先长长地叹了一口气，含泪告诉道："江嫂子，说来真伤心，姑奶奶的尸身已经烧得找不着了，只剩了一些破烂焦炭似的衣角和灰尘，所以没有办法，只好叫殡仪馆里化妆了一个，其实这不是姑奶奶真的尸身呀！"

"哦，原来如此！化妆得好像，我们竟一些儿也分别不出呢！"秋霞不及秀云回答，先很惊讶地说着。于是两人又走到床边，向语花遗容默视良久。她们的脑海里浮现了语花一颦一笑的娇脸，美目流盼，盈盈欲活，倾国倾城，可称盖世无双。万不料既遭不白之冤，又遭悲惨的横祸，唉！难道说红颜薄命，这句话就永远成为艳丽女人的结果了吗？想到这里，不免又想着活着的友竹的身世，因此更想着自己往后的结局，惺惺相惜，只觉无限悲酸，陡上心头，眼泪忍不住又簌簌地抛落下来。

这时银公司里的董事长冰淼和副董事长莫小白，一老一小的也由可人伴到里面来瞧语花的遗容。友竹、秋霞等都站起来相迎，冰淼和莫小白点点头，大家说不出一句话，只觉得喉间仿佛有骨哽住着一样，各人的心灵上会感到悲哀的凄凉。

"唉！我怎么能想得到语花会这样的寿短……"可人见他们两人默默地望着语花的脸儿，似乎也欲淌泪的样子，这就摇了摇头，说出两句话，忍不住又失声起来。

冰淼抬上枯瘦的手儿，在眼皮上揉了揉，说声可惜，也深长地叹了一口气。莫小白忙拉了可人的手，一面走到帷外来，一面劝慰他说道："你也不用太伤心了，事到如此，就是伤心也没有用处，你自己的身子可要保重呢！"

可人点点头，表示感谢他的意思，后面冰淼也跟着走出，可人遂亲自招待两人坐下。因为这是一件惨绝人寰的事情，彼此自然没有什么话儿可以谈，所以坐了一会儿，冰淼和小白遂也告别先回。可人不便强留，遂送他们跳上自己的汽车，方才慢步而回。

一天的光阴，转眼之间，早又悄悄地溜走了。语花和王老爹的遗体，也和众人作永久的隔别，而被漆黑的棺材吞没了。

黄昏的时候，众吊宾陆续散去，剩下的是可人、友竹、葵秋、春红等两家人。可人又忙着和李盛霖算清了账目，用去衣衾棺椁以及一切的费用，计一万六千五百三十八元，可人点头说好，一面又向他连连道谢。

李盛霖忙道："石先生，你这样客气，倒反叫我不好意思了。现在事情是都舒齐了，你昨夜又没有睡，实在该好好儿休养几天才是了。人生本来像做梦一样，谁都脱不了一个死，无非迟早些罢了。我劝石先生想得明白一些儿，把一切悲哀都丢开了，因为我们活在世界上的人，是还有责任哩！"

"你这话不错，人生本来是一梦，不过我的梦未免太悲酸一些罢了。"可人点点头，说到这里，他又转口说道，"李先生，你等一会儿，和我们一同坐车走吧！"

"不，我先走了，因为我还有些儿别的事情，你不要客气。"李盛霖见他们都是女眷，当然不好意思在一块儿，遂向可人一点头，便匆匆地走了。可人待要拉住他，也已经来不及了，因此也就只好随他自去。

这儿友竹带了葵秋等一班人从里面走出，向可人说道："姑爷，那么我们回去吧！"可人点头答应，大家跳上阿三的汽车，便开回到柳林别墅去。

汽车到家，时已入夜，可人向友竹道："嫂子，你快回房去睡吧，昨晚一夜没睡，也够累的了。"友竹道："我知道，那么姑爷该好好儿休息，别多悲伤，免得大家难受。"可人说声我晓得的，他便自管回到房中去了。

可人在殡仪馆里一面办理事务，一面又碍着许多吊客在此，所以除了淌泪以外，却并没有好好儿哭一场。他此刻回到自己的房中，在那盏孤灯的光芒之下，只觉形单影只，室中悲凉得好像是坟墓里一样。他望着语花那张挂在壁上十二英寸大的半身小照，浅笑含颦，盈盈欲活。心中想着前时语花的入狱，虽然两地相思，但终还有重圆的希望，如今她已与世长逝，永久隔别，到哪儿再去瞧望语花的人呢？我那满腔心事，更和哪个去诉说？可人在绝望之后，只觉心痛若割，掩着脸儿，这就号啕大哭起来。

"语花！语花！你真的会死了吗？你真的不在世界上了吗？"可人一面又望着语花的小影如醉如痴地说。忽然，他又喃喃自语道："语花，想我可人自东北流亡上海，孤苦伶仃，穷途末路，第觉人海茫茫，知音何觅？自和妹妹结识以后，意气相投，性情相合，虽然萍水相逢，早已心心相印。后经多少风波折磨，方才成功这一对美满的姻缘。可人固然不能一日无妹妹，妹妹也不能一日无可人。今日你会丢我自去，这叫我做人还有什么乐趣？倒不如跟着你一块儿同去好吗？"可人说到这里，心痛已极，忍不住又号哭起来。

王妈在厨房里端着饭菜进来，见少爷这样痛哭的情景，心里也好生悲酸，遂把饭菜放在桌上，向可人叫道："少爷，少奶死了，不会再回来了，你这样大哭，不但无益，而且又伤身子，那何苦来呢？这也是命该如此，谁有办法能够挽回呢……唉……"王妈虽然在劝慰，但想着少奶对待人的和蔼可亲，这样既美貌又可爱的人，一旦死于非命，自然也难怪少爷要痛哭的，因此她的老泪也横了满颊。

可人是并不因王妈的劝慰而终止他的痛哭，依然泪似泉涌般地伤心着，王妈没了办法，只好悄悄地去告诉友竹。友竹正在吃饭，听了王妈的告诉，心中真有说不出的难过，遂匆匆饭毕，脸也不洗地走到可人的房中来。在走到房门口的时候，只听可人犹在惨烈地叫道："妹妹，你不用望着我笑，我知道你并不是笑，因为我明白你心头的惨痛，你一定是在哭！唉，妹妹，你死得好苦好伤心啊！但是你也不用难过，不久的将来，也许我会跟着你一同去，大家再叙一叙别后的衷情吧！因为叫我一个人留在世间，实在也是太没有趣味了呀……"

友竹站在房门口，听了可人这几句话，觉得可人心中不但悲痛，而且还坠入了疯狂的地步，若真的这样消极下去，可怜他的前途是很危险的了，友竹想着，她又以泪洗面，三脚两步地走到房中。只见可人面着语花的小照，仿佛已失了灵魂一般地呆住着，一面呜呜咽咽地哭，一面尚在喃喃地不知说些什么话。

友竹悄悄地走到他的身后，拉了拉他的衣袖，叫道："姑爷，你……怎么啦……你……"说到这里，再也说不下去，喉间早已哽住，几乎也失声哭了。

可人骤然听了喊声，遂回眸望了过去，忽见友竹泪沾满颊地站在身后，因为是冷不防的，所以倒望着她愕住了一会儿。

友竹见他这个神情，以为可人脑部受了这次惨重的刺激，因此使他有些儿麻木起来，她那颗芳心中是非常地吃惊，遂拉住了他同到沙发上坐下，向可人正式地说道："姑爷，你是一个达观的人，怎么也会糊涂起来？假使你因语花妹妹的死去，而也不愿意独个儿留在人间的话，这一幕惨绝人寰的悲剧，岂不是子萱害了你们吗？换言之，也就是我害了你们的。你想，姑爷若存了这样的心，叫我怎么还有脸儿活得下去呢？倒不如大家一块儿死去干净吗……"友竹说到这里，内心悲痛已极，叹了一声，忍不住泪如泉涌。

可人听友竹这样说，方知自己刚才的话又被她听去了，遂忙也说道："嫂子，你这是哪儿话？生死大数，岂有谁害谁的吗？"

"那么姑爷年纪正轻，社会上国家里的事情也正需要你去干哩！你怎么也可以抱着如此消极的观念？这样固然对不住国家，而且语花妹妹魂而有知的话，她一定也要生气。因为语花妹妹在世的时候，她的思想是多么积极，她的抱负是多么伟大！她岂愿意你跟她一块儿死去呢？我想姑爷也决不会这样没有志气的，一定被情感冲动得太厉害的缘故，所以才有这样的话。但这种存心是绝对错误的，我希望姑爷多多努力，为国家为民族负起一些奋斗的责任，那么语花妹妹虽然在九泉之下，亦是十二分安慰了。"友竹听他这样地安慰自己，知道他的脑海还是明白的，遂微侧了粉脸，明眸脉脉地凝望着他，向他絮絮地说出这一篇的话。

可人听她这样说，似乎有些醒悟过来了，猛地把她纤手儿握了握，点头说道："姊姊，你放心！我一定听从你的话，我将努力我的前程，来创造伟大的事业，这样一定可以安慰妹妹在天之灵哩！"

友竹听他想明白了，心里当然十分喜悦，但自己的手儿被他这样紧握着，又感到十分羞涩，不免红晕了脸儿，频频地点了点头，说道："你说这些话才是道理，虽然妹妹的死，就是我也十分痛心，但死者已矣，还有什么办法呢？姑爷，你千万要保重身子，切勿再存消极的观念了，不然，我的性命也是操在姑爷的手里呢！"友竹说毕忍不住又淌下泪来。

可人听她这样说，自然也触鼻辛酸，觉得友竹这几句话，也可谓用心良苦矣！她的意思，就是我假使为语花而死，她亦必将从死于地下。唉！友竹可怜！友竹可爱！可人心中是感动得厉害了，把她手儿握得紧紧的，并不肯放松，亦淌泪说道："姊姊！我明白，我知道，我绝不消极……唉！你和子萱生离，我和语花死别，想不到我俩竟这样命苦呢！"

可人这句话是直说到友竹的心眼儿上去，她只觉得内心疼痛若割，忽然她把身子情不自禁地倒入可人的怀里去，呜呜咽咽地哭了。可人因为语花一死，他空虚的心灵中已失却了现实的安慰。如今见友竹忽倒入自己的怀中来，这就也忘其所以然地把她身子抱住了，互相啜泣不止。

在经过几分钟的哭泣之后，友竹忽然理会过来了，心中暗想：我这人也太糊涂了！怎么竟倒向可人的怀中去？那被下人们瞧见，若传扬开去，我俩的名誉不是将扫地了吗？于是立刻坐正了身子，两颊添上了一圆圈的红晕，秋波含了无限娇羞的目光，向可人脉脉地逗了那么一瞥，说道："姑爷，你既然肯听从我的话，那么你千万别伤心了。王妈饭已开出，你多少给我吃些儿好吗？"友竹说到"好吗"两字，话声是带有些央求的口吻。

"那么你可曾吃过饭了没有？就和我一块儿吃些怎么样？"可人见她多情若此，不敢有拂她的美意，遂点了点头，也向她低低地说着。

"我虽然已经吃过一些了，但你既然一个人怕寂寞，我就陪着你再吃些儿也好……"友竹是惯会体贴可人的心理，她知道可人独个儿吃饭，一定又会叫他想起了语花的，所以她虽已吃过了饭，但还是不忍拒绝他。在她的意思，是只要可人能够忘了痛哭，好好儿地吃饭，她无论怎么样都依得，因为若不是这样，可人必定会恹恹地病起来，可怜友竹亦无非是爱惜可人身子的一片苦心罢了。

友竹这两句宛若贤妻口吻的话，听到可人的耳里，心中在万分感激之余，而且更激动了无限哀怜之情，他握着友竹的手儿轻轻地摇撼了一阵，明眸望着她沾着泪水的秀脸，却是脉脉地说不出一句话来。

就在这个当儿，王妈也从楼下上来了，友竹这才站起身子，向她吩咐道："王妈，你把饭可以盛出给少爷吃了。"

王妈答应了一声，遂把饭儿盛出。可人见她只盛了一碗，遂忙又说道："你给舅奶奶也盛一碗呀！"王妈是个实心眼儿人，她低声地说道："舅奶奶在自己那里已经吃过了呢！"

"王妈，你就给我浅些盛一碗是了。"友竹生恐可人心里要不高兴，遂向王妈丢一个眼色，低低地说着。王妈会意，这才不言语了。

两个人坐在百灵桌的旁边，各自握了筷子，一口一口地划着碗内的饭粒，心里都在暗暗地沉思。可人想着，友竹会倒入我的怀里去，可见她对我也完全当作了兄妹一样看待了，而且她又伴我一同吃饭，这样深情意蜜，真不知叫我可人如何报答她才好哩！想到这里，终觉得无限悲酸，胸中那一口哀怨之气，会情不自禁地塞了上来。

友竹的芳心也在暗暗地沉思，可人对我的情形，随便得仿佛亲兄妹一样，所以我会忘其所以地倒向他的怀内去哭起来。照理一个舅嫂当然不可以在姑爷面前有这样的举动，但我们的情感究竟太浓厚一些了，于是又想起椿来这个孩子弥月那天，子萱做爸的却躲在房中学打坐，外面一切的事情，都由可人料理，贺客也都向可人道喜。可人原不过是个姑爷的地位，你想这不是叫人笑话吗？因了可人和自己有这样亲热的情形，使她不得不又想起子萱看中语花的一回事来。子萱见了语花的美貌，他竟害了相思病，承蒙语花多情，慨然允许我移花接竹的圈套，去哄骗子萱这个无智的小孩。因此闹成语花夫妇的大吵，而甚至于语花含冤自杀。结果，又连累子萱出家做和尚。不料可人偏又想出假绑票的计策，去留住子萱的出家，以致害得语花入狱，忽然又会被火烧死。思想起来，我们这两对夫妇在前生不知有个什么纠纷，所以今生也纠缠夹二的嬲得这一份儿模样，现在剩下我和可人两个缠在一堆，还不是个冥冥中的报应吗？不过可人情感虽浓，究竟是个有理智的青年。就是我自己吧！读书识字，既有亚儿、椿来，如何可以糊涂干事？那我还能对得住我的良心和儿女吗？所以我们的亲热，无非各人同情各人悲惨的遭遇，大家有个照应儿罢了。友竹想到这里，内心终有无限的悲酸，那泪水几乎又为之滴了下来。

但友竹终于又忍住了悲哀的思绪，慢慢地抬起头儿，秋波向可人脸儿上逗了那么一瞥，说道："姑爷，你明天还得向行里请几天假，好好儿休养几天吧！"

"不！住在家里更觉无聊，所以倒还是去办事比较能够忘记一切的痛苦……"可人摇了摇头，低声儿地回答。

友竹觉得他这两句话也有相当的道理，不过在这里面至少是含有些可怜的成分，不免微微地叹了一口气。因为见他碗内已没了饭粒，遂伸手过去，说道："来，我给你再添一些儿吧！"

"我已经饱了，多吃怕腹内不受用。"可人摇着头儿说。

"稍许添一些吧！你瞧我在家里已经吃了一碗半，此刻还陪你吃半碗哩！"

友竹俏眼儿多情地瞟了他一下，手儿依旧伸过去拿他的饭碗。可人不忍过分拒绝她，遂说道："那么也没有叫你盛饭的道理，待王妈上来吧！"

"这也没有什么要紧，姑爷别客气！"友竹的粉脸儿才显出一丝浅浅的笑意。

"谢谢你，姊姊，为了语花的事，你也够辛苦的了。"可人没有了办法，只好把碗儿交到她手里，但心中很有过意不去，所以向她又表示感激的意思说着。

"姑爷，你说这些话，叫我听了反觉得难受……所以我们大家还是别说客气的话吧！"友竹盛好了饭，交给可人的时候，明眸含了无限哀怨的目光，向他脉脉地凝望着。

可人没有回答，拿了饭碗，却是垂下头儿来。

晚饭毕，王妈端了脸水来，向友竹先叫道："舅奶奶，你自己先洗脸吧！"

友竹点了点头，遂走到面汤台前，拧了一把手巾，回身递给可人，说道："你擦脸吧！"

可人唉了一声，说道："你自己先擦吧！"

友竹道："别推让了，你先擦我再洗也不迟。"

可人遂接过擦了脸，把手巾又交回了她。友竹于是对镜梳洗了一回，然后转过身子，望着可人的脸儿，说道："我想王妈做事太笨俗，姑爷当然难以称心如意，所以我的意思，把春红再遣过来服侍姑爷可好？"

可人听她这样说，不免沉吟了一会儿，说道："反正我也没有什么事情叫人服侍，姊姊这个意思就省去了吧！你自己也要使唤哩！"

"我倒不要紧，因为那边的使唤人多着。姑爷，你说没有事情服侍，我说琐屑的事情可多着。譬如换袜换衣服，要茶要水，或者有什么信札往来，王妈又不识字，那就仿佛是个木头人，所以春红那么一个姑娘，你实在是少不了她的。反正我不和你再提起这件事了，你何必一定不要春红来服侍呢？"友竹给他絮絮地数派着，表示可人在事实上的确是很需要像春红那么一个姑娘来服侍一切的。

可人被她这么一说，倒是愕住了一会儿，暗想，这话倒说的是，像昨天找袜子那一种事情瞧来，春红不是十分灵敏吗？不要说王妈及不来她的，就是比王妈再聪敏一些的佣妇，恐怕也是差得远了呢！

"姑爷，你也不用再推却了，我瞧就准定把春红遣来服侍你吧！"友竹见他并不说话，显然他的心儿是有些活动起来了，遂向他这么地又说了一句，她的身子已向房门口走了。

"姊姊，你怎么回房去了？时候早哩！不再坐一会儿吗？"可人这才醒过来似的，连忙跟着走到房门口来，向她轻轻地说着。

友竹听了，遂回转身子，两人这就在房门口相对地站住了。友竹秋波凝望着他清秀的脸儿，低声地道："我去叫春红来，你昨晚没有睡，今天就早些睡吧！"

"那么春红今天晚上就别叫她来了……"可人忙着拦住了她。

"这为什么……"友竹微蹙了眉尖，心里似乎感到有些儿奇怪。

"因为……"可人被她问住了，微红了脸儿，却有些回答不出一个所以然来，接着，才勉强挣出两句话儿道："今夜叫她也好好儿去睡畅了，况且这儿床铺也没有料理舒齐，所以还是明天过来好。"

友竹因为可人答应春红来服侍他原很勉强的，生恐到了明天他又要变卦，所以这事情是急于要今天实行了才好，今听可人这么说，遂一撩眼皮，说道："床铺是再便当也没有的事，你愁什么？这儿隔壁那间原有一张红木炕床在着，我只叫春红带了被褥来是了。"友竹说着话，她的身子便步到房外去了。

可人拗不过她，遂只得罢了，望着她消逝了的影子，却是深深地叹了一口气。慢步在室中踱着圈子，心里不免又想起四个月前自己病中的一幕。唉！我竟把春红当作了语花，但谁能料得到呢？语花真的会和我作永久的分别了。可怜语花连一个小孩都没有留下，这在我心中终觉得是终身的遗恨。想到这里，抬头望着语花盈盈欲语的小照，不免又挥泪如雨。

"姑爷，奶奶叫我过来服侍你，不知你和奶奶曾经接过头吗？"可人呆呆地出神，忽听春红柔软的话声触送到耳鼓来，遂连忙回身去望，见春红亭亭玉立的已站在面前了，因也点头说道："你奶奶定要把你遣过来，我说椿来不是没人照顾了吗？"

"椿来有奶妈照顾，那个不成问题的……姑爷，你又在伤心了吧！我劝你终应该想明白一些儿才好……"春红说到这样，忽然又瞥见可人颊上沾着的泪水，于是她那两条翠眉又微微地蹙起来，明眸脉脉含情地向他逗了一瞥温柔的目光。

"是的……我并没有伤心……"可人抬上手儿去，在颊上揉擦了一下。他一面低低地说，一面避过春红的目光，身子已坐到沙发上去了。

春红见可人那种可怜的意态，心头会感到无限的凄凉，遂慢步走到桌子旁，给他倒了一杯茶，放在他的茶几上，低声儿说道："姑爷，你喝了茶，再坐会儿，就睡了吧！"说着，身子又到床边，把折齐了的被儿又抖开来，给他铺好了被窝。

可人偷眼望去，见她那窈窕的后影，心头真有一番说不出的滋味，在他脑海里又浮现起浴室中春红给自己换粪裤的一幕，同时又想起友竹来信里要自己纳春红做妾的一回事……他的心儿有些摇荡起来。他觉得春红的确太温柔可爱了，只要她一在房中，什么事情，她都会料理得舒舒齐齐，就是在自己的心头，说也奇怪，仿佛亦有了一种安慰。唉！可人一个男子，是少不了一个贤惠的女子来互相慰藉。虽然像春红那么一个姑娘，确实可以代替我的解语花，然而语花还只有新丧，我岂敢有这些妄想？这叫我良心如何对得住语花在天之灵呢？唉！可人想到这里，自不免连声地叹气。

正在这时候，忽然玻璃片子上滴滴答答地响起来，同时又听得风儿刮树叶的声音，也是娑娑地作响，在静夜的空气中，渗入了失意人的耳中，更会激动了一阵哀思，可人身子抖了两抖，感到了无限的凄凉。

"又在落雨了，天气转冷许多，姑爷，你还是早些儿睡吧！"春红回过身来，向可人低低地说。

"我知道，那么隔壁房间里的被铺你可曾舒齐了没有？"可人站起身子，一面脱着西服的外褂，一面也很关心地问她。

春红点了点头，把睡衣拿给他披上了，她走到窗子旁，又去把绿绒的暖帐拉上了。回头见可人，他已睡到被窝里去。这时王妈齐巧走进房中来，春红遂吩咐她说道："你把两只痰盂罐拿去倒清洁了。"王妈答应了一声，遂端了痰盂又到房外去了。

"春红，后来你把我那双袜子可曾找到了没有？"可人虽然躺进被窝里，但他身子兀是依靠在床栏上，忽然想起了这件事，便抬头望了她一眼，低低地问。

"找到的，我已给姑爷洗出了。"春红听他这样问，点了点头，她几乎想笑起来。

"你在哪儿找到的？我竟记不起是放在什么地方了。"可人见她淡然欲笑的样子，遂又向她继续地问下去。

"姑爷，你猜一猜，你一定想得出……"春红秋波斜眼他一眼，这就真的嫣然微笑了。

"我真的想不起了，还是你告诉我吧！我到底放在哪儿？"春红那种妩媚的意态，瞧在可人的眼里，把他内心的哀思渐渐地赶散了，他愁云密布的脸儿上，也展现了一丝浅浅的笑意。

"我告诉你，姑爷把脱下的袜子，却放在枕儿底下哩！"春红乌圆的眸珠一转，她抿着小嘴儿，忍不住扑哧的一声笑了。

可人这才猛可地理会过来，自己也有些忍俊不禁，却又感到很不好意思，因此两颊立刻又盖上了一层羞涩的红晕。

春红却毫不介意地走到床边，在梳妆台的小抽屉里取出那只金表，依然放到他的枕儿旁去，说道："你连表儿也忘记带去了，我生恐遗失了，所以给姑爷放到抽屉里。"

可人见她这样细腻，心里不免也起了爱怜之意，点了点头，方欲伸手去拉住她的手，不料王妈把痰盂洗清拿上来了。春红避嫌疑，遂离开了床边，说道："姑爷，请早些安置了，我们明儿见。"她说着话，身子已在门框子内消失了。

从此以后，可人的起居一切，依然像语花在着时候一样的舒齐。虽然有时候想起了语花，终要默默地淌了一会儿泪，但有着春红在旁边柔情蜜意地劝慰着，可人在十分悲哀之余，终觉得安慰了许多。流光如矢，不知不觉早又过去了两月。这天晚上，可人坐在写字台旁，正在作那怀念语花的悼亡诗，忽见友竹悄悄地走进来，遂起身相迎，说道："姊姊用过了晚饭没有？"

友竹点了点头，明眸却望到可人的颊上去，仿佛沾着晶莹莹的泪水，这就蹙了眉尖，说道："那又何苦来喜欢作那些伤心的文字？"

可人没有回答，微微地苦笑了一下，把摊在桌子上的诗稿合上了，藏入抽屉里，却又打岔着说道："今天天气冷了不少，我想也许是要落雪了。"

友竹唔了一声，她在桌旁坐下来。可人给她倒了一杯热气腾腾的玫瑰茶，放在她的面前，说道："你喝茶，不知你心中有什么事情？为什么你脸儿显出很不快乐的神气？"

"姑爷别瞎猜了，我为什么不快乐？因为我有件事想跟你商量，怕你不答应，所以我觉得不敢启齿。"友竹听他误会了，在粉脸上不免也含了一丝微笑，向他悄悄地说着。

"是什么事情？不管我答应不答应，你就先说出来给我听听。"可人心中也许已经猜到了几分，他望着友竹清秀的两颊，有些明知故问的意思。

"对于这种事情，第一先要打倒阶级观念，否则，你一定会不喜欢。半年前，我曾经向你请求过，希望你能把春红收了房，但是你为了语花尚有救济办法可以使她出狱，所以你执意不肯答应，这在你对语花的情分也可谓深厚的了。现在语花已经亡故，你是个年轻的人，当然没有不娶的道理。我为你再三思忖，像春红虽然是个丫鬟的地位，但究竟也是个好人家的女儿，容貌虽不及语花，但也足可以胜过其他的姑娘。至于性情的温柔，做事的能干，我可以不必再向你赘述，你当然也早已知道了。假使你不嫌恶她是个丫鬟的话，我愿意先收她做了妹妹，然后你就娶她做了续弦，这也未始不是一头美满的姻缘。春红心地生得很厚道，也许真有这样的福分吧！只不过这福分是要你给她修一修哩！说不定明儿养个孩子，家庭中的幸福，不是无穷了吗？"友竹听他要自己说出来，于是就开了话匣子，把她一番美意，当然是说得十二分的委婉动听，而且秋波脉脉地凝望着他的脸儿，似乎希望他有个圆满的答复。

石可人心里是万分地感激，他觉得友竹为我的事情，真可谓用心良苦矣！遂忙说道："姊姊，对于阶级观念我是根本没有的，况且春红对待我的情分，我确实也要报答于她，所以姊姊欲成全我这一头姻缘，我当然是十分的欢喜。不过语花妹妹新丧未久，若叫我这时就续弦，可人于心实有未忍，所以我的意思，终要过了语花妹妹的周年，才可以谈起这一件事情来，这也不过我对于语花的一片心，请姊姊应该加以原谅才好。"

可人这几句话也是说得十二分的委婉动听，友竹似乎不忍心再说了下去，因为自己和语花的感情也并非普通可比，若一味地叫可人立刻续弦，这在友竹的良心上也很对不住已死的语花。不过听可人的口吻是已经两样了，第一次我和他说这话的时候，他是坚决地拒绝着，这原因是语花还有出狱的希望，如今可人只不过延长些时间，并没有加以拒绝，那就可知可人的心中，也是很有意于春红的。友竹心中很是安慰，而且也很是欢喜，因为春红是自己心腹的婢子，今日居然有这样的地位，也不枉我疼爱了她一场，于是含笑点头说道："只要姑爷心里喜欢春红，对于结婚的迟早，那倒不成问题的。"说着，把俏眼又向可人乜斜一眼。

可人笑了一笑，似乎有些难为情，两颊盖了一层红晕，于是并不作答。友竹沉吟了一会儿，握了玻璃杯子，微微呷了一口玫瑰茶，方才又低声地道："姑爷，就凭这两个月来，你觉得春红的人儿怎么样？我想大概绝不至于会惹你的厌吧？"

可人不知怎的，两颊更加红晕起来，也笑道："春红确实很能干，假使我续弦的话，准定听从你的话是了……"说到这里，忽听一阵脚步声，春红从房外走进来了。她见了友竹，便笑盈盈地说道："奶奶多早晚来的？我也不知忙些什么，奶奶派我过来后，我竟没有工夫去奶奶那儿问安了。"

友竹因为听可人这样说，心里十分欢喜，遂向春红瞧了一眼，笑道："你既然服侍了姑爷，心里还对着我做什么？姑爷身上的衣服，吃食的东西，你终要料理得小心一些。"

春红向可人偷瞧了一眼，粉脸也透露了一圆圈青春的色彩，笑道："忙来忙去还不是忙着姑爷一个人，烧小菜，烫衬衫，给姑爷结绒线背心，这两天就一些儿也不得闲哩！"

友竹一撩眼皮，抿嘴"扑哧"地一笑，说道："你给姑爷多辛苦些是好的，姑爷也很明白，你待他这样好，怕他也不待你好吗……"友竹这两句话说得可人和春红都难为情起来。春红绯红了两颊，身子却又逃到房外去了。

"这孩子就有趣，姑爷，你若娶了春红，决不会使你失望的。"友竹见春红逃出房去，便忍不住又向可人笑盈盈地说着。

可人羞涩地逗了友竹那一瞥喜悦的目光，不禁也赧赧然笑起来。

"姑爷的脸儿怎么也这样嫩……好了，早些安睡吧！我们明儿见。"友竹见他这样娇羞的神情，遂瞟了他一眼，微笑着说，身子已是站起来。

"早哩！再坐会儿去吧！"可人这才笑嘻嘻地留着她。

"椿来这几天认着我抱，怕她又在哭哩！怪冷的天，你别送出来了。"友竹见他也跟着走出房来，于是向他挥了挥手。可人这就停止了步，想着友竹这几句话，一颗心儿里，在喜悦的成分中不免又掺和了一些悲酸的滋味。

天气是已经到十二月的季节了，琴桌上的水仙花已含苞待放了。这天晚上，可人却没有回家来吃夜饭，春红心里很焦急，遂匆匆前来告诉友竹。这时友竹已辞了银公司的部长职位，因为她这一年来，身体虚弱，所以没有精神再去办事了。当时友竹听了春红的报告，遂打电话到银公司去询问，茶役回答说和莫小白先生、高梦兰先生等一同走的。走到什么地方去，这个倒不详细。友竹遂搁了听筒，向春红说道："大概是莫小白请客，晚饭不会回来吃，你和王妈不用等他了。"

春红这才放心，遂又匆匆回来。和王妈吃过了饭，她便坐在可人的房中一面结着绒线活计，一面给可人等门。不料时针一刻一点地过去，直到十二时相近，还不见可人回家。春红坐在沙发上，纤手揉擦着眼皮，又连连地打呵欠，心中暗想：就是莫少爷请客，难道直吃到现在还没有吃毕吗？这不会的，那到什么地方去了？说不定在玩雀牌了吗？也许玩通宵了。不过姑爷并非糊涂的人，假使玩通宵的话，他也该有电话来关照了。春红这样想着，芳心自不免暗暗地焦急。但她到底年轻，心里只想睡去，因此偎依在沙发背上，把活计放在自己的怀里，闭下眼睛，竟是蒙眬入睡了。谁知不上五分钟后，春红忽然觉得有人把自己身子摇撼了一下，低声唤道："春红快醒醒，这样睡熟了，不要受凉了吗？"春红睁眼一瞧，见是可人回来了，这就"哟"了一声，忍不住含笑叫起来。

第四章

情深意蜜恩爱全假

是下午四点三刻的时候了，可人在部长室内披上了大衣，戴上了呢帽，正欲启门回家，忽见莫小白笑嘻嘻地进来，向可人望了一眼，问道："怎么你预备回去了吗？今天我在唐秀娜家里请客，特地请你去做个陪客，我想你老是愁眉不展的样子，这对于精神和身体都有损害，所以是该去散心的。"

可人因为莫小白是副董事长，自己虽然鼓不起兴致，但人家到底是一片好意，我若不给他面子，这岂不是叫人家心中不快乐吗？所以微笑道："你请的是谁？还有哪几个做陪客呢？唐秀娜是什么人？"

"可哥，你也真是老实得可怜，单听了这三个怪动听的字，难道你还不知道她是个怎么样的人吗？陪客都是这儿几个熟人，梦叔、葆哥，还有几个是统计处的朋友，连请的客人也是再熟悉没有的了，你到了那里，一见面就知道的了。"小白含了笑容说，一面拉了可人的手，已一同步出部长室去了。

两人走出部长室，只见梦兰和葆青在电梯旁边，大家彼此微微地一笑，也不说什么话，就乘电梯到楼下，分乘了两部汽车，开到群乐坊去了。

可人和梦兰坐在一个车厢里，他便向梦兰低低地问道："小白今天请的到底是谁呀？"

梦兰笑了一笑，却并不给予回答。可人心里奇怪，便伸手在他腿儿上敲了一下，笑道："干吗不告诉我？你们闷葫芦里究竟卖的什么药呢？"

"小白特地请的是你呀！因为生恐你要推却，所以故意只说请你做陪客的。"梦兰被他逼问得没有了办法，只好向他轻声儿地告诉出来。

可人这才恍然明白过来，哦了一声，说道："无缘无故的请我做什么？那不是叫我心里不好意思吗？"

"你怎么知道是无缘故的？说起来其中就大有缘故呢！"高梦兰噗的一声，忍不住抿着嘴儿笑出声音来。

"那么到底为了什么缘故？你不是明白地告诉给我知道吗？"可人见他脸上的笑容，似乎含有些儿神秘的作用，一时心里愈加狐疑不停，遂向他又急急地追问。

"你何必一定要急于知道它，反正等会儿终可以给你明白的。"梦兰见他问得急，遂愈加显出很安闲的神气，慢吞吞地回答。

可人见自己在火里，他却偏在水里，心中当然十分焦急，不过他不肯告诉，那是没有办法的事情，所以低下头儿，两眼望着自己的皮鞋脚尖，却只管暗自默默地猜度了一回。

可人经过了这一阵子的猜度，事情倒不曾猜度出，汽车却已在群乐坊的门口停下来了。于是大家跳下汽车，向一家石库门的大门内进去。可人是不管一切地只跟在后面走，由客堂经过扶梯，一直步到楼上，早有一个四十左右身穿元色绸的妇人，笑盈盈地迎接在扶梯口，叫道："众位大少走得好，地方真暗得来。"

"唐大妈，台子可曾摆舒齐？我们四个搭子可都已经到哩！"莫小白见了那妇人，便喊了一声，也笑嘻嘻地问着。

"我们三点钟就都预备得舒舒齐齐了，阿囡是性急得什么似的，只管说'怎么还不来？怎么还不来'？莫大少，大家快请里面坐吧！"唐大妈说着话，把紫绒的暖幔掀起，请他们一个一个地走进房中去。

房内已经是亮了一盏七十五支光的电灯，把那些柚木的家什映得格外的金碧辉煌，仿佛是新房一样的新鲜了。四人一脚跨进，就见灯光下站着一个花信年华的女子，含了浅浅的甜笑，似乎盈盈欲语的神气。

"哥哥我给你们介绍，这位就是解语花女士，这位就是石可人先生……"莫小白拉了可人的手，走到那女子的面前，就向可人笑嘻嘻地说着。一面回头望了那女子一眼，又边笑边说地介绍着。

那女子听了，早已同可人盈盈弯了弯腰，含笑叫了一声石大少。可人听了小白的话，已经是不胜惊异，此刻待她抬头的时候，和自己瞧了一个照面以后，一时"哟"了一声，顿觉置身犹若梦中，望着她粉脸儿竟是怔怔地愕住了。

诸位你道为什么？原来这个唐秀娜的脸儿实在和语花有些相像。同时她今天穿的那件茶绿色银花丝绒的旗袍，更是语花平日所爱穿的颜色，可人在骤见之下，又听小白这样介绍，心中以为语花真的复活，他这一惊喜，如何不要使他木然起来了呢？

"石大少，怎么啦？你不认识我了吗？我就是你的语花妹妹呀！"唐秀娜见他望着自己出神的样子，方知自己确实和他的夫人脸儿有些相像，遂偎到可人的身旁，把手儿搭在可人的肩胛上，掀着小嘴儿，秋波却逗给他一个妩媚的甜笑。

众人听唐秀娜这样说，觉得真有个意思，这就都捧腹大笑起来。

可人被众人这样的一笑，自然也难为情起来，两颊上不免添了一圆圈的红晕，回眸又向她的娇容望了一眼，微笑道："这位想来就是唐小姐了，真的，和我们语花竟像脱了一个胎子。天下哪有相像得这个模样的，真是叫人感到奇怪哩！"

"石大少，你再仔细认认吧！我就是你真的语花呀！其实我并没有死哩！"唐秀娜见他目不转睛地盯住自己，仿佛有些似醉似痴的神气，于是索性把粉脸儿直偎过去，和他显得格外亲热的样子。

大家见秀娜应酬的功夫真不错，所以又笑起来了。这时唐大妈把小白等的大衣早已脱下挂到橱里去，仆妇也泡上了热气腾腾的玫瑰茶。梦兰见秀娜也正在亲自给可人脱大衣，遂笑道："可哥，自从语花死了以后，你就好像失去了灵魂一样。我们见你老是郁郁不欢的样子，大家就替你很担着忧愁。昨天小白对我说，他跟朋友到群乐坊去应酬了一场雀牌，却发现了一个解语花，所以他一心地就想喝这杯冬瓜汤，给你补还一个灵魂，这你终可以不必再愁眉苦脸的样子了。"

可人听了，这才明白梦兰刚才说的其中大有缘故的那一句话了，遂向小白望了一眼，表示很感激的意思。小白也笑道："可哥，你瞧怎么样？秀娜这个人不但脸儿像，身段像，就是一举一动也很像语花的。我给你费了九牛二虎之力，方才物色到你已经失去的灵魂，那你不是要好好儿地谢谢我吗？"

可人似乎还老不出脸儿来，并不回答，只含笑点头，大家又早已笑起来了。这时秀娜把泡好的玫瑰茶，亲自又端了一杯给可人，笑盈盈地道："石大少，莫大少是专门喜欢吃别人家豆腐的，你且不要听他胡说，还是喝杯热茶暖暖手，今天的天气很冷吧！"说着，拉了可人一同在沙发上坐下，柔情蜜意的真有无限的温和。

小白听秀娜这样说，便"哦哟"了一声，笑道："秀娜这妮子倒也是

307

个刁东西，过桥拔桥。我给你介绍了这么一个好少爷，你不谢我们罢了，怎么还要说我的丑话呢？那你不是太辣手了吗？"

秀娜听了，偎在可人的身上却是咯咯地笑，一面把秋波瞟了小白一眼，说道："我又不是真正的解语花，石大少到底喜欢不喜欢，还是一个问题哩！你怎么一厢情愿地就要喝这杯冬瓜汤？万一石大少倒不喜欢，那叫我不是太难为情了吗？"

"这个你放心，他一见了你，就会把你当作语花妹妹一样地疼爱哩！不过你以后千万别再喊他石大少，你也要亲热热地喊他可哥才是呀！"莫小白明白秀娜这几句话的意思，他便从中笑嘻嘻地加紧地拉拢着。

"莫大少，凭你一句话，我当然可以听从你，不过石大少假使不理睬，那我便要向你算账的。"秀娜说着，一手搭着可人的肩胛，微昂起了粉脸儿，明眸凝望着可人的脸颊，柔声儿笑道："可哥，不知你喜欢有个像我那么丑陋的妹子吗？"

可人见她口脂微涂，细香扑鼻，真是令人心神欲醉。一时在她柔媚手腕之下也不知如何是好，因此望着她自不免愕住了一回。

"可人，你怎么啦？别装老实人了，快些儿答应呀！不然，她问我算账，我可要向你算账的哩！"莫小白见可人呆若木鸡似的出神，这就在旁急急地说着。可人还没有开口，众人早又哄然大笑起来了。

可人究竟是个富于情感的人，他觉得一个女人家肯向自己这样亲热，若不给人家一个回答，这似乎失了人家的面子了，所以他在大家哄然发笑的时候，就向秀娜低低地笑道："我有你那么一个妹妹，我心里真高兴得了不得哩！"

这两句话除了秀娜听得到，别人是都没有理会，秀娜这就仿佛吃了定心丸，一颗芳心，真是甜蜜无比。她遂笑盈盈地站起，向众人说道："好啦！好啦！时候不早，大家若再说笑话，恐怕雀牌是玩不成功哩！"

莫小白听了，于是拉了葆青等大家在桌旁坐下来。桌角旁的茶几上早放着四盆糖果，秀娜坐在可人的身后，一面给大家分糖吃，一面便瞧着他们"噼噼啪啪"地玩起来。

唐秀娜坐在可人的背后，当然七搭八搭地有许多话和可人说着。一会儿说这张牌抓得好，一会儿又说那张牌发错了。莫小白齐巧是可人的下家，所以便望了秀娜一眼，笑道："只能看，不能开口，假使你要说话，那么可不要瞧我的牌。万一我有白板一对，你倒叫他不要发下来，我不是给你克死了吗?"

"哦哟!哦哟!自己做贼,就防人家也做贼了。天地良心,我几时瞧到你一张牌过,你若怕我'钓角',那我就这样坐,终好了吧?"唐秀娜听他这样说,便把小嘴儿噘了一噘,秋波逗他一个妩媚的白眼,她把那张方凳子更移近到可人的身旁,脸儿几乎和可人的颊儿要偎到一处去了。

"这么一来,就便宜了可人。不过你不要只管地闻香,把牌张子乱发了,回头打倒了清三番,那可不行的呢!"江葆青见秀娜和可人亲热得这个模样儿,便在一旁也向他们取笑着。说得可人脸儿又热辣辣地发红,小白和梦兰又不禁为之哑声笑起来了。

打完了四圈牌,统计处里几个朋友也到了,时候已经七点,馆子里酒菜也已送到。于是大家便歇手,一结筹码,可人独输了三百五十四元,李盛霖先笑着道:"你们三吃一,那可太欺侮我们的石部长了。"

"这个你可不知道其中的缘故,石部长虽然输了钱,不过他有一部分的收获代价,较之三百五十四元更要好得多哩!"梦兰这几句话,说得众人都又忍俊不禁。

可人和秀娜的两颊都浮现了青春的红晕,但嘴角旁的笑容是终没有平复过。李盛霖却故作不懂得的样子,笑问道:"原来石部长还有别的收获吗?那真可说失之东隅、收之桑榆了。但石部长收的究竟是什么东西,不知能否告诉给我们大家听听吗?"

"这个你最好问问石部长自己的,他收获的东西真不错,吃起来又香又甜,要如没有缘分的话,就是三十五万也不中用呢!"莫小白不待梦兰回答,他又很快地说出来,同时还向秀娜做了一个媚眼。众人听了吃起来又香又甜的这一句神秘有趣的话,一时把笑声早又充满在这喜气洋洋的室中了。

在吃晚饭的时候,大家你一句我一句的,又把可人秀娜取笑了一回。两人心中除了羞涩的成分外,当然是只有甜蜜的滋味,所以红晕了脸儿,彼此只是哧哧地笑。

晚餐毕,大家坐下来又打了一场扑克,直到十二点敲过,方才停止。小白向可人丢了一个眼风,叫他有留宿在这儿的意思,一面又向秀娜拉了拉手,向可人努了努嘴。秀娜因为和可人到底还是初交,自己所以和他表示这样亲热,也无非听了小白的嘱咐,现在要开口留他,自然有些难以启齿。可人因为今天是小白主人,自己更没有留宿的理由,所以他说道:

"今天我是只知道来做个陪客的，不料小白骗我，他特地请的就是我。我在收受了他这个人情之后，实在又觉得很不好意思，所以我想明天晚上在这儿还请小白吃饭，请你们这几位仍旧来闹猛闹猛，不知你们肯答应吗?"

"有得吃，我们耳朵里终归听得进去的。那么我们明天准定再来叨扰石部长的酒吧!"李盛霖等听了，都不约而同地笑着说。小白是知道可人的意思，于是也就答应了。这里唐大妈等拿了大衣，服侍各位爷们穿上了。秀娜提了可人大衣的领子，笑盈盈亲自给他披上。把小嘴儿凑到可人的耳边，低低地说道："可哥，你明天自个儿早些来吧!"

"唔! 唔! 你们说的什么秘密话? 给大家听听不可以吗?"秀娜和可人咬头接耳的情景，恰巧又被梦兰发觉了，这就笑着又嚷起来。小白瞅了梦兰一眼，却笑道："兰叔你这人究竟有些老背了，他们的秘密，就是这个这个……如何肯告诉给我们大家知道呢?"

众人觉得小白这两句这个这个的话中，真包含了说不出意味的神秘，这就忍不住大家又笑起来了。随了这一阵子笑，大家也就一个个地步出房中去了。

回家的途中，可人和小白同车。小白见他只管出神的样子，遂拉了他一下衣袖，笑道："当初我见了秀娜，真的也呆了起来，想不到脸儿竟有这样的酷肖，这不是一种意外的奇缘吗?"

"我也觉得奇怪，天下相像的人也有，可是没有像得这份儿的，真仿佛是一对姊妹似的。"可人听他这样说，方才从沉思中惊觉过来，笑了一笑，也低低地说着，显然他的心中也感到了十二分的惊喜。

"那么我既给你介绍了，你到底有没有这个意思呢?"小白望着他笑容满堆的脸儿，探听他的口气。可人沉吟了一会，忽然把身子也侧转过来，向小白问道："我还弄不明白，唐秀娜这个地方到底是叫什么的呢?"

"她可不是窑子里的姑娘，而且也是自个儿的身子。据她告诉我，她爸爸在着的时候，也是个很前进的人，现在为了生活逼迫，所以娘儿俩人请几个熟悉的朋友来玩牌，抽些头钿，来维持维持，所以我瞧倒也不能和妓女同日而语的。"小白听他问起秀娜的身世来，觉得可人心中至少也有些儿活动的意思，所以向他低低地告诉着。

"哦! 原来如此。不知她今年有多少年纪了?"可人听她不是窑子里的姑娘，心中不免更加地活动起来，"哦"了一声，便向他轻轻地问她的年纪。

"这个我倒不详细，看起来也不过二十几岁的光景罢了。我想你若真有意思的话，何必问我，你明天就不妨跟她好好地谈一谈。你也不是七老八十岁的人了，将来终要续弦的，既然有合意的对象，自应该早些儿定夺了为妙。"小白今年也不过才二十岁的人，可是说两句话倒十足显现了老气横秋的样子。可人也忍不住笑起来，就在这当儿，汽车已停在柳林别墅的门口了，于是可人和他握了握手，下车分别。

可人到了家里，只觉得静悄悄的，想来大家都已去睡了，便放轻了步伐，蹑着脚儿轻轻地跨进了卧房。这当然是意想不到的事情，谁知春红怀抱着活计，却躺在沙发上闭眼熟睡着，也许是心中太感动的缘故，他就不禁怔怔地愕住了一回。

望着春红微晕的粉颊儿、紧锁的翠眉、长睫毛连成一条线那种醋睡的意态，在可人的心中，曾激起了一阵感到她楚楚的可怜。于是心中又想着了友竹对自己说的那一篇话，并自己答应友竹的几句话，更想到刚才对秀娜已动荡的意思，他觉得良心上感到十分的不安，对那多情的春红，未免有些儿惭愧。

可人望着春红娇懒的睡态，至少是出了五分钟的神，但他忽然又想到十二月的天气，这样睡着，使她会受寒的，于是走到她的身旁，把她肩儿微微地摇撼了一阵。

春红被可人喊醒，睁眸一瞧，这就"哟"了一声，含笑叫起来，说道："姑爷，你才回来吗？什么时候了？你瞧我这人贪睡吗？等门等候得连自己都睡着了。"

"时候不早，已十二点半了，这也怪不了你的。春红，你下次不用等，因为这样使你容易会着冷的。"可人一面说着话，一面已把头上的呢帽和手套脱下来了，放在桌子的上面。

春红也早已丢了身怀的活计，笑盈盈站起来给可人脱了大衣，挂到大橱里去。转身又倒了一杯热气腾腾的菊花茶，拿到可人的面前，俏眼儿含情脉脉地逗了他一瞥媚意的目光，抿嘴嫣然地笑道："在玩牌？"

这口吻温柔得仿佛是妻子对待一个丈夫的情景，可人心中真有说不出的滋味，一面接了茶杯，一面含笑点了点头，他别过了身子，已坐到床边脱皮鞋去了。

在春红的意思，当然还想问他一句姑爷是在哪儿玩牌，但可人已回到床边去，自己这句话就再也问不出来。因为自己到底是个婢女的地位，况且又是柳家特地遣到石家来服侍姑爷的婢女，这当然是更加的客气。我若问得这样紧，自己固然难为情，万一姑爷是个多心的人，他心中不是要讨厌我太啰唆吗？春红既然有了这么一个感觉，于是她便不再细问，回身给他拿过睡衣，放在床上，向他低声地道："怪冷的天气，到底容易伤身子，姑爷还是早些睡吧！"

春红说这两句话的时候，那颗芳心就跳跃得厉害，同时两颊也绯红起来了。她似乎怕可人发觉她的害羞，一骨碌转身，已是奔出房外去了。

可人是个很聪敏的人，他对于春红这两句话，不免细细地回味了一下，觉得在怪冷的天气下面，她至少是漏落了一句话，因为这对于第二句到底容易伤身子的话是连接不拢的。那么这第二句以上的究竟要补充一句什么呢？这是很明显的事，就是怪冷的天气，太晚了回来，到底是伤身子的……从这样看来，春红不是劝我别太晚回来吗？不过她为什么不明白地说，却喜欢暗暗地给我启示呢？这当然春红也是个爱避嫌疑的姑娘，她不好意思来管束我的行动，所以才不敢明白地劝告我的。"春红真是个多情的姑娘，实在太令人感到可爱了。"可人暗暗地自语了这两句话，也不知为什么缘故，他竟微微地叹了一口气。

可人次日下办公室的时候，他对于今天在秀娜家里请客的一回事，不免踌躇不决起来了，到底去还是不去呢？可怜春红为我这样地操心关怀，我实在不应该辜负她的，那么我今天的请客就作罢了吧！

可人正在独个儿暗暗地沉思，不料莫小白又笑嘻嘻地推门走进来了。他见可人伏在写字台上出神的样子，便含笑叫道："可人，怎么啦？还不打算开步走路吗？"

可人抬头见了小白，便点了点头，意欲向他说明不请客了，但心里可在想，那算什么意思？我昨夜在这许多人的面前，说定今天还请小白吃饭，怎么可以出乎尔反乎尔呢？这不但小白失面子，就是自己也不是要失面子了吗？觉得那是断断不可以的事情，于是站起身子来，说道："可不是，我正在等着你们一块儿走呢！梦兰和葆青呢？"

"他们说还有些事情，一会儿随后就到的。"莫小白一面说着，一面拉开了门儿，和可人一同走出室去。今天可人到了唐秀娜的家里，她们母女俩人当然招待得格外的亲热，把可人弄得心猿意马，神思恍惚，在银公司里懊悔的意念，早又情不自禁地忘得一个干净了。他瞧着秀娜的粉脸儿，真是愈瞧愈像语花，愈瞧心里也愈爱了，所以他一方面固然受了小白等的鼓动，一方面也禁不住秀娜柔手腕下的迷醉，那天晚上，是终于宿在秀娜的家里了。

唐秀娜是个中老手，石可人又是半年多不曾亲近女人了，这一晚的恩爱缠绵，当然是说不尽的郎情若水，姜意如绵。虽然在可人心中尚有感到秀娜已非完璧的遗憾，但在床第之间，无论哪一个男子，就是道学先生、古圣贤人，也会忘记一切，而只知欢悦的了。所以可人被秀娜服侍得死心塌地，真的把她要当作语花那么地爱护了。

可人在唐秀娜的家里享受着温柔乡中甜蜜的滋味，可怜春红在家里又等候得深更半夜还没睡去。春红望着桌上那座钟已指在十二点半了，她一颗芳心中当然是十分的焦急和惊奇，姑爷又不是呆笨的人，昨夜他回家，我对他说的话，他难道竟一些儿也不知道吗？为什么他偏要直到这样晚还不回来呢？想不到竟有这样好的兴趣，一连就玩了两夜牌吗？我想姑爷对于玩也并非一向心爱的，从前姑奶奶在着的时候，他也从来没有十二点以后才回家的。那么我猜测起来，也许不是在玩牌，恐怕那班朋友抬姑爷的城隍，请他在吃花酒胡闹哩！春红想到这里，心头未免有些难受，姑爷若这样荒唐起来，前途当然要受影响，虽然一个年轻的男子，一旦失去了爱妻，心里自然十分的苦闷，但应该趁早续娶一个姑娘，那么才是道理。于是在春红心中又想起姑爷病的时候，自己给他换粪裤的一幕，自己到底是个女孩儿家，虽然低贱一些，终也不肯如此服侍一个年轻男子的。那么在姑爷的心中照理是很可以明白我一番的苦心，想到这里，自不免激起了无限的怨恨。但转念一想，自己是怎样的身份，如何一跃就想做奶奶那么的地位了呢？这我岂不是在梦想吗？春红左思右想只觉自己是空忙碌了一场，不免心灰意懒，含了悲酸的眼泪，又蒙蒙眬眬地闭眼睡着了。

在春红的心中，仿佛还在等门的模样，她想着姑爷在窑子里娶了一个新姑奶奶回来了，她心头是十分悲伤，一会儿又好像奶奶站在面前对自己劝道："你不要伤心，姑爷受了你那么尽心服侍的好处，他是不会忘记你的。"就在这当儿，突然又听得一阵脚步的声响，耳中听人告诉道："这是姑爷回来了。"春红心里喜欢得直跳起来，口里不禁叫道："姑爷，你回来了呢……"

说也可怜，春红心里记挂着可人，连睡梦中都会跳起来。经她这么一喊，自己就被喊醒了，睁眸一瞧，只觉夜阑人静，万籁俱寂，哪里有奶奶，哪里有姑爷？只听桌上的钟声，依然在耳边嘀嗒作响，十分清晰。春红回头去望钟面，这就"哟"了一声，自己又叫起来，说道："已三时多了，怎么我一睡就有这许多时候了？姑爷是不会回来的了。"说时，全身一阵冷意砭入骨髓，不免抖了两抖，她便熄了灯光，自管回房去睡觉去了。

第二天早晨春红起来，便走到友竹的卧房里去。友竹披了一件雪白的羊毛短大衣，倚在床栏边瞧报纸，她见春红进来，便放下报纸，急急地问道："春红！昨夜姑爷又是什么时候才回来的？""姑爷昨夜没有回来。"春红淡淡地一笑，摇了摇头。"什么？没有回来？那么他可曾有电话来关照吗？"友竹心头感到有些儿惊异。"电话也没来过呢！"春红微蹙翠眉，话声是特别的低沉。"奇怪，那么他到什么地方去了？"友竹说着话，掀开了被儿，身子已是跳下床来，纤手儿拢了拢拖在脑后的长发，脚儿套上了青绒的睡鞋，望着春红又低声地问道，"前天他是十二点回来的，他说在玩牌，但你怎么不问他在哪儿玩的呢？""我原想问他一问的，后来仔细一想，自己究竟是个下人，怎么好意思去追究姑爷的行动呢？所以，我也没有问下去。"春红含了无限哀怨的成分，向友竹脉脉地逗了一瞥，低低地诉说着。友竹听了，当然是无话可答，摇了摇头，也不免微微叹了口气。春红从奶奶这一口气中猜想，显然奶奶心中是和我有同样忧愁的感觉，只不过为了名分上的关系，奶奶当然也不好意思管束一个做姑爷的行动罢了。两人正在默默地站着出神，忽然王妈急急地走来，说道："春红姊姊，姑爷有电话来了，你快去接听吧！"

春红听了这个消息，心里一喜欢，便急急地奔到姑奶奶的屋子里去了。因为太性急的缘故，在奔到月洞门的时候，竟被石子绊了一跤，跌得两膝十二分的疼痛，一时里爬也爬不起来。后面的王妈，见了这个情景，慌忙走近来搀扶，连问跌得怎么样了。

春红心里觉得十分的难为情，两颊上飞了一阵红晕，忍住了痛勉强含笑地说道："没有跌痛……"说着话，她的身子又奔向前去了。

春红到了电话间，接过了听筒，就急急地问道："你是姑爷吗？昨夜在什么地方？怎的没有回来呀？"

可人听她直接地这么问，心里倒是一怔，而且听她的语气，似乎还含有些儿愤激的意思，一时倒反而笑道："昨夜我在东亚旅社玩雀牌，因为时已子夜，所以就宿在那边了，累你又等候了半夜吧？真对不起你……"

"那么你此刻在什么地方？"春红因为两膝痛得厉害，所以说话的口吻，依然有些儿嗔恨的成分。

"此刻在公司里了，今天我五点不到就可以回来了。"可人在那边就说完了这两句话，他已把听筒搁下了。

春红听了可人这末一句的话，她的芳心又感到赦赦然起来，抿着嘴儿，"扑哧"的一声连自己也笑了。她放下听筒，低头沉思了一会儿，觉得自己和姑爷在电话中说话的口气，仿佛有些儿两口子关系似的。照理，对于姑爷的回家不回家，原不干我们做婢女的事，要我问得这样起劲做什么呢？但老说来也可笑，姑爷后面这一句话，好像有些儿怕我的意思，就是今天办公完毕一定按照平日的时间回来了，至少也是包含了一些叫我别生气的意思。姑爷为什么要怕我？他还不是为了心中爱我的缘故吗？春红想到这里，一颗处女的芳心，不免荡漾了一下，她把膝踝上的痛苦，已被甜蜜一阵一阵地遮蔽去了。

不过春红膝盖上的痛苦原是事实的表现，内心的甜蜜却是抽象的幻想，所以在经过一分钟后，她痛得又蹙起眉尖儿来。一步一步地走到可人的房中，在卫生橱内取出红药水和药水棉花、橡皮膏，坐在椅子上，掀起旗袍一瞧，连那双长筒丝袜都跌破了，血水沾在雪白的皮肤上，春红瞧了连自己也有些肉痛。

正在包扎的时候，友竹已梳洗完毕，匆匆地走进来，一面还问道："春红，姑爷和你说些什么话啦？"友竹问到这里，她的视线忽然接触到春红俯着身子包扎膝盖的情景，这就"哟"了一声，又急急地问道："这……这是怎么的一回事呀？"

春红两颊透现了青春的色彩，抬头望了友竹一眼，却是含笑不回答。友竹微蹙了眉尖，若有所悟的样子，便带了埋怨似的口吻，说道："你这孩子走路也太不小心了，何必走得这样的心急，叫他多等会儿又有什么要紧呢？"

春红被奶奶这么一说，两颊红得愈加像朵四月里的蔷薇了。秋波含了又羞涩又哀怨的目光，向她脉脉地瞟了一眼，又笑又嗔地道："人家跌得这么的厉害，奶奶不肉疼着我些，还向我抱怨呢……"

友竹听她这样说，倒忍不住笑起来了，说道："说来说去，终是姑爷这个害人精，回头我给你问他算个总账。"

春红微微地一笑，要想站起身子来走路，谁知却再也站不起来了，紧锁了眉尖，微咬着鲜红的嘴唇皮子，显出十二分苦楚的样子。

友竹摇头道："膝踝是走路时候一伸一屈的关节，怎么能两双膝盖都跌伤呢？我瞧你还是去睡一会儿吧！"

春红也觉得此刻反而更加地痛起来了，她自知难以支撑，只好由友竹扶回到房中去睡了。友竹给她被儿塞塞好，问她道："姑爷昨夜到底宿在哪儿，你问过他吗？"

"他说在东亚旅社玩牌，因为已经子夜了，所以就宿在旅社内了。"春红把被儿按到自己的下巴底下去，轻声儿地回答着。

"我想这话也许是靠不住。春红，姑爷现在是个没有灵魂的人了，你千万要给他做个主意，所以他今天回家，你也该好好儿地劝他一劝才是呢！"友竹听了春红的话，凝眸含颦地沉吟了一回，忽然向她低声儿地说出这几句话来。

春红娇靥更红得好看了，她乌圆的眸珠转了一转，向友竹小嘴儿一噘，说道："奶奶，你怎么向我说这些话呢？我又不是姑爷的什么……人，好意思去管束他的行动吗？我想只有奶奶，看机会才能向他说几句呢！"

友竹听春红还这样说，口里虽然不言语，心中却在暗暗地想：我可是个舅嫂的地位呢，而且舅子又是出家做和尚去了，姑爷也是新近丧偶，那么我怎好意思去劝姑爷？就是姑爷明亮的话，但给旁人知道了，岂不是也有许多的嫌疑吗？想到这里，终有说不出的感触，忍不住微微地叹了一口气。两人相对呆望了一回，友竹方才悄悄地退出房外去了。春红待友竹走后，细细想了一回自己说的话，又想了一回奶奶若有无限忧郁的神情，她也明白奶奶心中有说不出的苦衷，不知怎的，她眼角旁竟展现了晶莹莹的一颗了。

下午黄昏的时候，春红一觉醒来，把两脚在被窝里微微地一伸，觉得痛苦已好了许多。她从床上坐起，纤手按在嘴儿上微微地打了一个呵欠，正欲掀起被跳下床来，忽听一阵皮鞋声，只见姑爷含笑走进来了。他一见春红坐在床上，便先笑道："该死！真该死！既累你等，又累你跌伤了膝盖，这叫我心中怎么过意得去？"

春红见了可人，她的粉脸儿不期然地会绯红起来，听他这样说，当然知道是奶奶告诉他的，遂一撩眼皮，乌圆的眸珠一转，笑道："一些儿皮伤，那要什么紧？"说着话，她已掀开了被儿，似欲跳下床来。

这在春红当然是意想不到的事，可人却走进床边，把她的身子按住了，说道："你奶奶告诉我的，跌得很厉害，连血都跌出了，怎么我一进来，你就起身了？快给我仍旧躺着吧！反正起来也没有什么事的。"

春红见姑爷这样多情的举动，一颗芳心，在羞涩之中又感到了无限的喜悦，遂忙笑道："我本来就要起来了，奶奶骗着你哩，就这么轻轻的一跌，难道就会跌出血来了吗？我还要烫姑爷的衬衫去，差不多有十多件没烫哩！"

可人听她这样说，一时心中愈加感动，这就情不自禁地掀她旗袍的下摆，说道："我不信，你给我瞧瞧……"

可人这举动是出其不防的，因为太快速的缘故，春红当然来不及阻止他，因此春红的旗袍下摆，便给他掀得高高的了。上海的女子，不管是寒冷的天气，她们也只穿了一件薄薄的短裤，也许是习惯成自然的缘故，她们也不会感到一些儿冷意的。可人在掀起她旗袍下摆之后，他的视线就接触到春红是穿着一双肉色的丝袜，可是膝盖上部都破了一块，因为裤子很短，所以却依然瞧不到她的裤脚管，这在可人的心中，未免感到有些儿想入非非。

春红见他这样木然的神情，心里愈加感到难为情了，遂红了两颊，急急把旗袍下摆又放了下来，俏眼儿白了可人一眼，羞涩地笑道："姑爷，那有什么好瞧？我……冷呢……"

可人被春红这么的一来，自然也十分不好意思，但是他见房中没有什么人，遂大胆在床沿边坐了下来，握了春红的纤手，低低地笑道："连丝袜都跌破了，还能说不厉害吗？春红，我明儿买半打丝袜赔你好吗？"

春红听可人这样说，一颗芳心，在起初是感到很欢喜，但不知有了一个怎么感觉之后，她又感到不快活起来，噘了噘小嘴儿，逗给他一个妩媚的娇嗔，说道："姑爷，跌破了袜子，确实还有赔的办法，可是跌破了皮肉，那么你难道也可以赔还我完整的皮肉吗？"

"这个……那叫我如何能够赔还得出……"可人这回倒被春红问住了，望着她微含嗔意的脸儿，不免笑了起来，接着又把被儿也盖到她的身上，向她柔声儿笑道，"春红，你别生气，完整的皮肉虽然赔还不出了，不过我不肯给你起来，叫你好好儿休养着，那不是也等赔还你完整皮肉一样的吗？"

春红见他柔情蜜意的样子，又细细地体会他这几句话，觉得里面至少是包含了一些爱我的成分，一时把紧绷住的粉脸儿，又露出一丝微微的笑意，说道："其实我真的已经好了……在当时跌下去的时候，就真的痛得要命哩！"

"怪不得你接听电话的时候那声音就显得很愤怒的神气，我知道你一定很生气，所以一下办公室，就急急地赶回家里来了。"可人见她娇靥真妩媚得可爱，觉得处女较之少妇实在更有倾人的风韵，所以有些忘其情的，竟向春红说出这两句话来。

春红觉得姑爷这两句话实在不像是和一个婢女说的，这简直好像是和他的妻子在说一般，因此她就感到姑爷的心中，确实也有爱上自己的意思，两颊更红得海棠那么的娇艳，俏眼儿瞟了他一下，笑道："姑爷这话又冤我了，我是什么人？敢生姑爷的气吗？只要姑爷不生我的气，我也够喜欢的了……"春红既说出了口，她又难为情起来，不禁赧赧然地垂下了头儿，连望可人一眼的勇气都消失了。

"春红，我怎么会生你的气？你待我这样好，我真爱你还来不及哩！昨夜你又等得很迟的吧？"可人感到她的楚楚可怜，一时也有些情不自主。

春红对于爱你还来不及这一句话，她的心花儿也直乐得朵朵地开起来了。她抬起绯红的粉脸儿，秋波盈盈地瞟他一眼，微笑道："我这人就贪睡，等到十二点的时候，就睡着了，直睡到三点光景才醒转，知道姑爷是不会回来的了。姑爷的精神真好，连玩了两夜雀牌不算，还要通宵，叫我真吃不消。"

春红说话就喜欢隐隐约约地不露骨子，叫人家自己去理会。可人是很明白她的意思，遂忙微笑道："昨夜也没有通宵，大约两点光景就睡的。"

春红并没有说什么，纤手理了理云发，掀开被儿又欲跳下床来。可人见她一定不肯再睡，也就罢了，便自管地先回到自己房中去了。

两人在经过这一次谈话以后，春红的心中，倒相信可人是真的在玩牌，所以可人每次十二点回家，或不回来的时候，她倒还暗暗地原谅他。因为一个失去爱妻的男子，他的心儿就会觉得悬宕的，将来只要自己有给他做妻子的日子，他当然不会再这个模样了。

友竹比春红的经验到底要丰富得多，她觉得可人近来的行动实在可疑，所以她非好好儿来探听一个详细不可。这天她到梦兰家里去访秋霞，彼此谈起可人的近况，秋霞忽然很生气地告诉道："姊姊，这件事我也还只有刚才知道，断命梦兰就被我大吵了一顿，他说这是小白的意思，并不关自己的事。"

"霞姊，到底是件什么事？你快些儿告诉我知道吧！"友竹听了有些迫不及待的神情，急急地问着。

秋霞于是把小白见到了一个唐秀娜，非常的像语花，遂把她介绍给可人，这一个星期来，可人就迷恋着秀娜的话，向友竹低低地告诉了一遍，并且说道："我现在向梦兰劝阻，叫他下次千万不许再和可人到唐秀娜家里去胡调，这种女子到底是低贱的。"说到这里，忽然又想起了什么似的，说道，"姊姊，前次你不是和我说，把春红给可人圆房吗？这件事你到底和他说过了没有？可怜可人没有一个人来管束他，实在他也难怪这样地要糊涂起来了！我瞧你还是早些把春红给他圆了房是正经。"

友竹听了，心中这才恍然，暗想：果然不出我之所料。遂颦锁了翠眉，微微地叹了一口气，说道："这件事我是早和他说过了，可人说语花新亡未久，不忍续娶，终要待语花过了周年，再谈这些事情。我听他这样说，以为他终是对待语花的一片心，所以叫我也不忍过分地劝他。谁知他口硬心不硬，偏又和秀娜这种女子迷恋起来，这不是令人意想不到的吗？我瞧这件事霞姊也出些力，终得大家劝劝他，那么他才肯醒悟哩！"

秋霞听了，点了点头，说道："这个当然，常言说得好，事业做不好是只一遭儿，妻子娶得不好那是终身一世的。我们都是语花的好友，大家当然得负起一些责任来。"

正在说时，忽听仆妇报告，说江少奶来了，秋霞友竹于是站起相迎。赵秀云见友竹也在，便忙说道："友竹姊姊也在，那是好极了。秋霞姊这件事可知道了没有？葆青和高先生想不到竟会这样的糊涂呢？我昨夜就和葆青大吵了一场。"

秋霞忍不住"扑哧"的一声笑起来，一面让座，一面说道："秀云姊，我们也正在谈这件事哩！我何尝不向梦兰吵闹呢！现在我们得向可人劝说，不管他心里怎样，终叫他绝了秀娜才是。你们瞧着，我的脾气就是这个样子，在可人面前，我就会老实不客气的。"

友竹秀云听了，忍不住都笑起来，说道："那很好，我们就瞧你的颜色。"秋霞忙道："不过你们也得同时向他进攻，不然我一个人力量，也许没有什么效用吧！"

友竹秀云都说当然，彼此又闲谈了一回，直吃过了点心，方才回家的。

秋霞待友竹秀云走后，她便急急坐车到银公司里去，先在部长室里翻阅了一会儿公事，然后到可人的办公室里来。可人见了秋霞，遂招呼坐下，笑道："霞姊，有什么事情吗？"

"事情倒有一些，不过这是你的事情，现在我要管一些闲账。你若听得进，那当然很好，即使听不进，那你就当我放屁吧！"秋霞望着他，微微地一笑，低声地说。

"霞姊，你这是什么话？不知是什么事情？你就说吧！"可人听她这话说的语气，似乎很不高兴的样子，一时倒暗吃了一惊，向她轻声地问着。

"在这里我当然先要骂梦兰真不是人，好好儿的不给你介绍一个贤淑的少女，却给你到这种私门头那里去胡闹，这不是太失了一个年轻人的人格了吗？所以我得知这个消息以后，梦兰就给我大骂了一顿。我想语花新亡未久，可哥当然也绝不会糊涂的吧！"秋霞指桑骂槐，她这话是一些儿也没有情面可说的。

可人在听到她前面两句话的时候，已经是感到七分的局促不安，直听了她末了这一句语花新亡未久的话，他的脑海里顿时想起那夜和秀娜的一幕。他的良心仿佛被什么东西猛可击了一下，竟感到有些儿隐隐地作痛，全身一阵热燥，连额角上的汗点都冒出来了，支吾了一会儿说道："这不关梦兰的事，原是我太糊涂了一些。"

"既然你自己也明白太糊涂了一些，那么悬崖勒马，回头是岸，事情当然还有转圜的余地。不过青年丧偶，这是一件痛苦到绝顶的事，自然也怨不了你的，所以我有一个主意，就是给你早些续了弦，那么使你一颗没处寄托的心儿，有了安慰的地方，那你精神上自然也会快乐了。"秋霞见他羞惭万分的样子，一时芳心里也感到他的可怜，遂用了柔和的口吻，又向他低低地安慰。

可人低了头儿，望着那方玻璃台板，却是默不作答。秋霞本欲把春红的事，再向他诉说一回，但仔细一想，只要他有悔悟之意，那种事情当然慢慢儿就有成功的希望了，于是向他柔声儿又安慰了一番，方才走出部长室去了。

可人这天连办公的心思都没有了，胡思乱想地忖了一回，不知不觉地到又下办公室的时候了。他匆匆地回到家里，春红坐在沙发上结绒线活儿，见可人回来，便伸手揉擦了一下眼皮，低头叫声姑爷回来了，她倒上一杯茶，身子就走到房外去了。

可人见春红今天对待自己，意殊冷淡，心里未免奇怪，但自己心事重重，也就无暇寻思，脱了大衣，坐在写字台旁，却独个儿出了一会儿神。

也不知经过多少时候，忽然室中已亮了电灯。可人回头去瞧，原来是友竹进来了，遂含笑说道："你瞧我这人看书看出了神，连天色已夜都不知道了。"说着，故意还把手儿去摸了摸放在桌子上的书本。

　　友竹见那本书根本是合上着，瞧书面子都瞧出了神，那未免令人感到了有趣，这就微微地一笑，遂在他对面坐了下来。可人给她倒杯茶，友竹道声谢，秋波掠了他一眼，低低地道："姑爷，听说你新近又结识了一位像语花妹妹那么的姑娘了，不知这事情是真实的吗？"

　　可人听友竹这样问，暗想：她们难道装有无线电吗？怎么一通百通？大家都知道了呢？一时两颊又红起来，微笑着道："谁告诉你的？"

　　"那还用人家告诉的吗？常言道，若要人不知，除非己莫为。姑爷是聪敏人，怎么就朦胧起来了呢？"友竹这说话的神情，也有些儿不快活的样子。

　　可人觉得友竹这几句话至少是含有些儿讽刺的成分，心头这就一阵难过，忍不住淌下泪水儿来，说道："姊姊，你应该原谅我的苦衷，我并非是喜欢糊涂，因为这个唐秀娜实在太像语花了，我为了爱语花的苦心，所以不由自主地爱上了她。唉！"

　　友竹见他淌泪，又听他这样说，一时悲酸十分，也不免眼皮儿红起来，遂向他柔和地道："我当然明白你的苦心的，你的爱唐秀娜，你就是爱语花的意思。不过我要向你说几句话，语花是语花，秀娜是秀娜，两个人绝不能当作一个人说的。我以为你和语花的恩爱，并非为了语花容貌美的缘故，实在是性情相投，意气相合。秀娜的脸儿，纵然和语花一样，但内心是否相同？我觉得这还是一个问题。因为这种女子，她看中你的是金钱，将来娶回来，也只知挥霍，而不知把持家政的。于是我又要说到春红这个姑娘来，她的脸儿虽然不像语花，可是她的性情却和语花一样，在这几个月的日常生活中，你当然也能理会得到。不过世界上的人，大半是只注重外表，而忽略了实际的，唉……"友竹一口气絮絮地说到这里，两眼望着可人的脸儿，忍不住又深深地叹了一口气。

　　可人听了友竹这一篇话，觉得和刚才秋霞说的，虽然是同一的劝告，但友竹的语气到底比秋霞要缓和了许多。这当然因为友竹也是一个可怜人的缘故，可人心中不免也起了爱怜之情，这就站起身子，猛可走到友竹的身旁，握了她的手儿，说道："姊姊，你这一篇话说得太使我感动了，的确，我是错了主意……"

友竹听可人居然幡悔了，一时乐得从椅上站起来，把他握着自己的手儿，更握得紧了一些，又柔声儿地说道："姑爷，你应该明白，我和秀娜也并非有仇，和春红也没有什么亲家，这完全是为了哥哥终身幸福的着想，所以才希望你终是绝了秀娜为妙。假使你尚有不信的话，那么你可以想一个方法去试试秀娜的芳心，究竟她是爱你的人，还是爱你的钱？那你不是很可以明白了吗？"

"是的！姊姊，我太感激你了。假……使……我可以爱……"可人听友竹这样说，知道友竹爱我之情，也许是超过了春红的，因为她不能爱我，所以只好把她的爱，寄托在春红的身上，把春红来做她的替身。友竹情痴，友竹可怜。可人在这样感觉之下，他完全已忘了情，望着友竹梨花那么秀丽的两颊，竟说出这一句话来，但说到"爱"字的时候，他觉得究竟太不好意思了，这就把一个"你"字再也说不下去。

友竹是个多么聪敏的女子，她怎么会不知道可人心中的意思？因为将近一年的相聚，彼此的感情，实在已超过了夫妇以上，只因为礼教的束缚、道德的节制，使他们的情感终于镇压了下去。此刻友竹听可人这样说，因为是直说到自己的心坎儿上去，所以感到伤心极了。也许是被情感冲动得过分厉害的缘故，友竹竟情不自主地扑到可人的怀里，哽咽着啜泣起来了。

可人到此，不免又懊悔自己不该去撩拨她的伤心，因此抱着她的身子，也默默地淌了一会儿眼泪。但友竹又感到自己这举动太失身份了，这就慢慢离开可人的怀抱，退回到沙发上去了。谁知就在这时候，春红匆匆地进来，见了这个情景，还以为奶奶因了自己，和姑爷在赌气了，因此眼皮儿也红起来，叹了一口气，低低地说道："奶奶，何苦来自伤身子呢？"

可人听春红这样说，觉得这话中明明含有深刻的意思，这意思多半是包含了十二分怨恨的成分，一时要向春红解释几句，但也无从说起，所以望了她一眼，泪水儿也抛了下来。春红见可人也在淌泪，芳心本来是辛酸的，这就愈加悲楚，不禁也为之泪湿衣襟矣！

就在这时，秋白匆匆喊奶奶用夜饭去，友竹也不向可人告别，就站起身子走了，春红于是随在身后，也悄悄地跟了下去。

这晚春红照常服侍可人吃饭洗脸，可人很想对春红说几句知心的话，结果却始终没有说出一句什么来。

次日，可人听从友竹的话，便到秀娜家里去试她芳心。愁眉苦脸，假说投机失败，上海不能立足，要秀娜跟他逃避香港。唐秀娜一听这话，不免紧锁蛾眉，说道："你蚀本了多少？难道在上海不能和莫小白想想办法吗？"

"数目太大，一千万左右，小白也无办法可想。我想和你到香港去避一避再说，那边去结婚也是一样的。"可人脸色苍白的，说得非常的认真。

唐秀娜听了这话，仿佛兜头泼了一盆冷水，冷笑一声，这就绷住了粉脸，说道："一千多万吗！唉！真该死！我几次三番要求你早些结婚，你偏延迟不听，现在蚀了本，倒叫我同到香港结婚去，你还有多少家产能够养活我？先拿一百万存折来，我就跟你一块儿走，要不然，你别做梦想吧！"

可人听她这样说，也不禁笑起来，遂索性走上一步，把她抱住了，吻她的粉脸一个香，哀求似的道："秀娜，你不能这样无情，我给你钻戒，我给你珍珠……我……"

唐秀娜不等他说下去，就恶狠狠地把他身子推开了，拿帕儿拭了自己一下粉脸，噘着小嘴儿，秋波逗给他一个白眼，说道："你好人，你给我这许多贵重的东西，但是我给你的东西，也许比这些钻戒更宝贵哩！你倒不说起了吗……"

可人的脸儿始终是浮现了笑容，他又走上去，说道："可是我爱你呀！你应该跟我走。"

唐秀娜把手一指，喝声放屁，说道："我跟你去做讨饭婆去吗？别在这儿啰唆了，你快给我滚吧！滚吧！"

可人才算是领教了，于是含笑默默地走出了秀娜的家里。回到家中，坐在沙发上，捧了语花的小照，呆了一会儿，忽然捧着脸儿闷声地哭起来了。

第五章

多情女毕竟成眷属

大凡是性的动物，都有情感的激发，何况人为万物之灵，当然除了性之外，更有情的存在。可人自见了秀娜之后，觉得她的一举一动，一颦一笑，无不酷似语花。因为语花是已经死了，在十分绝望之余，居然又得到了语花一样可爱的那么一个唐秀娜，所以他那一颗灰样死的心儿，不觉又复燃起来了。兼之秀娜天生成具有那副柔媚的手腕，在一个曾经痛苦的可人面前，秀娜是更可以发挥她柔情蜜意的力量，所以可人认为秀娜确实是语花的第二，他把春红病中服侍那番真挚伟大的情意也就慢慢地忘记了。从这一点瞧起来，我们可以知道世界上的人，都是情感浓过于理智的，固然没有情感的人，亦不是一个完善的人，但情感太浓厚了，往往也会丢送了自己的前途。

可人自迷恋之中，突然听到秋霞尖刀那样话儿的责备，同时又听见了友竹温和的劝告，虽然他的心中还觉得不以为然，不过他对于友竹的话似乎很有些道理，所以他在第二天就去试秀娜的芳心去了，结果，他是带了一颗失望而兼痛苦的心回到家里。望着语花的小影，想起自己所以爱上唐秀娜的原因，还不是为了爱语花的一番痴心吗？所以他悲从中来，忍不住掩面哭起来了。

他这一哭不打紧，把正从房外进来的春红倒吃了一惊，遂走到可人的身旁，颦蹙了柳眉，低低地说道："姑爷，你多早晚回来的？为什么好好儿又伤心起来了呢？"

可人见了春红，心里在悲痛之余，更掺和了一些羞惭的意味，遂把语花的小照放下，拭去了泪痕，说道："我没有心思办公，所以此刻就回家了。春红，你想，在这样环境之下，叫我怎么不伤心呢？"

"不过姑爷近来不是已经认识了一个和姑奶奶一样美貌一样性情的姑娘吗？我想那在姑爷的心中是很可以得到一些安慰，何苦来又自寻烦恼？

我想姑爷老是郁郁不欢，这样恐怕是会误了你的前途呢！"春红回过身去，在面汤台的盆水里拧了一把手巾，一面柔声儿地安慰他，一面已把手巾递到他的面前来。

可人听了她这两句话，心里的疼痛，好像有刀在割的一般，同时他的两颊也会绯红起来。他望着春红哀怨的神色，当然明白春红这话中至少是含有一些讽刺的意味，他觉得事实上确实是很对不住春红，所以他没有回答，也没有去接春红递过来的手巾，他的眼泪却像水般地涌上来了。

春红见可人不来接手巾，望着自己只管扑簌簌地落眼泪，虽然在春红的一颗芳心里也是十二分的怨恨，不过她到底是个富于情感的姑娘，因此自不免被他哭得伤心起来了，眼皮儿一红，泪水在颊儿上也晶莹莹地展现了，说道："姑爷，你到底为什么？那不是叫人瞧了难受吗？"说到这里，她的喉音却带有些儿呜咽的成分。

可人见她也哭了，心里自然更加的懊悔，这就情不自禁地伸过手去，把春红拉到沙发上一同坐下了，望着她海棠着雨般的娇靥，低声地道："春红，我很对不住你，请你原谅我的过错吧！"

春红再也想不到可人会和她说这一句话，虽然是十分的喜悦，不过也十分的悲酸！同时她又感到十分的怀疑，因为他叫我原谅这两个字里，是可以从正反两面而说的，从正面的说，他昨天被高奶奶和奶奶两人劝慰了之后大概已经悔悟了，所以他要我原谅，换言之，也就是他仍旧爱我的了；不过从反面说，他因为实在舍不得离开唐秀娜，但他对于我实在又很感到抱歉，这是因为在过去病中我确实待他太好了，现在他叫我原谅，就是我对待他这一份的真情，他是在万不得已的情形下而只好辜负我了。春红心中既然有了这一阵子思忖，她想起姑爷有好多天晚上不回家的情景而猜，她芳心中大半还是充满了悲观的成分，觉得自己一个丫头的身份，到底是没有这样的福气吧！所以她是感到十二分的哀痛。不过她也是个好胜的姑娘，不情愿在一个不爱自己的男子面前，而暴露了自己的弱点，因此她的面部表情还是显得十分的镇静。她伸手擦了一下眼皮，秋波逗了他一瞥哀怨的目光，低低地说道："姑爷，你这话叫人听了好生不明白的，你也没有什么地方对不住我，那叫我原谅你什么呢？"

可人见她沉吟了好一会儿，方才说出了这两句话，心中似乎明白她是为了害羞的缘故。不过听了她这两句柔软委婉的话，觉得其中至少是掺和一些可怜的成分，摸着她的纤手儿，意欲向她明白地表白自己和唐秀娜决裂的话，可是终觉得有些儿不好意思。

春红见他望着自己，那种欲言还停的神气，芳心里倒不免又引起了误会，遂很坦白地说道："姑爷，你不用难受，我是很明白你的苦衷。姑爷之所以爱上了唐秀娜，也还不是表示爱上姑奶奶的意思吗？所以对于姑爷的一片痴心，我是十分的同情，而且也感到十分的可怜。姑爷，你说叫我原谅，这两个字当然在我们之间根本也谈不到，不过你之所以这样说，当然也未始不是没有原因的，大概是为了春天里我服侍你的病吧！但这完全是奶奶的意思，而春红也是个富于感情的姑娘，所以对于那夜换粪裤的一回事儿，我竟忘却了羞涩。但仔细想来，自然是情有可原，而且当时我也曾经向姑爷表白过，好在这事情除了我们两个之外，没有第三个人知道。只要我们心地光明，无愧于青天，那也没有什么关系。我早已叫姑爷不必说报答两字的，事到今天，我觉得若不向姑爷明白地说一句，我倒反觉得很对不住姑爷了。一个要爱她而又被外界阻止不许去爱她的人，他的心头是多么的痛苦啊！我想姑爷今日处境，真变成是个这样的人了。唉！高奶奶和奶奶两人真是太自私了，而且太不情了。所以我劝姑爷，假使唐秀娜小姐真和姑奶奶一样多情美貌的话，为你终身幸福的着想，你可以不必接受高奶奶和奶奶无理由强迫的劝告，同时对我一个做丫头的姑娘，更可以不必有所原谅的话了。因为春红是同情姑爷悲惨的境遇，只要姑爷能够得到幸福和快乐，这在春红的心中也是很感到安慰的了。"

春红絮絮地向他说了许多的话，虽然她外表还含了一丝浅浅的微笑，可是她的内心真痛苦到了极点，当她说到"安慰的了"四个字的时候，喉间是早已哽住，她把粉脸儿别了转去，似乎欲站起身子来的样子。

在可人已经和秀娜决裂后的现在，听了春红这几句话，觉得春红的多情，除了语花之外恐怕再也找不出第二个人的了，所以他在万分羞惭之余，更感动得泪下如雨。拉了春红的手儿，却不肯给她站起身子，低低地说道："春红，不！你错理会我的意思了。唉！我该怎么地向你表示，才能报答你这一份儿对待我的深情呢？"

春红别过脸儿，她的眼泪也是夺眶涌了出来，今听可人这样说，她的芳心里又感到十分惊异，一时也管不得脸上沾有泪痕，她就猛可地回过粉脸。在春红初意，是要问他一句什么话，但既瞧到了可人的脸儿之后，她把要问的话竟又咽了下去。可人见她颊上已像泪人儿的模样，可见春红的芳心中确实是为我的，她刚才这一篇话，当然是十分心痛的了。一时愈加感到对不住她，要想和她说几句安慰的话，可是竟一句也说不出来。两人泪眼相对，默视了良久。春红恐怕被王妈瞧见，觉得到底太不好意思，这就站起身子，把那把已冷去了的手巾，重新在热水里拧起，递给可人。可人这回伸手接过，擦干了眼泪，向春红说道："知人知面不知心，这句话真是太不错了。"

春红虽然没有听他明白地告诉，不过她已知道姑爷和唐秀娜也许是发生了一些意见，那么自己倒是误会他对我说的原谅两个字了。春红的心里，又感到一层甜蜜的滋味，虽然很想问他一个明白，但到底又不好意思开口，所以她眸珠一转，便匆匆地回身走出房外去了。

春红走到房外是做什么呢？原来她是想叫奶奶来问他一个详细的。她急急地走到友竹的卧房，友竹见春红眼皮儿红红的，心里十分的惊异，遂忙问她道："春红，你做什么？怎的眼皮儿红红的？难道是哭过了吗？"

"姑爷已从银公司回来了……"春红并不回答哭过了的一回事，她低低地说了这一句话。

"今天怎么回家得这么早？他可曾和你说什么话吗？"友竹心里感到奇怪。

"没有说什么话，他握了姑奶奶的小照，却又很伤心地哭起来。我也不知道他是为了什么事情，奶奶倒不妨去问他一问。"春红摇了摇头，秋波脉脉地瞟了她一眼。

"他又为了什么伤心呢？也好，我去问问他。你把椿来给我抱着吧！"友竹听她这样说，那两条柳眉不免又颦锁起来。沉吟了一会儿，她站起身子，把怀中的椿来交到春红的手里去。春红抱了椿来，她并不跟着一块儿去，就到二奶奶的房中玩去了。

友竹一面向可人的房中走，一面忍不住暗暗地沉思着，他今天回来得这样早，而且又捧了语花的小照哭起来，这是为了什么缘故呢？莫非他听从我的话，今天已到秀娜家里去试过她的心了吗？是的，大概在秀娜家里是很失望地回来了吧！所以他想起了语花，便伤心了吗？友竹这样想着，她暗暗地点了点头，心中却感到十分的喜欢。

"姑爷，你怎么啦？这样早回来就躺着了，莫非你有些儿不舒服吗？"友竹一脚跨进可人的房中，就见他和衣歪在床上躺着，遂轻轻地走到他的旁边，见他睁着眼睛在出神，遂向他轻柔地问着。

可人一见了友竹，他便从床上猛可地坐起来，伸手把友竹的手紧紧地握住了，说道："姊姊，你真是一个脑中雪亮的人，果然不出你的所料，秀娜的外表虽然和语花一样，可是内心绝对地不同啊！"

友竹听了可人这两句话，她是欢喜得眉毛儿也扬了起来，转了转乌圆的眸珠，"扑哧"地一笑，说道："真的吗？姑爷，你快告诉我，你是用什么方法去试她的心呀？"

可人拉了她手，已走到那张写字台的旁边去，两人在对面坐下了。可人望着友竹高兴的神情，知道她内心是欢喜得这一副样儿了，遂把自己到秀娜家里去的情形，细细地向友竹告诉了一遍，并且说道："姊姊，我到此才明白她的千种恩爱全是假的，想不到姊姊竟有先见之明，我真感到佩服！"

"姑爷，那么你现在终可以明白我并不是一番恶意了……"友竹把手指弹着玻璃台板，她俏眼儿逗了他一瞥神秘的目光，忍不住"哧"地笑起来了。

"嫂子，你这是什么话？我如何敢说你是一番恶意呢？你昨天向我劝告的几句话，真是千古不磨的好评。外表的美是没有用的，我们应该注重内心的美，这不但是在两性之间，即是国与国之间、人类与人类之间也是一样的。口里虽说得甜蜜，而实际上的行为，又何尝像他们嘴里一样地甜蜜呢？所以我把秀娜竟认为是我的语花，这是绝对的错误，到此我才知道自己是受了一个教训。"可人一面向友竹低低地说，一面伸手在热水瓶里倒了一杯开水，亲自送到友竹的手里去。

友竹听他这么说，含笑点了一点头，秋波掠了他一眼，说道："既然你是悔悟了，那么你应该高兴才是，怎么倒反而哭起来了呢？可见你心里还是舍不得唐秀娜的，是不是？"

可人听了这话，心头不免急了起来，红晕了两颊，说道："嫂子！你这个话是冤枉我了。我所以伤心，是正因为秀娜的无情无义，而更使我想起语花的情深如海，义薄如云。唉！你想，怎不要叫我痛哭涕流吗？"

因了可人这两句话，倒叫友竹也滴下了几点眼泪，但她忽然拭了拭眼皮，一撩眼眸，微笑道："不过语花虽死，但眼前究竟还有一个和语花一样性情的春红在着。说年龄正当青春，说容貌也不算丑陋，你若嫌她是个丫鬟的身份，那么我和她先认了个姊妹，这样意思不是也早和你说过了吗？为什么你心里终是不爱春红？难道春红除了丫鬟身份外，还有使你不满意的地方吗？"

"不！嫂子，我绝对没有这个意思，春红对待我那一番情意，确实我也要报答她的……"

可人见友竹一再地为春红作伐，他心里是感动得了不得，两颊涨得绯红的，他觉得对于春红，自己的良心，会起了一阵极度的不安。

友竹哼了一声，带有些冷笑的成分，噘了噘嘴，秋波还给他一个妩媚的娇嗔，接着又淡淡地笑道："姑爷，你这两句话我觉得有些靠不住，在秋天的时候，我记得姑爷也曾经向我说过这两句话，同时还说假使续弦的话，终听从我的主意，不过现在语花新亡未久，若一旦续娶，实在心有未忍罢了。我听你这样说，心里非常敬钦你的多情，所以也不忍过分地劝你。谁知一个男子，都是口硬骨头酥的，既然语花新亡未久，你更何忍心到秀娜家里去结不解缘呢？续弦是件正大光明的事，即使语花魂而有知的话，以语花之多情，她不但不会怨恨你的无情，而且还会赞同你早些实行。现在语花若知道你在外面和秀娜做不正当的苟合，恐怕她的心里倒会感到失望了吧！"

可人听友竹说出这一篇话儿，心中更觉得羞惭无地，连额角上的汗点也像雨水一般地滚下来了。他望着友竹冷酷的粉脸，真不知如何回答才好，因此倒是愣住了一会儿。

友竹见他局促不安的窘态，一时不免又起了一些哀怜之意，遂把粉脸浮上一些笑容来，婉和地又道："姑爷，当然我这话是说得过于偏激了一些，还得请你原谅我才是。不过语花今日的死于火中，推其原因，终是因留子萱而起的，所以我心中实在非常疼痛。姑爷在外面若一味地再荒唐起来，那么叫我如何对得住姑爷和语花？所以我不怕你的讨厌，一而再、再而三地把春红配给你，因为春红给你做妻子，我可以担保，至少不会影响光明的前途。虽然你屡次地拒绝，我固然不好意思再向你说这些话，就是可怜的春红吧，她到底也太受一些委屈了。"

可人这时不但额角上滴着汗，连眼泪也流下来了。他叹了一口气，低低地说道："我爱上秀娜，是为了她酷肖语花的缘故，这也无非是我一番痴心罢了。然而这是错误的，当初我并不知道，现在明白了，嫂子难道不肯原谅我心头的苦衷吗？"

"其实我也无所谓原谅不原谅的，现在我问你一句话，你到底爱不爱春红？"友竹见他可怜的样子，遂把秋波含情脉脉地瞟了他一眼，低声儿地问着。

可人听她直接地说爱不爱三字，心里倒又感觉十分地难为情，忍不住破涕道："本来我原很爱着春红的。"

"那么我想下个月给你们结婚了，不知你能答应吗？"友竹听他这样说，也不禁抿着嘴儿笑起来，秋波丢了他一眼，向他追问了下去。

可人沉吟了一会儿，眼睛望着友竹红晕的两颊，却只管憨憨地傻笑。友竹见他这神情，心中当然明白他是为害羞的缘故，遂正经地道："何必还假装老实人？能够和秀娜去恩爱的，我想你这张脸皮也不见得过分嫩了吧！"

可人见她说这几句话的时候，又把秋波恨恨地白了自己一眼，觉得在她心中至少还含有些怨恨的意思，遂赧赧然地笑道："好嫂子，请你把这些事别老是放在口中好吗？嫂子的意思，我终一百二十个听从的是了。"

友竹听可人这样说，心里真是非常的喜欢，不禁笑道："我也不知费了几许的口舌，终算今天你才答应了。姑爷，我很感激你，因为你究竟是赏给我一个脸儿了。"

"嫂子，你别这么说，因为我听了觉得难受……"可人感到友竹爱我之情，也许是更胜过了春红的吧！只不过她把满腔的热情，是被旧礼教紧紧地镇压着罢了，想起自己和春红的月圆，更衬友竹孤独的可怜，他忍不住深长地叹了一口气。

"那又有什么难受呢？在这八九个月的日子中，别人家也许比你更加地难受呢！"友竹听他这样说，明眸逗了他一瞥无限哀怨的目光，也是微微地叹了一口气。

可人明白她说的别人家三字，乃是指点春红而言的，同时还有些连带自己在内的，可人感到春红固然痴得可怜，而友竹更痴得可怜。他摇了摇头，却是垂下脸儿来。忽然他又想起了一种什么事般的，抬头丢了友竹一眼，问道："嫂子，你怎么知道我此刻已回来了？是不是春红走来告诉你的？"

"是的，春红说你哭得很厉害，不知为了什么事情？她不敢问你，所以叫我来问问你。当时我听了这个话，心里就有几分猜到了，一定是在外面受了人家的气，所以才会到家里来哭语花了。假使和人家恩爱的时候，怎么还能想得起已死的语花呢？"友竹说到后面这两句话，秋波神秘地逗了他一瞥，至少是包含了一些讽刺的成分。

可人的两颊这就又热辣辣地红起来了，带了哀求的口吻，说道："嫂

330

子，我错了，你饶恕了我吧！我以为古圣贤人也免不了有错的地方，何况是我辈青年呢？唉！我真感到惭愧！"

"不过这当然也不能全怨你的错，总而言之，还是小白、梦兰、葆青在旁边吃豆腐抬城隍的不好。假使他们不陪你到这种地方去，你又哪儿知道什么唐秀娜、甜秀娜的人呢？"友竹见他很悔悟的样子，遂也不忍过分地使他难堪，低低地又向他这么地说了两句话。可人红了脸儿，瞟了她一眼，忍不住笑了，友竹也抿嘴笑起来。

是冬的季节，下午五时敲过，天色就夜了下来。可人伸手拉亮了台灯，友竹沉吟了一会儿，望着他又低低地道："姑爷，在结婚之前，我和春红要不先行个姊妹的礼，请一请客，那么你们结婚的时候，大家不是都可以知道春红是我的义妹子了吗？"

"那又何必多此一举？你不是说一个人终要求事实吗？那么怎的也求外表的美丽了呢？再说做小姐的是一个人，做婢子的又何尝不是一个人呢？这些阶级观念，我早对你说过，是完全没有的。"可人听她这样说，遂摇了摇头，表示自己确实没有虚伪的意思。

"姑爷这个思想，我当然很敬佩，不过话也得说回来，与其娶私门头的女子做夫人，那我们春红姑娘的人格和身份，自然较她们要胜过万倍的了。"友竹点了点头，俏眼儿脉脉地又逗给他一个含有神秘意思的媚眼，微微地笑了。

可人被她说得两颊又绯红起来，笑了一笑，说道："可见无论一个什么人，都不能做错一件事的，不然，就会让人家当作话柄的。像嫂子也可说是个很同情我的人，但到底也不肯原谅我呢！"

"本来嘛！一个人岂能做错一件事情呢？像子萱出家去做了和尚，他也是多么的可耻，也许给一般亲友们也正在做茶余酒后的谈话资料哩！"友竹说到这样，不免又触痛了心事，她叹了一声，眼皮儿忍不住又红起来。

可人当然也代她很难受，心中暗想：像子萱那样的行为，真是世界上的一个罪人，不但不能为佛门所赞许，恐怕死后还要打入十八层阿鼻地狱里去受苦呢！因为他上有老母，中有妻室，下有子女，大家不是正要他来负起一些责任吗？人死了，那是没有办法的事情，像子萱出家去做和尚，他实在有负友竹，照理而说，友竹可以登报和他脱离夫妇关系，然后再和他人结婚，因为可怜她不是还很年轻吗？但是事实上她为什么不这样干？

而且一般诸亲好友也不给她这么劝告？唉！旧礼教把一般可怜的女子压迫得太痛心一些了，我们不是应该起来为她们解放吗？可人心中虽然是这么的想，可是他嘴里始终没有勇气说出来，望着友竹秀丽的脸庞，他也轻轻地叹了一口气。

友竹的眼泪终于在脸颊儿上展现了，她感到世界上最可怜的女子实在是要算自己的了。这时候王妈拿了铜勺子进来冲水，她见舅奶奶和少爷又在淌泪了，因为是司空见惯的了，所以也不足为奇，冲好了热水瓶，把剩下的倒入面盆内，拧了两把手巾，给他们擦脸。友竹见时已近六点，遂站起身子走了。可人道："就这儿吃了饭走吧！"友竹摇头道："不！椿来要吵的了。"说到这里，她回头望着可人，又说道，"想起椿来这个名字，还是语花妹妹给她取着的，就是祝祷子萱早已回家的意思。后来子萱果然回家了，语花还问我讨鱼翅席吃，那时候大家真高兴得了不得。谁知道他一回来，闹得老太太死了，姑奶奶入狱了，颠三倒四，从此没有安静，结果，连姑奶奶也不在人间了。早知如此，要他回来做什么？不是早可以叫他滚了吗……唉！柳家出此子孙，真可谓不幸极了！"友竹说着，长叹一声，忍不住又泪下如雨。可人摇了摇头，泪水也直抛下来了，意欲向她安慰两句，但友竹的身子已走出房外去了，可人没有叫她，他深长地叹了一口气。

友竹回到房中，见春红抱着椿来，正在给她喂牛奶吃。她见奶奶去了这许多时候，而且脸颊上沾着丝丝泪痕，芳心倒吃一惊，暗想：莫非姑爷真的还迷恋着唐秀娜吗？她这么一想，心里是隐隐地有些作痛，眼眶子里也贮满了泪水，急急地问道："奶奶，你怎么啦？难道和姑爷又赌了气吗？唉！这倒是我的不该了。"

友竹听她这样说，不禁破涕为笑，走到她的身旁，低低地笑道："你别胡说了，姑爷敢和我赌气吗？妹妹，我告诉你吧！你从此喊我姊姊好了，因为下个月你是要做我的姑奶奶哩！"友竹说到这里，早已笑出声音来了。

春红骤然听了奶奶这两句话，那颗芳心中在悲哀之后，突又感到意外的惊喜，所以一时里也不知有怎样甜酸苦辣的滋味，她的眼泪便像断了线珍珠一般地直抛下来了。

"咦！这是一个多么欢喜的好消息，你怎的反而伤心起来了呢？"春红这情景瞧到友竹的眼里，自然感到十分的惊异，遂向她急促地问着。

"不！奶奶，我实在太感激奶奶了……"春红眼泪模糊地望着友竹的脸儿，红晕了两颊，低低地说，语气是多么的诚恳。

友竹听这样说，方知春红的淌泪，实在是因为表示太感激我的意思，一时在十分悲哀之余，也得到了一些安慰，遂向她微笑道："春妹，你别那么说，自小儿你就跟着我，直到我嫁给了少爷，你也做了我的随身婢女，一刻不离，也近十个年头了。以我们平素的感情而说，你原像我的妹子一样，今日你居然有这样的地位，这也不枉我疼爱了你一场。"

春红听友竹这两句话，心里真不知是喜是悲，她的眼泪早又滚了下来。不料落下的泪水，正巧掉在怀中椿来的小脸儿上，椿来不晓得是什么事，她便哇的一声哭了。友竹伸手去抱，春红却不肯给她抱去，友竹道："时候不早，你也该服侍姑爷吃晚饭去了。"

"不！我不再过去了……"春红绯红了两颊，逗了她一瞥娇羞的目光，却是摇了摇头，一面拍着椿来的小肩儿，哄她不要啼哭。友竹听她这么说，倒望着她笑了，说道："为什么不再过去，这妮子！你难道还害羞吗？"

"不是……"春红说了两个字，扭捏了一下身子，抱着椿来的身子却走到窗口旁去。友竹笑道："那么做什么不再过去？你别痴呆了，姑爷原是爱着你的。"友竹说着话，身子也跟了过去。

春红微微地叹了一口气，回头向友竹逗了一瞥哀怨的目光，说道："奶奶，我觉得不配……只是委屈了奶奶，时常和姑爷为我赌气的……"

"你这妮子怎么又说这个话了，姑爷他已表示悔恨了，你难道还跟他生气不成？"友竹秋波逗给她一个娇嗔，接着伸过手去，又道，"快把椿来交给我抱，你可以过去了。"

春红听友竹这么说，一时又不敢过分地执拗，遂把椿来的身子，只好似情愿又不像情愿地交到友竹的手里去，望着她赧赧然地问道："那么姑爷不是很爱着唐秀娜吗？"

"你不要提起唐秀娜了，他们早已破裂了。"友竹把椿来抱在怀里内，把可人告诉的话又向春红说了一遍，并又说道，"春妹，你见了姑爷，还是不要跟他说起这个话好。"

春红点头答应，心中暗想，原来他是想明白了，所以回家又哭姑奶奶了，怪不得他向我说一句知人知面不知心的话，在当初我就早料着三分的了。遂向友竹说道："奶奶待我这份儿恩情，叫我怎么样地报答你才是！"

"你也不用说什么报答的话，我认你做了妹妹，你也可算是报答我的了。"友竹见她明眸里充满了无限感激的意思，向自己脉脉地凝望，遂含了微微的笑容，对她低声儿地说着。春红也许是太感动了的缘故，她向友竹竟跪了下去。友竹连忙俯身拉她的手，笑道："这妮子痴了，来这么一套像个什么？只要你心里有着我这个人，也就是了。"

春红含泪道："我的一生幸福，都是奶奶所赐，奶奶和我像娘儿一样，叫我怎么还不把奶奶切记心坎里呢？"

"春妹，你别说这些话了！正经地快过去服侍姑爷吃晚饭去吧！"友竹笑了一笑，把春红身子却推向房门去了，春红没有办法，也只好走到可人的卧房里来。

在扶梯口先遇见了王妈，端了一盘饭菜走上楼去，两人到了楼上房中，可人却仍旧歪在床上躺着。春红因为已经知道可人答应和自己结婚了，所以她的芳心里是感到十分的难为情，帮着王妈把小菜端到桌子上，望了王妈一眼，却向床上可人努了努嘴。王妈也不知道春红到底存着什么意思，遂向可人叫道："少爷，你起来吃饭了吧！"

"我此刻不想吃饭，春红到什么地方去了？"可人并不知道春红也在房中，他在床上低声儿地问。王妈听了，向春红望了一眼，却是没有作答。春红于是轻步地走到床边，放低了喉咙，轻声地说道："我在这儿，你干吗不想吃饭？"

可人听了春红的声音，遂把身子翻了过来，见春红已站在床边了，因为是出乎意料，所以红晕了两颊，不禁微微地一笑，说道："你和王妈一块儿上来的吗？"

春红羞涩地低低道："是的，饭已开上了，你多少该吃些儿吧！"可人把手去摸她的手儿，摇了摇头，说道："我没有饿，春红，你觉得我手有些儿烫吗？"

春红被他握住了手，觉得热刺刺的果然有些儿发烧，这就把两条翠眉紧紧地鞏蹙起来，雪白的牙齿，微咬着殷红的嘴唇皮子，沉吟了一会儿，说道："真的有些儿热度……那可怎么办呢？你身子有没有什么感觉吗？"

"感觉有些儿冷斯斯的，我想病魔又要侵袭到我的身上来了。"可人握了她的纤手，温和地望着她海棠红那么的娇靥，话声是十分的轻微。

"不会的，我给你煮一块午时茶喝吧！出了一身汗，也就好了。"春红柔声儿地安慰着他，她的身子已是回了过去。王妈扶着桌子沿边，额角上的皱纹显得深深的，说道："怎么啦？少爷又有些儿不舒服吗？"

"稍许有些热度，王妈，你把午时茶拿块下去煎一碗来吧！"春红说着话，在五斗橱上的瓷罐子里取了一块午时药茶，交给王妈拿了下去。可人在床栏旁倚靠起来，望着春红的脸儿，说道："春红，那么你可以吃饭了。"

"姑爷，我服侍你稍许吃些儿可好？"春红点了点头，一面又向他柔声儿地问着。

"也好，让我吃一些儿试试。"可人见她这样多情的意态，心里不忍拒绝她，遂含笑点了点头。春红于是盛了半碗饭，端了两碗素净的菜，放在床边的梳妆台上，向他说道："姑爷，你脱了衣服和鞋子，索性躺进被窝里去吧！"

可人点头说好，他自己把衣服脱下了。春红随手给他脱去皮鞋，撩过被儿，给他轻轻地盖上，然后坐在床边，把羹匙舀了饭，送到他的口里去。

可人瞧此情景，心里在万分感动之余，真又有说不出的甜蜜，遂开口吃了一口，却见春红微微地一笑。可人这就感到难为情起来了，觉得自己究无大病，要她一口一口地服侍吃饭，这到底太不好意思一些了。遂伸手把饭碗接过，笑道："我自己划饭，你拣菜给我吃好了。"

春红于是把饭碗交到他的手里，握了筷子，夹了一叉冬笋咸菜丝，放到他的口里。可人吃下了后，向她低低地问道："今天的菜是谁烧的？"

"问它做什么？是不好吃吗？"春红秋波丢了他一眼，低声地反问。

"不是，我说太咸一些儿，也许我嘴的关系。"可人微笑着回答。

"既是太咸，那就不入味了，我倒尝一些儿……"春红感到他说话的矛盾，忍不住抿嘴扑哧的一声笑起来，把筷子夹了一叉，放到自己的嘴里去，忽又笑道，"王妈找到咸盐了，那倒不是你嘴儿的关系。"

可人听了，方知不是春红烧的，遂向她笑了一笑。春红因为可人又吃了一口饭，正欲把筷子去夹那碗葱烤鲫鱼的时候，被他这么地一笑，方始有些理会了，遂把筷子放下，到桌子上再去换过一双，去夹那条鱼。可人见了，当然很奇怪，遂怔怔地问道："为什么去换一双筷子？那是什么意思？"

春红的两颊透现了一圆圈娇红，摇了摇头，微笑着道："没有什么意思，换双清洁的不好吗？"可人听了清洁两字，方才猛可记得了，便笑道：

"我吃过的筷子，你不嫌脏；你吃过的，难道我倒嫌脏了吗？不用换的，我就喜欢吃那一双。"

春红听他这么说，方知姑爷真是个多情的丈夫，她心里又喜又羞，秋波逗了他一瞥娇媚的目光，赧赧然地笑道："并不是为了这个缘故……"她说了这一句话，把那筷子鲫鱼已送到可人的嘴里去。

可人在这里倒又淘气了，闭了嘴儿，不肯吃，笑道："不！我喜欢那一双筷子。"春红一颗处女的芳心里是只觉得甜蜜蜜的，露着雪白的牙齿，妩媚地笑起来，说道："姑爷，你别那么孩子……"说到这里，噗地一笑，她却再也说不下去了。

可人听她说自己别孩子气了，一时也红晕了两颊笑起来，把饭碗放到桌子上，又去握了她纤手儿，很柔和地道："春红，在过去确实我太对不住你了，不过从今以后，我的心儿是完全向着你了，不知奶奶可曾告诉过你吗？"

春红听他这么说，一时芳心里除了羞涩的成分外，不免又掺和了一些悲酸的意味，眼皮儿一红，却是低下粉颊儿来。可人见她这意态，似乎并不完全为了羞涩的缘故，遂伸手去抬她的下巴，果然她的眼角旁还展现了一颗晶莹莹的泪水，这就低低地道："春红，你怎么伤心起来了？难道你的心里还怨恨着我吗？"

春红这才很快地把纤手去揉擦了一下眼皮，微掀了小嘴，很妩媚地一笑，说道："谁伤心？好好儿的我干吗伤心呢？你别胡说了。"

可人见她明明淌泪，却还要怨自己胡说，本欲再向她说一句，但不知有了个什么感觉之后，也就不说什么了。正在这时，王妈把药茶煎好拿上来了，春红遂道："姑爷，你吃完了这一些饭，喝药茶了吧！"可人道："这两口饭我吃不下了，剩着倒了吧！"

"既然吃不下，就别吃了。你且躺会儿，冷一冷药茶再喝。"春红点了点头，身子站起来，把菜碗端回到桌上，拧了手巾，给他擦过脸。可人道："那么你先去吃饭吧！时候真也不早了。"

春红点头，遂把可人吃剩的那碗饭，再盛了饭上去，坐在桌边吃了。可人瞧着，心里愈加感动，爱她之心，也就格外地浓厚了。

春红匆匆吃毕饭，吩咐王妈端着下去。这里她遂服侍可人喝了药茶，又给他漱了口，温和地说道："姑爷，你现在该躺下来睡一会儿了。"可人点头答应，也就攒身睡下。春红坐在沙发上，却是呆呆地出了一会儿神，暗想：姑爷说从今以后，他的心儿便向着我了，这两句话思想起来，真叫我好生羞涩呢！但虽然感到羞涩，她也感到无限的喜悦，因此抿着嘴儿独个儿也微微地笑了。也不知经过了多少时候，春红耳中听到床上有微微的鼻息之声，她知道可人是入睡了，于是站起身子，轻轻地掩上房门，她便到隔壁一间房内去安息了。

次日春红起来，在走进可人房内的时候，她心中就担着忧愁，暗想：不知他今天热度可会退去了没有？谁知到了床边，却听可人低低地呻吟着。春红心里暗吃了一惊，连忙俯身把手儿去按他的额角，觉得是怪烫手的，这就急急地说道："姑爷，你心头难受得厉害吧！那可怎么办呢？"

"春红，我头疼得厉害，你倒杯水我喝吧！"可人抚着她白嫩的纤手，紧锁了眉毛儿，向她低低地央求着。

春红急得没有了主意，一面给他喝了几口开水，一面便去告诉友竹。友竹得此消息，遂匆匆地过来瞧望，颦蹙了翠眉，沉吟了一会儿，向可人说道："姑爷，我瞧你这病是悲伤过度后受了一些风寒所致的，还是吃一点中药，给发表一发表，你的意思以为怎样？"

可人没有回答，只点了点头。友竹于是到电话间，打电话去请蔡维生医生去了。不多一会儿，蔡医生坐了汽车来了，他给可人诊了脉息，看过了舌苔，又问了几句，遂坐到写字台旁去开方子。友竹站在旁边，向他低声地问道："医生，这病不知是什么症候？"

"有些儿疟疾的底子，热过了之后，也许要发冷，可是你们不用害怕。"蔡维生从两片厚厚的近视眼的镜片内望出来，向友竹低低地告诉着。

友竹点头答应，一面送医生走出，一面吩咐仆人前去撮药。这里春红在房内亲自拢旺了炭炉子，不一会儿，药已撮来，春红和友竹一味一味地投入药罐子里，盛了冷水，放在炭炉子里。这样的一阵子忙碌，时候早已近午了，友竹走近床边坐下，摸了他一下额角，还是烫得十分的厉害，遂向他安慰道："姑爷，等会儿你喝了药水后，就会好了。"

"嫂子，累忙了你，我心里真是感激呢！"可人在被内伸出手来，握着友竹的手儿紧紧摇撼了一阵，望着她清秀的两颊，柔声地说。"忙什么呢？姑爷，你别说这些话吧！"友竹含了微微的笑容，把他的手儿依然放入被窝里去，并且把被儿给他塞塞紧。

可人见她这柔顺的举动，真仿佛是一个贤妻的身份，一时心里真有说不出的滋味，望着她倒是愕住了一回。这时春红已端了一碗药汁，放在梳妆台上。可人鼻子里只闻到一阵细细的药香，这就向春红望了一眼，只见她秀发蓬松，颊上还留着昨夜的残红，从这一点瞧来，可见春红忙到现在，连一个脸儿还不曾洗过呢！遂向她轻声地问道："药煎好了吗？"

"煎好了，你此刻可曾饿了没有？王妈在厨下倒给你煮得一罐子粥了呢！"春红见他眼睛脉脉含情地向自己望，遂柔声儿地回答，一面又报之以妩媚的浅笑。

"我没有饿，春红，你也该息息梳洗了。"可人见她笑得令人可爱，遂又低低地向她催促。

"可怜春红也够累了，姑爷叫你去洗脸了，那么你就去梳个妆了吧！"友竹望着春红微微地笑。春红见友竹这笑的意态中至少是含有些儿神秘的意思，于是她红晕了两颊，点了点头，身子便别过去了。

下午三点钟的模样，友竹是回房去休息了，春红服侍可人连二汁的药也喝下了，因为可人此刻熟睡着，所以春红坐在沙发上又默默地想了一回心事。正在这个时候，王妈进来报告道："莫少爷来瞧望少爷了！"

春红于是站起身子，只听一阵皮鞋声，见小莫披了一件海木龙的大衣，走进房来。他见房内静悄悄的，只有春红一个人在着，遂低低地问道："可人病了吗？"

"是的，他发热得很厉害。莫少爷，你坐一会儿，我去喊奶奶来吧！"春红一面回答，一面把身子已匆匆地奔出房外去了。这里王妈给小白倒上一杯茶，小白向王妈问了两句，不料这时可人却醒来了，他听房内有男子的声音，遂向王妈问道："是谁在说话？"

小白不等王妈回答，他已走近床边去，说道："可哥，你怎么好好儿的又不舒服了？"可人见是小白，心里很是惊异，遂笑道："谁知道，你今天怎么倒有工夫过来呢？"

"你不知道，我倒知道，大概你怨恨秀娜没有良心吧！是不是？"莫小白望着他微微地笑。

"咦！你如何晓得了？莫非你到秀娜家里去过了吗？"可人心里感到十分的惊奇。

"是的，她告诉我，说你投机失败了，要亏本一千万，却要她跟你到香港去结婚，她说到香港跟你做讨饭婆去吗？所以拒绝了你了。我当时听了这话，就知道是你试她的心，是否是真的爱你，不料这女子没有福气，竟回绝了你，真是可惜得很！既然她没有情义，你也何必气恨她呢？反正这种女子，原算不了什么的，是不?"小白一面向他告诉，一面又向他安慰了几句。

"我这病倒并非为了气愤她而生的，那么你可曾对她说些什么话吗?"可人点了点头，望着他又含笑地问。

"我也没有和她说什么话，只不过一笑置之，因为她的门槛，到底还不紧呢! 可哥，兰叔跟我说，秋霞女士跟他大吵，说不该引诱可人到这种地方去，其实都是我一个人的不好，所以我很觉得抱歉!"小白在床边坐下了，低声地说。

"这也不能怪你们，我究竟不是一个三岁的孩子，好了，这些过去的事我们还是别谈吧!"可人见他很担着抱歉的样子，遂含笑着向他譬解。正在这时，友竹含笑过来了，见小白坐在床边和可人谈话，遂瞅了他一眼，笑道:"莫先生，你不是给我姑爷在做媒吗? 听说这位姑娘很有情义，那么你媒翁大老爷，酒是该多喝几杯的了。"

小白听了这话，两颊也不禁绯红起来，站起身子，向友竹连连拱手，笑道:"好嫂子，你尖刀样的话就请你少说几句好吗? 总而言之，千错万错，是我的错，好在现在事情解决了，我的罪名还轻些儿吧! 昨天秋女士见了我，也是冷讥热嘲的，我真有些儿吃不消。"

友竹听他这么说，便也抿嘴笑起来了，遂请他坐下，亲自递过一支烟卷，大家闲谈了一回。友竹方欲吩咐王妈去烧点心，小白却站起来要走了，友竹不便强留，遂匆匆地作别而去。

晚上可人热势稍许退了一些，友竹因时候已经九点敲过，遂叫春红小心伺候，她自己也就回房去了。春红坐在床边，明眸含颦的沉思了一回。忽然感觉床儿有些颤动起来，心里很是奇怪，遂回头望了可人一眼，见可人微咬着牙齿，似乎很难受的样子，这就问他说道:"姑爷，你怎么啦? 有什么地方难受吗?"

"不知怎么的，我竟全身发起冷来了⋯⋯"可人紧锁了双眉，话声带有些儿颤抖的成分，而且上下排的牙齿，也格格地相打起来。

"哦! 那你真患了疟疾之症了，医生刚才曾经关照过的，也许要发冷，可是你别害怕，我给你多盖几条被儿好吗?"春红站起身子，望着他颤抖的身子，低低地说着。可人点了点头，春红于是在被柜内又取出一条丝绵被来，给他盖在上面，俯了身子，向他又柔声儿问道:"现在可好些了吗?"

"唔！不济事，我冷得厉害，好像是从骨髓里冷出来似的。"可人口吃着回答。

"那可怎么好呢？我给你冲一只热水袋暖暖可好？"春红搓着两手，也是急得没了法子。可人却没有回答，只是颤抖着喊冷。春红忙着给他冲了热水袋，递到他的被窝里去，不料热水袋碰着他的皮肉，又烫得受不住。可人说道："我全身发抖，这一只小小的热水袋是没有用的，你还是仍旧给我拿出去吧！"

春红听了，只得把热水袋又取出了，放在妆台上，把手指在上台哒哒敲了两下，蹙了眉尖，说道："那么怎样办好呢？"说到这里，忽然乌圆的眸珠一转，暗想：反正我的身子终是属于姑爷所有的了，那么我何不睡进被窝里去，让他暖一会儿呢？但是这意思叫我一个女孩子家又怎么能说了出来？春红既然这样地难为着，她晕了两颊，自不免愕住了一回。谁知可人越喊越冷，仿佛十分痛苦的样子，春红在这个情势之下，她也管不了羞涩两个字了，遂毅然地脱去了旗袍，掀开了被窝，把娇躯紧紧地偎到了可人怀内去，低声地道："姑爷，你现在觉得好过一些儿了吗？"

可人对于春红这个举动，似乎是感到意料之外的，他搂着春红软绵的身子，仿佛是偎了一个暖炉，全身顿时舒服了许多。心里这一感激，不免淌下泪水来，向她点头说道："春红，你这一份儿恩情对待我，我也说不出什么感激的话，总之心里记着你是了。"

春红见他淌泪，遂把粉脸偎到他的颊边去，低声地道："姑爷，你别说这些话吧！因为我听奶奶曾经告诉过姑爷说的一句话，所以我才不管一切的……你……怨我太……"可人不等她说下去，就伸手把她的嘴儿扪住了，忙道："你也别这么说了，是的，从今以后，你就是我的爱妻了。"

春红听他这么说，她那颗小小的心灵儿上，真是涂了一层糖衣那么的甜蜜，躺在可人的怀内，柔顺得仿佛一头驯服的羊羔，轻轻地问道："姑爷，你此刻觉得怎样？"

"好得多了，春妹，你的身子真是怪暖和的。"可人虽然依旧在瑟瑟地颤抖，不过他嘴里却很安慰地说着。春红的粉脸儿是红得像朵鲜丽的玫瑰花了，她把秋波羞涩地逗了他一瞥娇媚的目光，也忍不住为之赧赧然地笑起来了。

春红被他搂抱了约莫有半个多的钟点，方才把可人的身子暖了回来，遂微仰了粉脸，柔和地道："姑爷，你不冷了，我下床了吧！"

"你就索性伴我睡着了，时候也不早了呢!"可人望着她白里透红的粉脸，得意地傻笑着。春红觉得可人这一句话未免带有些顽皮的成分，遂把纤指儿在他的额上恨恨地一点，笑道："明天给王妈瞧见了，算什么意思呢?"

"那也没有什么关系，反正你终是我的爱妻了。"可人见她妩媚得可爱，把嘴儿凑到她的颊儿旁去。

"我不要! 姑爷，你是有病的人哩! 还要这样的高兴吗?"春红噘着小嘴儿，故作撒娇的样子，秋波向他白了一眼，哧哧地笑。

"那么你睡到我脚后头去，今夜我一个人睡是感到很害怕的。"可人舍不得离开她，向她又低声儿地央求着。春红不忍拒绝他，于是点了点头，这晚俩人是抵足而眠的。

过了几天，可人的病也慢慢地好起来。这时已经到了废历十二月二十七日了，友竹和可人商量，确定在明年正月十五那天，假座大东酒楼举行婚礼，可人点头答应，遂也忙着办理结婚的事情了。

光阴匆匆，转眼之间，早已到了吉日之期。大东酒楼宾客如云，当然是十二分的热闹。晚上，许多要好的朋友大家都到新房里来吵房，直待十二时敲过，可人分给他们许多喜果，众人才得欢然散去。友竹向两人笑道："良宵一刻值千金，你们不要辜负了吧!"说着，她的身子也匆匆地回房去了。这里房中是只剩了可人和春红两个人，可人走到门边关上了房门，回身过来，只见春红今天在盛妆之下，更显得艳丽极了。一时乐极欲狂，遂上去拉了她的手，低声儿笑道："春红妹妹，时已不早，我们睡了吧!"

春红抬起粉颊儿来，向他娇羞地逗了一瞥妩媚的目光，嫣然一笑，点了点头，却是并没有作答。一会儿方低声地说道："姑爷，你先睡吧! 我随后就来了。"

"妹妹，你这个称呼可不对了呀! 现在你是用不到叫我姑爷的了……"可人听她仍旧呼自己为姑爷，望着她玫瑰花样的脸庞，忍不住笑起来了。

"姑爷"这两个字，在春红原是喊顺了嘴，今被可人这么一说，方才猛可地理会过来了，她一颗芳心里真有说不出的有趣和好笑，抿着嘴儿却是别过身子去了。可人虽然没有瞧到她脸部的表情是怎个模样儿，但单瞧了她两肩一耸一耸的情景，也可见她是笑得这一副样儿的了。因为知道她是怕着难为情，所以也不再说什么，他脱了衣服，就自管地跳到床上去了。

春红虽然是万分的羞涩，不过她也终逃不过把身子要钻进可人睡着的被窝里去。新婚的夜里，这是多么兴奋甜蜜的一刹那间呀！可人因为是过来之人，他的脸皮是特别厚些，经验也更丰富一些，觉得一个羞人答答的处女，她那种胆怯的意态，实在会令人感到格外的有趣和可爱。他在那双融融的花烛光芒之下，瞧到春红的两颊，仿佛芙蓉出水一样的玉润，只觉容光焕发，娇艳无比。她那两条翠眉是西子捧心那么的颦蹙着，星眸似开似闭地微扬着，小嘴儿一掀一掀，在她这令人魂销的神情上瞧来，显然她的芳心中，是感到了甜蜜和痛苦、惊羞和喜悦各种不同的滋味。

去年可人患了疟疾的时候，春红的娇躯虽然也已被可人搂抱过，但那时候究竟在病中，而且春红的身子外也有一层衣服的障碍。今天可人的感觉，当然是完全的不同。他手的感觉，真是没有一处不柔若无骨，滑腻如脂的，同时他的鼻子里的触觉，也是香喷喷的十分的芬芳，仿佛完全从她肌肤里发散出来似的。

可人的神魂是飘荡起来了，他见春红脸部的表情，也有说不出的美丽好看了。他低下头儿去，在她鲜红润润的嘴唇皮上接了一个甜蜜的长吻，忽然他的耳际好像隐隐听得有人在低低地笑道："哥哥，你今儿不是已经做了人上人了吗？"

这分明是语花的声音呀！可人忽然地回想起了和语花新婚初夜那幕的情景，一时他心头又悲酸起来了。春红正在又惊又喜之时，忽然感觉可人停顿起来，她微开了俏眼儿，向他瞟了一下。可人不敢再去想那些悲哀的事情，于是他把甜蜜的工作，一层一层地来遮蔽他内心的酸楚了。

芙蓉帐暖，芍药花开，一个郎情如水，一个妾意若绵。可人春红婚后的生活，当然是十二分的甜蜜，卿卿我我，真有说不出的甜蜜恩爱。流光如矢，不知不觉地早又是日暖花香草长莺飞的春的季节了。

这天晚上，可人春红睡在床上，小夫妻俩低声儿调笑着。春红啐他一口，秋波逗给他一个妩媚的娇嗔，笑道："下半年你差不多是可以做孩子的爸爸哩！怎么的还像孩子那么向我撒娇？你难道不怕难为情吗？"

可人听她这么说，一时乐得忘其所以然地伸手摸到她的腹部上去，惊喜地问道："妹妹，你快告诉我，你莫非真的有了喜吗？"

因为是骤然之间的，春红当然是感到十分的肉痒，她弯了腰肢儿，忍不住咭咭地笑起来了，说道："你快把手儿拿来了，人家怕痒呢！"

可人听了哪里肯依，春红既让他按住了，一时倒也不觉什么了，遂附着他耳朵，低声儿笑道："我告诉你吧！经水儿已三个月不来了，而且时时作呕，我瞧大概是有了喜吧！"

"妹妹，真的吗？那太使我感到喜欢了。"可人猛可把她紧紧地搂住了，嘴儿在她樱唇上甜甜蜜蜜地又接了一个长吻。

"你真是个顽皮的东西，明天我要跟你分床睡哩！"春红被他吻得有些气喘了，秋波无限羞涩地逗给他一个娇媚的目光，却是忍不住赧赧然地笑了。可人"嗯"了一声，躺在春红的怀里，也得意地笑起来了。

次日起来，春红服侍可人洗过了脸，拉着他的手在镜台前坐下，拿了象骨的梳子，给可人分梳西式的头发。可人见她肩儿撩得高高的，遂急道："好妹妹，从今以后，你别给我梳头发了，我怕你大肚撩落了，这可是玩的吗？"春红听他这样说，红晕了脸皮，啐他一口，不禁哧哧地笑。谁知正在这时，却见友竹脸色惊异地走进来，手里还拿了一封信，急急地说道："姑爷，你瞧吧！这是打哪儿说起的呢？语花妹妹却从东北有信来了。"这两句话听到可人和春红的耳里，他们心里这一惊奇，顿时目定口呆地怔怔地愕住了。

第六章

风雨夕火里逃余生

诸位！你们也以为解语花在狱中是被火烧死了吗？我想聪敏如读者，大家当然会异口同声地回答，解语花是不会烧死的，假使解语花真的被火烧死了的话，那么这部《三续解语花》也就写不下去的了。不错，解语花是不能死的，但是她到什么地方去了呢？而且怎么过去了将近一年的时间方才有信到来呢？这其中当然有一个原因。诸位且不要性急，待作书的慢慢地写出来给你们知道一个详细吧！

秋天是个多么抑郁的季节，它的脸部老是笼罩了淡淡的愁容。听着飒飒秋风中动荡着的那片片的落叶奏出了瑟瑟的音调，更会使人心头感到了一阵莫名的凄凉。解语花坐在那间死沉沉的斗室中，屈指计算整整地也住了四个多月的日子了。在这四个月的日子中，语花想到伤心之处，天天以泪洗面，虽然可人每日终要来探望她一次，但见面的时候，似乎更增彼此的心痛，所以大家不免哭泣了一回，以语花这样弱不禁风的娇躯，你想，安得不恹恹地病起来吗？

大概是因为气郁的缘故，所以不知怎么的语花的腹部会有些微隆起来，看样子仿佛是患了鼓胀病，语花心头当然万分的悲伤。这天黄昏的时候，语花抬头望着那方格子玻璃窗外的空中，天色是渐渐地灰暗下来了，她心里暗想：可人大概就可以来望我了吧！我把这腹部的胀闷的毛病，是应该向他告诉的，或者他把医生请进来，或者我到外面去诊治，不是终要把它治愈了吗？因为这病若不治好，也许会丧失终身的幸福。正在独个儿呆呆地思忖，忽然玻璃片上完全地黑暗了，几乎有些伸手不见五指的光景了。语花暗想，天绝没有变得那么快的，大概是要落雨了吧！这时风声也大了，吹得玻璃窗咯咯地作响，不到五分钟后，果然一阵洒洒的雨点声，那天仿佛要塌下来般的了。

听了那雨声，语花的身子会瑟瑟地抖了两抖，她叹了一声，慢慢地移步到床边坐下了，心头只感到无限的悲哀。她的眼角旁不禁又涌上一颗晶莹莹的泪水来，暗自叹息道："唉！语花！语花！不知何年何月方才是你出狱的日子呢……"

时候真的不早了吧！室中已亮了一盏豆火样暗淡的灯光了，外面已送进一大碗的白饭来，一碗鱼，一碗肉，一碗菜，一碗汤。这些当然是可人给她特别打点，才有这样的优待，不过单这一顿饭，可怜在狱中也不知花费了多少的钱财呢！

语花望着那四碗菜和一碗饭，呆呆地愕住了一回，因为四周是静悄悄的缘故，所以听那窗外的风雨之声，好像万马奔腾，犹若千军哭喊。语花暗想：今天雨落得这么的大，想来可人是不会来的了。她微微叹了一口气，拿起了饭碗，握了筷子，划了两口。一时她自己也不知道怎么的要这样悲酸，两行热泪，扑簌簌地滚了下来，嘴里那一口饭，便再也咽不下去了。她默默地哭泣了一回，也不想吃饭，遂把碗筷放下，身子便倒向床上去了，也不知经过了多少时候，语花竟蒙眬地入睡了。

这好像还是一个春天的季节，语花和可人穿了那对鸳鸯裤，手挽手儿地在公园里游玩。语花颊上的笑窝儿是深深地显现着，她内心是充满了无限甜蜜的滋味。不料这时候在后面突然赶来了一只怪兽，张牙舞爪，仿佛要吞人的模样。语花心中这一吃惊，真是非同小可，拉了可人的手，急得要哭出来似的神气，说道："可哥！我们快逃吧！若不逃得快，恐怕性命是要没有的了。"可人点头道："不错！我们快逃！"说着，两人携手向前没命地飞奔。语花奔得上气不接下气，娇汗盈盈，谁知道这时，前面却显现了一条辽阔的河面，挡住去路，语花心中这一急，几乎要哭了起来。幸亏河面上突然有只小船浮出，语花大声喊救，那小船便摇了过来，语花遂急急地跳下小船。当她跳下小船的时候，方才记得岸上还有一个可人没有一同下船，但小船已经漂向河中心去了。她抬头见岸上的可人，却在掩着脸儿大哭，语花忙向他大叫道："可哥！你别哭呀！我是有了救哩！"

语花这一声大喊，却把自己喊了醒来，睁眸一瞧，方知是做了一场梦，额角上却出了一头冷汗，耳听那窗外的风雨之声，依然发狂似的落着。语花凝眸细想梦境，则历历如绘，一时也不知这梦是凶是吉，不过想着后面那一句"我是有了救哩"的一句话，也许我不久就可以出狱了吧！但愿果能如此，那真是谢天谢地的了。语花这样想着，她心里方才稍为感到了一些安慰，不过刚才是和衣而睡的，忽然身子觉得一阵寒意。她抖了两抖，头胸有些儿胀痛，暗想：不要受了风寒，竟病起来了吗？那可怎么办呢？我还是好好儿地睡了吧！语花正欲解旗袍的纽襻，预备脱衣服就寝，突然之间，听得有人大喊"火火！火火！"的声音。语花回眸向铁栅栏子外面望去，只见在那盏灰暗的灯光之下，浓烟已经弥漫了四周。语花心里这一惊吓，那颗芳心几乎要跳出口腔外面来了。

监狱里突然地会失了火，这给一班罪犯是得到了一个绝好的机会，因此趁此便都扰动起来了。语花眼瞧这外面黑烟密布，火光闪眼，耳听着乒乓之声，仿佛有人在扳拉什么似的，掺和着狂风暴雨的巨响，更令人心惊肉跳，魂飞魄散。语花真急得不知如何是好，她遂急急地跳下床来，走到铁栅栏子的旁边，只见外面已经纷乱得不成样儿，无数的罪犯，都已乱窜乱逃，有的还趁势放火，因此这场大火，就弄得不可收拾了。

语花在这个情势之下，心里既忧愁着王老爹，又焦急着自己，因为铁栅子的锁是架得紧紧的，外面火势又愈烧愈旺，若这样下去，自己不是要葬身火窟了吗？语花这么地一想，心痛若割，两手攀着铁栅子，大喊救命！但此刻的声音既紊乱又嘈杂，凭语花这些喊破喉咙的叫喊，也没有人会听到的，就是听到了，在这各自逃命的当儿，谁还有闲工夫来顾及吗？所以语花心头的焦急，也难以形容。她不禁哭起来道："可人！可人！你怎知道我语花今夜要烧死在监狱里了。"

不料正在这个时候，忽然轰的一声，隔壁的墙坍了下来，砖头乱石堆了语花的一床，同时语花全身感到一阵焦灼的热燥，原来火势已经直接窜进来了。语花到此，魂灵儿已飞出了躯壳，她灰白了脸色，只管大喊救命。那时铁栅子面前齐巧走过一个满腮胡茬的大汉，他瞥见了语花，遂即奋勇上前，伸手把铁档子向左右一拉，谁知铁档子就弯成一个大圆洞了。语花一时也思索不及此人，竟有这样大的臂力，遂把身子钻了出来。那大汉见语花如此艳丽，想不到竟也会在监狱里，一时十分奇怪，便拉了她的手，说道："姑娘，你不要害怕，我带着你一块儿逃吧！"

语花这时方寸已乱，况且被他拉住了手，竟没有挣扎的余地，于是跟着他从人群中逃了出去。只见外面风是风，雨是雨，而且火光烛天，风助火势，真是烧得不可收拾。语花从火窟内逃出，方才深深地透了一口气。但才到外面，又遭暴风雨的袭击，打得浑身稀湿，遂向那大汉急急地道："多谢你救我了的性命，我真是十分的感激。现在时已深夜，而且风雨又大，请你还是到我家里去坐会儿好吗？"

那大汉听语花这样说，遂向她笑道："姑娘，你真是糊涂得可怜，我们可是狱中的逃犯呀！明天若仍被捉住，恐怕罪名还要加重呢！为今之计，你且跟我逃走，保险你可以没有危险的。"说着，拉了语花的手，在雨缝中向前飞奔。

语花待要挣扎，但哪里还由得你做主，两脚不由自主地早已跟着他向前走了。不过天空中的雨点仿佛倾盆似的倒下，地上又稀湿得十分，语花经过这一阵子奔跑，她的气力也没有了，而且两脚酸痛，再也不能走路。于是她向那大汉哀求道："这样大雨，你要我奔到什么地方去？我实在跑不动了，你快放了我，我是宁愿死在路上的了。"

那大汉听语花这样说，遂回头望了她一眼，只是语花的粉脸，真仿佛暴雨梨花似的，一时颇觉楚楚可怜，遂说道："街上又没车子，那可怎么办？既然你走不动，也好……"说到这里，忽然他把语花的身子抱起，向前又拔步飞跑。

语花被他抱在怀里，真好像老鹰拖了一只小鸡一样，一时固然不敢挣扎，而且动也不敢动一动了。

她见那大汉虽然抱了自己，却健步如飞，语花心头不免暗想：我虽然是他救了性命，不过瞧他的神情，想来定是个大盗无疑，他一定要把我带了走路，恐怕心中存的也非善意，万一他有侮辱我的举动，我也只有一死，以还可人的清白了。语花既打定了主意，所以心里倒也并不害怕了。不过自己全身稀湿，冷入肌肤，真有说不出来的难受，她想着自己的命运竟会这么的恶劣，忍不住又暗暗地淌了一回泪。

"姑娘，你下来定一定神，我们已到了一个借宿的地方了。"忽然那个大汉把语花身子放了下来，向她低低地说着。语花回眸向四周望了一眼，只见已到了一个冷僻的乡村里了，一时又惊又怕，颦蹙了柳眉，向他急急地问道："这儿是个什么地方呀？"

"这里是江湾的野马村，你别害怕，我们且向农人家里借一个宿，再做道理吧！"那大汉瞧出语花的神情，似乎有些害怕的模样，遂向她放低了喉咙告诉着。一面拉了语花的手，一面向一家草屋的门口走去，伸手在门板上笃笃地敲了两下，却是并没有人回答。语花道："已经深夜了，人家想已睡了，恐怕很不便吧！"

"那么叫我们到哪儿休息去？事到如此，我们且不要管他，把门敲开了，只要坐一夜也好的了。"那大汉一面回答，一面又连连地敲门。

大约有了二十分钟之久，方才见到门板缝内有一线暗淡的灯光透出来，同时听得一个苍老妇人的口吻道："是谁呀？"

　　那大汉把语花手儿拉了一拉，又向她望了一眼，语花理会他的意思，遂低声地答道："对不起得很，我们是过路的人，请求借一个宿好吗？"

　　里面的老妪听是个女子的声音，似乎胆子大了一些，乡村里的人心，到底忠厚了一些，她想这么大的雨，可怜一个女子在路上淋着，不是太难受了吗？我终要给她行个方便才是。于是拉开门闩把门儿开了，在那盏油灯的光芒之下，忽然瞥见语花的身旁，尚有一个面目可怕的男子，那老妪似乎吃了一惊，遂扶了门框子很惊讶地问道："这是你的谁呀？"

　　语花被她这么地一问，因为是忽然之间的，所以倒不免愣住了一会儿。还是那大汉转机很灵敏，他代为答道："哦！我是她的爸爸，因为我们到上海去摸错了路，不料又遭到了大雨，所以弄得没处安身了。请老太太发个慈悲，给我父女俩坐一夜，也很感激的了。"

　　那老妪听了遂点了点头，把灯光照着他们进内，只见里面是个草堂的模样。这时在左首的房内又走出一个老头子和一个村姑来，他们见了语花和那个男子都很惊讶地问道："妈！这是什么人啊？"那老妪向她们悄悄地告诉了，老者才明白了，遂向那男子请教姓名，那汉子道："敝姓杨草字大彪，请问老丈贵姓？"

　　"我姓张，人家都称呼我为老实，因此我就叫张老实了。外面雨落得这么大，杨先生和你姑娘全身稀湿，那可怎么办呢？这样恐怕要害病的。我的意思最好把父女俩的衣服给你换一换，不知你们心里可喜欢吗？"张老实一面回答，一面很热心地向他们征求意思。

　　"张老丈这一份儿的美意，那是再好也没有的了。"语花正苦寒意砭骨，十分难受，今听他这么地说，一时心里大喜，遂向他弯了弯腰，表示无限感激的意思。

　　"阿芬，你快伴杨姑娘到房里去换衣服吧！"张老实向他女儿阿芬低低地吩咐着。阿芬是个十七八岁的姑娘，他听了爸爸的话，遂含笑向语花招了招手，于是语花向大家一面点头，遂跟着到卧房里去了。

　　"杨小姐，可是我们这里没有旗袍，只有短衣衫裤，不知你也爱穿的吗？"两个人到了卧房里，阿芬望了语花一眼，低低地说。

　　语花听她称呼自己为杨小姐，起初心里倒是一怔，但忽然想起杨大彪认父女的一回事，一时也只好将错就错地点头说道："张小姐，短衣衫裤不是也很好的吗？请你不要客气了，我此刻只要有衣服可以换身，实在已经很感激的了。"

阿芬听语花这么说，遂在箱子里取出一套青布的短袄裤来，笑道："那么杨小姐也该快一些儿把湿衣服换下了，假使凉气侵入肌肤里是很容易会生病的呢！"

语花点了点头，遂背过身子去脱了旗袍，幸亏衬衣衬裤尚未湿透，于是把那套青布袄裤换上了。阿芬把她的旗袍晾在竹竿儿上，回眸向语花丢了一眼，这就抿嘴嫣然地笑起来，说道："杨小姐，你这么地一打扮就真的像个乡村里的姑娘了。"

"可不是吗？我就爱乡村里的姑娘。张小姐，谢谢你，那面镜子给我照一照好吗？"语花听她这样说，乌圆的眸珠一转，掀着酒窝儿也不免笑起来了，她伸手扯了衣角，向阿芬低声儿地央求着。

阿芬点头答应，遂在抽屉里拿了一面镜子，递给语花。语花自己一照也觉得是变换了样儿了，遂放下镜子，微笑道："张小姐的衣服却刚巧合着我的腰身哩！"

"杨小姐和我的身子就差不多高，你头发也打得稀湿的，我给你洗一个脸吧！"阿芬一面含笑回答，一面在热水瓶里倒了半面盆的水，放下一条手巾叫语花洗脸。

语花洗过了脸，梳过了头发，回身握了阿芬的手儿摇撼了一阵，很感激地道："张小姐，你待我这么的好，我真感谢你哩！"

"杨小姐，你别那么说，这些小事情，你何必挂在心上呢？"阿芬摇了摇头，望着语花的粉颊微微地笑。这时阿芬的娘也走进来，她见语花已换好了衣服，遂说道："杨小姐，你爸也换好了衣服哩！请你们到对面一间卧房里去休息吧！"

语花听她的口吻，当然明白她是叫我和杨大彪睡到一间房中去，一时就感到为难起来。因为在人家的心里，既然知道我们是父女的关系，那么父女合住一个房间，原也算不了一回稀奇的事，但是我们事实上并非是父女，他们又哪儿知道呢？我也不晓得杨大彪这个人究竟是好是歹，万一他是个好色之徒，我可怎么地对付他是好呢？想到这里，意欲说愿意和阿芬睡在一处，不过这又如何好意思说出口？叫人家听了不是心里感到奇怪呢？语花没有办法，也只得硬着头皮点头向她又连连道谢，一面移步走出房外去。只见杨大彪和张老实尚在谈话，老实见语花出来，便站起身子，伴他们到对面的卧房，说这儿原是我睡的，地方很龌龊，只好暂时委屈你们一夜了。杨大彪连说太客气，张老实遂道声晚安，自管回房去了。杨大彪关上了房门，回过身子，向语花笑了一笑。语花此刻在油灯光芒之下，瞧到杨大彪这副脸蛋儿，实在令人感到可怕。她窥测大彪这一笑的意态，似乎含有些不良的意思，因为是心虚的缘故，所以对于他掩上门儿的举动，语花一颗芳心的跳跃，几乎像小鹿般乱撞起来了。

杨大彪一步挨一步地走到语花的身边来，语花绯红了两颊，却是一步一步地后退了下去，因为后面是一张板床了，语花是逼得没有地方再可以退了，她把绯红的两颊已变成灰白了。杨大彪抢上一步，猛可地把她手儿拉住了，语花心中这一急，倒不免急出一个主意来了，遂叫道："爸爸！你你……怎么啦……"

杨大彪对于语花这一声叫喊，倒是出乎意料的，遂环抱了她的肩胛，望着她倾人的粉脸儿，笑道："姑娘，你不是承认我是你的爸爸吗？那么你见了爸爸，为什么害怕得这一副样儿呢？难道你怕我对你有什么侮辱的举动吗？"

语花听他这么说，虽然他是没有侮辱我的意思，不过他的脸儿赛过张飞一样，两只眼睛大得炯炯发光，虽然是含了笑容，但自己心头终有些感到害怕，遂摇头笑道："不！并不！但是你生得太有威严了，我心里就会感到吓斯斯的害怕"

"我脸儿虽然生得害怕，不过我心眼儿并不坏。姑娘，刚才我冒认你是我的女儿，原是怕人家引起了疑窦，因为我没有征求你的同意，所以很感到孟浪一些，请你还得原谅我才是呢。"杨大彪听她这样说，拍着她的肩儿，忍不住笑起来了，他对于认父女的一回事，还向语花含笑地表示抱歉。

"你别说这些话吧！因为你是救了我性命的恩公，真是我的重生父母一样，所以你做我的爸爸也是很在情理之中的。假使你老人家不见弃的话，那么我就真的认你做个爸爸好吗？"语花为了保全自己清白起见，所以不得不随机应变地向大彪恭维，而且她说完了这两句话，竟向他真的跪下来了。

杨大彪见语花真的向自己认爸爸了，他乐得把胡子都飘起来了，连忙将语花扶起身子呵呵地笑道："好孩子，那么你真心愿意做我的女儿了吗？起来！起来！"

"那当然是真心的，爸爸，我们不是也可称为患难之交吗？"语花见他一举一动，都含有豪爽的气概，一时倒感觉这位杨大彪也许是一条好汉，所以转着乌圆的眸珠丢了他一眼，又很认真地说着。

"可是我还不知道姑娘是姓什么叫什么的？你到底为了什么事情犯罪呢？"杨大彪点了一点头，又向她低声儿地问着。

"我姓解名语花，说起我的犯罪，事情是很可笑的。"语花说到这里遂把自己有了干哥，他要出家做和尚去，为了留他不要出家，所以想出假绑票的计策来，不料弄巧成拙，假绑票却是真破案了。一切的事实，同他约略地告诉了一遍，然后又说道："爸爸，你想，我这个犯罪，不是太冤枉了吗？"

"原来是这么的一回事，那你真不愧是一个侠义心肠的女子，我十分的敬佩！你真仿佛是我亲生女儿一样的了。"杨大彪听了语花这一篇话后，他心里十分的喜欢，却情不自禁说出这几句得意忘形的话来。

语花听他这么说，可见他一定也是个侠义心肠的好汉，一时想起他两手拉弯了铁档子，又抱着自己飞奔的情形，觉得他不是一个寻常之辈，遂也含笑问道："那么爸爸为什么事情也犯了罪呢？"

杨大彪冷笑了一声，脸上含了一股子杀气，说道："解姑娘，我告诉你吧！我的爸爸杨广兴，原是赵文魁将军部下做秘书的，不料赵文魁那年无缘无故地竟把我的爸爸杀死了。这件事情离开现在也有三十年光景了，那时我还只有十五岁，奉母流亡到东北长白山一带，整整苦了二十多年，直待母亲归了天，我才到上海来报这件血海大仇。那时赵文魁早已下野，在上海做寓公，正享受晚年之福。于是我在他家做仆人，那天晚上，我就向他报了仇，不料被他保镖用手枪击倒，因此被捕入狱，判了无期徒刑。今日老天有眼，监狱中竟然会失火，还我自由之身，你想，我是多么快乐呢！"

语花听他这么说，暗想：谁知道他的身世和我一样的呢！于是微蹙了翠眉频频地点头，表示十二分的同情，说道："哦！原来你是因报仇而入狱的，那么你怎的有这样大的膂力呢？爸爸是个生成奇男子呢！"

杨大彪听语花赞他是个奇男子，他心里十分欢喜，忍不住又笑了起来，说道："不瞒姑娘说，我自幼不爱读书，只喜欢玩弄棍棒，路见不平，即便拔拳相助，所以小的时候，在外面时常闯祸。记得十四岁那年，我在乡村游玩，见两牛用角相争，我即上前把它们用力分开。不料水牛野性勃发，齐向我撞了过来，我不慌不忙，曾把二牛打倒在地，所以村童无不呼我为二牛将军。此事想来，尚在眼前，不料倏有三十一年了，光阴真过得快极了。"杨大彪说到这里微叹了一声，似乎有不胜今昔之感！

语花听了方知他今年是四十五岁的了，一时想起他的臂力过人，觉得他说的此事定然不虚，心中倒也深以为奇，遂笑道："像爸爸这样的人才，在如今这个年代，确实是很少的了，那么你在北方可还有家在那边吗？"

"怎的没有呢？所以我的意思，想把你带到北方去住几年。待上海这件案子平淡下来的时候，你再回上海来，不是很好的吗？不知你在上海还有什么人吗？"杨大彪一面回答，一面向她低低地问着。

"在上海除了我夫之外，也没有什么人了，爸爸的意思虽好，不过可人在上海不是要急死了吗？"

语花因为明白了他并不是个强暴之徒，所以对他这一意思，也觉得是个办法。

"那么我们到了北方，不是可以写信去告诉他的吗？假使你此刻就回上海去，我觉得是很危险的，这事有关你的终身幸福，所以你应该加以郑重的考虑不可。"杨大彪听语花这么说，遂点了点头，正了脸色，表示很认真的神气。

语花听他并没有一味地要求自己同上北方的意思，一时倒反而相信他完全是一片好意，凝眸含矑地沉吟了一回，点了点头。忽然秋波瞟了他一眼，又含笑问道："不知道爸爸在北方还有些什么人？妈妈有吗？弟弟妹妹也都有吗？"

"妈妈当然有的，弟弟还只有十二岁，只是缺少一个女儿，假使你随我到北方去的话，我那口子真会喜欢得了不得呢！"杨大彪望着玫瑰花儿似的脸颊，忍不住也微微地笑。

"既然这么说，我就准定跟爸爸一块儿去吧！"语花听他这样地说着，一时有些情不自禁，遂跳了跳脚，很快乐地答应了。

"那么你明天也只管穿这一套衣服动身吧！因为这样和我在一块走，是很相称的，也许不曾受人家的注目，否则，一路上就有许多不不便。只要到了北平，什么事情就没有的了。"杨大彪听语花答应了，满心欢喜，遂又向她轻轻地叮嘱着。

"爸爸这点说的很不错，不过我们也该向他们谢几元钱，可是我的钱都留在狱中没有带出，况且还要路费呢，那可怎么办？"语花点了点头，伸手摸了摸里面的衬衣，她微蹙了柳眉，似乎有些忧虑的神气。

杨大彪笑了一笑，握起语花那只右手，说道："你指儿上不是还有两枚约指吗？我想暂时典押给张老实，问他要一百元钱，我们不是就可以启程了吗？到了北平，不要说两枚约指，就是二百枚吧，我也一定可以赔还你的。"

"那你是什么话？我的性命也是你救的了，两枚约指算得了什么？况且我们既然已认了父女俩，我的就是爸的，爸的就是我的，还用得了分什么彼此的吗？"语花听他这么说，忸怩着腰肢儿，秋波却逗给他一个妩媚的娇嗔。

"唔！你这个孩子就有义气……好吧！那么你也该睡了吧，别累乏了，倒叫我心头担忧哩！"杨大彪对于语花这两句话，似乎十二分的感动，抚摸着她的纤手儿，轻轻地把她身子推了两推，表示非常慈爱的样子。

语花低头见他的手仿佛蒲扇那么的大，手背上都是黑黢黢的汗毛。虽然他是那么的诚实而且和善，但语花心头终会感到一些儿害怕，遂抬头向他一瞟，又低声地道："那么爸爸怎样呢？室中的床铺只有一张，如何是好？"

"我倒不要紧，就这样坐一夜是了。"杨大彪听她这样说，早已明白了她的意思，遂向她含笑着回答。语花芳心也有些感动，默默含羞地凝望着他满腮胡髭的脸儿，说道："那怎么行？明天还得赶路哩！爸爸身子受得了吗？"

"一夜不睡，那算得了什么稀奇？我曾经七夜不睡，白天照常做事，说起来你也许会不相信哩！"杨大彪笑着回答，一面叫语花安睡，一面他已坐到桌子旁去了。

语花觉得大彪真是个奇男子，心里不免暗暗惊叹，遂躺倒床上，在起先只不过闭眼养了一会儿神，但不到几分钟后，语花竟然已酣然入睡了。待语花一觉醒来，天已大明，因为刚一开始躺倒的原是和衣而睡的，此刻身上已盖了一条被儿，这当然是大彪给自己盖的了。回头再去瞧他，谁知他坐在桌边的椅上，兀是挺直地出神，语花心里这一惊奇，忍不住"咦咦"地叫起来了。

杨大彪听了语花的叫声，方才回眸过来，问道："孩子，怎么睡着了连被子也不盖的，不是受了寒的吗？"语花从床上一骨碌地翻身坐起，揉擦了一下眼皮，惊讶地问道："爸爸，你就真的一夜没有合过眼吗？"

"你别说那些孩子话了，快起来吧！我们也好早些动身哩！"杨大彪说着话，身子走到房门外，把房门已拉了开来。张老实夫妇俩早已在草堂里干活了，见大彪开门出来，遂吩咐阿芬倒脸水，煮点心。语花和大彪心里颇感不安，遂向他们连连道谢，一面把两枚约指脱下，欲想典押一百元的意思，向张老实告诉。老实见这两枚约指，照市价足足值有三百元的钱，于是他取出二百元钞票来，交给语花。语花并且说明把这套衣服穿去，除了把旗袍送给阿芬外，再谢阿芬二十元钱，阿芬一定不肯接受，语花也只得罢了。两人在吃点心之后，时已九点多了，想不到昨夜暴风狂雨，今天却云淡天青，太阳光开得很暖和的了，于是大彪和语花向老实夫妇及阿芬匆匆作别，便急急地赶到火车站去了。

长蛇似的火车，把杨大彪和解语花两人从上海载到了北平。语花问大彪的家是住在什么路，大彪却并不给予回答，将语花带着一同又出关外。那时北方关外的天气真是冷得厉害，语花身上的一套夹袄裤，怎么能御寒呢？所以冷得全身发抖，连牙齿也相打不止。大彪叫语花在一家茶馆里坐一会儿，他就匆匆地走了。语花也不知道他到什么地方去，因为身旁已并没有分文的钱了，在这种人生地疏的北方，她心中不是要着急起来了吗？所以拉住大彪的身子，急道："爸爸！你到什么地方去呀？""你不是怕冷吗？我给你拿衣服去，你只管在这儿坐一会儿，别害怕，爸不上几分钟就回来的。"杨大彪见她急得这个模样，一时也感到她的楚楚可怜，遂向她低声儿地安慰。语花待要再问他到哪里去拿衣服，但见他的身子早已飞步出茶馆去了。

语花待他走后，心里可就暗想：这人也不知是好是歹？我跟他到这举目无亲的客地，往后也不知是怎么的结局呢？一时想起王老爹的吉凶如何？可人会不会把我也当作被火烧死了吗？早知他的家里并不是在北平，我也不跟他来了。想到这里，觉得置身于此，正是进退维谷，左右为难了，一时悲酸十分，忍不住满眶子的眼泪像雨一般地滚下了。

谁知正在这个当儿，杨大彪急匆匆地拿了一件皮袄回来了，他见语花海棠着雨那么的粉脸，遂含了笑容，向她低低地安慰道："孩子，你觉得太苦了吧？但是你别伤心，一会儿就可以给你住舒服的房子了。"说着，把那件皮袄亲自给她披上了。语花见他果然拿来了一件皮袄，同时又听他这么说，一时心中正感到无限的惊奇。不料这时候茶馆门口忽然停下一辆马车，上面跳下一个黑脸大汉，走到大彪的面前，伸手行了一个礼。大彪见了，喜之不胜，遂拉了语花的手儿，急急跳上马车车内去。语花道："还不曾付账呢！这个人是爸爸的谁呀？"

"孩子，你别问，茶账不是他在付吗？我们到了家里，你就知道了。"杨大彪似乎十分的快乐，握着语花的手儿，满脸含笑地说着。这时候那个黑脸大汉已步出茶馆，跳上马车的前面座位上，挥了一鞭，那辆马车一阵辘辘的声音，早已向前疾驰了。

语花瞧此情景，真弄不明白究竟是怎么的一回事情，也不知杨大彪是哪一路的人物。她坐在车内，足足纳闷了一个多钟点，方才见那辆马车停了下来，遂跟大彪忽忽跳下车厢。回眸向四周细细一打量，语花顿时弄得目定口呆，心中暗想：果然不出我所料，大彪竟是个关外的盗魁了。原来这个地方，树林密布，怪石突兀，其中都散布着一个一个的面目狰狞的大汉，有的执刀，有的执枪，仿佛颇有组织一般。这时前面那扇大铁门早已开了，两旁小盗排在一起，各把手中雪亮刀儿举起。大家把脚一平，口中还吆喝了一声。语花吓得心惊肉跳，面无人色，不知如何是好。杨大彪拉了她的手却很得意地徐步向他们举起的刀缝下走进大门去。只见里面又是一个天地，四周松柏对峙，高矗云霄，一个广阔的梭场，似乎是操练时用般的。上面一个大厅，在石级上早已站了五个男子，头戴獭皮帽，腰间都配着盒子炮，见了大彪，便一起叫道："大哥，你回来了吧？什么地方带来一个小姑娘？"说着，大家向语花望了一眼，便哈哈地大笑起来了。

杨大彪见语花粉脸羞得绯红，遂哦了一声，说道："你们别胡说，这是我的亲女儿。"说着，又向语花介绍道："这是你的二叔李成虎，这是你的三叔黄得胜，这是四叔徐奇，这是五叔苏小龙，这是六叔陈竹友。你得都见个礼。"

语花听了，举目向他们掠了一下，觉得事到如此，也没有办法，只好向他们一一跪了下去，说道："众位叔叔在上，侄女儿在此拜见了。"

五个人经语花这么的一来，慌得都来搀扶，因为一下子伸下来十双大手，当然也是无从搀起，结果还是语花自己站起身子，抿着嘴儿也忍不住笑了。大彪道："我陪孩子到后面房中去，请你们把各位婶娘去请来给我孩子做个伴儿吧！"

五个人含笑答应，于是遂各自回房去了。这里大彪拉着语花的手儿，步入后厅，穿过了几重院落，到了一个房间。只见湘帘掀起，迎出一个十七八岁的丫鬟来，她向大彪上前请安，口中叫大王爷回来了。大彪笑道：

"杏儿，这是你的小姐了。"杏儿听了，遂向语花盈盈下拜，口喊小姐，一面请两人进房。语花步入房内，里面很是暖和，家具甚为考究，因为房内并没有一人，所以回眸瞟了大彪一眼，含笑问道："母亲和弟弟呢？他们到哪儿去了？"

杏儿正在倒茶，听见语花这么问，心里好生不解，却是大彪哈哈地笑起来，说道："孩子，你哪儿来母亲和弟弟呀？我生恐你不肯和我一块儿同来，所以诳着你的，不料你却信以为真了。"语花听了这话，方才恍然大悟。因为他既没有妻室，心中又不免害怕起来，红晕了两颊，那颗芳心别别地乱撞不止，低下头儿，不免沉吟了一回。大彪瞧此情景，遂和善地说道："孩子，你怎么啦？难道你因为我骗了你，你心里就不快乐了吗？"

"不！我并不是这个意思……"语花很羞怯地抬起头来，秋波逗了他一瞥恐惧的目光，低声儿地回答。

"那么你一定知道我是个强盗，所以你懊悔跟我一块儿来了吗？"杨大彪平静了脸色，又向她柔和地追问。

"也并没有这个意思，我心里是很快乐的……"语花听他问出这个话来，她那颗心儿愈跳跃得快速了，虽然脸部是掺和了惊惧的神色，但她掩着酒窝儿，还是显出妩媚的娇笑。

杨大彪点了点头，说道："虽然我们是做强盗的，不过我们都很有义气，在我部下的孩子，第一不能强奸妇女，第二不能抢劫贫穷人家的钱财。我们所用的枪和子弹，有的时候还都从外人手中夺来的呢！"

语花听他说的第一不能强奸妇女，凭了这一句话，她的芳心就安了一大半，暗想：既然你的军纪是这样的严格，那么以身作则到，你本身当然亦不是一个贪色之徒了。但是很奇怪，他们都有妻子，独独你只有一个人，那不是太令人不解了吗？意欲向他再探问一句，不料这时外面就拥进五个妇人来，笑着嚷道："大伯收了一个干女儿回来吗？给我们瞧瞧，生得模样好不好？"

大彪瞧了，遂站起身子同语花一一地介绍，这是二婶，这是三婶，这是四婶，这是五婶，这是六婶，都说了一遍。语花遂站起身子，向她们一一地拜见。大彪向她们笑道："你们五位婶娘多疼着我女儿一些，我不奉陪了。"说着，他便自管到外面去议事了。

这杏儿把茶一一地倒上，婶娘们拉了语花的手，大家都细细地端详，无不啧啧称美。三婶道："那是比大伯亲生那个美丽多了，姑娘，你叫什么名儿啊？"

语花听了很是奇怪，一面告诉了姓名，一面也低低地问道："原来爸爸自己也有个亲生女儿的吗？那么她现在到什么地方去了呢？"

"她在两年前就死了，我们大伯哭得什么似的。去年他到上海去报仇，谁知道到现在才回来，姑娘和他是怎么样认识的呢？"三婶不待二婶回答，向语花先悄悄地告诉。

语花听了，知道大彪说的报仇之事，倒也并非虚构的，遂把自己和大彪认识的经过向她们告诉了一遍。这时外面却有个仆妇端进一盘酒菜摆在桌上，杏儿向大家弯了弯腰请大家入席。二婶遂拉了语花，一同在桌边坐下，大家且谈且饮，不觉已到上灯时分。杏儿早已在室中亮了油灯和烛火，大家稍许吃了一些饭，遂向语花作别回房。语花于是送到门口，方才进内，向杏儿低低问道："大王爷的夫人是死了吗？"

"大王爷夫人在我们小姐十五岁那年就死了，可怜我们小姐在两年前也过世了，所以我们大王爷时常伤心。今天得了你这位小姐做女儿，大王爷心里真高兴哩！"杏儿望着语花微含醉意的粉脸儿，絮絮地告诉着。

语花到此，方知大彪是存心把我当女儿的，一时她才放下了一块大石，遂又低低地问道："那么这儿房间可是你小姐从前住的吗？"

"是的，小姐假使累乏了，我就伴你到里面一间去躺一会儿吧！"杏儿点了点头，她走到前面把暖幔掀起，原来里面还有一间哩！语花于是走进里面，只见房中四角都有烛柱，灯火已亮得通明的了。在灯光的笼映下，瞧到房中的家什真是富丽堂皇了，地板都铺着厚厚的地毯，靠那张红木床的前面还铺着一大块北极白熊的皮毛，真比雪还要洁白十分。杏儿把被儿抖开，拍了拍枕儿，微笑道："小姐，你休息一会儿吧！"

语花在上海自己的家里，虽然也很可以说得一句富丽了，谁知这儿的陈设，确实比家中更考究，想不到在强盗窝里竟有这样的卧房，她回忆狱中的情景，儿疑置身在梦境里了。愣住了一会儿之后，方才倒向床上去靠了一会儿，杏儿给她又泡上一杯玫瑰茶，遂悄悄地退到房外去了。

约莫半个终点之后，忽然听得一阵皮靴声，只见大彪走进房来，他身上的衣服早已全换过了。语花觉得这种装束，真像是个强盗王，遂急跳下床来，向他弯了弯腰，含笑叫了一声爸爸。大彪执着语花的纤手，向四周指了指，笑道："孩子，不是刚才冷得发抖吗？现在还感到冷吗？你瞧这卧房给你住你心里喜欢吗？"

语花这时心里一些也不害怕了，她微仰了粉脸，秋波望着大彪满腮胡髭的脸儿，也觉得有些可亲的意思，她不禁跳了跳脚，笑道："怎么不喜欢？爸爸，你待女儿太好了！"

大彪笑了笑，拉了语花到大橱旁，开了橱门，说道："孩子，你瞧这些珍贵的首饰，不是比那两枚约指更值钱吗？你爱戴什么，就戴什么好了。"

语花见橱内陈列着许多的玻璃盒子，里面都是钻戒、钻项圈、珍珠、翡翠等名贵的首饰，一时掀着酒窝儿，也不免笑出声儿来，说道："爸爸，这许多东西……不是很值钱的吗？"在语花的初意，原问他是哪儿来的？仔细一想，那不是明知故问吗？所以连忙转变了话锋，改作"不是很值钱的吗"几个字了。

大彪点了点头，把橱门关上了，他拉了语花，又到梳妆台旁，把上面那张小照拿给语花瞧，问道："孩子，你认得她是什么人吗？"

语花见是一个年轻的姑娘，虽非倾国倾城，却也秀丽可爱，她乌圆眸珠一转，这就有了主意，笑道："那不是我的姊姊吗？"

"咦！是谁告诉了你？"大彪听她这么说，心里感到无限的惊奇，望着语花的娇靥有些发怔。

"二婶说的，爸爸是有一个亲生的女儿，可是现在不幸死了"语花向他低低地告诉。大彪叹了一声，谁知道他竟掉下眼泪来，很伤心地道："谁知道她就死了……"

"爸爸，你别伤心吧！人死了，是不能复生的，你伤心不是也没用的吗？好在你如今又有一个亲生的女儿了，那你心里不是应该欢喜了吗？"语花见他也会落眼泪，可见自己骨肉真所谓天性的了，遂偎向他的怀里，秋波逗了他一瞥妩媚的娇笑，柔声儿地说。

大彪见她柔媚得令人可爱，一时也不禁破涕为笑，抱了语花的身子，低下头儿去，在语花的额角上吻了一下，说道："好孩子，我再把你当作亲生女儿一样地疼爱。你别害怕，从今以后，你就好好儿在这里安心住下吧！"

语花被他这么一吻，虽然很是羞涩，不过他并无恶意，所以倒也坦然，遂点头笑道："我知道的！爸爸，你放心是了。"

"那么你早点安置吧！我也回房去了。"大彪把她手儿抚摸了一会儿，遂回身走出房外去了。语花送到门口，方才回身进房，对着那融融的烛火，不免出了一会儿神。忽然想到自己会到这儿来给强盗做女儿，这岂不是做梦也意想不到的事情吗？她笑了一笑，却又叹了一口气，一面走到那张写字台旁，拉开抽屉，找了一张信笺，写封信给可人，大意是我已在北方关外燕子峰了，叫可人不必着急，过些时日，便可以回上海来的。语花写好了信交给杏儿，叫她们有空便去寄出，她便脱了衣服，自管睡去。

杏儿拿了语花写的信，不敢贸然就去给她寄出，她却匆匆拿到大彪房中来，说是小姐叫我寄去的。大彪接过拆开，取出信笺瞧了一遍，虽然没有多大关系，但恐外界知悉，到底不便，遂把信儿藏下，向杏儿关照道："以后小姐有信教你寄出，你都拿来给我是了。"杏儿点头答应，遂悄悄地回房来了。

从此以后，语花就在盗窟内住下了，每天与几位婶娘不是一同做活计就是抹骨牌儿玩，所以倒也不觉十分寂寞。光阴匆匆，这样一月一月地过去，早已过了残冬，新春又降临了大地。不过关外天气，没有春夏秋冬的分别，差不多天天冰雪连天，太阳光也很不容易瞧到的了。

这天下午黄昏的时候，语花坐在房内，正结着绒线活儿，忽然听到外面警钟大鸣，人声扰杂，语花心中倒吃了一惊，暗想，莫非是出了乱子了吗？遂急急地差杏儿到外面去探听。不多一会儿，杏儿笑着奔进房来，说道："小姐，你别害怕，没有什么事，这儿捉到一个奸细哩！"语花放下活计，凝眸沉思了一会儿，问道："不知是个怎么样的人？"

"穿军服的，个子很高，大概他是想和我们作对来的吧！现在大王爷已把他关入地牢里去了。这种人真想不明白，他有多大的本领敢上这儿来，那不是自寻死路吗？"杏儿一面告诉，一面给语花又倒上了一杯热气腾腾的玫瑰茶。

语花听了这话，"唔"了一声，她拿起绒线，依然低了头儿，静静地干活，可是心中在暗想：这个奸细恐怕是警察厅里派来的吧！因为在一个地方上如何能够允许给盗匪存在呢？觉得这样下去，地方当局势必要派大队人马前来剿匪的，到了那时候，岂非玉石俱焚了吗？虽然大彪的行为尚称光明磊落，不愧是英雄本色。然而落草为盗，给外界说起来终是社会的害虫、国家的腐蚀分子，这不是很不正当吗？照理，想大彪等那么的血性男儿，若为国家所用，岂不是个个是栋梁吗？要他们弃邪归正，为国效劳，这个责任倒是负在我的肩胛儿上呢！语花想到这里，她便存在了一颗

359

心，预备有机会要向大彪做个说客了。

这天晚上，语花待十二时敲过，她便提了一盏风雨灯，悄悄地到地牢里去探望那个奸细。守在地牢门口的小盗见了语花，便立刻立正，行了一个礼，叫声"小姐，你到这儿干什么来呀"？语花道："我进去瞧一个人，你在门口好生看候着。"小盗不敢违拗，只好答应，让语花走进里面去了。

地牢里是黑魆魆的怕人，差不多伸手不见五指的。语花提了风雨灯，一步一步地摸索着走路。不料忽然听得有个男子的声音，喝道："你是谁？"

语花冷不防经此一喝，倒是吃了一惊，一时站住了步，却是怔怔地愕住了一会子。诸位你道这个喝问的男子是谁？原来就是白天里被捉住的那个奸细。这个奸细倒是东省警察厅长吴紫英的公子吴剑秋，他本身在陆军军官学校毕业之后就在第五十九军三十八师部下任一个团长之职。平日好骑射，胆大心细，确实是个国家的将才。这次他回家探亲见父亲愁眉不展，说石家堡燕子峰出了巨盗，势力浩大，往往成群结队到城里来劫掠，后患无穷。剑秋当时听了便带了手枪，单骑前来探听，预备借军部之力量，前来消灭匪徒。不料才到燕子峰的山脚下，就被杨大彪部下擒获了。这时他被绑在地牢里，心里正在暗暗地忧煎，谁知外面却有灯光照射进来。剑秋回眸去望，见黑暗里有一圈灯光，灯光四周有一个女子的身影，一步一步地挨近过来。剑秋见语花脸儿甚为暗淡，隐隐约约不清楚，所以他便喝问了一声。谁知经此一喝，那女子的身影却是停住了。剑秋虽然胆大，到此也不免疑窦丛生起来，暗想：盗窟之内何来女子？而且我喝问了她，偏她又不回答，竟停住了步，莫非从前有一个女子曾经死在地牢里，所以今夜阴魂出现了吗？剑秋想到这里，只觉一阵寒意砭骨，仿佛冷水浇头，顿时毛骨悚然。但转念一想，她既在我面前出现，可见她一定有所帮助我了，遂接着又喝问道："你这女子莫非是阴魂出现吗？假使你能给我解去了绳索，我一定可以给你报仇的。"

语花听他说出这个话来，一时要不禁为之失笑起来了。因为已经有了多时的站立，她早发现了那个奸细被绑的地方了，于是慢步地走了上去，低低地说道："你别弄错了，我可是一个人呢！"随了这两句话，语花已挨近他的身旁了，她把那盏风雨灯提高了一些，向剑秋脸儿照了一照，心中暗想，倒是个怪俊美的少年。

剑秋这时候对于语花的脸庞儿当然也同样瞧得清楚了，暗想：在盗窟之内，竟有个这么艳丽的盗婆，那岂非是太可惜了吗？遂说道："你既非阴魂出现，那么你到这儿是干什么来的呀？"

"我来问你一问，你是到这儿做什么来的呀？"语花听他这么说，秋波盈盈地逗给他一个妩媚的娇笑，也向他柔声儿地反问。

剑秋在微弱的灯光之下，瞧到语花笑的时候，颊儿上还有个深深的酒窝，一时他的神魂不免有些飘荡起来，望着她倒是愕住了一会儿。良久，方道："我是来探听你们的虚实，你们为匪作歹，扰乱地方治安，究竟太可恶了。你也是个很聪敏的女子，假使一个国家之内，到处都有你等盗匪存在，试问这一个国家还有兴强的希望了吗？"

语花被他说得两颊绯红，点了点头，低低地说道："你这话，也说得不错，不过英雄末路落草为盗，亦是有万不得已的苦衷呢！假使国家能够重用的话，焉有不愿为国效劳而做光明正大之事业吗？"

剑秋听了语花这几句话，觉得燕子峰的盗窟，不可与其他匪徒作同日而语者，因为语花之话，不是个深明大义、见识卓绝的女子吗？一时不禁肃然起敬，遂欣然说道："你们若果有弃邪归正之意，我一定可以给你保举，使你们个个都有事情做，我们一致团结，为国争光，岂非是好？"

语花听了，点了点头，遂悄声儿问他道："请问贵姓大名，现任何职？你先生既有一致团结之志，那是再好也没有的了。"

剑秋心里十分喜欢，遂也告诉她道："我名叫吴剑秋，警察厅长吴紫英，即我的家父。现任第五十九军三十八师部下团长之职，不知姑娘姓甚名谁？和这儿盗魁杨大彪是什么关系？"

语花"哦"了一声，向剑秋逗了一瞥媚意的目光，笑道："原来还是个警察厅长的公子哩！失敬失敬！敝姓解名语花，杨大彪就是我的干爹。"

剑秋见她口齿伶俐，神情娇憨，暗想：解语花！好一个动听的名字。遂望着她玫瑰花朵似的粉脸儿，笑了一笑，说道："解小姐，我瞧你倒是一位很有思想的女子，怎么倒认贼作父？岂不为天下人所笑吗？"

"吴先生，你这话错了，落草为盗，正是英雄别具心肠，只要不做丧心病狂之事，安能埋没称为贼之一字。我干爹杨大彪却是个血性男儿，侠义之气，胜于常人。你先生若果然有引见之意，我可以担保，使他们必定前来为国效劳，不知吴先生是否有真心待人吗？"语花听他这么说，两颊虽然一圈一圈地红晕起来，可是她还竭力镇静了态度，向剑秋很认真说出了这几句话。

剑秋听她这样说，沉吟了一回，又向语花问道："解小姐的口音，并非纯粹北方语气，不知你怎么会认大彪作干爹呢？能不能告诉我知道？"

"你真聪敏，我确实是南方人，因为大彪曾救过我的性命，所以我感他的恩而认他做干爹了。我瞧大彪平日的行为，颇有可取之处，他日为国前驱，当不使吴先生有所失望的。"语花点了点头，一面低声地告诉，一面又竭力赞美大彪的行为。

"既然解小姐如此深明大义，我岂能不真心相待吗？只要大彪肯答应归顺，我一定向军部前去保举。"吴剑秋镇定了脸色，也表示十二分的恳切的神情。

"好的！那么你且等一会儿，我回头就来给你好消息吧！"语花说了这几句话，她的身子便向地牢外面走了，匆匆地出了地牢，她遂步到杨大彪的卧房里来。

"孩子，如此夜深，为何还不睡觉？不知到爸房内，有什么事情相商吗？"杨大彪坐在灯下，手托下颏，吸着烟卷，似乎也正在想什么心事。他抬头见了语花，便放下手来，向语花轻轻地问着。

"爸爸，我听说这儿捉获了一个奸细，所以前来跟你老人家贺喜的。"语花笑盈盈地放下手中的风雨灯，明眸脉脉含情地望着大彪的脸色，她是在猜度大彪内心的意思。

不料大彪听了这话，却是深深地叹了一口气，摇了摇头，却并不作答。语花瞧这情景，她便在对面椅子上慢慢地坐下了，颦蹙了蛾眉，手儿抚摸着桌沿，低声地问道："咦！爸爸为什么叹气？难道你心里倒反而忧愁了吗？"

"孩子，你不知道，这个奸细，我审问过了，他叫吴剑秋，父亲是警察厅长，本身又是在军队里服务。他们万一派遣军队前来作战，那么我们何以抵敌？所以爸爸很是担着心哩！"大彪听语花这样问，不免紧锁了浓眉，向她低低地告诉。

语花知道大彪并非是个胸无城府竹的武夫，遂沉吟了一回，故意探听他的口气，说道："那么爸爸何不放走了他呢？

大彪听了这话，不免笑起来了，说道："捉虎容易纵虎难，既捉住了更不能放他了，你别说那些孩子话了！"

语花平静了脸色，很认真地说道："爸爸，你以为我说孩子话吗？其实，我原也有个打算的。如今我们埋没为盗，虽然并没有做那丧天害理的

362

事情，但究竟不是正当的行为，我觉得以爸爸和几位叔叔那种侠义豪爽之气概，确实是个国家的将才。际此叱咤风云之时代，爸爸不是正可以创造一些伟大的奇绩吗？所以照女儿的意思，不妨和姓吴的请求，希望他能给我们到军部去申请，从此弃邪归正，团结一致，努力国事，岂非一件流芳百世的美事吗？"

大彪听了语花的话，低头沉思了一回，觉得语花虽是个年轻的姑娘，但见识卓绝，思想超人一等，真不愧是个巾帼英雄，遂望着她脸儿，说道："女儿所言甚善，正合着爸的意思。大丈夫处此乱世，当马革裹尸，去干一番烈烈轰轰的伟业，以报答国家，岂可以消沉壮志，与草木共腐吗？但是我们既已一错在前，唯恐不能得到当局的同情耳！"

"爸爸这话错了，那么世界上偶一做错了事的人们，难道他们就永远不能再做好人了吗？我想如今正需要人才的当儿，决不会有负我们的希望。只要爸爸情愿这么干，女儿倒可以给爸爸在姓吴那儿做个说客的，不知爸的心中以为怎样？"语花听大彪这样说，心里这一快乐，不免把颊上的酒窝又深深地掀起来了。她站起身子，似乎立刻等待他一个回答似的，便可以去实行了。

"慢着！孩子，你不要太性急了。现在时已深夜，要和姓吴的去说，也得等待明天了，况且爸爸一个人也做不了主，明天还得和众位叔叔商量商量，你现在快去睡了吧！"大彪见她就要去说的神气，遂把手儿一拢，向她又说出了这几句话。

语花点了点头，说道："那么也好，我想爸爸只要以利害向叔叔陈说，当然他们也绝不会不赞成的，爸爸你也早些儿安置吧！"语花又叮嘱了两句，方才欢喜地回房去安睡了。

这夜语花躺在床上，心头有说不出的兴奋，她觉得这件事情若成功了，那我是干得太有意义的了。不但使这班草莽英雄有了归宿之所，而且我也有回上海的日子了。唉！可人！可人！你真也太没情义了。为什么我给你这许多封信，你就连一个字也不作复呢？难道每封信都会遗失了吗？难道你变心了吗？想到这里，语花倒不免又落下了几点眼泪来。

次日语花醒来的时候已经很晚的了，杏儿服侍她梳洗吃点心毕，早已十一时相近了。正欲到大彪那儿听消息，却见大彪很欢喜地进房来了。语花连忙上前请安，笑盈盈地问道："爸爸，你和众位叔叔不知已经商量过了吗？"

大彪点头笑道："早已开过会议，他们都很赞成，我想既然如此，孩子不妨和我一同和姓吴的去谈几句话。"

"很好，那么我们此刻就去吧！"语花心中乐得什么似的，拉了大彪的手，不免跳了跳脚，于是两人遂步出卧房，一同到地牢里去了。

两人到了地牢，语花遂向剑秋和大彪介绍道："先生，这就是我的爸爸，爸爸的意思也很想为国效劳，干一番比较有意义的工作，请吴先生把我们一番苦心，代为向上峰婉言陈说，我们心头实在很感激的了。"语花说着一面亲自给剑秋松去了绑。剑秋因绑了一夜，此刻既松开了以后，倒觉得两手发麻，所以颦蹙了两道清秀的眉毛，却是回答不出一句话来。语花瞧了他这个神情，心里早知他的意思，遂把他两手揉擦了一会儿。剑秋见她多情若此，心中更感到她的可爱，明眸望着她点了点头，表示非常感谢的意思。

这时大彪早已执了剑秋的手向外头走去，一面呵呵地笑道："吴先生，昨日多有冒犯之处，还请海涵原谅是幸，今日得先生助我们走向一条光明大道，是则我辈可谓重见天日矣！"

"杨老先生何必客气，悬崖勒马，回头是岸，只要我们具有一股子忠义之气，前程真远大哩！"剑秋忙也含笑回答，两人脸有喜色，颇形得意。

到了大厅，与李成虎等一班人都相见行礼。大彪吩咐摆席，与吴爷压惊，语花亦在旁边相陪。直到午后二时敲过，大彪叫小盗牵出马匹，送剑秋回去。剑秋约定明天早晨前来相迎入部，遂匆匆分手作别。

到第二天九点光景模样，语花正在房中喝牛奶，忽然听到一阵鼓乐喧天的声音闯入耳鼓，知道剑秋率队前来了，一时惊喜欲狂，遂放下牛奶杯子，急急奔出厅来。只见大彪和诸人已整衣相候在中门之外，两旁小盗齐整肃立，手执大刀，一齐高举，同时又见两面大旗，上书"欢迎"两字，在半空中随风摇摆。语花挤到大彪身旁，用目向前望去，只见剑秋全身武装，骑了一匹高头白马，手执指挥刀，在前领路。后面一排鼓队，再后面是一团军队，只听鼓声响咚咚，十分雄壮。在穿过林中的时候，又有一阵洪亮的军歌，响入云霄，见剑秋骑在马上那种欢乐若狂的举动，使人也会兴奋起来。这时大彪一声令下，只听号炮三响，同时也唱起军歌相和。语花瞧此情景，她已忘了置身何处，不禁乐得跳了跳脚，高声地欢呼万岁起来了。

第七章

惊喜交集珠还合浦

虽然是春的季节，但天气依旧是这样的严寒，天空老是浮了灰暗的颜色，仿佛是一个有心事的妇人，满布了忧郁的愁容。语花站在玻璃窗子的面前，两眼呆呆地望着彤云密布的天空，好像已在飘飞一朵一朵的雪花了，起初风是十分的平静，所以雪花也飘飞得非常的悠闲。后来风渐渐地吹得紧了，雪也慢慢地大了，因此雪花是飞舞得十分的紊乱，只觉白茫茫的打成一片，把眼睛也瞧得模糊起来了。

语花望着纷飞的大雪，使她心头也感到十分的紊乱。她是暗暗地思忖着，自从大彪弃邪归正以后，承蒙剑秋竭力地帮忙，终算使他们这一班好男儿以后也有为国效劳的日子了。虽然这一半也是我的力量，但大彪等诸人的心眼儿也究竟不坏，觉得这一件事情是生平中干得最痛快的了，想不到含冤入狱后，在绝处逢生之中又会到这远隔千山万水的北方来成功了这件得意的事情，这岂非做梦也料不到的吗？语花想到这里，心中自然感到无限的快乐。一会儿又想，大彪编入了军队之后，我的生活不是成为孤独了吗？这里又得感谢剑秋的盛情，他把我带到他爸爸那儿来居住。这真也是个奇怪的事情，剑秋的爸爸吴紫英和他母亲对我却表示十分的好感，而且希望我给他们做一个干女儿，我在这个情势之下，还有什么推却的吗？于是我凭空地又认了两个干爹，想不到我此生中，遭遇竟有这样的奇妙呢！语花想到这里，又好笑又惋惜，忍不住微微地叹了一口气。最后她又想到剑秋的年岁却比自己还小一年，在他家住了一个多月的日子，他对我喊着姊姊是非常的亲热，窥测他的意思，在这亲热之中似乎还含有些爱我的成分，虽然他的用情是十分的真挚，不过他又哪儿知道我是个有夫之妇呢？于是语花还想着了可人，真也奇怪，竟没有一封回信写给我，难道可人在上海也遭到了意外的变故了吗？在语花心中既有了这个感觉之后，她不免又感到悲酸起来，眼角旁涌上了晶莹莹的一颗了。

"姊姊，你在赏玩雪景吗？"语花正在独个儿暗暗地伤神，忽然一阵轻柔的喊声，震碎了四周寂静的空气，使她意识到这喊自己的就是剑秋了。遂慌忙抬上手儿去，在眼皮上揉擦了一下，然后回过身子来，果然剑秋的身子已站在背后的了。遂把秋波脉脉含情地瞟了他一眼，勉强浮了一丝微笑说道："弟弟，你刚从军部里回来吗？"

"是的，一会儿雪就下得这么大了。姊姊，你怎么啦？淌过眼泪吗？"剑秋微笑着回答，忽然他的明眸瞥见语花的眼帘下似乎有泪痕，这就蹙起了清秀的眉毛儿，向语花又轻声儿地问着。

语花想不到他有这样的细心，遂竭力镇静了态度，掀着酒窝儿，摇了摇头，笑道："谁淌过眼泪？弟弟又胡说我了。这几天一直没有回家，想来军部里的事情很忙吧？"语花秋波在逗给他一个妩媚的娇嗔之后，她竭力用别的话来打岔开去。

"事情也忙不了什么，不过终觉得难以分身，今天是我休息的日子，所以回家来望望爸妈，同时来望望姊姊。"剑秋口里虽然是这样地回答，但他两眼还是向语花脸上默默地凝望，他窥测语花的笑意，是非常的勉强，他觉得语花心中一定有什么难受的事情，所以他说完了这两句话儿之后，又低声地说道，"姊姊，你瞒不了我，我瞧你眼皮儿还红红的呢！我想姊姊心里一定有不如意的事吧！不知道你愿意告诉给弟弟知道一些儿吗？"

"真的，我没有什么不如意的事情，你说我眼皮发红，因为我眼皮发痒用手揉红的。弟弟，你怎么这样的多心呀！"语花听他又这么说，两颊也添上了一圆圈的红晕，她抬上纤手儿，又去揉擦了一下眼皮，秋波却故意还白了他一眼。

"那倒并非是我多心，因为我瞧到姊姊确实是淌过泪的，我想家里人一定有得罪姊姊的地方吧？"剑秋见她这一个白眼，真是非常妩媚得可爱，但自妩媚之中，未免也感到有些儿楚楚可怜的意态，这就向她又柔声儿地猜测着。

"你别胡猜吧！爸妈待我这么的好，我心里真感激还来不及呢！"语花忸怩了一下腰肢儿，向他又娇羞地笑起来了。

"那么我想一定弟弟有什么地方得罪了姊姊吧……"剑秋情不自禁地去握住了她纤手，向她又说出了这一句话。

"弟弟也待我这么好，哪儿会有得罪我的地方呢？"语花被他握住了手，心里已感到很不好意思，待他既说出了这两句话儿以后，心中这就更加地感到难为情了，娇红了脸儿，把身子背过去了。

剑秋听了语花这两句话，心里荡漾了一下，未免感到有些儿甜蜜的滋味，他把语花的肩儿扳了回来，两人的视线这就瞧了一个正着，大家忍不住都微微地笑了。剑秋很恳切地说道："姊姊，这个我也猜错了，那个我也猜错了，那么你到底为了什么呢？假使你真的把我当作弟弟看待的话，你似乎应该向我告诉一个明白的。"

"弟弟，你叫我告诉什么好呢？虽然你这一份儿关切的情意，我是非常的感激，不过我确实没有什么不如意的事情可以向你告诉呀！"语花含情脉脉地望着他俊美的脸庞，也很认真地说着。

剑秋见她一味地否认着，自己这就不好意思一定要说她是有不如意的事情了，遂放下了她的手儿，点了点头，两眼望着窗外纷飞的雪花，却是默默地愕住了一回。

"弟弟，你为什么显出不高兴的样子呀？"语花见剑秋木然的神情，似乎在做个沉思的样子，而且在沉思之中，至少是带有些不快乐的成分。语花虽然明白这是因为自己没有给他一个爱的表示，不过她还故意明知故问悄声儿地问着。

"姊姊，你也怪会多心的，我好好儿的干什么要不高兴呢？"剑秋被语花这么一问，他便立刻别过脸儿来，明眸脉脉地望着语花妩媚的粉脸，不禁哧哧地笑了。

语花听他也说自己多心，两颊这就更红晕起来，秋波瞟他一眼，忸怩了一下腰肢儿，说道："因为弟弟冤我淌过眼泪，所以我也跟你开玩笑，说你不高兴哩！"

剑秋见语花这神情可人得令人感到可爱，遂把他手儿又拉了过来，一同步到暖炉旁的沙发上坐下，向语花很低声地说道："姊姊，你不是说在上海只有一个爸爸吗？我想你一定在想念你的爸爸了，是不是？"

语花和吴老太叙述身世的时候，她说母亲在去年死了，在上海只有一个爸爸在着。她说这话原是指点柳老太和王老爹两人而言的，可是她并不知道王老爹却已真的被火烧死了。

当时语花听了剑秋的话，遂频频地点头，说道："这句话就被弟弟猜着了，我想离开上海已经一年多了，爸爸老人家的身子不知好不好？早起晚睡也没有人好好儿地服侍，你想，这不是叫我心里十分的记挂吗？"

367

"不错，这个倒确实应该很记挂的，但是我的意思，不妨把你爸爸接到这儿来一块儿居住，那不是很好了吗？"剑秋点了点头，他沉吟了一会儿，向语花低低地征求着意思。

"弟弟的意思虽然很好，不过路太远了，所以我决定预备下个月亲自回上海去探望一次，这样比较妥当一些。"语花微含了笑容，低低地回答。

"姊姊，难道你真已经决定了这个意思了吗？"语花这句话听到剑秋的耳中，心里是非常吃惊，猛可握住了语花的纤手，话声是带有些急促的成分。

从剑秋这惊慌的意态上瞧来，语花已经很明白他心中实在是有爱上我的意思。但是可怜他也太痴心了，这就心里也感到难受起来，便忙笑着安慰他道："弟弟，你何必这样惊讶的神气，虽然我要回上海去了，不过将来我们不是终有再见面的日子吗？"

"话虽这样说，不过我在地北，你在天南，再要见面的日子，恐怕是只有在梦中了吧！"剑秋摇了摇头，从他颓然神伤的表情上瞧来，就可以知道他内心是这一分儿悲哀的了。

语花听他这么说，情不自禁伸手把他嘴儿去按住了，但既按住了后，立刻又放了下来，秋波脉脉含情地逗了他一瞥哀怨的目光，柔和地道："弟弟，你怎么说出这样不吉利的话来呢？虽然我们远隔天涯，不过现在交通便利，弟弟有空的话，也好到上海来玩玩；我有空的话，不是也可以再到北方来探望你们吗？"

剑秋被她手儿一按，心里倒荡漾了一下，但不知有了个什么感觉之后，他又深深地叹了一口气，却是垂下头儿，两眼望着融融燃烧着的暖炉，怔怔地发呆。

"弟弟，你怎么啦？你恨我吗？"语花颦蹙翠眉，也愕住了一回，但她把纤手搭到剑秋的肩胛上去，又轻柔地问着他。

剑秋回眸瞟了她一眼，摇了摇头，说道："不！我并不恨姊姊，我心头只觉得空洞洞的，感到难受极了。"他说完了这两句话，连眼皮儿也不禁红晕起来了。

这句话叫语花听了，心头也感到有些儿悲酸，她几次三番想和剑秋说明自己是个有丈夫的人了，然而她始终鼓不起勇气，微微地叹了一声，她把粉脸儿也慢慢地低下来了。

剑秋见语花这个意态，以为她是怕着难为情，遂拉起她的手儿，温和

368

地抚摸了一回，轻轻地道："姊姊，你不要笑我，我自从见了姊姊之后，我的脑海里就留下了一个不可磨灭的印象。姊姊一旦回上海了之后，恐怕在我心中就会失却了一盏明灯那么的难受，因为我实在舍不得离开姊姊，不知姊姊也能可怜我一片痴心吗？"

语花听他这样说，显然剑秋赤裸裸地已向我表白爱的意思，遂抬头向他瞟了一眼，不料剑秋的眼角旁却展现了晶莹莹的一颗，这似乎出乎意料，语花想不到他竟痴心到这个地步，一时芳心也不禁为之怦然欲动了，叹道："弟弟，我明白你的意思，我心中是太感激你了。不过你应该原谅我的苦衷……因为，因为，我是已经有了丈夫的女子了呀！"

"什么？姊姊已经出过嫁了吗？"这句话好像是暗天中起了一个霹雳，把剑秋那颗心儿震得粉碎的了，他涨红了脸儿，望着语花急急地追问。

"是的，弟弟，我确实是已经有丈夫的了。"语花的两颊也浮现了桃花的色彩，明眸羞涩地瞟了他一眼，点了点头，赧赧然地回答。

剑秋这时的痛苦，仿佛有人把他那颗心儿摘了去一样，他觉得眼前呈现了一片黑暗，什么都完的了，长叹了一声，却是扑簌簌地滚下眼泪水来了。语花见他痴心得这个样儿，无限辛酸，陡然地冲上心头，倒被他也引逗得泪水夺眶而出了。

"姊姊，你别伤心，我们相逢究竟是太迟一些儿了。"两人默默地淌了一会儿泪，剑秋取出一方手帕儿来交到语花的手里去，向她很感叹地说出了这两句话。

语花见他这么的多情，心里自然也十分的感动，却把手帕取来，亲自先去给他拭了拭泪水，说道："弟弟，我并不伤心，因为我觉得弟弟待我的情义确实是太真挚了。不过我以为像弟弟那么的人才，当然也不难娶一个才貌双全的女子做夫人，所以请你也千万不要伤心了吧！"

"但是我还很不明白，姊姊说杨大彪是曾经救过你性命的，不过你既然住在上海，怎么又会到老远的北方来呢？其中曲折的经过，不知姊姊能够向我告诉一个详细吗？"剑秋见语花这个举动，实在也是多情到了极点的，他心头似乎更增了一分痛苦，不过他又不得不竭力压制悲哀的发展，向她低低地探问。

语花于是一面收束自己的泪痕，一面把所有的事实，向剑秋很仔细地诉说了一遍。剑秋听了那些话，方才有个恍然大悟，遂说道："姊姊热心过人，真不愧是个侠义心肠的奇女子。可恨我没有福气，能够得姊姊作为终身伴侣罢了。"说着，不免又伤心泪落。

语花听他赤裸裸地直说了出来，一颗芳心又羞涩又难受，深深地叹了一口气，低了头儿，望着自己的脚尖，却是怔怔地愣住了一回子。两人正在静悄悄的当儿，忽然见丫鬟匆匆进来喊道："少爷！小姐！太太请你们用点心去了呢！"剑秋答应了一声，遂和语花偷偷地拭去了泪痕，匆匆地走到上房里去了。

这晚语花睡在床上，是一些儿也不能合眼，只管呆呆地沉思着。觉得吴紫英夫妇虽然待我像自己女儿一样的亲热，剑秋虽然也是这一分儿的多情，不过我是有夫之妇，如何能够再去自寻烦恼呢？所以为今之计，我还是早日回南，比较省却许多的麻烦。再说和可人一别年余，可怜他真不知怎么样地挂着我呢？语花既打定了主意，方才沉沉地熟睡了。

次日起来，语花照例到上房里去向吴老太请安，只见吴老太闷闷不乐地坐着出神，语花遂悄声儿地问道："妈，你老人家有什么心事吗？"

"孩子，你没知道，你弟弟昨夜忽然病起来了，那不是叫我心里感到忧愁吗？"吴老太见了语花，皱起了眉毛儿，低低地回答。

"弟弟病了吗？昨晚吃饭的时候不是还好好儿的吗？那么也该快些儿请个大夫给他瞧一瞧了。"语花突然听剑秋病了，心里倒是一怔，遂也颦蹙了翠眉说着。

"你弟弟的脾气真是古怪，他偏不要瞧大夫，说是给大夫诊治了后，他也不肯喝药的。你想，叫我有什么办法呢？唉！"吴老太说到这里，不禁又深深地叹了一口气，在她这一口叹气中，至少是包含了一些这孩子真不肯听从娘话的成分。

语花听到剑秋病了，却不肯就医，心里这就感到奇怪起来，暗自沉吟了一会儿，秋波向吴老太瞟了一眼，说道："弟弟这人就带些儿孩子气，既然病了，怎么能不瞧大夫呢？我想妈终得劝劝才是哩！"

"劝得听从就好了，不肯听又有什么用呢？我瞧这孩子平日对于你姊姊的话，倒很听从的，所以回头用过了早点，你倒不妨去劝劝他，也许他就愿意了。"吴老太摇了摇头，但说到这里的时候，忽然又浮现了一丝笑容，望着语花低声儿地说着。

语花听她这样说，一时也不知道她这话中是否含有神秘的意思，红晕了脸儿，也只好点了点头，说道："也好，那么我此刻就去瞧瞧他吧！"说着，她的身子便走到剑秋的书房里去了。

"弟弟，你怎么病了呢？"语花轻步地走到床边，只见剑秋背着床外静悄悄地躺着，因为他有轻微的咳嗽之声，所以知道他没有睡熟，便向他柔和地问着。

　　剑秋听了语花声音，他便回过身子来。见语花已站在床前了，他的脸儿上便含了一丝笑容，说道："姊姊，你早，可不是真奇怪了，好好儿的却病了，大概是受了一些风寒吧！"

　　语花走上一步，在他床边坐下了，凝眸含颦地向他望了一回，忽然伸手去按住他的额角，因为试不出有什么热度，一时不免多按了一会儿。剑秋也许是因为心虚的缘故，他的脸儿就笼上了一朵红晕，眸珠一转，先向她说道："姊姊，不是头儿有些发热吗？"

　　语花虽然手儿是没有热的感觉，不过他既然自己承认有热度，当然不得不点了头，把手儿缩了回来，说道："稍许有一些热度。弟弟，妈要请大夫给你瞧瞧，你为什么偏不肯呢？一个人有了病，不是终要医生诊治的吗？"

　　"一些儿寒热，那要什么紧？睡一两天就好了，我就怕着喝药。姊姊，你早点可曾用过了没有？"剑秋明眸脉脉地望着语花的娇靥，他似乎感到了一些安慰，含了笑意，低声地问。

　　"弟弟，你怕喝药，这话不是太小孩子气了吗？虽然一些儿小病远没有什么关系，但喝了药后病儿不是就好得快了吗？"语花并不回答他吃了点心的话，先向他温柔地安慰。"不过喝药我认为也没有多大的效验，假使有姊姊整天伴我床边的话，我想这病一定比喝药好得快的。"剑秋有些乐而忘形，他从被内撩出一条手儿来，握住了语花，低低地说着，在这话中不免带有些儿顽皮的成分。

　　"弟弟，你这个话说得有趣，那么我明天不是也可以挂牌做大夫了吗？"语花口里虽然是这么地说着，但她的粉颊儿早已一圈一圈地红晕起来，显了倾人的笑容，秋波却逗给他一个妩媚的娇嗔。

　　剑秋两颊也浮了玫瑰的色彩，忍不住抿着嘴儿微微地笑了。

　　语花低下了粉脸，明眸望着自己旗袍料子上那朵细小的花纹，默默地想了一回心事。觉得剑秋这病就生得有些儿怪，凭他这两句话，可见他的病不是普通的了。唉！这孩子真也痴心得太可怜一些儿了，那叫我怎么的是好呢？正在暗暗地为难，见丫鬟送上一碗圆子来，说道："小姐，太太叫我送来给你吃的。"语花回眸向她点了点头，那丫鬟就悄悄地退出去了。

语花见梳妆台上的那碗圆子还在冒着热气腾腾的雾气，遂向剑秋说道："弟弟吃过早点了没有？"

"我不想吃，姊姊自己吃吧！"剑秋摇了摇头，低低地说。

"我瞧弟弟也没有什么大病，怎的可以不吃些儿食物呢？我服侍你吃几个好吗？"语花在梳妆台上拿起了碗儿，秋波含情脉脉地逗了他一瞥，笑盈盈地问。

剑秋听语花说他没有什么大病，一时也不知为了什么缘故，他全身一阵燥热，两颊顿时又绯红起来了，支吾了一会儿，方才笑道："那么照姊姊说来，难道我是假装生病的不成？"

"并不是这样说，好好儿的谁爱装生病呢？再说你也不是一个女孩儿家，心中不如意了，就赖在床上不想起来了。我以为一个人最要紧的是有精神，若没有了精神，就是没有患病的人，也仿佛是患了病儿一样的颓丧了。弟弟，你说姊姊这话是不是？"语花见他若有羞涩的意态，遂摇了摇头，平静了脸色，暗暗地拿话去刺激他的心弦。

"不错，一个人确实应该要有精神才是……"剑秋似乎有些理会到语花的意思，他的脸儿上更有了一层惭愧的颜色，但说到这里的时候，又微微地叹了一口气，接着又道，"不过一个人的精神是全仗外界鼓励的……"说着，顿了一顿，望着语花，却是愣住了一回。

语花听他这一句话，显然是意犹未尽，但他虽然是没有说下去了，自己的芳心里也早已知道得很明白的。遂笑了一笑，说道："弟弟，你快坐起来，我服侍你吃了圆子，我来向你鼓励吧！"

剑秋听她这么说，心里又感激又难为情，遂说道："我真的不想吃，姊姊，你还是自己吃吧！"语花很不高兴地瞅了他一眼，似乎有些娇嗔的神气，说道："稍许吃一些儿，也不会吃坏的，你不听从我姊姊的话，我心里就要生气哩！"

剑秋在语花这样柔媚的手腕之下，他这就失却了拒绝的勇气，遂从床上坐了起来，明眸望着语花红晕的娇靥，却是哧哧地笑。语花这样用羹匙盛了一个圆子，亲自送到他的口边去。剑秋心里有些甜蜜的滋味，他开口来吃的时候，不料语花把羹匙又缩回来了，剑秋以为她和自己开玩笑，望着她不禁怔了怔。语花噗地笑道："我怕烫了你的嘴哩！"说着，撮起了小嘴，在圆子上轻轻地吹了两口之后，方才把羹匙又送到他的嘴里去。

剑秋见语花这样多情的举动，一寸心灵，在无限喜悦之余，不免又掺和了十分的悲酸，嘴里吃着圆子，两眼望着语花的秀脸，大有如醉如痴的神情。

"弟弟，你再吃一个吧！"语花把羹匙舀了第三个圆子，向他低低地说。

"不，我真的吃不下，胃里很不舒服。姊姊，你摸我的手，此刻不是很烫吗？"剑秋摇了摇头，把手儿伸了过来。语花忙把羹匙放向碗内，摆在梳妆台上，将他手儿摸了摸，谁知果然有些热刺刺的发烧。这就颦蹙了翠眉，暗自沉吟了一回，想道：我以为他的病完全是心灰意懒而起的，谁知他真的有了热度了。便说道："刚才我摸你额角，还没有发烧，怎么此刻就有了呢？"说着，伸手又去按他额角，果然也很烫手，于是她把剑秋身子又扶着躺下，给他盖好了被儿，说道："弟弟，既然有了热度，你大夫终得瞧的。"

剑秋并不回答什么，摇了摇头，却把脸儿别转向床里去了。

语花见他这个神情，心里明白他的病源，终是为了自己的缘故，所以轻微地叹了一口气，心中不免有些儿黯然。

这时吴老太也走进房来，见语花坐在床边发怔，遂忙低低地问道："剑秋睡熟着吗？"语花见了吴老太，遂离开了床边，站起身子，说道："有些儿热度，我想叫阿炳请大夫去吧！"

吴老太点头答应，她便又走出去了。剑秋回过头来，望了语花一眼，说道："姊姊，我这病瞧大夫是不相干的，其实何必多此一举呢？"

语花听他这么说，心头不免感到有些儿悲酸，叹了一声，说道："弟弟，你怎么说这些话呢？我以为你是个明达的人，终不应该这样地想不明白吧！"

剑秋听语花这么说，低头不语唯有叹息而已。语花方欲再向他劝解，吴老太又走进房来，于是便也不言语了。吴老太见那碗圆子还放在梳妆台上，遂向语花说道："为什么不吃？冷了不是有碍胃的吗？"

语花这才点了点头，拿着碗儿，把圆子吃了。不多一会儿，阿炳把大夫请了来，吴老太和语花遂向大夫招呼，倒上了茶，递过来烟。那大夫才坐在床前的椅子上，语花拿了两本书儿，给剑秋垫了手腕，剑秋到此，也只好给大夫诊过了脉息。大夫瞧过他的舌苔，问了几句，遂到桌子旁去开方子。

语花站在旁边，见大夫手儿提了笔杆，却是沉吟着没有写出一个字来，一时心中好生奇怪，遂颦蹙了眉尖，向他低低地问道："大夫，他这病没有什么危险吧？"

大夫回眸向语花望了一眼，暗想：她只问了这一句，想来这少妇定是病人的妻子无疑了，不过事情似乎很奇怪，他既然家里已有了这么一个美丽的妻子了，为什么还害起相思病来呢？可见这种公子哥儿，在外面一定又爱上了不知哪一个姑娘了。意欲向她直接地告诉，又怕伤了人家夫妇的感情，所以他很轻声儿地回答道："没有什么危险，我给他表一表身子就好了。"说着，便提笔开了一张发汗的方子，交给语花，他就匆匆地作别走了。语花送他跨出房门的时候，那大夫忽然又回过身子来，向语花低声地道："你们明天不用来请我了，因为他这个病是心病，心病除心药不医，至于什么病，请你只要问你自己的先生，就知道了。"

语花听他的语气，竟把剑秋当作了我的丈夫了，一时绯红了两颊，却回答不出什么，倒不禁愕住了一回。那大夫却别转身子，很快地走到外面去了。

"语花，那么我们快叫阿芸撮药去吧！"吴老太拿了一张药方，也从房中走出，见语花低了头儿进来，遂向她低声儿地说。

"是的，我叫她撮药吧！"语花抬起粉脸儿来，竭力镇静了态度，把手伸过去接过吴老太拿着的药方子。

"还是我叫阿芸撮药去，你给我和他去做伴好了。"吴老太摇了摇头，她的身子自管走了。语花于是悄悄地走到剑秋的床边，只见他却在暗暗地淌泪，遂凄凉地道："弟弟，你怎么又伤心起来了呢？你是个勇敢的少年哩！我劝你应该想得透彻一些。"

"是的……"剑秋只回答了两个字，他的眼泪更像泉水一般地滚下来了。语花这时虽有千言万语的话向剑秋劝解，可是却无从说起，结果，她也陪着剑秋落了不少的眼泪。

光阴匆匆，离开剑秋的病已有一个星期光景了。他的病体，有增无减，整日茶饭不思，长吁短叹，弄得面黄肌瘦，形容枯槁，十分的可怜。吴老太夫妇俩见儿子这病古怪，后来也慢慢地有些明白过来了。因为爱儿心切，所以这天她拉了语花，在无人之处，向她低低地说道："语花，你知道剑秋这孩子生病的原因吗？"

"妈，他是为了什么啦？我真的不知道呀！"语花口里说着话，那颗芳心的跳跃，几乎已像小鹿般地乱撞了。

"语花，唉！这孩子真痴心得太可怜了。"吴老太深深地叹了一口气，先说出了这一句话，接着又道，"我瞧他药也不肯喝，饭也不肯吃，终是叹气淌泪，说病又没有什么大病，所以我十分的疑心。那天我悄悄地问了他，方知他是因为得知了姊姊已有了丈夫的消息，他才郁郁病起来了。我再想不到这孩子平日很明达的人，怎么竟患起这个病来了？唉！想我年已五十多了，膝下只有这一个孩子，万一不幸的话，那叫我还有什么趣味做人下去呢？所以你终要可怜我老夫妇俩，能够设法救我这个孩子一条命，真使我们感激涕零的了。"

　　语花听吴老太也完全明白剑秋生病的原因了，这就绯红了两颊，紧锁了眉毛儿，怔怔地出了一会儿子神，说道："妈，你叫我又有什么办法可以救他呢？我已经是个有夫之妇了，那可怎么好呢？"

　　"虽然你也有万不得已的苦衷，不过你是个具有侠义心肠的女子，见一个年轻的弟弟，为你活活地死了，你终也不忍心的吧！语花，我求着你，你……答应了他吧……"吴老太说到这里，竟向语花跪了下来，同时她满眶子里的眼泪，也扑簌簌地滚下了两颊。

　　语花听她这么说，虽然觉得吴老太是太自私了一些了，不过瞧了她这样可怜的举动，一颗芳心，真也有些不忍起来，遂连忙把她扶起了身子，叹了一声，说道："妈，你快不要这个样子了，岂不是要把女儿折了吗？你叫我答应，我虽然也有救他的意思，不过我和丈夫既没有脱离关系，叫我的良心上如何能对得住丈夫吗？所以这件事情叫我真有些力不从心的了。"

　　"唉！语花，你若不肯答应，那我的孩子是只有眼瞧着他死去的了。"吴老太长叹了一声，不禁失声哭泣起来。

　　语花这时心里的痛苦，也好像有刀在割的一般，她的眼角旁也展现了晶莹的一颗。低头沉吟了好一会儿，忽然眸珠一转，她便有了一个主意，遂向吴老太说道："妈，你快不要伤心了，今天晚上让我去服侍弟弟吧！我一定尽我的力量，终可把他的病儿慢慢地医好了的。"吴老太听了这话心里又不免欢喜起来，破涕笑道："语花，你真把我孩子病儿医愈了，那你真可说是我家天大的恩人了。"

　　"妈，你也不用说这些话，因为我素性就是个富于情感的人，得能把弟弟想明白过来，我就是委屈了一些，也很情愿的了。"语花一面向吴老太低低地说，一面也不知为什么缘故却有些悲酸的意味，泪水也在颊上晶莹地展现了。

晚上，语花端了一碗燕窝粥坐在剑秋的床边，房中是静悄悄的，没有第三个人。语花在那盏灯光下望着剑秋清瘦的两颊心里有些黯然，遂低声地叫道："弟弟，我服侍你吃些儿粥好吗？"

剑秋摇了摇头，明眸脉脉地在语花粉脸上逗了一瞥哀怨的目光，却是并不作答。语花勉强含了笑容向他又柔声儿地说道："弟弟，为什么尽爱饿着不吃东西？难道你把自己生命瞧得这么轻吗？你要明白一个年轻的人，他的责任是非常的重大哩！"

"姊姊，你虽然是这样地爱惜我，可是事实上我已没有什么希望的了，我想就这样短短地结束了我的一生吧！待来生的时候，我希望和姊姊有永远相聚的日子……"剑秋说到这里，泪水便像雨点一般地滚下来了。

语花听他竟痴心得这个模样，一时也不禁为之心酸泪落。剑秋伸出手来和语花握了一握，接着又道："这次姊姊回南，我本当亲自伴你去的，无奈病已深重，恐怕这件愿望是再也难以实现了。"

"弟弟，你快不要再说这些话了，我的心也为你碎了，你也没有什么大病，只要你肯听从我的话，把一切事情想得明白一些，那病自然不药而愈了。"语花听他这么说，心中悲酸已极，话声带有些儿哽咽的成分。

剑秋摇了摇头，闭了眼睛，兀是默不作答。语花呆呆地沉吟了一会儿，暗想：瞧他光景是存心死的了，想不到我前者遇见了子萱，而后者又遇到了剑秋，这不是我语花命中的魔星吗？不过子萱是个有妻子的人，他虽然痴心地爱上了我，不过他的用情，究竟不足取，因为他不免是带了贪色的成分。像剑秋还是个没有结过婚的男子，他当初爱上我的时候，是并不知道我已经是有了丈夫的人了。现在他既然知道了，所以便刻骨相思起来，剑秋的用情，确实是痴心到极点的了。像子萱么的人，我尚且用移花接木的方法去医治他，那么我如何忍心一个勇敢的青年为我而堕入灭亡的道路呢？虽然我不杀伯仁，但伯仁究竟为我而死，我如何肯伤这个阴鸷吗？那么我无论如何终得想一个两全其美的办法去医治他，不然，我的罪恶不是太大了吗？语花在这样思忖之下，她便情不自禁地说道：

"弟弟，假使我爱上了你，你难道也存求死了吗？"

"什么？姊姊答应爱上我了吗？"

语花这句话骤然听到剑秋的耳里，他在万分绝望之余，忽然眼前又展现了一丝新生的希望，立刻睁开了眼睛，向语花急急地追问。

"是的，我因为不忍心一个有用的青年为我一个女人而到幻灭的境地，所以我情愿爱上你了。弟弟，现在你终可以吃这碗粥了吧！"语花竭力镇静了态度，向他很恳切地说着。

剑秋听了这两句话，他心中这一快乐，也不知打哪儿来的这一股子气力，身子竟从床上跳了起来，猛可抱住语花的脖子，叫道："姊姊，姊姊，你真的愿意爱上我了吗？那你是救了我一条小性命儿了，姊姊，我真不知该怎么样来感谢你才好哩！"剑秋这举动原是一时兴奋所导致的，他既然把语花抱住后，他的身子早已靠前向语花的怀里去，一些儿气力都没有了。

"弟弟，你太感到兴奋一些儿了吧？你且靠在床上吧！我服侍你吃了这碗粥，我和你再好好儿地谈……"语花瞧此情景，心里又喜欢又悲伤，她把剑秋身子靠向床栏旁去，含了辛酸的热泪，向他低低地说着。

"姊姊，我实在太感激你了……"剑秋倚在床栏旁，望着语花白里透红的娇靥，他的眼泪却不断地滚了下来。

语花知道他是太感动了的缘故，遂把羹匙舀了燕窝粥，一面送到他的口里，一面低低地安慰他道："弟弟，你不用说感激的话，我是因为爱你的人才，所以不管一切地答应爱你。假使弟弟为我而死的话，国家不是又将失却了一个效劳的人了吗？唉！弟弟，你终应该知道我们青年人的责任，千万不要因一个女子，而丧失了自己的生命，这不但对不住自己的爸妈，而且也更对不住自己的国家呀！"

"不错！姊姊的金玉良言，我是深铭心版，你真不愧是个博爱的姑娘了。"剑秋一面连连地点头，一面把粥也大口地吃了下去。吃完了这碗粥，剑秋的精神似乎好了许多，他紧紧地握住了语花的手，脸上含了微微的笑容，说道："姊姊，你不知道吗？一个英雄的成就，是全仗美人在后面的鼓励和安慰，所以美人不啻是英雄的灵魂；英雄若没有了美人，他的事业也永远不会成功的了。你瞧项羽吧，他一旦失却了虞姬之后，竟然自刎在乌江，这样瞧来，我若没有了姊姊，如何还能活得下去呢？虽然我不是一个英雄，但姊姊实在是一个美人呀！"

语花听他这样说，粉脸儿慢慢地又透现了一圈娇红，点头笑道："弟弟，你这话虽然不错，但也是片面而论的，世界上的所谓美人者，恐怕未必像你理想中那么有智勇，你不知道真有无数无敌的英雄为了美人而丢了他们光明的前途呢！所以我说一个青年，应以事业为重，假使为一个女子而忘记了本身在人世上应负的责任，那在我瞧来，到底是一个弱者。"

剑秋被语花这几句话说得羞惭极了，他握着语花的手儿，慢慢地放了下来，明眸充满了惶恐的热泪，叹了一口气，说道："是的，我太不应该了，姊姊，你这几句话不啻是一味良药，使我出了一身冷汗。"说到这里，连望语花一眼的勇气都消失了。

语花见他额角上的汗点，真像珍珠那么一颗一颗地冒出来，一时芳心里充满了无限的安慰，含了笑容，继续地又说下去道："我知道弟弟是个富于情感的人，所以你有这一份儿的痴心，不过我也明白唯有富于情感的人，他才会激发坚强而刚毅的理智来。希望弟弟能够把全副精神都用到事业上去，那么将来前途的光明，也就是得到美而贤的夫人的时候了。古人云，大丈夫只怕功名不成，何患无妻？这两句话实在是太有意思一些了，弟弟，你以为也有意思吗？"

剑秋猛可抬起头来，这回又把语花的手儿握住了，说道："在没有听到姊姊这几句话之前，我仿佛还在做那痴迷的春梦，我好像是个迷了途的小鸟，真不知应该如何来找我的归宿才好。现在听了姊姊的话，这好比半空中起了一声霹雳，把我的春梦惊醒过来了，而且又好似在茫茫黑暗的大海里的一叶孤舟，突然觅见了一盏灯塔那么的有希望。姊姊，我以后也许有达到好望角的日子了，然而这都是姊姊赐给我的幸福，我觉得姊姊真是我生命之火一样的了。"

语花听他絮絮地说出了这许多好比的话，心里忍不住感到有趣，不过觉得在他这几句话中，还是脱离不掉"我爱姊姊"这四个字的意思，语花心中这就暗地有些焦急，那可怎么好呢？于是她乌圆眸珠转了一转，便继续地又说道："弟弟，我以为你的爱我，并非爱我的人，也许是爱我的色吧？"

"姊姊，你这一句话打哪儿说起？不是太使我心痛了一些儿了吗？"剑秋红了两颊，话声是显得那么的急促，可知他内心是感到这一分儿焦急的了。

语花微微地笑了一笑，秋波脉脉地逗了他一瞥媚意的目光，说道："假使弟弟是真心爱我的话，我想你也许是不忍心再来爱上我了。"

剑秋对于语花这一句话，倒是愕住了一回，两眼望着语花倾人的样子。语花接着又道："我想爱的范围是非常的大，爱的程度是非常的广阔。母爱，友爱，手足之爱，夫妇之爱，爱是同样一个爱，所差别的，夫妇之爱，除了精神上的安慰之外，还有一种肉欲之爱罢了。弟弟这样痴心地爱上了我，我当然是非常的欢喜，假使我还是一个姑娘的话，我如何不情愿嫁给一个像弟弟那么英俊的青年呢？然而事实上我已经有了丈夫，假使我爱上了弟弟，我就是不忠于丈夫。一个不忠于丈夫的女子，是谈不上爱之一字的，所以她的人品是卑劣的，是可耻的，不足以使人的眷恋，因为在她本身上说，简直可以加上"淫"的一个不良名词了。同时反过来说，弟弟虽然是爱我，但到此也未免有些害我了，一个女子最宝贵的就是贞操，在万不得已之下而失却了贞操者，这当然又作别论，在情理范围之内而保持女子一生的清白，这并不是要博得外界虚伪的赞颂，确实是个人的美德。所以弟弟的爱我，不是变成害我了吗？弟弟，你是个有理智有思想的智仁勇兼备的青年，当然你明白娶一个已经成为少妇的女子做夫人，亦并非是个十全十美的好姻缘吧！"

剑秋听她翻来覆去说了这么许多的话，结果，还是劝慰自己绝了爱她这一条的心，一时微蹙了眉尖，不免又沉吟了一会儿。语花见他尚有迷恋之意，遂又说道："弟弟，我说了这许多的话，你难道还不明白吗？姊姊也并非不爱你，比方你病了，我给你服侍，我向你絮絮地劝慰和解释，这不是做姊姊的真心地爱着弟弟吗？"

剑秋听到这里，似乎迷梦初醒，他把语花手儿连连摇撼了一阵，说道："我明白了，姊姊，我确实是不能爱上你，因为我若爱了你，这不是拆开了姊姊家庭了吗？那我还能成个人吗？姊姊，我真的感到太惭愧了，太可耻了！你也太慈爱了！今后弟弟的一生恐怕是姊姊给我再造的吧。"说到这里，他内心也不知道为什么这么的悲酸，眼泪便大颗儿地滚下来了。

语花听他这么说，又见他这么的神情，心里在万分痛快和欢喜之余，不免又掺和了一些酸楚的成分，她的眼皮儿也逐渐地红润了，拿了一方手帕，亲自按到他的脸颊上去，柔声儿地道："弟弟，别伤心！我知道你将来的前途是伟大的，是光明的，只要在你人生道上不断地努力前进！"

剑秋是感动得太厉害了，他把身子情不自禁偎到语花的怀里去，亲热地叫道："姊姊，弟弟和你这一些儿的亲热，大概是还在情理之内的吧！"

语花抱着他的身子，并没有回答，两人的脸颊儿是偎在一起。语花的感觉，颊上有一条蛇游似的东西淌下来，显然剑秋又在流泪了，在语花的心中虽然是感到非常的快慰，却也有些儿伤感的滋味。

两人经过了这一晚谈话之后，语花把剑秋的心病医好了，他的病体也就一日一日地痊愈起来。光阴匆匆，不觉已是十天，剑秋早已起床，前往军部去办事了。这天语花翻着壁上的日历已经是三月十五了，她觉得离开上海狱中，确实已有一年多了，我且不管到上海后是否再要犯法，我终于应该回上海去的了。她想定了主意，遂取过一张信笺，先写信去告诉可人，说自己在二十日决定动身回上海来了。

语花这一封信由东北寄出，直投到上海柳林别墅的信箱里。秋白从信箱中取出，匆匆拿到友竹的房中，这时友竹还在对镜梳洗，心里想着春红昨天告诉自己的话，她不是已经有了三个月的身孕了吗？说也有趣，算起来还是花烛子哩！正在这当儿，却见秋白匆匆地进来，叫道："奶奶，你瞧奇怪吗？姑爷在东北难道还有亲戚吗？怎么从东北老远地方有信来了呢？"

"真的吗？你快拿给我瞧吧！"友竹回头去，伸手连忙去接了过来。只见那只信封的下首，是东省警察厅用笺的字样，对面是石可人先生亲拆七个字，友竹心中也好生稀罕，这是谁写来的呢？颦蹙了眉峰，细细地沉吟了一会儿，忽然觉得那字迹好生熟悉的，再仔细一瞧，友竹不禁"哎呀"了一声叫起来了。

"奶奶，你知道是谁写来的呀？"秋白站在旁边，见友竹这个神情，忍不住也奇怪地问着。

"咦！那……不是姑奶奶的笔迹吗？"友竹的明眸还是凝望在信封上的几个娟秀的字儿上面，她嘴里已惊讶地说出了这两句话。

"姑奶奶写来的？这是什么话，她从阴间里写来的吗？"秋白听奶奶这么说，脸儿浮现了害怕的神色，她几乎疑心友竹和自己在开玩笑了。

友竹被秋白这样一说，她顿时心惊肉跳起来，全身不免打了一个寒栗，愕住了一回，说道："我不信天下竟有这样奇怪的事情，秋白，你快把我那双鞋子取来吧！"

秋白听了，遂把奶奶那双薄呢软底鞋子拿到她的面前，给她换去了青绒的睡鞋。友竹站起身子，她拿了信封，便匆匆地走到可人房中去了。

可人和春红坐在房中，正说着玩笑，忽然听友竹说语花有信来了，因为在大家的心里，很相信语花是已经不在人间了，这惊人的消息，当然使两人也是和友竹感到同样吃惊的。友竹见可人怔住了发呆，遂把信封递了过去，说道："我并没有和你开玩笑，你快把信拆开来瞧一个明白吧！到底是怎么的一回事呢?"

可人这才醒过来似的,把友竹手中的信封接来,也不及瞧信封上的字样,先拆开信封,抽出信笺,放到梳妆台上。友竹和春红凑过头儿,遂一同瞧看,只见信上写着道:

可哥如握:

在关外燕子峰的时候,我一阵地写了好多封信给你,却始终得不到你一个字的回答,这叫我心中真是非常的纳闷,莫非是没有收到我的信吗?抑是哥哥身体有些不舒服吗?也许你心里恨着我吗?我抬了头儿,望着异乡的浮云,我是曾经这样地疑问过,然而茫茫苍天,它却并不给我一个回答。苍天并不是个感情的动物,我不怨它的无情,只是我想着一个有感情有思想的人,我忍不住默默地曾淌下眼泪来了。唉!人生的变换,固然是像桑田沧海,即人心的翻覆又何尝不如流水浮云那么的不可捉摸啊!

自语花入狱以来,至今候有年余了。在这遥长一年的日子中,可怜你确实是太孤独了,你确实是太寂寞了。我在万分抱恨之余,又感到十分的伤心,但造物嫉人,他要作祟使我们夫妇硬生生地分离在两地,这又有什么办法呢?唉!也许是我们命中注定该有这一番磨难吧!

现在我们要深深地感谢老天,因为我不但已脱离了燕子峰,而且不久就可以动身回上海来了,到那时候我们心中的快乐,当然不是笔墨所能形容的了。

这里尚有一个疑问,虽然是因为狱中失了火,然而我到底是一个逃犯,不知到了上海后,还会被捕入狱吗?请哥哥给我向海律师竭力设法,同时还得向外界竭力给我保守秘密才好,专此预先奉告,敬请福体康强!

妹语花敛衽
三月十五日夜

可人和友竹春红三人瞧完了这一封信,不禁面面相觑,大家目定口呆,弄得一句话也说不出来了。良久,可人方才说道:"奇怪!奇怪!难道语花真的没有被火烧死吗？那么她怎的又会到老远的关外去了呢？"

"我想这其中必定有个缘故，她不是说已寄来好多封的信来了吗？"友竹见这封信确确实实是语花寄来的，她觉得语花真的没有死，她已逃到关外去了，遂凝眸含颦地向可人低低地说着。

"那么她前几封信，我如何会没有收到呢？瞧她信中的语气，那燕子峰似乎是个不好的地方，因为她不是说感谢老天，她已脱离燕子峰了吗？"可人听友竹这样说，低头向信笺上又望了一会儿，也轻声地猜测着。

"可不是？这事情真有趣极了，想不到语花竟还活在世界上，这叫人做梦也意想不到的呢！"友竹眸珠一转，忽然想到前星期还给语花做祭祀的一回事，她忍不住失声笑出来了

"这就是了，怪不得姑奶奶的尸体就找不到，人儿既没有烧死，哪里来什么尸身呢？可是我们当初就太糊涂了一些儿了。"春红颦锁了翠眉，秋波向可人瞟了一眼，也插着嘴儿说。

可人见春红这一眼瞟来，似乎含有些儿意思般的，这就忍不住笑了起来，说道："早也哭她，晚也哭她，原来她的人儿还好好地活在世界上，那这件事真滑稽得有趣的了。"说着，站起身子，披上了西服外褂。这时王妈端上牛奶面包，可人叫友竹也喝了一杯。三人喝牛奶的时候，可人又道："语花怨我没有给他回信，其实我们真的并没有接到她什么信呀！"

"所以这一件事情，语花若回家的时候，我当然要给你向她好好儿地解释一下，因为她这封信中确有疑心你忘记她的意思，明天她知道你和春红又结了婚，这个误会不是要更深了吗？而且在我似乎也有些对不住她的了。"友竹听可人这样说，在喝下一口牛奶之后，频频地点头很认真地说。

"这个倒确实要嫂子给我代为解释的，否则，倒好像我真的故意把她忘记了……"可人说到这里，回眸向春红望了一眼。不料春红的秋波，也正掠到可人的脸上，两人视线在接了一个正着的时候，春红的粉脸儿不免低垂下来了。可人瞧她这个意态，心里当然明白她未免有些哀怨的意思，一时在自己心中也真说不出有股子甜酸苦辣的滋味了。

吃毕点心，可人因时已不早，遂先到银公司去了。友竹见春红闷闷不乐的神气，遂望着她粉脸儿，含笑道："春红妹妹，你是不用担忧的，语花是个明亮的女子，她绝不会来怨恨你的。假使她知道了可人迷恋唐秀娜的一回事，恐怕她还要向你深深地表示感激哩！"

"话虽这样说，不过女人家终是量窄的，她见姑爷和我结了婚，而且

我又有了身孕，那么她的心里不是会妒忌起来吗？"春红微含眉黛，秋波逗了她一瞥哀怨的目光，很低声地说着。

"这是你多虑了，可人不是全仗你的服侍吗？语花她一定会感谢你，你尽管放心就是了。"友竹拍了拍春红的肩胛，向她柔声儿地安慰了几句，遂也回到自己的卧房里来了。

葵秋抱了亚儿，秋白抱了椿来，两人都在友竹的房中，见友竹含笑进来，遂不约而同问道："奶奶，这一封信是真的姑奶奶写来的吗？真奇怪了，难道姑奶奶却没有被火烧死吗？"

"可不是？这其中一定还有许多的曲折，终要待语花回来的时候，就可以明白一个详细的了。不过你们别说开去，因为姑奶奶是个犯人，恐怕法院当局知道了，以逃犯提起公诉，不是罪更重了吗？"友竹一面回答，一面向她们低低地叮嘱。

葵秋和秋白听了，都点头答应。友竹坐到沙发上，在茶几上烟罐子里取一支烟卷，燃着了火，吸了一口，喷去了烟，沉吟了一会儿，微笑道："这真所谓山穷水尽疑无路，柳暗花明又一村了，我们大家都以为语花是死了，谁知在这完全绝望之后，却突然来了这个喜讯，那岂不是做梦也意想不到的事情吗？"友竹说着，两眼望着葵秋和秋白出神，忽然瞥见了她们手中的亚儿和椿来，她立刻触动了心事，不禁长长地叹了一口气，说道："已经绝望了的人儿，倒有回家的希望了，活活的一个人儿，却走得无踪无影，你们这两个孩子的命儿，也真是苦透的了……"说到这里，心中一阵悲酸，泪水早已滚下来了。

这两句话听到葵秋的耳里，一颗芳心愈加悲伤，眼泪也不禁夺眶而出了。亚儿现在已经会说很多的话了，他见妈哭，便把小手去揩娘脸上的泪水，连连叫了两声妈。葵秋把他放在地上，叫他到友竹身怀去，说道："你劝母亲不要伤心了。"

亚儿听了，真的扑向友竹的怀里来，跳了两跳小脚儿，拉了友竹的臂儿，连连地摇撼了一阵，叫道："母亲，你不要伤心了，宝宝要糖吃哩！"

友竹见亚儿自称宝宝，那种天真活泼的神情，真令人感到十分的可爱，一时也不禁破涕为笑，手儿摸着他苹果般的小脸儿，抱到身怀来吻了一个香，说道："妈问你一句话，你回答了我，妈就给你糖吃。你姑妈过几天可以回来了，但是你的爸爸什么时候可以回家呢？"

亚儿小眼珠，滴溜乌圆转了一转，偎着友竹的身怀，笑道："姑妈可以回来了，那么我的爸爸自然也可以回家了，他们都可以回家的。"

友竹、葵秋、秋白三个人听他说得滑稽有趣，大家都忍不住笑出声音来了。

黄昏的时候，秋霞和秀云都匆匆地来望友竹。三人见了面，大家都说这事情太奇怪了，难道语花真的逃在北方吗？友竹见她们消息很灵通，遂笑道："可人向你们怎么的说呢？"

秋霞说道："可人向梦兰悄悄地告诉，说语花从北方有信来了，原来她没有烧死，不过这次到上海来，是否要继续入监罪？有没有解救的办法，和梦兰商量。梦兰说这事情还是不要和律师去说的好，反正外界都知道语花是死了，那么语花回上海后，就不要出来做事情了，那不是没有什么关系了吗？所以银公司里除了梦兰葆青外，别的都不知晓，我想这事情倒不成问题。所成问题的是语花回来后，把春红怎么安摆？因为他们也可说是正式结婚的，这事情不是糟糕了吗？所以我约了江奶奶一块儿来，大家商量商量，终不要使他们的感情发生破裂才好，你说我这话是不是？"

友竹听了她后面这两句话，方知她的来意了，遂点头说道："这个你真考虑得不错，我想对于春红一方面，倒可以做主给她委屈一些儿的，想春红这个姑娘也不是泼辣的个性，她什么都能依得。只是语花心中想来，似乎我有些做错了事，我觉得很对不住语花。所以这个还得江奶奶向语花竭力解释的。"

"那你也太多心了，我想语花也不是这么好妒的女子，她决不会怨你多事的，其实她还要向你感激哩！"秋霞和秀云听友竹这么说，遂异口同声地说着。一会儿，秋霞又道："那么也只好委屈春红一些儿，她就算为第二房了，对于卧房问题，春红当然也只好让一步了，反正隔壁那间收拾收拾也是很好的。"

"这个都由我会料理的，保准春红没有一句话儿，只要语花不生气，什么都不成问题的了。"友竹点了点头，低声地回答。秋霞见友竹既然可以给春红做主，事情也就和平解决，不会再叫可人难做人了。于是含笑又庆幸着语花会仍在人世的一回话，她们两人也就站起作别，匆匆地回去了。

友竹待两人走后，她便到可人的房中来，只见春红独个儿站在桌边，剪裁婴孩的衣服。她见了友竹便很亲热地叫了一声姊姊，并且亲自倒了一杯茶，交给友竹的手里。友竹道："刚才高奶奶和江奶奶来过了。"

384

"她们也知道姑奶奶在北方的一回事了吗?"春红秋波瞟了她一眼,低低地问。

"是的,她们并且谈起姑奶奶回来后怎么样把你安排的话。"友竹喝了一口茶,也轻声儿告诉。春红听了,粉脸儿笼上了一层绯色的红晕,却是默不作答。友竹见她这个神情,心里当然明白她是很难受的意思,遂低低地又道:"语花没有被火烧死,这当然是一件令人感到喜欢的事。那么譬如她在狱中的时候,你就给可人圆了房,还不是早已做了侧室吗?所以,你也不要使可人为难,就稍微委屈一些儿吧!其实妻妾原是一个名义,只要彼此情分好,那也就是了。"

春红听了友竹这几句话,心里当然是很明白了,遂说道:"姊姊,我倒并不是为姑奶奶没有死而心里不快乐,若果然这样,我还算一个有心肝的人吗?正如姊姊所说,我们心里应该欢喜才是。姑奶奶回来了,我自然依旧退一步,这也在情理之中,并不能算是委屈了我,只不过我怕姑奶奶心里要不快乐,所以我感到忧愁哩!"

友竹听春红这样说,心里知道她内心也许不是和她口中说的一样,遂说道:"言定是给可人做侧室,我想在那时你也会感到很满足,想既经正式结过了婚,一会儿又降了下来,这当然在你心中未免多有一条痕迹罢了。不过凡事都有一个数,你还应该知足才是。"

春红想不到友竹这两句话竟说到自己心眼儿里去,意欲再辩白几句,忽然听到一阵皮鞋声,只见可人已从银公司里回来了。于是把桌上摊着的针线活儿匆匆收拾过去,给可人脱了大衣,又倒上一杯茶,她便悄悄地退到房外去烧菜了。

待春红在厨下料理舒齐一切走上房来的时候,见友竹已经不在了。可人拉了她纤手一同在沙发坐下,笑道:"你是有身孕的人哩!何必亲自地再去烧菜,叫王妈随便去烧几样也就是了。"可人这两句话当然是包含了爱惜她身子的意思,听到春红的耳里,一颗芳心,也是深深感到了无上的安慰,遂笑着道:"烧几样菜是再便当也没有的了,又不费一些气力,如何会劳乏了吗?"

"可是我终觉得你应该少干些儿笨重的事情才是。"可人见她这样意态妩媚得令人可爱,遂环抱了她的肩胛,柔声儿低低地说,同时望着她还哧哧地笑。春红依偎在可人的怀内,并不回答,秋波逗给他一个倾人的娇嗔,也嫣然地笑起来了。

两人正在柔情蜜意的时候，王妈端了饭菜走上来。春红于是站起身子，和可人一块儿坐下来吃晚饭了。夜里，可人和春红躺在床上，附了春红的耳朵，低低地道："妹妹，刚才嫂子对我说你肯退步的意思，我心里真是非常的感激。其实只要我心里爱着你，妻儿也好，妾儿也好，那又有什么关系呢？妹妹，你说是不是？"可人把她娇躯搂在怀里，嘴儿在她脸颊上默默地温存。

春红在他怀里柔顺得像一头驯服的绵羊，微微仰了粉脸，秋波逗了他一眼，说道："奶奶果然还在人世间，这是谢天谢地的了，我心里真是非常的快乐，不管做什么，我都情愿的哩！"

"春妹，你的情义就深重，所以我非常敬爱你的，希望语花回来以后，你们终要像亲姊妹一样的亲热才好。"可人向她又诚恳地说着。

"我是决不敢得罪奶奶的，只怕我什么全都及不来奶奶，少爷会慢慢地讨厌着我吧！"春红垂了眼皮儿，话声未免有些凄凉的意味。

"春妹，你这是什么话？我若将来负心了你，终不会……"可人搂紧了她身子，不免急了起来。

"我知道哥哥的心，你别说下去了……"春红不待他说下去，就把小嘴儿凑到可人的唇边，两人甜蜜蜜地吻住了，可人见她顽皮得可爱，也忍不住得意地笑起来了。

过了几天，春红把隔壁一间卧房也收拾舒齐，她便要睡到隔壁。可人怎肯依她？说晚上一个人睡太害怕。春红把纤指划在脸上羞他，说你怕被老虎拖去吃了吗？可人却涎皮嬉脸地去吻她小嘴，春红"嗯"了一声，两人都又笑起来了，小夫妻在闺房中的春情洋洋，真令人会感到羡慕不止哩！

是接到语花信后的一星期多的日子了，那天齐巧是礼拜日，可人、春红、友竹正在会客室里玩纸牌消遣，忽然见秋白惊喜欲狂似的跳进来，报喜道："奶奶！奶奶！姑奶奶回来了，我们的少爷也回来了。"

这出人意料的消息，骤然听到三人的耳中，大家欢喜得跳起来了。正在这时，只听语花的声音嚷进来道："嫂嫂！嫂嫂！我把你子萱哥哥也拖回家来了。"三人急忙回眸去望，只见语花在前，后面有两个西服少年，一个是子萱，一个不知何人。可人友竹等三人因为是欢喜过度了，几乎要淌下眼泪来了。

第八章

言归于好双凤伴凰

语花自从给可人的信写出以后，她便决心地预备回南了。这天她到杨大彪的寓所里去拜辞，勤务兵告诉说，将军有事到军部里会议去了，大概不多一会儿就回来，解小姐请坐一会儿好了。语花点头答应，遂在一张沙发上坐下，勤务兵倒上一杯茶，便自管悄悄地退出去了。约莫半个小时之后，杨大彪方始从军部里回来了。他见了语花，心里非常的喜欢，一面脱了头上的獭皮帽，一面含笑叫道："解小姐，你今天怎的有空过来？我们是好久不见了，我以为你有了吴家的爸妈，就把我这个爸爸忘记了呢！"

"爸爸，你这话我可不依你，叫女儿听了，心里不是很难受吗？"语花站起身子，忸怩了一下腰肢儿，向大彪撒娇，同时把秋波还如嗔非嗔地白了他一眼，但到底忍不住又微笑起来了。

"爸和你说着玩的，你怎么认真了呢！解小姐，你今天到来，我心里真有说不出的欢喜，回头晚饭在我那儿吃吧！"杨大彪见她撒娇的神情，真是妩媚得可爱，这就望着她笑了笑，又低低地说。

语花听了挨近到大彪的身旁来，说道："爸爸，我今天到来，是原想爸爸请我吃一顿饭呀！因为女儿和爸爸是要分手了哩！"

"什么？你要到哪儿去了？"大彪听语花这样说，心里倒是一怔，握住了她的手儿，急急地追问，似乎很有些不舍得的意思。

"我想离开上海也有很多的日子了，所以便预备回南一次，今天原向爸爸来辞行的。"语花微仰了粉脸儿，望着大彪满腮胡茬的脸颊，也轻声地回答。

大彪点了点头，把语花纤手儿抚摸了一回，说道："照理你确实也该回上海去了，不过我们这次分手之后，不知何年何月再有见面的日子呢？"

语花听大彪这样说，一颗芳心，也不免感到有些儿黯然，手儿攀着大彪的肩胛，秋波脉脉地瞟了他一眼，说道："爸爸，我们要见面也很容易的，因为我的可人也是这儿的人，说不定我们下半年又会来望爸爸的。"

"那很好的，不知你预备什么日子动身启程？"杨大彪听语花这么说，心里似乎得到了一些安慰，遂微含了笑容，又向她低声地问。

"我已决定二十日动身回上海去了，和吴家爸爸妈妈也都说过，他们留我再住几个月，不过我给可人的信中已写明了，所以我是不能再耽搁下去了。"说到这里，忽然又蹙起了翠眉，好像想到了一件什么似的，又说道，"想来也真奇怪，我给可人这么许多的信，可是他却从来也没有给我一封回信，那不是叫人感到稀奇吗？"

大彪听语花这么说，他的两颊顿时感到热辣辣起来了，因为他的良心受了正义的谴责，所以他握住了语花的手儿，不得不从实地告诉道："解小姐，说起来我做爸爸的当然感到很惭愧，不过你应该原谅我的苦衷。因为你在燕子峰的时候，叫杏儿寄到上海去的信，我一封没有给你寄出。这其中倒并没有丝毫恶意的作用，实在为了那时候我们的环境为外界所忌，当然我们的地址给外界是不能知道太详细的，其实可人并不曾收到你的信，那叫他如何有回信给你呢？"

语花听了大彪的话，芳心里这才有了一个恍然大悟，不禁哦了一声，虽然有些怨恨的意思，但事已如此，她亦不好意思显形于色，遂说道："原来爸爸把我的信儿都藏没了，怪不得可人始终是没有回信的了。"

"唉！我觉得很懊悔，因为我这行为，不免有伤于道德，解小姐心里不知怨恨我吗？"大彪见语花柳眉含颦，若有不悦的意态，一时更加的不安，忍不住深长地叹了一口气。

"爸爸，你别这么说，彼一时，此一时，环境如此，我怎么能怨恨爸爸呢？不过藏没信件倒是件小事，只不过可人见我消息杳然，以为我也葬身火窟，可怜他心中的痛伤也不知到如何的程度呢？"语花不忍他心里难受，遂悄声儿地又安慰着他。但忽然想到了可人必定要误会自己已经被火烧死的时候，她心中又感到悲哀起来，轻轻地叹了一声，眼皮儿也有些润湿了。

大彪见语花欲盈盈泪下的意态，这就明白他们夫妇的感情，一定是十分的弥笃，所以他的良心上，更感到极度的不安，伸手连拍了自己两下额角，叫道："该死！该死！在当初我却没有想到这一层，否则，我无论如何也不给你把信件藏没了，那可怎么的好？那可怎么的好？"

语花见大彪这个举动，倒不禁破涕为笑，反而劝慰他说道："爸爸，你快不要这个样子了，其实那原也没有什么要紧，无非叫他多伤心一些儿罢了。明天他接到了我这封信之后，直要叫他弄得丈二和尚摸不找头脑了呢！"语花说到这里，忍不住又好笑起来了。

正在这个时候，勤务兵匆匆地来报告道："吴将军到。"大彪道："请他进来吧！"勤务兵点头答应，匆匆走出。不到三分钟之间，一阵皮靴的响声，只见剑秋匆匆地走进室中来了，笑道："姊姊，果然在这里，杨老伯……"说着，又向大彪招呼一声。

"我是来向爸爸辞行的，原预备二十日动身回南，现在得知了这个消息，我等不及二十日了，想明天就走。"语花见剑秋到来，遂对他絮絮地告诉着。

"姊姊，得知了一个什么消息呢？"剑秋没头没脑的听了语花两句话，心里真是弄得莫名其妙，遂蹙起了眉峰，很不解似的问她。

语花不及回答，大彪早已把自己藏没她信件的事情向剑秋告诉了一遍，并且又道："所以她回上海的心也是愈快愈好的了。既然解小姐明日就要动身，那么我们此刻就给她饯行去吧！"

"不过姊姊在路上一个人，爸妈他们都很不放心，假使明天就动身的话，我向军部里请一个月的假，就伴送姊姊回上海去吧！"剑秋当然不好意思劝留她，为了不忍一旦分离，所以他又想出这一个办法来。

大彪不等语花说什么，就点了点头，很赞成的神气，说道："吴少爷肯伴送她回南，这是再好也没有的事情了，就是我也很感到安心的了。"

"那么弟弟不知会误了公务吗？"语花听大彪也这么说，一时也不好意思拒绝，遂向剑秋瞟了一眼，就这么低低地问了一句。

"现在军部里也没有什么事情，再说一个月的时间，不是也很快的吗？"剑秋明眸向语花粉脸儿脉脉地凝望着，柔声地回答。

"吴少爷这话不错，此刻时也不早，那么我们就到外面馆子里去喝几杯吧！"大彪说着话，于是三个人便前后地跨出了公寓的门口。

大街上已是万家灯火的时候了，在酒馆子的门口，吴剑秋、语花和大彪握手分别，说明天在车站再见。这儿剑秋语花回到家里，把自己意思向吴老太夫妇俩悄悄地告诉。吴紫英见她去志已决，遂也不便强留，嘱她路途千万小心，又嘱剑秋好生照顾。语花当夜整理了一只小挈匣，到了第二天，和剑秋向紫英夫妇告别，一同坐车到火车站去了。

两人到了车站，杨大彪已买好了两张二等车票，早等候在车站了。语花心中很是感激，叫了一声爸爸，三人便进月台，上车厢里先坐下了。临别的时候，大彪握了语花的手，似有依恋之情，语花很低声地道："爸爸，女儿这次回南，完全是爸爸援救的力量，所以心中的感激，不足言谢，唯有祈祝你老人家身子永远康健，为国家创造一些光荣历史，这是多么令人感到快乐呢！"

大彪虽然有些凄凉的意味，但听了语花这两句话，心中也不免兴奋起来，笑道："虽然我是曾救过你的性命，但你也曾救过我的性命，假使我没有你深明大义、劝我归正的话，恐怕我将永远与草木共腐了呢！所以我对于解小姐临别这两句赠语，我必不有负所望。际此叱咤风云之时，成仁殉国，正是我们热血洒边疆的时候了。"

语花听大彪这样说，在十分喜欢之余，又深深地感到了十分的悲哀，紧握了大彪的手儿，虽然颊上的酒窝儿是微微地掀起着，但她的眼角旁几乎欲涌上一颗晶莹莹的泪水来了。不过她还竭力镇静了态度，秋波逗了他一瞥娇嗔的目光，说道："不！壮志凌云，正是爸爸成功的时候到了。"

大彪听了不禁哑然失笑，这时火车汽笛已经长鸣不绝，大彪知车已开，遂放了语花的手，跳下车厢，只见车身一节一节地已向前移动，耳边犹听语花叫了一声爸爸，但不到三分钟后，连火车的影子都迷糊得瞧不清楚的了。

语花想着上北方来的时候，是和杨大彪两个人，但这次回南，却又换上了一个吴剑秋，觉得人生的聚散，真是不可捉摸的，心里颇为感慨，忍不住微微地叹了一口气。

"姊姊，你怎么又叹气了？"剑秋望着语花的粉脸，低声儿地问。

"我想离开上海也有好多日子了，这次回南，不知上海又变换得哪一副情景了呢？"语花微笑着回答，当然，她这几句话是有感而发的。

"也不会十分变换的，只不过你来的时候是秋天，回去的时候又是春的季节罢了。"剑秋也低低地说，他已忍不住笑出声音来了。

语花暗自地想，春天到底比秋天蓬勃有生气，但愿这次回南，不要再给我又发生了意外的变故了吧！

火车像长蛇般地不停地游行着，在开到南京车站的时候，两人便雇坐洋车到下关，暂时先开惠中旅馆下宿。那时南京的气候，早已十分的暖和，鸟语花香，草长莺飞，与北方当然是大不相同的了。语花到此，不免又想起那年和可人发生误会，以为他已动身北上，所以连夜赶到石头城，谁知却碰见了子萱，痴痴癫癫，满口胡言，当时见了我，还把我当作了鬼哩！想到这里，自不免又好气又好笑。因为前次他是在南京清凉山出家的，不知如今还在这儿否？所以语花要求剑秋到城外去游玩一次。剑秋因为南京城外也有不少名胜地方，所以欣然答应。两人出城到了白鹭洲，这是城的南角，洲的三面环水，里面亭榭相间，树木荫翳，风景十分清幽，际此春光明媚，游人分外拥挤，红男绿女，携手偕行。语花道："我记得唐朝诗人李太白，曾有诗咏白鹭洲曰：'三山半落青天外，二水中分白鹭洲。'现在身入其境，觉得再贴切也没有的了。这样幽美的境界，无怪那班诗人墨客都要留恋了。"

剑秋点头笑道："可不是？假使有素心人相伴，在这儿作为终身的住处，使人也会忘却尘世的繁华哩！只不过我们青年正有重大的使命，此种消极享乐的观念，也不过梦想着罢了。"

语花听了，微微地一笑，却并不作答。因为自己之所以要出城来游玩，原是任便想找子萱的。其实偌大一个南京，又到什么地方去找到呢？所以玩了一会儿，遂也匆匆回旅店来吃午饭，下午匆匆地又到火车站动身回上海来了。

这当然是件意想不到的事情，在火车上语花忽然瞧见一个西服革履的美少年，而这少年却正是出家做和尚的柳子萱。语花万万也料不到子萱又会变换得这个模样儿了，一时就情不自禁地咦咦起来了。子萱突然瞥见了语花，心里也好生惊讶，他含笑走到语花的座位旁来，叫道："你……你不是语花妹妹吗……怎么也会在南京的火车上呢？"

"子萱，你现在不打算出家做和尚了吗？唉！为了你一个人，真害得大家好苦呀！"语花站起身子，猛可握住了子萱的手儿，秋波逗了他一瞥怨恨的目光，情不自禁地向他埋怨出这两句话儿来。

"过去的事别提了，我现在懊悔了。"子萱红了两颊，低低地说，似乎有些在忏悔的样子。

"我先给你们介绍吧！这位是吴剑秋先生，这位是柳子萱先生，说起来一个是我的干哥哥，一个是我的干弟弟……"语花听子萱这样说，显然他已想明白过来了，一时十分的喜欢，掀着笑窝儿，向两人很兴奋地介绍着。

剑秋和子萱握了一阵手，彼此寒暄了几句，三人一同坐下。子萱先低声地道："妹妹如何出狱了？不知怎么的又会在这儿了呢？"

"唉！正是一言难尽……"语花说了六个字，忍不住叹了一口气。忽然她乌圆眸珠一转，似乎又想到了一件什么事情般的，向子萱笑道，"我记得你给友竹和葵秋的信中，曾有几句话：我本不是真，尔等原是假，假绑票，真多事，事已如此，何必着急？她今入狱，自受其灾，火烧鼠尾，自能出来。那么你不是明明地早已知晓了吗？如今怎么又来问我了呢？"

子萱听她这样说，也不禁笑了出来，说道："虽然我已知道了一些，不过也究属是猜想罢了。假使我明白今天还要还俗的话，当初又何必执意地要出家呢？"

"照此说来，真是天下本无事、庸人自扰之了。那么你听了谁的话，方才想明白过来了呢？"语花听了，秋波白了他一眼，忍不住又笑起来了。

"我自从母亲终七以后，便离家出走，原预备朝南海的。不料在路上遇见了一个同学，他是在南京第九十八师部下任事，见了我这等服装，便把我大骂一顿，说一个青年，既然到世界上来做人，必定要干一番烈烈轰轰的事业，那么才有意思，不然，何必做人呢？倒不如死了干净吗？他遂把我介绍入部工作，嘱我千万自新，不要做社会上的寄生虫才好。我被他骂得无话可答，因此如梦初醒，遂在南京住了一年多的日子，终算也干了一些有意义的工作。现在我趁着春天降临的时候，所以请假到上海一走，因为我想着友竹和葵秋两人，确实也太可怜一些了。"子萱听语花这样问，遂悄悄地先告诉了她。

语花听了，真乐得什么似的，于是把自己的经过也向子萱说过一遍。子萱方知剑秋也是军队里服务的人，遂和他谈得十分的投机。语花把子萱的身世，也向剑秋约略告诉一遍，剑秋这才明白子萱还是有过这么一段有趣事实的人，因此不免也好笑起来了。

三人到了上海，便坐了一辆汽车，吩咐开到柳林别墅。当时可人、友竹、春红见语花和子萱都回来了，这真是令人感到了意外的惊喜，大家几乎把眼泪也欢喜得淌下来了。可人和友竹抢步上前，一个握住了语花，一个握住了子萱，因为是快乐过度，所以反而呆呆地说不出一句话。语花这里也把剑秋向可人等一一介绍了，然后方才把自己经过并在南京遇到子萱的情形向大家告诉了一遍。这时葵秋抱了亚儿、椿来也走进来，见了子萱，又惊又喜，盈盈地不禁也淌下泪来。可人因语花一路上全仗剑秋照顾，所以对待他十分亲热，和他絮絮地谈着话。

友竹这时拉了语花的手儿，笑道："语花妹妹，说起来真是又伤心又好笑的，我们大家都道你和王老爹全被火烧死了，所以大家哭得死去活来。给你们到殡仪馆入殓，并且给你们做七，但哪儿知道妹妹还是好好儿的呢！现在见到妹妹，不是又感到十分好笑吗？"

"那么王老爹是确实被火烧死的了，唉！可怜他苦了一世，到后来还是这么的结局，那不是我害了他吗？"语花说到这里，不免真的淌下泪来了。

"事已如此，那也是没有办法的事情，说起来终是我害了他老人家的。"友竹深深地叹了一口气，她心头也感到万分的不安和抱歉！一会儿，她附了语花耳朵，又低低地说道："妹妹，现在我要告诉你一件事情，千万要请你原谅我才是的。"

"姊姊，你这是什么话？到底是什么事情呢？"语花听友竹这么说，她心里感到非常的奇怪，微蹙了翠眉，凝眸望着友竹的粉脸，低低地问。

"事情是这样的，可人自从妹妹杳无信息，以为你也葬身火窟之后，他便天天地哭泣，伤心得了不得。小白等生恐他郁郁成病，所以便请他去吃花酒，不料碰着一个唐秀娜，这女子据说和妹妹脸儿生得相同，因此可人便慢慢地爱上了她，预备把她娶了回来。我想妹妹新亡未久，可人即迷恋妓女，虽然青年丧偶，是件痛苦的事，不过就是续娶，也不该讨这一种女子，所以和秋霞等向他殷殷劝告。因为可人病中时候，春红是曾经衣不解带地向他服侍，再说春红虽然是个小家碧玉，但到底也是个好人家的女儿，所以又劝可人纳春红。可人在秀娜那里大概失了望后，所以便决心娶春红了。现在春红已有三个月的身孕了，这件事情不是太对不住妹妹了吗？不知妹妹听了，心里也怨恨我们多事吗？"友竹遂悄声儿地告诉了她。

语花听了，这才明白，秋波向春红瞟了一眼，果然她的腹部微隆，真的有了身孕的模样，遂说道："与其可人娶妓女回来，这当然还是和春红结婚好得多了。因为姊姊既然并没知道我是没有死去，那怎么能怨得了你呢？而且我还要深深地感谢你关心可人呢！说起来这也是一个数，假使大彪不给我把信藏没了的话，当然你们也早已知道了我是逃亡在北方了。"

"可不是这样说吗？好在春红这孩子也不是一个刁恶的姑娘，我们接到妹妹的信后，大家就商量过，春红就做了侧室，她也十分情愿，说只要姑奶奶还在人世上，她无论怎么退步也甘心情愿，并且十分的喜欢哩！妹妹，不知你也肯原谅可人吗？"友竹听语花很明亮地说，心里当然放下了一块大石，遂向她低低的问。

"春红既肯这么的委屈，这真是贤德的地方，所以我也喜欢，哪还有什么说的吗？"语花听友竹这么说，遂也很认真地回答。

友竹十分的欣喜，遂向春红招了招手，春红羞答答地走到语花身旁，向她低喊了一声奶奶。语花拉了她手儿，抚摸了一回，笑道："妹妹，你别太客气，我们就以姊妹称呼得了。"

春红听了，心中颇为感激，含笑点头。友竹道："妹妹这话不错，因为我和春红也早已经为姊妹的了……子萱今日也会回家，这是叫人梦想不到的事情，我想从今以后，终可以苦尽甜来的了。"

"但愿应了姊姊的话，真是叫人喜欢的了。我在南京车上突然见了萱哥，我还以为不是他呢！不过萱哥今日的觉悟，是全仗那个同学的力量，所以那同学真不啻是姊姊的一个大恩人哩！"语花点了点头，向她又笑盈盈地说着。

友竹很得意地一撩眼皮，笑道："这倒是真话，所以那个同学我们真不知应该如何地感谢他才好哩！"

这时剑秋和可人、子萱两人也在说得非常的起劲，不过他心里却在暗暗地细想，人家都是有妻有儿的人了，我还何必恋恋不舍而自寻烦恼呢？所以他便站起身子，预备告别回去。可人见了，慌忙伸手拉住了，说道："剑秋，你不远千里而来，怎么就要回去了？那叫我们如何对得住你呢？"

语花听了，也走了上来，向剑秋瞟了一眼说，道："弟弟，你这算什么意思？这儿可是你自己姊姊的家里呢！你难道还要闹这一份儿客套吗？"

"并不是客套，因为我有公务在身，既然已把姊姊送回上海，我自然也很安心地该去回报爸妈了。"剑秋望着语花的粉脸，含笑着说。

"弟弟既到了上海，终该玩儿天才是道理，怎么立刻就要回去，那不是说我们怠慢了你吗？"语花忸怩了一下腰肢儿，似乎有些不依他的神精。子萱和友竹也来相留他，剑秋这才答应下来了。

这晚可人特地叫了一桌鱼翅席，并且又通知梦兰、秋霞、葆青、秀云等前来做陪客，大家兴高采烈地喝酒猜拳，表示庆贺他们两对夫妇的团圆。

灯灺酒阑，大家兴尽四散。可人语花招待剑秋到客房里安息以后，方才和友竹夫妇道了晚安，和春红三人一同回房。春红向他们盈盈一笑，叫声早些儿安置吧！她便悄悄地退到房外去了。这里可人关上了房门，和语花一同睡在床上去。

“妹妹，对于春红的事情，友竹姊姊一定全已告诉了你，妹妹是个多情的人，当然是能够原谅我们的苦衷吧？”可人睡在被窝里，向语花低声儿地笑着说。

“春红的事，我倒并不怨恨你，只是你在我新亡未久，就去迷恋妓女，那叫我心里就有些儿生气。既然你因我死了便痛苦了许多日子，那么你不该去爱上妓女呀！可见你这种人也是没有良心的，幸亏我是并没有真的死哩！”语花一面笑盈盈地说，一面把俏眼儿又逗给他一个妩媚的娇嗔。

“这个妹妹你更应该要可怜我的一片痴心，因为那个唐秀娜确实太像妹妹了，我之爱秀娜，原是爱妹妹的意思呀！”可人听她这样娇嗔着，便忙着给她解释，一面却顽皮地把手摸到她的腹部上去，他心里在想，有一年多的日子了吧！我们是没有享受过闺房之乐了。

“哥哥，你别涎脸了，时候不早哩！”语花被他这样弄痒斯斯的，遂去握住了他的手，赧赧然地说。可人把她拥在怀里，在她小嘴儿上吻了一下，笑道：“小夫妻久别重逢，真如大旱之望云霓一样的需要哩！”

语花向他啐了一声，噘了噘小嘴，说道：“罢呀！反正你有春红妹妹哩……”语花说到这里，再也不好意思说下去，秋波白了他一眼，忍不住抿着嘴儿笑出声音来了。

“我和春红结婚还只四个月哩！不瞒妹妹说，和春红第一晚的时候，我突然想到了和妹妹新婚的初夜，妹妹曾经说我，你今儿不是已做了人上人了吗？我真的曾经又淌眼泪。谁知妹妹还在人世间，这不是叫我喜欢煞人吗？”可人一面说，一面也许是过分兴奋的缘故，他的手儿依然不停地顽皮着。他偶然觉察到语花的腹部似乎和春红一样地微隆着，按了按，也有些硬结结的，一时心里倒不免疑惑起来了。

语花还以为他在淘气，遂把他手儿拿下了，笑道：“别闹了，静静地睡了吧！”

可人见她一味地不肯，心里愈加疑惑她也有了身孕了，遂低低地道：“妹妹，我们隔别了这许多的日子，实在应该好好儿地谈一谈了。你说杨大彪既是个大盗，那么他见了你这么一个美人儿，难道他倒没有起恶意吗？”

“杨大彪也是个五十相近的人了，再说他虽然是个强盗，却颇有忠义之气，所以他对我非常尊敬，完全当作亲生女儿一样地爱护。现在他归了正，我这次回南，他送我上火车，还说成仁殉国，真是他热血洒疆地时候了。我听他这样说，忍不住也为他淌下几点眼泪来，这样有义气的人，我觉得称他为盗之一字，实在太委屈他的了。"语花听可人这样问，遂很正经地向他低声儿告诉着。

可人听了，嘴里虽然不说什么，但心里却暗暗地想着：做强盗的人，他的良心、人格、道德可说完全已是没有的了，他见了语花这么一个女子，还不起淫心吗？那天下恐怕没有这么好强盗吧！况且语花在燕子峰的盗巢里又住了这么许多日子，那么她一定是做了许多日子盗婆的……想到这里，只觉一股子酸味冲上心头，顿时怪不自在起来了。语花见他忽又闷闷不乐的神气，心里好生奇怪，遂向他低低地问道："哥哥，你怎么啦？又显出不高兴的样子来了呢！"

可人因为忍熬不住，他把手又摸到语花的腹部上去，老实地说道："我觉得妹妹这个腹部，至少也有三个月的身孕了，不知是不是真的也有喜了吗？"

语花听他这么说，起初还以为他开玩笑，倒忍不住噗地一笑，向他啐了一口。但她忽然又感到伤心起来，很哀怨地逗了他一瞥娇嗔的目光，说道："哥哥，你这话是打从哪里说起的？难道你疑心我和谁已有了苟且的行为了吗？那你未免也太使我感到痛心一些了。"语花说到这里，不禁扑簌簌地滚下眼泪来了。

可人见她这个伤心的意态，一时倒懊悔不该说这些话了，不过摸她的腹部，实在很像已有身孕的了，遂说道："并不是我疑心你，因为事实上你的肚子确实很高，那不是叫人感到奇怪吗？"

"我在上海狱中的时候，腹部就很高的了，我知道那是气郁所致，也许是患了鼓胀病，你怎么红口白舌地就冤枉人，你说对得住我吗？"语花泪眼模糊地瞧住了他，显然她感到十二分的怨恨！

"不过我觉得一个年轻的女子，在外面住了这么许多日子，终有些靠不住，虽然你说寄来的信全被大彪藏没了，但是否真的，我也根本不知道呀！"可人依然痴疑地说着。

语花被他说得太委屈一些儿了，这就掩着脸儿，不禁呜咽咽地哭起来了。哭了一会儿，她又收束了泪痕，说道："你说这些含血喷人的话，真要把我活活气死的，我到底有孕没有孕，那只要瞧会不会养下来，那不是很可以明白了吗？我为你受了多少的苦楚，你不给我一些儿安慰，却还要这么胡猜，你良心对得住我吗？假使我要负了你的话，我早已不回上海来的了。"

可人听她这样说，不禁冷笑了一声，说道："凭你一句话，就可以知道你和剑秋是爱上了的，既然这么说，你也不用回上海来了。"

语花听了这话，不禁气得全身发抖，铁青了粉脸，猛可从床上坐起，说道："好好！是不是你有了春红，就不要我了吗？天下没有这样容易的事，你停妻再娶，可知犯了重婚的罪了吗？"

可人冷冷地笑道："你已被火烧死，这是诸亲友好均所知悉，我如何犯了重婚的罪？只是你这次回来，恐怕要罪加一等的呢！"

语花想不到可人会说这样没有情义的话来，她气得几乎晕厥了过去，但她竭力又平静了心头的愤怒和悲痛，冷笑了一声，说道："可人！可人！想不到你会变了，你会说出这样伤感情的话，可见你心里早已存了遗弃的意思了。也好，你不用去告发，我明天就去自首，虽然我是死在你的手里，这也是前生和你结的怨孽吧！"说到这里，悲酸已极，不禁泪如雨下。

可人到此，也深悔自己失语了，遂把她身子拉到被窝里，叫她躺下，说道："你说停妻再娶，这话不是也太以过分了吗？要知道我为你痛哭了多少次，病了多少次，唉！语花，别说了，两人的话愈说愈激烈的，那不是徒伤感情吗？"

"有什么伤感情不伤感情的，反正我假使真的死了，你就快乐了。所以我今天没有死，你才会说这些没良心的话来气死我。唉！俗语道：妻子本是洗脚水，一盆洗了，还可以再倒一盆的，那又有什么关系呢！"语花是灰心到了极点，长叹了一声，眼泪依然大颗儿地滚了下来。

可人并没有回答什么话，叹了一口气，他的眼泪也像泉水一般地涌上来了。好一会儿，方才说道："算我说错了话，妹妹，你就原谅我吧！"语花被他这么一说，心中愈加悲酸，她不禁暗暗地啜泣起来，也说道："可人，你摸摸自己的良心想一想，我自和你结婚到现在，受了你多少的委屈，吃了你多少的苦楚，今日九死一生地好容易回来了，你还这样冤枉我，那我做人还有什么趣味呢？"

"是的，我确实太不应该了，误会能破裂夫妇的感情，同时更会粉碎美满的家庭，语花，你原谅我吧！"可人抱着语花的身子默默地温存。

是子夜三点多了，可人沉沉地睡着了，可怜语花却整整地哭泣了一夜。

第二天早晨语花起来已经近午了，可人早已到银公司办事去了。春红悄悄地进房，在当初她以为语花这样贪睡，终是为了昨夜太辛苦的缘故，所以很神秘地向她笑了一笑。但她明眸瞧见到语花两眼红肿的时候，心里倒是吃了一惊，遂走了上来，低低地问道："姊姊，你怎么了？昨夜你哭过的吗？"

语花被她一问，心里又悲酸起来，泪水在眼角旁晶莹莹地展现了。春红见她这个模样，真是不胜稀奇，遂又问道："姊姊，你说呀！难道可哥有什么话儿委屈了你吗？"

语花见她翠眉含颦，仿佛也欲盈盈泪下的神气，暗想：友竹说春红心地仁厚，是个富于感情的姑娘，大概这话也不虚吧！遂叹了一声，拉了她手儿，把可人昨夜疑心自己的话儿，向她悄悄地告诉了一遍，说道："你想，那不是叫我要气得吐血的吗？"

"哥哥这人也混蛋极了，怎么红口白舌的就乱猜呢？早晨他到公司里去，我也没有知道，下午他回来的时候，我也要向他解释解释哩！姊姊，你也不要伤心了，自己身子要紧。"春红听了这话，倒着实代为生气，遂向语花低低地安慰着。

语花叹了一口气，默然了一会儿，忽又说道："这位吴少爷老远地送我回来，倒不要怠慢了人家，不过我红肿了眼皮，又不好意思去见他，所以妹妹给我代为招待，说我有些儿不舒服罢了。"

春红点头答应，说道："早晨茶水我原叫王妈都拿下去了，姊姊放心是了。"说着她便走到楼下去料理事务，在小院子里遇见了剑秋，他向春红含笑问道："你姊姊还没有起来吗？"春红笑道："很不巧，姊姊身子竟有些不舒服，想来路途上劳乏了，吴少爷很冷清吧？"

"哦！她竟有些儿不舒服吗？"剑秋反问了一句，心里原想去望望语花，但仔细一想，这儿可比不得在自己的家里，所以也就作罢了。

下午剑秋到外面散步去了，语花方才到友竹房里来望她，这是出人意料之外的，谁知友竹眼皮儿红肿的，好像也曾经哭过了似的样子。语花忙急急地问道："友竹姊姊，你为什么好好儿的伤心了呀？"

"妹妹，不要说起了，那真是气死人的。"友竹见了语花，遂拉了她手，深深地叹了一口气。忽然她瞥见到语花的眼皮儿也是红肿得厉害，这就凝眸含泪地盯住了她的粉脸，惊讶地反问道："咦！咦！妹妹，你难道也哭过的吗？"

语花也叹了一口气，摇了摇头，很伤心的神气，说道："可人真不是人，他竟会疑心我……"说到这里，顿了一顿，把嘴儿凑到友竹的耳旁，低低地说了一阵，然后又愤恨地道："姊姊，你想，这话可是人说出来的吗？"

友竹听了语花的告诉以后，不料她却噗的一声笑出来了，说道："那真是无独有偶的了，断命的子萱昨夜向我也胡言乱道的，他说我把春红给可人做妻子，实在是我想和可人亲热的意思，说不定我和可人已经有了暗昧的事情了。妹妹，你想，子萱这话不是叫人把血也吐得出来的吗？所以我和他就吵闹了一夜。"

"想不到男子都是这样的混蛋，真叫人又好气又好笑，他把我们女子不是瞧得太轻贱了吗？唉！做丈夫的可以占有多数的女子，对于妻子却管束得这样严紧，这不是太不平等了吗？"语花听了，忍不住气愤愤地说。

"可人也真岂有此理，他怎会疑心妹妹到这个头上去呢？"友竹鼓着脸腮子，也表示非常生气。一面伸手摸到语花的腹部上去，低声地道："那么妹妹这病为什么不预早地去瞧好了呢？"

"据医生所说，恐怕是很不容易好的了，这是为了平生太爱管事，所以就做了这个永远的病了。"语花摇了摇头，心里有些儿感伤。友竹也代为伤心，轻轻地叹了一口气，一会儿，语花又低低地问道："萱哥此刻到什么地方去了？"

"谁知道，大概在葵秋的房中吧！"友竹说着，不免带有些怨恨的成分。语花和她又闲谈了一会儿，方才自回房里去。

黄昏的时候，可人从银公司里回来了，他先到书房里去看剑秋，和剑秋闲谈了一会儿，这才走到楼上房中来。只见语花和春红低低地说着话，她们见了可人，便自管地走开了。可人暗想：语花的力量倒大，春红居然和她站在一条阵线上去了，遂喊道："春红！春红！你来呀！"

"你喊我做什么啦？"春红被他连喊了两声，这就不得不回过身子，秋波恨恨地逗给他一个妩媚的娇嗔。

"为什么你们见了我回来了，反而都走开去了呢？难道你们都讨厌了我吗？"可人脱去了呢帽，望着春红的粉脸，故作生气的样子。

"那可不是笑话吗？我们敢讨厌少爷吗？因为怕少爷讨厌我们，所以我们不敢来侍候哩！"春红翘起了小嘴儿，却冷冷地说着。

"春红，你这话算什么意思？难道你帮着语花来跟我吵嘴吗？"可人被春红这么的一娇嗔，倒反而笑了起来，向她低低地问着。

"可哥，我正经地跟你说，你侮辱了姊姊，那你就侮辱了我一样的。还有我可怜的友竹姊姊，她为了我，也受尽了许多的委屈哩！可见你们这般男子都是惯会瞎猜疑的。"春红见可人会笑，这是暴露了他的弱点，遂恨恨地又向他娇嗔着。

"友竹姊姊受了谁的委屈呢？春红，你快告诉我吧！"可人听春红这么说，心里感到十分的稀奇，遂向她急急地追问。

春红于是把子萱疑心友竹的话，向可人悄悄地告诉。可人听了这话，便急得两颊绯红，跳脚道："子萱这话打哪儿说起？真是混蛋极了，我一定要和他去说个明白，这……这……不是太委屈了友竹姊姊了吗？"可人说着话，身子便急急地望楼下走去了。

春红也叫不住他，而且还悄悄地跟可人到友竹的房中来。可人到了友竹的房中，友竹没有在里面，只有子萱一个人瞧着报纸，他见可人进来，连忙站起相迎，又见春红也从后面跟入，心里倒是一怔，觉得事有蹊跷，遂忙问道："哥哥回来了吗？"

"是的，萱哥，我得知了一个消息，这是有关我们终身幸福的事情，所以我听到了之后，是不得不向你来说一个明白的，因为误会这两字太可怕了，我和语花一再地发生裂痕，也是为了误会所致的。俗语道：'若要人不知，除非己莫为。'那么请萱哥可以向无论谁探问一下，就可以知道瞎猜疑是件很不道德的事情呀！"可人却老实不客气地向子萱直说了出来。

子萱笑了一笑，点头说道："这话我原不过和她开玩笑的，不料她就认了真，刚才我已向她赔过不是，她也原谅我了。不过她告诉我一个消息，听说你也和我犯了同样的猜疑，所以你这几句话似乎有些明于责人、而昧于责己的。现在我也没有什么可以劝你，就拿你对我说的这几句话，转劝了你吧！请你千万也不要发生了误会才好。"

春红和可人想不到子萱会说出了这几句话来，一时倒不禁为之失笑起来了。可人点头说道："我和语花也说着玩的，不料女子就喜欢认真……"可人说到这里，春红却向他啐了一口，秋波白了他们一眼，却是笑着奔出去了。可人和子萱自己想想，忍不住又微微地笑了。

这晚可人向语花再三地赔罪，但语花终不理睬他，可人道："友竹姊姊倒原谅子萱了，难道妹妹就不肯原谅我吗？"

语花啐了嘴儿，冷笑了一声，说道："什么话儿都可以开玩笑，这种事情也由得你们瞎说的吗？你们自己想一想，可有资格做人家的丈夫吗？

我语花本来生成是个贱骨，也用不到我原谅你什么，反正你有个春红好妻子在着，也就是的了。"语花说到这里，不免有些辛酸，背转身子去，忍不住又落下泪水来了。

可人见房中没有第三个人，他就厚了脸皮，走到语花的面前，打躬作揖地连连求饶。语花心中气恨着他，所以只是不见。可人没有办法，只好向她跪了下来，笑道："妹妹，你要如再不原谅我，那你也太狠心了一些了。"

"呸！你真是个不怕羞涩的东西！"语花恨恨地啐了他一口，手指儿在颊上划了划，刮着眼泪水，也不禁嫣然地笑起来。在这嫣然的一笑之中，那一双小夫妻也就言归于好了。当可人和语花恩爱缠绵的时候，谁知子萱和友竹也正如胶如漆一般地分不开哩！

过了几天，忽然见报纸上登着国府主席六十大庆，因此大赦天下，所有罪犯，均减轻发落，语花可人等得此消息，真是惊喜若狂。齐巧这时剑秋接得大彪来电，嘱他即日动身北上，谓有要事接谈。剑秋知事有缘故，遂向语花告别。语花慌忙打电话把可人喊来，可人欲向剑秋饯别，剑秋笑道："可哥，这个且免了吧！待小弟下次有到上海的日子，你再给我洗尘，那我真是万分的喜欢哩！"

可人语花听了这话，也不免有些儿黯然，于是夫妇俩亲自送剑秋到火车站。临别，语花含泪向他新祝道："愿弟弟达上成功的道路，他日在上海重逢，当与弟弟痛饮三杯哩！"剑秋笑道："多谢姊姊的祝颂，使我万分的快乐，愿你们贤伉俪永远地健康！"说罢，挥了挥手，火车已开，于是三人也就洒泪而别矣！

这晚碧天如洗，月圆如镜，可人、语花、春红和子萱、友竹、葵秋六个人坐在一张圆台旁边，大家默默地吃着饭。可人开口笑道："愿从今以后把我们这六个人的生命，都像天空中明月那么团圆才好，再不要叫我们去尝试那些辛酸的滋味！"大家听可人这样说，含笑点了点头，各人的脸上浮现了一层青春的色彩，把过去的悲哀，已被甜蜜一层一层地遮蔽住了。

附　录

从鸳鸯蝴蝶派谈到冯玉奇小说

裴效维

《民国通俗小说典藏文库·冯玉奇卷》将收录冯玉奇的百余种小说作品，此举极其不易。现在，我愿以这篇文章给出版者呐喊助威。尽管我人微言轻，但我毕竟是一个中国文学的研究者，为鸳鸯蝴蝶派说些公道话是我的责任。

冯玉奇是一位鸳鸯蝴蝶派作家，因此我们要想了解冯玉奇，必须首先厘清有关鸳鸯蝴蝶派的一些问题。

一、何谓鸳鸯蝴蝶派

鸳鸯蝴蝶派作家平襟亚在《关于鸳鸯蝴蝶派》（署名宁远）一文中对鸳鸯蝴蝶派的来历说得很清楚：

> 鸳鸯蝴蝶派的名称是由群众起出来的，因为那些作品中常写爱情故事，离不开"卅六鸳鸯同命鸟，一双蝴蝶可怜虫"的范围，因而公赠了这个佳名。

——载香港《大公报》1960 年 7 月 20 日

可见鸳鸯蝴蝶派并不是一个有组织有宗旨的小说流派，而是因为当时流行的言情小说多写一对对恋人或夫妻如同鸳鸯蝴蝶般相亲相爱，形影不离，因而民间用鸳鸯蝴蝶小说来比喻这种言情小说，那么这种言情小说的作家群当然也就是鸳鸯蝴蝶派了。这种说法应该是可信的，因为民间常用鸳鸯和蝴蝶来比喻恋人或夫妻，很多民间文学作品中不乏其例。这一比喻非常形象生动，但并无褒贬之意，因此不胫而走。

传到新文学家那里，便加以利用，并赋予贬义，作为贬低对手的武器。但新文学家对鸳鸯蝴蝶派的界定并不一致，大致有两种看法。

一种看法认同民间的比喻说法，即将鸳鸯蝴蝶派小说局限为通俗小说中的言情小说，将鸳鸯蝴蝶派局限为言情小说作家群。鲁迅是这种看法的代表，他在 1922 年所写的《所谓"国学"》一文中说："洋场上的文豪又作了几篇鸳鸯蝴蝶派体小说出版"，其内容无非是"'卿卿我我''蝴蝶鸳鸯'"（载《晨报副刊》1922 年 10 月 4 日）。又于 1931 年 8 月 12 日在社会科学研究会做了《上海文艺之一瞥》的长篇演讲，其中对鸳鸯蝴蝶派小说更做了形象而精辟的概括：

> 这时新的才子＋佳人小说便又流行起来，但佳人已是良家女子了，和才子相悦相恋，分拆不开，柳阴花下，像一对蝴蝶、一双鸳鸯一样。

——连载于《文艺新闻》第 20、21 期

此外，周作人、钱玄同也持这种看法。周作人于 1918 年 4 月 19 日在北京大学文科研究所小说研究会做《日本近三十年小说之发达》的演讲中，就说现代中国小说"还有《玉梨魂》派的鸳鸯蝴蝶体"（载《新青年》第 5 卷第 1 号）。次年 2 月，周作人又发表《中国小说里的男女问题》（署名仲密）一文，认为"近时流行的《玉梨魂》，虽文章很是肉麻，（却）为鸳鸯蝴蝶派小说的鼻祖"（载《每周评论》第 5 卷第 7 号）。与周作人差不多同时，钱玄同在 1919 年 1 月 9 日所写的《"黑幕"书》一文中也说："人人皆知'黑幕'书为一种不正当之书籍，其实与'黑幕'同类之书籍正复不少，如《艳情尺牍》《香闺韵语》及'鸳鸯蝴蝶派小说'等等皆是。"（载《新青年》第 6 卷第 1 号）这种看法后来被人称之为"狭义的鸳鸯蝴蝶派"看法。

另一种看法却将鸳鸯蝴蝶派无限扩大，认为民国年间新文学派之外的所有通俗小说作家都是鸳鸯蝴蝶派，他们的所有通俗小说都是鸳鸯蝴蝶派小说。这种看法的代表人物是瞿秋白和茅盾。瞿秋白从小说的内容方面来扩大鸳鸯蝴蝶派小说的范围，他在《财神还是反财神》一文中说，"什么武侠，什么神怪，什么侦探，什么言情，什么历史，什么家庭"小说，都

是鸳鸯蝴蝶派小说（见人民文学出版社 1953 年 10 月版《瞿秋白文集》）。茅盾则从小说的形式方面来扩大鸳鸯蝴蝶派小说的范围，他在《自然主义与中国现代小说》一文中认定鸳鸯蝴蝶派小说包括"旧式章回体的长篇小说""不分章回的旧式小说""中西合璧的旧式小说""文言白话都有"的短篇小说（载 1922 年 7 月《小说月报》第 13 卷第 7 号）。这种看法后来被人称之为"广义的鸳鸯蝴蝶派"看法，而且逐渐成为主流看法，以致后来的文学研究者都接受了这种看法。

新文学家不仅在鸳鸯蝴蝶派的界定问题上分成了两派，而且在鸳鸯蝴蝶派的名称上也花样百出。如罗家伦因为徐枕亚等人好用四六句的文言写小说，便称其为"滥调四六派"（见署名志希的《今日中国之小说界》，载 1919 年《新潮》第 1 卷第 1 号），但无人响应。郑振铎因为《礼拜六》杂志为鸳鸯蝴蝶派的主要刊物之一，便称其为"礼拜六派"（见署名西谛的《新文学观的建设》一文，载 1922 年 5 月 21 日《文学旬刊》第 38 号）。这一说法得到了周作人、茅盾、瞿秋白、朱自清、阿英、冯至、楼适夷等人的响应，纷纷采用，以致使用频率越来越高，知名度越来越大，终于成为鸳鸯蝴蝶派的别称了。于是"鸳鸯蝴蝶派"和"礼拜六派"两个名称便被新文学家所滥用。如郑振铎在《新文学观的建设》一文中称"礼拜六派"，而在《〈文学论争集〉导言》一文中却称"鸳鸯蝴蝶派"（见上海良友图书公司 1935 年 10 月出版的《新文学大系·文学论争集》卷首）。还有人在同一篇文章里既称鸳鸯蝴蝶派，又称礼拜六派。如阿英在 1932 年所写的《上海事变与鸳鸯蝴蝶派文艺》一文中说：张恨水的所谓"国难小说"，与"礼拜六派的作品一样，是鸳鸯蝴蝶派的一体"，"充分地说明了鸳鸯蝴蝶派的作家的本色而已"（见上海合众书店 1933 年 6 月出版的《现代中国文学论》）。

茅盾在 20 世纪 70 年代觉得统称鸳鸯蝴蝶派或礼拜六派都不合适，于是提出了一个折中的看法，他在《紧张而复杂的生活、学习与斗争（上）——回忆录（四）》中说：

> 我以为在"五四"以前，"鸳鸯蝴蝶派"这名称对这一派人是适用的。……但在"五四"以后，这一派中有不少人也来"赶潮流"了，他们不再老是某生某女，而居然写家庭冲突，甚至写劳动人民的悲惨生活了，因此，如果用他们那一派最老的刊物

《礼拜六》来称呼他们，较为合式。

——载 1979 年 8 月《新文学史料》第 4 辑

事实是该派在"五四"前后没有根本变化，都是既写言情小说，又写其他小说，将其人为地腰斩为两段，既显得武断，又无法掩盖当时的混乱看法。

这些混乱的看法导致后来的文学研究者无所适从：或沿用"鸳鸯蝴蝶派"的说法（如北大本《中国文学史》和《中国小说史稿》、复旦本《中国文学史》和《中国近代文学史稿》等）；或沿用"礼拜六派"的说法（如山东师院本《中国现代文学史》等）；或干脆别出心裁地称之为"鸳鸯蝴蝶—礼拜六派"（见汤哲声《鸳鸯蝴蝶—礼拜六小说观念的价值取向及其评价》，载《苏州大学学报》1992 年第 2 期）。这可真算是中国小说史上的一出有趣的滑稽戏了。

二、如何评价鸳鸯蝴蝶派

鸳鸯蝴蝶派的开山作品是 1900 年陈蝶仙的言情小说《泪珠缘》，因此鸳鸯蝴蝶派应该是指言情小说派，这也就是后来的所谓"狭义的鸳鸯蝴蝶派"，但被新文学家扩大为"广义的鸳鸯蝴蝶派"，实际上也就是民国通俗小说派。

鸳鸯蝴蝶派与同时期的"南社"不同，既没有组织，也没有纲领，而是一个在思想倾向和艺术风格上大体相同或相近的小说流派，连"鸳鸯蝴蝶派"这一招牌也是别人强加给它的。然而客观地说，鸳鸯蝴蝶派确实是一个产生过巨大影响的小说流派。在"五四"以前的近二十年间，它几乎独占了中国文坛；在"五四"以后的三十年间，虽然产生了新文学，但新文学只是表面上风光，而鸳鸯蝴蝶派却一派兴旺发达景象。我对"广义的鸳鸯蝴蝶派"做过不完全的统计：该派作家达数百人，较著名者有一百余人，所办刊物、小报和大报副刊仅在上海就有三百四十种，所著中长篇小说两千多种，至于短篇小说、笔记等更难以计数。在此前的中国文学史上，还没有哪个文学流派有过如此宏大的规模，产生过如此巨大的影响。

鸳鸯蝴蝶派由于规模宏大，又处在历史的一个巨变时期，其成员的确鱼龙混杂，其作品也良莠不齐，但总体来说，它形象地记录了中国二十世纪前五十年的历史，为中国读者提供了丰富的精神食粮，对中国小说的传承起过积极作用，因此应该给予充分的肯定。

鸳鸯蝴蝶派小说已经不是中国传统通俗小说的复制，而是一种改良的通俗小说。在形式方面，它既采用章回体，也采用非章回体，甚至采用了西洋小说的日记体、书信体等，至于侦探小说则更是完全模仿自西洋小说。在艺术手法方面，受西洋小说的影响非常明显，如增加了人物形象和景物描写，结构与叙事方式也趋于多样化，单线和复线结构并用，第三人称和第一人称叙述法兼施，还采用了倒叙法和补叙法。在内容方面，鸳鸯蝴蝶派小说已经扩大了描写范围，反映了当时社会生活的各个方面，甚至已经紧跟时事，及时反映当前的社会现实，被称为"时事小说"。如李涵秋的《广陵潮》描写辛亥革命，而他的《战地莺花录》则描写五四运动，这种及时反映当时发生的重大政治事件的小说，与多写历史故事的古代小说完全不同，显然是一大进步。鸳鸯蝴蝶派的言情小说，也不同于古代的才子佳人小说，而是一种新才子佳人小说。古代的才子佳人小说因面对森严的封建礼教，只能写才子与佳人偶尔一见钟情，以眉目传情或诗书传情的方式进行交流，最后皆是有情人终成眷属的大团圆结局。而这种大团圆结局完全是人为的：或出于巧合，或由于才子金榜题名，皇帝御赐完婚，这就完全回避了封建包办婚姻的问题。而民国年间的封建礼教已经在一定程度上松绑，尤其像上海、北京等大城市得风气之先，恋爱自由和婚姻自主思想已经渐入人心。因此有些鸳鸯蝴蝶派的言情小说也突破了古代才子佳人小说的窠臼，才子佳人已经敢于"相悦相恋，分拆不开，柳阴花下，像一对蝴蝶、一双鸳鸯一样"。其结局也不再全是有情人终成眷属的大团圆，而是"有时因为严亲，或者因为薄命，也竟至于偶见悲剧的结局……这实在不能不说是一个大进步"（鲁迅《上海文艺之一瞥》，连载于 1931 年 7 月 27 日、8 月 3 日《文艺新闻》第 20、21 期）。言情小说由大团圆结局到悲剧结局的确是一个大进步，因为前者是回避封建包办婚姻礼制，而后者是控诉封建包办婚姻礼制。而这一进步的开创者是曹雪芹和高鹗，他们在《红楼梦》里所写的婚姻差不多都是悲剧。因此胡适称赞《红楼梦》不仅把一个个人物"都写作悲剧的下场"，而且最后"作一个大悲剧的结束，打破了中国小说的团圆迷信"（《〈红楼梦〉考证》，见 1923 年亚东图书馆版《胡适文存》）。可见鸳鸯蝴蝶派的言情小说在一定程度上继承了

《红楼梦》开创的爱情婚姻悲剧模式，因而具有相当的反封建意义。我们可以徐枕亚的《玉梨魂》为例加以说明，因为该小说被新文学家指为鸳鸯蝴蝶派的代表性作品。

《玉梨魂》的故事很简单——清末宣统年间，小学教员何梦霞与年轻寡妇白梨影相爱，但两人均认为他们的这种行为是不道德的。为了得到感情的解脱，白梨影想出个"移花接木"的办法，即撮合何梦霞与自己的小姑崔筠倩订了婚。然而何梦霞既不能移情于崔筠倩，白梨影也无法忘情于何梦霞，结果造成了一连串的悲剧——白梨影在爱情与道德的激烈冲突下郁郁而死；崔筠倩因得不到何梦霞之爱而离开了人世；白梨影的公公因感伤女儿、儿媳之死而一病身亡；白梨影的十岁儿子鹏郎成了孤儿。何梦霞为排遣苦闷，先赴日本留学，继又回国参加了辛亥武昌起义（即辛亥革命），壮烈牺牲。

《玉梨魂》不仅描写了一个爱情婚姻悲剧，而且不同于一般的爱情婚姻悲剧。一般的爱情婚姻悲剧都是由封建势力造成的，即由包办婚姻造成的；而《玉梨魂》所写的爱情婚姻悲剧，其原因却是何梦霞和白梨影自身的封建道德。他们既渴望获得恋爱自由和婚姻自主的权利，又不能摆脱封建道德和封建礼教的束缚，两者激烈冲突，造成三死一孤的惨剧。从而揭露了封建道德和封建礼教的影响力是多么巨大，它已深入人们的骨髓，使其不能自拔。因此，它的反封建意义比一般的爱情婚姻悲剧更为深刻。

其实，新文学阵营也不是铁板一块，虽然大多数新文学家对鸳鸯蝴蝶派全盘否定，但也有少数新文学家态度比较客观，他们对鸳鸯蝴蝶派也给予一定的肯定。鲁迅是其中最突出的一位，他不仅认为某些鸳鸯蝴蝶派的悲剧言情小说是"一大进步"，而且不同意某些新文学家对鸳鸯蝴蝶派消极影响的夸大其词。他说：

> 至于说他流毒中国的青年，那似乎是过虑。倘有人能为这类小说所害，则即使没有这类东西也还是废物，无从挽救的。与社会，尤其不相干，气类相同的鼓词和唱本，国内非常多，品格也相像，所以这些作品也再不能"火上添油"，使中国人堕落得更厉害了。

——《关于〈小说世界〉》，载《晨报副刊》
1923 年 1 月 15 日

这种客观的观点与前述周作人无限夸大鸳鸯蝴蝶派作品能使国民生活陷入"完全动物的状态"乃至"非动物的状态"的观点形成了鲜明对比。当抗日战争爆发后，鲁迅更提倡文学界的抗日统一战线，主张团结鸳鸯蝴蝶派一起抗日。他说：

　　　　我以为文艺家在抗日问题上的联合是无条件的，只要他不是汉奸，愿意或赞成抗日，则不论叫哥哥妹妹，之乎者也，或鸳鸯蝴蝶都无妨。但在文学问题上我们仍可以互相批判。

　　　　　　　　　　　　——《答徐懋庸并关于抗日统一战线问题》，
　　　　　　　　　　　　　　载《作家》月刊第1卷第5期

　　鲁迅不仅提倡团结鸳鸯蝴蝶派一起抗日，而且主张新文学派与鸳鸯蝴蝶派在文学问题上"互相批判"，这种平等对待鸳鸯蝴蝶派的度量，也与那些视鸳鸯蝴蝶派如寇仇，必欲置诸死地而后快的新文学家形成了鲜明对比。

　　对鸳鸯蝴蝶派给予肯定的不只鲁迅，还有朱自清和茅盾。朱自清认为供人娱乐是中国传统小说的特点，因此不赞成将"消遣"作为罪状来批判鸳鸯蝴蝶派小说。他说：

　　　　在中国文学的传统里，小说……更是小道中的小道，就因为是消遣的，不严肃。不严肃也就是不正经，小说通常称为"闲书"，不是正经书。……鸳鸯蝴蝶派的小说意在供人们茶余酒后的消遣，倒是中国小说的正宗。

　　　　　　　　　　　　——《论严肃》，载《中国作家》创刊号

　　茅盾也承认鸳鸯蝴蝶派小说也"写家庭冲突，甚至写劳动人民的悲惨生活"。他还从艺术性方面对鸳鸯蝴蝶派小说给予一定肯定。他认为鸳鸯蝴蝶派的有些长篇小说"采用西洋小说的布局法"，如倒叙法、补叙法，以及人物出场免去套语、故事叙述"戛然收住"等等，这一切是对"旧章回体小说布局法的革命"。还认为鸳鸯蝴蝶派的有些短篇小说学习了西洋短篇小说"截取一段人生来描写，而人生的全体因之以见"的方法："叙述一段人事，可以无头无尾；出场一个人物，可以不细叙家世；书中人物可以只有一人；书中情节可以简至只是一段回忆。……能够学到这一层的，比起一头死钻在旧章回体小说的圈子里的人，自然要高出几倍。"（《自然主义与中国现代小说》，载1922年7月10日《小说月报》第13卷第7号）

鲁迅、朱自清、茅盾毕竟属于新文学派，因此他们对鸳鸯蝴蝶派的肯定是有限的。我们应该摆脱成见与束缚，从中国文学史的角度，对鸳鸯蝴蝶派做出客观公正的评价。

三、如何看待冯玉奇的小说

我们澄清了以上有关鸳鸯蝴蝶派的三个问题，等于为介绍冯玉奇的小说提供了一个坐标，也等于为读者提供了一把参照标尺。读者用这把标尺，就可自行评判冯玉奇的小说了。

冯玉奇于1918年左右生于浙江慈溪，笔名左明生、海上先觉楼、先觉楼，曾署名慈水冯玉奇、四明冯玉奇、海上冯玉奇。据说他毕业于浙江大学（一说复旦大学）。1937年九一八事变后寄居上海，感山河破碎，国事蜩螗，开始写作小说以抒怀。其处女作为《解语花》，由上海春明书店出版。出版后旋即由东方书场改编为同名话剧，演出后轰动一时。那时他才十九岁。由此一发而不可收，至1949年7月《花落谁家》出版，在短短十来年时间里，他创作的小说竟达一百九十多种，平均每年近二十种，总篇幅应该不少于三千万字，只能用"神速"来形容。这时他只有三十一岁。近现代文学史料专家魏绍昌先生（已去世）所编《鸳鸯蝴蝶派研究资料（史料部分）》（上海文艺出版社1962年10月出版）开列的《冯玉奇作品》目录只有一百七十二种，也有遗珠之憾。不过我们从这一目录中仍可确定冯玉奇是一位以写言情小说为主的通俗小说作家，因为在一百七十二种小说中，言情小说占有一百二十二种，其他小说只有五十种：社会小说三十四种、武侠小说十四种、侦探小说两种。

冯玉奇不仅是一位写作神速且极为多产的通俗小说作家，还是一位热心的剧作家和剧务工作者。早在他二十六岁（1944年）时，就担任了越剧名伶袁雪芬的雪声剧团的剧务，并为之创作了《雁南归》《红粉金戈》《太平天国》《有情人》《孝女复仇》五大剧本，演出效果全都甚佳。在他二十七到二十八岁（1945～1946）时，又与他人合作，前后为全香剧团和天红剧团编导了《小妹妹》《遗产恨》《飘零泪》《义薄云天》《流亡曲》等二十多个剧本，演出效果同样甚佳。可见冯玉奇至少写过十几个剧本。

冯玉奇一生所写的小说和剧本总计不下两百五十种，总篇幅可能达到四千万字以上，是名副其实的"著作等身"，是当之无愧的中国最多产的作家，号称多产的同派小说家张恨水也难望其项背。当时的文学作品已是一种特殊商品，冯玉奇的小说如此畅销，其剧本演出又如此轰动，这足可以证明其受人欢迎，这就是读者和观众对冯玉奇的评价，它比专家的评价更为准确，也更为重要。遗憾的是，我们无法看到他的剧作和三十岁以后的作品，也不知其晚景如何，卒于何年。

从冯玉奇的生活年代和创作时段来看，他显然是鸳鸯蝴蝶派的后起之秀，所以尽管他作品如此之多，影响如此之大，而同派的老前辈却很少提到他，这也是"文人相轻"的表现之一。

按说要介绍冯玉奇的小说，应该将其全部小说阅读一遍，但我没有这么多时间，也没有这么大精力，因而只向中国文史出版社借阅了《舞宫春艳》《小红楼》《百合花开》三种，全都是言情小说。因此我只能以这三种言情小说为例加以介绍，这可能会犯以偏概全的错误，因此只能供读者参考。

《舞宫春艳》写了两个纠缠在一起的爱情婚姻悲剧故事：苏州富家子秦可玉自幼与邻居豆腐坊之女李慧娟相恋，由于门第悬殊，秦可玉被其父禁锢，二人难圆成婚之梦。不幸李慧娟生下了一个私生女鹃儿，只好遗弃，自己则郁郁而死。鹃儿被无赖李三子收养，长大后卖到上海做伴舞女郎，改名卷耳。中学生唐小棣先是爱上了姑夫秦可玉家的婢女叶小红，不料叶小红失踪，于是移情于卷耳，但无钱为卷耳赎身，两人感到婚姻无望，于是双双吞鸦片自尽。

《小红楼》的故事紧接《舞宫春艳》：曾经被唐小棣爱过的叶小红的失踪，原来也是被无赖李三子拐卖为伴舞女郎，小棣、卷耳自杀后，小红才被救了回来，并被秦可玉认为义女。经苏雨田介绍，与辛石秋相识相恋而订婚。同时石秋的姨表妹巢爱吾也爱石秋，但石秋既与小红订婚在先，便毅然与小红结婚。爱吾为了摆脱难堪的地位，离家出走，下落不明。石秋奉父命赴北平探望二哥雁秋，在火车站被人诬陷私带军火，被军人押到司令部。可巧爱吾此时已成为张司令的干女儿兼秘书，便设法救了石秋一命。但张司令强迫石秋与爱吾结婚，二人既不敢违命，又固守道德，便以假夫妻应付。后来石秋回到家里，终于与小红团聚。

《百合花开》写了两个紧密相关的爱情婚姻故事：二十岁的寡妇花如兰同时被四十二岁的教育家盖季常和十八岁的革命青年盖雨龙叔侄俩所爱，而盖季常的十六岁侄女盖云仙又同时被三十六岁的银行家杨如仁和十九岁的革命青年杨梦花父子俩所爱。经过许多曲折后，终于两位长辈让步，盖雨龙与花如兰、杨梦花与盖云仙同场结婚。

由以上简单介绍可知，冯玉奇的这三种小说共写了五个爱情婚姻故事，其中两个是悲剧结局，三个是有情人终成眷属。这正如鲁迅所说："有时因为严亲，或者因为薄命，也竟至于偶见悲剧的结局……这实在不能不说是一个大进步。"其次，这三种小说的五个爱情婚姻故事，倒有四个是三角爱情婚姻故事，但它们的情况并不雷同。唐小棣、叶小红、卷耳的三角恋是一男爱二女，辛石秋、叶小红、巢爱吾的三角恋是两女爱一男，而盖季常、盖雨龙、花如兰和杨如仁、杨梦花、盖云仙的三角恋更为异想天开，竟然都是两辈嫡亲男人（叔侄、父子）同爱一个女子。可见冯玉奇极有编故事的才能，从而使作品更具吸引力和娱乐性。又次，这三种言情小说的描写极为干净，没有任何色情描写。除了秦可玉与李慧娟有私生女外，其他人都非礼勿言，非礼勿行。如辛石秋与叶小红因婚礼当天石秋之母去世，为了守孝，新婚夫妻在百日之内没有圆房。而辛石秋与姨表妹巢爱吾为了对得起叶小红，虽被张司令强迫成亲，却只做了几天假夫妻。

从表现形式和艺术手法来看，我觉得冯玉奇的小说与当时新文学的新小说都受了西洋小说的影响，基本相同。譬如：两者都突破了传统小说书名的套路，不拘一格，尤其采用了一字书名和二字书名，如冯玉奇有《罪》《孽》《恨》《血》和《歧途》《逃婚》《情奔》等；而巴金有《家》《春》《秋》，茅盾有《幻灭》《动摇》《追求》。两者的对话方式也突破了传统小说的套路，灵活自如：对话既可置于说话者之后，也可置于说话者之前，还可将说话者夹在两句或两段话之间。至于小说的结构法、叙述法与描写法，更是差不多的。譬如人物描写不再是"沉鱼落雁""闭月羞花""倾国倾城"之类的千人一面，景物描写也不再是"落红满地""绿柳成荫""玉兔东升"之类的千篇一律，而加以具体描绘。这里随便举一个例子：

> 小红坐在窗旁，手托香腮，望着窗外院子里放有一缸残荷，风吹枯叶，瑟瑟作响。墙角旁几株梧桐，巍然而立。下面花坞上满种着秋海棠，正在发花，绿叶红筋，临风生姿，可惜艳而无香，但点缀秋色，也颇令人爱而忘倦。

这是《小红楼》对莲花庵一角的景物描绘，虽然算不上十分精彩，但作者通过小红的眼睛描绘了院中的三样东西——风吹作响的"枯荷"、巍然挺立的"梧桐"、正在开花的"海棠"，从而衬托出莲花庵幽静的环境，曲折地表明了时在秋季。频繁使用巧合手法是冯玉奇小说的显著特点，可以说把所谓"无巧不成书"用到了极致。巧合手法有助于编织故事，缩短篇幅，增加作品的吸引力等，但使用过多则时有破绽，有损于作品的真实性。冯玉奇的某些小说也采用了章回体，但只是标题用"第×回"和对偶句，"却说""且听下回分解"之类的套语已不再经常出现，因此并非章回体的完全照搬。况且章回体并非劣等小说的标志，它在我国小说史上发挥过巨大作用，产生过杰出的四大古典小说。因此用章回体来贬低冯玉奇的小说，也是毫无道理的。

冯玉奇的小说也有明显的缺点。它们与其他鸳鸯蝴蝶派小说一样，主要注重小说的娱乐性，而忽视小说的社会性和艺术性，因此没有产生杰出的作品。他是南方人而小说采用北方话，加之写作速度太快，无暇深思熟虑，导致语言不够流畅，用词不够准确，还有许多错别字和语病。还有使用"巧合"法太多，有时破绽明显，这里不再举例。

总而言之，冯玉奇既不是"黄色"和"反动"小说家，也不是杰出小说家，而是一位勤奋多产、有益无害的通俗小说家，他应在中国小说史尤其是中国现代小说中占有一席之地。

2017 年 6 月 4 日于北京蜗居